有爱的青春陪伴者

种瓜 著

唯一心动

- 上册 -

江苏凤凰文艺出版社
JIANGSU PHOENIX LITERATURE AND ART PUBLISHING

图书在版编目（ＣＩＰ）数据

唯一心动：全2册 / 种瓜著. -- 南京：江苏凤凰文艺出版社，2024.5
ISBN 978-7-5594-8547-2

Ⅰ.①唯… Ⅱ.①种… Ⅲ.①长篇小说-中国-当代 Ⅳ.①I247.5

中国国家版本馆CIP数据核字(2024)第063877号

唯一心动：全2册

种瓜 著

责任编辑	王昕宁
特约编辑	欧雅婷　姜姜
出版发行	江苏凤凰文艺出版社
	南京市中央路165号，邮编：210009
网　　址	http://www.jswenyi.com
印　　刷	长沙鸿发印务实业有限公司
开　　本	880mm×1230mm　1/32
印　　张	19.5
字　　数	619千字
版　　次	2024年5月第1版
印　　次	2024年5月第1次印刷
书　　号	ISBN 978-7-5594-8547-2
定　　价	62.80元（全2册）

江苏凤凰文艺版图书凡印刷、装订错误，可向出版社调换，联系电话025-83280257

—上册目录—

Chapter 1/002
青梅遇竹马

Chapter 2/038
萧萧和惟惟

Chapter 3/076
共赏星空

Chapter 4/115
冲刺一班

Chapter 5/154
心之所愿

Chapter 6/195
星动

Chapter 7/241
满天星辰落地时

Chapter 8/284
久别重逢

Chapter 9/322
结了个婚婚

Chapter 10/358
你来追我

Chapter 11/397
我答应你!

Chapter 12/440
共度一生

番外一 /483
如果十年我们都不曾缺席

番外二 /593
婚后日常

番外三 /610
一生相许的约定

下册目录

萧惟，满天星辰落地时，我想与你一起心动。

Chapter 1
青梅遇竹马

周一上午,晴空万里,明媚的阳光从窗外洒入。

高一(1)班教室里鸦雀无声。

唐星然坐在临窗的前排位置,咬着笔杆,埋头看着倒数第二道数学大题。

广播里传来的声音打破了此时的沉寂——

"距离考试结束时间还有十五分钟,请考生注意把握考试时间。"

唐星然被吓得一激灵,她还剩两道大题没做!

思绪刚从广播收回,她又听到了后排传来脚步声。一个身穿白色外套的高挑男生拿着卷子走向讲台,嗓音低沉,语气平淡。

"老师,我交卷。"

唐星然又下意识地抬头去看——那男生皮肤很白,下颌线条流畅,鼻梁高挺,浅浅的内双。阳光照在他脸上,眼神清冷,却璨若星辰。

绝色美人啊!她在心里感叹。

但她总觉得,这美人看着很眼熟。

直到目光注视着他出了教室,唐星然终于想起来了,这人不就是萧惟吗?

小时候的记忆在这一瞬间涌入脑海。等再回过神,唐星然看了看表，离考试结束只剩十分钟了！

两道大题，十分钟……几乎是不可能完成的任务。

她在草稿纸上写写算算的工夫，铃声就响了。最终，那两道大题，她都只写了个"解"字。

等监考老师收完卷，唐星然一脸苦相地收拾了笔袋，去讲台地上拿书包。一班这教室，估计和她唐星然无缘了。

今天是北阳一中开学第一天。按理说唐星然中考全市第三十九名，应该进特尖班一班。

为了庆祝她中考考出这么好的成绩，即将进入北阳一中特尖班的喜事，父母还奖励了她三个很贵的手办。

没想到今年新上任的教导主任不按套路出牌，在开学第一天安排了摸底分班考试。考语数外三科，每科一个小时，再按这次考试的成绩排名分班。

她开开心心地看了一个暑假的小说和动漫，哪还能考进前四十名进特尖班啊！

她背着书包刚走出教室门，有人在身后拍了她一下。

"唐唐！"

唐星然回头，是初中同班同学陈璐。陈璐走到她身边，跟她并排往外走。

北阳一中是寄宿学校，这周搬进宿舍后，就只有周末才能回家，平时进出需要请假。今天上午安排了考试，下午的时间，留给学生搬宿舍。

陈璐长叹了一口气："我这次估计考砸了，感觉进不了一班了。"

唐星然苦着脸："我也是，我数学空了两道大题。"

陈璐："空不空估计都一样，后两道题真的超难，我都是瞎写的。"

唐星然正要开口，陈璐话锋一转，说道："这么难居然有人提前交卷，本来当时就剩十五分钟了，我抬头一看发现是个帅哥，又浪费一分钟。"

唐星然不好意思说她因此浪费了五分钟。

陈璐继续道："坐我们考场的应该是中考前40名的，我们初中学习好的男生我都见过，没见过这么帅气的。"

唐星然打了个哈欠，懒洋洋地说："他是北阳五中的。"

陈璐狐疑地问："唐唐你怎么知道，你认识他啊？"

唐星然："认识，他是我……小学同学。"

陈璐"哇"了一声："这种程度的帅哥，又是学霸，估计超受欢迎！跟你说，我刚不是坐后排嘛，我看到教室里一半的女生都抬头看他呢。"

唐星然不以为然地摇头："看他那是因为他提前交卷。而且，他这也叫帅？我理解的学霸帅哥，怎么也得是动漫男主角那种级别的。"

其实，如果这人不是萧惟，她承认，长成这样是绝色帅哥。

陈璐"喊"了一声："我觉得他比动漫里的纸片人帅。"

唐星然："不可能！我喜欢的动漫男主角都是世界上最帅的！"

陈璐初中时听她说这些听得耳朵都起茧子了，懒得跟她争这些没用的："他叫什么啊？对了，他性格是那种温柔的，还是高冷的？"

"叫萧惟。"至于他的性格，唐星然想了想，说，"他就是……就是一只狗。"

陈璐有些无语。

正说着，陈璐还没来得及细问，两人就走到了校门口。

唐星然看到爸爸唐慕的车停在路边，接她回家。她拍了拍陈璐的肩膀："我看到我爸的车了，先走了啊。"

"行，下次再聊。"

唐星然的父母都是北阳大学的老师，都刚评上副教授。平时大学课少，两人有很多时间照顾她。

她上了车，看到爸爸唐慕和妈妈姜静之都在。

摸底分班考试是临时通知的，坐驾驶座的唐慕转过头问："考完了？下午还去学校吗？"

唐星然："老师说下午搬宿舍，明天就分班开始上课了，之后就只有周末能回家。"

姜静之点头："北阳一中也真是的，其他几个高中都让走读。"

唐慕附和："是啊，寄宿多不方便，然然从小就没住过校。"

车子发动，慢悠悠地开到路上，等着几个学生过马路。

唐星然怯生生地打断他们："爸妈，我分班考试考砸了，估计进不去一班了……"

唐慕看着路况，安慰她："没事啊，尽力就行。北阳一中几个重点班的老师也都挺好的，别有压力。"

姜静之："对啊，这还没开学呢。"

唐星然舒了一口气。

三人一句句聊着，她坐在后座，从书包里拿出一袋麦丽素。

她撕开包装，用两根手指捏出一颗。

她没有马上吃。

她盯着这颗棕色的巧克力丸，开始脑补：这不是麦丽素，这是仙女每天必须服用的仙丹，每天一颗，保持元气。但不能多吃，否则元气暴涨，她会晕倒。

五秒之后，她极为珍惜地把麦丽素放进口中含化。

甜滋滋的巧克力味从口腔蔓延到心底，她整个人真的像吃了仙丹一样充满活力。

不就是考试考砸了嘛，有仙丹在手，仙女不会怕的，仙女永远不会有烦恼！

这时，姜静之转头看她："吃巧克力豆呢？"

一秒破功。

下午，唐慕和姜静之先带唐星然去了超市，买了一周的零食。

唐星然多拿了几包小袋装的麦丽素。

回家后，她收拾东西，除了衣物、被褥和洗漱用品，她往箱子里装了几本言情小说和漫画书,又带上了最喜欢的两个手办。

唐星然为数不多的爱好:看动漫、漫画和言情小说。只有最后一个是唐慕和姜静之反对的。

因为两人都是中文系的老师,一直劝她多看点文学著作,别看这些没营养的书。但反对也没用,她就是爱看。

收拾完东西,两人一路嘱咐着她生活上的事。

唐慕把车开进了学校,停在宿舍楼下帮她搬行李。男生宿舍楼在女生宿舍楼的后面,来了新生,两栋楼附近都是私家车和家长。

搬完最后一趟,唐星然出了宿舍,跟父母在车前告别。

"平时有事就打电话,缺啥少啥我们就给你送过来。"

"食堂应该挺卫生的,吃喝别怕花钱。对室友也大方点,零食啥的多分给她们。"

正说着,身边走过一个拉着行李箱的颀长身影,在一众家长和学生中间穿过,显得异常孤单落寞。

虽只看到个侧脸,但有了上午那一面,唐星然马上认出了那人是萧惟。

唐慕:"刚才走过去那个男孩子看着好眼熟。"

姜静之也看见了,思索着说:"是啊,我也觉得特别眼熟。"

唐星然抬头看他俩,小声提醒:"他是萧惟。"

唐慕一拍大腿:"对对对。"

说完,他就冲着那背影喊了一声:"萧惟。"

唐星然呆了。

萧惟应声回头,脸上没什么表情,看了一瞬,就认出了唐慕一家。

"叔叔阿姨好。"

打完招呼,他顺便扫了一眼唐星然,发现她长得跟小时候差不多,脸小小的,眼睛很大,头发是亚麻色的自来卷,脸颊上两团婴儿肥还是没消下去。

个子长了些,但还是很矮。目测,她还不到一米六。

唐慕看着萧惟,满脸热情地说:"才知道你和然然又一个学校。

不过也是，你打小学习就好，肯定是来北阳一中读。哎，老萧他们今天没来帮你搬宿舍？"

为了说话方便，萧惟拖着行李箱走了过来，和三人站在一起。

女生宿舍门口进进出出路过的人都往他这里看，捎带也会多看唐星然几眼。

萧惟很有礼貌地应："他们出差，今年可能都不回北阳了。"

唐慕无奈地笑，摇头道："也是，他们这专业，一年到头出差。"

萧惟的父母也是北阳大学的老师，跟唐慕和姜静之大学时就认识。只是他们两人一个研究地质，一个研究考古，从读研起就各自扎在项目地。

姜静之抬头看萧惟，笑道："萧惟都长这么高了啊，上一次见是你和然然读三年级吧，那会儿你刚到我腰呢。"

唐慕也笑："有一米八五了吧？然然才一米五八，肯定是小时候帮你背书包……"

唐星然知道他们又要提她小时候的糗事："爸！人家着急搬宿舍呢，别唠了！"

唐慕果然不提了："对对，叔叔帮你搬吧，一个人怪不方便的。"

萧惟垂眸道："不用叔叔，我就这一个箱子，没有不方便。"

姜静之劝他："免费的劳力，不用白不用，就当督促你唐叔叔锻炼身体。"

说着，唐慕就已经接过了萧惟手里的行李箱拉杆："男生宿舍在后面是吧？你在前面带路。"

唐星然不方便跟着去男生宿舍，也不想去。明天就要开始上课，她只想抓紧时间回宿舍看小说。

"爸妈，那我先上去了啊，有事我给你们打电话。"

姜静之又嘱咐了她几句，就跟着唐慕往男生宿舍楼走。

唐星然刚一进宿舍门，就被室友姚青悦拦住，刚搬宿舍时，两人已经打过照面，算是认识了。

姚青悦睁大了眼："哇！刚在楼下跟你爸妈说话那帅哥是谁啊，

你家亲戚吗？我这辈子都没在三次元见过这么帅的男生！"

唐星然无语。

不是她亲戚，这个大家都觉得帅的萧惟，是她"竹马"。别人的竹马是竹马，萧惟呢？就差让她当牛做马。

她跟萧惟是同年同月同日出生，姜静之和萧惟的妈妈覃雅宁当时就住同一个产房。

她小时候姜静之跟她开玩笑，说她跟萧惟是青梅竹马。

根据唐星然在电视里看到的剧情，青梅竹马，意味着她长大是要嫁给萧惟的。一直到小学三年级，她都是这么想的。

偏偏小学她还跟萧惟分到了一个班，她又自己代入了萧惟未来老婆的角色。那时萧惟就长得很清秀，在一众小学生中脱颖而出。

两人回家同路。

唐星然作为他的"未来老婆"，不知怎么想的，也许是受狗血剧影响，她自觉主动提出帮他背书包。

萧惟还真让她背，一背就背了整个学期。

学期末的一天，姜静之和覃雅宁去接他们放学，就看到，酷热的夏天，一米一的唐星然满头大汗地背着两个书包，负重前行。

而一米三的萧惟在她旁边优哉游哉地走着，还吃着根冰棍。

覃雅宁当即训斥萧惟："怎么回事，你怎么能让女孩子帮你背书包？"

唐星然大义凛然地挡在萧惟身前，双臂张开保护他，还大声说："我是萧惟的老婆，我要好好照顾他！"

两个家长先是一愣，紧接着，笑得停不下来，笑了整整一路。从那之后，一直到现在，唐慕和姜静之时不时就会提起这事来嘲笑她。

一年级上学期结束，寒假，唐星然又主动帮萧惟做寒假作业。

语数外三本，她甚至不懂他俩的作业是一样的，可以抄一份，她认认真真地做了两遍。她还记得，把作业给他的那天，是元宵节，两家人晚上一起看花灯。

唐星然瞟了萧惟一眼，问他："萧惟同学，除了你爸爸妈妈爷

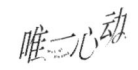

爷奶奶,你最喜欢谁呀?"

萧惟说:"可可。"

唐星然当时睁大眼质问:"可可是哪个班的?"

萧惟面不改色地答:"是我爷爷家刚养的狗。"

那一刻,唐星然气炸了,觉得世界观崩塌了。她帮萧惟背了一整个学期书包,还写完了寒假作业。

作为他的"未来老婆",对他这么好,她唐星然在他心里的地位居然比不上一只狗。

她"哇"的一声哭了,边哭边吼他:"萧惟你以后离我远点!"

哭声引来了两家家长,都问她出了什么事。

唐星然红着眼睛边哭边说:"除了爸爸妈妈爷爷奶奶,萧惟最喜欢的不是我,而是爷爷家的狗。"

两家人再次笑疯,眼睛也都红了,笑出了眼泪。

到了一年级下学期第一天放学,萧惟又把书包丢给了唐星然,唐星然果断拒绝。

萧惟当时是这么哄她的:"等长大了你嫁给我,我给你买大房子,买芭比娃娃。你每帮我背一星期,我就给你多买一个芭比娃娃。"

没错,唐星然就这么被收买了。

直到萧惟四年级转学,她被骗着背了三年书包、写了三年假期作业。

渐渐长大,她想起小时候这些事,加上被姜静之他们反复提起,她才意识到,萧惟这人当时有多离谱。

思绪收回,唐星然和姚青悦一起往宿舍走。

路过楼梯口的镜子,唐星然看到镜子里,自己比姚青悦矮了十厘米,越发气得牙痒痒。

都是那三年帮萧惟背书包才长不高的,这仇她能记一辈子!

唐星然看了一眼姚青悦:"不是亲戚,我们的爸妈是好朋友。"

姚青悦问她:"唐唐,那你跟他应该很熟吧!"

唐星然额角一跳，诚实道："不知道，三年级之后我就没见过他了。"她睁大了眼，"青悦，你不会想跟他谈恋爱吧？"

小时候，用一个未来老婆的头衔就能忽悠她当牛做马，当他女朋友得有多悲惨啊。

过的估计都不是人的日子了，啧啧，她简直不敢想。

姚青悦摇头："我还是有点自知之明的。我这长相肯定没希望，就八卦一下，出于对帅哥的好奇嘛。"

进了宿舍门，两人是对床。

相对坐在床上，姚青悦仔细端详着唐星然的脸。

她认真道："不过，唐唐，你长得这么好看，你们两家又认识，这算是青梅竹马了吧。呜呜呜，我好像嗑到了！"

唐星然哑然。

"青梅竹马"这词，她过敏。

姚青悦继续道："而且他好高，你俩还能整个最萌身高差。"

唐星然再度哑然。

身高，她也过敏。她是被他的书包压矮的！

宿舍阿姨敲门，送来了学校新发的校服，蓝白相间。

尺码是提前登记的，唐星然要的最小码。

两人在宿舍试校服，唐星然套上之后，发现上衣的拉链拉不上去："青悦，我这个拉链好像是坏的。"

姚青悦转头看唐星然，先"哇"了一声："唐唐你穿校服也好好看啊，果然是人靠衣装，马靠鞍。你真的好像洋娃娃啊！"一边说着，一边走过来帮唐星然拉拉链。

唐星然："你别再夸我了，再夸我可能要原地起飞了。"

"我说的是事实。"姚青悦拉了好几下，拉链还是拉不上去，"好像是坏了，问问能不能换一件吧。"

两人出门，去找宿舍阿姨换校服。

阿姨："这校服没有多的了，学校东南角那边有个裁缝摊，你要不去那儿换个拉链吧。"

唯一心动

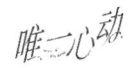

姚青悦陪着唐星然一起去了学校东南角,看到栏杆外面有个裁缝摊。

唐星然脱下校服外套递了出去。

"阿姨,我换个拉链。"

"行嘞。"裁缝阿姨拿出一捆五颜六色的拉链,随口问,"也换白色的对吧?"

唐星然正准备说"是",就看到那捆拉链里有几条惹眼的樱花粉色拉链,眼睛一亮。

粉色,仙女的颜色。

她问:"阿姨,能帮我换那个粉色的吗?"

姚青悦侧头看唐星然:"你确定要换粉红色的?感觉跟校服不太搭啊……"

唐星然点了点头:"嗯,我就喜欢粉色。"

阿姨笑:"行,那就粉色,这条对吧?"

"对!"

十分钟后,付了钱,唐星然穿着粉红色拉链的校服,两人一起回宿舍。

正是高二高三下课的时间,宿舍门口全是人。

唐星然那条粉红色拉链,给她带来了80%以上的回头率,但看向她的眼神都带着诧异。

不过她也不在乎这些,全当是他们不懂仙女的世界。

翌日一早,学生们被宿舍里震耳欲聋的广播铃声叫起床。

洗漱收拾之后,唐星然和室友一起去往教学楼。

摸底考试的卷子连夜被批出来,排名和分班的结果一起,被贴在教学楼门口的公告栏。

整个高一的学生都围在公告栏前,很快,唐星然和室友被人流冲散。

唐星然个子矮,站在后面看不见榜单。她想往前挤,可她太瘦小了，又完全挤不进去。

唐星然索性就在后面站着等其他人看完，反正迟早都能看见，也没什么可着急的。

正等着，耳边传来一个低沉的声音。

"你在三班。"

唐星然侧头，看到了萧惟站在她旁边，神情冰冷，个子高出她一个头。

真高冷。

她"哦"了一声，感觉没什么意外的，她确实考得不好："排名呢？你看到我的了吗？"

萧惟嘴角似乎是弯了弯，但马上压了回去。

他悠悠道："第四十一名。"

这个排名，让唐星然很是无语。

萧惟低头看了一眼她与众不同的粉色拉链，转身进了教学楼，留给她一个蓝白的背影。

唐星然看着那个背影，总觉得嘲讽意味十足。她没着急进楼，想亲眼看看榜。

公告栏前的人散得差不多，她走了过去，先看了排名。

大大的一张纸，第一栏是排名，第二栏是姓名，第三栏是成绩，一目了然。

她还没找到自己，就看到榜首那个十分扎眼的名字。

第 1 名 萧惟 290 分

这次满分 300。没想到他现在成绩这么好了，怪不得提前交卷，装到位了。

她往下看，找到了自己的名字。

第 41 名 唐星然 247 分

唯一心动

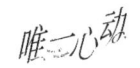

唐星然又看了眼她前面那人的分数。

第 40 名 李小红 248 分

她顿时觉得自己运气不能再差了，她再多考两分，或者一分，就去一班了啊！

背着书包去三班的路上，她越发愤愤。都怪萧惟！他考试时非要提前交卷，浪费她时间，否则，倒数第二题，她至少能写出几个步骤吧，那两分就肯定有了，她就去特尖班了。

到了教室，老师还没来，教室里的位置基本都被坐满，只剩下第一排，正对讲台的几个座位。

她无奈，随便找了个座位坐着，从书包里拿出一袋麦丽素，捏出一颗，盯了一会儿。

脑补完，吃掉。

随着巧克力融化在口中，她又回血成功了。

期末考试还会分班，她到时肯定能考去一班的！

身边的座位本来空着，唐星然刚收回麦丽素的包装，陈璐就坐到了她旁边。

陈璐："唐唐，我们一个班耶。"

唐星然侧头："哇，我刚都没注意看分班名单，这也太好了！"

陈璐："唐唐，你现在是第一了，以后你在三班就能横着走。"

唐星然说："那我得把前四十名写在挑战笔记上。"

陈璐："那个帅哥萧惟，居然是第一啊！他……"

话还没说完，就有一个戴着眼镜的女老师进来了。她走向讲台，清了清嗓子："我姓杨，是咱们班的英语老师，也是班主任。"

…………

"班长留到下午班会选，我们先选个英语课代表，大家都不认识，我就按昨天英语考试的排名选英语成绩最高的了。"

"唐星然。"

唐星然举了举手:"到。"

杨老师和全班同学的目光看向她,同时看向她的校服拉链。

"你当英语课代表,可以吗?"

唐星然:"可以的!"

"好,现在我们上课。"

课间,唐星然和陈璐一起上厕所。回教室的路上,走廊里人来人往,陈璐继续跟她讨论萧惟:"他长得这么好,学习也这么好。我看了分数,他拉了第二名二十多分!总分才三百哎。"

她忍不住叹了声气:"真是老天不公啊!"

听到这话,唐星然就感觉自己脑中某根弦被触到了。

她抬头看了看天花板,极有感情地大声说:"既然老天不公,那我便要斗斗这天!"

陈璐惊呆了。

附近的人全都朝唐星然看了过来。

陈璐:"我先走了,唐星然,我不认识你。"

陈璐真的抛下唐星然先回教室了。唐星然也反应过来,有点丢人,她掩面抓了抓额头。

众人的目光纷纷移开,她也准备回教室。

正好就在一班门口,看到萧惟就坐在门口的位置,像看白痴一样看着她。

下午上课前,唐星然出门去水房装水。路过一班,看到门口乌泱泱围了一大群女生。不知道发生了什么,她也拿着水杯过去看热闹却发现无事发生。

一班教室里很安静,这会儿还没上课,班里学生写题的写题,睡觉的睡觉。

她顺便瞅了一眼萧惟。

靠门的座位上，他正趴在桌上睡觉，半张脸朝外。

萧惟闭着眼，头枕在胳膊上，能看到他精致的侧脸。他睫毛很长，薄唇微抿，下颌线放松，有一种恬静的美感。

唐星然撇了撇嘴，心里不得不承认，萧惟确实长得好看。这可真是狗披人皮，白白浪费一副好皮囊！

她回过神来，发觉差点忘了"正事"。她环视四周，看到门口的某个女生是她初中同学。唐星然拍了拍那女生，小声八卦："你们是来干吗的？"

女生看了唐星然一眼，凑到她耳边："组团来看帅哥，我们九班女生几乎都到齐了。"

唐星然额角一抽："你们不会是来看萧惟的吧？"

女生连连点头："对对对，你也知道萧惟啊！就门口那个睡觉的，可太帅了，啊啊啊，他还是年级第一！

"中午她们跟我说一班有个超级大帅哥，我还不相信，现在才知道，是我孤陋寡闻！"

唐星然又往里瞅了一眼。正好，萧惟这时睁开了眼，和她目光相对。

她身后的女生小声尖叫："啊啊啊！他好像看我了，完了，我沦陷了！"

…………

门外有点吵，萧惟听到动静就醒了，一睁眼，就看到唐星然混在一群女生里，站在门口看他。那些女生全都在看他，眼神就像是在动物园参观猴子一样。

除了唐星然，她一双大眼睛盯着他，目光中带着审视。两人同时别开眼，看向别处。

预备铃响起，一群人说笑着散了，快步朝楼上走去。

唐星然也拿着水杯往教室走。

萧惟等到门口安静下来，又往外看，走廊里空空荡荡，已经不见唐星然的身影。

下午第一节是数学课,唐星然数学一般,每节课都会认真听讲。但这节课,她居然走神了。

"第三题,唐星然。"

唐星然毫无反应。

数学老师音量提高,又叫了她一次:"唐星然!"

"啊……"她猛地起立。

陈璐在身边小声提醒:"第三题。"

唐星然:"那个,选D。"

"对。"数学老师说,"都注意听讲,下午第一节课容易困,中午都睡会儿觉。"

唐星然不敢走神了,认认真真地听课。

到了下课时间,她想起了萧惟。人是视觉动物,但别人不知道他什么德行也就算了,她还不知道吗?

她从书包里拿出麦丽素,吃了一颗,含在嘴里时,忽然想通了。

对啊,人是视觉动物,所以任谁看到长得好看的人都会多看两眼。

她是仙女,跟普通人不同,她得能抵御这些!

高考是一场硬仗,考验脑力,更考验体力。北阳一中为了提高学生身体素质,每天都安排了上午下午两次大课间跑操。

唐星然自小就讨厌体育,尤其讨厌跑步。初中时,一天一次的跑操,她都是能翘就翘。

来了北阳一中,跑操次数翻倍,路程也翻了不止一倍,要绕着学校跑两圈,三公里。

这能要了她的命!

不过,周一周二两天,她已经踩好点,找到了能翘一圈跑操的完美方式。

教学楼里有老师巡逻,跑操前后要点人,看似没法溜号,但跑到半圈，会路过一片小树林。她只要停下来系鞋带，等班上同学跑走之后，躲到树后，再等班上同学下一圈跑到这个位置时，悄无声息地归队就行。

完美计划，天衣无缝。唐星然已经把自己脑补成了特工，为了逃避敌人的追捕，找到最佳藏匿地点。

周三跑操时，她实施了计划。

半圈之后，她跑到路边假装系鞋带。她抬头看一下，三班的队伍已经跑远，她找了棵树站在后面。没过多久，她看到一班的队伍跑了过来。

萧惟个子高，在最后一排，面无表情地小步跑着。

唐星然躲在树后，看着萧惟突然出了队伍，停下脚步，去路边系鞋带。

一班后面跟着的好像是九班。萧惟系好鞋带，刚站起身，九班就有个很漂亮的女生出了队伍。女生小跑到萧惟面前，跟他说了几句话。

唐星然听不清两人说了什么，但能看见女生神色有点着急，萧惟脸上有淡淡的不耐烦。

"你们俩，干吗呢？不跑操，还在这儿聊上天了！"

教导主任不知从哪儿冒出来的，朝着两人厉声大喝。萧惟解释了一句什么，教导主任皱着眉摆了摆手。

教导主任正准备让那两人归队，往后扫了一眼，好像看到树后有个矮个子女生？

唐星然感觉教导主任在往她这边看，忐忑地调整藏匿角度。

"那个女生！你在那儿干吗呢！"

——唐星然，第175号特工暴露，藏身之处被"敌军"发现，即将"壮烈牺牲"。

唐星然这么想着，认命般地从树后出来，走到教导主任面前。

"张老师……"

"你哪个班的，怎么不跑操，在树后面干吗呢！"

教导主任姓张，是个五十多岁的秃头男人，嗓门极大，吼得她身形一颤。

唐星然："那个，老师，我刚突然头晕，可能是低血糖。我……扶着树休息一会儿。"

萧惟哑然。

扶着树休息？傻子都看得出她在逃跑操。

当了半辈子的老师，教导主任当然一眼就识破了唐星然的小把戏。

"以后跑操的时候带一块糖吃！就是因为你们身体素质太差，学校才安排了大课间跑操！跑这么两步就头晕，高考的时候晕倒怎么办？"

教导主任不仅嗓门大，还是个话痨，站在路边，原地训话十分钟。

唐星然低着头默默听着，旁边还有萧惟和那个九班的女生。

等教导主任说完，跑操都结束了，他又问："你们三个叫什么名字，都哪个班的？"

"唐星然，三班。"

"萧惟，一班。"

"李爱桐，九班。"

教导主任从口袋里掏出小本记了下来："行了，回去吧，放学把这两圈补上！"

偷鸡不成蚀把米。

唐星然垂头丧气地往教学楼走，萧惟和李爱桐不远不近地走在她身后。

李爱桐："萧惟，放学后，我去找你吧，我们跑完步，一起去食堂吃饭。"

萧惟声音冷冷的："不用。"

李爱桐："反正你也得吃饭，跑完两圈，别的同学都吃完饭了，咱们一块儿吃。"

萧惟："没必要，我自己吃。"

听着两人的对话，唐星然无奈地摇头——被皮囊蒙蔽双眼的无知人类啊！

回了教室，陈璐侧头看唐星然笑："我就说你那招不行吧，刚看见你在路边被老张训。"

唐星然："……没办法，道高一尺魔高一丈，正义被邪恶击败了，但这只是暂时的。只要留我唐星然一条命在，我将永远与这世间的邪恶战斗！"

陈璐忽视她的激情发言："对了，刚还看到萧惟和一个挺好看的女生跟你一块儿被老张骂。萧惟也逃跑操啊？"

唐星然想了想说："不是，他出来系鞋带，那个女生就过来找他说话，刚好被老张逮了，还连累了我。"

她突然意识到，要不是萧惟，说不定今天她就逃成功了！

丧门星啊！

陈璐："这样啊，那正常了。开学这两天，听我室友说有好几个女生去找他要联系方式，长得都挺好看的。"

唐星然撇撇嘴。

陈璐继续道："不过都被萧惟无情地拒绝了。可能学霸的世界只有学习。谁找他聊天，他都觉得是浪费时间。"

"挺好的，那些女生应该回家烧高香。"

陈璐忍不住八卦："萧惟小学时到底怎么样你了，你上次都没跟我说完。"

"……具体我不太记得了，就只记得他很'狗'。"

唐星然掏出麦丽素。萧惟的世界只有学习，但她不同，仙女的世界，丰富多彩。

转眼到了下课时间，唐星然正收拾着桌子，班主任到教室喊她。

"唐星然。"

唐星然应声出门。

"张老师说你今天上午没跑操，现在得补上。他在楼门口呢，你过去找他吧。"

"……好。"

唐星然走出教学楼,看到夕阳染红了半边天,云层被映成紫色。

她,"下凡度劫"的仙女。

什么时候能重新飞升回"仙界"啊!"仙界"肯定不用跑操。

到了楼门口,唐星然看到教导主任正等着她,萧惟和李爱桐也从正门出来。

教导主任:"都到了?快点跑吧,别多耽误吃饭时间。两圈啊,我在这儿看着。"

溜也溜不掉,唐星然慢吞吞地开始跑步,速度跟步行差不多。萧惟迈着长腿,跑得很快。李爱桐吃力地跟在萧惟旁边跑着,也没力气再找他闲聊。

奈何体力和身高差距悬殊,跟了半圈,李爱桐就停下来了。她站在原地,气喘吁吁地等着唐星然过来,两人结伴一起跑。一路上,李爱桐都跟她闲聊着,以萧惟才貌双全为主题。

唐星然跑得已经够累,没搭腔,默默听着。

两圈跑完,唐星然回教室拿了东西,边揉着大腿,边慢悠悠地走去食堂。李爱桐先她一步到,正端着餐盘站在萧惟旁边。

食堂里已经没几个学生,萧惟就坐在仅剩的一个窗口旁边,挨着过道,书包放在邻座。

唐星然走过去打饭,听到了两人的对话。

李爱桐:"你旁边明明没人,我怎么就不能坐啊?"

萧惟喝了口水,淡淡道:"有人,我给别人占的。"

李爱桐反驳道:"这么晚了,其他人早都吃完饭回去了,马上要上晚自习了,你还能给谁占啊?"

几句话的工夫,唐星然已经打好了饭,端着餐盘转身,就看到萧惟朝着她扬了扬下巴,神情清冷:"给她占的。"

唐星然不想背锅,不愿给他当挡箭牌,直言道:"这么多位置

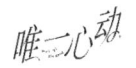

都是空的,你干吗要给我占一个?"

萧惟在心里骂唐星然是个猪队友。

他实在不想李爱桐坐他旁边,她从初中起就一直过来找他说话,如今到了高中又是这样。

两秒之后,他做出决定,看着唐星然,淡声道:"我想给你占。"

说着,他把位置上的书包挪开了,示意唐星然坐过去。

李爱桐脸青一阵白一阵。

李爱桐看了眼唐星然,又看向萧惟,难以置信道:"萧惟,难道你们……"

他低头吃饭,不说话。

打饭窗口的大妈看着三人的热闹,唐星然也感受到了此刻气氛的尴尬。

她丢下一句:"那个……我去吃饭了,你们聊啊。"

说完,唐星然就端着餐盘去了别处,找了个离两人最远的位置坐下吃饭。

另一边,李爱桐看着萧惟:"你看,她都不想跟你一起坐!"

萧惟不理她,慢条斯理地吃饭,举止优雅。

李爱桐:"初中我也没见过她啊。"

萧惟还是不说话。

但李爱桐一直站在原地,大有他不开口就不走的意思。

一会儿后,他有点无奈,忽视了她的前半句,淡淡道:"我跟她从小就认识。"

李爱桐听来,这句话等同于,他从小就喜欢唐星然。

她沉默了大半晌,红着眼走了。

第二天早上,唐星然去往教室,一路上,有好几个女生上下打量她。

她什么时候魅力这么大了,难道大家知道她是仙女这个秘密了?

到了教室坐下,陈璐已经在座位上。

她见唐星然过来，好奇地问："唐唐，你跟萧惟真是青梅竹马啊？他从小就喜欢你？这都不跟姐妹分享，你还跟我说他是狗！"

唐星然蒙了："你说什么玩意儿？"

陈璐："现在这事几乎全年级的女生都知道了，我室友昨晚跟我说的。好像是萧惟跟九班一个女生说的。

"但是那个女生不记得你名字，就说是高一一个校服是粉色拉链的女生。我一听，哎哟，这不是唐星然嘛。"

唐星然哑然。

上课铃响起，唐星然又开始走神。

萧惟不会真的说喜欢她吧，这是一场灾难啊！也有可能是拿她当挡箭牌？

唐星然又想起了小时候的事，大半节课都没听，还好是英语课，不听也都会。

下课后，她帮杨老师收齐课堂作业，抱着一沓练习册去办公室。

"放那儿吧。"

唐星然放下练习册，正准备出门，被旁边的数学老师叫住："同学，帮我叫一下一班的数学课代表吧。"

"啊，好。"

她出了办公室，去一班。

到了一班教室门口，看唐星然的人更多了，目光从她的校服拉链，移向她的脸。

唐星然下意识地看了眼萧惟的座位——空的。

随后，她随便在门口抓了一个男生："哎，同学，能帮我叫你们班的数学课代表吗，老师让……"

话还没说完，那人转头看了一眼，打断道："萧惟出去了。"

然后，那人看向她身后，扬声笑道："哎，萧惟，你的青梅来找你啦。"

唐星然转头，对上萧惟那张冷脸。

他问："什么事？"

唐星然抿了抿唇:"那个,数学老师叫数学课代表去趟办公室。"

萧惟:"哦。"

他转身往办公室走去,唐星然要回三班教室,两人有一小段是同路。他一言不发,唐星然也没主动说话。走廊里人来人往,萧惟走在她前面半步。

唐星然能闻到他校服上淡淡的洗衣液味,是清新的柑橘香。

回了教室,唐星然拿出麦丽素,迅速捏出一颗吃下,然后把包装袋收好。

陈璐:"好饿啊,唐唐,你还有巧克力吗?"

唐星然眨了眨眼,那可是仙丹!

"没了,吃完了。"

一整天,唐星然时不时就想起萧惟这件事,搞得她心神不宁。

下午最后一节课老师拖了会儿堂,等唐星然到了食堂,已经满满当当都是人。

一起去食堂的几个女生一致决定分开找座位。唐星然打好饭,端着餐盘四处游荡。

好不容易,看到一个男生吃完饭,从位置上站了起来。她一个箭步走过去,抢占空位,刚坐下,余光看到邻座的人是萧惟。

唐星然侧过头,看到他举止十分优雅斯文。明明是吃食堂,硬是被他吃出一种高级餐厅的感觉。

萧惟也看了她一眼,又继续低头吃饭。

唐星然心不在焉,吃到一半,就被一口鱼香茄子呛到。她一边咳嗽,一边摸着口袋,却没找到纸巾。

这时,一张折叠起来的餐巾纸出现在眼前,是萧惟递给她的。

她接过,擦了擦嘴。

等缓过来,她侧头看萧惟:"谢谢啊。"

"不用。"

一顿饭吃得心烦意乱。

根据她看动漫和言情小说的经验,她怎么看都觉得萧惟不像是从小喜欢她的样子。

快吃完时,唐星然忍不住了,与其自己想东想西,不如问问他。

她转头,压低了些声音问:"那个……你真的喜欢我?"

萧惟明显被问得一愣,手上的动作僵了僵。

"你在问我?"他放下筷子,侧头看她,"你想多了。"

说完,他又补了句:"不喜欢。"

唐星然心一沉。

这对话,让她又想起了小学一年级元宵节那天的事。萧惟说他最喜欢的是可可,爷爷家那只狗。

唐星然"哦"了一声:"那就好。"

两人的对话到此结束。

唐星然到了教室,从书包里又拿出麦丽素,破例一天吃了两颗。

也许是今天"阴气重",仙女的元气消耗太快。

第二天早上,她提前了十五分钟起床。洗漱收拾后,她就去了学校东南角的裁缝摊,把粉色的拉链换回了白色。但唐星然的长相很容易被记住,她换了拉链之后,还是经常被人打量。

周四课间,唐星然去装水,听到有人在她身后窃窃私语。

"她好像是一班萧惟的青梅……"

"啊,是她啊,不是校服是粉色拉链吗?"

"拉链能换啊。我确定,绝对就是她!"

……

越传越离谱,她怎么就成萧惟的女朋友了?

她当时就直接转身,看着两个女生大声说:"我不是萧惟的女朋友。"

唐星然也不知道为什么自己对这件事如此介意,但这一刻,她就是很想澄清。

周五早上,陈璐坐到她旁边。

"唐唐,我昨天听我室友说,你跟萧惟好像分手了,她们还听说是你甩的他。"

唐星然无语。

唐星然想了想,郑重地告诉陈璐:"璐璐,你回去跟你室友说一下,我跟萧惟就没谈过恋爱,他也不喜欢我。"

陈璐耸了耸肩:"其实我昨天跟她们说过了。"

唐星然:"然后呢?"

陈璐:"她们不信。"

唐星然深吸一口气,拿出一颗麦丽素吃下。算了,随便吧。她是仙女下凡,凡尘种种,都是她应该度的劫。

一周的课结束,周五放学。

唐星然回宿舍收拾了需要换洗的衣物、看完的漫画和言情小说。

她背上包出校门,唐慕的车已经停在路边等她。

上了车,姜静之和唐慕同时转过头看她。

"学习累不累啊?"

"看着好像瘦了,是不是食堂的菜吃不惯?"

唐星然笑着说:"不累,都挺好的。"

她想了想,又道:"就是要跑操,上午下午各三公里,我可能是跑瘦的。"

姜静之诧异道:"运动量这么大?你能跑完吗?"

唐慕:"多运动也好,把身体锻炼好。"

一路上三人有说有笑。

回到家,唐星然躺倒在沙发上,打开电视找了个动漫。

没多久,姜静之和唐慕就从厨房端出一桌子菜,都是她爱吃的。

"哇!"唐星然闻着味早就饿了,冲到餐桌边吃饭。

姜静之笑:"慢点吃,饿死鬼一样,能不能有点吃相。"

唐星然嚼着东西,含含糊糊地说:"太好吃了,比食堂的好吃多了。"

唐慕："要不下周我们每天去给你送饭？"

唐星然摇头："不用不用，食堂的凑合也能吃，周末回家再吃你们做的，有对比才有差距！"

唐慕笑："行，上了高中是不一样，知道让我们省心了。"

三人边吃边聊。

姜静之抬头，问："对了，萧惟在哪个班啊？"

"……一班。他摸底考试考了年级第一。"

唐慕："哟，他现在学习这么好啊！"

姜静之笑："萧惟从小就机灵，小学就知道骗着然然帮他背书包，帮他写作业。"

唐星然无语。

"哎，老萧他们都没在北阳，萧老师现在也不在了。周末他得一个人待学校吧？"

唐星然："不知道。"

萧惟的爷爷是北阳大学中文系的老教授，是唐慕和姜静之当时的老师。小学三年级之后，萧惟的父母经常出差，萧惟就搬去跟爷爷一起住。

他爷爷很擅长书法，退休之后，就在北阳的书法协会任会长，声名远扬。后来他上初中的时候，爷爷生病去世了。

姜静之看着唐星然："以后周末你叫萧惟一块儿来我们家吃饭吧，一个人在学校也怪可怜的。"

唐星然撇了撇嘴："不用了吧，他自己在学校挺好的。"

唐慕："你怎么知道人家挺好的，哪有不想家的。然然，下周就记得把他叫过来。"

"……我试试吧，来不来就看他自己了。"

唐慕笑："你怎么回事，你俩现在不熟了啊？小时候你不是还跟你妈说，你是萧惟的老婆？"

提起这茬，唐星然无语了。

姜静之笑嗔："这事别再说了，然然他们都大了。被别人知道还以为她早恋呢。"

唐慕："放心，咱们只偷偷在家里说。"

唐星然想，跟萧惟早恋，除非脑子有病！

转眼到了周日傍晚，学校要求要回宿舍住。唐星然带上零食和小说、漫画，坐唐慕的车去了学校。

正是黄昏，夕阳透过两旁的行道树，点点金光洒进车窗。

临下车时，姜静之叮嘱了几句，最后又说："记得周末叫上萧惟一块儿回来吃饭。"

唐慕也难得正经道："就是，别忘了啊。要不然老萧知道你俩一个学校我都不帮忙照顾下他儿子，下次见面该削我了。"

唐星然："……知道了。"

周三，英语老师和物理老师都安排了一次小测。卷子不难，唐星然考得不错，物理 90 分，英语 148 分，只扣了两分作文分，于是她有点飘了。

晚上回到宿舍，熄灯之后，她蒙在被子里，打着手电熬夜看了小说，居然就这么睡着了。

周四一早，宿舍楼里巨大的广播铃声也没把她叫醒。

姚青悦洗漱回来，看唐星然被子里鼓鼓囊囊的，轻轻掀开被角。

"我天！唐唐，起床了啊！"

"啊？"唐星然顶着两个黑眼圈，迷迷糊糊道，"你们怎么起这么早？"

姚青悦："……还有十五分钟就上早读了。"

唐星然睁大了眼，醒过神，猛地从床上跳起来，"咚"的一声，脑袋磕到了上铺的床板。

"唐唐，你没事吧？"姚青悦走过去，关切地看着她。

"哒……"唐星然彻底被磕醒了，"我，没，事。"

顾不上疼，她捂着脑袋起床，飞速去洗漱。

早饭她肯定没时间去食堂吃了，就往书包里塞了点零食。临走前她想了想,决定带上就剩最后几页没看完的言情小说。

早上第一节就是英语课。

课前,唐星然拿出言情小说,偷偷夹在英语书里,她又往桌前堆了几本教科书。

这样应该不会被发现吧。英语课上了十分钟,老师在讲卷子。她打开书,把卷子压在小说上面,掀起来就能看到下面的小说。

……………

唐星然看得全情投入,在心里呐喊:呜呜呜,感天动地,男主角终于知道孩子是他的了!

她正看到全书最后的高潮,眼前突然出现一片阴影。

一双大手伸到她面前,把她的小说从卷子底下抽了出来。

完了。

唐星然抬头,对上杨老师的那张脸,眉头紧拧着,嘴角往下撇。

被抓了现行,她张了张口,不知该说些什么。

"你下课来我办公室。"杨老师丢下一句话,拿着那本小说走回讲台。

唐星然深吸一口气,心不在焉地看回那张试卷。

——好不容易逃出生天的第175号特工唐星然,再次被"敌军"抓捕。

从未如此希望永远也不会下课了……

下课铃响,唐星然拖着沉重的步伐跟在杨老师身后,往办公室走,一小段路走出了视死如归的感觉。她垂着头,视线下移,看见老师手里拿着她刚上课时看的那本小说。

这段路仿佛无比漫长,又无比短暂。

到了办公室,好死不死,她看到萧惟正在里头跟数学老师说话。

杨老师把小说扔在办公桌上:"唐星然,刚在教室我给你留面子了啊。你这次考了全班第一,还是英语课代表,怎么带头上课看小说?"

"你这看的什么啊,《阔少的不乖前妻》?这种书一点营养都没有,现在高中了,不要把时间浪费在这种东西上。"

…………

在办公室被训了整整一个课间。

萧惟一直在唐星然旁边跟数学老师讨论竞赛的事,还瞄过她两眼。

唉,又在他面前丢人了。唐星然总觉得,从小到大丢的许多次人,都能被萧惟看见。

杨老师:"行了,回去上课吧。这书我先帮你保管,等毕业了你再来找我拿。"

"好的老师,谢谢老师。"

唐星然出办公室后,萧惟也正往教室走。

唐星然沉默着不说话,并且希望萧惟也别说话,但天不遂人愿,耳边响起低沉的声音。

"《阔少的不乖前妻》?"他语气里还带着一丝嘲笑。

唐星然忍不住嘴硬道:"我英语好,你知道吧?所以我抓紧一切时间学习,趁英语课偷学语文!"

她侧头看了眼他:"懂?"

萧惟嘴角悄无声息地勾起。这算哪门子学语文?他嗤笑一声:"上课就好好听课。"

两句话的工夫,就到了三班教室门口,唐星然丢下句"要你管"就进了教室。

萧惟轻轻摇头,继续往前走。

唐星然没忘记叫萧惟周五去她家吃饭的事,只是犹豫了一周都没找到机会跟他说。

到了周五下午,她又拖到了最后一节课下课。

吃了一颗麦丽素,她站起来去一班教室找萧惟。

正是放学时间,走廊里很拥挤,到处是人,萧惟正在一班门口的座位上收拾书包。

唐星然叫萧惟："喂。"

他下意识地抬头，看向她，又看了看四周："你是在叫我？"

唐星然理直气壮："对啊。"

他往外迈了一步，淡淡道："什么事？"

"我爸妈叫你跟我一块儿回家吃饭，走吗？"

萧惟犹豫了小半晌。

唐星然以为他要拒绝，正准备打破沉默给他找个台阶下，就听他开口问："好，今天吗？"

她有点紧张："对啊，就现在。"

萧惟低头看她，面无表情："行，我跟你一起走吗？"

唐星然："……嗯，不过我要回宿舍收拾下东西，你等我会儿？"

"哦。"他点头，想了想说，"那我在你宿舍楼下等你吧。"

宿舍比教学楼离校门更近，省得她再多跑一趟回来找他。

闻言，唐星然额角一抽。

萧惟在女生宿舍楼下等她？宿舍这会儿全都是人。

关于她和萧惟的那些八卦好不容易快平息，他要是去宿舍等她，估计下周又得流言四起。

唐星然坚定道："不用！你就在教室等我，我收拾好回来找你！"

她说这话时提高了音量，萧惟听得一愣："……行，你随便。"

唐星然回教室背了书包，又去宿舍收拾衣物。

到了宿舍，她又磨蹭了会儿，出门时，学生已经走得差不多了。

路上，她想了一会儿，也已经淡定了，觉得叫萧惟去家里吃饭，没什么大不了的。反正是唐慕和姜静之叫的，又不是她叫的，而且小时候萧惟也经常去她家吃饭，两家人还经常聚在一起，挺正常。

她就把萧惟当家里亲戚对待不就行了。

回到教学楼，唐星然看萧惟正坐在座位上低头写题，神情专注，忍不住又多看了两眼。

察觉到门口来了人，萧惟抬头看她，语气里没什么温度。

"可以走了？"

唐星然点头，嘴角带着自然的微笑弧度："嗯，走吧！"

他看到她一弯唇，脸上就有两个浅浅的梨涡，跟小时候一样，看着还是那么可爱。

可爱得让人有点忍不住想欺负她。

唐星然睁着大眼睛看他："走啊，你看我干吗？"

萧惟这才回过神，收拾东西站起身，跟她一起往校门口走去。

一路上，萧惟一言未发。

他被刚才自己的想法吓了一跳。小时候他是不懂事，怎么现在还会这么想？这么多年，爷爷都白教他了吗？

萧惟的爷爷退休之后，一直修身养性，为人很有涵养。萧惟跟着爷爷住了六年，自觉也养出半身清雅文士的气质，由内而外都是。他刚才居然会觉得想欺负唐星然？一个矮他这么多的小女生？

没道理啊。

唐星然："喂。"

萧惟侧头看她，面无表情地应："怎么了？"

她弯唇问："你发什么呆呢？叫了你两声你才答应。"

"哦，在想……刚才的数学题。"萧惟转回头，淡淡道，"我有名字。"

言外之意，让她不要总是"喂，喂"地喊他。

唐星然"哦"了一声，没再说话。

开学已经两周了，她还没叫过萧惟的名字。主要是她一叫这个名字，脑中就会想起小时候的那些画面。

那时，她每天都跟在萧惟屁股后面叫他，"萧惟你零花钱够用吗""萧惟等等我"……

各种萧惟，天天萧惟。唐星然深吸一口气。不行，她得给萧惟起个外号！

唐星然领着萧惟找到了唐慕的车。

唐慕和姜静之看到人，特意下车站在路边接萧惟。

"萧惟，这儿呢。"

他加快了步子走过去："唐叔叔好，姜阿姨好。"

唐慕笑："我还怕你不愿意来呢。现在长大了，你们都不愿意跟我们这些大叔大妈待在一起。"

萧惟："没有。前两天爸妈给我打电话，也让我替他们去看看你们。"

唐星然看了他一眼——哦，原来是萧叔叔他们已经跟他打过招呼了。

姜静之笑着说："先上车吧，咱们别在路边站着说话了。"

"萧惟跟着然然坐后排啊。"

"好。"

上了车，唐慕和姜静之一直找萧惟说话，都不怎么搭理唐星然。她好几次插嘴，话题又被他俩转向了萧惟。聊天内容就是关心他在学校的生活、学习，顺便问他初中的事。

唐星然看了眼窗外，感觉路线不太对："爸，你别光顾着聊天，你好像开错路了！"

姜静之笑："没开错，我们不回家吃。我下午临时有个会，刚刚才结束。买菜回家做来不及了，我们带你俩去吃海鲜自助。"

唐星然："哇，好！"

车子一路开到了一家商场，自助餐厅在顶层。唐慕付了四个人的钱，带着他们进去。

进了餐厅，唐星然也顾不上管别人，直奔甜品台。

她先装了满满一盘曲奇和小蛋糕，又去饮料台要了一杯草莓奶昔，回到座位上放盘子时，唐慕还在拉着萧惟说话。

唐慕看了一眼她盘子里的蛋糕，蹙眉道："然然你少吃点甜的，小心蛀牙，多拿点有营养的东西吃。"

唐星然撇撇嘴："我都多大了还蛀牙。你们不去拿吃的？"

唐慕："对对，光顾着聊天了。走，萧惟，咱俩去拿吃的。"

两人走后，唐星然坐在位置上先吃小蛋糕。

过了一会儿，三人都端着盘子回来了。

唐慕给唐星然拿了一大盘鱼虾，姜静之给她拿了一盘牛排。

她又悄悄瞅了眼身边萧惟的盘子里。

绿油油的半盘蔬菜，白花花的半盘鸡肉，中间一小团白饭。

唐星然在心里嗤笑，他小小年纪的，怎么跟老年人似的，要不是看他还拿了肉，她都以为他准备出家了。

吃饭时，唐慕戴着手套在给两个孩子剥虾吃。

萧惟起先客气地推辞："没事叔叔，不用给我剥。"

"别跟叔叔客气，你们上高中辛苦，多吃虾补补脑。"

唐慕笑着，拿起筷子，想强行将虾夹到萧惟的盘子里。

眼看着虾快到萧惟的盘子里，唐星然刚好吃完一只虾，直接伸手截和："他不吃我吃。"

姜静之隔着桌子说她："然然，别抢萧惟的。你小时候有啥好的都让着人家，怎么越长大越不懂事了。"

提到小时候的黑历史，唐星然无话可说了，规规矩矩地低头吃自己的饭。

快吃完时，姜静之提议："旁边有个电影院，带你们去看个电影？"

唐慕附和："对对，辛苦一周了，也该放松一下。"

唐星然张了张口，还没说话就被姜静之打断。

"反正然然回家也是偷偷藏房间里看她那些乱七八糟的小说，还不如看电影。"

唐星然腹诽：我也没说不去啊！

萧惟和唐星然一言未发，就被两个家长安排明白了。

出了餐厅，四人去电影院，看着大屏幕上的放映时间表。

唐星然看到一旁的宣传片，睁大了眼："哇！我们去看这个《画皮》吧！看起来好有意思啊！"

唐慕想了想，问姜静之："是不是《聊斋志异》里那篇《画皮》

改编的电影啊？那我也想看这个。"

姜静之也想看，但又想到有两个孩子在，犹豫道："鬼片，孩子能看吗？"

"嗨呀。"唐慕笑，"《聊斋志异》能有多恐怖啊？没事。"

唐慕买了票和爆米花、可乐，四人等了一会儿就进了影厅。连着的四个座位，唐星然挨着萧惟，萧惟挨着唐慕坐。

到了放映时间，全场熄灯，电影开始。

开头气氛很好，但女主一出场，唐星然就绷不住笑了，一只叫"小唯"的美貌狐妖。

"小唯""萧惟"，一模一样！

银幕上，一有人叫"小唯"，唐星然就想笑。

她侧头看了眼萧惟，他面无表情地看着银幕，看起来完全没被影响。

她往旁边凑了凑，压低声音道："这个美女狐妖跟你重名了。"

萧惟稍侧头，淡淡道："没有。"

明明没一个字一样。

看到一半，银幕上有个鬼脸突然出现，配着恐怖的音效。

唐星然手本来搭在扶手上，被吓了一跳，一把捏住了萧惟的胳膊。吓人的画面结束，她才松开了手，心跳还是没有慢下来，而且有些尴尬。

黑暗中，萧惟的身子刚也僵了一瞬，那一瞬之后，他脑中出现一句话：男女授受不亲。

唐星然从座椅扶手上拿起可乐，吸了一口就喝完了。

这会儿电影没有背景音乐，她吸管吸到空气的声音很明显。

小半晌后，一杯满的可乐递到了她面前。

"喝吗？我没喝过的。"萧惟声音很小，又离她近。

唐星然定了定神，接过可乐，诧异道："你这么有良心？"

萧惟说："我不喝碳酸饮料。"

"哦。"

唐星然在心里再次嘲笑,饮食清淡,不喝碳酸饮料,还真是老年人的习惯。

未老先衰啊。

电影结束,已经晚上十点多。

出了影厅,姜静之看向萧惟:"萧惟,你回我们家住吧?"

唐慕:"对对,家里客房空着的。有点晚了,你们宿舍应该有门禁。"

宿舍楼周五是晚上十一点的门禁,他也不知赶不赶得上了。

考虑了两秒,萧惟说:"好,那今晚就打扰叔叔阿姨了,我明天回学校。"

唐慕笑:"行,没啥打扰的,你是我和你姜阿姨看着长大的。要不住两天吧,等周日晚上和然然一起回学校?"

萧惟礼貌地回绝:"我没带作业,明天得回学校写。"

姜静之:"行,那就明天在家吃了饭再把你送回去。"

回去路上,姜静之接了个学生的电话,跟唐慕在前排说学校的事情。

后排两人沉默着,唐星然找了个话题。

她侧头道:"小惟,你们班作业多吗?"

萧惟纠正道:"萧,一声。"

唐星然笑:"差不多嘛。小惟多好听,跟刚才电影里的狐妖一样。"

幽黄的路灯透过车窗,照在萧惟脸上。他皮肤很白,在灯光下,完全看不出血色,又面无表情,看不出任何情绪。

唐星然看了一瞬,补了句:"而且你挺像男妖怪的。你说,你是什么妖怪?"

萧惟懒得理唐星然,但在唐慕的车上,又觉得不理她不太礼貌。

他只能说:"我是人,不是妖怪。"

唐星然笑出了声，没想到他回答得这么正经，还挺好玩。

她叽叽喳喳道："当人有什么好，我上辈子应该是一个花妖，然后功德圆满飞升上了天，当了花仙，管理三界的花草。"

这都什么乱七八糟的。

唐星然继续："其实我这辈子还保留了花仙的眼睛，是人是妖我一眼就能看出来。我已经看出你不是人了，你就是妖怪。"

萧惟问："我是什么妖怪？"

她第一想法觉得他就是狐妖，长这么好看，一般是狐狸精。

唐星然看了他一会儿，一本正经道："你是狗妖。"

萧惟彻底不想理她了。

他就不该问。

一路上，唐星然都在叽叽喳喳，一会儿说刚才的电影，一会儿又是"中二"发言，旁边的萧惟时不时敷衍地应两句。

"萧惟，客房的床铺好了，那间房有单独的洗手间。洗漱用品都是新的，给你放洗手台上了，睡衣穿我刚买的吧，没穿过的。"

"好，谢谢叔叔。"萧惟应道。

唐星然放下包就拿了几包零食，回了自己卧室。

她今晚不准备早睡，想边吃零食边把这周更新的动漫追完。

屋外逐渐变得安静。

夜深人静，她戴着耳机坐在电脑前，一口气看完了六部动漫的更新。洗完澡有点口渴，她拿着水杯出了房门。

家里其他两人，哦不，三人应该都睡了。

姜静之睡眠浅，她轻手轻脚地开关门，也不敢开灯，否则姜静之就会发现她今晚熬夜到凌晨一点。

借着手机屏微弱的光去了厨房，她一掀帘子，就与一个人撞了满怀。

"哎哟！"

她头顶恰好磕在那人下巴上，前两天在床板上磕出的包还没消，现在又撞一次，疼痛加倍。

她捂着脑袋慢慢抬头，拿起手机从下往上照。

原来是萧惟。

他下巴上被她照出一片冷白的光，看起来像"鬼"一样。他眉头微蹙，抬起手去摸下巴，显然也被她撞疼了。

唐星然先发制人，小声质问："你干吗呢？"

萧惟面无表情地抬了抬手里的杯子："倒水。"

"你怎么不开灯啊？吓我一跳！"

萧惟诚实道："我没找到开关。"

这房子是唐星然家前两年刚买的，他以前没来过。

萧惟借着她手机的亮光看向她，问："你还好吗？"

唐星然："没事，还活着，没被你吓死。"

"……我是问你头有没有事，刚不是撞到了？"

"哦。"唐星然问，"那你有事吗？"

萧惟摇头，淡淡道："我没事。"

唐星然："那我也没事。力的作用是相互的，你没事我肯定就没事。小惟，你是不是物理不好啊？"

他就不该礼貌性地问她这一句。

萧惟没再说话，原路返回了房间。

唐星然倒完水，揉着脑袋也回去了。虽然力的作用是相互的，可她还有旧伤，感觉头上的包又大了些。

Chapter 2
萧萧和惟惟

第二天，唐星然醒来时已经快到午饭时间。洗漱完，她穿着睡衣出了房间。

厨房里传来炒菜的声音，客厅里只有萧惟一个人。他拿着本书坐在沙发上翻着，穿着一件白色的T恤和短裤，神情有些淡淡的慵懒。

唐星然走过去，也坐到沙发上，笑着说："早上好啊。"

萧惟抬头："已经中午了。"

唐星然撇撇嘴："我刚起床，就永远还是早上。你几点起的？"

"六点多吧。"

"厉害了。"

唐星然说完拿起遥控器开了电视，随便调了个正在放仙侠剧的台看。

萧惟看了两眼，就又低头看书，没看多久，唐慕就从厨房出来，叫两人洗手吃饭。

这次萧惟坐在唐星然的对面。她夹菜时不时就看萧惟一眼，他吃饭的时候，一举一动真的好……斯文优雅。

太装了。

唐慕和姜静之会偶尔问萧惟几句话。唐星然发现，他如果说话，就一定会把嘴里的东西全部咽下去,手里的筷子也要搁下。

她觉得有点好笑。

为了验证这个发现,她叫了他一声:"小惟。"

萧惟把筷子搁下,忍不住再次提醒:"是萧。"

"哦。"唐星然没再说话,继续吃饭。

又过了一会儿,她又叫:"小惟。"

萧惟又把筷子搁下,放弃纠正,问:"怎么了?"

"没事,我就叫你一声看你敢不敢答应。"

…………

又过了一会儿。

"小惟。"

萧惟再次搁下筷子,这次没说话,就抬头看着她。

数次后,唐星然的猜想得到了验证,嘴角扬得很高。

姜静之忍不住说她:"然然,你别影响人家萧惟吃饭。"

"妈,你看他每次说话都会把筷子放下,刚刚好几次都是。我这是在做……关于人类行为的实验!"

萧惟无语,他能说什么?

唐慕笑:"萧惟这是好习惯,你以为别人都跟你似的。"

姜静之:"就是,你看看你的腿都快跷到桌子上了,而且吃也没个吃相。你这样的要是放到古代都嫁不出去。"

唐星然眉心一跳,以为他俩又要说她小时候认为自己要嫁给萧惟的事。

还好,两人今天都没提。

她下意识地看了眼萧惟,他也正在低头吃饭。他应该已经忘了小时候她说过的傻话了吧?

饭后,唐慕和姜静之带着两人去了超市。一会儿就要送萧惟先回学校,两人打算给他也买些零食。

陪着逛了一会儿,唐星然就往糖果区走,拿麦丽素。

她发现有个牌子新出了一种跳跳糖夹心的口味,她拿了一袋,丢进手里的购物篮。

"你的仙丹?"萧惟在她身后悠悠开口。

唐星然震惊了,脱口而出:"你怎么知道?"

萧惟:"你以前跟我说过。"

小时候,唐星然什么零食都要送给萧惟吃,唯独不会给他麦丽素。

有一次课间他饿了,就吃了她半袋麦丽素,唐星然回来发现之后就哭了,怎么哄都不行。

她还边哭边说:"有人偷了我的仙丹,我今天可能就要死了。萧惟,要是我死了,你会不会很想我,你长大会不会娶别人当老婆?"

…………

他当时觉得很搞笑,但也挺内疚的,下节课课间就去小卖部买了一袋麦丽素偷偷放回她抽屉里。

小时候的事,萧惟也不是件件都记得,但那次唐星然哭得实在太惨烈,他想忘记都难。从那之后,他就再也没动过她的麦丽素……

唐星然揉了揉额角,小声嘟囔:"我怎么连这个都跟你说过。"

萧惟想到那事,也觉得好笑,嘴角微微弯起。

"你当时整天都拉着我话。"连身上有几颗痣都交代清楚了。

他说的是事实,唐星然无力反驳,选择闭嘴。

购物篮里还装了她刚才拿的好多甜牛奶和果汁,她正要拎着篮子去拿薯片,萧惟不动声色地接过她手里的购物篮,帮她拎。

唐星然感觉到手里一轻,睁大了眼。

哇!

小学帮他背了三年的书包,他现在居然怜香惜玉帮她拎东西。

不对劲,他不会是被"鬼"附身了吧?

"小惟。"

萧惟侧头,用询问的眼神看她。

"你现在是人是'鬼'啊?"

萧惟嘴唇微动:"我是'鬼'。"

唐星然想了想,朝他脚边看了一下,抬眸道:"你往左站点。"

萧惟问:"怎么了?"

唐星然:"你先站过去再说!"

两秒后,他还是迁就唐星然,往左挪了一步。

"没事,你应该还是人。"唐星然舒了口气,"知道为什么吗?因为'鬼'是没有影子的!"

萧惟懒得理她,拎着购物篮走了。

一会儿之后,唐星然以为萧惟走远了,一回头,发现他还是不远不近跟在她身后。

她不由得弯了弯唇,从糖果区走到了膨化食品区,又去了饼干区、干果肉脯区……看到什么想吃的就都拿了往篮子里丢。

一圈下来,购物篮里装得满满当当的都是她的零食,萧惟一样也没拿。

唐星然有点不好意思,侧头看他:"小惟,你是不是不好意思拿啊。你想吃什么我帮你拿吧。"

萧惟淡淡地说:"没有。我不吃零食。"

"不吃零食?"唐星然睁大了眼,"你装什么蒜?小学你天天都问我要零食,别以为我忘了,我每天带的一大半零食都是你吃的!"

萧惟说:"我现在不爱吃了。"

唐星然一边走着,一边自顾自地跟他说话。

"你是不是在减肥啊?我们班老师之前说了,高中都会长胖一些,这三年不要在意身材,营养最重要,吃饱了才有力气学习。"

萧惟垂眸看了眼篮子里那些零食,饼干、果冻、薯片、小蛋糕……不是油炸的就是高糖的。

他不屑道:"……零食能有营养?"

唐星然嘴硬地反驳他:"怎么没营养?果冻,有助于改善心情;小蛋糕,甜的,可以补充能量;薯片,这是土豆制品,你敢说土豆没营养?"

萧惟懒得跟她争了。她跟小时候一样，一开口全都是歪理，一套又一套。

走到现烤面包区，遇到了唐慕和姜静之，两人看向萧惟手中购物篮里的垃圾食品。

"然然，这些不会全是你拿的吧。"

唐星然挠了挠头。果然是亲爹了解她啊。

"对，小惟说他不吃零食，还说零食没营养。我刚已经教育过他了，不过估计他也听不进去，不拿就不拿吧，饿死他算了。"

萧惟无语。

姜静之敲了下唐星然的头："你瞎说什么呢？"

唐慕笑："就是，你拿的这些不就是没营养的吗？"

说着，两人给萧惟拿了一箱牛奶，称了些新鲜水果，又拿了几包坚果、豆干之类的"健康零食"。

结账的时候，给萧惟单独装了一个袋子。

上车之后，两个装满的购物袋放在后座，隔在唐星然和萧惟中间。

唐星然上车后就拆了一袋薯片，跷着二郎腿吃。

唐慕开着车，从车内后视镜看了眼萧惟："萧惟啊，昨天在我们家还住得惯吗？"

萧惟点头："住得惯，昨天打扰叔叔阿姨了。"

唐慕笑："住得惯就行！下周五你记得把作业带上，再跟然然一起回来，住到周日晚上再回学校。"

姜静之："就是，你以后周末都来叔叔阿姨家住。宿舍的同学都回家了吧？你一个人待着也没意思，来了还能有空顺便辅导辅导然然功课。"

唐星然没说话，转了转眼珠，偷偷看了萧惟一眼。

萧惟思索着，宿舍里有人还是没人，对他来说没影响。但姜静之让他去辅导唐星然的功课，他总不好拒绝。

他还没开口，唐星然就说："我不用他辅导功课。"

姜静之回头看了眼唐星然，问："你摸底考试数学多少分？"

"……65分。"她解释,"那是个意外,主要是因为考试的时候萧惟影响我发挥了,不然至少得有80分。"

萧惟蒙了,关他什么事?

"我怎么影响你了?"

唐星然眉毛一挑:"那天考试时你提前交卷,干扰了我的思路。在我就快想出来怎么做一道大题的时候,思路被你打断,我得从头再想,时间就不够了。"

姜静之笑了声:"就你理由多。"

唐慕:"萧惟,你摸底考试数学多少分?"

萧惟淡淡道:"满分……"

唐慕也笑出了声:"然然,听到没,萧惟比你高三十多分。"

唐慕:"萧惟,你周末有空就帮然然辅导一下数学吧。我和你姜阿姨都是学文科的,数学都不好,大学那会儿高数我也是找你爸妈辅导的。"

这话莫名戳中了唐星然的笑点,她脱口而出道:"所以现在让他'子承父业'?"

唐慕和姜静之听得一愣,也觉得"子承父业"用在这里很好笑,笑得停不下来。

唐星然也跟着他们俩笑,全车就剩下萧惟默默坐在一旁,面无表情,满脸都是黑线。

下车时,唐慕又叮嘱一句:"别忘了下周跟然然一块儿过来啊,可以带几身换洗的衣服过来,叔叔阿姨顺便就帮你洗了。"

"谢谢叔叔,您开车注意安全。"

载着唐星然回家时,刚好是正午。

车窗外艳阳高照,唐星然怕晒黑,一只手拿了个靠枕挡着半边脸,另一只手抓薯片吃。

唐慕:"萧惟真是长大了,现在懂事了。"

姜静之笑:"是啊,而且越长越好看,小时候看不出来,现在眉眼有点像老萧。"

唐慕皱眉:"你觉得老萧长得好看?"

姜静之违心地说:"没你好看行了吧?"

唐慕这才笑了:"这还差不多。萧惟长得是有点像老萧,但性格一点都不像。"

"确实,现在他性格沉稳了,感觉有点萧老师的风范。"

唐星然知道他们说的萧老师一般指萧惟的爷爷,在后排插嘴道:"对,老态龙钟。"

姜静之皱眉:"别乱用成语,然然你说,老态龙钟什么意思?"

专业病又犯了。

唐星然随口瞎说:"就是形容人老呗。"

姜静之纠正道:"是形容人老了之后行动不便的样子,记住了吗?你语文怎么学的,数学不好就算了,语文现在也不好了。平时多看正经书,少看点那些乱七八糟的小说。"

唐星然:"……哦。"

萧惟拎着一箱牛奶和一袋吃的回宿舍时,室友付楚也在。付楚初中就跟他一个班,现在上了同一所高中,同宿舍又同班。

"萧惟?你出去逛超市了?"

他点头道:"嗯。"

付楚诧异道:"你什么时候有这闲情逸致了,还以为你周末都会在宿舍待着刷题呢。"

萧惟淡淡道:"我爸妈的朋友带我去的。"

"哦,怪不得。"付楚谄媚地笑了笑,"对了,能不能借你的电脑给我打两局游戏啊?"

"又上不了网,你打什么?我电脑里也没下载单机游戏。"

付楚笑:"我发现我们这间以前是教师宿舍,桌子底下有网线的接口,我试试能不能用。"

萧惟:"我没网线。"

付楚拍了拍大腿，扬声道："我有啊！我刚出去买的！"

"……好吧。"

萧惟从柜子里拿出电脑包递给付楚。

付楚一边开机一边说："对了萧惟，你跟三班那个，叫唐什么、唐星然的到底怎么回事？昨天咱们班还有个女生跟我打听呢。"

萧惟坦言道："我们的父母关系很好，所以我跟她从小就认识。"

付楚："那你们现在什么关系啊？"

"就这个关系，没别的。"

付楚转头看他，笑着说："青梅竹马啊？我见过唐星然，就那个大眼睛矮个子吧？长得挺好看的。"

萧惟微蹙了蹙眉。

周二的数学课，老师通知可以开始报名数学竞赛，如果取得名次，有机会获得降分进入名校的机会。

唐星然课前吃了一颗麦丽素，莫名自信心爆棚，举手报了名。

课间，数学老师把三班几个报名的同学都叫去了办公室。

"这个竞赛由于有人数限制，我们先在校内选拔，周四晚自习的时间会先考一次试，选成绩前十的去市里参加预赛。"

数学老师给几人都发了一本复印的竞赛练习题，让他们拿回去先做。

晚自习，唐星然难得地用功起来。

之前都是过了晚上七点她就自主安排休息，雷打不动，没老师看着她就看小说，有老师就低头发呆，反正不会再学习。

陈璐侧头看她，低声道："你真想参加数学竞赛啊？"

唐星然："对啊！数学竞赛，就是高智商俱乐部，怎么能少了本大神的存在？"

陈璐笑着问："这些题你都会做吗？听说竞赛的题都特别难，跟我们平时学的根本不是一个难度。"

唐星然低头看了看，她其实不会。

每套试卷她基本只能做出前两题,除此之外,大部分题目连答案解析都看得很吃力。

她硬着头皮说:"现在不会,但我天资聪颖,后天肯定都会了。"

"……行吧,你牛。"

出了教学楼准备回宿舍,唐星然和陈璐分别,去小卖部买烤肠吃。

拿着烤肠回去,遇到刚从教学楼出来的萧惟。

北阳一中的晚自习上到晚上九点,这会儿天已经黑透了,只有两边的路灯发出幽幽的光。

唐星然快步走过去:"小惟。"

萧惟都快听习惯了,彻底放弃纠正她。他安慰自己:名字只是一个代号,随她便吧。

唐星然吃着烤肠,边走边问:"你也要参加数学竞赛吗?"

也?

"我参加。"萧惟侧头看她,"你报名了?"

唐星然的笑容带着一丝炫耀:"对啊!意不意外?别太意外,我其实一直在隐藏我的实力。"

萧惟说:"你摸底考试不是才65分吗?竞赛题会比那个考试难很多。"

唐星然:"我都说了摸底考试是被你影响才没考好的!"

萧惟随她说。

从教学楼去宿舍中间有一小段没路灯,光线很暗。

正和萧惟说着话,凸起的一块地砖把唐星然绊了一下。

她手里还拿着烤肠,扦子尖尖的,这一绊,差点戳到鼻孔里。

萧惟见状,也顾不得"男女授受不亲",快速抓了她手腕一把,间接移开那根扦子。

他用了些力,唐星然能清晰感受到他手掌的力道和温度。

萧惟攥了攥拳,侧头看着她。

"以后不要边走路边吃东西。"

"……嗯。"

唐星然难得没有还嘴,她两口吃完了烤肠,把扦子扔进路边的垃圾桶里。

夜深人静,萧惟不说话,两人并肩朝着宿舍楼走去。

唐星然觉得有点像回到了小时候,她每天跟萧惟一起放学走回家,只是那时,她肩上一左一右背着两个书包。

想到这儿,她心里又不舒服了,侧头看了一眼萧惟。以后一定要找个机会让他帮她背书包!欠她的迟早得还!

"你们班数学老师发竞赛的练习题了吗?"唐星然受不了一路沉默,开始没话找话。

萧惟:"嗯,发了。"

唐星然:"你做了多少了?偷偷告诉你啊,我今天已经做到第二套题了。"

萧惟淡淡道:"我全做完了。"

唐星然震惊:"你怎么做这么快!你是不是全选C瞎写的啊?"

萧惟:"……不是。"

全选C?只有唐星然能干出来这事吧。

唐星然追问:"那你怎么可能一天全写完,里面有十套题呢!"

她几乎全都是对着答案做,一天才"做"了两套。

萧惟瞥了她一眼:"刚开学老师就给我发了那本练习题。"

"哦,怪不得。原来你是,笨鸟先飞啊。"

萧惟没在意她的胡言乱语。

"没事,我这种高智商选手,也能后来居上,你等着看吧!"

…………

快到宿舍门口,灯光渐亮,人也比路上多了不少,许多人都往他们俩的方向看过来。

唐星然左右看了看,小声道:"要不你等会儿,等我先走了你再走。"

萧惟觉得莫名其妙,问:"为什么?"

唐星然挠了挠头:"……就是,怎么说呢……前两周有好多人说我跟你谈恋爱。我们现在这样走一起,感觉影响不太好……"

萧惟看她,面无表情道:"所以,你在跟我谈恋爱吗?"

唐星然被他问蒙了:"当然没有啊!"

萧惟目视前方走路,淡淡道:"那不就完了?清者自清,管别人怎么说做什么。你有空在意这个,不如多写几套竞赛题。"

有点道理。

唐星然舔了舔唇:"哦。"

到了宿舍楼下,唐星然快步上了台阶,又好像忘了什么事,回头冲他笑了一下。

"拜拜!"

萧惟"嗯"了一声:"回去吧。"

回男生宿舍的路上,他想起了小学的时候。

每天都是唐星然先到家,进小区门时,她总会笑着跟他说一声:"拜拜,明天见!"

有次她忘了说,第二天早上去教室,她一见到萧惟就马上说:"拜拜!"

萧惟当时问:"不是刚到校吗?"怎么就拜拜了。

唐星然奶声奶气地笑着跟他说:"昨天我忘了说,今天给你补上!"

那时,他就觉得她唇边的两个梨涡特别可爱。

他小时候好像还伸手戳过几次。不过,怎么回事,他现在好像也想去戳一戳……

唐星然回到宿舍,洗漱之后,拿着水杯去楼道里的饮水机接水,姚青悦也跟她一起。

"唐唐,我刚看见是萧惟送你回宿舍的哎!"

唐星然:"那不叫送,是我跟他恰好在路上遇见。青悦,我不是跟你说了好几次了嘛,我跟他没啥关系。"

她接好水,站在一旁等姚青悦,继续道:"别说谈恋爱了,我都不太稀得跟他多讲话。你看他那张脸每天冷得,跟谁都欠了他一百块钱一样。"

姚青悦笑着说:"我记得。但我就是好奇嘛,八卦是人类的天性。而且,说不定你俩哪天就有情况了呢,也说不定,对吧?"

唐星然额角一抽,和她一起往宿舍走。

"不可能的。算了,我不跟你解释了,清者自清。"

她说到这四个字,就脱口而出继续说:"有八卦的时间,还不如多写几道数学题!"

姚青悦转头看她:"唐唐,你没发烧吧?你上次不是还跟我说,成天争分夺秒学习的人就是装模作样,根本没效率?"

唐星然揉了揉眉心。

完了,她这是被萧惟那个"老年人"带跑偏了……

"对,我刚啥都没说,你要是听到我说过话,就当我被人'夺舍'了!"

姚青悦无语,大晚上的。

到了周四放学前,那本数学竞赛练习题唐星然已经"做"了七套。

吃过饭,晚自习时间,一班的数学老师安排报名了竞赛的学生都去了一个空教室。

报名的基本都是一班到四班的学生,加起来也就四十人左右,一间教室就能坐下,而且大部分是一班的学生。

唐星然到考场时,看到萧惟已经坐在了前排的位置。

她挑了个后排座位坐好,五分钟之后,老师发了卷子,考试开始。

题目不多,一个半小时的答题时间。

写完前五题之后,唐星然开始抓瞎,不过至少比前天只会写两道题的情况好了一些。

第六题,不会。

第七题,不会。

…………

第十题，不会。

离考试还剩十多分钟的时候，萧惟就已经做完了。因为是选拔性的考试，题目的难度设置合理，不然大家都会做或是都不会做，考试就没意义。

他盖上笔帽，准备交卷回班去写作业。

他正要站起身，脑海里响起了一个声音——

"萧惟提前交卷，影响我发挥。"

算了，他还是等考试时间到了再交卷吧。

最终，唐星然不会的选择题都选了C，两道大题硬着头皮写了几个步骤。

出门时，遇到萧惟。

她看着他问："小惟，这次题目难你没法提前交卷了吧，你最后写出来几道？"

他淡淡道："题目不算难。"

从他的角度，这是事实。

"你不会都做出来了吧？"

"嗯。"

"……牛。"

萧惟眉头轻蹙，微微张口。

唐星然回了教室，陈璐马上问她："怎么样，能选上不？"

她眨了眨眼，说："不知道，得等成绩出来。"

陈璐笑了声："你不是说你是高智商大神吗？"

唐星然想了想说："你知道吗？大部分人的大脑开发程度都不到百分之十，我有可能更低。所以我其实智商很高，但可能还有待开发。"

"……你哪儿看来这么多乱七八糟的理论？"

唐星然："我忘了。"

她看向陈璐，讨好道："璐璐，数学作业给我抄抄吧，你肯定写完了。"

陈璐:"你不自己写了?"说着,把练习册递给了她。

唐星然接过:"快九点了,我大脑马上就要停止工作,估计没时间写数学了。"

陈璐笑了声:"你可算是正常了。"

晚上回宿舍,姚青悦神秘兮兮地拉着唐星然去了阳台。

姚青悦压低声音道:"唐唐,你认识付楚吗?"

唐星然:"不认识哎,付楚是谁?"

姚青悦:"一班的,我打听了一下,他跟萧惟是室友!"

"哦,近墨者黑,他俩一个班的又是同宿舍,估计跟萧惟一样黑。"

姚青悦拍了唐星然一下:"那可不一定!你有空帮我问下萧惟呗,付楚有没有QQ号啥的……我今天下楼的时候差点摔倒,他扶了我一把!"

唐星然想了想,问:"所以你要跟他道谢?你当面跟他说不就行了?你不好意思的话,我帮你说,就说三班的姚青悦谢谢一班付楚相救之恩,姚青悦没齿难忘。"

姚青悦对她有点无奈:"不是,就他当时让我觉得,特别阳光。学习好、人也这么好,加个QQ以后问题什么的也方便。但当时就快上课了,我也不好意思直接问他要QQ,所以……"

唐星然这次听明白了,笑了声说:"你就是想认识他呗?"

姚青悦小声道:"也差不多吧。"

唐星然笑着说:"行!那我帮你要,这事包我身上!"

"太好了!"姚青悦愉快道,"唐唐,我爱你!"

上周唐慕和姜静之已经跟萧惟说好周末让他过去住,前几天萧惟的爸爸萧俊也百忙之中打来了电话,又跟他说了一次这事。

周五放学,萧惟已经收拾好东西,朝门口看了看,唐星然还没来。他直接背着包去三班找她,到了教室门口,看到三班老师还在拖堂。

此时,三班教室内,不少女生频频往前门的窗外看。

物理老师脾气有点暴,叫起来其中一个:"你看啥呢!这么着急下课?我都不着急呢!"

唐星然本来在低头看题,闻言,也往门外看。

萧惟背着包,侧身靠在三班前门门口的窗台上。夕阳的余晖从后照过来,他逆着光,映出一个精致完美的侧颜,鼻梁高挺,下颌线流畅清晰,发丝垂在额上,也透着光。

唐星然舔了舔唇,真好看啊!这张脸长在别人身上该多好……

"唐星然!就你还在往外看,不想听可以出去!"物理老师这句话声音更大,近乎咆哮。

她被吓了一跳,赶忙收回视线:"老师,我想听!"

萧惟就在门口,老师那句话他听得很清楚。他转了转身,恰好能看见唐星然。

往外看?唐星然是在看他吗?

物理老师又讲了一刻钟才下课,等老师出门,唐星然收拾书包出去找萧惟。

三班的其他同学路过,频频投来目光。

她在心里默念:"清者自清。班里这些人就是闲得慌。"

唐星然今天中午提前收拾好了要带回家的东西,背着鼓鼓囊囊的书包和萧惟并肩往外走。

两人出了校门,找了一圈,却没看见唐慕的车。

唐星然:"我爸好像还没来,等一下啊,我打个电话给他。"

萧惟:"嗯,不急。靠边站点,小心车。"

她往左挪了一步,从书包里掏出手机开机。刚要拨号,她看到了下午姜静之发来的短信:我们院里临时有个会,可能开到挺晚,你和萧惟坐公交车先回家吧。我提前订了比萨给你们,你放学后到家了给我发条短信。

唐星然回了条短信,侧头看萧惟:"那个……我爸妈要开会,让我们坐公交车回去。"

萧惟："好。"

两人往公交车站走，唐星然摸了摸两个衣服口袋，又掏了掏两个裤子口袋，空空如也。

她瞥了眼萧惟，坏笑了两声："小惟，打劫！"

萧惟无语。

她站在原地，扬起下巴说："要从此路过，留下一块钱！"

萧惟从口袋里拿出一块钱递给她。

公交车站站满了人，都是穿着北阳一中校服刚放学的学生。

唐星然没在这里坐过公交车，于是走到站牌研究他们应该坐哪辆车回家。

萧惟站在她身后："坐24路。"

她转过头，诧异道："你怎么知道，你是不是偷偷研究过怎么去我家？哇，小惟啊！你有何居心？"

又什么乱七八糟的。

他看了眼站牌，淡淡地说："那么大的字写着，一眼不就看到了？"

唐星然挑眉："那你眼神还挺好，跟二娃一样。"

萧惟问："二娃？"

唐星然："《葫芦娃》里的二娃啊，千里眼顺风耳，橙色的那只娃，你有印象了没？"

萧惟说："我没看过《葫芦娃》。"

唐星然震惊了，抬高声调："《葫芦娃》你都没看过？不对啊，我记得你小时候来我家玩，好像跟我一起看过的啊。"

他不记得自己看过，也许是当时就觉得没意思，没用心看。

24路公交车驶入车站，一大批学生一窝蜂挤上车，眼看着就快满了，唐星然抓起萧惟的胳膊就往上冲。

萧惟握了握拳，像个木偶似的被她拽上了车。

恰好两人前脚刚迈上了车，公交司机后脚就冲着外面喊："人满了啊，别上了，你们等下一辆！"

车上非常拥挤。

因为他们是最后上车的,唐星然后背抵着投币箱,正面紧贴着萧惟。

在这种情形下,她还有精力叽叽歪歪:"还好我动作快!不然又得等了,你看你磨磨叽叽的,要不是有我,说不定等三趟你都上不了车!"

萧惟刚看见这么多人挤,本来想带唐星然打车回的。他话还没说出口,就被唐星然抓着胳膊拽上车了。

车里太吵,听得萧惟一路心烦,脸色比平时更阴沉了,他喜欢安静,讨厌人多吵闹。

唐星然好久没坐过这么挤的公交车,车里闷热得紧,她也不太舒服。

中途靠站停车,到了北阳三中附近的车站,下去了几个人,又上来了几个人。

上车的人里有三个女生,穿着北阳三中的校服,站在唐星然和萧惟身边的位置。

三人时不时就朝萧惟的脸上看几眼,然后转回头窃窃私语。

过了一站,其中一个好看的女生往他旁边挤了挤,唇边抿着一丝羞赧的笑意。

她抬头看萧惟:"同学,你是一中的吗?"

萧惟脸很冷:"嗯。"

"哇,学霸啊!能不能加你的QQ,想听你分享一下学习经验。"

萧惟瞥了她一眼:"……我没有QQ。"

唐星然在心里偷笑,又是一个想不开过来找萧惟搭讪的。

那女生面色有些尴尬,给自己找台阶下:"啊,原来学霸不玩QQ,那你有手机吗?"

萧惟低着头,正想着怎么开口拒绝,公交车前有一只流浪狗窜过,司机一个急刹车,车里的人往前涌。

唐星然本来就没扶东西，侧着靠在投币箱旁。

突然刹车，她一个趔趄往前倾，眼看着就要撞到挡风玻璃上。萧惟一手拉着把手，一手迅速揽住了她的腰，把她拉住。

唐星然借着力站稳。

萧惟松开手，低头看她，眉头微蹙："你扶个东西，不然很危险。"

唐星然抬眸，小声说："你是东西吗？"

车里吵，萧惟没听清："什么？"

"啊……没什么，我这就扶！"

唐星然扶住了投币箱。

刚才的女生看到两人刚才的举止，已经默默离开，挤到远些的地方站着。

到了北阳大学站，两人下车。

唐星然家在北阳大学旁边的小区，是前两年刚盖好的高层。

她书包里装的东西很多，鼓鼓囊囊一大包，压得她肩膀酸痛。刚才在车上人多，还看到好几个同校的，她最后也没好意思让萧惟"还债"。

现在公交车站到她家那栋还有一段距离。

唐星然侧头看萧惟，暗示道："小惟，我书包好重啊！"

"嗯。"

她决定还是直说："你帮我背吧，我背不动了。"

萧惟侧头看她，想起小学那三年："好吧。"

唐星然"哇"了一声，一边把书包递给他，一边说："果然，这么多年过去，你的狗身终于修炼成精，越来越像人了！"

萧惟刚抬起来准备接她书包的手又放下了："你自己背。"

唐星然几乎要跳脚："你刚才同意了的，不是有句话说，君子一言驷马难追？"

萧惟沉默了半晌，淡淡地说："你刚不是说我是狗。"那肯定不算是君子。

"所以你也承认了？"唐星然书包还拎在手上。

萧惟不想跟她斗嘴。

他伸手，什么话也没说，默默接过了她的书包。

唐星然嘴角扬了起来，笑着絮絮叨叨："小惟啊，你别不情愿，我要是仔细跟你算，你得每天帮我背，背够三年才算还清！"

萧惟张了张口，欲言又止。

他依稀记得这债不是这么还的。

他小时候说的是，唐星然帮他背书包，他以后娶了她给她买大房子，买芭比娃娃。

她应该已经忘了。

不过，本来这些就是小时候不懂事说的玩笑话，现在他们俩都长大了，有些话再提就尴尬，也不合适。

他背着自己的书包，胳膊上挎着她的书包，跟着她进小区，上电梯，进家门。

唐星然给姜静之发了条短信说到家了。

两人刚换了鞋放好书包，比萨就送到了。

父母不在，没人说她，她拎着比萨就直奔自己房间，打开电脑，准备边吃边看动漫。

"小惟，你进我房间来吃吧！"唐星然冲着屋外喊了一嗓子。

萧惟走了两步，停在了原地，孤男寡女在她的卧室独处，感觉不太合适。

他走到门口，说："吃饭就去餐厅，在餐桌上吃。"

唐星然无语，萧惟这话怎么跟她妈说的似的。

她没有放弃，劝道："在卧室也一样吃，小时候你们来我家，你爸和我爸在外面喝酒，不也让我们把东西拿进房间吃？就吃个饭，讲究这么多干吗。"

算了，懒得跟她争。

他又犹豫了一会儿，终是踏进了她的房间。

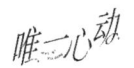

跟她小时候的房间有点像，墙刷成了淡粉色，到处摆着娃娃和手办，墙上贴着动漫海报，书架上摆着很多漫画书和各类言情小说。

唐星然腾了个椅子给他，打开电脑，开始放动漫。

她边吃着比萨边看动漫，萧惟坐在一边低头吃意面。

唐星然侧头看他："你不吃比萨？别客气啊，我一个人也吃不了一整个。"

萧惟搁下叉子："没事，你吃吧。"他吃不惯比萨。

一集动漫看完，两人也吃饱了。萧惟收拾了餐盒，拎到屋外去，他不打算再回她房间。

唐星然家的客厅有一整面的书墙，摆着各种文学类书籍，都是唐慕和姜静之的。

萧惟随手抽了一本，坐在沙发上看。

刚翻了两页，就听到唐星然喊他："小惟，你过来！"

萧惟无奈，拿着书起身又去了她房间。

"怎么了？"

唐星然的电脑屏幕上登着QQ，她转头道："我好像还没加你QQ好友哎，小惟你QQ号是多少？"

萧惟："……我没有QQ号。"

唐星然看着他，睁大了眼："真没有啊？"

"嗯。"

他不知道要QQ来做什么，也就没注册。

唐星然："你还活在20世纪吗？你该不会连电脑都不会用吧？不对，我们小学有计算机课的。"

萧惟没搭她的话。

唐星然笑着提议："我帮你注册一个吧！"

"不用。"

"别客气，我教你怎么用QQ，连我爸妈都会用，我妈还养QQ宠物呢。"

唐星然已经在电脑网页上操作着帮他注册QQ号了,他没执意拒绝,否则她还有一万句话等着他。

唐星然一步一步帮他填了信息:生日,跟她同一天;手机号,她上周存了。

……

最后,帮他起好昵称,注册成功。

她转头看了他一眼,笑道:"好了,你记一下你的QQ号7163×××1。"

萧惟没说话,也没动。

唐星然:"你倒是记啊。以后你就填这个号码登录,对了,密码是你名字拼音的首字母加生日。"

萧惟淡淡道:"我记住了。"

唐星然眉毛挑了挑:"你这么记一会儿就忘了!你最好记到手机里存上。"

萧惟:"不会忘。"

唐星然无奈地摇了摇头:"算了,我已经帮你加上我好友了,忘了你就问我吧,我再跟你说。"

萧惟刚准备站起身出去,怕她一会儿又有什么事喊他,来来回回,麻烦。他索性就坐在旁边的椅子上,翻看刚才那本书。

果然,过了不到五分钟,唐星然又开口了。

"哇!小惟,QQ宠物新出了小猪猪,这个好可爱啊,我刚领养了一只,我帮你也养一只吧!"

萧惟没搭话。

唐星然继续激动道:"我养只母猪,你养只公猪,不知道长大能不能让它们结婚生小猪。我看看啊。"

萧惟腹诽:什么东西?

唐星然也不管萧惟同不同意,就登上他的QQ帮他也领养了一只猪。

她坏笑了一声,给自己的那只小猪起名叫"萧萧",萧惟那只的小猪起名叫"惟惟"。

萧惟低头看书,唐星然就在旁边玩 QQ 宠物,一会儿的工夫,她已经玩熟了怎么喂食、怎么打工、怎么学习。

她抿了抿唇,问:"小惟,你家里有没有笔记本电脑啊……"

萧惟侧头看她:"我带去宿舍了。怎么了?"

唐星然睁大了眼:"哇!真的吗!那你帮我们养这两只猪吧!"

"嗯?"

唐星然兴致勃勃,继续道:"我们分工!这样,以后周末和假期我来养,其他时间你养。你坐过来点,我教你怎么弄!"

"……不。"会影响学习,而且他对这什么猪不感兴趣。

唐星然咬着唇,看着他的眼神可怜巴巴的:"小惟,你忍心让我们的小猪孤独凄惨地等一整周吗?而且我这只叫萧萧,你这只叫惟惟,它们都是你的孩子啊!"

神经病啊。

萧惟也不知自己是怎么了,"不"字就在嘴边,竟然说不出来。

更要命的是,看着她这表情,他很想说"叫声萧惟哥哥就答应你"。

他还记得小时候,他经常哄骗着唐星然这么叫他。

这么叫其实也没错。两人虽然同一天生日,但覃雅宁告诉过他,他是下午三点多出生,唐星然是下午四点多出生。

他比她大一个小时。

思绪收回,萧惟沉默了小半晌,还是没好意思让她叫哥哥。

他一言未发,默默往她那边挪了挪椅子。

唐星然兴高采烈地说:"哇,你同意啦!小惟你现在真的是太好了!"

她操纵着鼠标,一步一步教他:"你看啊,你每天要让它们去打工、上课、赚钱买吃的,打工是去这里。"

…………

她讲得很细,简单的几个操作足足讲了十五分钟。

唐星然看着他:"你还有哪儿不会吗?有的话我再给你讲一遍,

可能对你来说有点难度。"

萧惟不知道哪儿有难度。

"会了。"

唐星然指了指电脑屏幕,笑着说:"那你让惟惟去学习、打工,再买食物喂它。我验收一下,看你是不是真的会了。"

萧惟抬了抬手,淡淡道:"让个位置。"

唐星然迅速挪了挪椅子。椅子摩擦地面,发出刺耳的"刺啦"一声。

萧惟蹙眉,接过桌上 Hello kitty 的粉色鼠标。他感觉到,鼠标上还有她掌心的温度。

他看着电脑屏幕,右下角有一只粉色的猪,脚下打着"惟惟"两个字。

他面无表情地一步步操作着,完全体会不到其中的乐趣,觉得自己像是流水线上的工人。

等他结束了一系列流程,唐星然"哇"了一声,夸道:"你还挺有天赋!我讲一遍你就会了哎!那你记得以后每天都养,周末我上线检查!"

这时,屋外传来开门声响,应该是唐慕和姜静之回来了。

"然然?你们在房间呢?"

唐星然扬声应:"对!小惟在辅导我功课。"

她条件反射般地按灭了电脑显示器,飞速地从旁边随手拿了本练习册摊开。

萧惟哑然。

两人走了进来,姜静之说:"哟,还真在学习呢?"

唐慕笑:"果然萧惟来了就是不一样啊。我路上还跟你妈说呢,你肯定在玩电脑,说不定比萨都是拿到房间里边玩边吃的。"

姜静之:"行了,你们接着学习吧。"

说完,两人出了房间,把门也带上了。

唐星然偷笑着舒了一口气,听到远去的脚步声,又打开了电脑显示屏。右下角,一只小猪招了招手。

她伸手,刚摸到鼠标,显示器被萧惟摁灭。

唐星然压低声音,诧异道:"你干吗?"

萧惟淡淡地说:"不是辅导功课吗?"

刚没戳穿她,可他也不想跟着她合伙骗人。

唐星然又露出可怜的表情:"今天是周五……我一般周五都不学习的,上了一周的课,好不容易有空玩会儿……"

萧惟沉默了一瞬,坚持道:"那写完数学作业你再玩。"

唐星然苦着脸看他,听他又补了句:"我跟你一起写。"

引"妈"入室啊!

算了。写就写吧,就先写个数学作业而已。

唐星然从书包里掏出练习册,萧惟也出了房间,去沙发上拿了作业回来。她房间书桌很大,两人一左一右,埋头做题。

唐星然思考的时候习惯性咬笔杆,萧惟离得近,听到了老鼠似的"咯吱咯吱"的声音。

听得他有点难受:"唐星然。"

"啊?咋了?你有不会的题要问本大神吗?"

萧惟说:"不要咬笔,不卫生。"而且很吵。

唐星然撇撇嘴,"哦"了一声。

一个小时之后,她写得差不多了,除了两道不会的还空着。

她侧头看向萧惟:"小惟,我这儿有两道超难的题,我想考考你。"

萧惟微微侧头,看她圈出来的那两道题。

他说:"不难。"

唐星然:"我在考你哎!又不是让你评价难不难,你算一下答案是多少,我告诉你对不对。"

他抄了个数据,在草稿纸上演算。

算到一半,他反应过来,侧头问她:"是不是你不会做?"

这都被他发现了。

她想了想,决定还是实话实说:"对,要不你给我讲讲吧……"

萧惟不由得弯了唇,又马上抿了下去。不会就不会呗,还说什么要考他。

"你有不会的就直接问我。"他把草稿纸往唐星然那边推了推,给她讲题。

三分钟后。

唐星然挠了挠头,说:"我没听懂,你能再讲一遍吗?"

萧惟又讲了一遍,比刚才更细致。

"现在会了吗?"

"好像……会了。"

"你这两道是同一个类型的题,你做一下另一道。"

"哦……"

在萧惟的帮助下,唐星然写完了数学作业。她把练习册收进书包,打开电脑开开心心地看动漫。

一班的作业比三班多了一倍,萧惟还没写完。他站起身:"我回房间接着写作业了。"

唐星然笑:"你还在写数学啊,我都写完了!没事,勤能补拙,你去补吧。"

他懒得跟她解释。

周末很快就过去了。

周日下午,唐慕和姜静之照例带两人逛超市,然后把他们送回学校。

晚上,姚青悦回了宿舍,把唐星然拉去了阳台:"你帮我问了付楚的QQ号了吗?"

完了,她把这事忘得一干二净!

"我现在就帮你问!"唐星然掏出手机,直接给萧惟拨了个电话过去。

萧惟:"什么事?"

唐星然:"那个,付楚是你室友吗?"

萧惟："嗯。怎么了？"

唐星然："你能不能，帮我要一下他的QQ号啊？我室……"

姚青悦拉了拉她，用口型说："先别说是我要的！"

唐星然点头，没再说话。

电话那头沉默了一会儿，萧惟声音冷了些："好，等会儿我短信发你。"

唐星然笑着说："太好了！小惟你太靠谱了！"

此时，男生宿舍。

萧惟挂了电话，看了一眼桌前正在用他电脑打游戏的付楚。

他问："你有QQ吗？"

付楚头也不转，心不在焉道："有啊，你要加我吗？等我打完这局，我加你吧，我刚好登着呢。"

萧惟说："唐星然要。"

"啊哈？"付楚摇了摇头，"那不是你的人吗？我可不干挖墙脚这事，我不能给！"

"不是。"萧惟揉揉眉心，拿出一本书，淡声道，"随便吧，不想给就算了。"

女生宿舍。

几分钟后，唐星然收到一条短信。

萧惟：付楚没有QQ。

唐星然拍了拍姚青悦，说："青悦，付楚没有QQ。"

姚青悦："啊？不会吧。他是不是不想给啊？"

她叹了声气。

唐星然挑眉："那不一定，萧惟也没有QQ，还是我前天才帮他注册的。你知道吧，这种学习好的，可能都不玩QQ，每天就知道刷题。"

"唉，那好吧，我再想想办法……"

周一上午，课间，数学老师把唐星然叫去了办公室。

"唐星然，恭喜你啊。咱们班这次三个报名的，就你一个人被选上了。一班的吴老师改的卷子，你刚好是第十名！"

唐星然眨了眨眼："哇！太好了！那我是不是可以去参加市里的预赛？"

数学老师："对。这次被选上的其他九个人是一班的，二、三、四班里就你一个！吴老师给你们十个同学都安排了竞赛辅导课，每周一、三、五的晚自习时间。"

唐星然激动道："好！"

她一蹦一跳地回了教室，看到陈璐就拉着陈璐的胳膊转圈圈。

"璐璐！我被选上了，我可以去参加北阳市的预赛了！"

陈璐："哇！你真被选上了！牛！"

唐星然："我也觉得我好牛啊！"

晚自习，唐星然就去了楼上的教室参加竞赛的培训课，讲课的是一班的吴老师。

她是最后到的，进教室时，里面已经坐了九个人。

萧惟就坐在第一排正中间的位置。唐星然看了一圈，坐在了萧惟旁边的空位上，其他人纷纷抬头看她。

她这会儿心情好，没管别人，侧头看着萧惟笑。

"惊不惊喜！意不意外！没想到会在这里看到本仙女吧！"

萧惟："嗯。"

唐星然："我早就跟你说了！我一直在隐藏自己的实力！"

萧惟："……哦。"

还没到晚自习上课的时间，教室里其他八个人都在低头写题。

唐星然来之前，萧惟本来也在写作业。

她说话时虽然压低了声音，但教室太安静，两人的对话被第二排的付楚听得一清二楚。

付楚拍了拍萧惟的肩膀，往前凑了凑，低声道："萧惟，原来你对谁都这么冷淡啊。"

萧惟："……写你的作业。"

唐星然转过头，睁着大眼睛，看到后排是个长相很阳光的男生。他的练习册合着，唐星然看到上面写着"付楚"两个大字，字迹豪放。

"你就是付楚啊？"她问。

付楚笑着点头："对啊。你是唐星然吧？你真厉害，其他几个班里就你一个人选上了。"

唐星然点了点头："嗯，我也觉得我特别厉害。"

萧惟无语。

唐星然一本正经道："不过，这只是个开始，我更厉害的还在后面！"

萧惟微微张口，轻声叫她："唐星然。"

唐星然转回头来看他："怎么了？"

萧惟沉默了半晌，看着她说："写作业，你吵到别人了。"

"哦……"

唐星然挠了挠头。她说话声音好像挺小的啊。

她又环顾四周，其他人都低头写作业，好像也没影响到谁。

算了。

唐星然也没带作业过来，发了没多久的呆，想起姚青悦，她又转过了头，把声音压得更低。

"付楚，付楚。"

付楚抬起头笑问："怎么了？"

唐星然小声问："你真没QQ啊？要不我教你注册一个吧，我上周末刚帮萧惟注册了。"

付楚一时没反应过来，直言说："我有QQ啊。"

旁边，萧惟的脸色阴沉下来。

唐星然转头，质问："小惟，你不是说他没有吗？"

付楚看了眼萧惟，突然反应过来，拍了拍脑袋："啊呀！我给忘了，为了专注于学业，昨天我刚把账号注销了。"

唐星然正准备张口，一班的吴老师进来了，手里拿着一沓试卷。

"萧惟，来发一下卷子。"

"好。"

唐星然在办公室见过吴老师，是个不到三十岁的年轻老师，听说是北阳大学数学系毕业的博士，被北阳一中高薪聘来。

她拿到卷子，萧惟也坐了回来。

他低头看着，后五道选择题里有四道答案都是C，就明白唐星然为什么能考进前十名了。

竞赛辅导课一直上到九点，出教室时，唐星然感觉自己已经神志不清，长叹了一口气："天哪，累死我了！以后每周有三天都要上课上到这个点？"

萧惟："嗯。"

"你不累吗？"

"还好。"

快到三班门口时，唐星然侧头看他，提醒道："小惟，你别忘了养我们的猪。打工、学习、喂食。"

"……好。"

回了教室，唐星然还有一堆作业没写。

陈璐看她一副蔫巴巴的样子，笑着问："这是怎么了？你被数学折磨成这样了啊？"

唐星然从书包里掏出麦丽素，拿了一颗放进口中。

她猛地抬头，睁大了眼："不行！我不能做数学的奴隶，我要做数学的主人！支配数学，折磨数学！"

陈璐哑然。

下一秒，唐星然可怜巴巴地看着她："璐璐，数学作业给我抄抄呗……还有英语、语文、物理、化学、地理。"

陈璐笑了一声，拿作业给她。

"这就是你做数学主人的方式啊？"

唐星然嘴硬道："对啊，我先让它轻敌，以后找准机会一招制胜！

都是我的谋略啊。"

周四晚上下了自习,唐星然正坐在宿舍里泡脚,几个室友给她分享新听来的小道消息。

"唐唐,听说下周我们年级要军训。"

唐星然"啊"了一声:"不是都开学了吗,老师也没通知啊。我初中和小学军训都是开学前来着。"

"好像十班的老师已经通知了,总不能是他们一个班军训吧。"

"而且,高二的学姐说,他们去年也是开学快一个月才组织的军训。"

唐星然刚才还笑嘻嘻地哼着歌,这会儿脸马上垮了下来:"天哪,那你们有听说要军训多久吗?我初中军训了十天,感觉人都快训傻了!"

姚青悦答:"我听说是五天。"

唐星然边拿毛巾擦着脚,边说:"那还好哎,五天,忍忍就过去了。"

姚青悦又补了句:"不过听学姐说他们去年是去军训基地,条件相当艰苦,满地都是土。"

"啊?我的天哪!"唐星然想哭。

另一边,男生宿舍。

付楚一回去就问萧惟借电脑打游戏,离熄灯还有半个多小时,差不多刚好能打一局。

萧惟看了眼他,无情地拒绝:"不行,我要用电脑。"

付楚痛苦道:"哥,你都用了快一个礼拜了,你查啥资料要天天查啊。"

"……没啥。"

五分钟之后,付楚从床上下来,走到桌边,站在萧惟身后。看了一会儿,他震惊了:"哇!萧惟!你啥游戏都不玩,你还养QQ宠物啊？"

萧惟没搭话。

付楚笑得很大声，边笑边说："我还以为这都是小姑娘爱玩的呢。昨天我还听班里有女生说，QQ宠物新出了什么，宠物猪猪，你这就养上了？"

闻声，其他两个室友也过来围观。

"哇，你还有两只啊！这只猪叫惟惟，哎，这只叫萧萧，哈哈哈，真是要笑死我了！"

萧惟面不改色，淡淡道："你们闲得没事就去睡觉。"

"哈哈哈，不闲，对了，萧惟，你昨天给我讲的那道题好像错了，你要不要再看看？"

萧惟转头："不会啊，答案错了吧。"

萧惟合上电脑，跟着徐怡帆去看数学题。

拿出草稿纸，又算了两遍，萧惟确信道："答案可能错了，你明天去问下老师吧。"

徐怡帆点头："昨天其实我没太听懂，要不再劳烦您高抬贵手给我讲一遍？"

萧惟忍不住纠正他："高抬贵手不是这么用的。"

"哦哦，我知道。哎呀，说惯了错的，有点改不过来。"

讲完题，宿舍刚好熄灯。

萧惟摸黑去外面洗漱，躺回床上，他总觉得有什么事忘了，但想了一会儿也没想起来。

宠物猪猪"萧萧"和"惟惟"就这么在桌上被挂了一晚上。

第二天周五，下午最后一节课后，班主任杨老师进了教室，通知下周去军训基地军训，为期一周，又说了些需要带的日用品和注意事项。她没提前通知，是怕学生这周上课都会心不在焉想着下周军训的事。

周五没有晚自习，但唐星然也不能回家，还得去上数学竞赛的辅导课。她提前给姜静之发了短信,让他们晚上九点再来接她。

辅导课结束时,唐星然身心俱疲,头脑发昏。她半眯着眼看向萧惟,有气无力地说:"我爸妈应该已经在校门口了,我回教室拿下书包我们就走。"

萧惟:"嗯,我一会儿去三班门口找你。"

唐星然回去之后,发现教室里熄着灯,空无一人。

她灵光乍现,眼珠一转,立马来了精神,又"啪嗒"一声把刚打开的灯关掉。

她没急着去拿书包,虚掩住门,躲在了门后的角落。

走廊里很安静,没过多久,她就听到了脚步声,越来越近,紧接着,教室门被轻轻推开。

唐星然猛地跳起来,大喊:"鬼来啦!"

黑灯瞎火,只有走廊的灯光照进来。

萧惟并没有被吓到,面无表情地站在原地。

两人距离很近,就这么面对面沉默了好一会儿,甚至隐约能闻到对方身上洗衣液的香味。

走廊的声控灯已经熄灭,唐星然似乎能听到自己的心跳声,在黑暗中尤为明显……

萧惟先抬手,打开了灯。

他轻咳了一声,轻声问:"你干吗呢?"

空荡荡的走廊,空荡荡的教室。

他的声音低沉好听,唐星然看着他,紧张到心跳加快。

她突然感觉自己刚才的行为好像很幼稚,看起来傻乎乎的。

她咬了下唇,深吸一口气,很刻意地挑了下眉,说:"我,那个,我在吓你啊。有没有被我吓到?"

萧惟看了她一会儿,淡淡道:"没有。"

唐星然摸了摸后颈:"啊……那你胆子还挺大。"

她转头进去拿书包:"我们走吧……"

走向校门的一路上,两个人周围的空气也有些尴尬,萧惟没说话,唐星然也是难得的安静。

她摇了摇头，无法忍受这种状态，先试探着开口："小惟，你会不会觉得……我很幼稚？"

萧惟轻抿了下唇："不会。"

昏黄的路灯下，他耳朵逐渐变红。

唐星然手握了握拳，小声道："小惟，可能是因为我们认识太久了。在你面前，我从小就是这样的……"

"嗯，我知道。"

听他应了一声，唐星然反而蒙了。

她侧头看了眼萧惟，问："那你说，你知道什么了？"

萧惟没出声。

沉默了半响后，他开口，淡淡道："你现在长大了，不幼稚，只是在我面前才这样，因为你把我当成好朋友。"

唐星然咬咬唇，别开头说："也差不多啦。本仙女觉得你还不错，虽然当天下第一好的朋友不够格，但是念你前世积德行善，破格收你当个普通好朋友先。"

萧惟腹诽：真是谢谢你。

两人走到校门口，路边就剩一辆车，唐慕和姜静之站在车外等他们。

"这么晚才下课啊？"

唐星然点了点头，"嗯。我用功吧？"

姜静之笑了声："就你会邀功，萧惟都没说话。"

上了车，一路回去，唐星然脑子里时不时就会浮现出刚才在教室的画面。

萧惟一脸淡定地看着她。

距离很近，他身上香香的，很好闻。

唐慕："你们吃过晚饭了吗？"

唐星然心不在焉："吃。"

唐慕笑："你想啥呢？我问你吃过没。"

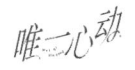

姜静之:"对,吃没吃过啊?吃过了回去你俩就随便吃点夜宵,没吃就去打包个饭。"

唐星然:"哦,吃过了。"

"萧惟呢?"唐慕问。

"叔叔,我也吃过了。"

一路上,两人都没说话。

唐星然时不时侧头偷看萧惟一眼。街道两边路灯的光芒映在他脸上,柔和又清冷。

姜静之听后座一点动静都没有,往常唐星然都会叽叽喳喳说个不停。

她转了转头,看萧惟眼睛也定定盯着窗外,像是在出神。

她问:"你俩今天怎么都不说话,在想啥呢?"

两秒后,两人异口同声:"数学题。"

唐慕和姜静之都笑。

唐慕:"然然也这么刻苦了啊?我和你妈还一直担心你上了高中数学跟不上呢,没想到都能去参加竞赛了。"

唐星然点头:"嗯,你们都是瞎担心,我就是数学界一颗冉冉升起的新星!唐星星!"

萧惟无语。

唐慕笑着问:"那你俩以后大学想报什么专业啊?然然不会改主意想报数学系了吧?"

唐星然想了想,一本正经地说:"也不是不行!"

姜静之:"那你可得想清楚,你不是以前说大学想学外语,当外交官吗?"

唐星然:"计划赶不上变化啊!我怕数学界损失我这个人才!"

姜静之听不下去了:"然然你能不能谦虚点。萧惟呢,你想学什么专业?"

萧惟转回头:"可能报法学或者数学吧。"

唐星然看向他,提议:"那你学法学吧,学法多帅啊!不过好像学法律要背的东西挺多的,你这脑子估计记不住。"

萧惟眉心一跳,第一次有人质疑他的智商,怕他会记不住东西。

唐慕:"别瞎说。人家考第一呢,你还担心别人脑子不够用。"

唐星然眨了眨眼,说:"那我考考你,你还记得我上周帮你注册的QQ号是多少吗?"

"7163×××1。"

半晌后,她说:"我不记得了,我回去登上QQ看一下!"

姜静之笑了声:"然然,就你这样还担心萧惟呢。"

唐星然不服气:"我这脑子是用来记正经事了,萧惟连这么一串数字都能记一周,证明他心思没放在正经事上!"

什么话都被她说了。

回到家吃过夜宵,唐星然回屋打开电脑,登上了QQ。

她的宠物猪猪没有自动出现,过了一小会儿,她看见那只粉色的小猪变成了灰色,闭眼躺在了右下角,头上顶着一句话:主人,我们来世再见吧!

唐星然看着那句话睁大了眼,朝着屋外大喊:"萧惟!"

萧惟正在客房换睡衣,听到她近乎咆哮的声音,皱了皱眉,穿好睡衣走去她房间。

姜静之在客厅提醒唐星然:"然然你小点声,别一惊一乍的,大晚上吵着邻居。"

萧惟到了她房门口,门开着,但他还是礼貌性地敲了两下。

他问:"怎么了?"

唐星然垮着脸,一边登录他的账号,一边质问:"你怎么把萧萧养死了?我的天哪!惟惟也死了!"

萧惟回忆了一下。哦,昨晚,他好像让它们去打工,然后就被徐怡帆叫去看数学题,这样的话,两只猪就打了一天一夜的工,没吃饭。

唐星然在电脑前"呜呜"地发出哭腔,但也没真哭。

萧惟走过去，坐到她旁边的椅子上，有些无措："能不能再重新养两只？"

唐星然操作着电脑，突然看到了什么，马上转悲为喜："哎，我发现好像可以买还魂丹把它们复活！"

萧惟说："哦，那买吧。"

唐星然："十Q币一颗，给萧萧和惟惟都买，就是二十Q币。"

说完，她侧头看向萧惟，眼睛睁得大大的。

她卧室的顶灯是发着黄光的水晶灯，映在她眼里，星星点点，就像天上的星星落在了眼里。

萧惟看着，耳朵比刚才红了些。

唐星然看他不说话，以为他想赖账，诉苦道："二十Q币哎！我一个月生活费才十块钱，我得攒两个月才攒得到二十块。"

萧惟没说话。

他明明记得姜静之提过，给唐星然的生活费一个月有两千五，多得能让她乱买一堆小说和漫画。

萧惟："Q币怎么充值？"

唐星然这才弯了唇，露出嘴角两个浅浅的小梨涡："可以用话费充值，你把手机拿来，我教你！"

萧惟站起身，默默离开了房间去拿手机。三分钟之后，唐星然一顿操作，他收到了一条扣费成功的短信通知。

电脑屏幕上，她去宠物商场买了还魂丹，两只小猪都醒了过来。

唐星然一边给宠物喂食，一边随口道："小惟，你现在好大方啊，你还记得你小学天天用我的零花钱买雪糕吗？"

他记得，但他不想承认。

"你当时就是个铁公鸡，一毛不拔！"

那是因为他小学时确实没有零花钱。

唐星然张了张口，又把到了嘴边的话咽了回去。她差点就想说他小时候答应给她买大房子和芭比娃娃的事，但转念一想，那是以她嫁给萧惟为条件啊！这好像有点亏。

两人在房间没待多久，姜静之和唐慕就先睡了，屋外鸦雀无声。

夜深人静，萧惟和唐星然独处在一个房间，他觉得不太合适。他站起身，淡淡道："我先回去睡了。"

唐星然抬头看了他一眼，他穿着睡衣，碎发垂在额前，有些不同于平时的慵懒。

"好。"

周日，唐慕和姜静之开始帮唐星然准备军训要用的东西。

唐星然简直想把她整间卧室都搬去军训基地。她进了超市就是一通采购，床单被套、驱蚊液、花露水、驱蚊手环、防晒霜、头发免洗喷雾、麦丽素……

按照姜静之的嘱托，所有东西，她也帮萧惟准备了一份。

吃过晚饭，唐慕开车把两人送回了学校。于是，进宿舍时，萧惟一手拎着一个巨型购物袋。

付楚正在玩他的电脑，转头看了一眼，惊呆了："哇！哥，你把超市搬来了？"

徐怡帆也探着头看他购物袋里的东西，惊诧道："天！萧惟，你带这么多东西啊？我本来准备就带几双袜子、几条内裤过去。你这两大包，给我整紧张了。"

次日一早，高一年级在宿舍楼前集合。

唐星然把"装备"塞进了两个超大的行李包里。女生带的东西虽然会多些，但像她这么多的也就仅此一人。

陈璐瞅了她一眼："你这也太夸张了，不知道的还以为你要在军训基地长住呢。"

唐星然挑眉道："我这叫有备无患，你们要是缺啥少啥的，都问我要。"

陈璐环顾四周，目光落在了一班的萧惟身上。

"我的妈呀，萧惟也带了这么多东西，他原来活得这么精致啊！"

唐星然也往一班方向瞅了眼,笑着说:"他啊,他是沾了我的光。"

陈璐诧异道:"他那两大包是你送的啊?"

唐星然眨了眨眼,诚实道:"也不是,是我爸妈送的。"

陈璐轻轻叹气:"唐唐,真的好羡慕你有这种从小一起长大的帅哥朋友啊!"

唐星然:"那送给你了。"

陈璐瞥了眼萧惟那张冷淡的脸:"不了不了,我要不起。"

Chapter 3
共赏星空

天气晴朗，艳阳高照，大巴载着高一年级的学生去了军训基地。下车时，唐星然就觉得自己这两大包的东西没白带。

基地在北阳郊区的山脚下，一下车大家就被地面上扬起的尘土呛得直咳嗽。训练场上没有任何遮蔽物，阳光就这么直直晒着。下了空调车，唐星然就出了一身汗。

教官指挥着各班学生按高矮站好队，唐星然站在第一排正中间。

"十五分钟，去宿舍收拾东西，整理好着装！作训服的腰带都给我系好！十五分钟后回这里集合！"

教官带着三班的学生去宿舍。到了宿舍门口，唐星然眉头就皱了起来。

十二人一间，上下铺。床垫和被褥散发着一股霉味，宿舍地面上都是尘土。

唐星然被分到了上铺，但她那张床连梯子都没有，只能踩着窗台爬上去。她只希望可以活着度过这一周。

还没来得及收拾东西铺床，教官的声音就从宿舍外传了进来："准备集合！三分钟后没到训练场的，罚站军姿半个小时！"

唐星然也顾不得收拾，往脸上涂了厚厚一层防晒霜，直接跳下了床。

周一的训练项目主要就是站军姿,外加队形训练。

上午的训练快结束时,唐星然感觉自己马上要一命呜呼了。午饭前还要再站十五分钟军姿。

唐星然站好不动,旁边一班正在休息。炎炎烈日下,她暗暗叹了口气。

这就是她"下凡度劫"必须要经历的苦难……

"站好不要动!手贴裤缝!脑袋都别乱晃!有事先打报告!"

站了一小会儿,唐星然就感觉鞋里有颗石子硌着脚,不太舒服。

她大声道:"报告!"

话音刚落,她看见萧惟就在面前不远处。他正仰着脖子喝矿泉水,喉结随着吞咽动作上下滚动。

这迷彩服穿在他身上,居然有一种军官的气质。

教官:"说!什么事!"

唐星然这才回过神,什么事来着?她想要干吗?

看她不说话,教官喝道:"打了报告就说话!不要扭扭捏捏的!像什么样子!"

唐星然被他一吼,更想不起来了,注意力也完全没回到她被硌着的脚底板上。

一秒后,她如实道:"教官!我……我忘了刚要说什么!"

三班的学生也顾不得正在站军姿,许多人都忍不住笑出声。

"笑什么笑!再加站十分钟!刚那个女生,扰乱大家训练!多罚站十分钟军姿!"

唐星然欲哭无泪。

一班和三班几乎是挨着的,刚才唐星然那句话说的声音很大,萧惟和付楚也都听到了。

付楚笑了起来:"这小姑娘,也太搞笑了吧,哈哈哈!"

他把眼睛睁大,学唐星然的样子说:"教官!我……我忘了刚要说什么!哈哈哈,笑死我了!"

萧惟把唇边淡淡的笑意敛了回去:"嗯,挺可爱的。"

付楚讶异道:"你刚说什么?你居然会夸女生可爱?我还以为你的语言系统里就没有任何褒义词呢!"

他想表达的意思其实是,傻得可爱。

另一边,唐星然重新站好之后,又感觉到了她鞋里那颗石子。不过她没胆子再打报告了,她目视前方,余光看了眼萧惟。

莫名就要多站二十分钟军姿!都怪萧惟!

十分钟军姿站完,三班其他人排队去食堂吃饭,剩唐星然一个人还要再多站十分钟。

唐星然感觉腰酸腿痛,肚子早就"咕噜噜"地叫。

又快过去十分钟,整个训练场地只剩下她一个学生。

教官看着表:"行了,吃饭去吧。"

"好!"

唐星然也顾不上倒鞋里的石子,小跑着去了食堂。

三班本就是整个年级最后去食堂的,她到了之后,桌子上更没什么菜了。

军训基地的食堂里摆着一张张圆桌,十人一桌站着吃饭。

她找去陈璐旁边站好,瞅了一眼,几个装菜的盆里就剩下几片土豆和青菜叶。

陈璐看到她过来,侧头递给她一个馒头。

唐星然简直想哭:"天哪,干吃馒头啊!"

陈璐无奈,小声道:"我们也没好到哪儿去。这些菜分量超级少,还都清汤寡水的,没几块肉。"

唐星然苦着脸,咬了一口馒头,越发觉得她是过来度劫的。

她吃了一半,又夹了一片土豆:"算了,我还是回去吃零食吧,还好我带得多……"

中午回到宿舍,一个女教官进来教大家铺床、叠"豆腐块"。

唐星然在家都没叠过被子,从来都是摊开铺好,把被子叠成"豆腐块"对她来说简直就是不可能完成的事。

等大家都学会了,她叠得还是歪歪扭扭。女教官让其他人休息,她过来一对一教唐星然叠被子。和"豆腐块"奋战了快二十分钟,她终于在教官的帮助下叠好了。

等女教官离开,她小心翼翼地把"豆腐块"挪到床尾,决定这一周睡觉都不盖被子了,只盖她带来的被套。

陈璐睡在紧挨着唐星然的上铺,她刚挪好被子,陈璐就探头过来:"唐唐,给点吃的吧……"

"好啊。"唐星然打开她的巨型行李包,拿了袋大米饼给她,自己又拆了袋夹心面包吃。

其他十个室友听到零食包装袋的声音,也都看了过去。

"唐星然,给点吃的吧……"

唐星然拿出好多零食跳下了床,挨个给大家发。

"谢谢唐老板!"

她忍不住扬起嘴角,感觉这场面诡异得有点搞笑:"不客气,我……乐善好施。"

发完零食,她坐回床上,一口气吃了三颗麦丽素。

今天她的"神力"消耗过大……得多补补。

另一边,男生宿舍。

情况居然和唐星然这边出奇的相似。

萧惟俨然成了一个物资储备库,不仅是室友,隔壁宿舍的人也来找他要零食。

萧惟很大方,他不喜欢吃零食,面无表情地把包里的零食一袋袋送人。

送着送着,他随手抽到一袋麦丽素,旁边的人正伸手准备拿,他把麦丽素收了回去,换了一袋饼干给对方。

萧惟想,麦丽素还是先留着吧,怕某个人的"仙丹"不够吃。

军训到了周三,唐星然感觉已经生无可恋了。她为什么没有时空穿梭机,要求不高,只要能使用一次,让她穿越到三天后就行。

这天气温特别高,从早上开始就看到陆续有中暑晕倒的学生被扶着送去医务室。

唐星然开始祈祷自己中暑,可过了一上午,她还是没有中暑,身强体健,不愧是仙女之躯……

午休时,她没睡觉,忍不住躲在床上看了一中午的漫画。下午训练时,她只觉得又困又累,生不如死……

看着对面一班又有一个女生晕倒,她突然来了灵感。中暑会晕倒,她虽然没中暑,但她可以直接晕倒啊!

天才。

站着军姿酝酿了五分钟,她就决定把计划付诸实动。她先眯了眯眼,然后踉跄了两步,身子一软晕在了地上。为了避免被摔疼,她特意找准角度,还用手肘垫了一下。

身边的女生过来扶她:"唐星然?"

"教官!她晕倒了!"

唐星然一直闭着眼,也不说话。

小半晌后,她感觉自己被人扶着双臂慢慢拉了起来,她稍微眯了眯眼,看到是教官蹲在她面前。

"能听到我说话吗?"

她想了想,半睁开眼,有气无力地"嗯"了一声,又小声说:"我头好晕。"

教官冲着队列里的学生大声道:"其他人继续站军姿。你,送这个中暑的女生去医务室!"

唐星然心里长舒一口气,终于可以少训练半天了。她半眯着眼,被身边的女同学杨橙橙扶着胳膊,踉踉跄跄地往医务室走。

杨橙橙比唐星然还瘦还矮,胳膊一点力气都没有,几步路走得磕磕绊绊,唐星然又不敢完全自己发力走,怕被人发现她是装晕。

杨橙橙险些被唐星然拖着一起摔倒,重新站稳之后,她就看到一双长腿快步靠近。

紧接着,她听到了熟悉的低沉声音:"同学,我送她去医务室吧。"

一班正在休息。

杨橙橙是个颜控,看到萧惟这张脸离她这么近,还开口跟她要人,少女心爆棚。

三秒的时间,她已经脑补了面前两人三十万字的玛丽苏小甜文。

萧惟看杨橙橙半晌不说话,以为她不同意。他想了想,语气平和道:"你扶不住,我怕你们半路一起摔倒。"

杨橙橙这才回过神,一副"我明白,你不用解释"的表情:"啊……好好好,你、你来。"

唐星然低着头,看到另一双修长的手扶住了她的胳膊。

萧惟看到唐星然站军姿晕倒,又看到一个女生扶着唐星然一步一绊地走,他打了报告后就过来了。他扶得小心翼翼,既怕碰到什么不该碰的地方,又怕扶不稳她会摔倒。

军训了大半天,班里男生身上或多或少都是汗味。萧惟身上也有一点,但很淡,而且不难闻。

她离他很近,闻到得更多的是他身上洗衣液的香味。两者混杂在一起,让她感觉是男性荷尔蒙的气息。

萧惟时不时低头看唐星然一眼,脸这么红,果然是中暑了。

医务室在几排宿舍楼的后面。

唐星然被他扶着走了一段路,穿过训练场,到了宿舍区。

这会儿是训练时间,宿舍区空无一人。她眼珠一转,身子突然往下坠。

萧惟胳膊一沉,加大了力道扶住她,低头看了过来。

她无力地说:"我一点力气都没有,走不动了。"

萧惟想了想,垂眸道:"很难受吗?要不……"我背你。

他还是没好意思说。

唐星然抿了抿唇,小声道:"要不你背我走吧……"

萧惟沉默了半晌,低头看着她,做了一番心理建设。虽然男女授受不亲是原则,但现在是特殊情况。唐星然中暑了。这种情况下背她,是迫不得已。

他淡淡道:"嗯,好。"

她很轻。

萧惟走了几步,耳朵就红了,要不就算了?还是扶着她走吧。他转头,刚要开口,恰好对上唐星然的侧脸。

她正睁着大眼睛看他,神色无比清明,嘴角还弯着,狡黠的表情,完全不像个中暑的人。

"唐星然?"萧惟叫了她一声。

唐星然马上又眯起了眼,把笑意敛了回去,装作虚弱道:"啊?怎么了?"

萧惟无语。

装晕……确实是唐星然能干出来的事。她小学就装病回家休息过几次。当时他好心好意去她家看她,发现人家吃着零食看动漫,笑声他在楼下都能听见。

萧惟脸色有点难看:"下来。"

唐星然知道他发现了,索性也不装了。反正是萧惟,知道她装晕就知道吧,无所谓了。

但她还是不动,挑眉道:"你要不再多背我一会儿,你就当……在背书包?"

萧惟无语。

晴空万里,天空很蓝,有阵微风吹过,训练场那边传来一声声口号。

"唐星然,快下来,不然我摔你了。"

唐星然脱口而出:"你舍得吗?"这话一出口,她马上发觉这话不太对劲,"我是说,你舍得摔我这种刚下凡的仙女吗?会遭天谴的!"

说完,她自觉地从他背上跳了下来。

她抬头看了眼萧惟,发现他耳朵都热得通红。大热天的,背着她这么大个人走路，确实有点难为他了。

"我们现在去哪儿？"

萧惟脸色还冷着："你问我？"

唐星然抬手挠了挠头，说："总不能现在就回去吧，就算不去医务室，也得拖一会儿再回去。我好不容易能歇一会儿……今天太热了，再回去晒着，我就真中暑了！"

萧惟："去医务室。"

唐星然眨了眨眼，认真道："我真没中暑，我没在硬撑，你不用这么担心我的身体。"

萧惟瞥了眼唐星然，问："去不去？不去我就回训练场了。"

宿舍区空无一人，两人就站在楼底的阴凉处。

唐星然赶忙道："我去！"

"嗯，走吧。"

两人并肩走在几排宿舍楼中间，唐星然摘下帽子，挂在手指上转圈圈。

萧惟不说话，她侧头看了一眼，看到他凸起的喉结和流畅的下颌线。

"小惟啊。"

他低头看了她一眼："怎么了？"

唐星然舔了舔唇："跟你说一声，我发现你长得真的还……还凑合。"

萧惟没搭她的话。

不远处就是最后一栋宿舍楼，再往前就是医务室。唐星然不想这么快到，她压根没中暑，也不知道萧惟非叫她过去干吗。

她走路的速度慢了下来，堪比乌龟爬行。她慢，萧惟也跟着她慢慢走，几步之后，他忍不了了。

"能不能稍微走快点？"也太慢了。

唐星然撇撇嘴："我腿疼，走不快。"

萧惟没出声，看她又想做什么。

唐星然侧头看他:"要不还是不去医务室了?我们随便转转怎么样,散散步?"

萧惟侧头看她,淡淡地问:"不是腿疼?"

唐星然眨了眨眼:"只有去医务室的路上腿疼。这条路可能对我有什么诅咒。"

萧惟无语。

"而且我没中暑,真的不用去医务室!"说着,唐星然抬手轻扯了扯他的袖角。

萧惟低头看着她的手,再往右一寸就会碰到他的手。沉默了半晌后,他还是坚持:"先去医务室。"

他想问问看有什么预防中暑的药,军训还有两天才结束,后两天也是高温天,他怕她真热晕了。

唐星然睁着大眼睛看他,又扯了他两下。

两人站在原地僵持不下。

萧惟想了想,说:"一会儿教官可能会去医务室问医生,知道你没去过,不就露馅了?"

好像有道理,但她还是有点犹豫。

萧惟看她低着头不说话,手里还捏着他的袖角,继续道:"去了医务室之后,要是你不想回去训练,可以休息或者四处转转。"

唐星然抬头看他,问:"那你呢?"

她是想随便转转的,前几天都空空,军训基地这么大,跟探险一样!但她不想一个人"探险",有人陪着才有意思。

萧惟:"我……"

她捏着他袖子的手又紧了些,睁着大眼睛满含期待地看着他。

萧惟咬了下唇,改口道:"可以陪你一会儿。"

"如果需要。"

唐星然这才扬起了唇,笑着点头:"那好!"

她松开手,萧惟感觉袖子上一空,握了握拳。

两人并肩朝医务室走去。

医务室里有一个女医生、一男一女两个学生。

男生是中暑晕倒的,女生扭伤了脚。

两人等了一会儿,女医生转头上下打量了他们几眼,很冷漠地问:"什么事?"

唐星然侧头看萧惟,重复道:"什么事?"

萧惟想了想:"我同学刚好像有点中暑,现在已经好了。她怕明天再中暑,想看看有没有什么药可以预防。"

女医生点了点头,随口道:"藿香正气水。"

萧惟:"那就要一盒藿香正气水。"

"二十元一盒。"

唐星然看了眼萧惟,摊手道:"我没带钱。"

萧惟也没打算让她付钱,已经从口袋里掏出了一张五十块纸币。

女医生接过,找零,拿药。

出了医务室,唐星然带着萧惟往后面走,发现再往后就是几间平房,然后就是围墙。

她找了处阴凉的地方靠着墙休息,看了眼萧惟手上的药盒:"这什么东西啊,你喝过吗?"

萧惟摇头,淡淡道:"没。"

唐星然挑眉:"藿香正气水,是不是很香啊?跟小时候喝的葡萄糖酸钙一样。"

她伸手接过来:"要不尝尝?"

萧惟:"嗯。"

打开包装盒,里面是两排小小的棕色玻璃瓶,她将吸管插入玻璃瓶里,吸了一点点。

这是什么玩意!她此生从没喝过比这更难喝的东西!

唐星然眉头紧拧着,突然眼珠一转,马上变了张脸。

她笑着看向萧惟,又拿出一瓶,戳好吸管递给他:"挺好喝的,你也来一瓶吧。"

萧惟顺手接过，放到唇边吸了一大半。

呵呵。

他硬着头皮咽了下去。

唐星然看到他皱起的眉头，笑得停不下来，边笑边问："好喝吧？"

萧惟冷着脸看了她一眼。

她朝他手里的药瓶扬了扬下巴，笑着说："拆都拆了，别浪费啊，要不我们一起喝完吧。"

萧惟犹豫。

唐星然抿着唇笑："预防中暑，对身体好，我们一起喝，就能一起长命百岁！走上健康之路！"

萧惟瞥了她一眼。

他抬手，把剩下半瓶一口喝完，努力控制表情，侧头看唐星然："该你了。"

唐星然敛了些笑意，低头咬了下吸管，然后松开。

笑话！她怎么可能会喝！

"小惟，我告诉你个秘密。"她放下玻璃瓶，摆出一副神秘兮兮的表情，小声道，"其实，我对藿香过敏！你不知道吧？"

萧惟拆穿她："你刚都不知道藿香是什么，怎么就知道对它过敏。"

唐星然挑眉，"嗖"地把瓶子丢进附近的垃圾桶里，先彻底摆脱苦难源："其实我能活到现在特别不容易，每天都谨慎小心。"

萧惟看她一眼："然后呢？"

唐星然继续道："我为了能好好活着，从来不乱吃乱喝东西，说不定对什么过敏得厉害，我就一命呜呼了！"

这逻辑。不过无所谓了，他也懒得跟她计较骗他喝藿香正气水这种小事。

她四处看了看，转了话题："要不去另一边走走吧？"

萧惟不说话，但也跟着她过去。两人绕了一圈，发现除了草和些许垃圾，什么都没有。

离解散还有很久，萧惟说："回去吗？"

唐星然打了个哈欠，揉着眼睛说："其实，我想回去睡会儿。"

萧惟看了她一眼，淡淡道："走吧。"

"你也回去睡觉？"

"送你回去，我回训练场。"

唐星然睡了快两个小时，睁眼时，看到宿舍的人都回来了。错过晚饭了……她坐起身，从包里翻出一袋小熊饼干，就着酸酸乳吃。

陈璐听到声音，从旁边的床上转头看她："唐唐，你醒啦？你还好吗？"

唐星然摆摆手，把饼干袋子递到她手边："已经好了。"

两人边吃着饼干边聊天，吐槽军训的事。

她低头，突然看到睡前她扔在枕头边的藿香正气水。

她笑了笑："璐璐，你想不想喝藿香正气水？"说着，把药盒递过去。

陈璐赶忙推回去，说："别。我小时候经常感冒，我妈就老让我喝这个，我看到这几个字都想吐。"

唐星然想到下午萧惟喝藿香正气水的样子，莫名笑出了声，越笑越停不下来。

陈璐看着她，一头雾水，问："唐唐你怎么笑成这样？"

唐星然一边笑一边摆手："没、没什么，我就是想到了……好笑的人。"

晚上熄灯前，姚青悦来宿舍找唐星然。

唐星然踩着窗沿跳下床，问："怎么啦？"

姚青悦看了她一眼："去厕所吗？"

唐星然笑了声："你找我就是叫我一起去厕所啊？走吧走吧。"

军训基地的厕所是旱厕，唐星然每次进去都要做一会儿心理建设,然后捏紧鼻子。

而且厕所离宿舍楼很远,要走好几分钟,天黑之后更恐怖,里面只有盏一闪一闪感觉随时会熄灭的电灯泡。

两人在土路上走着,只有零星几盏路灯发出微弱的光。

"唐唐,我好激动啊!我今天在食堂门口碰到付楚了!"

唐星然很捧场地"哇"了一声,问:"然后呢?对了,我觉得他这个人也挺搞笑的,上次我上竞赛课的时候想再帮你问他要QQ,他说他为了专心学习注销了!"

她摊了摊手,吐槽:"怎么会有人为了学习注销QQ。"

姚青悦嘴角控制不住地扬起,有些兴奋道:"他没注销!要不就是又注册新号了!今天我问他要电话,结果他把电话和QQ号都给我了!"

"哇!那不错哎。嘿嘿,青悦,你们这么快就混成朋友了啊!"唐星然看着姚青悦坏笑。

姚青悦拍了她一下:"还早呢,现在也就算是认识。"

说着,两人就到了厕所门口,唐星然迈进去,看姚青悦没往里走。

唐星然转头问:"你不进去?"

姚青悦笑着说:"我不去。我就是,借口上厕所,跟你分享一下我的喜悦!"

唐星然摇了摇头,进了厕所。

她正要站起身,厕所里仅有的灯泡突然灭了。

她被吓了一跳,摸着黑站起来,突然,脚下一滑,她努力站稳,结果,她人是稳住了,但脚上一空,一只鞋没了。出宿舍时她懒得穿好鞋,就踩在脚上当拖鞋穿,刚就这么掉了。

她低头看了看,一片漆黑……不过听声音,估计她那只鞋已经壮烈牺牲了。

真是倒霉透顶。

她大喊了一声:"青悦!"

姚青悦以为出了什么事,进门去看:"灯怎么熄了?唐唐你在

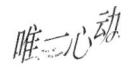

哪儿?"

唐星然应了声:"我在这儿!唉,算了,你也看不见,我慢慢出去吧……"

"你小心点啊,别掉进去了。"

她凭借记忆,好不容易一蹦一跳地出去,到达门口。

姚青悦看她跳着走,顺手扶住了她,疑惑道:"你上厕所扭到脚了?"

唐星然觉得有点丢人,小声说:"不是,我的鞋……掉坑里了。"

姚青悦抿了下唇,两秒后,笑出了声:"哈哈哈!对不起,我知道我不该笑,但真的太好笑了!"

唐星然无语。

姚青悦扶着她往回跳着走,问:"你还带了其他鞋吗?"

唐星然点头:"带了,宿舍里还有一双……"

走到快一半,远远看到两个人正往厕所方向走。走近了之后,借着一点灯光,她看清了是萧惟和付楚两个人。

萧惟也看见了唐星然,被一个女生扶着单脚跳,觉得有点莫名其妙。她这又是唱的哪一出?

付楚笑了声,看向萧惟说:"哇,这么巧?怎么跳着走路?"

萧惟淡淡道:"不知道。"

四人碰面。

萧惟低头看到唐星然一只脚没穿鞋,只穿了一只明黄色的卡通袜子。

萧惟停住脚步,抬眸看向唐星然,问:"你在干吗?"

姚青悦看了眼付楚,随后看向萧惟,笑着说:"她的鞋……"

唐星然扶着她的手用力捏了捏她,打断道:"我在锻炼身体的平衡性以及左腿的腿部力量。"

萧惟:"嗯?"

唐星然瞅他一眼,又一本正经地补充道:"顺便展示我美丽的袜子。"

付楚笑出声，低头看了一眼道："确实，挺美丽的啊。萧惟你觉得呢？"

萧惟觉得，大晚上的，唐星然又有根筋搭错了。

唐星然也不想单脚站着跟他说话，扯了扯姚青悦："我们快回吧，今天锻炼得差不多了，袜子也展示过了。"

姚青悦憋着笑："好。"

两人从萧惟和付楚身边走过，姚青悦忍不住回头又看了付楚一眼。一转头，发现付楚也在回头看她，还笑着朝她摆了摆手："路上慢点啊。"

姚青悦目光躲闪，小声应："好……"

她转回头，压低声音跟唐星然说："你看到没！付楚人真的好好啊，而且长得也帅，虽然没萧惟帅，但也算挺好看了！"

唐星然挑眉，脱口而出："我觉得他比萧惟帅。"

姚青悦拍了下她："你小声点！"

姚青悦："不过，你真觉得付楚比萧惟帅啊？我觉得怎么看都是萧惟帅。"

唐星然心虚地"嗯"了声，一蹦一跳着往前走。

姚青悦叹了声气："估计你跟萧惟就是认识太久了，也算是……从小看着他长大？所以你看习惯了，才不觉得他好看。"

"或许吧。"

天黑光线暗，萧惟和付楚走得也不快。周围很安静，快到厕所门口时，两人听见背后传来唐星然的声音。

"我觉得他比萧惟帅。"

呵呵。背后说他坏话，还这么大声，而且，不是昨天才说过，她觉得他长得……哦，她说的是，还凑合。

付楚笑了起来，侧头看萧惟："她说我比你长得帅？"

萧惟瞥了他一眼："你听错了。"

付楚笑："不可能，我都听到我名字了。"

周四闷热了一整天,傍晚时下起了雨。整个训练基地都是泥土的气味,跟前几日比显得格外清新。

唐星然只恨这场雨下得不是时候。如果早八个小时,哪怕四个小时!她也能少受半天军训的罪。

屋外雨声阵阵,天色渐黑,她趴在床上撑着下巴看漫画。到了晚上,雨声才停下来。

洗漱台在室外,一众学生趁着雨停,带着洗漱用品出门去洗漱。

唐星然刷完牙,抬了抬头,天空万里无云,深蓝的夜空中星光璀璨。

军训基地在郊区的山脚下,天气好时能看到漫天星辰,不像北阳市里,天气再好也只能隐约看到几颗星星。

唐星然来了兴致。

她从小住在市里,从没见过这么好看的星空。

刷完牙,她走到陈璐旁边:"璐璐,你看天上!"

陈璐抬头,随后"哇"了一声:"今晚好多星星啊。"

唐星然睁大了眼:"对吧?璐璐,我们去训练场那边看星星吧!"

"啊?"陈璐不解,"在这儿不也能看嘛,干吗跑那么远?"

唐星然兴奋道:"要在空旷的地方看才有意境啊!从这里看,半边天都被遮住了!"

陈璐收起牙膏,拍了拍她:"你省省吧唐唐,一整天都在训练场,大晚上不睡觉还跑过去,我不去。"

唐星然不想放弃,又找去了姚青悦的宿舍,她睡在下铺,已经盖着被子睡着了。

唉,良辰美景,无人同享啊。

她回到自己床上,突然想起了一个人。

她从枕头下面拿出手机,给萧惟拨了个电话。

很久之后,那边才接了起来。

"小惟，你在干吗？"

萧惟不知道她这么晚打电话干吗，如实道："看书，准备睡觉。怎么了？"

唐星然正要开口，又怕说实话萧惟不愿意陪她去。

她眼珠转了转，笑着说道："我去你宿舍那边找你吧。"

萧惟问："找我干吗？"

唐星然："我有个好东西要给你！"

"什么东西？"

"秘密！惊喜！你先期待一下！"

萧惟看了眼时间，说："太晚了，要不明天？"

唐星然："不行，明天好东西就没了！我现在就去找你，你别睡啊，等我到了门口给你拨个电话你就出来！"

说完，她完全没给萧惟再拒绝的机会，直接挂了电话。

唐星然翻身爬下床穿好鞋，小跑着去了男生宿舍区。

一排宿舍楼，她也不知道是哪一栋，就给萧惟又打了个电话。

这次，对面很快就接起。

唐星然："我到了！你在哪一栋啊？我现在在最靠女生宿舍的这一栋。"

萧惟无奈："你就站在那儿别动，我过去找你。"

"太好了！"

等了没几分钟，唐星然就看到夜色中一个颀长的身影靠近，远远看见那张脸，在微弱的月光下显得格外清冷。

等萧惟到了面前，唐星然冲着他笑："小惟你来了啊！"

萧惟看着她，面无表情地问："你要给我什么东西？"

唐星然想了想，笑着说："我得在训练场那边给你，这个东西得天时地利人和才会出现！"

又唱的哪出？

"训练场挺远的。"

唐星然直接扯着他的衣袖往训练场那边走,边走边说:"没事,你相信我,这个东西绝对不会让你失望的!我什么时候不靠谱过?"

她什么时候靠谱过?

天色漆黑,四周空无一人,萧惟被她一路扯着袖子走到了训练场。

他侧头看了眼唐星然:"已经到了。"

言外之意,你的东西可以拿出来了吧?

唐星然笑着仰起脖子,指了指天:"你看,就是这天上的星星!"

萧惟顺着她的视线抬头。

训练场很空旷,夜空中星光闪闪,璀璨夺目,站在这里,就像是整个人被漫天星辰包裹覆盖。能感受到宇宙的浩瀚无垠,人类的渺小无助。

顿时,天地间仿佛只剩下他们二人。

萧惟看了很久。

唐星然低头揉了揉脖子:"不错吧!你之前见过这么多星星吗?"

萧惟点了点头:"见过。"

他小时候跟爷爷去山里拜访朋友的时候看见过一次,之后就没见过了。

闻言,唐星然"啊"了一声:"没事,多看一次也不亏!"

"嗯。"

不远处有白天过来视察的老师休息时坐的小凳子,还没收走,正好两张。

唐星然指了指凳子,拉着他衣袖往那边走。萧惟身子僵了一瞬,也跟她一起在小凳子上坐下。

抬头看着星空,他想到了爷爷。忘了从哪儿听说过,每个人死后,都会变成天上的一颗星星,他希望是真的。

"萧惟,你觉得我是哪一颗星星啊?"

萧惟低头:"哪一颗都不是。"

唐星然抬了下眉毛:"我肯定是!"

随她便吧。

她抬头看着,挑了好一会儿,指着最亮的一颗星星说:"我觉得我就是那颗星星!你看见了吗,最亮的那颗!"

萧惟顺着她手指看过去:"那个好像是启明星,就是金星。"

"哇!你连这都知道!"

"之前在书上看到过。"

唐星然又抬起头,指了指启明星旁边的那颗星星:"我觉得你应该是那一颗,那颗星星你知道叫什么名字吗?"

萧惟诚实道:"不知道。"

"我还……"唐星然话还没说完,就看到宿舍楼那边亮起手电筒的灯光,正往他们这边照。

随后,听到一声大喊:"那边的人!你们在干吗!"

唐星然睁大了眼,脑子里没想太多,抓起萧惟就起身开始跑。

萧惟被她抓着袖子,想停下来都不行,边跑边说:"你跑什么?"

唐星然气喘吁吁:"我不知道被发现了会怎么样啊!"

"都不知道你就跑?"

"那我跑都跑了,现在停下来岂不是很没面子?"

萧惟彻底对她无奈了,但袖子被她紧紧拽着。

两人一路跑,后边拿着手电筒的男人就一路追着他们喊。

跑了没多久,那人换了条道抄近路过来截住了两人,是一个穿着作训服的教官。

他站到他们面前,厉声道:"再跑?跑什么?你俩干吗呢!"

唐星然想了想,看向教官:"那个,我们……看星星。"

教官:"那你们跑什么!不知道到熄灯时间了吗!还在外面乱逛!还跑!"

唐星然抬头看着他,抿了抿唇:"教官,我同学他特别可怜。"

萧惟一呆。

唐星然继续道:"你看他小小年纪的吧,来军训之前被诊断出了白内障、青光眼,很严重的那种。你仔细看他,是不是双目无神?"

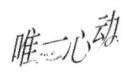

萧惟无语地听她继续编。

"他不知道什么时候就失明了，最后的愿望就是，失明之前能看一次星星，所以我才陪他出来的。"

教官被气笑了，看着她问："你觉得我信吗？"

这事说大也大，说小也可小，教官也不想临军训结束前为难他们。

而且昨天领导刚开过会，前两天热中暑的学生太多，不让教官再罚学生跑步、站军姿啥的，怕出事。

唐星然看着教官，一脸讨好的笑容。

萧惟站在一边不说话，依他看来，事实摆在眼前，也没什么好多解释的。

"你俩，每人一千字检讨，深刻反省一下自己的错误。明天午休结束前，交到医务室旁边的办公室。"

回去路上，两人的脚步声回荡。

唐星然打破沉静："我们要写检讨哎，一千字呢！"

"嗯。"萧惟语气里带着一丝无奈的好笑，"不是你要出去看星星的吗？"

唐星然撇撇嘴："谁知道会被抓住。"

她叹了声气，继续道："只能明天中午抽空写了。不过，明天最后一天军训了，苦难就要结束了！不就一千字检讨嘛，我分分钟就能搞定！"

萧惟嘴角稍弯了弯："那你帮忙把我的也写了？"

唐星然立马道："不可能！你小时候能骗我帮你写作业那纯粹是因为我当时傻，现在，呵！我不一样了！我再帮你写一个字，我……我'然'字的四个点就放上面！"

闻言，萧惟无声地笑了下，其实现在的她也不太聪明。

一路上，唐星然一直叽叽喳喳说着。

也许是两人小时候实在太熟，现在上了高中虽才没多久，见面次数也不算多，但熟悉感很快就回来了。她想到什么就说什么，说话基本不过大脑。

萧惟在旁边静静听着,低头看了眼,唐星然的手还攥着他的衣袖没松开。

回到宿舍,萧惟摸着黑上床。

换衣服时,他低头看着那只被唐星然攥得皱皱巴巴的衣袖,出了一会儿神。

前一天下了雨,周五是个大晴天,晴空万里,连一朵云彩都看不见。唐星然难得不是被起床号吵醒的,而是被热醒的。她睁开眼,就预料到又将度过难熬的一天。

洗漱完换好衣服,临出门时,她把最后几颗麦丽素装在了口袋里,以便随时补充她的"神力"。

上午的训练项目主要就是练习走方阵、踢正步,准备下午的队列会操。

唐星然的正步怎么也踢不好,每次她都计算好了步距,可跟同排的人一走,不是快了就是慢了。

偏偏她个子矮,得走在最前排,教官也没法对她睁一只眼闭一只眼。半个上午过去,其他人都已经达标,她又被教官叫出去要求一会儿继续练习走正步。

短暂的十分钟休息,她从口袋里掏出那小半袋麦丽素。打开包装的那一瞬间,她的表情马上变得凝重。

完了,热化了。包装袋里的麦丽素已经糊成了一大团,甚至成了饼状。她没有"仙丹"续命了,这一天该怎么过!

在原地转了几个圈,她听到了旁边一班解散休息的声音。

不知道萧惟那里还有没有麦丽素……

唐星然这么想着,垮着脸朝一班走去,每一步都很沉重。她走到萧惟面前,眉头紧蹙:"小惟。"

萧惟:"怎么了?"

唐星然一脸苦相,仰着脖子问:"你那里还有麦丽素吗,我的……"

化了。"

萧惟看她一副苦大仇深的样子,刚还以为出了什么大事。

他忍住笑,点头道:"嗯,有两袋,我没吃,都在宿舍。"

"哇!"唐星然像是看救世主一样看着他,诚恳道,"能不能分给我一袋?"

她压低了些声音,不让周围一班其他人听见。

"你知道吧,我……我不能没有麦丽素。"

萧惟看她一眼,说:"中午我拿给你。"

"啊?"唐星然可怜巴巴地看着他,"不行,我觉得……我现在就很需要……我一会儿还得加练正步,你能不能……"

萧惟抿了抿唇,敛住正要露出的笑意:"能不能现在回宿舍拿给你?"

唐星然重重地点了点头,但她觉得萧惟这人没这么好说话,虽然长大之后越来越像个人,但毕竟本性难移。

她抬头看他,咬牙道:"你现在去帮我拿,我中午帮你把你那份检讨也写了!"

萧惟有些意外,他完全没这个想法。而且,不是昨晚某个人才说,她如果再帮他写一个字,"然"字的四个点就放在上面?

小半晌后,他淡淡道:"可以。"

唐星然舒了口气:"太好了!那你拿过来就放在我们班旁边阴凉处的凳子上,我休息的时候就去拿!"

"好。"

萧惟转身,一路朝着宿舍楼走去,想着刚才唐星然的表情,嘴角渐渐扬起。平时那张清冷的脸就如春天的冰雪般,在这一瞬间缓缓融化。

第二次休息时,两袋麦丽素被放在阴凉处的凳子上。唐星然如愿以偿吃到了"仙丹"。

果然,下一次练习时,她正步就走得比之前好多了,至少能跟同排的人保持一个速度。

午休时间一到,唐星然快速吃过饭,往宿舍走去。

两份检讨,总共两千字。还得写得不重样,今天中午是不用睡觉了。

刚出食堂的门,一个熟悉的声音从身后传来,清清淡淡:"唐星然。"

她闻声转头,看了萧惟一眼,有气无力道:"叫我干吗?我赶着回去帮你写检讨呢。"

萧惟想了想,说:"我自己写我那份吧。"

唐星然不敢相信:"你这么有良心了?"

萧惟看着她,缓缓道:"教官能看出来两份的笔迹一样,所以,我自己写。"

"哇!那好,你不许反悔啊,就这么说定了!"说完,唐星然根本没给他反悔的时间,拿着帽子头也不回地跑远了。

到了宿舍,她趴在床上,纸下垫了本陈璐的书,咬了咬笔杆,开始写字。

室友陆续回来,上床睡觉。

过了许久,唐星然终于写完了检讨,不多不少一千字,标点也计入字数。

她看了眼时间,午休快结束了,反正也睡不了多久,索性拿出漫画书看了会儿。她掐着点出门,到了昨晚那个教官的办公室,她进门,看见萧惟已经到了。教官正坐在桌前,低头看他的检讨。

唐星然放轻脚步,尽量减少自己的存在感,站到了旁边。

教官抬头,看着萧惟道:"可以啊小伙子,你这作文水平了得。"说着把萧惟的检讨收起来,他又接过唐星然递过去的检讨。

教官低头看了几行,表情慢慢变了,最后忍不住笑出了声:"你这写的什么乱七八糟的?来,你自己读读。"

唐星然有点莫名其妙,没觉得自己写的检讨有问题,称得上是文采斐然,态度诚恳。

办公室里还有其他几个教官,都转过头来看热闹。

唐星然展开那张纸,开始朗读:

"检讨。

"尊敬的教官,您好。

"今天天气晴朗,我抬头看了一眼火热的太阳,就已经深刻认识到自己的错误。

"太阳普照万物,给了世间万物光与热。

"而我,却晚上偷溜出去看星星,这就是对太阳的不尊重。

"我不尊重太阳,太阳就不会善待我,所以今天的阳光才如此毒辣,天气才会如此炎热。

"地里的庄稼才……"

萧惟无语,这写的什么东西?

旁边的教官听到这儿,哄笑起来:"写得好!这小姑娘,有前途!"

两人一起出了办公室,朝着训练场走。萧惟无比庆幸他没有真的让唐星然帮他写检讨。

唐星然走到一半,就把刚才办公室里的事抛到了脑后。

她侧头看向萧惟,阳光下,他唇边居然有淡淡的笑意,居然,还挺温柔?

眼前的萧惟和小时候的萧惟在她脑中重合在一起。

小时候萧惟长得也是眉清目秀,现在眉眼都长开了,五官多了几分硬朗,下颌线变得流畅分明,和他周身的气质一搭配,显得清俊又高贵,还透着些若有似无的冷傲。

她突然感觉,其实,萧惟这人也还不错?

长得还行,成绩也还行,还会陪她看星星、给她拿麦丽素、帮她养宠物猪猪、没让她做苦力写检讨……

"小惟。"

"嗯?"

唐星然看着他问:"你有没有想过谈恋爱啊?"

萧惟想了想，淡淡道："没想过。"他应该不会谈恋爱，至少现在不会。

"哦，我觉得也是。"

萧惟侧头看她一眼，眉头轻蹙："你想跟谁谈恋爱了吗？"

她正准备开口说自己就是突发奇想，身边的人悠悠地说："唐星然，不要早恋。现在还在上高中，要以学业为重。"

唐星然把话咽了回去，抬眼看他，认真道："我发现有个职业特别适合你。"

萧惟："什么？"

"教导主任。"

萧惟哑然。

"小惟，要不你直接考师范吧，我觉得你说话跟老张特别像。你以后进了学校说不定都不用从普通老师做起，校长一听你说话，直接就让你当教导主任了。"

唐星然板起脸，学着他刚才的样子，面无表情地重复了一遍："高中生不要早恋，一切要以学业为重。"说完，她就笑了起来，边走边笑。

萧惟不知道这句话有什么问题，明明就是一句很正常的话，不管是语气，还是内容。

唐星然收住了笑，但唇边笑意不减："也挺好的。你这样的，就是个祸害，不谈恋爱挺好。"

萧惟不解，看了她一眼："我怎么是祸害？"

已经快到下午训练的时间，宿舍里的人陆陆续续地出门去往训练场。

唐星然边想边说："你看啊，你长得还行，但性格很差，蔫儿坏。而且我外婆跟我说啊，嘴唇薄的人都薄情寡义。啧啧，估计跟你谈恋爱会很糟心。"

歪理。

唯一心动

下午又训练了两遍方阵,就到了会操时间。训练场上新摆了一排桌椅,校领导们依次入座。教官带着自己的班级,绕着训练场走小半圈,到了那排桌椅前踢正步喊口号。

轮到三班,唐星然深吸一口气,集中注意力踢着正步。万幸,没出任何岔子,下午的会操圆满结束。

结束后,队伍解散。

唐星然如释重负,和陈璐回宿舍打包收拾行李,带来的零食基本都吃完了,回去的行李比来时轻便了很多。

她为了写检讨没睡成午觉,上了大巴,她就靠在座椅上开始睡觉,再醒来时,大巴已经停在了北阳一中校内。

唐星然一下车,抬头望了望天,长叹一声:"我唐星然终于脱离苦海回到人间了!"

陈璐瞥了眼她:"你能小声点吗?"

"哦,好。"

回教室之后,班主任杨老师简单讲了几句话就放大家收拾回家。

唐星然拿出手机,给姜静之打了个电话。没响几声,电话就被挂断。她收到姜静之发来的短信:我们还没开完会,然然你和萧惟自己先回。

唐星然回了短信,出了教室往一班走。

她到门口看了一圈,都没看见萧惟的人影,倒是看见付楚在座位上坐着。

一班也已经放了学,教室里吵嚷着,三三两两的学生扎堆在说话。

她直接进了一班教室,走到付楚的桌前,问:"你知道萧惟去哪儿了吗?"

付楚抬眼:"萧惟啊……"他看了眼萧惟的座位,"回宿舍了?"

"哦,好,谢谢啊。"

唐星然走去楼道,给萧惟拨了个电话。

对面马上接通,她问:"你在哪儿啊,宿舍吗?我爸妈还在开会,让我俩自己回。"

电话里传来一如既往清淡的声音:"好。那你在教室等我吧。"

"好,你快点啊,我饿死了。"

"嗯。"

唐星然等了没多久,萧惟就拎着一个大行李箱出现在了三班教室门口。

她起身走过去:"走吧走吧。"

一路上,她叽叽喳喳说着话,手里也拎着一个大行李包。

萧惟低头看了一眼,淡淡道:"给我吧。"

"嗯?"唐星然没反应过来,"什么给你?"

萧惟:"包给我。"

"哇!好啊!"怕过了这村没这店,唐星然赶忙把包塞到萧惟手里。

"小惟,你居然主动帮我拿包哎。你真的还是你吗?"唐星然眼珠转了转,"我得验证一下。你还记得我有什么不吃的东西吗?"

萧惟觉得她不太正常,面无表情地应道:"花菜、西蓝花。"

"还有呢?"

萧惟回忆了一瞬:"菊花茶。嗯……这是喝的,你刚问的是吃的。"

唐星然扬起嘴角,又问:"那你记得我为什么不喝菊花茶吗?"

萧惟抿了下唇:"小学二年级的时候,姜阿姨买到了变质的菊花,你喝出肠炎住了一周院。"

"你真的记性好好啊!"她看了眼萧惟。

他不觉得这有什么难记的。而且菊花茶那事,她小时候隔三岔五就要念叨一遍。

到了校门口,唐星然一边说着话,一边往公交站走。

萧惟望了一眼,看到公交站那边人挤人。他轻蹙了下眉,打断她的话:"唐星然。"

"啊?怎么了?"

他语气淡淡的:"打车吧。"

唯一心动

唐星然挑了下眉，笑着说："好啊，你手里两个包还挺重的。'本仙'答应你的要求，今天大发慈悲请你打车！"

两人走到路边，打车的学生也不少，等了好一阵才打到一辆空车。萧惟把两个包放到车后备箱，唐星然还在后座车门口站着。

他随口问："怎么不上车？"

唐星然弯着唇，缓缓说："公主都是要骑士来帮她开车门的。"

有病啊。

出租车司机打开窗户，朝着两人吼了一嗓子："快点啊你俩，校门口不让一直停车。"

萧惟认命般地帮唐星然拉开了车门，她笑嘻嘻地先钻进车里。

"不错，小惟，公主很满意你的服务。"

靠近学校这一段路堵车，司机关了广播，开始找两人闲聊。

"你们北阳一中今天怎么这么多人穿着迷彩服啊？你们军训呢？"

唐星然点头笑道："对啊师傅，今天刚军训完。"

司机从车内后视镜里看了眼两人："军训完回家啊，真好。你俩一块儿回家啊？你们是兄妹吗？"

唐星然哑口无言。

萧惟不由得弯了下唇，又压回去。

唐星然眨了眨眼，开始瞎说："不是啊，我们是姐弟，他是我弟弟。"

萧惟无语。

闻言，司机又从后视镜里打量了两人几眼，笑着说："看着不像。那你弟弟长得还挺老成。"

唐星然笑了一声："可不是嘛师傅，我都觉得他未老先衰。明明十几岁的人，看着像三四十！"

司机摇了摇头："那倒不至于，主要是小姑娘你看着年纪小。你弟吧，看着其实也就是高中生的年纪。"

听到"你弟"两个字，唐星然笑得更大声了。有生之年，她终

· 103 ·

于能在年龄上扳回一局。记得小时候,萧惟有事没事就骗她叫他哥哥。他不就比她早出生一个小时嘛。

一路回去,司机都在跟唐星然聊天。萧惟看着车窗外一言不发,脸色阴阴的。

到了小区门口,萧惟从口袋里掏钱。

唐星然先他一步付了车钱,侧头笑道:"弟弟别客气,付钱是姐姐的事。"

呵呵。

萧惟拉开车门,默默去后备箱拿行李,唐星然还坐在车上等着司机找零。

司机一边把零钱递给她,一边压低了声音说:"姑娘,你弟是不是有啥心理问题啊?"

唐星然憋住没笑,装作沉重地说:"这都被您看出来了啊,师傅?他正在治呢。"

"那可得好好治,听说心理上的病可麻烦了。"

"可不是嘛!"

车窗一直开着条小缝,外面传来萧惟的声音:"唐星然,下车了。"

"来了来了!"唐星然朝着司机笑了下,"辛苦您了啊师傅,先走了。"

进了电梯,萧惟手里拎着两个大包,还是没说话。

唐星然看了眼他,问:"你知道司机刚跟我说啥了不?"

萧惟淡淡道:"我听到了。"

"啊哈?"唐星然抓了抓头发,"你原来听到了啊?对了,你不会真有什么心理问题吧?"

"没有。"

唐星然就像没听到他的话一样,自顾自地开始说:"你真有心理问题也没事,别不好意思说。我之前看电视里说,这种病吧,你

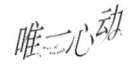

越藏着越严重。"

……………

出了电梯,唐星然弯了弯身子,从萧惟手里的包中掏出钥匙开门。

她继续叽叽喳喳:"你要是不好意思跟别人说,就跟我说,你啥样我没见过啊?我也不会更嫌弃你的。"

萧惟忍不住问:"你见过我什么样?"

唐星然想了想:"按理说,我见过你不会走路在地上爬着走的样子。虽然我不记得,但我肯定见过!"

行吧。

进了家门,她脱了迷彩服外套扔在鞋柜上,低头坐在矮凳上换鞋,衣服领口有些低。萧惟立刻看向别处,握了握拳,耳朵有些泛红。

他犹豫了两秒,下巴微微抬起,目不斜视:"唐星然,你先回卧室换件衣服。"

"啊?"唐星然换完鞋站起身,低头看了看自己的衣服,又闻了闻。一路穿着迷彩服外套回来,确实热出一身汗,可她觉得也不至于有汗臭味吧。

唐星然瞅了一眼萧惟,挺直身子说:"小惟,你这就开始嫌弃我了?真是枉我们十多年的……友情。"

萧惟听得莫名其妙,这什么跟什么啊?

还没等他再开口,唐星然就已经走去了卧室。

她从抽屉里拿了条巧克力吃,随后脱了衣服进浴室冲了个澡,又涂了带香味的身体乳,才从房间出去。

客厅里没人,她听到萧惟房间里传出窸窸窣窣的声音,应该是在收拾东西。

她打开餐厅里的冰箱,想找点吃的,发现里面只有一袋速冻饺子。

唐星然叹了声气,准备去鞋柜上拿手机给姜静之发个短信问问他们啥时候回来。

刚走出两步,路过萧惟住的客房,门缓缓开了,他也已经洗过了澡换好睡衣,头发还微微湿着垂在额前,浑身上下散发着淡淡的男士沐浴液香味。他手里拿着杯子，看起来像是要去接水。

唐星然洗澡时肚子就一直在叫了，也没顾上跟他说话，直接从他眼前走过。

身后，萧惟咬了下唇："唐星然。"

唐星然正拿着手机低头编辑短信，心不在焉地应了一声："怎么了？"

沉默了半晌后，身后传来低低的声音，听不出情绪："你不开心吗？"

"啊？"唐星然把短信发出，转身看着他，想了想说，"对啊，我不太开心。"

因为太饿，而且这一周都没正经吃过饭，都是靠吃零食填肚子。家里零食还有的是，可她现在只想吃饭。

萧惟垂了垂眸，语气轻轻的："我刚才，没有嫌弃你的意思。"

他顿了顿，补充了句："你身上没有味道，我让你换衣服不是因为这个。"

闻言，唐星然反应了几秒。洗了个澡又转了一小圈，她都已经忘了这事了，没想到萧惟还仔细琢磨了一番。她当时就是跟萧惟开个玩笑，怎么可能因为这种小事生气。

她可是"仙女"，心胸无比宽广！

不过，难得让萧惟低头。她眼珠转了转，敛住笑意说："可我以为你嫌弃我，刚才伤心了好久，我都哭了……"

说着，唐星然就真皱了皱眉，摆出一副可怜相。

萧惟愣了愣，有这么严重？

"小惟，你知道洗澡的时候，泪水和花洒里的水一起流淌是什么感觉吗？"见他马上就要信了，唐星然又继续开口，"泪流成河的感觉！"

萧惟盯了她一会儿，已经确认她没生气，什么泪流成河，都是编来唬他的。

唐星然正要开口，收到了姜静之回给她的短信：可能还得一个小时。你们饿了吗？

她低头看着短信，长长叹了声气，进门时的那段插曲也抛到了脑后。

"小惟，你饿不饿啊？"

萧惟淡淡道："还好。"

唐星然抬头看他，苦着脸说："可是我好饿啊，我中午在食堂就吃了几片白菜。"

她想了想，提议道："要不我们出去吃吧？我妈刚发短信说他们还得一个小时才回来。再饿一个多小时，我估计就一命呜呼了。"

"行。"

"那我跟我妈说一声！"

发完短信，唐星然就回了屋去换衣服。她打开衣柜，看着里面一排排的衣服和裙子，挑了一套粉红色的穿。

出去时，萧惟已经换好衣服在门口等她。他穿了一件白色的衬衫，一条宽松的亚麻色裤子。

长大后，唐星然没见过萧惟穿校服和睡衣之外的衣服。这身衣服穿在他身上，显得清冷又好看。刚洗过的头发蓬松，搭配这身衣服，又添了些慵懒的气质。

"走吧。小区门口有家砂锅粥，还有家川菜馆，你想吃什么？"

唐星然走去开门，萧惟侧着头，也多看了她一眼。

出门按了电梯，他淡淡应道："砂锅粥吧。"

唐星然睁大眼，看着他说："吃川菜呗，川菜比砂锅粥便宜。看我多贴心，想着给你省钱！"

走进电梯，萧惟说："都行，吃你想吃的吧。"

"那就川菜！"

"行。"

两人并肩往小区外走去。

路上，唐星然转头看了眼萧惟，她脑子里突然冒出一个词，还把它说了出来："郎才女貌啊。"

萧惟无语。

半晌后,他才开口道:"你知道这个词什么意思吗?"

"字面意思呗。郎才,就是说你挺有才;女貌,就是说我长得很好看。"

萧惟认真道:"不只是这个意思,一般是用它来形容两个人很般配。"

唐星然看了他一眼,眉头轻挑:"那确实用错了。你这种凡人配不上'本仙'。"

进了川菜馆,唐星然饿得发昏,看见菜单上什么菜都想吃。

连着点了四个之后,萧惟忍不住制止她:"差不多了,点太多我们吃不完。"

"哦,好。那先这样吧。"

把菜单递给服务员,唐星然喝了杯水,随口道:"我觉得我现在能吃下一头大象。"

…………

菜上了桌,萧惟抬眼,看到四盘都是红彤彤的颜色,皱了下眉。

唐星然:"我先吃了啊,我真的太饿了。"

"嗯。"

萧惟起身去拿了个空碗,倒了一碗清水,把菜夹到清水里涮一遍才吃。

唐星然抬头看了一眼,拍了下脑袋:"哦对!我忘了你不能吃辣!要不我再点个不辣的吧?"

萧惟微摇了下头,淡淡道:"不用,就这么吃吧。"

唐星然:"真的不用?你别跟我客气,大不了新加的菜我来付钱!"

萧惟说:"没事,不用。"

一顿饭吃完,唐星然心满意足,看着正在前台结账的萧惟,觉得有点对不起他。

出了饭店,她侧头看了看他,抿唇道:"下次我请你去吃旁边那家砂锅粥。"

萧惟嘴角稍弯了下:"可以。"

两人还没走到小区门口,姜静之就打来了电话:"然然,你俩出去吃了吗?"

唐星然:"对,刚吃完准备回去了。"

姜静之:"好,那我和你爸也在外面吃吧。你俩先回家,我们吃完再回去。"

唐星然侧头看了眼萧惟,在电话里应:"好。"

姜静之:"或者,你们想不想去逛超市啊?想逛的话我们先开车回家把你们接上?"

唐星然立刻道:"不逛了,军训了一周,我现在一步都不想走。"

姜静之笑:"行,那你俩在家歇着吧。注意安全啊,陌生人敲门不要开。记得给萧惟拿水喝。"

"知道啦。"

挂了电话,唐星然舔了舔唇。

她看向萧惟,笑着说:"我爸妈还要再晚点回来,让我们先回家待着。"

萧惟:"这么开心?"

唐星然弯唇道:"那当然开心,没人管我了啊。"

萧惟诚实道:"姜阿姨他们在家好像也不管你。"

唐星然想了想说:"好像也是,不过小时候管得挺多的。我已经形成条件反射了。"

回家之后,唐星然换了衣服,仰面靠在沙发上,打开了电视。她本来打算找个电视剧看,刚摁了两下遥控器,看到电影频道在放恐怖片。

她停在这个台,朝客房喊了一嗓子:"小惟!"

萧惟合上刚翻开的练习册,走出房门:"怎么了?"

唐星然眨了眨眼,问:"你怕不怕'鬼'啊?"

"嗯?"

她继续说:"我想看这个恐怖片,但我可能会害怕。要不你陪我一块儿看?"

萧惟:"会害怕你还看?"

唐星然兴奋道:"对啊,多刺激啊!"

萧惟进屋端了水杯,默默坐在了她身边。

唐星然站起身,去门口摁灭了客厅和餐厅的灯,偌大的房子顿时一片漆黑,只有电视发出幽暗的光。

空调开得很足,屋里凉飕飕的,唐星然又从沙发上抽了条毯子盖在身上。

电视画面里,一个探险小分队准备去郊区的一处凶宅探险,穿过一片树林,突然出现一个满脸皱纹的伛偻老太。

唐星然被吓到了。

她侧头看向萧惟,小声道:"你能坐过来点吗?"

萧惟犹豫了两秒,往她那里挪了挪。

唐星然:"再过来点?"

萧惟不动了,挨得太近,他总觉得有点不合适。

唐星然:"算了,磨磨叽叽的,我又不会占你便宜。"说着,她裹着毯子往萧惟那边挪了挪。

电视里的老太太劝小分队的人不要靠近这处凶宅,讲了关于这房子从前住户的传说。几人都不相信,坚持要进去。

唐星然眼睛直直盯着电视画面,身子前倾,从茶几上拿起杯子喝了口水。

萧惟低头看着她手里的杯子,表情微变。

她拿的好像是他的杯子。

他耳朵微微泛红,抬起头,决定当没看见。

唐星然把杯子放回去,仍然没意识到她拿错了。

她扯了扯萧惟的衣角,说:"我觉得这个穿红衣服的肯定第一个死。

"你觉得呢?"

刚刚在演什么?

萧惟:"我不知道。"

唐星然拍了萧惟一下:"你想啊!你记不记得刚那个老太太说,这家的女主人生前最喜欢她的水晶灯。刚那个穿红衣服的把水晶灯摔碎了。"

"……嗯。"

又看了一会儿,萧惟有些口渴。他盯着茶几上他的那个杯子,好一会儿后,才拿了起来。他把杯子转了半圈,换到她没喝过的地方,缓缓靠近唇边。

他刚咽下一口水,伴随着诡异的音效,电视画面里一个白色的影子"嗖"地出现在众人眼前。

"啊!"

唐星然吓得差点跳起来,她突然伸手,紧紧抱住萧惟的腰,把头也埋了下去。

萧惟手里还端着杯子,怀里突然钻进来一个人。

电视画面里的白色影子消失,屋里归于平静。几个探险队员也渐渐恢复镇静,互相安慰着,讨论刚才发生的事。

刚才惊慌的劲儿过去,唐星然慢慢回过神,什么情况!

她怎么就钻到萧惟怀里了!

她紧挨着萧惟,被他身上清新的沐浴露香味完全包裹住。

"唐星然。

"唐星然。"

萧惟叫了她两声,语气里听不出什么情绪,但又好像跟平时说话的语气不太一样。

唐星然咬了下唇,装作若无其事的样子:"怎么啦?"嘴硬地逞强,"哦,刚才吓到你了吗?那是因为我太害怕了,旁边又只有你一个活人。我不是故意想抱你的!而且,被仙女抱一下,你也不亏!"

一串话说完,萧惟面无表情地看着她。

他张了张口,却欲言又止。

唐星然抬手摸了下鼻子。

电视的画面突然明亮起来,屏幕上的光直直照在两人脸上。

她正看着萧惟,发现他两只耳朵都通红,跟肤色形成了鲜明对比。

唐星然愣了愣:"小惟你很热吗?"

萧惟没作声。

唐星然抬头看了眼空调:"我感觉空调开得还挺凉的。你觉得热的话,我再调低几度?"

空气安静了三秒,萧惟淡淡地开口:"不用。"

"……哦,好。"

唐星然扯了下毯子,靠在沙发上原来的位置。

剧情快到高潮,电视里的恐怖画面一个接着一个,可唐星然看得心不在焉,完全没再被吓到。

她又拿起桌上的杯子喝了口水——还是萧惟那个杯子。

萧惟侧头看了她一会儿,等她放下杯子,终于组织好语言,缓缓开口。

"唐星然,你现在不是小孩子了,得跟男生保持点距离。"

闻言,唐星然皱了下眉,想了想:"我跟别的男生都保持着适当的距离,但是你不一样啊。"

他不一样?

唐星然睁大眼睛看向他,摸了下鼻子,继续道:"其实吧,我就没把你当男生。"

萧惟无语。

算了。跟别的男生保持适当的距离也行。

电视里的音乐又变得阴森恐怖。那座老宅外好像有奇怪的响动。

几个探险队员转过头看向那扇门,这时,突然传来两声重重的敲门声。

萧惟沉默着不说话,电影背景音乐的沉浸感很足。

正当唐星然的注意力就快要放到电影剧情时,家里的门锁也传来响声。

她下意识地转头朝门口看去。

萧惟看着她,低声对她说:"应该是唐叔叔和姜阿姨回来了,你别怕。"

"……哦,我没害怕啊,我怎么可能会害怕?"

门被打开,姜静之和唐慕边说着话边走了进来,手里拎着几个袋子。

"哎,你俩看电视呢?怎么不开灯?"

唐星然看向两人,淡笑着应:"我们看恐怖片呢,熄了灯看才有气氛。"

姜静之笑了声,随手把灯打开:"然然也敢看恐怖片了?小心晚上睡不着觉。"

萧惟站起来,转身道:"叔叔阿姨好。"

唐慕笑:"快坐着看电视吧。萧惟看恐怖片怕不怕?"

"不怕……"

唐慕又笑了声:"那还行,比你爸强。我们上大学那会儿,一起去电影院看了个什么《黑楼孤魂》,老萧晚上回宿舍都不敢自己睡觉,最后非要过来跟我挤一张床。"

萧惟哑然。

姜静之挑了下眉,一边换鞋一边说:"还有这事呢,之前咋没听你说?你俩还同床共枕过?"

唐慕挠了挠头,笑着说:"那都是好多年前的事情了。"

姜静之笑了声:"然然,吃不吃鸭脖?"

唐星然眨了眨眼:"吃!"

第二天，唐星然睡到中午，被姜静之叫醒，他们午饭都已经做好了。她起床洗漱，脑袋还晕晕乎乎的。

昨晚，她居然失眠了，但不是因为看了恐怖片害怕。

她晚上钻进被子里，抱着毛茸茸的玩偶，一直胡思乱想到了深夜，想小时候的事、最近几周的事、刚刚看电影的事……

到后来，她已经想到头痛了，却还是睡不着。

洗漱完出了卧室，唐星然顶着两个黑眼圈坐到餐桌边吃饭。

萧惟一如既往坐在她对面，吃饭时一言不发，姿势端正优雅。

她抬头看了他一眼，又马上低下了头。

姜静之："然然，你昨晚几点睡的啊？是不是又偷偷躲在房间里看小说不睡觉？"

唐星然扯了扯嘴角："没有，我昨晚……有点睡不着。"

萧惟一直安安静静地吃饭，不参与她们的话题，偶尔抬起头，似是不经意地看一眼对面的唐星然。

唐慕笑了声，给唐星然夹了一块牛肉："是不是昨晚看完恐怖片睡不着觉了？"

唐星然摇头："才不是。"

"哟？我们然然长大了，有心事了？"

唐星然撇了下嘴："可能……学习压力太大吧。"

周日下午，去超市买完东西，唐慕开车把两个孩子送回了学校。

Chapter 4
冲刺一班

周一一到,唐星然的小心思就暂时被抛到了脑后。

白天一整天的课不说,每周一、三、五的晚上,还得去上竞赛的辅导课。

这样一来,她每周都有三天完全没时间写作业。

两周后的几门小测,她除了语文和英语成绩稳定,数学成绩提高了些,物理和化学成绩直线下降。

这两门都是百分制的卷子,她物理只考了六十多分,化学考了七十多分。

课后,物理老师把唐星然叫去了办公室。

"唐星然,你这成绩下滑得也太快了。这个单元的内容不算难,上个单元的小测你还考了九十多分吧,怎么这次就只考了六十多分?"

唐星然低着头不说话。考六十多分也没什么意外的,毕竟她这两周只有上课会听一听,课后的作业几乎没怎么自己做。

"看你平时作业都做得挺好的啊,考试卷子也不难,都是差不多的题型。"物理老师指了指卷子上的题,"你看这道,就是上周的作业原题,改了个数字,怎么就做错了?"

唐星然最后只好说是因为她这次考试粗心大意了,并保证下次小测绝对会把成绩提上去。

正好是周三,晚上又有竞赛辅导课。

今天的物理作业之一就是订正错题。唐星然不敢再抄,带着卷子和错题本去了辅导教室。

她坐在萧惟旁边的座位,难得课前在安静地写作业。

萧惟余光看到她的卷子,背面一片都是红叉。

他眉头微动。

唐星然习惯性地咬着笔杆。眼前这道题上课刚讲过,她又有点想不起来怎么做了。

她叹了声气,苦着脸看向萧惟,小声问:"小惟,你看看这道题你会吗?"

萧惟面无表情地拿过她的卷子,低头看了眼:"会。我给你讲?"

他微转头看了看四周,教室里坐了提前到的几个同学,都在安静地做作业。

他想了想:"出去讲吧。"

唐星然"嗯"了一声,站起身跟他走出了教室。

正是晚自习上课前夕,楼道里来来往往都是人。竞赛辅导的教室在三楼,这一层都是普通班,时不时就有人经过,目光频频落在两人身上。

唐星然把卷子放在窗台上,两人面对着窗外。

萧惟声音清清淡淡,身子站得笔直,认真地给她讲那道物理题。讲完一遍,唐星然正低头思考着。

付楚悄无声息地站在两人身后:"哟,给唐星然讲题呢?哎,对了,这几天我们班那个朱慧不是老去问你题,我看你可一次都没给人讲过啊。"

萧惟看了他一眼,淡淡道:"没事做你就进教室写作业。"

唐星然忍不住笑了一声,真"教导主任"啊。

付楚:"好好好,不打扰你俩讲题。"

唐星然看了眼天空,觉得今天的晚霞还挺好看,西边一片雾粉色,

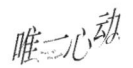

半遮着一颗明亮的圆球。

她抿了下唇,试探地问:"小惟,你为什么不给你们班那个什么……朱慧讲题啊?"

萧惟也正在看西边的天空,把目光收回,简言道:"她不需要我讲。"

"啊?"唐星然抓了下头发,"好吧。我确实挺需要的。"

萧惟稍弯了下嘴角,"嗯"了声:"知道就好。毕竟你这卷子只考了六十几分。"

唐星然把话咽了回去,笑容也僵在脸上。

"还有不会的吗?"

"……有。"

之后的几周,唐星然过得格外忙碌。原本雷打不动的晚上九点之后不学习的习惯,也被迫改变。每周一、三、五晚上,下了晚自习回宿舍,她还得加班继续写作业。好在之后的物理、化学小测,她的成绩又提了上来。其中也有萧惟的功劳。

她物理学得本就比其他几科吃力些。每次竞赛辅导课之前,再加上周末在家的时间,萧惟都会不厌其烦地给她讲题。一遍不会就讲两遍,两遍不会就继续讲。

唐星然突然觉得,跟他像现在这么相处好像也还挺好。

唐星然靠在宿舍床上继续写作业。

姚青悦刚洗漱完回来,看了她一眼,"啧"了一声:"唐唐,你突然这么努力,让我们好有压力啊。"

唐星然叹了声气,无奈地说:"那也没办法啊,辅导班九点才下课,剩下那点儿晚自习时间我作业肯定写不完。唉,也不知道这竞赛课要上到什么时候,再这么下去,我迟早有一天被熬死!"

姚青悦随口道:"我听付楚说,高一组的预赛差不多是期中考试之后。"

唐星然睁大了眼:"哇,那……"

说到一半,她像是想到了什么,马上改口道:"那只是预赛啊,预赛过了之后肯定还有决赛。"

姚青悦看了她一眼,竖起大拇指:"牛,复赛的决赛名额好像很少。唐唐你加油,我看好你。"

每天上课下课吃饭睡觉,日子过得很快,转眼就快到期中考试。班主任提前通知,从各班前几次小测的成绩来看,现在各班学生成绩差距太大。

总而言之,就是一班有几个学生,成绩还不如普通班。二班、三班、四班呢,又有好多优秀的学生成绩超过了一班。于是,几个领导和老师开了会,决定这次期中考试后,就按成绩排名重新分一次班。

唐星然立马来了精神。

她原本以为下次分班会是期末考试,那至少得过完这个学期,到下个学期才有机会进一班。

没想到天助她!机会提前来了。

现在,她想进一班的原因似乎又多了一个,可以跟萧惟一个班。至于具体原因,她细想了想,觉得大概是:跟他同班之后,问他题就方便多了!

期中考试前一周的周五,竞赛辅导课结束,唐星然火速冲回教室拿书包,然后叫上萧惟一起出校。

路上,她看了眼萧惟:"你们班老师通知了吗?这次期中考试要分班。"

"嗯。"

唐星然因为这通知,一整天又兴奋又紧张,看到他淡然的态度,心里突然有点堵。

半晌后,她挑眉道:"你可别掉出一班了。万一你考太差掉到普通班,以后我找你还得上层楼。"

萧惟淡淡道:"不会。"

他看向唐星然,好似不经意地说:"你好好考。争取也能进一班。"

唐星然笑着指了指自己:"那肯定的。说不定考完之后我们就能同班了,你可以期待一下。"

萧惟:"刚不是还说我可能会掉到普通班?你这是想去普通班了?"

唐星然撇了下嘴,抬头看天,虔诚地说:"考神大人在上,您别听我旁边这人胡说。考神大人您可得保佑我这次考年级前四十名!"

萧惟不由得嗤笑:"你还是靠自己吧。这几天……好好复习。"

上了车,唐星然就忍不住把这个振奋人心的好消息告诉了唐慕和姜静之。

唐慕皱了下眉,说:"你们这校领导怎么想的,这学生进到一个新环境都是要适应的,这才半学期,就要分两次班。"

姜静之也在一旁附和:"是啊,每个班教学进度不一样,老师也不一样。我估计挺多家长得有意见。"

"啊?"唐星然挠了挠头,"我还想着这次能考回一班呢。"

唐慕笑了声,忍不住道:"什么叫回一班?你就没进过一班吧?"

姜静之提醒道:"谁说然然没进过?开学摸底考试是在一班教室考的吧?"

唐星然被两人的态度刺激到了,回家吃了晚饭之后,进了卧室,难得没看动漫。

在这个周五晚上,她破天荒拿出辅导书开始复习物理,这一科考砸的概率最大。

看了几道题之后,她就发现有一道不会的,连解析也看不大懂。

她张了张口,正准备喊一嗓子,刚吐出一个音,又闭上嘴。萧惟这人性子挺安静的,她还是不要这样叫唤比较好。

唐星然站起身开门,出了房间,拿着辅导书朝客房走去。她敲了两下门,小声问:"小惟,我能进来吗?"

"稍等一下。"

"哦,好。"

过了一会儿,萧惟把门打开了,他穿着身长袖长裤的睡衣,头发稍有些乱。

他看了一眼唐星然手里的辅导书:"有题要问?"

唐星然点头,笑着"嗯"了声。

萧惟犹豫了一瞬,才侧了侧身子让她进来。

唐星然很自然地坐在他的椅子上,把书随手放在桌上。她转了转头,看见萧惟正在床边叠衣服。

原来刚才他在换衣服啊。那刚才萧惟隔着门跟她说话的时候,难道是……没有穿衣服?

想到这儿,唐星然突然觉得脸热。她低下头,抬起两只手,用手背贴了贴脸降温。

叠好衣服,萧惟走过来看向她:"什么题?"

"啊,哦,物理。"说着,唐星然翻开辅导书,找出刚才那道题用手指点了点,"就这道。"

客房的桌前只放着一把椅子,唐星然坐着,萧惟就只能站在一边。

她语气有些沉重:"小惟,要不我出去给你搬个椅子?"

两秒后,萧惟开口道:"我出去搬个椅子吧。"

"好。"

萧惟刚出房门,唐星然猛地站起身,决定去餐厅拿袋麦丽素压压"惊"。

萧惟正好搬了椅子回来,看着她问:"怎么了?"

"……我,去拿个吃的。"

"嗯,好。"

吃了两颗麦丽素之后,唐星然又在原地深呼吸了半分钟,觉得基本恢复镇定才回了萧惟的房间。他已经坐在另一把椅子上,低头正在看她刚才指的那道物理题。

"回来了?"

唐星然点头:"怎么样?你会不会啊,那个解析写得太简略了,

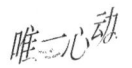

我没太看懂。"

萧惟抽出一张草稿纸，一边用笔写着步骤，一边给她讲。

唐星然一开始盯着他手看。

长袖睡衣里，一串黑色的珠串若隐若现。

他手很大，骨节分明，肤色也白，又不像其他男生的手一样，青色的血管并不突出，颜色淡淡的。

"听懂了吗？"

唐星然这才回过神，她一个字都没听进去啊！

"我没……没听懂，你能再讲一遍吗？"

萧惟眉头微蹙了一下，问："哪儿没听懂？"

唐星然思索了一瞬："你讲得太快了，能不能讲慢点？"

萧惟也有点迷茫。

快吗？他明明讲得已经很细了，而且给唐星然讲了这么多次题，他已经知道怎么讲能让她听懂，刚才也是顺着她惯常的思路讲的。

他无奈，拿起笔，把草稿纸翻到背面，又讲了一遍："现在懂了吗？"

唐星然点点头："懂了。"

空气安静下来，两人都沉默着不说话。

唐星然纠结了一小会儿，试探着说："那个……小惟，我能不能在你房间复习物理啊？这次期中考试好像是我们班老师出卷子，我看他手里经常拿着这本辅导书，说不定会从这上面出题。"

萧惟看着她没说话。

唐星然顿了顿，继续道："可是这本辅导书上的解析都太简略了……我怕我一会儿有不懂的题还得过来问你，走来走去的就很浪费时间。"

说完，她摸了下鼻子，睁着大眼睛，用询问的眼神看向他。

沉默了三秒后，萧惟轻点了下头："可以。"

唐星然马上扬起了嘴角，露出两个小梨涡。

萧惟看着，抬了抬手，又马上放下去。最后，他又补了句："但你不要咬笔。"

"好!"

客房的桌子比唐星然卧室的小了快一半,两个人同时坐着写题会很挤,稍微动动胳膊就会碰到对方。

五分钟之后,萧惟把练习册收了起来,从包里拿出单词书,站了起来。

唐星然侧头看他:"你干吗去?"

"我去床上坐着背单词。"

"哦,好。"

萧惟拿着单词书靠坐在床头。

唐星然刚低下头,又转回去问:"是不是我影响你了啊?要不……"

萧惟抿了下唇:"没有,你就坐这儿吧。"

"哦……"她刚其实想说,要不她坐在床上。

算了。

唐星然一直学到了深夜十一点多,偶尔有不会的题,就叫萧惟过来讲。但快到十二点,她还差一整个单元的内容没有复习,她打了个哈欠,困得有点直不起腰,就歪着头趴在桌子上看。

可趴着更容易困,一道没看完题,她上眼皮就开始和下眼皮打架。

过了不知道多久,唐星然感觉胳膊被轻敲了两下。她迷迷糊糊睁开眼,看见萧惟站在她旁边,手里拿着本单词书在戳她胳膊。

"啊……"她坐起身,掩面又打了个哈欠,"我刚是不是睡着了?"

唐星然表情很蒙,看着呆呆的,半边脸上还被压出了印子,脸也红红的。

萧惟看着觉得好笑,嘴角微弯了下。

"嗯。你先回屋睡觉吧,明天再复习也来得及。"

"好。几点了啊?"

萧惟点亮手机看了眼时间,淡淡道:"一点。"

闻言,唐星然眼睛睁大了些:"这么晚了?"

她刚一站起身，背上有件衣服滑落，她赶忙抓住，发现是萧惟的校服外套。

这是……他给她披上的吗？

有点冷，唐星然把那件校服扯了扯，顺势又披回了身上，她起身拿着辅导书走到门口。

刚打开门，萧惟轻声叫住她："那个，是我的外套。"他抿了下唇。

唐星然转头"哦"了一声："我明天帮你放洗衣机里，我爸妈会一块给你洗了。"

没等萧惟再说话，她就关门离开了客房。

门锁发出清脆的一声响。

萧惟看着门把手出了一会儿神，淡笑着摇了摇头。

周六，唐星然难得在周末定了闹钟起床复习。她一睁眼，就看见床边的椅背上挂着萧惟的校服，莫名觉得心情很好。洗漱之后，她把那件校服抱去了外面的洗衣间。

姜静之坐在沙发上看书，唐慕开着电视看新闻。见唐星然走过来，两人都像是看见了无比稀奇的事一样，对视了一眼。

"哟，然然今天怎么起这么早？"

唐星然揉了揉眼睛，看向阳台那面玻璃，慷慨激昂道："我已经准备好了，拥抱朝阳，燃烧生命之火！"

唐慕笑着打击她："那可得悠着点，别今天一天就燃烧成灰了。"

唐星然撇撇嘴："那不可能，至少……至少能燃烧两天！"

姜静之也笑："那吃早饭？锅里正熬着粥呢，马上就好。"

唐慕："去叫萧惟也出来吃。"

唐星然挑眉，不屑道："他醒了吗他，我怕他有起床气，吵他睡觉说不定被他揍一顿。"

"别瞎说。"唐慕道，"人家前几周都是六点多就起了，比我们都早。"

"哦，行吧。我忘了他是老年人作息。"

说着，唐星然走到客房门口，"咚咚咚"地敲了几下门。

没过多久，萧惟就过来开了门。

唐星然往里瞄了一眼，看到床已经铺得整整齐齐，桌上摊开了一本练习册，果然起床了。

她轻咳了声，表情有点不自然："那个，早上好小惟，吃饭了啊。"

"嗯。"

吃完早饭，唐星然回屋拿了物理和其他几科的复习资料又去了萧惟房间。

"我今天也跟你一块复习吧。"

萧惟看着她，想了想说："去餐桌吧。"

唐星然眨了眨眼："我爸在看电视，会有些吵。"她顿了顿，"你觉得桌子小吗？那你拿着书去我房间吧。"

小半晌后，萧惟"嗯"了一声，进屋拿了书。

路过客厅，唐慕看着两人笑了声："然然这么用功了？这么早起床，还这么早就开始学习？"

唐星然得意道："那必须！"

唐慕笑："行，你俩快学习去吧。"

周末两天，唐星然基本一直在复习。本来她单方面约定好养QQ宠物的事，这周末也一并交给了萧惟。

期中考试定在周一和周二，周一晚上的竞赛辅导课暂停一天，唐星然终于在周一正常上了个晚自习。

物理考试在周二上午。看到卷子，唐星然就睁大了眼，里面大部分题都是那本辅导书里的，其中一道压轴题还是前天萧惟刚给她讲过的！

出了考场，唐星然一边去食堂，一边哼着歌。

陈璐侧头看了她一眼："唐唐你这么开心？我感觉刚才物理的考试还挺难的……"

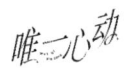

唐星然笑着说:"我觉得还行哎。"

"……牛了,唐唐。"

陈璐叹了声气:"这次考试后也要分班,我都怕我直接掉到普通班去。"

唐星然拍了她一下,安慰道:"你从初中开始就这样,每次考完试都觉得没考好,结果每次也没差过。"

陈璐揉了揉眉心:"我都是真觉得没考好。对了唐唐,你要是这次考进一班,就能跟萧惟一个班了哎。"

唐星然摸了下鼻子,口是心非道:"对哦,你不说我都没想起来一班还有他这号人!"

陈璐看着她:"一班最出名的就是他了,而且名气已经不限于北阳一中之内了。

"我姐在北阳三中,前几天她都在问我,我们年级是不是有个叫萧惟的帅哥学神。还问我能不能偷偷拍几张照片给她看。"

期中考试考完。

考完当天下午在食堂,唐星然看到萧惟一个人坐着吃饭。她抛下陈璐,说有事问萧惟,端着餐盘走到他旁边的空位边。

他侧头看了唐星然一眼,没说话,继续吃饭。

唐星然笑着坐下,往他桌上放了一小盒牛奶:"小惟,你还记得今天的物理卷子不?好多题都是上周末我问过你的!"

萧惟放下筷子,"嗯"了一声,看了眼牛奶:"谢谢。"

唐星然本来有一肚子话想说,看着他这毫不在意的态度,顿时不知能说些啥。

小半晌后,她侧了侧头:"那你得感谢我!要不是我,那些题你肯定也做不出来!这次考试要是你还能考第一,这其中就少不了我的功劳。"

萧惟稍弯了弯唇,放下筷子,缓缓道:"你想要我怎么感谢?也给你买牛奶?"

唐星然想了想，随口道："也不是不行，那我要两盒。"

她本就是顺口一说，宿舍里还放着姜静之上周买给她的一整箱牛奶没喝。

没想到萧惟真的站起身，拿着饭卡朝饮料售卖窗口走去。

唐星然愣了愣，继续低头吃饭。怎么有种欺负老实人的感觉？这老实人居然还是萧惟？

唐星然又开始怀疑现在的萧惟跟小时候的萧惟到底是不是同一个人，这差距也太大了。

另一边，萧惟刷完卡，拿着两盒牛奶转身，碰到了付楚。

"哟，买了两盒啊？给唐星然买的吧？"

萧惟没理他。

付楚："她喝一盒就行了，喝两盒饭都吃不下了吧。要不，送一盒给我？"

萧惟扫了他一眼："想喝自己买。"

等萧惟走远，付楚看着他的背影直摇头，嘴里吐出两个字："抠门。"

唐星然正低头吃饭，两盒牛奶被轻轻放在了她餐盘旁边，还是大盒的。

她眨了眨眼，侧头道："谢谢啊，你怎么突然这么好？让你买你还真就买。"

突然？萧惟眉头微皱了下，又马上恢复平时的表情："因为，喝牛奶可以促进长高。"

唐星然忍不住翻了个白眼："所以你是在弥补你小时候犯下的过错？"

"什么？"

唐星然很自然地说："你书包把我压矮的过错啊。我现在还没到一米六，肯定是因为帮你背了三年书包，错过了最佳的生长发育期！"

不管有没有道理，听她这么说，他怎么真还有点内疚。

半晌后,萧惟淡淡道:"没事,现在这么高也挺好的。"

唐星然"喊"了声:"站着说话不腰疼。今年生日我得好好许个愿,把你五厘米的身高换给我!不对,十厘米!"

萧惟直言:"这不可能实现,建议你换一个愿望。"

晚上回宿舍,姚青悦和唐星然一起去楼道接热水。

姚青悦小声说:"给你说啊,今天下晚自习,我在路上碰到付楚了。"

说到这儿,她像是突然想到了什么,拍了下唐星然的肩膀:"对了!"

她把声音压得更低,凑到唐星然耳边说:"我听一班的朋友说,他们班有个女生今天下午给萧惟送了封信!"

"啊?谁啊?然后呢?"

唐星然声音有点大,姚青悦愣了一瞬,笑了笑问:"唐唐,你怎么这么激动啊?"

她摸了摸鼻子,挑眉道:"我这……这不是八卦一下嘛!给萧惟写信,能写什么呀……"

姚青悦看着唐星然的眼神,一会儿后,笑出了声:"唐唐,你有没有发现你有个小动作?"

"什么?"

姚青悦学着她刚才的样子摸了摸鼻子,笑道:"就是这样啊。你紧张的时候就会摸鼻子。"

"嗯?"唐星然愣了愣,"有吗?"

姚青悦点头:"有。而且,最近每次提到萧惟,你几乎都会摸鼻子。"

唐星然有点尴尬,又想抬手摸鼻子,抬到一半才意识到,极不自然地把手放了下去。

姚青悦观察到她的小动作,回宿舍的路上一直在笑。

"唐唐,你也太可爱了吧!"

唐星然没觉得自己这样可爱,刚才的动作傻乎乎的。

她瞥了眼姚青悦,嘴硬地说:"说不定是每次提到萧惟我就鼻子痒!"

闻言,姚青悦更是笑得停不下来,直到进了宿舍,才收了笑声。

她看着唐星然说:"我之前不是跟你说过吗?我大学想学心理学专业,我就提前买了几本入门的书看。你这个摸鼻子的动作真的太典型了!"

唐星然不说话了,坐在床上喝水。

姚青悦:"喝水也是掩饰紧张焦虑的表现。"

"我……我没有!"唐星然急于否认,差点被水呛到。她把杯子拧上,气鼓鼓地看向姚青悦,像只小河豚。

姚青悦忍不住过来掐了下她的脸,敛了笑意道:"好啦,不逗你了,唐唐。好像就是一班的朱慧,下午最后一门考完,我朋友看到她把萧惟堵在考场门口了。"

唐星然睁大了眼,忍不住问:"然后呢?"

姚青悦笑了笑:"最后萧惟没收,当然除朱慧自己,也没人知道写的什么啦。我朋友说,朱慧晚自习直接请假了,说身体不舒服回宿舍休息,可能是不太开心。"

"哦,好吧。"

唐星然突然觉得,也没什么必要问,就算真有人给萧惟表白,他也不可能答应的。他只会板着脸跟对方说:"高中生不要早恋。"

熄灯之后,唐星然有些睡不着了。不知道为什么,她忍不住去想小时候的事,忍不住幻想他们再长大些会怎样。

周四,期中考试的成绩出来了。

唐星然当时正好在办公室问英语作业。

三班的排名表上,唐星然的名字赫然写在第一个。最后一行,写着她的年级排名——第十三名。

另一张表是年级总排名,唐星然顺便看了一眼,看到萧惟的名

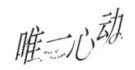

字毫无悬念地排在第一个。

那就意味着,这次分班,她能进一班了!

唐星然有点控制不住喜悦的心情,第一时间就想把好消息分享给萧惟。

她快步往一班走,低着头努力憋笑。直接走到走廊拐角,和别人撞了个满怀,她皱着眉抬头,看到是萧惟。

萧惟眉头也微蹙着,手里拿着本练习册。

还没等他说话,唐星然就先发制人,质问道:"你怎么又撞我!"

萧惟看着她:"是你走路不看路。"

唐星然这会儿心情好,懒得跟他计较。

她摆了摆手:"算了,我'大仙'不记小人过,正准备去找你呢。"她扬起嘴角,拖着长音,"没想到踏破铁鞋无觅处,得来全不费工夫——"

萧惟面无表情地问:"找我什么事?"

两人往走廊侧边挪了挪。

唐星然正准备开口,看到身边走过一个女生,看了她好几眼,眼神不太友善,好像是一班的。

她没再细想,看向萧惟,神秘兮兮道:"你猜猜,我这次考了多少名?"

萧惟:"第十三名。"

"嗯?" 唐星然盯着他,两秒后问:"你怎么知道?"

"我上个课间看到排名了。"

唐星然感觉自己就像个气球,正充满气准备自己爆炸,结果就被人放了气。

萧惟看她脸上青一阵白一阵,觉得有些好笑。

两人面对面沉默了半晌后,萧惟抿唇道:"还不错,有进步。"

"哦。"

唐星然摸了下鼻子:"那我们马上就要成为同班同学了。"

"嗯。"

算了。跟他说话，还不如找块木头说话！木头说不定都比他反应大！

唐星然瞥了萧惟一眼，语气明显差了些："那我先回教室了。"

"好。"

等她转了身，萧惟犹豫着，轻声道："对了，我还是第一名。"

唐星然有点崩溃，这是成心打击她？还不如木头呢！

她正要转头回去，给他一个白眼再骂他两句，又听萧惟开口："你上次说，如果我还是第一，也有你的功劳。那，你最近有什么想要的东西吗？"

唐星然睁大了眼，胸中刚燃起的怒火瞬间熄灭，她忍不住弯起嘴角，笑着问："你是要送我礼物？我生日马上也到了。"

萧惟看着她的梨涡，耳朵微微有些泛红。

他轻点了下头："嗯。"

唐星然笑道："那我是不是能要两份礼物啊。哦不对，三份！"

"为什么是三份？"

她眨了眨眼："我这次也考得挺好啊，所以……"

所以什么呢？所以该奖励她一下？

她垂着眸，正愁找不到合适的理由，就听到萧惟"嗯"了一声。

"那就三份吧。"

唐星然猛地抬眼看他，唇边的笑意藏都藏不住："那说好了啊！三份，你别后悔！"

萧惟："好，你想要什么？"

话音刚落，上课铃响起。下一节是物理课，物理老师最看不惯学生上课迟到。

唐星然小跑着准备回班，跑出几步，又回头看萧惟，笑着扬声道："先欠着，我想好了告诉你！"

萧惟看着她消失在拐角，也往教室走。路上，他一直弯着唇，莫名感觉心里痒痒的。

周五午休时间，唐星然接到了姜静之的电话。她和唐慕这周出差，周末赶不回来，让他们这周末在学校住。

挂了电话，唐星然有些沮丧。

晚自习上竞赛辅导课时，她坐在萧惟旁边，时不时偷看他一眼。下课前，她突然想明白一件事。

到了晚上九点，辅导课下课，教室的人纷纷拿着书往外走。

唐星然侧头看了眼萧惟，说："小惟，这周末我爸妈出差了，让我们不用回去了。"

萧惟点点头："好，那我直接回宿舍。"

教学楼外，月上柳梢。已经到初冬，学校里的树叶纷纷开始掉落，枝干的影子长长地斜在地上。周五晚上的校园很空荡，夜风吹在脸上，有些凉意。

两人背着书包，并肩往宿舍方向走。

唐星然舔了舔唇，问："你明后天准备干吗呀？"

萧惟想了想："在宿舍写作业吧。"

唐星然看向他："刚考完期中考试，我这周末想放松一下。"她摸了下鼻子，"要不，你陪我出去玩吧？"

萧惟犹豫了一瞬，侧头问她："你想去哪儿？"

唐星然想了想，淡笑着说："我听同学说，红山商业街那边新开了家鬼屋。"

萧惟轻蹙了蹙眉。

她接着说道："那边好像还有个电影院，我们可以先去鬼屋玩，然后看个电影吃个饭再回学校。

"就当是我的第一个礼物？"

萧惟把头转了回去，目视前方，没说话。

唐星然扯了扯他的袖子："好不好？"

又走了几步，萧惟看向她，抿唇应道："好。但你得提前跟姜阿姨他们说一声。"

唐星然眼里又有了光，开心得跳了起来："萧惟你太好了！那明天起床之后我给你打电话！"

"嗯。"

晚上,唐星然宿舍里其他三个人都回家了,整间屋子就她一个人。熄灯之后,她感觉有些害怕。

以前班里偷偷传看着几本鬼故事杂志,唐星然也没少看。

好多个鬼故事背景都是女生宿舍……这种鬼故事给人造成的影响是持续性的,看过之后很多年都会记着,而且想起来就会觉得害怕。

不像鬼屋,只是当时在里面会觉得怕。

因为第二天要跟萧惟出去玩,唐星然本来就有点睡不着。在床上辗转到深夜,她更睡不着了。

室内有暖气,她口干舌燥起床喝水,发现杯子里的水没了。饮水机在走廊里,而且离她宿舍还有好一段距离,周末宿舍楼里几乎没人,走廊也是空空荡荡……

她拿着空水杯,从床边走到门口,又从门口走到床边,来回几次还是没敢出门。

最后,唐星然坐在床沿上拿出手机,给萧惟发了条短信:你睡了没?

已经很晚了,唐星然没期待他能回,但又希望他能回。虽然他在电话另一端,见不到人,但有电话那端的他陪着,也觉得能安心些。

两分钟后,唐星然的手机响起一声短信提示音。

萧惟:准备睡了。怎么了?

唐星然看了两遍短信,弯起唇,戳着手机按键打字:你宿舍还有别人吗?

过了大概半分钟,对面回了短信。

萧惟:没有。

唐星然没多纠结,直接拨了电话过去。听筒里只传出"嘀"一声,她就听到了萧惟的声音。

"怎么了?"

唐星然抿了下唇,说:"我宿舍里也没其他人……我有点害怕,想你陪我去楼道接个水。"

电话那头沉默了一会儿,萧惟淡淡地说:"我进不了女生宿舍。"

啊?

唐星然忍不住笑了声:"在电话里陪我就行。"

又是一阵沉默,她听到萧惟说了声"好"。

唐星然:"那你别挂,我这就去。"

说着,她一只手拿着手机,另一只手拿着水杯,开门去了楼道。

宿舍楼道里是声控灯,唐星然跺了跺脚,近处的几盏灯亮起。长长的走廊,空无一人,两边的墙壁一半白一半被刷成淡绿,确实好恐怖……

她对着电话小声道:"小惟,你能不能说说话?不然太安静了,我还是害怕。"

"说什么?"

"随便……说什么都行。"

听筒里响起萧惟清冷的声音:"这周一班作业有两张数学卷子,一张英语卷子,语文练习册三页,外加一篇作文……"

那点恐怖氛围马上消散,唐星然忍不住笑出声:"你满脑子都是作业。"

萧惟:"你让我随便说的。"

唐星然已经走到了饮水机前,把手机开了免提放在水桶上,弯着腰接水。

她想了想,问:"你今天养我们的猪了吗?它们有多少元宝了啊现在?"

她又说:"哦对,这周末我不回家,那明后天你也得上线养一下。"

萧惟语气里听不出什么情绪:"嗯,养了。"

随后,他报了两个数字。

唐星然"哇"了一声,拧上杯盖,往回走:"这么多钱了,那下周我回家看看。哎?不知道它们的等级够不够结婚了。"

"够了。"

唐星然睁大眼,赶忙说:"那你先别动!等我下周回家我们再结婚!"

电话那头沉默了。

唐星然皱眉,想给自己一拳,纠正道:"它们,我是说它们结婚!"

她听到萧惟轻轻"嗯"了声,没再多言。

回到宿舍,唐星然喝了几口水,犹豫着要不要挂电话。

她试探着说了声:"我已经接完水回宿舍了。"

"嗯。"

又陷入了沉默。

小半晌后,萧惟问:"你一个人在宿舍里也害怕吗?"

唐星然小声应道:"有点……"

"那你明天还想去鬼屋玩?"

唐星然放好水杯,半躺在床上,开始解释:"这不一样。鬼屋那种就当时害怕,一出来就没事了。我现在一个人在宿舍害怕是因为小时候鬼故事看多了!"

"……好吧。"

电话里,萧惟顿了顿,平静地说:"如果害怕,你可以先不挂。"

闻言,唐星然忍不住扬起嘴角,笑着说:"小惟,你现在真的好好啊!几年不见,你就变得如此善解人意、通情达理、温柔体贴、怜香惜玉、和蔼可亲、平易近人!"

成语太多,萧惟放弃纠正她了。他语气里有一丝困倦,轻声说:"睡吧。"

唐星然笑:"好!"

她把手机放在枕边,又补了句:"那你别挂!"

"嗯。"

周六,唐星然醒来时已经上午十点多了。她迷迷糊糊地睁开眼,马上想起了昨晚的事,从枕边摸过了手机。电量已经严重不足,手

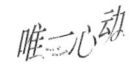

机也没在通话界面。

唐星然不由得有些失落，又打开了通话记录，点开第一条昨晚跟萧惟的通话——五小时又四分钟！

那大概是今早六点多才挂断的，差不多是他起床的时间。想到萧惟与她保持通话一整夜，唐星然刚才的那点失落感瞬间没了。她伸了个懒腰，哼着歌起床去洗漱。

这个点食堂没饭，唐星然从柜子里拿了个夹心面包，又喝了一盒牛奶。

她拉开窗帘，刺眼的光直直照进宿舍。

猜测外面应该不是很冷，唐星然打开衣柜，在毛衣外面，又搭配了个橡皮粉的风衣。

换好衣服，她给姜静之发了条短信，随后拨了萧惟的电话："我收拾好了！我们出门吧。"

萧惟："嗯，等我五分钟，我去宿舍楼下找你。"

五分钟后，唐星然一蹦一跳地下楼。她用力地推开宿舍楼的门，一阵寒风吹得她几乎喘不过气。看着天气这么晴朗，但怎么这么冷啊！她低头看了眼自己薄薄的裤袜，在门口站了不到一分钟，两条腿就冻得发抖。

她转头看向男生宿舍楼，萧惟正缓步朝这边走，他穿了一件长款的黑色羽绒服，显得整个人高高瘦瘦。他一身黑，衬得肤色更白，没有一点血色。

唐星然弯起唇，小跑到他面前。

萧惟手里拎着一个纸袋，他上下看了眼唐星然，眉头微蹙："去换件衣服。"

唐星然挑了下眉，嘴硬道："我不冷。"

萧惟看着她，没说话。

她撇了撇嘴，小声嘟囔："好吧，有一点点冷，但这叫'美丽冻人'！"

萧惟没让步："换件厚点的。"

僵持了小半晌，唐星然站在原地，上下牙开始打战："好吧，那你等我一小会儿。"

"嗯。"

唐星然正准备转身，萧惟拎着纸袋的手抬了抬，声音轻轻的："早餐。"

"哇！"唐星然接过，睁大眼睛问，"什么早餐？你早上买的吗？"

萧惟："嗯，奶黄包。"

唐星然笑着拎着纸袋上楼，换衣服之前，迫不及待先打开了纸袋。居然还知道给她带早餐！

是两个小小的奶黄包，她拿出来的时候，发现还是热的，应该是萧惟出门前用宿舍的微波炉加热了。

虽然已经吃了夹心面包，但唐星然还是没忍住把两个奶黄包也吃了。食堂的奶黄包她几乎每天早上都会吃，但她总觉得今天这两个比平时的更好吃。

萧惟现在对她这么好，她怎么可能不动心呢？

唉。

她打开柜子，带着小心思换了件白色的长款羽绒服。

锁门下楼的路上，唐星然突然觉得现在这么跟他相处也不错。萧惟不知道她这些心思，对她挺好的。借着两家的关系，她还能经常跟他在一起相处、学习。

如果知道了她对他有了别的感情，说不定还会刻意跟她保持距离……

算了，要不就先这样？

再次下楼推开宿舍门，萧惟看了眼唐星然的衣服，又看了看自己的，眉梢微动。

唐星然笑着看向他，小跑过来："走吧！"

"好。"

两人出了校门，去路边拦了辆出租车，一路到了红山商业街。

按同学说的位置找到那家鬼屋，到了门口，唐星然的笑脸马上垮了，门上赫然贴着八个大字"家中有事，暂停营业"。

唐星然扯了扯嘴角，幽怨道："唉！知道'本仙'要来，鬼都被吓得不敢出来营业了。"

她转头看向萧惟，问："那我们去哪儿？我不想回学校……不然真的白跑一趟了。"

萧惟低头思忖片刻，看了她一眼："市图书馆？就在附近。"

唐星然抬手揉了下眉心。行吧，图书馆就图书馆吧，去哪儿其实也无所谓……

她点点头："好。"

北阳市图书馆与他们现在的位置就隔着一条街，两人并肩走过去。他们中间隔了半个人的距离，唐星然咬了下唇，悄无声息地往萧惟那侧挪了一步。她像是刚做了贼一样，慢慢抬起头，余光看见萧惟转头看向了她。

唐星然摸了下鼻子："那个，你长得高，站近点能帮我挡挡风！"

现在有风吗？萧惟没说什么，目视前方，继续默默走路。

唐星然看了他一眼："这次是鬼屋关门，但是你不能赖账……第一个礼物已经定下了，等你有空你还得陪我一起去玩鬼屋。"

"嗯，好。"

唐星然话匣子一打开就收不住，走去图书馆的一路上，继续叽叽喳喳说着话。

"小惟，你生日有什么想要的吗？"

"没有。"

唐星然皱眉："礼尚往来，那我也得给你送礼物啊。你快想想！感觉你也没啥爱好……要不我送你几本练习册？"

"不用，我有很多练习册。"

"……哦，也是。"唐星然笑了笑，"那要不你再想想？想好了再告诉我呗。"

萧惟看了她一眼，语气平淡："那，送你想送的吧。"

"啊？"唐星然愣了愣，"我想送的？好吧，那也挺省事。"

到了图书馆，两人上楼。

市图书馆很大，藏书丰富。唐星然随手拿起一本没看过的言情小说，继续上楼找座位。

突然，她看见熟悉的侧影消失在一扇门后。

唐星然在原地愣了几秒，随后忐忑地下楼，在书架间穿梭着找萧惟。

他已经找到了位置，正在窗前用纸巾擦桌子。

唐星然小跑着到他面前，欲言又止，最后，带着一些不确定地说："我刚好像看见我爸了，身边还有一个不认识的阿姨。可是……他应该还在出差，怎么会在这里……"

她刚才还没反应过来，现在越想越不对劲，猛然起身，差点没控制住音量："天哪！我爸不会出轨了吧！"

这么想着，她抓起萧惟的胳膊就往楼上跑。一路上，她已经脑补了一整部苦情戏。

唐慕出轨，姜静之忍气吞声，为了她的健康成长，两人瞒着她做表面夫妻。

到了楼上，唐星然都快哭出来了，语气无比沉重："就这个办公室。"

萧惟抬眼望去，门口的牌子上写着：文献采编办。

她拉着萧惟站在那排架子后面，反复鼓起勇气，犹豫着要不要进去亲眼看看，那究竟是不是唐慕。

她捏了捏萧惟的胳膊，侧头看他，低声问："小惟，你觉得我妈知不知道啊？"

萧惟轻摇头："不知道。"

"啊？"唐星然两条眉毛快拧成了麻花，"你觉得我妈不知道啊，那我要不要告诉我妈……"

她越说越难受："我不想让他们离婚。天哪，知人知面不知心，没想到我爸居然是这种人！"

"我是说，我不知道姜阿姨知不知道。"萧惟不知道该说些什

· 138 ·

么合适,静静地站了一会儿,语气比平时温和些,"说不定是唐叔叔提前回来办事。"

他话音刚落,办公室的门开了。

唐慕和一个年轻女人走了出来,两人脸上都有淡淡的笑容。

唐星然睁大了眼,等两人走远了些,她拉着萧惟跟了过去。

萧惟:"干什么去?"

唐星然焦急道:"跟着去看看啊!"

萧惟没多说,陪着她一路跟出了图书馆。唐星然拉着他不远不近地跟着,最后看到那个女人上了唐慕的车,感觉整个世界都崩塌了。

天哪!怎么会这样!

萧惟侧头看了她一眼:"快回去,外面冷。"

唐星然苦笑了声:"我的心已经比气温还低了。"

回了座位后,两人都没心思再看书,一个看着窗外发呆,一个不知道能说些什么。

半晌后,萧惟先开口:"你要不还是先问问阿姨?"

唐星然叹了声气:"也行……那你手机借我,我的没电了。"

萧惟陪着她去了楼梯间,她熟练地拨通了姜静之的电话,对面很快就接起。

"萧惟吗?怎么啦,你今天不是跟然然一块出去玩了吗?"

唐星然张了张口:"是我。那个,你们回北阳了吗?"

"还没啊,怎么了?"

唐星然还是不忍心说实话:"没事,我就问问,那我们先去玩了。"

"啊?然然你是不是钱不够花了啊?"

"不是……我还有事先不跟你说了。"挂了电话,她苦着脸看向萧惟,"我妈说他们还在出差,那我估计,大差不差了……"

萧惟下颌绷着,没说话。

回了位置,两人又坐了一会儿,萧惟抬眸看她:"唐星然。"

"啊?"

他说:"我觉得,你还是问一下唐叔叔,别自己瞎想。"

唐星然眼眶有点泛红,可怜兮兮地说:"万⋯⋯万一我爸也说他在出差,那不就肯定是⋯⋯

"我不敢问。"

萧惟看了她一会儿,声音轻轻的:"我帮你问。"

从小就认识,他总觉得唐慕不是那种会出轨的人。但他又不好直接这么说,怕真出了什么事,唐星然听了更失望。

他站起身,唐星然抬手拉住他:"别,我还没做好准备⋯⋯"

萧惟看着她,徐徐道:"我可以问了之后不告诉你。"

唐星然纠结了一小会儿,才吐出两个字:"也行。"

萧惟去了楼梯间打电话,唐星然在椅子上坐着,觉得这几分钟过得无比漫长。

看着萧惟回来,唐星然抬头,仔细观察着他的表情。可这人脸上压根没有表情,她都怀疑,天塌下来萧惟也是这副清清淡淡的样子。

萧惟坐回她对面,等了小半晌,轻轻地问:"你真不想知道?"

唐星然:"不想。"

萧惟弯了下唇,又压回去:"行,那就不告诉你了。"

唐星然一直盯着他,刚才他那细微的表情变化被她捕捉到。他好像笑了一下?那应该⋯⋯没出啥事吧!要是唐慕出轨了,他还能笑出来,幸灾乐祸,唐星然就跟他绝交。

一会儿后,她忍不住了,看着他说:"算了,你还是告诉我吧。"

萧惟:"不告诉。"

唐星然甚至想跳起来给他一巴掌。她瞪了他一眼,说:"你不告诉我,我就、我就⋯⋯"

想了半天,她也没想出什么能威胁到萧惟的事。

算了。

她抬眸看着他,好一会儿后,嘴唇微动,脸上一副忍辱负重的表情,语气僵硬得像个机器人:"萧惟⋯⋯哥、哥,你告诉我吧。"

萧惟差点没忍住笑,用力抿了下唇。他看着唐星然的表情,强忍住笑意:"好。"

唐星然在心里骂了句。果然,狗改不了吃屎,表面看着是正常了,其实跟小时候一个德行!

萧惟:"唐叔叔说,他跟姜阿姨这次出差不是去同一个地方。他今早提前回北阳了,因为学院有个项目跟市图书馆有合作,备案上临时出了点问题。"

唐星然心里的阴霾瞬间散去,包括刚才喊的那声"哥哥"的"屈辱"。

她马上扬起嘴角,眼中也有了光:"真的?"

萧惟轻点了点头:"嗯。"

唐星然"喊"了一声,笑着说:"我就知道,我爸肯定是临时有事回来了。都怪你,害我瞎担心一场!"

萧惟眉梢微抬,反问:"怪我?"

唐星然理亏,这事确实不怪萧惟,她还得感谢他,不然这点破乌龙压在她心里不知道要多久。

"不怪你不怪你,是我口误!"

她笑着站起身,转头看他:"今天'本仙'心情好,请你吃饭!"

萧惟无声地笑了下:"行。"

在图书馆坐了快一个小时,两人一本书都没看就又出去了。

唐星然抬眸看了眼萧惟:"上次说要请你吃砂锅粥,也不知道这附近有没有,我找找看啊。"

萧惟"嗯"了声,不在意地说:"吃别的也行。"

走到商业街,还真找到家砂锅粥。

两人进了店,唐星然看着菜单点了一锅膏油虾蟹粥,抬头问萧惟想要什么。

萧惟合上菜单,淡淡道:"一个就够了。"

"哦,好。"

吃过饭之后,唐星然又按计划带着他去了电影院。

她这次挑了一部爱情片。买了爆米花和可乐,她记得他上次说不喝碳酸饮料,又特意给他买了瓶矿泉水。上次看电影还是跟唐慕和姜静之,他们四个人一起。

这次只有她和萧惟两个人。这部爱情片很冷门,整个影厅没坐几个人。

萧惟的手就放在座椅扶手上,唐星然低头看了一会儿,又抬起头,把手往他旁边挪了挪。

过了很久,她又挪了挪,两人的手只剩不到一厘米的距离。

屏幕上,剧情已经到了高潮部分。

男女主角在雪夜里拥吻,路灯下的雪花闪着莹白的光,一片片落在两人头上。

唐星然看着心动,忍不住又低头看了眼他的手。

要不……她偷偷碰一下?

就碰一下试试?

可是,两秒之后,萧惟把手从扶手上收回,放在了腿上。

唐星然咬了下唇,不禁有些失落。看着电影里的剧情,她只恨自己不能快点长大。

如果能像电影里男女主角一样,到了二十八九岁。

不,高中毕业了也行!

可转念一想,毕业了又能怎样呢……她也不知道萧惟会不会喜欢她,如果不喜欢她,那还不如不毕业。

现在,至少还能经常看见他,跟他一起吃饭,跟他一起看电影、一起写作业、上辅导课……

电影放映结束之后,两人出了影院,打车回学校。

唐星然一路上都没说话,一直偏头看向窗外,目光里第一次有了些难以言喻的忧伤。

萧惟看了她一眼:"你怎么不说话?"

唐星然转头,看着他,叹了声气:"你别打扰我,我在思考人生。"

萧惟觉得好笑,问:"在思考什么?"

半晌后，唐星然悠悠开口："我在思考……以后应该找个什么样的男朋友。"

这话一出口，车内陷入了长久的沉默。

唐星然轻咳了一声，强行解释道："刚不是看了那个电影嘛，你想啊，那个女主角兜兜转转，最后还是跟从小认识的人结婚了。"

她顿了顿，试探地问："小惟，如果你以后要找对象，你会找新认识的人，还是更想找那种从小就认识的啊？"

萧惟垂眸，反问："你怎么想？"

唐星然脸颊有些泛红，说话声音比平时小了很多："大概……以前认识的？"

萧惟抬眼看她，眼神有些复杂，好半晌都没说一句话。

唐星然感觉，两人之间的气氛忽然变得尴尬起来。为了缓解尴尬，她抬手摸了下鼻子，又补了句："不对，新认识的好像也挺好？会比较有新鲜感。"

片刻后，萧惟悠悠开口："以后少看这种类型的电影，没什么营养。"

唐星然："哦。"

周一下午北阳一中每个班最后一节都是班会，班主任会简单说两句，如果没什么需要通知的，剩下的时间就上自习。但这周不一样，唐星然从周末开始，一直都期待着这节班会课。期中考试成绩已经出了，她估计班会课就会通知分班的事。

上了一天课，终于到了班会。

杨老师进了教室，让班长给每人发了一张排名表，开始分析班里的成绩。

语文怎样怎样、英语怎样怎样、数学怎样怎样……谁谁谁哪科成绩退步……

半节课过去，分析完成绩，通知了下周一开家长会。

唐星然搓着手，心想该说的都说完了吧，现在该通知分班的事了吧！

结果，讲台上，杨老师环视一圈，缓缓开口："这次我们班有十多个同学都在一百六十名之后，你们是不是紧张了好几天？"

唐星然攥着拳，睁大眼睛，等着老师说下文。

杨老师顿了顿，继续道："行了，我们上午又开了个会，决定这次考试先不分班了，等期末再分。不过你们也不要掉以轻心，再有两个多月就到期末考试了，你们……"

"啊？"

唐星然的心情就像坐过山车，从谷底好不容易爬升到顶峰，"嗖"地又落回了谷底。

啊！这学校真是够了，怎么朝令夕改啊！一会儿说分班，一会儿又说不分班了！

耍猴呢！

班会结束，唐星然一脸生无可恋地跟陈璐去食堂吃饭。

陈璐这次考试考了年级第三十名，本来也能进一班。两人现在同病相怜，都挺失望。

去食堂的路上，唐星然已经叹了十多声气。

陈璐侧头看了她一眼，压低声音说："唉，我今早看这架势就感觉这次可能不分班了。

"我妈有个同事的孩子是隔壁四班的，听说有好多家长周末一起去找校领导。说我们年级分班太频繁了，而且才第一学期，会影响学习啥的。"

"啊？"唐星然垂头，"原来是这样啊。那会不会期末也不分班了啊……"

陈璐摇头，情绪也不太高："那应该不会。北阳一中期末考分班是传统，估计家长再找学校也没用。"

晚上有竞赛辅导课，吃过饭后，唐星然先回了教室，吃了颗麦丽素心情才稍微好些。

期末就期末吧，也没有很久，她抱着作业，提前去了上竞赛辅导课的教室，趴在桌上没精打采地写作业。

没过多久，萧惟就进了教室，默默坐在她旁边的位置。

唐星然侧头看了他一眼，又转回去。

半晌后，她小声开口："你们班老师通知了吗？这次考试不分班。"

"嗯。"萧惟语气平淡，"通知了期末会分。"

唐星然眨了眨眼，忍不住开始抱怨："这学校可真是的，考前说分，考之后又说不分，这不唬人嘛。我好不容易考这么好，结果还是去不了一班！"

萧惟静静听着，等她说完，轻声道："没事。"

和他说话，唐星然就感觉像一拳头打在棉花上，不论说啥，这人都没太大反应。按正常人的聊天方式，她说了这么多，怎么也得附和她一两句吧？萧惟倒好，就轻飘飘说了两个字。

而且她这么想进一班，有一大部分原因都是萧惟……

唐星然突然气不打一处来，瞥了他一眼："你说得倒轻松，反正你怎么考都会在一班。你这就是、就是不识民间疾苦！"

萧惟愣了下，看她一眼："你很想来一班吗？"

唐星然撇撇嘴，口是心非地吐出句："还好……"

萧惟看了她一会儿，说："等期末吧，分不分班都得好好学习。"

"……哦。"

上周末唐星然没回家，周二姜静之回北阳之后，中午给她打了个电话。

"然然，我们刚去了趟超市，给你们买了点儿零食，你一会儿来校门口拿吧。"

唐星然："哦，好。对了，我们昨天通知下周一开家长会。"

姜静之笑："好，那我过去。前几天忙得都没顾得上问你，这次期中考怎么样啊？"

唐星然难得谦虚了一次，抿唇道："还行吧，就考了第十三名。"

姜静之："那确实还行啊，年级里能排多少名？"

唐星然忍不住翻了个白眼，没好气道："年级第十三名，班里第一。"

姜静之提高了声调，惊道："这么高！可以啊然然，你最近有什么想要的吗，我们给你买！"

"唔。"唐星然歪头想了想，"能要个游戏机吗？"

"不行。"

"哦，那就还是手办吧，我这周末回去看看。"

电话里又说了这次不分班的事，姜静之安慰了她几句。

午睡醒了之后，唐星然按约好的时间去了校门口。

姜静之和唐慕已经站在门口等她，手里提着两个巨大的购物袋，装满了零食。

唐慕笑着递给她："这袋是你的，这袋是萧惟的。记得拿给他啊，别自己全吃了。"

唐星然腹诽：我是猪吗？

递去两个袋子，唐慕又说："下周一开家长会是吧。哎对了，萧惟他家长来不了吧。"

唐星然："应该吧……"

姜静之："那你跟他说一声，他那边的家长会我们过去开，我和你爸周一下午都没事。"

唐星然眨了眨眼："好。"

离上课差不多还有十分钟，唐星然拎着两个袋子进了教学楼。

她把自己那袋放回教室之后，又拎着另一袋去了一班教室。走廊里人来人往，到了一班门口，许多目光都落在两人身上。

经过半个学期，全年级的女生都知道，是他们两家父母关系好。但尽管这样，每次路过一班，她们还是忍不住会多看萧惟几眼。

虽然知道不可能，但是，这种级别的帅哥，多看看也能养眼！不看白不看，看了又不收钱！

私下里，年级里好多女生都挺羡慕唐星然，能借着家里的关系

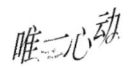

跟他走这么近。

萧惟就在门口的位置，唐星然抬手，"咚"的一声把购物袋放在他桌上。

她看了眼萧惟："我爸妈买的，让我给你。"

"谢谢。"

唐星然想了想，又道："对了，我爸妈说他们会过来帮你开家长会。"

萧惟微微颔首："好，帮我谢谢叔叔阿姨。"

唐星然走了之后，萧惟把那袋零食放在了座位旁边。

教室里的其他人转回头，窃窃私语，刚进门的人也都往他那袋零食看一眼。

付楚几乎是掐着点进的教室，也停在萧惟旁边，惊诧道："哟，这又是哪个女生送的？你不是从来都不要吗？"

萧惟淡淡地瞥了他一眼，平静道："回你座位去。"

管得还挺多。

付楚"啧"了一声，压低声音说："这事兄弟就得多说一句了啊，要是唐星然知道肯定该误会了。"

萧惟有点不耐烦："就是她给的。"

"啊？"付楚愣了愣，"可以啊，她这是明示了啊！萧惟，你打算怎么办，是答应呢，还是答应呢？"

话音刚落，上课铃响起，付楚不得已闭嘴回了座位。

萧惟看着地上那袋零食，出了会儿神。这也不算是唐星然给的，是唐星然帮唐慕和姜静之给的。

下周末就是两人的生日。

其实唐星然有个小本子，上面记着她从小到大一些好朋友的生日。有些小学的朋友后来联系少了，但每到他们生日那天，唐星然都会按同学录上的电话号码发条短信过去祝他们生日快乐。

关系比较好的人里，这本子上唯一没记的就是萧惟的生日。唐星然觉得，这辈子只要她没得老年痴呆，没得失忆症，就算忘了所有人的生日，也不会忘记萧惟的。

周六，萧惟照例在唐星然家写作业。

唐星然在房间里玩电脑，登录QQ宠物，看到萧萧和惟惟的等级确实够结婚了。

她想了想，把萧惟叫了进来。

两人并排坐在桌前，唐星然侧头看了他一眼，一脸郑重："小惟，今天是个特殊的日子，希望你永远记住这一天。"

"什么日子？"

唐星然摸了下鼻子，严肃道："以后每年的今天，就是萧萧和惟惟的结婚纪念日。"

萧惟哑然。

唐星然抬手放在鼠标上开始操作。

一会儿后，电脑屏幕上，两只猪穿着婚纱和西服，下面显示了一行小字：恭喜两位喜结良缘，祝愿你们百年好合！

唐星然笑了笑："行啦，结好婚了！你觉得，我们什么时候生宝宝啊？"

萧惟眉心一跳。他很难不往歪处想吧？

看萧惟没说话，唐星然反应过来，也尴尬了一瞬，纠正道："它们，我是说它们……"

半晌后，萧惟淡淡道："都行。"

晚饭前，萧惟跟唐慕他们打了声招呼，说要回趟家拿东西。唐星然想到下周就是他生日，也出了门。

她想了很久才想到送给萧惟的礼物，她准备去附近的陶艺馆做两只猪。做成他们QQ宠物的样子，在它们的肚子上写上"萧萧"和"惟惟"的名字。

想法是好的，可去了陶艺馆之后，她觉得自己的手不足以将这个想法实现，一连做废了好几个，还是捏得歪歪扭扭。

做到第八个，终于勉强能看出是一只猪的样子了。

唉……就这样吧。

烤制涂色之后，她在两只小陶猪的肚子上写好名字，装在袋子里出了陶艺馆。

路上经过一家精品店，她进去转了一圈，买了些文具，还买了一盒有插画的卡片。

刚走到小区门口，就看到萧惟从一辆出租车上下来。

唐星然低头看了眼袋口是封好的，随后笑着迎了过去："小惟，你回家拿什么啊？"

萧惟抿了下唇，淡淡道："拿东西。"

唐星然"喊"了声，看着他说："那不废话嘛，不然你拿空气啊。哎，也没见你手里拎着东西啊？"

萧惟看她一眼，说："放口袋里了。"

"哦。"唐星然扬起唇，忍不住晃了晃手里的纸袋，"你猜我刚才干吗去了！"

萧惟："不知道。"

"不知道才要猜啊！"唐星然摇摇头，一脸恨铁不成钢的样子，"算了，我还是告诉你吧，顺便提醒一下，免得你忘了！

"我刚才是去给你准备生、日、礼、物！"

萧惟眉梢微抬，淡笑了下："嗯，我也是。"

唐星然眼中顿时有了光："哇！你记得哎，我都忘了跟你说我要什么！你给我送的什么呀？让我看看！"

萧惟看她一眼："下周就知道了。"

两人并肩进了小区，寒风瑟瑟，唐星然裹紧了衣服。

走到半路，她的好奇心已经到了顶点，非常难受。

"小惟，你记不记得你还欠我两个礼物？那除了这个，还欠一个。"

萧惟："嗯，你想要什么？"

唐星然笑了声，看着他说："我想要的第三个礼物，就是你告诉我第二个礼物是什么。"

萧惟瞥她一眼，语气里没什么情绪："不行。"

"那我重新说，那你现在能不能把第二个礼物给我？"

"不能。"

唐星然感觉心里像是被猫抓了一样，片刻后，她又道："那你能提前两天给我吗？"

"不能。"

"那万一我不喜欢怎么办！"

"那也没办法。"

"那你能告诉我是哪个类型的吗？是吃的？还是用的？还是玩的？"

"不能。"

…………

有了上次的经历，唐星然脸皮练厚了，这次几乎没怎么做心理建设。

她声音小了些，睁大眼睛看向他："萧惟哥哥，你就告诉我吧！不然……我这周都会睡不好觉的。"

萧惟看了她一眼，扬起嘴角，又压回："你叫哥哥也没用。"

呵呵。

萧惟思忖片刻，"你真会睡不着觉？"

唐星然重重点头："真的！你不告诉我，我肯定每天晚上都会想这事，晚上影响睡眠，白天影响学习！"

她拖着尾音说："所以，你快告诉我吧——"

萧惟："是手办。"

唐星然狐疑道："手办放口袋里？这么小的手办啊？"

"嗯。"

唐星然重新露出笑脸："原来是手办啊，这个我喜欢！你早说嘛！"

两人到家，唐星然哼着歌换鞋，姜静之和唐慕已经做好了晚饭，在沙发上坐着等。

听到开门声，姜静之转头："哎，你俩怎么一块儿回来了？"

唐星然弯唇应道："路上刚好碰到了！"

姜静之笑：“然然你到底干吗去了，整得神秘兮兮的。你俩快换了衣服洗手吃饭。”

餐桌上，唐慕给唐星然夹了块鱼，说：“下周就是你俩生日了啊，想怎么过？”

姜静之：“你俩小时候年年都是一块过生日，萧惟转学之后才没在一块儿过的。”

"唔……"唐星然想了想，"就在家里过吧，大冬天的，在家吃个蛋糕就行。"

周一晚上的竞赛辅导课，吴老师通知这个月底就要去市里参加预赛，让大家抓紧复习。

上了快半个学期的课，唐星然做那些题还是有点吃力，但她也没泄气，一直认真复习。

中午回宿舍午休时，看见姚青悦满面春光，嘴里还哼着最近流行的一首情歌。

唐星然坐在床上，一边换鞋一边问："啥事这么开心？"

姚青悦得意地笑了笑："就是，中午吃饭的时候……他说……我们可以以后考同一个大学！"

唐星然睁大了眼，惊道："哇！那你们准备考去哪里？"

姚青悦："还没想好，不过，我们都想留在北阳。唉，付楚成绩太好了，我也得好好学习了。"

唐星然露出羡慕的眼神："你们这就约好以后的事了！那你得好好努力。"

姚青悦坐在床上，撑着下巴看她："这样真的挺好的，感觉未来就有着落了。要不你也去跟萧惟说说？"

唐星然垂眸，小声道："我才不想大学都跟他读同一所。"

姚青悦撇了撇嘴："行行行，你不想，谁想谁是小狗。"

唐星然白了她一眼："幼稚……"

午休时间，唐星然睡不着。

她确实是喜欢萧惟的，但这种"喜欢"具体是从什么时候开始的，她也不太清楚。

也许是军训时他背她去医务室那一刻，也许是跟他并肩在训练场看星星那一刻，也许是在家看恐怖片时抱住他的那一刻，也许是他站在窗边给她讲题的那一刻……

开始喜欢他的时间点是模糊的，但那一次又一次心动的感觉，却是无比清晰的。清晰到让她无法忽视，也无法找到除了"喜欢"之外的理由。

下午最后一节班会开家长会，倒数第二节课还没下课，教室门口和窗台边就站了很多人。

唐星然往外瞅了一眼，看到了姜静之，那去一班给萧惟开家长会的应该是唐慕。

一下课，唐星然就出了教室门，和姜静之说了几句话。

家长会学生不用在教室与家长一起待着，她往一班方向走，正好看到萧惟站在门口跟唐慕说话。

她笑着走过去，看向唐慕，叫了声："叔叔好。"

唐慕无奈地笑了声："行，今天我来给萧惟当家长。"

唐星然又看向萧惟，笑道："那你该叫声爸爸！"

萧惟无语。

他看向唐慕，礼貌道："叔叔，那我先去写作业了，今天麻烦您了。"

"去吧去吧。"唐慕说，"带然然一起去，别让她在外面乱转悠，天儿冷。"

她怎么就会出去乱转悠了。

萧惟去了一趟教室出来后，手里拿着两本练习册，看向唐星然："去楼上上竞赛课的教室吧。"

唐星然抿了下唇，说："行，那我回去拿一下作业。"

等唐星然拿了作业后,两人并肩往楼上走,唐星然时不时偷看萧惟一眼,差点在楼梯上摔跤。

萧惟扶了她一把,蹙眉道:"上楼梯的时候不要老是往我这边看,看路。"

唐星然心跳加速,睁大眼看他:"你知道我在看你?"

萧惟淡淡道:"嗯。你看了我很多次。"

她以为她是偷看啊!

唐星然摸了下鼻子:"那个,我是在对比,我俩谁更白。"

萧惟无语。

上竞赛辅导课的教室不止他们两人和参加竞赛的人,一班大部分人都来了这个教室写作业。

两人在后排的位置坐下,萧惟一言不发,低头专心写题。唐星然开头发了一会儿呆,后来也进入了学习状态。

家长会结束,两人出了教室。

一班家长会结束得早些,唐慕站在三班门口等姜静之。萧惟和唐星然站在唐慕身边,有一搭没一搭地说着话。

过了没多久,三班家长会也结束。这次唐星然考了第一,在年级里的名次也很靠前,姜静之笑着出了教室。送走唐慕和姜静之之后,两人各自回教室。

去食堂吃饭的路上,陈璐侧头看了眼唐星然:"唐唐,我感觉你妈和萧惟他爸……关系好得有点过分。"

陈璐没好意思说,其实她还看到两人挽着胳膊出了教学楼,太夸张了。

唐星然笑了声:"什么萧惟他爸?那是我爸!"

陈璐愣了下:"啊,你们两家关系这么好?爸爸都互相借了。"

唐星然点头,想了想说:"确实关系挺好。我爸和他爸还睡过同一张床,宿舍那种小床。"

…………

Chapter 5
心之所愿

一周转眼就过去，周五就是唐星然和萧惟的生日。

周四晚上，唐星然特意卡着零点给萧惟发了条短信：生日快乐！

一分钟之后，对面也回了条：生日快乐！

唐星然看着短信扬起嘴角，故意找碴：你晚了一分钟！

过了一会儿后，对面回复：嗯。

算了。

唐星然给萧惟的礼物放在家里，周五的竞赛课结束，两人坐唐慕的车回家。

一进屋，唐星然换了鞋就快步去了卧室。

她把纸袋从柜子里拿出来，又从上次买的卡片里抽出一张，用她最工整的字迹写着：

　　祝十七岁的萧惟生日快乐！
　　　　　　　　——来自十七岁的唐星然

唐星然把卡片放进纸袋，笑着拎了出去。

姜静之和唐慕都在厨房，客厅没人，萧惟应该在客房。她走过去敲了下门，片刻后，萧惟穿着睡衣开了门。

唐星然扬起唇，拎着纸袋的那只手举得老高，献宝似的将东西递到他眼前："喏，给你的礼物！这是我亲、手、做的，超级用心！"

萧惟嘴角稍弯了弯，把纸袋接了过去，放在客房的桌上："谢谢。"

"嗯？"唐星然看着他，着急道，"你不看看吗？你不想立刻拆开看看吗？"

萧惟犹豫了半晌，说了声"好"。

唐星然跟进了屋子，靠在墙边看他。

萧惟打开纸袋，把里面的东西拿出来放在桌上。

看着那两只丑得很有特色的陶猪，他哑然失笑。一看就是唐星然做的，猪脸和猪身子都歪歪扭扭，颜色也涂得粉一块红一块。

唐星然眨了眨眼，扬唇问："怎么样怎么样，可爱吧？"

她直起身子，分别指着那两只猪："你看啊，这个是萧萧，这个是惟惟，都是我好不容易才做出来的！"

萧惟淡笑着"嗯"了声："挺可爱的。"

唐星然环视四周，仰着脖子问他："该我了吧！你送我的礼物呢！"

"现在给你。"萧惟打开书包，从里面拿出一个小盒子，递给唐星然。

她好奇地接过，嘴里嘟囔："不是手办吗？"

手里是个精致的木盒，上面还有细细的木雕花，凑近能闻到淡淡的木香。

唐星然小心翼翼地打开盒子，看到里面放着一串红色的珠串，珠子颗颗圆润饱满，透着莹亮的光泽。她把珠串取出，低头仔细看了看。

像是突然想起了什么，她把盒子放下，腾出一只手去撩开萧惟的衣袖，露出他腕上的黑色珠串。

唐星然抬头看他："哎，这串跟你戴的那串是不是同款啊？"

萧惟沉默了片刻,耳朵有些红,"嗯"了一声。

"算是。"他提醒,"别弄丢了。"

唐星然不由得扬起嘴角,露出两个小梨涡。

同款啊?这算不算是……

这么想着,她笑着把红色珠串戴在手上,又抬手在灯光底下欣赏了会儿。

"感觉我的这串珠子要比你戴的那串黑的小点。不过刚刚好适合我!"

半晌后,她想起一件事,看向萧惟,质问道:"哎,对了,你上周跟我说是手办!小惟,你骗我啊!"

萧惟面不改色道:"嗯,骗你的。"

唐星然忽然觉得,萧惟这人脸皮挺厚的,而且是另外一种形式的厚。骗她,还能大大方方地承认。她骗了人都做不到这么坦然!

萧惟开口解释,语气很平淡:"怕你想着这事睡不着,随便说了个别的。"

今天生日,唐星然懒得跟他计较,看着他说:"好吧,这次就算了,那你以后可不许再骗我!"

萧惟:"看情况吧。"

唐星然:"嗯?"

这还要看情况?难道正常的回答不应该是"以后不骗了"吗?

她正开口准备跟他争辩,唐慕的声音从屋外传来:"然然,萧惟,来吃夜宵啦。"

唐星然看了眼手上的珠串,弯起唇嘟囔:"算了,看在手链的份上,我这次先原谅你!"

夜宵之后,姜静之从冰箱里拿出提前买好的蛋糕。怕吃不完浪费,就只买了一个蛋糕,但上面插了两个写着名字的巧克力牌,左边是"唐星然",右边是"萧惟"。

唐慕一根根点好蜡烛,抬手关了餐厅的灯。黑暗中,只有蛋糕上的蜡烛发出微弱的光,映着萧惟的下颌,给他清冷的面容添了一丝暖意。

唐星然看了眼萧惟,提醒他:"可以许愿了!"

"嗯。"

她闭上眼想了想,随后双手合十,在心里默默许了一个愿望——"希望萧惟可以喜欢上我,然后,一直喜欢我。"

再睁眼时,她看到萧惟也是睁着眼的。

唐星然心猛跳了两下,看着他问:"你许好愿了?"

萧惟点头:"嗯。"

"这么快?"唐星然心中微动,忍不住问,"你许的什么愿?跟什么有关啊?"

萧惟盯了她一眼,没说话。

姜静之在一旁笑着催促:"别问人家了,快吃蛋糕吧。以前生日我们问你许了什么愿,你都不说,还说说出来就不灵了,现在你又去问人家萧惟。"

唐星然自知理亏,小声道:"那就不问了,吃蛋糕。"

大不了明年再问他,就不怕不灵了。

数学竞赛在即,吃完蛋糕之后,两人就进了房间,养完QQ宠物之后一起在桌前写题。

唐星然看着卷子,开始惆怅。

已经上了大半个学期的辅导课,她居然还是有这么多题不会做。

她叹了声气,趴在桌子上歪头看向萧惟:"要是我数学竞赛拿不到名次怎么办……我感觉还是好难啊!这些题,听老师讲就会,自己做就不会……"

萧惟侧头看了她一眼,放下笔:"没事,本来就不是人人都能拿名次。年级里这么多人,也只有十个人有参赛资格,你已经是其中之一了。"

唐星然坐直身子看他:"所以你觉得我已经挺厉害了?"

没等萧惟开口,她继续道:"虽然我不愿意承认吧……但是……

你明显比我更厉害。这些题你都会做……要是你拿了名次，我没拿，你会不会瞧不起我？"

唐星然平时其实是个挺有自信的人，也不太喜欢和别人比成绩。

但面前的人是萧惟……她总担心自己比不上他，担心他会不会看低自己。

两人相视着沉默了一会儿，萧惟缓缓开口，问："怎么会这么觉得？"

唐星然摸了下鼻子，小声道："你就当我随便问问……"她又叹了声气，"唉，我可能是快被这破题逼得神经不正常了。"

萧惟看着她，平静道："不用紧张。每个人都有所长亦有所短，虽然是竞赛，但重在参与。"

唐星然挑眉，忍不住道："你说话的语气真的好像教导主任。"

虽然是句很模板化的安慰，但从萧惟口中说出，唐星然的焦虑感少了大半。她弯了弯唇："那小惟，你哪里短？"

萧惟："什么？"

唐星然："你刚不是说每个人都有所长也有所短，你觉得你的短处在哪儿？"

萧惟眉心跳了下，思忖片刻："大概，我说话没意思，像教导主任？"

闻言，唐星然笑出了声，边笑边说："你也承认了啊！"

萧惟淡笑了下，没再说话。

白天上了一整天的课，两人没熬太晚，十一点多，唐星然就打着哈欠回屋睡觉。

家里暖气足，她穿了件短袖的睡衣。

萧惟站起身送她出门，低头看见她手上戴着的那串红色珠串，稍弯了些唇。

唐星然走后，萧惟站在桌前收拾刚摊开的书和卷子。

收拾完，他看到旁边的纸袋和那两只小陶猪。

唯一心动

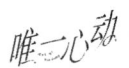

余光扫见袋子里好像还有个什么东西,他坐在椅子上,从纸袋里取出了一张小卡片。

粉色的卡片,上面有个扎着辫子的小人。小人旁边用粉色的笔工工整整地写着:

祝十七岁的萧惟生日快乐!

——来自十七岁的唐星然

另一边,唐星然回卧室洗了个澡,困意没刚才浓了。她摁开电脑显示器,看到萧萧和惟惟在桌面并排站着冲她招手。

唐星然闷笑了一声,看了一会儿后,从抽屉里拿出那盒卡片,抽出一张。

她低头趴在桌上,先在卡片的左上角写了今天的日期,又在下面慢慢写:11 月 15 日,记一个秘密,我好喜欢萧惟啊。

把卡片藏在了那一沓空卡中间,又将卡片全部放进盒子,收回抽屉里,就像是把她的喜欢也暂时收藏好。

关了灯,唐星然躺在床上,借着从窗帘缝隙透进来的月光,盯着腕上的手链看了一会儿。

她扬起嘴角,感觉心里又酸又甜,整个人像是被泡在柠檬蜜水里。

她喜欢萧惟,但不知道,他会不会喜欢她。

应该……会喜欢吧……这是她对着蜡烛许的愿望!

数学竞赛在周日,这周晚自习的辅导课从周一、三、五改成了每晚都上。

唐星然白天上一整天的课,晚上再上三小时,下课后还有一堆作业要熬夜写。每天唯一的动力就是辅导课时可以见到萧惟,在他旁边坐三个多小时。

一周的时间,唐星然吃了两整袋麦丽素来续命,到了周四,她看见萧惟的脸都觉得没什么心思了。

晚上,她的黑眼圈已经快垂到地上,快速洗漱之后,"身残志坚"地坐在床上写化学作业。

姚青悦进门瞅了她一眼,愣住:"天呀,唐唐,你咋憔悴成这样了?"

唐星然抬眼看她:"还不是因为数学竞赛。唉,这竞赛再不开始,我觉得我人就先没了。"

她顿了顿,问:"付楚难道不是跟我一样吗?他也没太多时间做作业吧?"

姚青悦淡笑道:"他没这样啊,刚下晚自习,我俩还在学校里散了圈步呢。"

唐星然:"嗯?"

"他怎么可能这么闲,他的作业都是抄的吧?"

姚青悦笑着说:"应该不是。他说他都是上课写,数学课写物理,英语课写数学,化学课写语文。"

"他这样不听课能行吗?"

姚青悦不在意地笑了声:"能行,他说他一直这样,期中考试也考得挺好。他说萧惟也是这样,上课就写其他科的作业。"

行吧。

到了周五下课,唐星然已经完全没有对周日竞赛的紧张心情,只剩下解脱感。

竞赛的考场就在北阳一中的教学楼。周日一早,唐慕就开着车把萧惟和唐星然送到学校门口。在门口鼓励了两人几句,唐慕就开车回了家。

北阳市参加竞赛的所有学生都在北阳一中考试,萧惟和唐星然没有被分在同一个考场。

唐星然进考场前,萧惟看了她一眼,平静道:"别紧张,把会写的都写了就行。"

唐星然垂着眼,有气无力地点头道:"我现在一点也不紧张,只想早点结束这一切。"

考试铃响起,她低头看着卷子。大部分题型都见过,但其中有几道题跟之前做过的略有不同。

三个小时的时间,唐星然做出了大约一半的题,不会的题就只写了几个步骤。

出考场的时候正是中午,她站在楼道,看着窗外的太阳,激动得快要哭出来。

"我唐星然终于重见天日了!"

她拿着文具袋转身,看到萧惟站在她身后,面无表情地看着她。

竞赛考试的压力暂时解除,她看到萧惟,不由得弯起嘴角。他碎发垂在额间,窗外的阳光把整个人照得亮亮的,鼻梁高挺,下颌线精致利落。

楼道里有穿着各个学校校服的学生,都是刚结束考试的。

唐星然正要开口,一个戴着眼镜、皮肤很白的女生红着脸走到萧惟身边。

她抬头看了眼萧惟,很小声地说:"那个,同学,可以认识一下吗?我是英才中学的……"

萧惟看了她一眼,没说话。

那女生脸更红了些,咬咬牙,继续道:"想跟你交流一下竞赛方面的事,我们学校小,就我一个人报名参赛,所以……"

唐星然眨了眨眼,往旁边挪了一步,站在萧惟旁边:"同学,我把我的QQ号给你吧,我跟你交流!这是我弟弟,他有点语言方面的障碍,你别见怪。"

萧惟无语。

"啊……"女生愣了愣,看向唐星然,"也行……"

女生拿到了唐星然的QQ号,打了个招呼之后,转身离开,表情蒙蒙的。

唐星然和萧惟并肩出了教学楼,往食堂走去。

萧惟侧头看了她一眼,语气里听不出什么情绪:"我有语言障碍?"

唐星然心虚地摸了下鼻子，随后道："我那不是看你不想认识嘛！我这么善解人意，她在那儿等着也尴尬，就帮你找了个理由。"

她顿了顿，又厚着脸皮补充道："你还得谢谢我！"

见萧惟不说话，唐星然莫名地觉得心慌。

刚才那个女生好像长得挺好看的……萧惟性格好静，应该喜欢像她那种，腼腆内向的类型？

她咬了下唇，说话音量小了些："你是不是挺想认识她的啊？要不……等她加了我QQ之后，我发给你？"

接下来的两秒，唐星然特别紧张，比等考试成绩时还紧张。

萧惟张了张口，淡淡道："不用。"

闻言，唐星然在心里长舒一口气，看向萧惟，试探道："你是不是喜欢她那个类型的女生啊？"

萧惟看了她一眼，说："不是。"

"那你喜欢什么样的？"

去食堂的路上人不多，四周安静，唐星然仿佛能听见自己"咚咚"的心跳声。

好半晌后，萧惟才说："没想过，太早了。"

"哦。"

到了食堂，唐星然打了饭，心不在焉地坐在萧惟旁边吃。

算了。没想过也挺好的，等他什么时候想想这个问题，说不定就觉得，他还是喜欢她这样的。

刚才那个女生看着是不错……不过，她也不差。

竞赛之后，辅导课暂停，先等这次预赛的结果出来。这个安排对唐星然来说，有好处也有坏处。

好处是她终于可以每天都正常在教室上晚自习，在九点前把一天的作业写完。

坏消息是，每周和萧惟待一块的时间大大缩短，几乎为零。

一周之后，萧惟去三班教室门口，让同学叫唐星然出来。

正是下午的第一个课间，唐星然趴在桌上睡觉。

同学拍了拍她的肩膀："唐星然，一班的萧惟找你。"

她本来挺困，听到"萧惟"两个字后，"噌"地从座位上站起来，往门口瞅了一眼。

还真是萧惟！

唐星然揉了揉眼睛，弯着唇，往门口走。

她看向萧惟，笑着问："稀客啊！你有何事来找'本仙'？"

萧惟看着她说："吴老师让我叫你去办公室。"

"啊，吴老师？是不是竞赛的事？"

"对，预赛的成绩出来了。"

唐星然心猛跳了两下，抬头观察着萧惟的表情，可他压根就没表情。

她抿了下唇，问："你是不是已经知道了？"

"嗯。"

唐星然扯扯嘴角："那你直接告诉我吧……"

萧惟看着她，平淡道："重在参与。"

像什么都没说，但又什么都说了。

唐星然皱眉，苦着脸说："好吧，进不了决赛也没事……刚好有时间好好准备期末考。"

"嗯。"

去了办公室之后，她看到其他八个参加竞赛的同学已经都在办公桌前。

吴老师言简意赅地说了情况，他们成绩还算不错，但决赛名额有限，他们十个人里有四个人进决赛，其中包括萧惟、付楚和另一个男生，还有一个叫林瑾的女生。

离开办公室，唐星然其实也没觉得不开心。毕竟是全市的竞赛，北阳一中只是这个区最好的学校，其他几个区还有几所重点高中，甚至还有专门培养竞赛生的私立中学，其中不乏优秀的参赛者。

唐星然的数学本就算不上拔尖，半个学期的竞赛课也上得很吃力。

回教室的路上，萧惟看了她一眼，说："没事，好好准备期末考试。"

唐星然点头："嗯，那你竞赛加油！这下只剩你了，咱们全家的重担都压在你身上了！"

全家？

萧惟愣了一瞬，轻轻"嗯"了声。

彻底没了竞赛的负担，之后的日子，唐星然都在专心学课本上的知识，顺便准备期末考试。

期末考试前两周，北阳一中出了件事。

课间，陈璐侧头，小声跟唐星然说："唐唐，我昨晚听室友说，最近学校里好像有个暴露癖。"

唐星然侧头看她，眨了眨眼问："什么是暴露癖？"

陈璐压低声音："就是那种……一男的，走到你面前就扒光衣服露出隐私部位给你看。"

唐星然："然后呢？"

"然后他就特开心。"

唐星然皱眉："什么鬼，就这？要我碰上非给他一脚！"

陈璐看了她一眼："还是希望你别看到的好，现在冬天天黑得早，咱们晚上下自习啥的，就别往人少的地方去。"

唐星然想了想说："不对啊，我们学校保安挺负责的，还装了监控摄像头，怎么会进来这种莫名其妙的人。"

陈璐："我室友猜，可能是学校里的校工。而且最近宿舍楼后面那一块在施工，也可能是哪个工人偷偷躲在学校里晚上不出去。"

两天后的晚上，唐星然下自习回了宿舍，觉得肚子饿，但柜子里的零食都是甜的，她想吃点咸的，就叫上姚青悦一起出门去小卖部买烤肠。

学校的小卖部位置偏,附近路灯灯光很暗。去的路上,唐星然想起了陈璐跟她说的那个变态暴露癖。

她看了眼姚青悦:"我同桌跟我说,最近学校里好像有个暴露癖,你听说了没?"

姚青悦拍了下脑袋:"妈呀!我都把这事给忘了……那我们赶紧买完赶紧回去,这碰到了多晦气。"

进了小卖部,唐星然买了一根烤肠,又买了盒酸奶。

她一路拿着,准备回宿舍里吃。

正跟姚青悦有一句没一句地说着话,角落里突然冲出一个穿着风衣的男人,肤色很黑,五官也长得极不协调。

两人还没反应过来眼前的情况,风衣男就站在她们面前,飞速把衣服敞开,脸上露出无比猥琐的笑容。

还真碰上了?

"啊!"姚青悦尖叫了一声。

唐星然也愣了愣。

姚青悦正准备拉着唐星然跑,唐星然却站在原地没走。

做了两秒的心理建设,唐星然还是没敢直接上脚踹。她举起手里的那盒酸奶,用力地朝那风衣男下身丢过去。

姚青悦惊了,看了眼唐星然:"牛啊,唐唐!"

唐星然那一掷,稳准狠。风衣男叫了一声,捂着下身跟跄逃走。

她正犹豫着要不要追,总觉得一个人追过去有点危险。

这时,身后响起付楚的声音:"你俩干吗呢?"

唐星然迅速转头看了眼,付楚和萧惟正在她们身后不远处,她激动道:"快追!那个穿风衣的你们看见了吗,他就是那个暴露癖!"

知道身后还有两个男生,唐星然就不怎么怕了,朝着刚才风衣男逃走的方向,拔腿就追。

付楚也拽着萧惟往那边跑,路过姚青悦身边时说了句:"你在小卖部门口等着,我们过去。"

小卖部后面就是施工的那栋实验楼,唐星然追到门口之后就停住了。

这么一大栋楼,谁知道他会跑到哪儿去,她一个人进去找,无异于大海捞针。

萧惟和付楚已经到了她身边。

萧惟问:"人呢?"

唐星然侧头看他:"应该进去了。要不我们进去找?"

她计划道:"这栋楼有三层,我找一楼,你俩一人负责一层。怎么样?"

萧惟思忖一瞬,淡淡道:"估计他一时半会儿也不敢出来,我们先在这儿看着,叫保安过来吧。"

唐星然:"……哦,也行,我都忘了还能叫保安。"

付楚手机里存了保安室的电话,他拨过去,三言两语说明了情况。

过了大概五分钟,三个保安小跑着到了实验楼楼下。

唐星然指了指实验楼,说:"他应该就在里面,我们刚看着的,两个门都没人出来。"

三个保安进了实验楼,把正门和侧门都锁住,分头进去抓人。

唐星然和萧惟、付楚三人还站在门口。

萧惟侧头看了她一眼:"回宿舍吧。"

唐星然撇撇嘴,"哦"了声。

其实她还挺想等着看保安把坏人抓出来的……这场面,人生第一次见啊。跟电视剧里的一样。而且,如果能抓住,其中也有她的功劳。

可她不好意思说,怕萧惟他们以为她是变态,想守在这里等着看暴露癖……

三个人一起回了小卖部门口,跟姚青悦会合之后,付楚又进了小卖部买了袋牛奶。唐星然刚才把那盒酸奶扔了,又进去重新买了一盒。

回去的路上,付楚简单跟姚青悦说了下刚才叫保安的事。

姚青悦看了眼唐星然,扬声道:"唐唐,你太勇了,我刚准备带你跑，你居然直接拿东西砸他！不过他看起来真的太猥琐了……我想到刚才那场面就想吐！"

唐星然扬起嘴角，说："我原计划是冲上去给他一脚的！下次再遇到这种人，我肯定上脚踹了，让他下半辈子都做不了男人！真不知道这有啥可展示的。"

刚才萧惟一言未发，听到唐星然的话后，他侧头看了她一眼，眉头轻蹙："安全重要。"

唐星然眨了眨眼："哦……"

唐星然："不过，你说我这算不算是见义勇为？"

萧惟没答话，脸色比平时冷些。

见状，付楚在旁边笑着打圆场："当然算啊，明天就知道抓没抓住。我觉得肯定能抓到，三个保安抓一个，除非他会隐身！"

回了宿舍，夜里熄灯后，唐星然躺在床上，忍不住回忆刚才的画面。

当时她情绪激动，加上把自己脑补成了女侠客，没觉得有啥。这会儿静下来，躺在床上，她才觉得有些生理不适。

她也从来没见过这场面啊……现在想想……确实挺硌硬人的。

躺了三分钟之后，枕边的手机屏幕亮了一下。唐星然眯着眼摸起手机，看到一条新的短信。

萧惟：害怕吗？

唐星然立刻睁大了眼，确认自己不是在做梦，也没看错发信人的名字。萧惟居然主动给她发短信！关心她！

脑子里恶心人的画面马上消失，她侧躺着，傻笑着给他回短信：我不害怕！

发出之后，唐星然才觉得，这么回会不会显得她太强悍？那岂不是会显得他的关心很多余？

思索两秒之后，她又补了一条：但是感觉有点恶心……

没过多久，手机屏幕又亮了。

萧惟：以后别这么冲动，万一他当时突然跑过来想伤害你呢？

唐星然挑眉，在短信编辑界面打了两个字"跑呗"。她想了想，又马上删除，重新打了句话：好，我知道啦。

发送过去之后，唐星然翻了个身，把手机抱在胸口。

她举起手机，又发了条信息过去：你怎么还没睡？

几乎在她点击发送的同时，收到了萧惟的新信息。

她点开后愣了愣，长长的一首四言诗。

　　清心诀：心若冰清，天塌不惊。万变犹定，神怡气静……

这啥啊？

唐星然扯了扯嘴角，把短信拉到最下方，看到一句《清心诀》之外的话：觉得害怕睡不着，可以默念这个。

紧接着，她又收到萧惟的下一条信息：我这就睡了。

唐星然又回了句"晚安"，翻身侧躺过来，看着手机里的《清心诀》，哭笑不得。

萧惟这到底是什么脑回路！他关心人的方式也太奇葩了吧？怎么会深更半夜不睡觉，教育了她两句之后，给她发了一首《清心诀》。

唐星然扬起嘴角，决定尝试一下。

她在心里默默念着《清心诀》，还没念到一半就打了两个哈欠，手里还拿着手机，就沉沉睡去。

第二天上午的课间，班主任杨老师把唐清然叫去办公室。唐清然一进门，看到杨老师的办公桌前站着昨晚的其中一个保安。

保安看了唐清然几眼，说："对对，就是这姑娘，除了她还有两个男生。"

还没等杨老师开口问保安，唐星然就主动开口："那个变态抓到了？"

保安笑着说："抓到了，就是实验楼那边施工的人，晚上偷偷藏在学校里，瞅着机会吓女同学。"

唯一心动

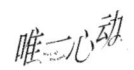

唐星然："太好了，抓到了就好！"

杨老师又帮忙问了另外两个男生是谁，唐清然答了之后，杨老师把萧惟和付楚也叫来了办公室。

一班班主任和杨老师一起表扬了三个人，三分钟之后，预备铃响起，老师就让他们三个回教室上课。

回教室的路上，唐星然蹙了下眉，小声嘀咕："就表扬两句啊……我这帮忙抓到了坏人，就算没个电视台采访，怎么也得给张见义勇为的奖状吧。"

前半句话的声音和与预备铃声重合，萧惟一个字没听见；后半句声音太小，他也没听清。

他侧头："你刚说什么？"

唐星然扯扯嘴角："哦，没什么。"

回教室后没多久，她也想明白了。学校里混进变态这事，校领导和老师也不会声张，现在人已经抓住送去派出所，这事就算是结束了。

不过这次之后，学校的安保工作加强，施工的人每天进出也要登记点数，避免有人夜间在学校逗留。

虽然学校没说通报，但当天下午，暴露癖被抓到的事就在学生中间传开，只是过程越传越离谱……

第二天早上，唐星然从班里同学那听到的版本就已经跟当时的真实情况大相径庭了。

先是传一班的两个男生协助保安抓住了变态，其中"一班的男生"这个关键词，不知怎的就被替换成了萧惟的名字。

唐星然听到时，故事已经变成了这样：

一班的学霸萧惟在教室熬夜学习，回去路上遇到了暴露癖变态。萧惟和变态在实验楼前发生激烈搏斗，最后他擒住了变态，交给学校保安处理。

后桌的女生给唐星然讲完这个故事之后，唐星然目瞪口呆，一时不知道要说些什么。

169

这故事传来传去怎么就变成这样了？算了，她比较大度，就把这"英雄"的名号送给他。

期末考试前的周日，是北阳市数学竞赛决赛的日子。萧惟这周末没去唐星然家，留在了宿舍里复习、刷题。唐星然在家也没闲着，除了养他们的QQ宠物，其他时间都在准备期末考试。

期末考试持续了三天，两天后，好消息接踵而至。唐星然这次考试虽然物理没考好，但年级排名第二十八，下学期妥妥可以进一班。

萧惟除了期末考试依然是年级第一，数学竞赛也取得了全市第二的成绩。

一班的家长会还是唐慕去帮萧惟开的，结束之后，老师又把唐慕叫去了办公室，说了好多夸萧惟的话。

家长会开完，寒假也开始了。

唐星然刚收拾完东西从宿舍回到教学楼，不由得有些惆怅。

放假了，她要有一个月都见不到萧惟。唉，一个月呢。

唐慕从办公室出来，去了三班门口和姜静之会合。

唐慕看了眼萧惟，笑道："今年过年早。老萧他们跟你说了，啥时候回北阳吗？"

萧惟平淡道："前几天打电话说，他们今年过年也不回来了，项目那边走不开。"

唐星然眨了眨眼，脱口而出："那要不寒假你也来我们家住着？还能一起过年！"

姜静之看了眼唐星然，笑着说："哟，现在知道叫人过来了。刚开学的时候让你叫萧惟来我们家吃饭，你都磨磨叽叽的不愿意。"

萧惟面无表情地扫了眼唐星然。

思忖片刻后，他问："会不会打扰到叔叔阿姨。我一个人在家也行的。"

姜静之赶忙道："这有啥打扰的，家里多个人还热闹，你来了还能跟然然做个伴。你俩一块预习一下下学期的课程。"

唐星然偷看了一眼萧惟，心跳加快，暗暗在心里期待他答应。三秒的工夫，像是过了一整年。

终于，萧惟轻点了点头，礼貌道："好，那就打扰叔叔阿姨了，我回宿舍收拾一下，再跟我爸他们说一声。"

唐慕笑着说："不打扰不打扰，让老萧他们安心搞研究，儿子就先送我了！"

姜静之拍了他一下，嗔道："胡说啥呢。"

等萧惟收好东西，三个人一起出了校门。唐星然心情好得过分，感觉走路都轻飘飘的，嘴角也不自觉就扬得很高。

姜静之侧头："然然，你美啥呢？"

唐星然眉毛一挑，乐呵呵地说："期末考得好，心情好！"

"别得意忘形，刚家长会的时候杨老师还说你退步大呢，年级排名比期中考试退步了十多名。然然，你这物理也太差了，寒假得给你报个补习班！"

"……行。"唐星然瞅了萧惟一眼，"小惟你去吗？"

萧惟："不去。"

姜静之："萧惟想去吗？要不就跟然然一起去，你物理考了多少分啊？"

还没等萧惟开口，刚帮他开过家长会的唐慕就抢答："萧惟考的满分！"

姜静之笑着说："那确实不用去了，然然一个人补吧！"

寒暑假，唐星然的习惯就是放飞自我，方式包括但不限于刷动漫、看小说、睡懒觉。

假期第一天，姜静之和唐慕两人一早都出门了。唐星然窝在房间，一觉睡到了中午。

她洗漱之后出了房间，看到客厅里空无一人，唐慕和姜静之的拖鞋都整整齐齐地摆在门口。

她没纠结，直接去客房敲门："小惟，你醒了没啊？"

没过一会儿，萧惟就从里面开了门，碎发垂在额前，穿着长袖睡衣，神色有些慵懒。

"醒了。"

有两周的时间没在家里看过他，唐星然忍不住弯唇多看了一会儿。只有她能见到萧惟穿睡衣的样子……学校里那么多人都没见过。

想到这里，唐星然心跳快了些，有种说不出的得意和满足。

两人沉默地相视，萧惟先开口："你吃饭了吗？"

唐星然抓了下头发："没啊，我刚醒。对了，我爸我妈干吗去了，你知道吗？今天是周六啊，他们应该没课。"

萧惟："说是有个学术研讨会。"

唐星然"哦"了一声，问："那你吃饭了吗？"

"吃了早饭，午饭还没。"

她笑了下，提议："要不我们出去吃吧，我有点想吃大排档。

"要不我们就去小时候住的那片吧，你记不记得那儿有一条街都是小吃！"

"嗯。"萧惟思忖片刻，"会不会不卫生？"

唐星然撇撇嘴："小时候也没少吃，不还是长这么大了？不卫生也吃不死人，你别矫情了！"

"……好吧。"

两人各自回房间换衣服。

唐星然记得昨天萧惟穿的是一件深卡其色的长款羽绒服，她就从衣柜里拿了件浅卡其色的短款羽绒服。

出门前，她照了照镜子，感觉跟萧惟那件还挺搭。

她哼着歌从屋里出去，在客厅里看见萧惟，发现他今天居然穿的是件灰色羽绒服！

唐星然看了小半晌，忍不住蹙眉问："你怎么不穿昨天那件？"

萧惟淡淡道："穿久了，准备送去干洗。"

唐星然小时候住的小区离这里有一段距离，两人打了辆出租车。

上车之后，萧惟准确地说出了那个小区的名字。

唐星然侧头："哇，小惟你记得这么清楚啊，我刚都想了一小会儿才想起来的。"

"嗯。"萧惟看了她一眼，语气平淡，"小区名字就两个字。"

到了之后，两人下车。

正是中午的饭点，又是周末，那条小吃街十分热闹。有很多摊位都是卖烤串的，冒着大片大片白茫茫的雾气。烤串的香味在整条街蔓延开，是辣椒粉和肉的焦香。

唐星然扯着萧惟的袖子开始往里挤，到了一个烤串摊前，她抬头看了看牌子。

"我想要五串牛肉，小惟你要什么啊？"

萧惟："我不要，你吃吧。"

唐星然"哦"了声："那一会儿我们再去看看别的。"

"嗯。"

五串牛肉烤好之后，唐星然正准备拿起来吃，想起上次萧惟叫她不要边走路边吃东西，就又放下。

冬天食物凉得快，唐星然从起床到现在还没吃东西，闻着肉串的香味直吞口水。

旁边是一家煲仔饭店，她记得小时候这家店就开在这儿，唐慕经常带着他们来吃。

唐星然朝着那家店扬了扬下巴，笑着说："这家你想吃吗？"

萧惟："嗯，那就这家吧。"

进店之后，老板娘拿了菜单过去，热情地招呼两人点单。

唐星然一边吃着烤串一边看菜单。这老板娘她小时候经常见，过了快十年，看着比从前苍老了一些。

老板娘也盯着两人看了一会儿，问："你们是不是来过我家店啊？看着怪眼熟的，但又想不起来……唉，我这记性啊。"

唐星然冲着她笑："阿姨记性够好的了，我们小时候来过。当时我还在上小学呢，都快十年了您还记得。"

老板娘想了一会儿，拍了下脑袋："你是不是那个……你爸是北阳大学的老师？"

唐星然笑："对对对，是，您想起来了啊。"

老板娘笑着说："想起来了，你跟小时候长得差不多啊。不过你们确实好多年没来阿姨这儿吃饭了。"

她又看了眼萧惟："哎，我也记得这个男孩子，长得比小时候更好看了啊。阿姨还记得，你小时候天天追在人家屁股后面跑！"

唐星然顿住。

闻言，萧惟的嘴角微微扬了下，没说什么。两人各点了一份煲仔饭，吃完了之后，结了账出门。

唐星然看了萧惟一眼，蹙着眉，小声嘟囔："我小时候有那么夸张吗？连旁边餐馆的老板娘都记得……"

萧惟侧头，语气里有淡淡的笑意："我也记得。"

一路走到了小吃街尽头，有几个摊位摆着些孩子爱玩的游戏。

套圈、砸沙包、打气球……

最后一个摊位围着一圈人，唐星然踮起脚，看了一眼。

那圈人中间有张桌子，有个人趴在桌上奋笔疾书地写着什么，其他人都站在旁边看着。

唐星然有点好奇，拉着萧惟的袖角过去凑热闹。

挤进去之后，她才看到桌边支着一块牌子，上面写着：限时半小时，你能从 1 写到 500 吗？

唐星然挑眉，侧头道："这有什么难的？写数字谁不会啊？"

话音刚落，就听到桌前的人"哎哟"一声叹息："这怎么就错了！"

看着那人一脸懊恼地从椅子上站起来，唐星然扬声问旁边的老板："这怎么玩啊，从 1 写到 500 就行？"

老板笑着点头："对，小姑娘，半个小时之内，从 1 写到 500，不能出错。报名费二十块，奖品是这个娃娃！"说着，老板指了指旁边一个一人高的白色泰迪熊玩偶。

唐星然有点心动。这么大的玩偶，在商场买可不止二十块钱……

她看了眼萧惟，说："要不我去试试，你等我会儿？我一会儿把这个熊抱回去！"

萧惟："行，你试试。"

萧惟帮唐星然付了二十块钱给老板，她就坐在刚才那人的位置上，拿起笔在一个格子本上开始写数字。

刚开始她还觉得没什么，写到100之后，头脑逐渐有些麻木，脑子里总是想到别的事。

比如刚才的煲仔饭跟小时候吃的味道一模一样，比如萧惟今天穿灰色衣服也挺帅的……

纸上：……165 168……

呃，呵呵。

唐星然把笔扔在桌上，皱眉道："完了，写错了……"

老板笑了笑："没事，姑娘，这就是挺难的。"

唐星然站起身，转头看了眼萧惟："要不你试试吧……我真觉得不难，就是我容易走神。"

萧惟抿了下唇，又从口袋里掏出二十块钱递给老板。

他坐在小凳子上，低头开始写字，样子很专注。

旁边围了更多的人，其中还有好几个小女孩，唐星然听到身后有细细的嗓音在说："妈妈，你看这个哥哥长得好好看啊！"

唐星然听后忍不住笑了一声，在心里感叹：萧惟的魅力可真大。

突然，听到萧惟放下笔的声音，她低下头，看到萧惟写错了一个数字。萧惟也没站起来，抬头看了眼老板，又掏出二十块钱。

"再来一次。"

"得嘞！"

唐星然拍了下萧惟的肩膀，凑在他耳边低声道："还要写一次啊……要不算了，感觉像是骗钱的。可能，这游戏有什么玄机！"

"再试一次。"萧惟转头，淡淡道，"刚才没太用心。"

唐星然第一次看到萧惟钻这种牛角尖，轻笑了一声，没再说什么，抄着手站在旁边继续等。

这次一等就是二十分钟。

她低头看到萧惟已经写到400以后了,老板的脸色微变,周围人讨论的声音也越来越大。

"这小伙子可以!"

"哎呀,没写到500呢,谁知道会不会错啊。昨天我还看见一个写到480然后写错了的。"

萧惟面无表情,略有些懒散地低头写着数字。

又过了一会儿,唐星然眼睁睁看着他写完了500个数字。

他站起身,揉了揉右手腕,淡淡道:"写完了。"

老板眼睛都瞪圆了,沉默几秒之后,朝他竖起大拇指:"厉害啊,我摆这摊到现在,你是第一个拿到奖品的。"

在一众围观群众的声音中,老板不情不愿地把那个一人高的泰迪熊递到萧惟怀里。

萧惟面无表情地接了过来,说了声"谢谢",抱着熊和唐星然离开。

小吃街离大马路还有一段距离,这会儿人又多。

萧惟那张脸加上这个巨型玩偶,给他带来了至少百分之百的回头率。唐星然侧头,看着他怀里的那只泰迪熊,喜悦和满足感简直爆棚。

她笑着说:"你真的好厉害啊。我听到老板刚说,你是第一个拿到奖品的。我本来以为挺容易,结果试了下才发现,真挺难的……很容易走神。"

萧惟:"嗯。写数字太枯燥了,很难专注地写那么久。而且周围很吵。"

唐星然扬起唇,戳了戳他怀里的玩偶熊脑袋:"那这就当你送我的第三个礼物了!现在扯平了!"

说完,她反应过来:"不对,鬼屋还没去呢。要不……算了算了,还是下次吧,带着这只熊也不方便。"

"好。"

唯一心动

回了家，唐星然从萧惟手里把那只泰迪熊接过来，拿回房间。她把床头柜上的东西收拾了，把熊的包装拆了摆上去。这也算是萧惟送给她的礼物，以后每天一睁眼就能看见。

真好。

换好衣服之后，唐星然坐在桌前，打开电脑，登录了QQ，给两只猪喂食，叫它们去打工。

给萧惟注册的QQ号，她也登录着。她盯了一会儿，还是忍不住打开好友列表偷看。好友列表里还是只有她一个好友，连付楚都没在他的好友列表里。

她顿时觉得心里甜滋滋的，就像偷喝了蜜糖水一样。把宠物挂着打工之后，她准备出去叫萧惟一起看会儿电视。

唐星然打开房间门，就听到了QQ消息的提示音。

她又转身回去，看到是姚青悦给她发了消息。

姚青悦：唐唐，我找到一个超好看的动漫！你上次不是问我来着，我必须得分享给你！

姚青悦：这是个片段，你看了之后肯定会想找我要完整版的！

这两句话下面，有一个视频链接。

唐星然点开链接，网络有点卡，好一会儿视频才加载出来。

看到电脑屏幕里不堪入目的画面，她当场就愣住了。

这是什么乱七八糟的动漫！

"唐星然，你手机在振动。"

她迅速转头，看见萧惟拿着她的手机站在门口。

萧惟看着她脸瞬间红得像熟透的苹果。他视线移向电脑屏幕，看到了上面正在播放的视频……

两人沉默地相视三秒。

房间内的气温已经降至冰点以下。

唐星然脑子还没反应过来，手已经迅速摁下显示器下方的按键，把屏幕关掉。

与此同时，萧惟拿着的手机还在振动，房间里飘荡着手机的"嗡嗡"声，以及电脑音响里发出的那些奇奇怪怪的声音。

萧惟冰山般的脸出现了一丝裂痕，表情尴尬，但语气依旧平静："你……下次记得关门。"说完，又拿着手机转身出去，还"贴心"地顺手帮她带上了门。

什么叫，下次记得关门！

唐星然转头看着漆黑的电脑屏幕，音响里乱七八糟的声音还在继续。

唐星然觉得她刚才熄屏的举动把这件事越描越黑，颇有种"此地无银三百两"的意味。

她又把电脑显示器打开，赶紧关掉那个网址。

唐星然深呼吸几次之后，皱着眉，打开了和姚青悦的QQ聊天框，找她算账。

她使劲地在键盘上敲着字泄愤，把键盘敲得"哐哐"响。

星星糖：大哥！你知道你刚才干了什么吗！

星星糖：我刚打开你发的链接，萧惟就过来了！

星星糖：啊！真的太尴尬了！我感觉我跳进黄河也洗不清了！

姚青悦马上回了消息：这么劲爆，哈哈哈哈哈哈哈！他看到之后说了啥啊？哈哈哈哈哈哈。

星星糖：呵。

星星糖：他说，下次记得关门。

姚青悦：哈哈哈哈哈哈哈哈！笑死我算了。

唐星然黑着脸看着姚青悦发来的无数个"哈哈哈"，觉得更崩溃了。

姚青悦又发来了消息：那你可别把我出卖了，别说是我发给你的。我跟他也不认识，怪尴尬的。

星星糖：那我不尴尬吗？

姚青悦：虽然……是有点，但是吧，你仔细想想，都快成年了，看这个也很正常对吧？

姚青悦：这东西男孩子看得更多。萧惟说不定晚上也偷偷看呢，肯定能理解。

唐星然抬手揉着眉心，萧惟会看这种东西？不可能吧，她完全想象不出那个画面。

QQ上，姚青悦还在不痛不痒地安慰唐星然，唐星然已经不想回复了，指望她，一点用都没有。

又花了几分钟平复心情，唐星然缓缓从椅子上站起身，黑着脸打开房门往客厅走。

客厅里没人，萧惟应该在自己房间。她要去敲门叫他吗？敲门，然后给他解释一下刚才的情况？好像显得更刻意！会更尴尬啊！

唐星然站在客厅和餐厅中间的区域，看着萧惟房间那扇门。她第一次感觉，人生进退两难。

这都什么事啊……

她正犹豫不决时，门口传来一阵动静。

姜静之和唐慕有说有笑地开了门，一进门，看见唐星然站在正对门的地方，神情无比复杂，眉毛拧得像麻花。

姜静之看着她说："然然你干吗呢？刚给你打电话也不接。"

原来刚才是姜静之的电话……想到刚才手机的振动声，那尴尬的画面又溜进脑海，唐星然抬手揉了揉太阳穴。

"哦……我可能，没听见，怎么了？"

姜静之："你俩吃了午饭吗？没吃的话出去吃？"

唐星然心不在焉地应道："吃了，我们刚吃完回来。"

"你们都吃过了啊？吃的啥？"

"……小时候常去的那家煲仔饭店。"

唐慕："你俩跑这么远啊？哎，那家煲仔饭店还开着呢？得有十多年了吧。"

唐星然："对，还开着呢……"

唐慕看了眼姜静之："我也好久没去了，然然这一说我还怪想吃的,要不我们也去吃那家?"

姜静之笑:"行啊,住那附近的时候你隔三岔五就要去吃。"说完,又看了眼唐星然,"那我们出去了啊,本来想着回来带你俩去吃个饭的。我们下午还要开会,你俩自己在家注意安全,陌生人敲门不要开。"

唐慕补充:"手机记得放身边。"

唐星然:"……知道了。"

门"砰"的一声关上。

唐星然站在原地,继续纠结刚才的问题。

小半晌之后,她看见客房的门开了,萧惟拿着水杯从屋里出来。他看了眼唐星然,神色如常,就像是刚才什么事都没发生过一样。

两人对视,萧惟主动开口,语气也很淡定:"唐阿姨和姜叔叔刚才回来了?"

唐星然摸了下鼻子,答道:"对,他们又走了,他们……"

说了一半,她停下来,看了眼萧惟:"是姜阿姨和唐叔叔,不是唐阿姨和姜叔叔,你刚好像说反了。他们又去开会了。"

萧惟轻轻"嗯"了声,拿着水杯去厨房接水。唐星然想了想,跟在他身后去厨房洗手。两人并肩在料理台前站着,养生壶里的水正在加热,萧惟站在旁边等。

唐星然反复洗了两遍手,决定还是给姚青悦留点面子。她把水龙头关上,侧头看了眼萧惟。

她鼓起勇气,让自己的语气尽量正常:"对了,那个……"

萧惟看向她,听她继续说:"就刚那个动漫,是电脑网页不小心弹出来的,不是我要看。你知道吧,现在网站上好多这种乱七八糟的弹窗,自己就跳转过去了。"

说完,唐星然眉心一直狂跳,又下意识地抬手摸了下鼻子。空气凝固了半晌,养生壶里的水热好,发出"嘀"的一声响。

萧惟平静地说:"装个杀毒软件,有防弹窗功能的。"

唐星然:"……好。"

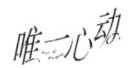

唐星然低头看着萧惟倒水,想到了姚青悦刚跟她说的话——男孩子都会看。

脑子还没跟上,她就嘴快地问道:"你看过没?"

话一出口,唐星然就想抬手给自己一巴掌。水壶里冒着热气,但空气再次降至极点。

萧惟眉头轻蹙,以为自己听错了:"什么?"

唐星然:"……哦,没什么。我是说,要不要一起看电视。"她补了句,"正经电视。"

半晌后,萧惟点头:"……好。"

唐星然从冰箱拿了罐饮料,又拿出一包薯片,和萧惟一左一右坐在沙发上看电视。

是一档很火的综艺节目,这期请的嘉宾是最近当红电视剧的几个主演。

唐星然看着电视里的男演员,又转头看了看萧惟。

好像没一个比他帅……

晚饭后,回了房间,唐星然打开QQ,看到姚青悦发来了几条消息。

姚青悦:怎么样啊,怎么样啊?

姚青悦:你跟他解释了没?你没说是我发给你的吧!

唐星然扯扯嘴角,如实回复:没有。机智如我!我说是广告弹窗。

刚发送出去,她看到好友列表里一个灰色的头像亮了起来。

随后,看到萧惟发来一条消息,是一个网页链接,下面跟着一句话:杀毒软件。

…………

周一,唐慕和姜静之上完课从学校回来,把唐星然叫出房间。

萧惟正坐在沙发上看书,夕阳的余晖斜斜照在他侧脸上,毛茸茸的。

姜静之笑着说:"然然,告诉你个好消息!"

唐星然眨了眨眼:"什么?"

姜静之:"我们给你找到一个物理家教!"

这消息,好吗?

唐慕在一旁说:"本来问了几个辅导班,但都离家有点远。小区里倒是有个物理老师在开课,但是据说讲得不太好。

"今天在办公室碰到王老师,他说他家孩子就是北阳大学物理专业的研究生,每年假期都在带家教。我这一听,正合适啊!而且他家也住这个小区,于是我和他商量着隔天给你上一次课,一个寒假就能把下学期的内容全学完!"

唐星然皱了皱眉,问:"那上课是他来我们家吗?"

唐慕摆了摆手,笑着说:"本来王老师是这么说的。我一想,麻烦人跑过来多不好意思啊,就说让你去他家上课,反正就在一个小区。"

姜静之在一旁补充:"是啊,不然你一个假期都窝在房间里不动弹,出去上课还能多走两步。"

"……行吧。"

上课时间约在了上午九点,也是为了让唐星然能早点起床。

第二天闹钟一响,唐星然艰难地从床上爬起来,看了眼床头柜上的泰迪熊,叹了声气。

命苦啊。

做人不如做熊,她假期居然也要早起上课。

洗漱之后,她随便穿了身衣服,出了卧室。

萧惟已经吃过早饭,坐在沙发上低头看着一本文学类的书。

唐星然坐在门口换鞋,看着萧惟摇了摇头:"唉,小惟,你太幸福了!不像我,大冷天还得出去上课。"

萧惟放下书,看了她一眼,轻飘飘地说:"注意安全。"

"……哦。"

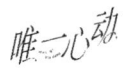

按着手机里的地址找到了老师家,唐星然出了电梯之后,摁了摁门铃。

没等多久,一个穿着浅色格子衫、戴着黑框眼镜的男生过来开门。

他笑了笑:"唐星然同学吗?"

"对,是我。"

"进来吧,我给你拿拖鞋。真是辛苦你大早上还得跑一趟了。我先自我介绍一下啊,我叫王子川,是北阳大学物理学院的研究生,现在的研究方向是凝聚态理论和计算凝聚态物理。"

什么物理?

唐星然进门换上拖鞋,点头道:"王老师好。"

进门之后,王子川把她带去了书房。

他给唐星然倒了一杯水,一边从书柜里找着教材,一边说:"不用叫我王老师,直接叫我名字就行。要是你觉得不好意思,也可以叫我哥哥。"

唐星然在心里翻了个白眼——男人都这个毛病吗?喜欢让人叫哥哥?

"没事,就叫王老师吧,我这么叫比较习惯。"

"行,你叫着舒服就行。那我们开始上课啦,唐同学。"

约定的补习时间是两个小时,上到一个小时的时候有一次中场休息。

唐星然掏出手机,给萧惟发了条短信:小惟,要不你也来吧,我一个人补课好无聊啊。

休息时间快到时,萧惟回了消息:就你和那个研究生两个人吗?

唐星然:对啊,所以好无聊,而且这种全程被人盯着学习的感觉太奇怪了。你来了还能分散点他的注意力。

王子川:"时间到啦,我们继续上课。"

唐星然收起手机,抬头道:"哦,好。"

王子川看着她笑了下:"给男朋友发短信啊?"

唐星然蹙眉,解释道:"不是。我在上高中,不能早恋。"

王子川笑:"这么听话?我又不会给唐老师和姜老师告状。"

唐星然懒得听他扯,朝着桌上的书扬了扬下巴:"上课吧,王老师。"

"行,行。"

另一边,唐星然家客厅。

刚收到短信之后,萧惟给爸爸打了个电话。

电话接通,那边传来嘈杂的声音:"怎么了,萧惟?"

"我想去补一下物理。"

萧俊扯着嗓子在电话那端喊:"补物理?你物理学不好吗,不会吧,我和你妈物理都这么好,你没遗传上?你这次期末考了多少分?"

萧惟听着电话里太吵,言简意赅地交代情况:"考得还行,但我想预习一下下学期的知识。我跟唐星然一块去上课,怕唐叔叔他们帮我付钱。你有空跟他们说一下,钱的事我提不太合适,你看着说吧。"

萧俊大声道:"行,那我晚上给老唐打个电话。我这还忙着,先挂了啊,你好好学习。"

"……嗯,挂吧。"

两个小时的补习结束,唐星然下课回家,路过小卖部,买了两条草莓味的软糖。

到了门口之后,她正准备掏出钥匙,想了想,还是选择了敲门。

一会儿后,萧惟开了门。

唐星然弯唇看着他:"你怎么没回我短信?说真的,你后天跟我一块去上课吧,我一个人上课真的太无聊了。"

萧惟看着她"嗯"了一声,转身坐回沙发上看书。

唐星然坐在脚凳上换鞋,抬头睁大眼问:"真的?你答应陪我一块去了?"

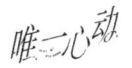

萧惟看了她一眼,淡淡道:"对,后天我跟你一起上课。"
"太好了!"
唐星然从口袋里掏出条软糖塞给他,又说了几句之后,她进了屋。
萧惟不爱吃零食,尤其是甜的。
他看了一会儿手中的软糖,还是拆了一颗送进嘴里。
是酸酸甜甜的草莓味。

晚饭之后,唐慕在书房看论文时接到了萧俊的电话。萧惟正在唐星然屋里,他坐在桌前,面无表情地看着电脑上的两只猪,听着她叽叽喳喳。
唐慕走了过来,看着萧惟说:"萧惟啊,老萧刚给我打电话了,说让你跟然然一块补物理。"
萧惟:"嗯,那我后天跟她一起去。"
又说了两句话,唐慕从房间出去,回书房继续看文献。
唐星然眨了眨眼,原来是萧叔叔想让他补课的啊。

补课当天一早,两人一起出了门,唐星然领着萧惟去王子川家。
自今天起会多加一个人,唐慕已经跟王子川打了招呼,他提前备好了两双拖鞋。
进门之后,王子川盯着萧惟的脸多看了一会儿,腹诽:现在高中男生都长这么好看的吗?
进了书房后,唐星然和萧惟面对面,分坐在两侧。王子川端着两杯水进门,坐到了唐星然旁边的位置。
前天上完课留了作业,唐星然先把作业本从包里拿出来递给王子川看。
王子川歪着头看本子上的作业,和她脑袋凑得很近。
"写得挺整齐啊,答案也都是对的,不错嘛,挺好。"
五秒之后,萧惟抬眸道:"唐星然。"
"啊?怎么了?"

"我们换个位置。"

唐星然眨了眨眼,随口问:"为啥啊?"

萧惟面无表情,淡淡道:"我不喜欢背对门坐。"

她以前咋没发现萧惟还有这怪癖?

两人站起身换了个位置,王子川旁边的人换成了萧惟。

王子川轻咳了一声,说:"那我们开始上课。上节课讲的是第一节和第二节的内容,我先给萧惟同学再讲一遍。"

萧惟:"不用,我提前看过了,按你原来的进度往后讲就行。"

"……行。"

王子川讲完第三节的内容,给两人出了几道练习题。

萧惟写完之后,递给王子川看。

他看完点了点头:"都是对的,可以。"

另一边,唐星然有两道题做不出来,抬眼看着萧惟:"第5题你会吗?"

"嗯。"萧惟没什么表情,语气平淡地讲了一遍解题过程。

唐星然一副恍然大悟的表情:"哦哦,我懂了。第9题呢?"

萧惟又给她讲了第9题。两个小时的补习结束,王子川的存在感极低,只负责讲书本上的内容。除此,他出的所有练习题,两个人都能自己搞定。

"今天的课先上到这里。那个,萧惟啊,我觉得你其实不太需要补习。"

萧惟看了王子川一眼,平静道:"需要的。"

"……行。"王子川笑了下,直言道,"反正我多拿一份钱,课还上得轻松了。"

两人穿上外套出门。

路上,唐星然侧头看着萧惟笑:"你觉不觉得,我们俩这样有点浪费钱。"

萧惟:"还好。"

唐星然想了想,说:"要不我给我爸妈说一声,让你给我补习算了。你提前学一下，然后给我讲，你自己也能加深印象，咱俩还能省下两份补习费。"

萧惟稍弯了下唇："也行，那你问问姜阿姨。"

午饭时，唐星然就给姜静之提了这件事。

唐慕和姜静之对视一眼，都觉得好像也没啥问题，反正他们找辅导老师的原意就是让唐星然预习下学期的物理课本，谁教都是教。

萧惟这成绩，也确实不需要另外找人补习，给唐星然补习绰绰有余。于是这天之后，王子川痛失两个学生。

萧惟每天上午九点准时敲门叫醒唐星然，认认真真地给她上两个小时的物理课。

三天之后，陈璐在QQ上给唐星然发了条消息：唐唐，我期末物理不是也没考好嘛，我爸给我找了个物理和数学的辅导班，还差一个人才开课，你要不要一起过来啊？

唐星然弯唇回复：我有在补习物理了，数学就先不用了。

陈璐：啊？你找的哪儿的老师啊？

星星糖：就我们学校的。

陈璐：啊？哪个老师啊？我们学校不是规定了老师不让在外面代课吗？

唐星然偷笑了声，还是忍不住想说，敲了两个字过去：萧惟。

半分钟过去，陈璐发来一条消息：打扰了，告辞。

晚上，唐星然坐在桌前，感觉心情特别好。

她从抽屉里拿出了那盒卡片。

已经有很多张都被她写上了字，她挨个抽出来又看了一遍，嘴角扬得很高。

　　1月15日，萧惟期末考试又考了年级第一，竞赛也拿了全市第二！

　　1月28日，萧惟给我赢了一个泰迪熊的奖品。

…………

一张张翻完,唐星然又抽出一张空的,在上面写:2月3日,萧惟给我补物理,看着他就感觉学物理都很开心!

睡前,唐星然又把床头的泰迪熊转移到床上抱了一会儿。

她想起小时候的事。她当时有一屋子芭比娃娃,萧叔叔来他家里找唐慕聊天,萧惟就被大人安排去她屋里找她玩。

唐星然坐在床上,乐此不疲地给芭比娃娃换衣服、起名字。

萧惟坐在她的椅子上,翻着她书柜里姜静之给她买的书,她拿着一只芭比娃娃在他眼前晃了晃。

"萧惟,你说这个叫什么名字比较好啊?我想了两个名字,金金或者闪闪,你帮我挑一个?"

萧惟一脸不屑,看了一眼她手里的芭比娃娃:"你能起点高级的名字吗?"

唐星然:"那你帮我想一个?"

萧惟瞅了眼手里的书,说:"叫斯嘉丽。"

唐星然当时没看过那本《飘》,傻乎乎地"哇"了一声,由衷地赞叹:"听着真的好高级啊,那就叫斯嘉丽!"

小时候的萧惟,面部表情还是挺多的,冲着她得意地笑了下:"那必须的。"

思绪收回,唐星然侧躺在床上,看着怀里的泰迪熊傻乐。

那只叫"斯嘉丽"的芭比娃娃已经不知道放哪儿了,但萧惟还在她身边,想着想着,她突然有些惆怅了。

唐星然能感觉到萧惟对她挺好的,而且跟对学校里其他女生都不一样,但这也不能证明萧惟喜欢她啊。

万一萧惟真的只把她当从小一起长大的朋友,加上唐慕和姜静之一直挺照顾他,所以萧惟才对她好一些呢?

要不……还是先等等吧……

越跟萧惟相处,她就越觉得,她还是挺害怕失去萧惟的。

寒假过去两周，转眼就到了年前。北阳大学也放了寒假，姜静之和唐慕基本每天都在家。

腊月二十八，两人带着家里的两个孩子去商场采购年货。

唐星然买了两套红艳艳的衣服，一件是连衣裙，一件是大衣。

走出女装店，唐慕看了眼萧惟，笑道："给萧惟也买一件吧，看你平时穿的不是黑的就是灰的。过年了，买件鲜艳点的。"

萧惟："不用了，叔叔。"

唐慕："别跟我们客气！走走走，那家店就不错。"

唐慕拽着萧惟，径直进了那家男装店。

唐星然也满怀期待地跟过去。她也从来没见过萧惟穿红色衣服，不知道会是什么模样。

唐慕和姜静之四处看着，给萧惟拿了件红色的毛衣和一件红色的卫衣。

唐星然坐在一旁的沙发上，等着萧惟从试衣间出来。

几分钟后，萧惟换了衣服出来，唐星然看着他，眼睛越睁越大。

她满脑子只剩下一个词——

"妖孽"啊……

萧惟神色清冷，红色的衣服衬得他皮肤更白，好像没有一点血色。淡漠的眼神搭配那件红色的毛衣，又显得有几分禁欲。

比"妖孽"还像"妖孽"！

"哇！"唐星然站起来，"你穿红色原来是这个感觉啊。"

萧惟瞥了她一眼，问："奇怪吗？"

"不奇怪不奇怪，真的好看！"

唐慕和姜静之也走了过来，与此同时，店里的其他人听到唐星然的声音，都往这边看。

一个年纪稍大些的客人看着萧惟，冲着店员说："他穿的那件有我的码吗？"

旁边的女人拍他一下："你算了吧，人家长得好看才穿着好看，你穿着肯定跟个红灯笼似的。"

姜静之上下打量萧惟一番后，笑了下："真挺好看，那件卫衣试了吗？"

萧惟不太耐烦试衣服，抿了下唇说："这件就行，另一件就不试了。"

姜静之笑："两件都买了吧，估计也不会难看。"

"……谢谢叔叔阿姨。"

大年三十，一家人整整齐齐换上了红色的衣服。

四个人一起在家吃年夜饭，唐星然时不时就抬头看看萧惟，他和自己要真的是一家人就好了！他们每年都能一起吃年夜饭。

有萧惟在眼前，唐星然感觉今年的饭菜都更好吃些。

饭后，唐慕拿出两个红包，一个递给唐星然，一个递给萧惟。

到了晚上，看完春晚，唐星然提出要守岁。

姜静之看了她一眼："那你自个儿守，动静小点，我们睡觉去了。"

唐星然挑眉，看向萧惟："要不你跟我一块？"

片刻后，他点了下头："好。"

两人一开始待在客厅看电视，萧惟坐在沙发上，唐星然坐在地上嗑瓜子。

萧惟低头看了眼，给她扔了个垫子。

唐星然转头就给他扔回去，觉得有些莫名其妙："你干吗砸我？"

萧惟淡淡地说："地上凉，你垫一下。"

唐星然愣了一瞬，倾身去把刚抛到他身上的垫子拿回来。把垫子放在地上，她弯唇笑了下："小惟，你还挺贴心。"

萧惟没说话，目视前方看着电视。

唐星然换了几个台，发现基本都是春晚。

她撇了撇嘴，站起身看向萧惟："要不我们进屋玩会儿电脑吧，这电视也没啥好看的。"

半晌后，萧惟应了句："好。"

唐星然盯着他看了一会儿，扬起唇说："小惟，你现在好听话啊，我让你干吗你就干吗。你小时候可不是这样的，我让你干个啥比登天还难。"

萧惟："行，那不玩了。"

唐星然："不行不行！你刚都答应了，你必须得陪我玩电脑！"

萧惟没再说话，站起身回了客房。

唐星然跟在后面，一路叫他："小惟，我刚开玩笑的，你真不陪我啊？你是不是困了？守岁会给新的一年带来好运的，你……"

跟着萧惟进了屋，她话还没说完，就见萧惟从包里掏出一个厚厚的红包递到她面前。

唐星然接过，露出了笑脸："给我的？"

唐星然："不对啊，你又不是我长辈，干吗给我发红包。我妈说压岁钱是长辈发才有压岁的效果。"

萧惟看着她，平静道："我爸让我给你的，收着吧。"

"哇！那我一会儿发个短信谢谢萧叔叔。"

"嗯。"

唐星然眨了眨眼，试探地问："那你陪我玩游戏？"

萧惟："走吧。"

唐星然忍不住嘴角上扬，向房间走去。萧惟跟在她身后，眼中也有淡淡的笑意。

进了房间，唐星然先给萧俊发短信感谢他的红包，顺带祝他新年快乐。

她打开了电脑，点开一个小游戏网站："我们玩个双人小游戏吧，我找找啊。"

她点开双人游戏界面，看来看去，挑了一个以前玩过的《黑白大冒险》，打开了第二部。

游戏进入加载界面，唐星然侧头看向萧惟，笑着跟他说玩法：

"就是我们俩各操控一个小人,让它们配合着闯关。你坐我右边,那你就用上下左右键控制那个黑色的小人,我控制白色的。

"黑色小人不能见光,只能从阴影里过,重要的是我俩都不能被闪电劈中,最后走到对应的标志上就算过关。"

萧惟轻"嗯"了声。

两人中间隔了些距离,游戏开始,萧惟伸出左手虚放在四个方向键上。前几关都很简单,萧惟玩得都有些困了,唐星然也打了个哈欠。

她说:"这前几关都相当于教学关,但后面就难了!"

又过了好几关,之后的关卡两人需要配合着去踩不同的开关,踩错了就只能重新开始。

唐星然看着屏幕指挥他:"你去中间层,我踩下层的。"

萧惟没动,看了一会儿说:"过不去,得换一下。"

她挑了下眉,又看了几眼:"我觉得就是这样,换一下才过不去。"

萧惟淡笑,不跟她争执:"那你试试就知道了。"

说着,他就按唐星然的指挥去踩了中间层的开关。

等唐星然的小人过了一扇门,她去踩另一个开关,才发现自己被黑色的阴影困进了死角。

她撇了撇嘴,用鼠标点了重新开始。

"好吧,按你说的,我们换一下。"

"嗯。"

之后的几关难度都比之前大,机关设置也更复杂,还需要用到光的折射去打开光控开关。

连续五关,唐星然的指挥都错了,萧惟却总能立刻说出过关的方式。

错到第七次时,唐星然把手从键盘上抽走,语气不太好:"不玩了,垃圾游戏。"

萧惟:"……怎么了?"

她侧过头,用审视的目光打量萧惟,狐疑道:"小惟,你是不是以前玩过这个啊？"

萧惟语气平和，诚实道："没玩过。"

他抬手放在鼠标上，退到主界面："只剩五关就通过了。"

唐星然抿了下唇："要不我看你玩吧，你可以左手控制黑色小人，右手控制白色小人。"

萧惟笑了下："行，你光看着不无聊？"

唐星然摇头："不无聊！你快玩，我看看。"说着，她将椅子往左挪了下，给他腾出位置。

萧惟点开刚才那关，先看了一小会儿，随后左右手配合着控制两个小人，很顺利地一次通过。几乎没花多长时间，剩下的五关他都独自过了。

唐星然："这游戏不太适合我，下次我们换一个别的……"

萧惟"嗯"了一声，看了眼电脑屏幕右下角的时间："挺晚了，不睡觉吗？"

已经快凌晨两点，唐星然前段时间每天早上都被萧惟叫起来补习物理，已很久没熬到过这个点。

她早就困了，可今天特殊，借着守岁的理由，能多跟他玩会儿。

唐星然看向他，试探地问："你困了吗？"

萧惟习惯早起，平时这个时间早就睡了，今天早上他也是六点多就起了，熬到这会儿，眼中已经有了些血丝。

他看了眼唐星然，淡淡地说："还好。"

唐星然扬起嘴角："那要不我们再看会儿动漫吧，有个新出的推理番，说不定你也会喜欢。"

"好。"

动漫播了不到一集，唐星然就忍不住哈欠连天。

萧惟看了她一眼，语气比平时温柔些："睡吧，明天再看。"

唐星然侧头，抿了下唇："那你明天也会陪我看吗？"

"嗯。"

唐星然的好心情藏都藏不住，高高扬起嘴角说："那行，那我们明天再看！推理番要动脑子看，这个点我的脑袋已经休眠了。"

萧惟看着她的两个小梨涡，稍弯了下唇，站起身往门外走去："你早点休息。"

在他走出房间，替她关上门的那一刻，唐星然叫住了他："小惟，你……"

他停住脚步，缓缓转头，眼里有一丝倦意，用询问的目光看向唐星然。

好半晌，唐星然看着他，没再有下文。

他问："我怎么了？"

唐星然摸了下鼻子，咬唇道："啊……没事，那个……晚安。"

"嗯，晚安。"话音落下，门锁也随之发出清脆的响声。

唐星然看了好一会儿才转回头，起身去卫生间洗漱。

她这才发现，好像很多事都随着她对萧惟的喜欢发生了变化。

比如她完全不能像刚开学时在食堂那次一样，轻飘飘地问出那几个字"你真的喜欢我吗"。

她开始在乎答案，就变得惧怕提问，但又会控制不住地去期待好的答案。

原来，喜欢一个人的感觉这么奇怪，会因为他开心，又会因为他忽然就不开心。

洗漱之后，她仍然心乱如麻。

她不由得想起了那一次萧惟的回答，他说的好像是"不喜欢，你想多了"。

唐星然叹了声气。

如果刚才问出了这个问题，他说不定也是同样的回答呢？那她一定会很难过的。

她又从抽屉里拿出那盒卡片，抽出一张，记下了今天的事。

2月15日，萧惟和我一起守岁，我们玩了小游戏，他玩这游戏还挺厉害的。不过刚才差点就暴露了，我要忍住！

Chapter 6
星动

元宵节一过，开学的时间就到了。

唐星然正在宿舍换着床单，姚青悦就推着行李箱哼着歌进来了。

"唐唐！我好想你啊！"

唐星然转头看了她一眼，笑着说："明天就分班了吧，我俩下学期每天能从早见到晚。"

姚青悦之前成绩其实一般，摸底考试只排到年级第一百五十名，在二班都是垫底。

可她上学期期末前学习无比用功，争气地考到了三十多名，能进一班。

姚青悦一边打开行李箱，一边跟唐星然说话："是啊，没想到期末考试我考那么好！"

她看向唐星然，又问："对了，萧惟一整个假期都在你家啊？"

唐星然摸了下鼻子，应道："对啊。"

姚青悦睁大眼，笑道："太羡慕你了。"

唐星然抿了下唇，说："他每天给我补物理。"

姚青悦愣了下，笑出声："就这？别的啥都没干？"

唐星然："啊对，我们还一起看了新出的那个推理番，那个《永恒之泉》。"

"……行吧。"

收拾完东西,两人一起去食堂吃晚饭。

唐星然觉得喜欢萧惟这件事一个人压在心里太难受了,总得找个人分享一下,也能帮她出出主意啥的。

路上,唐星然侧头看姚青悦,压低声音:"青悦,我告诉你个秘密,你别跟其他人说,连付楚也别说!千万别说!"

姚青悦以为有什么劲爆的消息,把耳朵凑过去:"那肯定!什么秘密啊?"

唐星然表情变得无比严肃,郑重其事道:"我好像真……有那么一点点……对萧惟有意思。"

姚青悦"喊"了一声:"这事我早就知道了啊。"

唐星然:"那你刚才答应了啊,不能告诉别人。"

"放心,我的嘴最严了!"

进了食堂,两人挑了个角落的位置坐下吃饭。

唐星然低声说:"就是,我现在跟他这么相处也挺和谐的,还能经常见面。要是我告诉他我的心意,但是他没有这个想法,你觉得真的不会尴尬吗?"

姚青悦设身处地帮她想了想,正儿八经地开始分析:"你问我正合适啊,我假期刚看完一本《爱情心理学》。我看完之后,有了新的感悟,不同的人对待感情有不同的方式。"

唐星然点头,认真听她说下文。

姚青悦:"比如唐唐你吧……看着挺开朗,但是感情方面的事就喜欢藏着掖着!我之前都问了你多少次了,咱俩关系这么好你都没给我直说有关萧惟的事。"

唐星然哑然。

姚青悦:"萧惟这个人吧……虽然我不太认识,但他一看就是那种做事一板一眼,有啥都不说的人。"

唐星然想了想,问:"但他其实平时对我还挺好的……你觉得

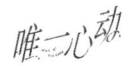

他……我有没有……"

姚青悦:"还真不好说,他这种性格最难猜了。

"要不你还是先别跟他说了,万一他不喜欢,估计真的会开始跟你保持距离。而且,到时候你的心情肯定会很不好,万一影响学习怎么办?我觉得,还是等到大学再见机行事。"

"也是……你说得有点道理。"唐星然长叹了一声气,"那好吧。"

第二天一早,唐星然和姚青悦收拾东西出了宿舍去了教学楼。跟上学期开学那天一样,公告栏那边贴了张纸,上面写着各班的学生名单。

两人到得早,虽然已经知道了她们都在一班,但还是去看了一眼。确认之后,她们背着书包走进了一班教室,找了个中间排的空位坐下。

一班教室空空荡荡,除了她们,只有第一排坐了个女生。她长得挺好看,坐在位置上写题,听到有人进来,头都不抬一下。

姚青悦给唐星然写字条说:她好像叫林瑾,每次考试都是年级前三。我有个朋友跟她同宿舍,说她每天晚上点着台灯学习到十二点,第二天早上六点准时起床去教室。

唐星然目瞪口呆,在纸上写:这太牛了……

坐了十多分钟,走廊里人声逐渐嘈杂起来,一班教室陆陆续续坐满。唐星然看到认识的就笑着打个招呼,看到不认识的也友好地冲别人笑一下。

两个熟悉的身影从前门进来,付楚和萧惟不约而同地看向她们。

唐星然笑着朝萧惟招了招手,萧惟没什么表情,微微颔首,表示他看见了。她心里忍不住期待萧惟能坐到她附近的位置,但下一个瞬间,萧惟就放下书包,坐在了上学期他坐的门口那个位置上。

倒是付楚,笑眯眯地朝她们走来,挑来挑去,坐在了她们前排的位置上,转过头和姚青悦说话。

一班的班主任姓刘,是化学老师,早读之前进来简单讲了几句,一天的课就开始了。

虽然萧惟没坐在她们附近,但同在一间教室,唐星然偏一下头就能看见他。

根据一天的观察,萧惟在班里的日程十分简单,就是上课下课、写作业、吃饭、接水、跑操、上厕所,除了这些没有别的活动。

周一整整一个上午,除了上数学课回答过一个问题,他没跟人说过一句话。大多数时间,他都坐在位置上低头写题,一动不动,像个精致的雕塑。

下午上课前,唐星然后桌的女生拿着本练习册往门口走,去问萧惟题。她记得那个女生之前是四班的,也是这次分班刚进一班。

女生走到萧惟座位旁,他抬头,嘴唇微动了下。因为隔得远,唐星然没听清他说的什么,只看见那个女生表情有些尴尬,拿着练习册出去了一会儿。

女生回来的时候,唐星然听到女生跟她同桌的对话。

"那个萧惟怎么这样啊……我太尴尬了,刚去虚心请教他一道物理压轴题,他就给我说了四个字:去问老师。"

"哎呀,这有啥尴尬的,他一直都这样,上学期就没见他在班里给谁讲过题,估计人家时间宝贵吧。我们班后来就没人去问他题了,你下次有题不会直接去问林瑾吧,她人还挺好的。"

"行吧,我没想到他这人这么孤僻。这性格也太差了,真是白瞎了那张脸。不对啊,我怎么听说……"说到一半,女生抬头看了眼前排唐星然的后脑勺,把后半句话吞了下去。

两人说话声音虽然小,但唐星然就坐在她们前面,听得一清二楚。她内心突然就有了种满足的喜悦。

跟她在一块的时候,虽然萧惟话也很少,但跟他在班里的情形比,他的话已经算很多很多了。而且……萧惟不给别人讲题,却给她讲了一整个假期的物理题!

跟三班相比,一班的作业多得吓人,且难度也大。

晚自习的时候,唐星然有道数学题不会。她找付楚给她讲了一遍,就发现付楚这人实在不适合给别人讲题,她完全听不懂。跟他关系一般,她也不好意思让他反复讲。

她本来想趁课间去问萧惟,但听了下午后桌女生的话,总觉得在教室里这么让他讲题有点拉仇恨。

她眼珠转了转,想到个好主意。

晚自习的下课铃一响,唐星然就背着包出了教室,快步走到了萧惟回宿舍的必经之路上。

路上的人越来越少,萧惟才出现在她的视野里。他步速不快,身形笔挺,表情冷漠淡然。

唐星然笑着朝他走去,拿着那本数学练习册的手冻得有点发红:"小惟!"

萧惟停住脚步,愣了一瞬才问:"你在这儿干吗呢?"

唐星然笑:"我在等你啊!"

萧惟:"等我做什么?"

昏黄的路灯下,唐星然抬起那本数学练习册,翻出那道题:"你给我讲一下这道题吧,付楚讲得我实在听不懂。"

萧惟看着她红红的手背,还有那本数学练习册,眉头微蹙:"刚晚自习你怎么不来问我?"

想了小半晌,唐星然决定实话实说。

听完,萧惟又看了眼她冻红的手,从她手里接过了那本练习册。

唐星然把手缩进袖子里。

"我看你都不给班里其他人讲题,如果我去问你,你给我讲了,就显得我……很特殊?总觉得不太好……"

听完,萧惟看了她一眼,淡淡地问:"哪儿不太好?"

唐星然摸了下鼻子,说:"我也说不清楚,就是感觉有点拉仇恨?"

萧惟没觉得有什么问题,但看她好像挺较真,于是没再多说。

"回教室给你讲吧。"

"啊？"

萧惟看她鼻子都快冻红了，说："站这儿讲我冷。"

唐星然吸了吸鼻子，笑道："行，既然你这么娇弱，那我们回教室！"

萧惟无语。

第一次有人用"娇弱"来形容他。

路上，唐星然纠结了许久，还是忍不住问出了口："你为什么不给别人讲题啊？"

萧惟语气懒散："浪费时间。"

唐星然咬了下唇，声音也小了些："那你为什么给我讲？"

萧惟没说话。昏暗的灯光下，他耳朵渐渐泛红。

片刻后，他平静道："我跟你比较熟。"

"啊？"唐星然追问，"你跟班里其他人都不熟吗？"

萧惟面不改色："不熟。"

"……哦，好吧。"

教室里灯还亮着，只剩林瑾一个人坐在位置上低头写题。

听到动静，她抬头看了两人一眼，啥也没说，继续写题。

唐星然坐在萧惟旁边的位置上，他从抽屉里拿出草稿纸，低声开始给她讲那道题的解题过程。

十分钟后，唐星然恍然大悟。

萧惟侧头看她，嗓音低沉好听，问："听懂了？"

唐星然重重点头，笑道："懂了懂了，你讲得比付楚清楚多了！"

她用笔尖戳着桌上那张草稿纸："他讲完这步，直接就跳到这步了。"

萧惟轻笑了下。

正常来说，中间那些步骤是能跳过，但唐星然每次都会卡在这些步骤上。

不是因为他讲题比付楚清楚,其实是给她讲了太多次,已经猜到她有哪个步骤会有问题。

萧惟思忖片刻,说:"你以后有不会的题,下晚自习就留在教室里,然后我给你讲。"

唐星然睁着星星眼看向他,"哇"了一声:"小惟,你也太好了。"她摸了下鼻子,觉得现在这个语境,说这句话也不会被他误解,"我爱死你啦!"

萧惟心跳加快,看了唐星然一会儿。

好像女生之间经常这么说话?他听到后桌两个女生天天"爱"来"爱"去,都成了口头禅。

萧惟揉了下眉心,问:"还有别的题不会吗?"

唐星然摇头:"没有啦,走吧!"

出门之前,唐星然回头看了眼林瑾,礼貌性地关心了一句:"林瑾,你还不回宿舍吗?"

林瑾抬头,笑了笑:"我马上就回,你们先走吧,一会儿我关灯。"

"好。"

出了教学楼,路上已经一个人影都看不见。寒风瑟瑟,已经过了元宵,天上居然又开始飘雪。

唐星然把羽绒服后面的帽子也戴上。

她侧头看萧惟:"你耳朵不冷吗?"

萧惟:"不冷。"

唐星然说:"风挺大的,还下雪了,要不你也把帽子戴上吧!"

萧惟:"不用。"

唐星然瞥了他一眼,耳朵明明很红!

"让你戴个帽子你怎么还磨磨叽叽的,我帮你戴!"

萧惟:"嗯?"

说完,唐星然就快步绕到他面前。她踮起脚,抬手去够他身后的帽子,他将帽子往上一拉,帮他戴在头上。一瞬间,两人面对着面,她能看到萧惟眼中小小的自己。

他睫毛很长，在灯光下投下淡淡的影子。薄唇红润，肤色白皙，整张脸好看得过分。

唐星然不由得想到了假期跟萧惟一起看的那部爱情片，跟现在的场景一模一样。

一个下雪的夜晚，暖黄的路灯下，雪花飘落，电影的男女主在路边拥吻。

唐星然的手还停在他的帽子上，四目相对，她感觉自己几乎陷进了他的眸中。

萧惟神色微变，呼吸逐渐沉重。眼前的女孩眼睛睁得大大的，抬头看着他，双手抓在他的帽子上。有片雪花落在她的睫毛上，又掉落在她嘴角，渐渐融化。

看着唐星然，萧惟感觉自己的心也像那片雪花一样，瞬间就融成了水。

他攥了下拳，两秒后，轻声叫她："唐星然，发什么愣？"

"啊……"她赶忙收回手，往旁边挪了一步。

天哪，她刚才居然想……

唐星然深呼吸了好几次，一路上，两人一句话都没说。

到了宿舍楼下，她极不自然地朝他摆了摆手："那个，拜拜，明天见。"

萧惟"嗯"了一声："早点休息。"

十多分钟后，男生宿舍。

萧惟把电脑插上网线，坐在桌前，熟练地登录两人的QQ，两只小猪出现在屏幕上。

他从包里拿出剩下最后几道题的化学作业，准备一边让它们打工，一边写题。

盯了一会儿之后，他鬼使神差般地打开了宠物衣橱，给两只猪换上了那天的婚纱和西服。

付楚刚洗漱完回来，吊儿郎当地走到了他身后。

"牛啊，你这两只猪都结婚了？"

萧惟没搭理他。

"萧惟，你玩得还挺认真的啊，没看出来你这么大个人了还对这种过家家的游戏这么感兴趣！"

萧惟还是没搭理他，移动鼠标让两只猪去打工。

付楚还在他身后喋喋不休："有这么好玩吗？能比端游好玩？

"哎，要是每天在教室门口看你的那些女生知道你有这爱好，估计能惊掉下巴！

"你这玩到多少等级才能够结婚啊？结了婚能生小猪吗？"

萧惟蹙眉："你能不说话吗？太吵了。"

付楚挑眉："行行行，我不吵你。唐星然那姑娘比我可闹腾多了啊，也没见你嫌她吵。"

快熄灯了，萧惟抬眸看了眼电脑，盯着两只宠物猪身上的衣服看了一会儿。他又打开衣橱，把衣服换了，退出登录。

躺在宿舍的床上，他闭上眼，就想起了今晚的场景。那盏路灯下，唐星然脸上映着暖融融的光，踮着脚给他戴帽子。

睡梦中，出现了小时候的唐星然、现在的唐星然，两张脸重叠在一起。一个声音软软糯糯，在他耳边回荡："萧惟，长大之后等我嫁给你了，你得对我好点！"

一班的物理老师是个小老头，讲课水平很高，脾气好，不怎么管学生。

开学第二周，唐星然老毛病又犯了。整本物理书的内容她假期都学过一遍，感觉不用再听。

周日晚上，她往书包里塞了三本言情小说，准备以后上物理课的时候看。

她连着看了三天，无事发生。

姚青悦忍不住说她："你上课不想听可以写作业啊，别下次考试名次又掉下去了，我还得换同桌。"

唐星然："不可能。唉，我上课实在是写不了作业，老师一直在说话，我的注意力根本集中不到作业上啊。"

姚青悦笑了声："那能集中在小说上？"

唐星然挑眉："必须能啊。"

周四大课间跑操结束，快到上课时间，唐星然在楼道里遇到了陈璐。她期末没考好，这学期还留在三班。

陈璐把唐星然拉到窗台边，压低声音："唐唐，你没再往教室带言情小说了吧？"

"……唔。怎么了？"

陈璐："老张正带着人在我们班查手机和小说、杂志呢，估计马上就去你们班了。"

"啊？"唐星然睁大眼，"怎么查？"

陈璐："抽着查的，翻课桌。"

她顿了顿，又说："听说是早上市教育局来了督导，看到七班有个人上课偷偷看小说，还没等督导说话呢，班里又有人手机响了。老张勃然大怒，就挨个班查呢。你要是带了赶紧想办法藏藏。"

唐星然朝她抱了抱拳："相救之恩，我唐某没齿难忘！"

她飞快地跑回教室，看了眼课桌里的三本言情小说。离上课就剩五分钟，放回宿舍肯定来不及了，下节还是班主任的课，总不能迟到。

大课间，班里的人一半都还没回来，或是去接水或是去上厕所。

唐星然拉开拉链，把小说藏在校服里，围着教室转了一圈。

这能藏哪儿啊……转到门口萧惟的位置，她灵光一闪。

陈璐说，老张是抽查的？

萧惟是年级第一，又是个男生……小说、杂志、手机什么的，应该查不到他头上吧！

他这会儿没在教室，唐星然趁没人在看她，飞快地把三本书塞进他的课桌。

萧惟几乎是和教导主任他们一起进的教室。

他拿着水杯，面无表情地坐下，拧开杯盖，喝水。

唐星然回了位置，目不转睛地盯着门口方向。教导主任带着的校工路过萧惟的座位，没查他的课桌。

唐星然正要松一口气，就看那校工又原地转了个圈，折回去了。

……不会吧。

"同学，麻烦看一下课桌。"

萧惟站起身。

校工弯腰朝萧惟课桌里张望，两秒之后，抽出来三本天蓝色封面的小说。

唐星然腹诽：完了。

校工举起书，扬声喊："张老师，这儿有三本。"

萧惟也愣了。

教导主任走过去，板着脸接过书，一本本地翻看了下封面。

他瞪了萧惟一眼："跟我去办公室。"

班里所有人都看着萧惟，各种眼神都有，大多是诧异和疑惑。

萧惟还是一脸淡定地走出教室，在门口时，转头往唐星然的方向看了一眼。

他一出门，班里直接炸了。

姚青悦侧头，惊道："我天，好像是你平时看的那种言情小说啊，萧惟也喜欢看这种？"

付楚也一脸幸灾乐祸地转过身："也没啥稀奇的，他在宿舍还天天玩QQ宠物呢。女生喜欢的他都喜欢，就差穿女装了。"

唐星然吞了吞口水。

"这样的吗？"姚青悦笑出了声，看向她，"唐唐，你知道他有这些爱好吗？哈哈哈哈！"

上课预备铃响起，唐星然没理他们，深吸了一口气后，站起身，踏着铃声走出了教室。

唉，不能让萧惟白白受此冤屈啊！

教导主任的办公室在楼上，唐星然小跑着上去，到办公室门口敲了敲门。

她心里着急，没等里面的人叫她，就直接进去了。

"萧惟，你别仗着成绩好就上课看闲书，得给同学起个好的带头作用吧。而且你这看的什么啊？"教导主任一本本指着封面念，"《魔性总裁坏坏爱》《总裁在上我在下》《豪门独爱》，这都什么东西啊？"

门被推开，唐星然一副大义凛然的样子走了进去。

萧惟和教导主任同时看向她。

还没等教导主任开口，唐星然就苦着脸说："张老师，其实，这三本小说是我的！"

让暴风雨来得更猛烈些吧！

办公室里安静了三秒，教导主任看向萧惟，皱着眉问："怎么回事，萧惟，你刚不是承认了这都是你的吗？"

唐星然睁大了眼。他……他居然还承认了！

教导主任把书往桌上一甩，扫视两人，厉声问："到底是谁的书？"

唐星然蒙了。

既然如此，那只有唯一一个解释了。

她看向教导主任，咬唇道："我的书，我看完之后借给他看的！"

萧惟腹诽：这女孩是不是傻啊？

教导主任叹了声气，开始教训两人，滔滔不绝地说了半节课的时间。说得嗓子都干了，他喝了口水："你们都是一班的，要知道什么时候该干什么事。萧惟你一个男生看这种小说？"

他又看向唐星然："我不是说你是女生你就能看了。有这时间，多背几篇文言文，多写几道物理题不行吗？我看是你们班作业留得还太少。

"我倒要看看你俩看小说看出啥水平了。下周一,一人给我交三篇作文!题目就写前三年的高考语文题,一篇八百字,不许去网上搜!是不是自己写的,我一眼就看得出来!"

两人出了办公室,各班都还在上课,楼道里空空荡荡。

平白多了三篇作文,合计两千四百字以上,但唐星然想到刚才的场景,忍不住笑出了声。

萧惟满头黑线,瞥了她一眼:"还笑?"

"好好好,我不笑了。"她止住了笑声,但语气里还有藏不住的笑意,"你怎么跟老张承认是你的小说啊?"

萧惟没说话。

唐星然又问:"那你知道是我放你课桌里的?"

萧惟:"不然还能有谁?"

他揉了揉眉心。

本来只有他一个人被罚,这下倒好,两个人一起。

唐星然笑:"那你也没出卖我哎,你太讲义气了,小惟!"

萧惟也被她气得想笑,但唇线绷得老直。

上次一千字检讨,这次直接两千四百字作文。

他忍不住想说她两句:"唐星然,上课就好好上课,这些书别带到教室里看,作业……"

唐星然直接打断他:"哎呀,我知道了,刚老张都念叨快半个小时了,你再说我,我头都要裂开了。"

还不让说?

已经下了楼快到教室门口,唐星然看到萧惟脸色阴沉着,压低声音讨好道:"你别生气啊,大不了……大不了作文我帮你写,你要怕字迹不对,我写一份再给你抄!"

萧惟看了她一眼,没说话,径直进了教室。

姚青悦憋了一整节课,课间,终于能问唐星然是什么情况。

"你刚干吗去了啊？"她低声问，"你不会是去'美救英雄'了吧？"

唐星然叹了声气："也不算是。其实吧……那三本书是我塞萧惟的课桌里的。"

姚青悦愣了两秒，拍着大腿笑得停不下来："唐唐，你也太坑人了吧，哈哈哈哈，还好你没塞我课桌里。你还算有点良心啊，要坑人就逮着萧惟坑！"

唐星然揉了揉额角，从书包里拿出一袋雪饼，走向萧惟的位置。

她脸上赔着笑，把雪饼递到他眼前："小惟，你饿不饿呀？我把我最心爱的雪饼送给你好不好？"

萧惟其实没生唐星然的气。不过，雪饼……唐星然这是在哄小孩吗？

萧惟淡淡道："不用，你自己吃吧。"

他同桌出去上厕所了，唐星然也顾不上班里其他人的想法，直接赖着坐在了他旁边。

她收起雪饼，又笑眯眯地问："那你渴不渴啊？水杯里还有水吗？"说着，她伸手帮他拧开保温杯杯盖。

"哎呀，没水了，我去帮你接！"

萧惟缓缓抬头，看着唐星然拿着自己水杯出门的背影，摇头轻笑了一声。

周四一整天，唐星然一下课就冲到萧惟座位旁边。她总觉得萧惟生气了，都忘了他这人平时就是这副冷漠的表情。她帮他接水、给他收拾桌面、给他塞糖……恨不得厕所都去帮他上了！

晚自习上课前，姚青悦十分稀奇地看着她："唐唐，你今天都快黏在萧惟身上了。你是要给他道歉啊？"

唐星然长叹了声气："对啊，你觉得我这态度，诚恳吗？"

姚青悦笑了声："挺诚恳的。"

唐星然摸了下鼻子："我也觉得。"

唯一心动

晚自习，唐星然顺利写完了所有作业，没有一道题不会。但她想起了前些天萧惟跟她说的话。

如果有题要问，晚自习之后就在教室多留一会儿。

下课铃响起，唐星然装模作样地看着数学练习册，把最后一道选择题的答案涂掉。

她坐在位置上没走。

班里的人陆续背着书包出了教室。十分钟之后，教室里只剩下三个人，唐星然、萧惟、林瑾。

她带着讨好的笑站起身，拿着练习册坐到萧惟旁边的位置："你不生气了吧？不生气的话，能不能给我讲讲这道题啊？"

萧惟侧头，看着她一脸殷勤的笑容，两个小梨涡深深的。

他心里软得不像话，接过练习册，轻轻"嗯"了一声。

"怎么把答案涂掉了？"

"我就是……不太确定我做得对不对，感觉是错的。"

萧惟："你怎么做的？"

唐星然从他桌上拿过一张草稿纸，开始写解题步骤。

萧惟低头看了眼，淡淡道："对的，没写错。"

唐星然笑："原来是对的啊，那没别的题了，我们回宿舍？"

萧惟："行。"

春天到了，前几日的倒春寒已经过去。外面的雪开始融化，到处是融雪的声音，"滴滴答答"的。

两人并肩往宿舍楼走。

唐星然侧头看他，问："你真不生气了？"

萧惟："我本来就没生气。"

她忍不住扬起嘴角，认真道："我以后不会把小说带到教室里看了。"

"嗯。"

"三篇作文我帮你写？"

"你写得完六篇吗？"

唐星然撇撇嘴："我……可以试试，'本仙'的潜力是无穷的！"

萧惟淡笑一声，摇头："不用，我自己写吧。"

有了上次的经验，唐星然这次更面不改色，扬声道："那好！小惟，我爱死你啦！"

"……嗯。"

她偷偷看了眼萧惟，耳朵被冻得通红，神情像平时一样清冷寡淡。

半响后，她目光躲闪，轻拍了下他肩膀，扬声说："走啦，这边冷死了……"

萧惟抿了下唇，低声应道："……好。"

后来的一路，两人都沉默着，四周也寂静无人，只能听到融雪的声音："滴答、滴答、滴答……"

北阳一中的美术课一周只安排一节，上学期上的绘画，期中考试之后几乎就被各科老师占了上别的课。

这学期的美术课上的是书法，一班的书法课排在周五下午最后一节。

书法老师是个戴着方框眼镜的中年男人，身材消瘦，穿着一身浅色麻布面料的衣裤。

"同学们好，我姓喻。这学期我来教大家书法。这节课给大家简单介绍一下我国书法的历史，中国最早的书法是商代中后期的甲骨文和金文。"

讲了一整节课的书法史，下课之前，喻老师通知大家下周书法课准备笔墨纸砚。临下课前十分钟，唐星然就已经收拾好了书包。

铃声一响，她"噌"地站起来，去门口催萧惟一起回家。

"小惟你快点啊，我妈昨天打电话说，今天给我们焖双椒鱼吃！中午食堂的菜不好吃，我也没吃两口，现在好饿啊。"

萧惟加快了速度收拾，一分钟之后站起身："走吧。"

上车之后，唐星然笑着把身子探向前排："爸，鱼做好了吗？"

唐慕点头："焖着呢，回家就能吃了。"

"太好了！"她想了想，又道，"对了，你们还做了别的菜了吗？小惟他不吃辣。"

车子驶出，唐慕一边开车一边道："知道知道，还炒了个香菇鸡和青菜。"

萧惟看向唐星然，微弯了下唇。

吃完饭之后，唐星然拉着萧惟去房间里看动漫。

他犹豫了一会儿，说："这周作业挺多的，我们还有额外三篇作文。要不我陪你看一集，然后今晚先写一篇作文？"

唐星然眉头蹙了下，半晌后，才回道："唉，那好吧。"

一集动漫看完，两人拿出作文本。

第一篇作文的主题是放长线钓大鱼。唐星然看了眼萧惟，她现在就是在放长线钓大鱼，萧惟就是她的"大鱼"。

写到一半，萧惟的笔没墨了。

唐星然正奋笔疾书，随口道："抽屉里有新的，你随便拿一支吧。"

"好。"他拉开抽屉，先看到的是一盒卡片。

盒子上画着水彩插画，跟上次唐星然写给他的生日卡片画风有点像。唐星然余光看到，立刻伸手捂住，差点打到萧惟的手背。

他愣了下："怎么了？"

唐星然脸色微红，想到那盒卡片里记的都是他的事。

"哦，没事，就……小秘密！"

萧惟弯了下唇，没说话，接过她递来的笔，继续写作文。

要是萧惟问她，她肯定不会说，也肯定不会给他看，但他不问，还一点都不好奇，她就觉得心里有点堵。

萧惟低头写着字，下颌线绷着，从她的角度，正好能看见他精致完美的侧脸。

她忍不住用笔戳了戳他肩膀，问："你怎么不问我有什么小秘密不给你看？"

萧惟觉得好笑，抬眸道："你不都说了是秘密吗？你想告诉我？"

唐星然挑眉:"你可以问问我。"

萧惟放下笔,语气没有一点起伏,顺着她的话问:"嗯,是什么秘密?"

唐星然心里舒坦了,一脸诡计得逞的样子,扬声道:"我就不告诉你!"

周日上午,唐星然想起了书法老师嘱咐的事,问唐慕家里有没有笔墨纸砚。唐慕在书房翻箱倒柜,找出了一套至少十年没用过的文房四宝。

瓶里的墨汁干了个透,宣纸已经泛黄,因为搬家时摆放不当,毛笔的毛也都呲得乱七八糟。

他看着这些东西,有些无奈道:"这个,算了。我还是带你俩出去买新的吧。"

唐星然敲了敲客房的门,把萧惟叫出来:"下周书法课,我们去买一下笔墨纸砚吧,我爸那些老古董用不了了。"

萧惟看向她,平淡道:"我家有很多,我去拿一趟吧。"

唐慕从书房出来,说:"那我开车送你去吧。"

萧惟:"没事,唐叔叔,我打车去就行,不用麻烦了。"

又客气了两个来回,说定了不用唐慕送。

唐星然火速跑进屋换了身衣服,冲到门口换鞋。

"我跟你一起去!"

萧惟:"你作业做完了吗?"

唐星然摸了下鼻子:"……写完了,走吧走吧。"

出了小区,萧惟拦了辆出租车,报了个地址。

唐星然挠挠头,好奇道:"你家什么时候搬那么远了?"

萧惟简言道:"爷爷家。"

唐星然:"哦哦。"

萧惟爷爷家在北阳市郊的别墅区,萧爷爷去世之后,房子一直空着，雇了专人每周定时去打扫。他也很多年没去过了。小学四年级到初中，他一直跟爷爷两个人住在这里。

难免睹物思人。

萧俊和覃雅宁一直忙项目和研究，某种意义上，萧惟是爷爷教养长大的，对爷爷的感情更甚于父母。

出租车行驶了四十分钟，停在了小区门口。

住户信息门卫都有登记，现在那套房子的产权人是萧惟。他出示证件之后，带着唐星然走向一栋三层的别墅。

虽然每周有打扫，但一开门，空气里还是有种久无人居的味道。

进门之后，萧惟弯腰从鞋柜里拿了两双拖鞋，递了一双女士的给唐星然。

"不介意吧，这双就我妈穿过。"

唐星然坐在门口换鞋："不介意不介意。哇！小惟，你爷爷家好大啊……"

萧惟"嗯"了一声，没多言。

唐星然跟在他身后，去了二楼的书房。

虽然萧惟平时就没什么情绪波动，但相处久了，唐星然能明显感觉到，进了这栋别墅之后他情绪就很低落。

至于原因，不用猜也知道。

她看向萧惟，小声道："小惟，你别难过……爷爷是去了天堂，现在肯定过得很好。"

萧惟："嗯，我没难过。"

书房里的家具摆设跟他住在这儿时一样，只是怕桌上的东西积灰，就全都收进了柜子里。墙上挂着几幅字画，都是萧爷爷生前的收藏品。

萧惟打开柜子，从里面拿出两套笔墨纸砚、字帖和一方印章："都是我以前用过的，你拿这套吧，比较适合初学者。"

唐星然不懂这些，就点了点头："好，那就这套。"

她看了眼萧惟手里的印章，问："这是刻着你名字的那种章吗？"

萧惟"嗯"了声,平静道:"是以前爷爷给我刻的,一起带回去吧。"

"哇。"唐星然睁着星星眼看向他,"你会刻吗?"

萧惟点头:"会一点,刻得不好。"

唐星然:"那你能不能帮我也刻一个啊!以后写完一幅字就可以盖个章!"

犹豫片刻,萧惟说:"我试试吧。"

他又转过身,从另一个柜子里找出一方石料、篆刻字典和篆刻刀。

他看了眼那张很大的书桌,不由得想起从前跟爷爷面对面坐在那儿练字的场景。

萧惟垂眸,轻声道:"去我房间吧。"

"啊?好。"

唐星然又跟着他去了三楼,正是中午,阳光正好。一推开房门,暖洋洋的光里飘着细密的尘埃,斜照在一张被罩起来的床上。房间连着阳台,一张书桌摆在正对阳台的位置。

萧惟拉开门,去外面搬了张椅子进来:"不脏,坐吧。"

唐星然:"好。"

两人并肩坐在桌前,阳光映在发丝上,显得唐星然的发色更浅了些。她手撑着下巴,歪头看着萧惟那双修长的手拿着一块石料,低头用刻刀认真地在上面刻着字。

他垂着眸,头发松松地垂在额前。他穿着一件浅色的衬衫,面容清俊好看,篆刻时还颇有些古典的气质。

唐星然舔了舔唇,忍不住夸他:"小惟,你真好看。"

闻言,萧惟淡笑了下:"之前你不是说,我只是长得还凑合?"

"啊?"唐星然挠挠头,"我什么时候说的?"

萧惟淡淡道:"军训的时候。"还背后大声说他坏话,说他没有付楚好看。

唐星然笑着说:"这你都记得?我都忘了……

"小惟,没想到你还挺记仇。果然是天蝎座!"

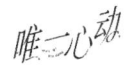

他没再说话,低头刻着章。

好一会儿后,他把石料擦了下,递给唐星然。

"太久没刻了,有点丑。以后有机会再给你重新刻一个。"

唐星然笑着接过,举起来看了看,底部用篆书刻着四个字。

"哇!这还丑啊,我觉得已经很好看了,有模有样的!"

萧惟淡笑了下,起身收拾了桌面,把东西放回书房的柜子里。

"走吧。"

"嗯!"

周一,唐星然和萧惟拿着作文本,一起去三楼的教导主任办公室。

教导主任正坐在桌前,边看着电脑边盘文玩核桃。他接过两人的作文,随意翻着看了看。

"萧惟这个写得还行,唐星然这作文还得再多练啊。平时多看点作文书,少看点那些乱七八糟的言情小说。

"下次再被我抓到,就叫你们家长过来,好好说道说道这事!

"你们也不小了,又都是一班的,什么时间该干什么事自己都得清楚点!"

唐星然低头站直,标准的挨训姿势。

她偷瞟了一眼,看萧惟面无表情地站着,气质跟平时没啥区别,一脸淡然,乍一看跟个没事人似的。这就是学霸吗?感觉他完全没被老张的气势吓住。

要不是她也在,老张这顿训肯定训得很没成就感。

回到教室,姚青悦侧头问她:"一个课间你们都在老张那儿啊?他又说你啥了?"

唐星然撇撇嘴,打了个哈欠:"他还能说啥啊,就是什么好好学习少看小说,高中生吧啦吧啦。来来回回的话,我听得耳朵都起茧子了。"

姚青悦笑了声:"我想也是。不过萧惟被老张训,想想那画面就觉得很违和,他从来都是被老师夸的那一个。"

唐星然回忆了一下，也笑："他啊……感觉被训被夸没啥区别，都是一脸淡定地站那儿。"

下午的班会课，班主任进来整了个"大"动作——调座位。

班里所有人"丁零哐当"收拾着东西，站在座位旁边等待安排。

班主任就像个指挥官一样，站在讲台上指指这个人，再指指那个人。

"你，去第三组第一排……你，去第五组最后一排。"

唐星然和姚青悦对视一样，都苦着脸。她们就这样被分开了。

这次换座位是因为班主任觉得这学期自开学到现在，班里人心浮躁，课间比上学期吵闹了不少。

他的计划就是把爱说话的学生和不爱说话的学生换到一起坐。

换了大概十个人的座位之后，唐星然就发现了规律。她开始隐隐期待能把她和萧惟换成同桌，那就圆满了啊！

而且多符合老师的要求，她话多，萧惟话贼少。

终于，班主任的目光看向她这边："唐星然，去第一组第一排。"

她睁大了眼，心跳开始加速。第一组第一排，是萧惟的位置啊！她背着书包、手上抱着书走过去，萧惟给她让了让位置，站到了旁边。

可天不遂人愿不说，班主任也不遂她愿，下一刻，他就开口道："林瑾，第二组第一排。"

唐星然心里流泪。

她的新同桌是林瑾，不是萧惟。

半节课过去，所有人的位置都重新排好。

萧惟被换到了第三组第一排，跟唐星然中间只隔了一个林瑾，萧惟的同桌换成了付楚。

姚青悦被换到了第六组，离唐星然十万八千里远。

做人要知足，虽然没能做同桌，但萧惟离她近了不少。

一整周，唐星然的话至少比上周少了一大半。

林瑾基本不会闲聊，利用一切时间学习，跑操都会带上一个小单词本，排队时背单词。

有几次晚自习，唐星然为了方便问萧惟题，会跟林瑾换个位置，但问完题之后，萧惟也不会跟她再说别的。

唐星然看看萧惟，又看看林瑾，觉得自己一左一右坐了两块木头。

唉。

到了周五最后一节课，上课铃声响起，书法老师进了教室。班里的人纷纷拿出准备好的笔墨纸砚，摆在桌上。

第一节的内容很基础，拿笔姿势、写横竖撇捺。喻老师讲了一会儿，又示范了一遍，就让学生自己练习。

唐星然看着桌上的东西，发现没有墨汁，但除了纸笔、砚台，有个小盒子。她打开之后，发现里面有个黑乎乎印着金色花纹的条状物体。

以她看古装剧的经验，认为这应该是墨条，蘸水磨着用的那种。她拧开水杯，往砚台里倒了些水，然后拿起那个黑乎乎的墨条开始磨。一会儿后，砚台里的水果然变黑了。

她弯了弯唇，把那根墨条搭在一边，挽起袖子开始写字。

可蘸了墨一下笔她才发现，这颜色也太淡了。

又磨了几下之后，墨还是淡。

唐星然放弃了，伸长脖子去求场外援助。

她压低声音，越过林瑾的后背："小惟，小惟，你这墨怎么弄的啊？"

萧惟抬眼看唐星然，她正拿着那张纸给他展示。

上面的笔迹淡淡的，乍一看像水渍，明显就是墨太淡。

"用我的吧。"

说着，萧惟伸手把自己的砚台放在林瑾的桌上。林瑾给唐星然递过去，又帮她把另一方砚台传给萧惟。

唐星然试了下，这次颜色对了，弯着唇开始写横竖撇捺。

萧惟又花了些时间磨墨，随后扼袖悬腕，继续写字。

他从小学开始到初中毕业，跟着爷爷练了六年的书法，不需要再从横竖撇捺开始练，就对着字帖自己练。

写书法时，萧惟姿势很标准，气质十分优雅。

付楚余光看到他纸上的字，惊道："萧惟你这字看着有点牛，你以前学过书法吧？"

萧惟没抬头："嗯。"

喻老师一直在教室里绕着看，见到哪个学生姿势不对或是写得有问题，就停下来指点。

他走到萧惟身边时，停住了脚步。

他低头看了一会儿，问："同学，你之前练过多久字啊？"

萧惟搭了笔，抬眸道："大概，六年吧。很久没写了，有点手生。"

喻老师看着纸上的字，字体遒劲有力，称赞道："写得不错。最近实验楼快装修好了，楼道里准备贴几幅学生的书法绘画作品，我正愁这事呢，要不你写两张我看看行不行？"

萧惟同意后，喻老师说："我去给你拿纸。"

萧惟带的是裁剪到正好能摊在课桌上大小的纸，喻老师说完，就出了教室。

唐星然扭头望了一眼，看到他字确实写得很好看。

不过她知道萧爷爷之前就是北阳市书法协会会长，带着萧惟练书法也不稀奇。

没过一会儿，喻老师拿着一小摞宣纸进来。课桌桌面太小，他直接让萧惟拿着笔墨去了讲台。

坐在下面的同学纷纷抬头看萧惟写字，他的姿势配上那张过分好看的脸，活脱脱像一幅画。

萧惟提笔写了两张，还盖了印章，但都觉得不太满意。

他看向喻老师，淡淡道："我再练练吧，周末写好之后下周交给您。"

喻老师笑："行，你可别忘了这事。"

回了座位，萧惟继续低头练字，一直到下课时间。

唯一心动

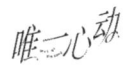

下课铃一响，班里同学出教室路过他的位置，都忍不住伸着脖子往他桌上看，出门之后开始窃窃私语。

"哇，原以为萧惟只会学习，没想到还会写书法。"

"他确实挺有那气质的。"

"他太符合现在网上说的那什么清冷禁欲系的气质了，感觉能去演仙侠剧！肯定很适合！"

唐星然去洗手间洗完砚台回来，教室里的人已经走得差不多。萧惟在教室里低头慢慢走着，像是在找什么东西。

"小惟，你在找什么啊？"

萧惟看了她一眼："印章。"

"啊？不见了吗？"唐星然放下东西，"那我帮你一起找。"

她弯腰四处看着，在教室里绕了两圈，连垃圾桶附近都看了。

"好像没有。哎，那个印章是不是萧爷爷刻的？"

萧惟轻"嗯"了一声，脸色比平时差了许多。

唐星然想了想，问："讲台那边好像也没有，会不会是喻老师不小心带走了啊？"

没等萧惟开口，她怕喻老师已经下班回家，小跑着就出了教室去美术老师办公室。

她刚到门口，就正好遇到喻老师提着包出门。

唐星然气喘吁吁，看着他道："喻老师，那个，你有看到萧惟的印章吗？"

喻老师想了想："印章？"

唐星然："对，他刚不是拿去讲台上用了一下嘛，然后下课就找不到了，教室里也没有，我过来帮他问问是不是您拿错了。"

喻老师又转身拿钥匙开了办公室的门："我去看看啊。"

唐星然跟了进去，看了一圈，刚才那摞宣纸还在桌上。

喻老师翻了翻上课带去的那包东西，没看到。

他又翻开折叠起来的那摞宣纸，看到中间夹了枚印章。

"是不是这个啊？"

219

唐星然拿过来看了眼："对对对，就这个。那我帮他拿回去啦，谢谢喻老师！"

说完，她就小跑着回了教室。萧惟还在低头找着，眉头轻蹙。

唐星然弯唇，走到他旁边，捏着那枚印章从他身后闪到他眼前："看！"

她将印章递过去，笑着解释："它在喻老师刚带过来的那摞纸里夹着呢。"

萧惟接过印章，看向唐星然。

教室里的灯开着，冷白的光照在她脸上，映得她眼睛亮亮的。她弯着唇笑，露出两个小梨涡，显得灵动可爱。

萧惟也弯了下唇，轻声说："谢谢。"

他从桌上拿起一支笔，忍不住抬起，轻轻在她嘴角的梨涡上戳了一下。

唐星然眨眨眼，把那支笔挪开："你干吗戳我？我刚帮你找到印章，你恩将仇报啊！"

萧惟不说话，嘴角微弯着，低头收拾桌上的东西。

唐星然挠了挠头，说："不对！我想起来了，你小时候经常这么戳我！

"你当时说，要是不多戳戳，以后长大可能就没有了。"

他说过这么搞笑的话吗？

唐星然想起来，也忍不住笑了几声："小惟，你小时候好像也挺傻的。"

萧惟已经收好东西，抬眼看她："那你也不聪明，这种话都信。"

这个周末，萧惟除了写作业，还多了一项喻老师布置的任务。

周六一早，他起床吃了早饭就出门了，去了趟市中心的商场，又在附近店里买了宣纸。

他练了一天的字，晚上，唐星然敲门找他讲题。

她坐在桌前，眼睛马上亮了。桌上摆着一个盒子，里面是最近他们看的那个推理番里的主角的手办。

"哇,小惟,这是你买的手办吗?"

萧惟:"嗯。"

他顿了顿,说:"给你的。"

"哇!"唐星然马上拆了盒子,把手办从里面取出来。

"这个是刚出的吧,我在网上看到过,好像还挺贵的,你什么时候买的啊?"

萧惟:"早上出门的时候,路过一家店时看到就顺便买了。"

"这个实物比图上的好看哎,我还准备等下次考完试让我妈给我买呢。小惟你真好!"

晚上回了房间,唐星然把手办摆在架子上。虽然她已经很多,但总觉得这一只跟其他的不一样,摆在这里就像是在发着光。

她又从抽屉里拿出那盒卡片,弯着唇记下今天的事:3月2日,萧惟给我买了一个尼鲁的手办!

写完后将卡片放回去,她弯唇笑了笑。

等以后给萧惟表白,她要把这些卡片全部给他看一遍!

明明前一秒还很开心,可后一秒,唐星然脸上的笑容就垮了。

想到表白,她马上又有些发愁,万一他们大学没在一个学校可怎么办?

那就高考后,至少在报志愿之前向他表明心意。

如果表白成功了,两人可以商量着报同一所学校,至少同一个城市。

但如果表白失败了,他们上不了同一所大学,她感觉以后都很难再见到萧惟了……

洗漱后躺在床上,她越想越觉得心烦,可真愁人啊!

第二天,唐星然又睡到中午才醒。

昨晚又失眠了,每次想她和萧惟以后的事,她就睡不着。

午饭前,她看着萧惟,忍不住问出口:"小惟,你到时候,准备报哪个大学啊？"

萧惟思忖片刻，平静道："北阳大学或者北阳政法大学吧。"

唐星然睁大了眼，嘴角渐渐扬起。这问题不就解决了吗？

早知道就早点问他了，害得她昨晚睡不着觉。两所学校都在北阳，不管他去哪个，都没太大区别。

这一天，唐星然心情颇好，走到哪儿都弯唇哼着歌。

周一上午的大课间，姚青悦来唐星然的位置上找她聊天。

"唐唐，我周末看了个健身的视频，可以锻炼上肢力量，我练了两天感觉还不错，你要不要也试试，咱俩晚上在宿舍里练。"

唐星然不感兴趣，撇撇嘴说："我觉得我胳膊挺有劲的，不用练。"

姚青悦笑了一声："怎么可能？你这细胳膊细腿，瘦得跟麻秆似的！"

唐星然挑眉："不信咱俩扳手腕！"

姚青悦："行啊。"

于是，姚青悦坐到了她后桌的位置，两个人开始扳手腕，付楚主动过来充当裁判。

他一说开始，唐星然转了转眼珠，趁姚青悦还没反应过来，迅速往一个方向扳。

一秒获胜。

姚青悦："不行！唐唐你耍赖，我们再来一次。"

唐星然笑："好啊，我这次认真跟你扳。"

两人旁边渐渐围了几个人过来观战。

唐星然和姚青悦都很瘦，两人手上使着劲，脸都有些憋红了。

最终，唐星然居然又赢了。

姚青悦放下手，不屑道："行吧，但是我俩明显手劲差不多大。"

受她们的影响，周围也有其他几个人开始扳手腕，有男生也有女生。

萧惟刚把写好的字交到了美术老师办公室，一进教室，就听到吵闹声，很多人两两相对坐着扳手腕。

唐星然面前坐了个叫许宇航的男生，看着她笑道："看不出来你力气还挺大，要不我俩比比？"

她蹙眉："我怎么可能扳得过你？"

许宇航笑了笑："你可以用两只手。"

唐星然："行啊，那我用两只手！"

她刚把手放在桌上，听到身后一个低沉熟悉的声音叫她："唐星然。"

她转头看向萧惟："怎么了？"

萧惟沉默两秒，面无表情道："吴老师叫你去趟办公室。"

唐星然："哦，等等啊，我跟他比完。许宇航这人太膨胀了！他想用一只手扳我两只手！"

萧惟提醒："马上上课了。"

"啊？好吧，那我先过去。"唐星然放下手，站起身出了教室。

她进了办公室，发现吴老师人没在，觉得有些莫名其妙，又折返回了教室。

上课预备铃响起，她走到萧惟桌前，困惑道："小惟，吴老师没在办公室啊。"

萧惟看她一眼，淡淡道："哦，那可能他临时有事。"

唐星然挠了挠头，有点莫名其妙地回了位置上。

下个课间，她又出了教室去了办公室。

吴老师正坐在位置上改作业，唐星然走过去："吴老师，您找我吗？"

吴老师抬头："没有啊。哦，那正好，你把这沓卷子拿回去发了吧。"

唐星然愣了下："啊？好。"

拿着卷子回去的路上，唐星然还是觉得很蒙。吴老师看着年纪也不大，怎么这么健忘？上节课间叫了她，这节课就忘了，可能数学学多了吧……

快到期中考试，一班的作业越来越多。唐星然实在写不完了，于是开始有选择地抄作业。

她还把这个抄法命名为"唐氏减负法"，分享给了姚青悦。

"就是把所有题先看一遍，一看就会的那种就不用再写了，剩下不会的题好好做一下就行。"

姚青悦也觉得这个方法不错，被她带着走上了抄作业的不归路。

上午的课结束，唐星然留在位置上多看了一会儿书。萧惟也在座位上没走。她挪了挪位置，让萧惟给她讲刚才上课没弄懂的那道题。

十分钟之后，题讲完了，唐星然站起来，伸了个懒腰。她侧头对着萧惟笑："走吧，去吃饭，估计这会儿食堂人也不多了。"

萧惟："嗯。"

唐星然前脚踏出教室的门，萧惟后脚跟在她身后，余光瞥到她的裤子，神色微变。

"唐星然，你……"

她转回头看着他，笑问："我怎么啦？"

萧惟垂眸，说："你的裤子，脏了。"

"啊？"

她这两天来"姨妈"，上节课拖堂，她没去换卫生巾，不会弄裤子上了？

唐星然脸颊有点泛红，支支吾吾道："那、那你先走吧。"

萧惟站在原地没动。片刻后，他拉开校服拉链，把外套脱了递给她："我这件长点，你……看能不能先遮一下？"

唐星然红着脸接过，直接套在了自己的校服外面。她转过头，可脖子没那么长，实在看不到到底遮没遮住，在场又只有萧惟一个活人。

纠结了一会儿后，她看向萧惟，蹙眉问："还……能……看见吗？"

萧惟低头看了一秒,抬眸道:"看不见了。"

唐星然摸了下鼻子:"那……我先回宿舍换一下,一会儿去食堂把外套还你。"

萧惟:"好。"

食堂和宿舍楼是一个方向,两人并肩走着,谁也没说话。唐星然还是觉得有点尴尬,许久都没发生过这种事,这次还恰好就被萧惟撞见了。

她穿着萧惟的校服外套,还能闻到他身上的味道。唐星然觉得心跳极快,脸比刚才更红了。

四月末,气温还不是很高,路边的柳树已经发出新绿的枝丫。

萧惟校服里面只穿了件单薄的米色衬衫,一阵风吹过,柳树随风发出窸窸窣窣的声音。

唐星然侧头看他,小声问:"那个……你不冷吗?"

萧惟:"不冷。"

"哦……"

两人再次陷入沉默。

许久之后,快走到食堂楼下,萧惟看向她:"我先上去,你,下次记得注意点。"

唐星然难得没有回嘴,乖巧地点了点头:"好……我马上来。"

萧惟进了食堂。

她一路小跑着回了宿舍,换了一条裤子,又把弄脏的裤子泡在水盆里。

她拿着萧惟的外套去到食堂,里面人已经不多,很容易就找到了萧惟。

把校服递给他时,唐星然又犹豫了:"要不……我帮你洗一下再给你?"

萧惟放下筷子,伸手接过:"没事,不用。"

唐星然摸了下鼻子:"哦,好……"

她去打饭,总觉得今天他们之间的气氛因为这件事很尴尬,至少她觉得挺尴尬……

唐星然想了一会儿,决定还是暂时避开他,避开尴尬!等到下午,他差不多忘记这事了,就不尴尬了。

她打完饭,端着餐盘,坐到了远离萧惟的位置吃饭。

萧惟一直等到吃完,旁边的座位还是空的。

他面无表情地起身,看到唐星然坐在了食堂的另一个对角。

平时一起来食堂,她不是都会坐在他旁边一起吃饭的吗?

萧惟把餐盘倒了,思忖片刻,去了饮料窗口。

一分钟之后,唐星然正低头吃饭,眼前突然出现一双修长的手。

下一秒,她桌角多了一盒红枣牛奶。

她抬起头,看到萧惟那张脸好像比之前冷淡了些。

"啊,小惟,谢谢你啊!"

萧惟:"没事。"

说完,他就转身离开了食堂。

唐星然摸了下那盒牛奶,还是热的。她把吸管插进去,甜甜的红枣味,从口中一路蔓延到心里。

中午在宿舍,唐星然吃了一颗麦丽素,又从柜子里拿了条草莓软糖。下午,那条软糖出现在了萧惟的课桌里。

期中考试前的一周,一班作业多得吓人。"唐氏抄作业法"也不能让唐星然在晚自习结束前写完所有作业。

晚自习下课铃响起,唐星然继续留在教室里看题。

林瑾今晚回去得早,半个小时过去,整个教室只剩下萧惟和唐星然两个人。

最后一道题看完,唐星然的练习册一大半都是空着的。

她看向萧惟,一脸讨好的笑容:"小惟,你数学和物理作业能不能借给我抄一下啊?"

他抬眸看她:"你写了一天还没写完?"

唐星然挑眉:"准确地说我是看了一天,这些题我都会了,就

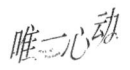

是差个计算的过程。"

行吧。

萧惟递了两本练习册给她。

唐星然开始奋笔疾书着抄作业,十五分钟,两门课的作业搞定。

期中考试持续了三天,周五的时候成绩就出了。班主任进出教室都黑着一张脸。

这次考试一班学生成绩不怎么样,平均分只比三班高了不到十分,有近十个人的排名在年级四十名之外。周五的书法课被班主任占了,改成班会课。

班主任打开了教室里的电脑和投影,皱着眉头插了U盘,打开一个视频的界面。

"我先念一下我们班这次的成绩和排名,你们都好好听听。"

他从第一名一直念到了最后一名。萧惟还是第一,比第二名的林瑾高出了三十多分。唐星然物理又没考好,年级排名刚好排到了第四十名。

班主任放下那张排名表,扫视了一圈,沉声开口:"你们都是上学期期末考了前四十名进的一班,了解了这次的成绩,你们都有什么想法?

"我也纳闷,怎么就考成这样呢?你们自己看看。"

他点开了那个视频文件,是一班教室的监控录像。

不止一段,但播放的第一个视频,就是上周晚自习教室的情形。

唐星然就坐在正对着监控的位置。

画面里,空荡荡的教室只有她和萧惟两个人。

她的声音在音响里响起,回荡在整个教室:"小惟,你数学和物理作业能不能借给我抄一下啊?"

紧接着,就是她低头奋笔疾书地抄作业的画面。

唐星然哑然。

后面几段监控视频都是其他同学在教室里说话吵闹的片段,唐星然也没心思看了。第一段冲击力实在太大。播了一整节课的监控视频，最后一段放完时，整个教室鸦雀无声，静得连掉根针都能听见。

班主任又扫视了一圈，最后目光停在唐星然脸上，唐星然心虚地低下了头。

"你们这个周末回家都好好想想，平时在教室该做什么。

"这次年级排名有退步的，下周一给我交八百字的检讨。

"四十名之前的也不要掉以轻心，别觉得考进前四十名就万事大吉了。再不好好学，期末分了班还得走人。"

下课铃响起，班主任重重摔门出去。

教室里仍然没人说话，大家安安静静地收拾着东西。知道自己处于监控镜头下，还是能录声音的监控，谁也不敢再多说什么。

背着包出了教室，快到校门口，唐星然才敢说话。

她看了眼萧惟："天哪，吓死我了，他平时看着还挺和善的，没想到这么凶。

"也太尴尬了，第一段视频就是我抄你作业的……"

萧惟："那以后别抄了，自己写。"

唐星然撇撇嘴："其实我考得还行啊……还在前四十名。"

萧惟提醒她："正好第四十名。"

"那也是前四十名……唉，下周一开家长会，我好怕他把我妈叫到办公室去谈话。"她看向萧惟，"你说会不会啊？"

"不知道。"半晌后，他又补了句，"不过可能性挺大。"

毕竟这么明目张胆在监控底下抄作业的，就她一个。

上了车之后，唐星然决定主动坦白，也给姜静之他们打个预防针。

"爸、妈，给你们说个事……"

姜静之转头笑了下，问："什么事啊？愁眉苦脸的。期中考试考砸了？"

唐星然挠挠头："考得……倒也不算砸，年级第四十名。"

唐慕评价道："确实还行，比上次是退步了点，但也还不错吧。"

姜静之也在旁边附和："是啊，前四十就挺好了，再给你买个手办,有什么想要的吗?"

唐星然尴尬地咳了一声:"那个……就不用了,下周一家长会,老师说不定要叫你们去谈话……"

"啊?"姜静之转头看她,"退步几名就要谈话啊?一班老师要求这么严?"

"……不是因为退步。"

唐星然深吸了一口气,开始交代:"今天老师查监控,看见我上周晚自习……抄萧惟的作业。"

她顿了顿,解释道:"作业实在是太多了,我写不完,但是题都看过一遍了,我都会了。"

姜静之笑了一声:"行吧,那我等着老师找我谈话。"

正在等红灯,唐慕从后视镜里瞅唐星然一眼:"然然你也是,抄作业也不知道躲着点,这都能被发现。"

姜静之:"你怎么教然然呢?不能抄作业,应该自己写。"

唐慕:"对对对,应该自己写,以后别抄了啊!"

萧惟默然。

唐星然:"……好。"

抄作业的事暂时告一段落,不能影响度过美好周末的心情。晚上,唐星然把萧惟叫到房间里一起看动漫。

一集看完,萧惟问:"这周作业也不少,要不今天先写点?"

唐星然趴在桌上,摇了摇头:"不想写,今天好累。"

她转了转眼珠,猛地直起身子,看向萧惟。唐星然左右晃了晃,弯着唇不说话。

萧惟:"你在干吗?"

唐星然眨了眨眼,问他:"你看我的动作,猜一个词。"

她又左右晃了晃身子,补充道:"猜对有奖!"

萧惟想了想,说:"摇摇晃晃?"

唐星然:"不对!"说完,她又晃了晃。

"摇头晃脑？"

"不对！"然后她又晃了晃。

萧惟连着说了四五个词，唐星然都说不对，而且晃得萧惟有点头晕。

唐星然弯唇笑了下："要不我告诉你？你重复一遍也算你对！"

萧惟轻点了下头。

唐星然笑着，一字一顿地说："这是，星、动！"

她指了指自己："我，唐星星，在动，就是星动！"

萧惟默然。

唐星然眨了眨眼："你快重复啊！"

萧惟没说话，那个词就在嘴边，但是说不出来。

唐星然催他："说了有奖！"

说完，她马上反应过来，这是不是有点……太明显了？

"算了算了，有奖竞猜结束，你不用说了，等下次我再给你出别的题！"

萧惟看着她，平淡地应了一声："嗯。"

唐星然摸了下鼻子："还是先写会儿作业吧。"

到了夜里，萧惟洗漱之后躺在床上。

满脑子都是唐星然在他面前摇头晃脑的样子，他嘴唇动了动，无声地对着天花板说了两个字。

周一，班长按期中考试的排名表，依次收了大家的检讨。唐星然特意多写了两百字，以表她诚恳的认错态度。

虽然知道姜静之他们应该不在意被老师约谈，但她还是从早一直忐忑到下午最后一节课的家长会。

这次家长会，班主任没让学生出教室等。安排了家长坐在位置上，学生就站在旁边听着。

林瑾的家长没来，唐慕坐在萧惟的座位上，姜静之坐在唐星然的座位上，两人之间只隔了一个空位。

班主任全程一脸严肃，但家长会的内容说来说去也就那些，分析学生的成绩，进步的提出表扬，退步的批评几句，再提一下高中阶段的重要性，让家长平时多关注孩子，督促孩子学习。

临结束时，班主任翻开笔记本，点了几个学生的家长一会儿去他办公室。

其中不仅有唐星然的名字，还有萧惟的。于是，下课铃响起，唐慕和姜静之一起去了办公室。

唐星然和萧惟坐在教室等着。

她看向萧惟，说："叫我肯定是因为抄作业的事，为啥还叫你啊……算了，等会儿问问他们吧。"

估摸着时间差不多，唐星然叫上萧惟到办公室门口一起等。

过了一会儿，姜静之和唐慕推门出来，两人脸上居然都憋着笑。

唐星然把他们拉到没人的地方，睁大眼睛问："老师说了什么啊？你们这什么表情？难不成我俩还被表扬了？"

姜静之看了她一眼，似笑非笑地问："你俩没早恋吧？"

唐星然震惊了："啥？老师说我跟萧惟早恋？怎么可能！"

唐慕笑了声："那倒也没有，让我们提醒一下你俩，高中不要早恋。"

姜静之压低了些声音，对两人说："我们也觉得不可能，你们老师太敏感了。他说看监控，你们好几天晚自习结束都在教室里待着不走，萧惟给你讲题。"

萧惟沉默。

唐星然额角抽了下，忍不住道："那我们就是在讲题呗，他不都看到监控了吗？"

姜静之笑了下："对，你爸也是这么反问你们老师的。"

唐慕摊了摊手："然后老师就懒得再跟我们说了。"

牛。

两人把唐慕和姜静之送到了校门口，路上，姜静之说："别被老师影响，你俩该讲题就继续讲题。"

唐星然:"好!我们一定好好学习!"

她心情好得过分,忍不住踮起脚在姜静之脸上亲了一下。爸爸妈妈也太好了!她觉得自己真的好幸福!

姜静之擦擦脸,笑道:"行啦,多大个人了,萧惟还在这儿看着呢。"

送走了唐慕和姜静之,她和萧惟并肩往食堂走去。

只剩下他们俩,唐星然想起刚才"早恋"的话题,才觉得有点不自在。

她挠了挠头,开始嘀咕:"你说老师怎么会觉得我们在早恋呢,不就放学之后讲讲题?很正常吧?"

"嗯。别多想。"

唐星然点了下头,不想让父母和老师多想……但她还挺想让萧惟往这个方面想想的。

两周后的周三,上午大课间跑操结束,唐星然看到萧惟往教学楼的反方向走,像是要出校门。

不是马上要上课了吗,他出校做什么?

唐星然小跑着跟了过去,叫住萧惟:"小惟,你去干吗啊?"

萧惟转了身,神情寡淡:"请假了。"他也不瞒她,"爷爷忌日,我去扫墓。"

"啊?"唐星然抓了抓头发,"你一个人吗?那我陪你去!"

萧惟看着她,沉默了一瞬:"你没请假。"

唐星然低头想了想,一时半会儿她也想不到合适的请假理由,如果跟班主任直说……他才怀疑她和萧惟有早恋倾向,怕是不一定会准假。

不如简单粗暴一点直接逃课。下节是体育课,老师也不点名,一般就是让大家自己活动,打篮球或者羽毛球。

"我马上就来,你出去之后到西边的小卖部后面等我!"没等萧惟问,她就一溜烟跑没影了。

萧惟不知道她想干吗,但出了校门之后,还是绕到了西边小卖部的后面。

没过一会儿,唐星然就小跑着出现在了栏杆内。小卖部后面一般不会有人去,而且围墙很矮。

她听姚青悦提起过,有几个普通班的男生经常从这里翻墙逃课出去玩。

她看到萧惟,笑了下:"你一会儿扶我一把。"

萧惟似乎猜到她要干吗,蹙了下眉:"唐星然,你回去上课。"

唐星然已经踩在了围墙的横杠上,一边往上攀一边说:"体育课,不去也行。"

一句话的工夫,她就已经爬到了顶,避开顶部的尖角,用手撑着,脚一迈,就翻到了围墙外面。

她小心翼翼地看着,说:"小惟,你扶……"话还没说完,就感觉后腰被一只手扶住。

唐星然不好转身,又怕会踩空横杆。

围墙不高,又有萧惟在下面,她深吸一口气,背对他直接纵身跳了下去。

她鼻尖萦绕着他身上淡淡的香味。这个姿势也不能完全算是抱,他两只手都扶在她的后腰上,用了些力怕她跌倒。只一瞬,她站稳之后,萧惟的手就放开了。

唐星然脸有些微红,一转身,就对上萧惟那张冷脸。

"还会翻墙了?危不危险,摔着怎么办?"

她扯扯嘴角,不服气道:"翻墙算什么,小时候你又不是没见过我爬树。"

萧惟揉了揉眉心,好像还真有这事。

那是他们上一年级的时候,两家家长带着他们去一个农家乐。当时,农家乐里有一片桃树,树上结满了桃子。可来的客人多,靠近地面的桃子都被摘光了。

唐星然不知道哪根筋搭错了,挑了棵矮点的树就往上爬。她刚爬上去够桃子，一个不注意没踩稳，整个人就从树上摔下来了。

摔得也不严重，没骨折，只是腿上破了皮。但她倒在地上号啕大哭，把农家乐的老板、服务员和客人全都引来了。

四个家长以为她摔骨折了，饭也没吃就开车送她去了医院。结果拍了片子发现啥事没有，给伤口消了毒就回家了。

思绪收回，萧惟看着她说："对，然后你从树上摔下来了。"

她挑了下眉，嘴硬道："今时不同往日，当时没经验，这次不就挺顺利。"

她怕萧惟再说她，催促道："快点吧，不然来不及了。"

人都出来了，萧惟最终妥协了，带她到附近的花店买了束花，一起打车去了公墓。

唐星然家里还没有老人去世，之前没来过，不过一进墓园，就被气氛影响，表情严肃起来。

她跟在萧惟身后，走到了一处墓地。

萧惟把花放下，一言不发地拿起了旁边的扫把，慢慢地把周围的枯枝枯叶都扫干净。

扫完之后，他站在墓碑前，垂眸说："爷爷，我来看您了。我现在挺好的，您不用担心。"

说完，他低头沉默了大概半分钟，转头看向唐星然："走吧。"

唐星然睁大眼睛："你就说这一句话啊？"

萧惟看着她，片刻后，轻轻"嗯"了一声。

唐星然挠挠头："我跟你一块来，你怎么也得跟爷爷介绍一下我吧。"

萧惟淡淡道："你出生的时候他就见过你。"

唐星然往前走了几步，站在了萧惟身边，对着墓碑鞠了个躬，开始说话。

"爷爷好，我是唐星然，是萧惟的……好朋友。我小时候您见过，今天我跟萧惟一起来看您。

"他话太少了，我帮他说，不然您什么都不知道。

"萧惟现在可厉害了,一直是年级第一,上学期数学竞赛还拿了全市第二。他书法也写得好看,写了两幅字挂在我们学校实验楼的走廊里,路过的人都能看见。"

……

唐星然说了二十多分钟,事无巨细,几乎把萧惟在学校的每一件事都说了。

快离开时,她又转头,郑重道:"爷爷您不用担心萧惟,我会好好照顾他的!"

闻言,萧惟看向她,轻轻抿了下唇。

打车回去的路上,萧惟一直看着窗外不说话,神情有些恍惚。爷爷去世后,萧俊和姑姑、大伯都忙着工作没赶回来,也没跟他一块来过这里。没想到第一个陪他来的人是唐星然。

已经快到夏天,车窗开着,暖暖的风从外面吹进来,夹着淡淡的花香。阳光正好,万里无云,天色湛蓝。

唐星然侧头看了眼萧惟,试探地问:"你怎么不说话?"

萧惟缓缓转头,看到阳光落在她脸上,整个人都很明媚。

唐星然又问:"是不是我刚话太多了啊……出了墓园你就一直不说话,你别生气啊,我就是想告诉爷爷你最近过得怎么样……"

萧惟看着她,弯了下唇:"我没生气。挺好的。唐星然,谢谢你。"

唐星然这才重新扬起嘴角,挠了挠头:"客气了,小惟,以后如果没人陪你,我都陪你过来!"

萧惟:"嗯,好。"

路上都是差不多的风景,唐星然看着看着就睡着了。萧惟侧过头,盯着她看了很久。

再醒来时,已经到学校门口,她揉了揉眼睛,拉开车门下车。

正要往校门走,她转头看向萧惟:"要不我还是翻墙进去吧?上课时间,门口保安会不会拦着啊?"

萧惟想了想："应该不会，试试吧。"

果然，两人都穿着校服，进门时保安也没多问。

上午的课结束，姚青悦来叫唐星然一块去食堂吃饭。

路上，她侧头问："体育课你和萧惟怎么都没在啊？你俩干吗去了？"

唐星然："哦，他家里有点事。"

姚青悦点了点头，没再多问："对了，你们这周六有安排吗？"

唐星然想了想，说："估计在家写作业吧，怎么了？"

姚青悦笑："红山商业街那边新开了家烤鱼店，我有张四人套餐的抵用券，你俩要不要一起来？"

唐星然眨眨眼："听起来不错，那我问问萧惟。"

"行。"姚青悦说，"吃完饭我们就不一块玩了啊，我和付楚准备去看个关于星空的艺术展。"

"哦。"

下午课前，唐星然跟萧惟提了这事，他没多问就答应了。

于是，一周的课上完，周六中午，唐星然换好衣服和萧惟一起出发去了那家烤鱼店。

天已经热起来，唐星然穿了条淡粉色的连衣裙，萧惟穿了件薄薄的长袖衬衫。

刚一下车，唐星然看见一辆卖冰激凌的小车，车前有好几个人挤着买。

她看向萧惟："啊，我想去买个冰激凌，你吃不吃啊？"

萧惟："我不吃。"

唐星然笑着说："行，那你等我会儿啊，那边太挤了。"

萧惟"嗯"了声，站在原地。

唐星然小跑着过去，等了好久才轮到她。

她往冰柜里瞅了瞅，扬声道："阿姨，我要一个草莓的冰激凌球，再要一个香草的冰激凌球。"

"好嘞。"卖冰激凌的阿姨抬头看她一眼,笑道,"这两个颜色跟你今天穿的还挺搭。"

唐星然:"是啊,是啊。"

"拿好啊。"

她付了钱,接过冰激凌。她一转头,看见路边有个穿着包臀裙、高跟鞋的女人在跟萧惟说话。

唐星然小跑着回去,听到那人正抿唇笑着问萧惟要电话号码。

她赶忙站到萧惟旁边,笑着抬头:"阿姨,我弟弟还没成年呢。"

女人笑了笑,不在意道:"你是他姐姐啊?看着比他年纪还小。"

萧惟默然。

女人继续道:"这个年纪正好啊。"

唐星然睁大眼:"啊?阿姨您这样……不太好吧。"

女人弯唇笑了声:"小姑娘,你别想歪了。"说着,她递了张名片,"我是纵梦娱乐公司的,我们正在招募十六岁到二十四岁之间的男孩子过来做练习生,安排各种训练,以后出道做艺人。你弟弟的外形条件真的特别适合,要不你们拿张名片,回去跟家长商量一下?"

唐星然侧头看了眼萧惟,身高腿长,那张脸确实好看得过分,往路边一杵,真的太惹眼了。

萧惟淡淡道:"不用了,我没有这方面的打算。"

女人难得在街上碰到长相这么出众的,不打算放弃。

"真不考虑考虑?我们公司培养了很多优秀的艺人,比如×××、×××还有××。你要是过来,肯定前途无量。"

萧惟听得有点不耐烦,伸手接过了那张名片,敷衍道:"嗯,我考虑一下联系您。我们现在赶时间,抱歉。"

"行,一定联系我啊!"

唐星然跟在萧惟身后,等走远了,她一边吃着冰激凌,一边问:"小惟你想去啊?她说的那几个明星我听说过,好像都挺火的,但是都没你好看。"

"不想。"萧惟嘴角弯了下,看向她,"你想我去吗?"

唐星然摇摇头:"我也不想!"

她才不想让那么多人都看见萧惟,而且做练习生肯定很忙,以后就没时间陪她了。

萧惟轻"嗯"了一声,随手把名片扔进路边的垃圾箱。

两人耽误了一会儿时间,进了烤鱼店,发现付楚和姚青悦已经到了。

唐星然笑着坐过去:"迟到了五分钟,你们没等多久吧?"

姚青悦摇头:"没事,我们也刚到。"

她在菜单上指了指,说:"套餐里有两条鱼,可以自己选口味,我们要个香辣的,再要个鲜椒的可以吗?"

萧惟坐在了唐星然旁边的位置。

唐星然摇摇头,把菜单接过来:"换一个不辣的吧,萧惟吃不了辣。"

姚青悦:"啊,好,那你们看看,把香辣的换了吧。"

唐星然翻着菜单,看向萧惟:"你想吃什么啊?"

萧惟语气平淡:"你挑吧。"

唐星然:"那要这个酱香的。"

点了菜之后,付楚招呼着给三个人倒茶水。

萧惟看了一眼,叫来了服务员,抬眸问:"有别的茶吗?或者饮料。"

付楚看向他:"你不喝菊花茶啊?"

萧惟淡淡道:"唐星然不喝。"

付楚和姚青悦对视了一眼。

服务员报了一遍饮料和其他茶,唐星然随便点了个可乐。

吃饭的时候,萧惟和平时一样,一句话也不说,慢条斯理地吃鱼。

其他三个人一边吃着,一边叽叽喳喳地聊天。

吃得差不多了,萧惟起身去洗手间。

姚青悦看向唐星然,压低声音:"第一次见萧惟穿自己的衣服,比穿校服还帅啊。"

没等唐星然说话，付楚幽怨的眼神就瞥了过去。

姚青悦轻咳了一声："嗯，那个，虽然萧惟比较帅，但是性格太差了，一句话也不说，像个闷葫芦。"

唐星然："还好吧，他吃饭一直不说话，说话就得把筷子放下。"

姚青悦"啧"了一声："你俩可真是，果然从小就认识，对方啥习惯都知道。"

付楚不服气，侧头看向姚青悦："你有啥习惯我也知道。"

姚青悦挑眉："那你说，我有啥不吃的？"

付楚想了想，没想到："你啥都吃。"

姚青悦："放屁，我不吃兔肉！"

付楚："……你也没跟我说过。"

唐星然打圆场："哎呀，这有啥好吵的，现在付楚不就知道了嘛。"

姚青悦笑了声："没吵，我们这就是，日常斗嘴。

"你天天跟萧惟在一块，肯定理解不了。他别说斗嘴了，估计多说句话都难。"

唐星然点点头。

确实，感觉萧惟从来都没跟她斗过嘴，不过那是因为他说不过她。也挺好。

萧惟洗了手回来。

等吃得差不多了，几人结账之后出了店门。姚青悦和付楚要看的展览就在附近。

分别之后，唐星然看向萧惟："要不我们也去哪儿逛逛？"

萧惟："嗯，你想去哪儿？"

唐星然挠了挠头："也不知道附近有啥……"

她环视一周，指着一个店面："那边有个陶艺坊，要不我们去做陶艺吧。

"我有经验！可以教你！"

萧惟想到那两只歪歪扭扭的陶猪，弯了下唇："行。"

陶艺坊里。

萧惟学得很快，一会儿的工夫，就做出来一个杯子。

烤制之后，到了上色环节，萧惟也没多想，就在杯子上画了个星星的图案。

唐星然想做个带花边的盘子，可最后做出来的花边奇形怪状。算了，看着也挺有艺术感。

等着烤制的时间，她坐到萧惟旁边："哇，你在画星星哎。这个杯子做好之后要不给我用？"

萧惟正要点头，唐星然又道："算了，还是你用吧。"

"怎么了？"

唐星然笑了笑，一副故弄玄虚的语气："我不告诉你！"

他用着画有星星的杯子，说不定喝水的时候就能想到她。

萧惟也没多问，继续低头上色。

最后，两人带回家了一个杯子和一个盘子，杯子做得有模有样，盘子照样歪歪扭扭。

晚上睡前，唐星然又拿出了那盒卡片，把今天的事记上去。

一盒卡片已经快被写完，只剩下几张空白的。

Chapter 7
满天星辰落地时

快到期末考试,唐星然又开始紧张。

这次考试之后要分班,她晚上回宿舍之后还会再复习一会儿。

每天晚自习结束,萧惟也会在教室里多留一会儿,等着她过来问题。

周三,萧惟给她讲完题,两人一起往宿舍走。

唐星然眼神有点困倦,打了个哈欠:"北阳一中这分班制度也太折磨人了。不过考完就放假了,虽然暑假只放不到三个星期……"

她看向萧惟:"对了,暑假你……也来我家住吗?"

萧惟:"暑假我回家住。"

"啊?"唐星然愣了下,"你怎么要回家住啊……"

萧惟解释道:"我爸下周回北阳,他们项目要暂停一个月。"

唐星然苦着脸"哦"了一声。

那暑假好像也没什么盼头了……三个星期,估计只能偶尔跟他见一面。

不像现在和寒假,每天早晚都能见到。

唉。

"你家现在住哪儿啊?"

"尚清苑。"

唐星然想了想，小声嘀咕："那还挺远的……覃阿姨呢？"

萧惟："她不回，她那边还走不开。"

"哦哦。"

进了宿舍之后，唐星然还是垂头丧气。虽然他们父子相聚是好事，但她实在开心不起来。

姚青悦已经在宿舍，正坐在床上复习语文，她抬眸看向唐星然："哎唐唐，你怎么这个表情，苦瓜脸啊？"

唐星然又叹了声气："萧惟暑假不在我家住了，我即将有三个星期见不到他。不对，是不能天天见到他。"

"喊。"姚青悦忍不住翻了个白眼。

"唉，行吧。"

唐星然吃了颗麦丽素回血。她安慰自己，没事，三个星期很快就过去了。

人一倒霉，干啥事都会倒霉。

期末考试结束那天，唐星然自我感觉还挺良好的。

下学期就要文理分科，虽然她数学、物理的压轴题没做出来，但其他题都还是会做的，留在前四十名应该没问题。

但成绩一出来，唐星然就傻眼了——第四十二名。

她的语文怎么会没考及格啊？

拿到卷子，她才知道是作文写跑题了，她花了两天时间才接受这个事实。

才在一班待了一个学期，下学期，她又要被分到别的班了？

萧惟又考了年级第一，付楚、姚青悦还都在一班。陈璐这次发挥得很好，也考进了一班。

感觉全世界只有她一个人要孤独地被分去别的班。

这次家长会是萧俊过来参加的，唐星然也很久没见他了。

唐慕和萧俊在教室门口说话，周围还有其他同学和家长，走廊里吵吵闹闹。

唐星然一出门，看到萧俊，好一会儿才认出来。

她睁大眼："哇，萧叔叔好。您怎么黑成这样了？"

萧俊看到她，蹲了些身子，笑道："这不是然然嘛，还跟小时候一样，一点都没变。不过，你怎么还没长高啊？"

唐星然默然，会聊天吗？

萧俊笑："叔叔确实是晒得有点黑，但黑得也挺好看吧？"

"……还行吧。"她太久没见萧俊，都快忘了他说话是这个调调。

看着他跟萧惟有几分相似的眉眼，唐星然越来越纳闷，萧俊这样的怪蜀黍（叔叔），怎么会生出萧惟这么冷淡寡言的儿子的？

不过，萧惟小时候性格不这样，可能是后来被萧爷爷带成这样的吧。

萧俊看着她："好看不就行了。哎，好不容易回北阳一趟，叔叔过两天请你们吃饭，你有啥想吃的吗？"

唐慕拍了下他，打趣道："这你可别问孩子。听说你们这个项目钱给得可不少，得好好宰你一顿！"

萧俊站直身子，笑了声："行，等着你拖家带口把我吃穷。"

正说着，萧惟从教室里出来。他也有三年没见到萧俊了，上次见面还是他刚上初一，那次也就匆匆过了个周末，萧俊就又赶回荒郊野岭做勘探了。

他看了眼萧俊那张几乎被晒成炭色的脸，微蹙了下眉。

萧俊看到萧惟，咧着嘴朝他笑，露出一排整齐的白牙，重重在他肩膀上拍了一下。

"哎哟！萧惟，人模人样的啊！"

萧惟难得翻了个白眼。

这次家长会，班主任没让学生在教室待着。

唐星然和萧惟一起往宿舍楼走，收拾放假要带回家的行李。

唐星然侧头，苦着脸说："下学期我又要被分走了……作文怎么就能写跑题了呢，我写的时候没觉得跑题。"

萧惟语气里没什么情绪，提了个建议："假期多看点作文书吧。"

"……哦。"

唐星然挠挠头，小声道："那下学期我们就不在一个班了……"

"嗯。"萧惟想了想接着说，"没事，如果有题不会，你还可以晚自习结束来找我。"

唐星然抿了下唇，感觉心情因为这句话好了一半。

她忍不住想得寸进尺，看向他："那要是我假期有不会的题呢？"

沉默了半晌后，萧惟说："可以打电话问我。"

打电话……也行吧。

唐星然点头，"嗯"了一声。

唐星然弯了下唇："那放假之后，如果没事，我可以叫你出来玩吗？"

萧惟："玩什么？"

她摸了下鼻子，思索着说："就，我也没想好，说不定看到什么好玩的就叫你了？"

萧惟看了她一眼，平静道："嗯，看具体安排。"

唐慕和萧俊都开了车来，家长会结束，两人带着孩子各回各家。

把行李箱放进后备箱，唐星然上车坐在后排，看见旁边的位置空空荡荡，心里有些失落。

她不由得叹了声气。

唐慕从车内后视镜里看了她一眼，安慰道："没事，在哪个班都一样，别太有心理压力。

"这次是作文跑题了，语文才没考好。这个我和你妈擅长，假期在家多给你讲讲，下次考完分班就又回去了。"

唐星然："……好。"

不提这事还好，想起来下学期要分班的事，唐星然更惆怅了，假期见不到萧惟，下学期也不能天天见。

·244·

唉。

到了小区门口，唐慕把车停到路边，带她去书店买了几本作文辅导书。

假期第一天，唐星然早早就醒了。

洗漱过后，她习惯性出了房间往客房走，才想起萧惟已经回自己家住了。随便吃了几口早饭，她在客厅转了两圈，总感觉浑身上下哪儿哪儿都不舒服。

唐慕正坐在沙发上看新闻，瞅了她一眼："然然你吃多了啊？家里就这么大，要不你出去散散步？"

"我没吃多。"唐星然眼珠转了转，"对了，萧叔叔昨天不是说要请我们吃饭？什么时候吃啊？"

唐慕笑了一声："你想见萧叔叔了啊？哎，确实好多年没见了，现在他晒得跟块煤炭似的，我昨天都差点没认出来。"

唐星然回忆着点了点头："确实挺黑的。"

唐慕想了想："估计，最快也得过几天了吧。他昨天刚到北阳，学院里有事得处理，还有家里人和同事要见。老萧现在是大忙人，我约他都得排队，我们等着他叫吧。"

唐星然咬了下唇："哦，好吧……"

萧俊暂时指望不上，唐星然回屋看了一会儿作文书，忍不住拿出手机给萧惟发短信。

凡事还是得自力更生！

想了半天，她也没想出什么有意义的话题，最后发了句最没意义的话：小惟，你在干吗？

点击发送之后，她把手机的铃声音量开到了最大。

等回复的时间，她心不在焉地翻着作文书。

过了二十多分钟，她终于听到了短信提示音。

萧惟：在写题，怎么了？

唔，怎么了？

好像也没怎么。

唐星然嘴角微微扬起,准备把闲聊模式贯彻到底:怎么放假第一天就在写题啊,你都不休息两天?

接着,又是一条:不过我也没休息!我在看作文书,是不是很刻苦?

这次,没过一会儿就收到了回复。

萧惟:嗯,很刻苦。数学竞赛的决赛在开学前,我在做竞赛的题。

唐星然舔了舔唇,问:哪天考啊,也在北阳一中考吗?

萧惟:对。8月20日。

唐星然决定还是不打扰他学习,又回了条短信叫他好好复习。

午饭时,姜静之从学校回来。

唐星然听到唐慕和姜静之在聊什么M国哪所学校的导师招博士,还有什么申请材料的事。

唐星然插嘴,随口问:"谁要去M国读博士啊?"

唐慕看她一眼,笑道:"我和你妈啊。"

唐星然睁大眼:"啊?你们不是有博士学位了吗,怎么还要读?那你们去M国了,我怎么办?"

姜静之拍了唐慕一下,跟她解释:"这八字还没一撇呢。我和你爸都没有国外留学的经历,可以申请学术休假,出国再去读个学位。不过就是先看看,也还没定呢。"

唐星然蹙眉:"那你们就留我一个人在这儿啊?而且,你们不是中文系的吗,出国读中文?"

姜静之笑了下:"计划是读比较文学。还不一定去呢,得看有没有合适的学校和导师,你放心,我们肯定不会撇下你不管的。"

唐星然板起小脸继续追问:"要是你们出国了,也要把我带上?"

姜静之:"那肯定啊。不过你先别想这事,我们看了好几所学校都不合适。"

唐星然:"……哦,行吧。"

午饭之后，唐星然回了房间。

她拍了拍床头那只白色泰迪熊的脑袋，又走到窗边，看着窗外绿油油的树尖发呆。

虽然姜静之让她先别想，但她怎么可能不想？

这多大个事啊！

她出国是接着念高中吗？他俩想读个学位，而且是读博士学位，那没个三年五年也读不下来吧。

如果真去了，那她岂不是要在国外把大学也读了？等她回来，黄花菜都凉了啊！说不定萧惟的孩子都能上街打酱油了。

她又不能劝唐慕和姜静之别去，这是阻碍他们进步，但他们肯定不会让她一个人留在北阳上高中。

唉……

这一刻，唐星然心情极差，左也不是，右也不是。

她只能祈祷去年的生日愿望成真，祈祷萧惟会喜欢她，而且会一直喜欢她。

如果她真的要出国念书，希望萧惟可以稍微……等她几年。

之后的三天，唐慕和姜静之都没再提过出国的事。唐星然愁着愁着，就暂时把这事抛在了脑后，兴许确实没有合适的学校能让他们去？

早饭之后，唐星然正窝在房间看动漫，唐慕过来敲了敲门。

"然然，穿衣服准备出门吃饭。"

唐星然把动漫暂停，站起来开门，探着脑袋问："啊？去哪儿吃啊？"

唐慕笑了下："你萧叔叔请我们去吃日料。"

唐星然眼睛一亮："好！我马上！"

她换上前两天姜静之给她买的新裙子，照了下镜子，火速冲出门换鞋。

吃饭的地方不远，开了十多分钟的车就到了。姜静之有篇论文着急修改交稿，没跟着一起来。

进了包间，唐星然嘴角高高扬起。

萧惟今天穿了一件白色衬衫，浅棕色裤子，盘腿坐在榻榻米上。

唐慕拍了下萧俊的肩膀："老萧，总算在你这儿排上号了啊。"

萧俊瞅他一眼："今天一闲不就给你打电话了？前几天每天都陪着院里的老领导吃饭，你又不是不知道我们院里那几个老头。"

寒暄了几句之后，唐星然学着萧惟的样子盘腿坐在了他对面。她抬眼看了他一会儿，几天没见，感觉他好像又变好看了点。

包间的灯光是暖黄色的，恰好柔和了他清冷的面容，他薄唇轻抿着，颜色红润，原本冷白的皮肤也被映成了暖融融的颜色。

萧俊从斜对角瞅了唐星然一眼："然然，萧惟有这么好看啊？你都盯着他看半天了。你信不信，叔叔上学的时候比他还好看，学校里的女生都排着队追。"

唐星然的脸"唰"地红了。

她摸了下鼻子，移开视线道："他就坐我正前方，我这一抬头不就正好看着他。我总不能一直歪着头吧！"

萧俊笑了两声："没事，你看就看呗。小时候你天天追着萧惟屁股后面跑，还说长大了要嫁给他当老婆呢。"

唐星然、萧惟两人对视一眼，又马上都移开目光，表情都有些不自然。她早该想到，这尴尬的话题肯定会被萧俊提起。

唐星然不甘示弱，当即决定怼回去："那是童言无忌，我早都忘了！"

萧俊："童言无忌？哦，然然现在不喜欢萧惟了啊，喜欢别的男生了？"

她深吸一口气，看向唐慕，瞪着眼睛说："爸！你看萧叔叔，他欺负我！"

唐慕笑了声，看向萧俊："老萧你怎么回事，这么大年纪了还欺负小孩？"

"不过你可别提这事了。期中考试的家长会，他们班老师还把我们叫到办公室说他俩早恋的事呢。"

萧俊微怔了一瞬,随即笑开,侧头看向萧惟:"你俩真早恋啊?萧惟,这我就得说说你了,你下手也太早了吧!你老爸我都是大学才跟你妈谈的恋爱。"

萧惟默然。

唐慕赶忙替他们澄清:"没有的事,他们班主任在那儿瞎担心。孩子放学留教室里讲两道题,老师就担心他们早恋。"

这时,服务员敲门进来上菜。

唐星然长舒一口气,尴尬的话题终于可以结束了。萧俊这人真是太可怕了……他就是个行走的尴尬气氛制造机!

上的菜是寿司和刺身,大部分鱼肉都是生的。

唐星然之前没吃过,看着粉红的一片,尝试着夹了一块送进嘴里。

"呃……"吃不惯。

萧俊看她拧着眉头,几乎把"难吃"两个字写在了脸上。他提醒:"然然,你蘸那个碟子里的芥末,直接吃是有点腥。"

"哦。"

唐星然又夹了一块,蘸了芥末送进口中。

"呃!"

她觉得自己鼻子像是被捅了,还不如不蘸呢。

萧惟也一直没动筷子,侧头看向萧俊:"能点几个熟的吗?"

萧俊:"这就是你不会吃了,这家店最出名的就是这些。"

萧惟直言道:"吃不惯。"

"行吧行吧。"萧俊很不情愿地按了桌上的传唤铃,叫服务员又拿了菜单进来。

菜单递到萧惟手上,萧惟径直给了唐星然:"你先看吧。"

萧俊笑了声:"哎,萧惟,你现在还挺有绅士风度啊……"

萧惟出声打断他:"你少说两句吧。"

萧俊:"行行行,我还不爱跟你说呢,几年没见你现在跟个闷葫芦似的。我去跟老唐聊天!"

萧惟无语。

身边，萧俊跟唐慕边吃着刺身，边聊学校和工作上的事。

唐星然低头翻了翻菜单，最后点了几串烤串和鳗鱼饭。萧惟要了份和她一样的。

吃饭全程，萧惟说了不到十句话。

唐慕和萧俊的话题唐星然也插不上，默默低头吃东西。

从餐厅出来，萧俊撑得不行，看了看三人，提议："时间还早，要不我们去爬山吧！"

唐慕抬眼看了看，问："老萧，今天36℃，你疯了吧。"

萧俊不以为然："36℃算凉快的了，我回来之前都在沙漠里，热得沙子上都能煎鸡蛋！"

他看向唐星然："然然想去吗？趁着年轻，得多亲近大自然。"

唐星然想了想，爬山她没什么兴趣，但能跟萧惟多待一会儿也挺好，虽然今天确实很热。

她点点头："行，那就去爬山吧。"

萧俊得意地瞅了眼唐慕："老唐，那你自个儿回去吧，我带着然然和萧惟去爬山。"

唐慕笑了声："那我也去呗，陪然然一块。"

两辆车往郊外驶去，开到了枞山山脚下的停车场。日头太毒，唐星然从车里拿了把遮阳伞，打着伞往山上走。

唐慕和萧俊走在前面，她和萧惟跟在后面。

她看向萧惟："你爬得动吗？"

萧惟点头："嗯。"

上山有步道，四人顺着台阶往上走。

萧俊时不时回头，给他们科普这是什么石头、土质怎么样。

爬到一半，唐星然已经满头大汗。

萧惟看了她一眼，问："要我帮你打伞吗？"

她停下脚步，心跳更快了些："可以吗？"说着，就已经把伞柄递了过去。

萧惟淡笑了下,接过。他比唐星然高很多,给她打伞丝毫不费力,只用举过自己头顶。

唐星然虽然爬得很累,但还是想跟萧惟说话:"你之前来过这儿吗?"

萧惟:"没有。"

唐星然:"我也没来过。你这几天在家都在做竞赛题吗?"

萧惟:"嗯。"

"是不是很难啊?"

"还好。"

"你早上还是六点多起床吗?"

"嗯。"

…………

聊了一会儿之后,唐星然觉得聊天进行不下去了。她就好像一个记者,跟萧惟完全就是访问式聊天。

她瞥了他一眼,没好气道:"你就不能主动找点话题,我都说累了!"

萧惟觉得,爬山就好好爬山,也不用刻意找话题聊,但唐星然这么说了,他想了想,看向她:"嗯……那你前几天在干吗?"

唐星然这才又开心起来,喋喋不休地开始说她前两天看了什么动漫,讲的是什么;唐慕昨天在菜市场买到了一条死鱼,一吃她就发现口感不对;邻居家的狗走丢了,在小区里贴了好多寻狗启事,可是没贴照片……

萧惟笑了下,好像也不用他找话题,问个问题,唐星然就能一直说下去,还挺可爱的。

下了山已经是下午,回到停车场,几人各回各家。

又过了几天,唐星然登 QQ 的时候,跟姚青悦聊天。

姚青悦:我昨天在夜市遇见付楚了。

姚青悦:你怎么样啊?你跟萧惟见面了吗?

251

星星糖：上周我们去爬了个山，家长带着。

唐星然想了想，问：我其实还挺想叫他出来的，但又不知道能去哪儿……

星星糖：光吃个饭就回家，感觉好像有点没意思。

姚青悦：要不你们也去看那个星空的展？上次效果不错，我听说这两天又重新开了。

姚青悦：我给你找找啊！

一会儿后，唐星然收到了一张星空展览的电子海报。

还挺适合他们一起去看的。

她拿出手机，给萧惟发了条短信，问他明天有没有空一起去看星空展。

发完，她去客厅的柜子里拿零食。路过餐桌时，她看到桌上有一沓纸质的文件，上面都是英文。

她马上想起了之前唐慕和姜静之说的出国的事。

她停住脚步，从桌上拿起了那沓材料。

唐星然英语还不错，大致读懂了内容，是M国一所大学的博士申请材料。

上面是唐慕的，下面是姜静之的。

唐星然眉头蹙起，都忘了拿零食就回屋了。

如果她要出国读书……她真的会很舍不得萧惟，只能趁着最后的时间多跟他相处……

因为唐慕和姜静之决定了，说不准哪天就给她办退学了，到时候，也许连个好好告别的机会都没有。

唐星然心想，在她出国之前，是不是应该给萧惟准备一个难忘的惊喜，也当作短暂告别的仪式……

正想着，手机响起了一声短信提示音。

萧惟回了她一个字：好。

唐星然想了想，打了个电话过去，那端很快就接起。

萧惟："怎么了？"

唐星然："那明天我们几点过去？"

萧惟："都可以，你想几点？"

唐星然想了想，提议："要不我们先在外面吃个午饭，然后再一块儿去看展。这个展离上次那家烤鱼店好像挺近的，附近还有挺多餐厅。"

萧惟："好。"

约定了时间之后，唐星然还是不舍得挂电话。她没跟萧惟说"拜拜"，他那边也没挂。

沉默了半晌之后，萧惟问："还有别的事吗？"

唐星然叹了声气，小声道："也没有……就是、就是……"

萧惟："就是什么？"

唐星然："就是好久没见你了。"

没头没尾的话，电话两头又都安静了一会儿，传来萧惟低沉的声音："上周才见过的。"

唐星然撇撇嘴，很小声地说："就是感觉，很久了。之前天天都能见到……"

五秒之后，萧惟"嗯"了一声，说："那明天见。"

"好。那……我先挂了，明天见。"

"嗯。"

挂了电话，唐星然转头看着那只白色泰迪熊，居然鼻头有点酸。她吃了颗麦丽素平复心情，又从抽屉里拿出了那张卡片。

　　8月13日，我一点也不想出国，出国就见不到萧惟了。我肯定会……很想很想他。

晚上又没睡好，第二天，唐星然起床时眼下有些乌青。

快到约定的时间，唐星然换了衣服出门，打车去了星空展览馆附近，还没下车，就在路边看见了萧惟。

他就在上次的位置，唐星然还记得他上次在这里被什么娱乐公司的人要联系方式。

　　给司机付了钱,她下车后,笑着朝萧惟招了招手。阳光映在他那张过分好看的脸上,好像整个人都在发光。

　　两人并肩在路上走着,唐星然看到一家粤菜馆,停住脚步:"要不我们吃这个吧?"

　　萧惟:"嗯,可以。"

　　吃了饭,他们一起去了星空展的展厅。

　　展厅很大,唐星然原本以为是个画展,到了之后才发现不只是画展,还有一些雕塑、手工艺品,甚至是在屏幕上播放的动画。

　　走到一半,她看到了一张凹凸不平的画,画在一个又一个三棱柱的侧面。

　　乍一看就是一张平平无奇的画,蓝色的底,上面画着一颗颗黄色的星星。

　　等她走过去,才发现这张画的不同之处。它表面的凹凸会给人造成错觉,从它面前走过,就好像那张画会动。从左往右走,可以看到画上的一颗颗星星从空中落下。从右往左走,看到的却是星星从地上升到空中。

　　"哇!"唐星然来回走了两遍,转头看向萧惟,"小惟,你看到了吗,这个画会动!"

　　萧惟语气没什么起伏,点了下头:"看到了,挺特别的。"

　　唐星然又来回走了两圈,脑子里灵光乍现。

　　她真是个天才,制造惊喜的方式这就被她想到了!

　　星星对两个人来说算是有特殊含义。

　　军训的时候两人一起看过星星、她名字里也有个"星"字、萧惟还做过一个画着星星的杯子、今天两人一起来看了星空展……

　　她要在繁星满天的夜空里,让星星轻柔地落在他头上!

　　然后,在空中给他一个分别前的惊喜。

　　唐星然越想越激动,觉得这世界上一定没有比这更令人难忘的告别仪式。

这个计划至少分为四个部分：**繁星满天**、**夜空**、**让星星落在他头上**、**在空中露面**。

北阳市晚上基本看不到几颗星星，至少从唐星然出生到现在，都没见过市里哪天晚上符合"繁星满天"这个画面。

星星也不可能真的落在他头上，否则肯定会砸死人，所以只能用人造"星星"。

至于其他几个，都不难解决。

唐星然认真计划着这件事，心不在焉地看完了展览。

出了展厅，萧惟看向她："回家？"

唐星然笑着点了点头："好，打车吧！"

两人去了路边，萧惟先帮她拦了一辆车，拉开车门送她上去。

他平淡道："到家记得发条短信。"

唐星然随口应了一声"好"，脑子里还在想她的计划。

车停在了小区门口，下车后，她去了附近的一家文具店。

她在里面转了两圈，买了一大包金光闪闪的卡纸、几样做手工的工具、金色的马克笔和一把看起来很坚固的长柄黑伞。

回家之后，唐星然一头扎进了房间，开始做准备工作。

先在金色卡纸的背面画上一颗又一颗小小的五角星，画了大概两百多颗，正准备裁下来，唐慕敲了敲门叫她出去吃饭。

饭桌上，唐星然还是心不在焉，一边吃着饭，一边时不时还弯一下嘴角。

唐慕叫了她两声："然然，吃饭发什么呆，小心呛着。"

唐星然回过神："啊？哦，怎么啦？"

唐慕和姜静之对视一眼，说："我们下下周要出国，就是你开学之后第一周，你周末先在学校住着。"

"好。"唐星然突然反应过来，抬头问，"出国？是你们要去找学校？"

唐慕正准备说，姜静之拍了他一下，说："出去随便看看，你开学之后就好好上课，先别想这事了。"

唐星然"哦"了声，没再多问，估计姜静之是怕她以为自己要出国了，在学校不好好听课，想等事情最后确定了再跟她说。

饭后，唐星然回了房间裁星星，姜静之和唐慕一起进了书房。

关上门，姜静之瞥了唐慕一眼："先别跟然然说这事，马上开学了，孩子都没心思学习了。"

唐慕："也是，我们这事还不确定呢。不过然然跟着我们出国读，能适应得了吗？我昨天还在想，要不我们等她上大学了再出国？"

姜静之叹了声气："我也挺纠结。可是难得有同一所学校的两个教授同时有博士名额了，还对咱们国家的文学感兴趣，愿意收。"

唐慕："也是，等然然开学我们先去与教授见一面再说吧。去不去的，等回来之后再决定。"

唐星然刚回到房间，就看到手机上有三个萧惟的未接来电。

哇，萧惟主动给她打电话！

她马上扬起嘴角，回了过去。

电话马上就接通，唐星然语气里带着笑意："怎么啦？"

萧惟："让你到家发短信给我。"

唐星然拍了下脑袋，光想着制造惊喜的事，把萧惟的话忘得一干二净。

她不好意思道："哎呀，我给忘了。到了到了，刚去餐厅吃饭，手机放房间里了，也没听到手机在响。"

萧惟语气里听不出什么情绪："嗯，到了就行。"

他顿了顿，说："没别的事了，那我挂了。"

唐星然："……好，拜拜。"

她放下手机，心里感觉还挺不错的。

虽然只是礼貌性的关心，但关心的对象是萧惟，就让她觉得跟普通的关心是不一样的。

她坐回桌前，继续拿着剪刀裁星星，一口气裁了两百多颗，窗外的天色已经黑透了。

唐星然勾了勾唇,已经开始想象这两百多颗"星星"从天而降,在灯光下落在他四周的画面了。

一定很美。

往后的几天,她又做了别的准备工作。她把星星放在一个纸包里,在网上搜索教程做了一个简易的机关。

她用金色的马克笔在黑伞的内侧也画满星星,最后把装星星的纸包粘在伞里,把绳头留在伞外,这样一来,只要她撑开伞,然后拉动那根绳子,星星就会落下来。

完美。

开学前两天,唐星然坐在房间里赶作业。

"萧萧"和"惟惟"正被她挂着打工。她看了一眼电脑右下角的时间,8月19日。

唐星然想到明天就是数学竞赛决赛的日子,拿出手机给萧惟发了条短信:小惟,你还在做题吗?

十多分钟之后,听到了手机短信的提示音。

萧惟:嗯。

唐星然想了想,问他:要不我明早过去给你加油吧,我午睡的时候梦到了幸运女神,过去给你传递好运。

另一边,萧惟看着她发来的短信,嘴角弯了下:不用。就当我已经收到了。

唐星然:明早几点开始考啊?

萧惟:上午九点。

唐星然大概算了一下时间,九点开始考,差不多八点半就要进考场。

她如果八点去学校门口等着,应该能看见他。

这一周,唐慕和姜静之两个人总是在书房里待着。加上下周两人要出国的事,唐星然隐隐感觉说不定自己真的要跟着他们出国读书了。

跟萧惟见面的时间一下就变成倒计时模式,见一次少一次。

这个数学竞赛萧惟准备得很认真,对他来说这应该是件重要的事。在她离开之前,陪他一起经历这些重要的事,也许,他就不会太快忘记她。

唐星然换位思考了一下,就算两人只是普通朋友关系,如果有朋友在她比赛前特地赶过去给她加油,不管怎么说,她都会觉得开心的。

第二天,早上七点的闹钟准时响起。唐星然没赖床,火速洗澡换衣服之后,就出了房间去门口换鞋。

姜静之和唐慕刚做好早餐端出厨房,看到她这么早要出门,愣了愣:"然然,去哪儿?"

唐星然一边穿鞋一边说:"我……去趟学校。"

唐慕看着她问:"去学校?不是明天才开学吗?"

唐星然:"那个……我有个作业落宿舍里了,我去拿一趟。"

唐慕站起身:"哦,那我开车送你去吧。"

唐星然换好鞋,心虚地摸了下鼻子:"不用不用,我自己去就行。"

唐慕:"吃了早饭再去呗,急啥?"

唐星然:"……明天就开学了,我怕写不完。哎呀,你们别管了,我马上就回来。"

姜静之也走过来,往她手里塞了一袋花生酱夹心的吐司。

"那你带着吐司路上吃,早上不吃饭小心低血糖。"

唐星然接过吐司,应了一声就关了门跑去小区门口打车。

到学校时还不到八点。北阳一中还没开学,参加数学竞赛决赛的学生也不多。

学校门口空空荡荡,偶尔有一辆车停在路边,家长送学生下车进去考试。

每次有车停下,唐星然就盯着看下车的人是不是萧惟。终于,等了二十多分钟之后，一辆出租车停在路边，熟悉的身影从车上下来。

身形颀长，神色清冷。

唐星然勾起嘴角，小跑着去了路边。

萧惟看见她，明显愣了下："你怎么在这儿？"

唐星然抬头看向他，笑着说："我来给你传递幸运呀！小惟，你一会儿别紧张啊，幸运女神保佑你'考的都会，蒙的全对'！"

沉默了一会儿后，萧惟笑了下。

清晨的阳光明媚又不刺眼，照在她脸上。少女个子小小的，一头乌黑的鬈发扎成一个蓬松的高马尾，眼睛睁得大大的，正仰着脖子冲他笑。

他心里痒痒的，顿时很想抬手去摸摸她脑袋。手抬了一半，他又不动声色地放下，握了下拳。

"谢谢，不过，你这保佑有逻辑问题。"

唐星然露出困惑的表情，眨了眨眼："……啊？什么逻辑问题？"

萧惟声音轻轻的，看着她认真说："'考的都会，蒙的全对'。如果考的我全都会，那就不用蒙了。"

"哦……"唐星然笑了一声，"也是，那就只保佑你，考的全会。"

萧惟淡笑了下："嗯。"

"那你快进去吧，别迟到了。"唐星然看了一眼手里的吐司，"对了，你吃早饭了吗？"

不等萧惟回答，她就把吐司塞进他手里："你拿着吧，说不定一会儿会饿。快进去吧！"

萧惟低头看了看手里的吐司，"嗯"了一声："谢谢，你快回家吧。"

唐星然笑着摆摆手："跟我就别这么客气了，进去吧。"

"好。"

进了考场，萧惟撕开了那袋吐司，坐在位置上吃。

花生酱夹心的，甜度也刚刚好。

第二天开学，唐慕和姜静之把唐星然送到学校之后就带着行李去了机场。

唐星然又像高一刚开学时一样，挤到公告栏那边看分班名单。

她又被分到了三班。

可这次开学之后，她的心情好像并没有因为分班变得很差。人的快乐果然是通过比较得到的。上学期期末考试完，她还觉得不在一班就是离萧惟很远了，但知道了她可能会出国的消息之后，她觉得三班距离一班好像也没那么远，至少还在同一个学校，而且在同一层楼。

三班的老师还是那几个熟悉的老师。

上了半天的课之后，下午唐星然带上了提前准备好的那把黑色长柄伞，开始计划惊喜的事。

现在是夏天，大概到了晚自习结束，外面的天才会完全黑。

教学楼侧面就是通往宿舍的那条路，有一个窗口外面正好是盏路灯。

大课间的时候，唐星然上了二楼，看到窗口没有护栏，而且高度很矮，她可以爬上去。

目测窗口离地面差不多三米，高度正好合适，太高的话"星星"反而不会落得那么密集。

等晚自习一下课，唐星然就爬到窗台上，把伞伸出窗外，然后等萧惟差不多到了，她就拉动绳子，让星星落下去。

当萧惟抬头看的时候，她就可以在二楼窗口探出身子，打着那把画着星空的伞，跟他说："我很快就要转学出国了，不过，我不会忘记你的。"

回忆了一下上学期萧惟的行动路线，晚自习下课，他就是走这条路回宿舍。

这个窗口也正好能看见下面的人，等她看到萧惟之后，就可以实施计划。

好不容易熬到了晚自习，开学第一天作业不多，写完之后，唐星然就趴在桌子上发呆。

铃声一响，她也没着急收拾书包，火速带着那把伞上了二楼。

她趴在窗口，目不转睛地看着从那条路上走过去的每一个人。

一拨又一拨的学生背着书包走过，终于，十五分钟之后，她看见了目标。

也许是天热，萧惟把校服外套拿在手上，单肩背着书包走了过来。

从唐星然这个视角看，暖黄色的灯光落在他的头上，好像整个人都在发着光。

估算着萧惟差不多就要走到窗口，唐星然深吸了一口气，拿着伞，爬上窗台。

可窗台实在太窄，还没等她撑开伞，一伸手的工夫，整个人就失去了重心，两只脚完全稳不住。

还没等她反应过来，她自己就先从窗口掉了下去，整个人摔在了地上，左腿和左胳膊先着地。

"咚"的一声巨响。

那把还没来得及撑开的伞也被扔在了一边。

一瞬间，浑身上下唯一的感觉就只剩下左腿和左臂的剧痛感。

从来都没这么疼过……唐星然眼睛马上就红了，眼泪夺眶而出。

她倒在地上，突然被一道细长的阴影笼罩，她缓缓抬头，豆大的泪珠还挂在眼角。

萧惟站在她面前，冰山般的脸上出现巨大的裂痕，语气里带着浓浓的担忧和诧异。

"唐星然？"

路上还有别的学生下晚自习，也走在这条回宿舍的路上。

紧接着，唐星然就听到不远处有人大声喊："啊！天啊！有人从楼上摔下来了！"

萧惟蹲下身看着她。

很快，两人周围聚集了一圈围观的学生。

唐星然抬眼看到萧惟那张脸，有些心绪，加上胳膊腿实在太疼，脑子里一片空白，哭得更凶。

萧惟低头看了眼，唐星然一条胳膊肘和腿侧都破了皮。

他眉头紧蹙着，轻声问："还能动吗？"

唐星然没动弹，但觉得她肯定是动不了。她眼眶里盈满了泪水，咬着牙，摇了摇头。

萧惟看着她，神色复杂："去医院。"

唐星然哽咽着"嗯"了一声，能动的右手死死抓着他的胳膊。

这时有晚自习值班的老师过来。

老师让围观学生都回去，但萧惟还在唐星然身边没走。

老师这才见到躺在地上的唐星然，情况紧急，她怕唐星然出什么事，也管不了这么多，蹲下身问："同学你叫什么名字？是哪个班的？现在感觉怎么样？"

萧惟先替她说了名字和班级，随后道："她的腿动不了了，可能骨折了。老师，先帮忙叫下救护车？"

老师立马打电话叫救护车。

等救护车来学校的这段时间，唐星然大脑逐渐恢复运转。

她真的好蠢，世界上还会有比这更令人尴尬的事吗？她到底是怎么想到这个馊主意的！她的手还紧紧捏着萧惟的胳膊，眼泪"吧嗒吧嗒"控制不住地掉。

萧惟拿出一包餐巾纸。他低头看了看，唐星然一只手动不了，另一只手抓着他不松开，想了想，抬手帮她轻轻擦了眼泪。

"是不是很疼？"

唐星然看向萧惟，因为泪水还在眼眶里打转，萧惟在她眼里变得模糊。

她点了点头，又摇摇头，哽着声音问："你陪我去医院吗？"

萧惟："嗯，我陪你去。"

萧惟又看了眼旁边，思忖着问："这把伞是……"

唐星然忍着痛说："……啊，那不是我的，谁不小心扔这儿的吧。"

老师刚叫完救护车,就一直在一边打电话,给校领导、唐星然的班主任汇报说明情况。

又过了一会儿,远远听见校外传来救护车的声音,伴随着黑夜里闪烁着的红色车灯,救护车缓缓驶进了学校。

唐星然被抬上救护车,刚才的老师也跟着去。

萧惟坐在旁边静静看着唐星然,眉头微蹙。

老师也看着她,半晌后,说:"同学,站那么高多危险啊,你现在还年轻,万一摔出个好歹,后半辈子怎么办。"

唐星然咬了下唇,没说话……

但如果真要解释今晚她为什么会摔下来,不小心摔下楼这理由都比她要在满天"星辰"落地时跟萧惟告别听起来更正常。

唉。

很快就到了附近的医院。

萧惟和老师陪着唐星然先去拍 X 光。片子出来,靠近手肘有一处骨折,小腿也有一处骨折。

去了诊室,给伤口消了毒、给骨头复位之后,手肘打了石膏固定,腿上用了夹板固定。因为腿上的骨折处肿得比较厉害,需要抬高患肢促进消肿。

唐星然被安排住进了一间病房,受伤的那条腿被吊了起来。

来来回回在医院折腾了快两个小时,吃了止痛药之后,唐星然感觉好了一些,眼泪也终于止住了。

老师出了病房去接电话,于是,病房里就剩下他们两个人,萧惟坐在唐星然床边的椅子上。

他看向她,问:"怎么回事?"

唐星然抿了下唇,小声道:"我……就是不小心从窗户摔下来了。"

萧惟蹙了下眉:"你到二楼窗户那儿干什么?"

对哦，她下晚自习不回宿舍，去二楼窗户那儿干什么呢。

唐星然张了张口，很心虚地又撒了个谎："就是……看风景。"

萧惟显然不信，看着她："看风景？"

她现在脑子还乱着，实在想不到什么好理由来圆这件事。

唯一清楚的就是，千万、绝对、必然不能告诉他实话！不然真的太尴尬了，而且萧惟肯定会把她当成大傻子。

唐星然撇了撇嘴，一着急，鼻头又有点酸："小惟……你就别问我了，反正就是不小心摔下来了！"

萧惟正准备张口，两人都听到病房外传来一阵急促的脚步声和说话声。

紧接着，门被推开。

唐星然看着眼前的"大场面"，眼睛越睁越大——校长、几个副校长、教导主任、三班班主任……

这阵容都堪比学校里百日誓师、毕业典礼这种重大活动了。但这些人，居然大晚上出现在了她这间病房。

校长是个五十多岁戴着眼镜的男人，走在最前面，到了唐星然的床边。

他低头看着唐星然，一脸关切的表情："唐星然同学，现在怎么样？医生怎么说，伤得严重吗？"

他又侧头看向三班班主任杨老师："通知家长了吗？"

虽然这些事情值班的老师都跟他汇报过，但为表关心，他再问一遍唐星然本人。

杨老师："刚没打通电话，我再去打一个。"

唐星然咬了下唇。

唐慕和姜静之这会儿应该刚到M国，知道消息肯定会回来看她。

唐星然深吸一口气，看着校长说："老师，我没什么事了……就是没站稳，从窗户往外看的时候摔下来了。刚医生说骨折了，但不算严重。"

校长看着她，表情缓和了不少："那以后得注意安全啊。"

他看向其中一个副校长:"二楼走廊的窗户还没安装护栏吗?我们去年开会不就说过这个问题,学校里最重要的问题就是学生的安全问题。"

"是是,我明天就催校务的人把护栏装上。"

校长又问了几句话。

杨老师拿着手机进来,走到床边:"唐星然,你妈妈电话。"

唐星然抿了抿唇,伸出没骨折的那只手接过手机。

姜静之语气很着急:"然然,你现在怎么样啊?"

唐星然又说了一遍情况,她是不小心摔下来的,骨折了但不严重。

姜静之:"怎么这么不小心啊?我们飞机刚刚落地,那我们现在买票回去吧,我叫你小姨先去医院照顾你。"

唐星然看向萧惟,蹙了下眉:"不用叫小姨过来了,现在太晚了。医院里有护士,而且……萧惟也在。你们忙完事情再回来吧,我就是骨折,不严重。"

姜静之:"萧惟也在吗?那你把手机给他。"

唐星然:"哦,好。"

萧惟接过手机。两人离得不算近,唐星然听不到姜静之在说什么,只能听到萧惟说的话。

"姜阿姨。"

"没事,不影响,我在医院待着。"

"嗯,我请两天假。"

"不会耽误,没事。"

"他又去出差了。"

"好,没事的。"

萧惟又把手机给唐星然。

姜静之又叮嘱了几句,说他们刚查了票,最早一班飞机也得两天后,这两天麻烦萧惟先在医院照顾她,他们两天之后回北阳。

交代完,姜静之又让唐星然把手机给班主任。

几个副校长像领导谈话一样挨个关心了一遍,又过了快一个小时，一群人才乌泱泱准备从病房离开。

杨老师看了眼萧惟:"唐星然的妈妈说拜托你在这儿陪着她了,有事就给老师打电话。"

萧惟"嗯"了声:"谢谢。"

一道关门声响后,病房里终于安静了,萧惟抬头看了眼表,已经快深夜十二点。

唐星然转头看向旁边的陪护床:"那你……睡这儿?"

萧惟:"嗯。"

片刻后,他问:"还疼吗?"

唐星然小声道:"一点点……没刚摔的时候疼。"

萧惟微点了下头,又问:"饿吗?如果有想吃的东西,我去买。"

唐星然:"没有……不知道这里有没有洗漱用品,我想洗脸刷牙。"

萧惟站起身:"我去问问。"

又是一声门响,唐星然长舒一口气。

她看着自己被吊起来的腿,突然觉得,好像这结果也不算太差。

萧惟留在医院陪她,至少两天。

过了没多久,萧惟回来,身后还跟了一个护士。

护士走到床边,说:"我扶你去卫生间洗漱。"

唐星然眨了眨眼:"好,谢谢姐姐。"

两人轮流洗漱完,萧惟脱了外套垫着,靠在旁边的陪护床上。

唐星然目视前方,看着那只骨折的腿,越想越觉得自己的行为太傻了。

还好她选了二楼,加上学校窗台也低,也就三米多的高度,要是再高几层,她怕是今天直接就摔死了。真的太危险了。

就算她顺利撑开伞,顺利拉动绳子让星星落下,萧惟抬头看到她半个身子探出窗口时,也只会马上让她回去……

不愿再想这件蠢事,唐星然借着窗外微弱的灯光,侧头瞟了萧惟一眼,看到他正睁着眼出神。

她问:"小惟,你在想什么啊?"

"睡吧。"

唐星然"哦"了一声,问:"你睡得着吗?"

萧惟:"怎么了?"

唐星然想了想,说:"我好像睡不着,要不咱俩说会儿话?"

萧惟:"好。"

他没再出声,应该是等着唐星然说话。

半晌后,唐星然开口:"就是,我爸妈好像准备去 M 国再读个学位,估计得读好几年。"

萧惟看着她。

她继续道:"感觉他们不放心我一个人在国内上高中,可能会带我一起出国。"

萧惟沉默了半晌,幽深的夜色映在他眸中,看不出他在想什么。

"你担心出国读书会不适应?"

唐星然突然心情就不好了,但又没法表达她心情不好的原因,主要是会离他很远,好几年见不到他。

想了很久,唐星然小声说:"我是担心,你一个人留在北阳上学……"她顿了顿,"……会不会很孤独?"

微弱的光下,萧惟看着她,好久都没说话。

他转回头,语气平淡:"不会。"

唐星然轻叹了声气:"哦。"

再次陷入沉默。

几分钟后,萧惟问:"事情已经定了吗?什么时候走?"

唐星然挠了挠头:"还没,也不一定会去。他们还在找有没有合适的学校。"

萧惟:"嗯。"

半晌后,他说:"睡吧。"

唐星然咬了下唇,应了声:"好。"

病房很安静，她躺在床上，好像隐隐能听到旁边陪护床那边传来的呼吸声。

过了很久，都不太平稳，萧惟……好像也一直没睡着。

也许是白天发生了目前为止她这辈子做过的最蠢的事，也许是吊着脚实在不舒服，唐星然很晚才睡着，而且睡得很不安稳。

一晚上，她做了很多噩梦。

有梦到她从很高的楼顶掉下来，还把萧惟也砸死了。

还梦到她今晚像仙女一样轻飘飘地落地，停在萧惟面前，告诉他"我喜欢你"。结果萧惟面无表情地看着她，说："我不喜欢你。"

最后，快醒来时，她又梦到自己去了M国，被抓进精神病院，无论她怎么解释都没有人相信她不是精神病人。

正当她解释着，身边的其他精神病人也纷纷嚷着："放我们出去！我们都不是精神病！"

声音越来越大，越来越大……

她猛地睁眼，看到自己真躺在病床上，又被吓了一跳。

一会儿后，唐星然才回过神，想起自己昨天摔骨折住院的事。

吵闹声是从门外传来的，她环视了一圈，发现病房里只有她一个人。

好一会儿之后，外面才安静下来。

门响了一声，萧惟蹙着眉头进来。

他看向唐星然："醒了？我叫护士带你去洗漱。"

午饭后，萧惟回了趟学校，把他和唐星然的书都收拾好带到了医院，还叫姚青悦帮忙把唐星然的手机也从宿舍带了出来。

唐星然看着一大摞书，愣了一瞬："你要在这儿学习啊？"

为了方便吃饭，她病床上支了个小桌子。

萧惟先放了本物理练习册在上面："第58页，是你们班今天的物理作业。其他科目的也帮你问了老师，我帮你记在这里了。"说着，又递给她一个小本子。

唐星然恨恨地看了眼萧惟:"小惟,你好狠的心,让伤员写作业。"

萧惟想了想:"写累了就休息。"

唐星然:"……哦。"

大部分都是今天的课后习题,她今天没上课,都不太会做。

最后,她叫萧惟坐在床边看着教材逐科给她讲了一遍。

下午,医生过来检查了一下伤处情况,告诉她已经可以回家休养了,不需要再在医院住着。

唐星然眼巴巴地瞅着萧惟:"小惟,我想回家住。住这里一点也不舒服,睡也睡不好,什么都没有。"

萧惟考虑了下,说:"行。"

在医院租了辆轮椅,萧惟帮她收拾好东西,开了药办了出院手续。

唐星然坐在轮椅上,一只手和一条腿都动不了,被他推着从医院大厅出去。

出门之后,萧惟打了辆出租车,轮椅只能放在后备箱。

离开轮椅,唐星然单脚站在地上,还没等她开口,萧惟就过来扶她上车。

唐星然:"感觉还得多休息几天才能去学校……"

到了家,轮椅停在门口,唐星然一蹦一跳地进了屋。

她撑着桌子把门关上,准备换身舒服点的衣服去床上躺着。

刚脱了上衣,萧惟就敲了敲门:"需要我把包给你拿进去吗?"

唐星然冲着门外扬声道:"等一下啊,我在换衣服。"

她就一只胳膊能动,换衣服很麻烦,正套着睡衣,听到门外萧惟的声音:"你换衣服,方便吗?"

闻言,唐星然笑了声:"要是不方便,你打算怎么办?"

这屋里就他们两个人,总不能让萧惟帮她换衣服吧。

屋外的人沉默了一会儿,说:"小心点。"

换好衣服,唐星然单脚一蹦一跳地去给他开门。

萧惟没换衣服,拎着她的书包站在门口。

唐星然朝着桌子扬了扬下巴:"帮我放桌上吧。"说着,她就从书架上拿了本小说,倚着枕头靠在床上看。

萧惟出去给她倒了杯热水放在床头柜上,那只白色泰迪熊的腿边。

他抬了下手,轻碰了碰泰迪熊的鼻子,嘴角稍弯。

萧惟正准备出门,唐星然叫住他:"那个……你能不能在这儿陪我啊,我一个人躺着好无聊。"

萧惟瞅了她一眼,平淡道:"你不是在看小说?"

唐星然撇撇嘴,小声嘟囔:"看小说也无聊……"

萧惟看着她没说话,默默出了门。唐星然看着他的背影,心里暗骂了句"冷血"。

她继续靠在床上看小说,感觉小说都没那么好看了。紧接着,她又听到拿钥匙的声音和一声门响。

萧惟出门了!

不陪她就算了,还把她一个人扔家里出门。

唐星然撇撇嘴,心里又骂了句"无情",皱着眉头翻书。

过了不到半个小时,她又听到一声门响,萧惟回来了。厨房传来水声,一会儿后,萧惟端进来切好的水果,也放在她床头柜上。

唐星然嘴角弯了弯:"哎,你刚是去买水果了啊?"

萧惟:"嗯。"

又过了一会儿,萧惟拿了几本书进了她房间,坐在桌前开始写题。

一下午的时间,唐星然都躺在床上看书,萧惟坐在桌前学习。

她虽然断了一条腿,胳膊也打着石膏,但看着萧惟坐在桌前的背影,莫名有了种岁月静好的感觉。如果长大以后也能跟他一起生活,他们可能就会是这种状态吧。

天快黑了,唐星然躺在床上,肚子"咕噜噜"地叫。

萧惟听到声音,转头看她,问:"饿了吗?你想吃什么?"

唐星然点了点头:"小惟,你会做饭吗?"

萧惟:"不会。"

他脸上没什么表情,说:"我下楼买吧。"

唐星然想了想:"行。那我想吃小区门口那家川菜馆的冒鸭血,还有水煮肉片。"

萧惟眉头轻蹙,提醒道:"你现在不能吃辣。"

"哦……"唐星然舔了舔唇,"那随便吧,你想吃什么就买什么。"

萧惟看着她,眉眼间神情温和,但唇线还是绷得老直。

"好。"

半个小时之后,如唐星然所料,萧惟买了砂锅粥。

唐星然看着他,眨眨眼:"可以在房间里吃吗?"

萧惟"嗯"了声,出去帮她拿了餐具,把粥和青菜摆在桌上。

唐星然一只胳膊撑着,从床上爬起来,跳到桌边。

萧惟站在一旁,下意识伸出手想扶她一把,但又默默收了回去。

唐星然喝着粥,突然冒出一句:"感觉,摔瘸了也还挺好。"

萧惟放下筷子,不理解地问:"哪里好了?"明明昨天哭得眼睛都肿了。

唐星然垂眸不说话,嘴角挂着笑意,半晌后,小声嘀咕:"就是挺好的。"

晚上,她收到了姚青悦的短信:唐唐,你怎么样了啊?听说是萧惟在医院照顾你?要不要我过去换他啊?

唐星然侧头看了眼萧惟,心虚地把手机屏幕往另一侧歪了歪,回复道:我没啥大事,不用麻烦您老人家了。

姚青悦:哈哈哈,那你好好养伤。

没多久,唐慕和姜静之急匆匆就回了北阳。

一进门,就看到萧惟系着围裙在厨房里洗碗,唐星然把腿架在沙发上,一脸享受地吃着水果看电视。

他们满心的担忧瞬间散了一大半,看这样子感觉唐星然受伤在家,过得还挺舒坦。

两人把箱子放在门口,就先去了厨房。

姜静之接过萧惟手里的碗:"这两天真是辛苦你了,麻烦你照顾然然,还耽误了上课。"

萧惟被挤到了一边,把手擦干:"不影响的,没事,姜阿姨。"

姜静之一边洗碗,一边问:"萧惟啊,这两天都是你花钱买的饭和水果吗?花了多少钱,阿姨打到你卡里。"

萧惟摇头:"不用了,没多少钱。"

几个来回之后,姜静之还是执意塞了钱给萧惟。

唐慕坐在沙发上,看向唐星然,问道:"你怎么从楼上摔下来了啊?"

唐星然解释:"我就是不小心没站稳,摔下来了。"

唐慕:"你们学校的窗户都不装护栏的,也太危险了。你们老师说你是从二楼摔下来的,万一楼层再高点,那可就摔出大事了。

"现在怎么样啊?医生说多久能恢复,还用不用去医院复查?"

…………

唐慕坐在沙发上,叽里呱啦说了一堆,好不容易停下来喝口水的工夫,唐星然瞅了他一眼,问:"对了,你们出国的事,怎么样了啊?"

唐慕看了她一眼,正要开口,又想起姜静之的叮嘱,摆摆手道:"等差不多定下再告诉你。"

唐星然咬了下唇:"哎,其实我不是很想出国……要是你们出国,能不能让我还在北阳上学啊?反正平时都住校,假期的话,请个保姆也行……"

唐慕面露难色,看向厨房:"我们再找机会商量吧,让你妈跟你说。"

唐星然叹了声气:"哦,好吧。"

中午,萧惟又留在唐星然家吃了顿饭,下午就回学校上课了。

· 272 ·

因为出国的事,唐星然一整天情绪都不是很高,看起来闷闷不乐的。晚饭的时候,她坐在椅子上发呆,拿着勺子有一下没一下地戳着碗里的饭。

姜静之看了过来,说:"然然,好好吃饭。"

唐慕:"是不太舒服吗?今天的药吃了没啊?不舒服就跟我们说,我们带你去医院检查。"

唐星然摇摇头,抬眼问:"你们出国的事,到底怎么样了啊?你们总得告诉我吧,要不我感觉心里不踏实。"

闻言,两人对视一眼。

姜静之开口:"应该是要出去了,不过学校里还有些项目工作需要交接,大概还有两个月吧。"

唐星然咬了下唇,又重复了一遍上午跟唐慕说的话,问她能不能就留在国内上学。

姜静之看着唐星然,认真道:"然然,我们确实是不放心把你一个人留在国内。

"像这次一样,你平时伤了病了的,我们也照顾不到,只能空担心。你现在还小,又是女孩子,我们肯定会多操心一点。

"我们也考虑了挺久,还问了有孩子在国外读书的同事,刚去的时候确实可能不太适应,不过学习环境也不会像北阳一中这么压抑。你去了之后会认识新的朋友,培养新的爱好。

"如果还是喜欢国内的环境,你可以等大学毕业之后再回来读研或者工作。如果舍不得这边的朋友,你们可以经常保持联系,而且寒暑假如果我们不忙,也会带你一起回来。"

姜静之把各个方面都讲了,唐星然张了张口,不知道还能怎么反驳。

她垂着眸,半晌后应了声:"好吧,我知道了"。

萧惟下了晚自习,和付楚一起往宿舍走。

周一唐星然从楼上摔下来的事，一传十，十传百。加上萧惟这人本身就是整个年级的话题中心之一，这两天，学校里几乎所有人都知道是萧惟陪唐星然上了救护车，之后还请了两天假。

这会儿，付楚转头看向萧惟，问："哎，唐星然到底是什么情况啊？"

萧惟语气里没什么情绪，淡淡道："她不小心从楼上摔下来了。"

付楚："难怪，今天上午我们那栋教学楼的窗户就全装上护栏了，连一楼的都装了！"

萧惟应了一声。

付楚继续道："你这两天都在医院？你去照顾一个女生，也不太方便吧？"

萧惟："还好。"

回了宿舍，萧惟坐在床上，收到了唐星然发来的短信：小惟，你是不是下晚自习了啊？

唐星然已经看了好几次时间，好不容易等到萧惟下晚自习。

短信发出没多久，就收到了回复：嗯，刚到宿舍。

唐星然叹了声气，在手机上敲着字：我明天就回学校上课了。

萧惟：不多休息几天？

唐星然想了想，在手机上打着字"我可能两个月之后就要跟我爸妈出国了，有点舍不得你"，她看着编辑好的短信，又把最后一个字删掉，改成：我可能两个月之后就要跟我爸妈出国了，有点舍不得学校的同学。

短信发出之后，这次，等了很久才收到萧惟的回复：嗯。住宿舍不方便的话，让姜阿姨跟老师打电话申请最近先走读吧。

唐星然看了一遍，咬了下唇，发了个"好"。

第二天一早，唐星然就让姜静之送她去了学校。

姜静之和她一起进了教学楼，去办公室跟老师商量走读的事。

唯一心动

唐星然感觉自己坐在轮椅被推着进教室这一路上,就没有一个人不盯着她看的。

算了,反正就剩两个月了,想怎么看就怎么看吧,无所谓了。

两个月的时间比唐星然想象的要快很多。

在她养伤期间,萧惟每个周末还是会去她家里。她看到萧惟,感觉更难受。

但她也并不想把最后的这段日子过得很伤感,尽量保持和之前一样的状态,在萧惟身边叽叽喳喳,拉着他玩游戏、看动漫。

她总觉得萧惟好像跟之前的状态也不太一样。

比如晚上她拉着他看动漫,不管多晚,他从来没主动提过要回屋去睡觉;比如她跟他叽叽喳喳说话的时候,他好像比之前话多了一点,就一点点;比如他在学校时上厕所的频率变得很高,课间,她经常一抬头就能看到萧惟路过三班门口,朝厕所方向走。

她每次要往深处想时,却又觉得,他好像又没什么太大的不一样。也许是最近她放在萧惟身上的心思太多,才会有这种错觉。

姜静之和唐慕开始收拾家里的东西时,唐星然就意识到,出国的日子更近了。

她好几次都想跟萧惟说,她喜欢他,但每一次,话到嘴边,她又说不出口了。

她一直以为自己是个很勇敢的人,没想到在这件事上,会变得这么胆小。

她是第一次这么喜欢一个人。

萧惟跟她从小一起长大,她知道怎样面对这个萧惟,但又不知道,应该怎样面对作为她喜欢的人的那个萧惟,也不知道萧惟会怎么面对她的喜欢。

离出国只剩下最后一周,唐星然思来想去,既然说不出口,她决定还是给萧惟写一封信。她从抽屉里拿了一张印着卡通图案的信纸,绞尽脑汁想把这封信写好。

申请了走读，晚自习下课后，她几乎每天都在房间里写信，但写了又扔，扔了又写，来来回回写到星期四，只剩最后一天了，她才不得不留下今天写的一封。

写给萧惟：
　　其实我有个小秘密，这么久了都没告诉过你。其实小时候的事情我都记得很清楚，我是真的以为我长大以后要嫁给你。我每天都追在你身后，虽然你天天欺负我，让我帮你背书包、帮你写作业、给你买冰棍（此处省略一百字），但我还是怎么看你都觉得很顺眼。
　　四年级你转学走了，我还难过了好一阵子。现在轮到我要转学了，不知道你会不会也跟我当时一样难过。
　　一转眼就到了高中，没想到你又跟我一个学校。刚看到你的时候，我其实不是很待见你，想起小时候的事，我觉得你就是个喜欢欺负女生的"狗"。但是后来，就感觉你也没那么像"狗"了。
　　不知道从什么时候开始，我觉得，我好像喜欢上你了，每天都想见到你。
　　但是我一直不敢跟你说，我怕你会像教导主任一样告诉我，高中生不要早恋，要好好学习。也怕你会像刚开学在食堂那次一样，告诉我，你不喜欢我。
　　但是现在我都要走了，就勉为其难告诉你吧！我真的，特别、超级、无敌喜欢你。

写到这里，唐星然看了一遍，觉得还是不太满意。情感表达得差不多，但总觉得这封信还缺少点文采。
　　她把一摞言情小说放在桌上翻了翻，又在网上搜了很多优秀书信模板，动笔开始写剩下的部分。

唯一心动

萧惟，你还记得那年盛夏，我们一起看漫天星辰吗？

我说，有一颗星星是我。你告诉我，最亮的那颗，叫启明星，也就是金星。

如果我是金星，你就是火星，是离金星最近的一颗星星。

但你在我眼里，永远都是最耀眼的那颗星星。从此往后，你来当金星，我来当火星，可好？

你送给我的白色泰迪熊，我一直放在枕边，每夜伴我入眠，伴我安睡。看到它，就如同看到你。

我曾无数次幻想过，你与我的未来。

如果你是一阵狂风，我愿做一场雨。狂风暴雨的天气，纵然为世人厌恶，但唯你与我，永相伴，永相随。

如果你是一片叶，我愿做一根枯枝。叶落，我也落，随你一起沉坠入土，永相生，永相依。

你的火星、你的雨、你的枯枝，即将离你远去。不过，请别难过，未来的一天，我总会重新回到你身边，与你相伴相随、相生相依。

萧惟，等我回来，定许你一世深情！

待卿回复。

唐星然

写好信后，唐星然又看了两遍，觉得后半段简直称得上文采斐然。她把信纸放进信封，装到书包里。

第二天中午，三班拖了会儿堂，唐星然到食堂时，一个座位也没有。

她环视了一圈，发现萧惟旁边的座位空着。

她走近去看，才发现邻桌桌面上放了一盒牛奶。

"啊，原来有人了啊，那我再找找。"

萧惟放下筷子，看向她："没人，就是给你占的。"

唐星然眼睛一亮:"真的?那我去打饭!"

打完饭回来,唐星然一边吃着,一边道:"小惟,我明晚的飞机。下次再回来,不知道要到什么时候了……"

萧惟沉默了一会儿,抿了下唇:"过去之后,注意安全。"

唐星然点头:"好,我知道。那你……也要好好学习。虽然不用我说你也会的……"

萧惟"嗯"了一声。

吃完饭,他还是坐在位置上没走。

跟往常一样,食堂里人来人往,经过的人都会往萧惟脸上扫几眼。

唐星然看到,只觉得很失落。

萧惟这张脸,以后这几年就只能留给他们先看了。等唐星然吃完,萧惟和她一起站起身,送她回了宿舍。

唐星然上次的伤差不多完全好了,到了楼下,两人都站着没走。

唐星然看着他,他也看着唐星然,但两人都没说话。

好一会儿后,萧惟抬了抬手,又放下。

"上去吧。"

唐星然:"好,你也……回去吧。"

萧惟:"嗯。"

回到宿舍,唐星然跟姚青悦说了要出国的事。

姚青悦:"啊!什么时候啊?"

唐星然:"明晚的飞机。"

姚青悦一把抱住她,带着哭腔:"天哪,离别来得如此突然。唐唐,我会舍不得你的,你不在,我肯定一天想你一百八十次。"

唐星然听得鼻头有些酸,回抱住姚青悦:"我也会想你的,我会经常给你发消息的!"

两人又说了一会儿话,姚青悦问:"萧惟也去吗?"

唐星然叹了声气:"他不去……这下,我要跟他分隔两国了……"

"啊?"姚青悦看着她,"你去几年啊?"

唐星然摇摇头,压低声音道:"估计挺多年的。不过,我给他写了封信……"

姚青悦:"哇。你写的什么啊?给我看看给我看看呗!"

唐星然坚定地摇头:"不给!反正……我觉得写得挺好!"

下午大课间,唐星然还是以受伤为借口没去跑操。

等人都出了教学楼,她去了一班教室,她轻手轻脚地走到萧惟的座位。

收拾得很整洁干净,桌上什么东西都没有,抽屉里的书整整齐齐。

她想了一会儿,抽出来一本英语书,把那封信夹了进去。她英语好,萧惟如果是在英语书里看到的这封信,就更能想起她的好。

放好之后,她才回了教室。

下午的课还剩两节,她都听得心不在焉。

最后一节课下铃声一响,她的脚就像不受控制似的往一班跑去。

萧惟也正要出门,两人在教室门口遇上,往旁边挪了一步,去到窗台边。

唐星然感觉心都快跳出来了,不知道他有没有看到那封信。

萧惟看着她,先开口:"明晚几点的飞机?"

唐星然抬头,睁大眼观察着他的表情,跟平时没什么区别。

也是,下午他们班没英语课,萧惟应该还没看到那封信。

唐星然想了想,应道:"晚上十点,怎么了?"

萧惟沉默了半晌,看着她说:"我去机场送你。"

唐星然又突然有点想哭,低下头,揉了揉眼睛:"不行,你别来了。"

萧惟没说话,静静地看着她。

唐星然解释:"要是你来了,我肯定……肯定会,会……"

萧惟:"会什么?"

放学时间,楼道里人很多,吵吵嚷嚷。

唐星然说话声音很小,萧惟往前走了半步,离她近了些。

她好像能闻到他身上熟悉的味道，又抬头看了一眼他的脸她的眼泪"啪嗒啪嗒"就掉了下来。

"我会，更舍不得走的……"

两人就站在楼道，唐星然用手背擦着眼泪，站在萧惟面前哭，吸引了很多目光。

唐星然完全不在意了，越哭越凶。

萧惟一时间感觉手足无措，从口袋里拿了张餐巾纸递到她眼前。

可唐星然却不接，用手捂着脸哭。她压低了哭声，发出呜呜咽咽的声音。

听得萧惟心头一阵闷痛。

他抬起手，拿着纸巾帮她擦了擦眼泪。

好一会儿后，唐星然止住了哭，又抬眼看他，声音还有些哽咽："那个……我没事了。"

萧惟看着她，眼神比平时温柔了许多。

唐星然接过他手中的纸巾，又擦了把鼻涕眼泪，一抽一抽地说："那，你回宿舍吧。我先回家了。"

萧惟又看了她一会儿，说了个"好"字。

正准备转身，唐星然叫住他："你等会儿。"

她顿了顿，红着眼道："你能不能……陪我在学校里转转？"

萧惟："好。"

两人都不说话，出了教学楼，沿着平时跑操的路线转了一圈，又去了宿舍、食堂、小卖部、操场、实验楼……

唐星然边走边看，觉得这学校到处是萧惟的身影。

终于，走到校门口，唐星然看向他："那我走了……"

萧惟垂眸，咬了下唇："嗯。"

唐星然又说："小惟……你好好照顾自己。对了，不要忘了养萧萧和惟惟。"

她想了想，补充道："还有，你要好好学英语。"

最后一句萧惟听得莫名其妙，抬头看她。

此刻,唐星然觉得再多看他一秒,她又忍不住要哭了。

她没再说话,背着书包小跑着出了校门。

校门内,萧惟一直看着她的背影,看到她上了车,再看着那辆车消失在路的拐角。

家里的东西已经收拾得差不多,各种需要的证件手续也都准备好了。

晚上,唐星然在房间里,敞着行李箱收拾要带走的东西。她恨不得把整个房间都搬过去。

她坐在床上折衣服,一抬眼看到面前的书桌,就会想起萧惟之前一起跟她坐在这里玩游戏、养宠物、看动漫、写作业……

姜静之敲门进来,看到唐星然收拾东西的架势,连床头柜上的泰迪熊都折叠起来塞进了箱子。

"然然,不用带太多东西。缺什么少什么都可以过去之后再买,不然路上麻烦。"

唐星然"哦"了声,想了想,把泰迪熊取出来,小心翼翼地放在了柜子里。

最后,她就只带了些衣服和书,还有萧惟送她的那个手办。

晚上,她坐在桌前,又打开抽屉,拿出了那盒卡片。

几乎一整盒的卡片都被她写满了,她一张张拿出来,按时间排好。

发现只剩下最后一张空白的卡片。

唐星然想了很久,把卡片又放回了抽屉里。

最后一张,还是等她以后回来再写吧。带去 M 国,她只会越看越难受。

往后的几年,都不会有什么事能记在这张卡片上了。

第二天一早,唐星然在房间睡觉,唐慕和姜静之开车去学校替她把宿舍的东西搬出来。

这一天过得格外快,在家里忙活的工夫,就到了去机场的时间。

281

唐星然记得，昨天萧惟提了要来机场送她，但她拒绝了。

现在她有点后悔。

虽然看到他肯定会很难过，但是……也总好过临走也见不到。

到了机场，排队过安检的时候，她拿出手机给萧惟发了条短信：我走了哦。

在过安检的最后一刻，唐星然下意识地回头看，心里总期待着萧惟能来。

她转过头，并没有看到萧惟，也是……是她让他别来的。

工作人员开始催了，唐星然才继续往前走，还是忍不住又回了一次头。

这次，在离安检口很远的地方，她好像看到一个很像萧惟的人……

"这位女士，麻烦您快一点。"

唐星然这才又往前走，鼻头有点发酸。

也许是她太想看到萧惟了，看见一个身形跟他相像的人，就会觉得是他。

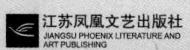

种瓜 著

唯一心动

-下册-

江苏凤凰文艺出版社

有爱的青春陪伴者

唐星然，共赏星空那晚，你早就是我的唯一心动。

Chapter 8
久别重逢

上了飞机,唐星然坐在靠窗的位置,看着窗外,又忍不住开始掉眼泪。

姜静之摸了摸她的头顶,安慰道:"别难过然然,等过去习惯习惯就好了,没事的。"

可是这"习惯"的过程,比她想象中还要难上一点。到了 M 国之后,唐星然要准备高中的入学考试和语言考试。

她在国内时英语成绩很好,可这两门考试还是准备得很吃力。

刚到 M 国时,唐星然和萧惟每天都会发几条短信。

基本都是她说说这边的生活,再问他几句北阳一中的事。

但一个星期之后,萧惟突然不回她消息了。

发出的几条,他一个多星期之后才回复:抱歉,最近有点事。

没收到他回复的那一周里,唐星然想起了往萧惟的英语书里夹的那封信。她在想,萧惟会不会是看到了,所以才不回她了,想跟她保持距离。

紧接着,姜静之给唐星然报了个语言学校的课程,她忙着学习、准备考试、适应 M 国的生活、融入新的圈子。

她给萧惟发短信的次数越来越少,他回复得还是很简略,除此之外,唐星然也一直没有等到他对那封信的回应。

她还记得,明明就在信的末尾写了"待卿回复"四个字。

可他没有回复。

她打开和萧惟的聊天界面,看着两人越来越少的信息,有想过要不要直接问,但想了好几次,又觉得没什么必要。

她有点庆幸没把那只白色泰迪熊和那盒卡片带来 M 国,否则,每次看见,她都会想起萧惟。

唯一心动

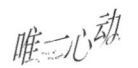

正写着一套试题，唐星然偏了偏头，又看到手腕上戴的那串红色手链。

她把手链摘了下来，收进盒子里。

时间过得很快，马上就入了冬。

唐星然生日的这一天，姜静之和唐慕给她开了一个小型的生日聚会。

晚上临睡时，唐星然收到了萧惟发来的短信：生日快乐。

她叹了声气，看着这四个字很久，也回了句"生日快乐"。

不管怎样，她和萧惟也是同年同月同日出生，一起长大的朋友。从这条祝福短信可以看出，他应该也是这么想的。

M国的高中是四年制，唐星然在学校认识了新的朋友。

在M国上高中的第一年，她用国内的手机号注册了微信账号。

又过了一年，她北阳一中那些同学已经高考结束了，她却还有两年高中要读。

她这一年也过得并不轻松，学校的课程虽然不比国内难，但为了以后申请大学时有更大的优势，她还选了几门大学先修课程。除此之外，还有很多社团活动、各种小组作业、体育活动要参加。

一年下来，她甚至觉得比在北阳一中时过得还累。

这年暑假，姚青悦给唐星然发了微信。

姚青悦：然然，录取结果出了，呜呜呜，我跟付楚考到一个学校了！

姚青悦：感天动地！我们都在北阳科技大学！

唐星然恭喜了她几句，与她闲聊了一会儿，又问起：对了，萧惟考去哪个学校了？

姚青悦发了个震惊的表情：你没问他？

不仅没问，唐星然都没加萧惟的微信。至于原因，她自己也说不清楚，有其中一个原因是想看萧惟会不会主动加她。

但现在她又觉得这个想法有点矫情。

手机里，姚青悦已经发来了信息：他去北阳政法大学了。

姚青悦：他是北阳的高考状元，你不知道高考成绩出来那天的盛况！

姚青悦：付楚跟我说，好几个学校招生办的老师都开着车去他家楼下堵人！

姚青悦：羡慕死了，呜呜呜！

唐星然：那还挺厉害的。

她还记得之前萧惟在她家吃饭的时候，她就问过他以后想去的学校。跟萧惟当时回答的一样，他去了北阳政法大学。

唐星然还是忍不住打开手机上的搜索引擎，搜了北阳政法大学。

她看了学校的介绍，又看了学校的照片，很久之后才退出。

姚青悦又问了她后来跟萧惟怎么样，唐星然装作很随意地回了句：离那么远，能怎么样啊？

发完，她又把话题岔开，问姚青悦别的同学的情况。

暑假过了快一个月，某天唐星然的微信通讯录出现了一个新的小红点。

她点开，发现是一个ID叫"X"的人，头像是一张星空的照片。

还没等她点通过，这人又发了一条好友验证：萧惟。

唐星然愣了一瞬，点击通过。

她点开聊天界面，看到顶部显示"对方正在输入"，等了一会儿之后，发现又不显示正在输入了。

等了半天，他一句话也没发。

唐星然撇撇嘴，决定还是问候一句。

星星糖：恭喜录取！

这次，对面很快就回了消息。

X：谢谢。

X：你最近还好吗？

唐星然没多想，回了句：挺好的，就是有点忙。

X：嗯。

X：多注意休息。

唐星然又盯着屏幕等了一会儿，对面没有发消息过来了。

她想了想，回复了一个字：好。

虽然加上了微信，但两人还是像之前一样，并不在微信上聊天。

唐星然会偶尔点进萧惟的朋友圈，看到一片空白，再退出来。

虽然现在是暑假，但她也并不闲。

上学期，她在学校报名了一个环保主题的夏令营活动，在假期跟同学一起去西海岸捡垃圾。

注册了微信之后，唐星然又多了个地方分享她丰富的课余生活。

她是第一次来M国西海岸，拍了很多海景的照片，还和同学拍了很多张照片。

夏令营结束时，她一口气将照片拼成长图全部发到了朋友圈里。

第二天早上,她看到萧惟给她的朋友圈点了个赞。

一转眼,高中的生活就快要结束,得益于唐星然前几年的刻苦勤奋,她申请到了一所很好的大学。

她和唐慕、姜静之商量之后,还是选择了学小语种。

唐星然受上学期参加的一个公益活动影响,选择了学斯瓦希里语。

唐星然结束了大学第一学年的课程,唐慕和姜静之已经拿到了比较文学的博士学位。

两人觉得唐星然已经上大学,而且适应了国外的生活,就一起回了北阳。

第一年寒假,唐星然回国了。

萧俊也在北阳,她回家的第二天,萧俊就来家里和他们一家三口吃了饭。

唐星然没看到萧惟,顺口问了一句。

萧俊笑了下,说:"萧惟去你覃阿姨那儿了。"

"你覃阿姨昨天还给我打电话,说是要给他介绍对象,你猜萧惟说什么?"

距唐星然转学出国已经过去五年。

五年的时间,让她几乎快要忘记了当年对萧惟心动的感觉,甚至连他的长相也记得没那么清楚了。

但听到"介绍对象"四个字,唐星然感觉心里"咯噔"了一下。

她抬头,似是不在意地问道:"噢,他说什么啊?"

萧俊一副神秘兮兮的样子,压低声音说:"萧惟说,以后都不用给他介绍什么对象,他有喜欢的人了。"

闻言,唐星然直接愣住了,手里的筷子都掉在了桌上。

萧俊又说:"你看你看!然然,你是不是也觉得他在骗人?"

"我也好奇啊,问了他半天他都不说,搞得还挺神秘。"

萧俊又跟几人聊了别的事。

但唐星然都没听进去,唯一听进去的就是,萧惟有喜欢的人了。

虽然之前就知道萧惟大概是婉拒了她,两个人不再会有可能在一起,但跟现在知道他有喜欢的人的感觉完全不一样。

从前,他就算不喜欢她,也没有喜欢别人。现在,他有喜欢的人了,但这个人不是她。

夜里,唐星然躺在床上。

她看向衣柜,想起那只白色泰迪熊还在里面。

她以为五年前的事情自己都快忘了,可想起那只熊,她居然还能清晰地记起那天在小吃街上的情景。

萧惟坐在一群人中间,低头认真地写着数字,眉眼间好像有淡淡的不耐烦。

....

唐星然跟萧惟认识了这么多年,她觉得,如果萧惟喜欢上一个人,那一定不会再改变的。

所以,从今往后,那些和他共同经历的事情,就只能留在回忆里了。

就像那盒卡片一样,永远躺在黑黢黢的抽屉里,日期也停在她转学的那一天。

唐星然想着以前的事,翻来覆去睡不着。

她想,萧惟喜欢的那个人,应该是在大学里认识的吧。可能是他的大学同学。

那应该是一个安静乖巧的女孩子,长得肯定也很好看。

不知道萧惟有没有跟她表白。

唐星然有点想不到,萧惟跟别人表白会是什么表情,应该不至于是和平时一样冷冰冰的表情吧。

不知道他会不会带那个女生去看星星、去小吃街给她赢娃娃、给她讲题、在她生病的时候照顾她、陪她一起看电影、玩游戏……

回 M 国之后,唐星然的心情已经收拾得差不多。她的几个室友来自不同的国家,平时都是社交达人。

其中有个室友叫 Elaine,是 M 国人,最近新交了男朋友,是在一次聚会上认识的。

一个周末,Elaine 拉着她一起去参加了一次聚会。

有两个男生都对唐星然很有好感,问她要了联系方式。

其中一个是 M 国人,也是 Elaine 男朋友的好朋友,另一个是 M 籍华裔。

虽然两个人长得都还行,举止也都挺绅士有礼貌,但唐星然看着,总觉得都差点意思。

那个 M 籍华裔的男生开始频繁找唐星然聊天,唐星然有空就回一句,没空就不理。

就这么过了两周之后,出了一件大事。

Elaine 失踪了。

虽然谈恋爱之后,Elaine 经常会不回宿舍,但也不会几天都联系不上,学校的课也不来上了。

报警之后，有警察来调查情况，唐星然她们也不清楚 Elaine 男朋友家的地址。

调查了半个月之后，唐星然得知 Elaine 死了，而且是被她男朋友谋杀。原因是 Elaine 出轨了那天聚会上加过唐星然联系方式的 M 国人。

她们一个宿舍的人都缓了很久才走出阴影，学校还给她们安排了很多次心理疏导。

但一个活生生的人就这么没了，还是被男朋友谋杀的，对几个小姑娘的冲击都很大。

不管怎样，对谈恋爱这事，唐星然是彻底有了 PTSD（创伤后应激障碍），把那天聚会上加的两个联系方式也都删除了。

这次之后，她还报了学校的健身俱乐部，觉得如果有一天不幸遭遇危险，能有点力量，不至于太快被放倒。

大学的几年过得很快。

之后，她也没再回国。姜静之和唐慕也有寒暑假，每到假期，两人就会来 M 国找她，去旅游一圈。

唐星然有意避免了去了解萧惟的事。虽然她觉得过了这么多年，她已经对萧惟没有感觉，但不知为什么，还是不想听到有关他的消息。

比如他到底找了什么样的女朋友，是不是已经打算结婚了。

每次唐慕和姜静之提起萧惟，她就会很快把话题岔开。有时候仔细想想，她会觉得自己是不是有点小心眼。

但小心眼就小心眼吧……

不过，这么多年过去，每年生日的时候，她都能在微信里收到萧惟的一句"生日快乐"。

她也会回一句"生日快乐"。

除此之外，萧惟还会给她的朋友圈点赞。大三刚开学的时候，萧惟给她发过一条微信消息，问她最近还好吗。

但唐星然那段时间很忙，在和同学一起组织一个公益活动，过了几天之后，她才看到这条微信，也就没有回复。

这五年，他们两人的所有交集，就仅此而已。

大学毕业之后，唐星然申请了在本校继续读研究生。

她的导师在斯瓦希里语的学术圈里很出名，很多教材、词典都是她导师编写的，还翻译了很多书籍。

唐星然变得忙碌起来，基本每天都是从早忙到晚，假期也一刻都空不下来。除了日常的研究任务,她还得和导师一起参加国内外的很多学术会议,促进跨文化的交流。

硕士毕业,她在学校的研究机构又帮导师做了些项目,计划继续跟着这个导师读博士。

临提交申请材料时,姜静之和唐慕飞到 M 国来找她。

"然然,咱们要不回国去读博士吧。我们学校外院的院长就是研究斯瓦希里语的,她也在招学生。"

唐星然眨了眨眼:"我在 M 国读也挺好的啊。"

唐慕叹了声气:"离得太远了,我们这一年也就能见你一两次。"

姜静之补充:"而且你在 M 国,这么多年也没找个男朋友,都二十七岁了。北阳大学有好多出色的男生,回国读,也方便找男朋友。"

唐星然想了一晚上。找男朋友的事,她倒不是很着急。就算找不到也没所谓,一个人过也是过,但是,她确实离家太远了。

这两年唐慕身体不太好,去年还住过一次院,而且今天仔细看了看,她才觉得,姜静之和唐慕看着比她高中时都苍老了不少。

她本来也没想过在 M 国待一辈子。

原本的计划是读完博士,回国找个教职留校。如果现在直接回国读博,感觉也差不多。

第二天早上,她就做好了决定。回国前还有很多事情,跟这边的朋友告别、跟导师告别、交接手上的一些研究工作。在这之前,她发邮件联系了北阳大学外院的院长谭芳。

姜静之和唐慕也是北阳大学的,跟谭芳虽然不熟,但也算认识,他们帮着打了个招呼。

几天之后,唐星然就收到了谭芳的邮件回复,她需要在规定的时间提交申请材料,还需要参加外院的统一考核。

时间还算宽裕,唐星然又在 M 国待了几个月,完成手上剩下的工作,顺便准备北阳大学的考试。

3 月底,她把东西都打包寄回了国,然后买机票回去。

虽然原先住的房子离北阳大学很近,但唐慕又给她在隔壁小区买了间公寓。

两人虽然想经常见到唐星然,但又觉得孩子大了,每天跟父母住在一起,生活习惯不同,也不方便,应该给她多留些自己的空间。

唐星然倒是不着急搬,回国之后,就先和他们一起住在之前的小区。她已经有十年没参加过国内的考试了。临北阳大学的考试就剩几天,唐星然还挺紧张的。

虽然基本跟谭芳老师沟通好了，但她也不能考太差。

回国之后，她没着急去联系高中的朋友，每天就窝在家里复习。笔试是在一个周六，当天下了场下雨，唐星然穿上薄外套，步行前往北阳大学。

已经很久都没在这条路上走过了。

恍惚间，唐星然突然感觉这十年过得真的很快，快到好像不存在一样，她仿佛还是刚上高中的那个她。

谭芳老师今年有两个招生名额，一共有六个人报考。

笔试一共考三门，笔试之后紧接着就要面试。按照招生简章上的说法，是综合笔试和面试的成绩，择优录取。

六个人在同一个考场，笔试结束，大家又都在同一个等候室等着被叫到名字过去参加面试。

有一个女生笔试时就坐在唐星然旁边，这会儿等着面试也没事做，就来找她搭话。

"Hello，我叫吴梦丽，是北阳大学本校的研究生。你叫唐星然吗？"

唐星然正低头刷手机，闻声抬起头。

吴梦丽个子很高，戴着圆框的眼镜，没化妆，长相普通。

唐星然冲她笑了下："对，你好啊。"

吴梦丽挪了挪身子："对了，你硕士是在哪里读的啊？"

唐星然说："啊，我是在M国读的。"随后报了学校的名字。

吴梦丽手撑着下巴，说："真好，那你应该还蛮轻松的，听说国外的硕士都挺好念的。我有好几个没考上研的本科同学都出国去读了。"

她轻松吗？一点也不！但唐星然还是礼貌性地说："还行，我也没法对比，不知道哪边更轻松。"

这时，有老师进来叫："唐星然，轮到你了。"

"好的好的！"

她深吸了一口气，进了隔壁会议室。

面前坐了六个老师，最年轻的跟唐慕他们差不多年纪，但主要都是坐在正中间的谭芳在提问，旁边的老师都没问什么。面试结束之后，唐星然就回了家等结果。

这段时间没别的事，她本来想找姚青悦出去见一面，发了微信过去，才知道她出差没在北阳。

姚青悦和付楚这么多年一直在一起，去年办的婚礼。

唐星然本来还想回国参加婚礼，可当时帮导师赶一个项目，实在回不来，就给姚青悦转了份子钱。

姚青悦和付楚研究生毕业就工作了，付楚在一家互联网公司，每天加班到头秃；姚青悦在一个心理咨询机构，经常出差去外地。

给姚青悦发了微信之后，她又联系了陈璐，才知道陈璐已经不在北阳。在发微信之前，她先看一下朋友圈，才发现很多人都不在北阳了。

从前的朋友一个一个地离她远去，在同一个城市的朋友也因为工作很难有机会再见面。

这是唐星然回国之后第一次感觉到，距她离开真的过了十年。

她好像真的长大了。

她顺着通讯录点下去，也顺手打开了萧惟的朋友圈。两人的聊天记录还停留在去年的"生日快乐"。

十年过去，她觉得自己已经完全释怀了。就算现在在朋友圈看到他的结婚照，应该也不会有什么难过的感觉，点开之后，她看到萧惟的朋友圈还是空空的，只有几篇转发的学术论文。

两个月之后，北阳大学外院的录取结果就出来了。除了唐星然，被录取的还有那天见过面的吴梦丽。结果刚出来，她就在微信通讯录上看到一个新的小红点。

吴梦丽加了她好友。

通过之后，就是几句客套的寒暄。

她还收到了谭芳的消息，约她们两个下周一去学校见个面，也跟几个博士师兄师姐见一面。

谭芳说她手里项目比较多，除了研究工作，还有很多行政工作，其实现在挺缺人的，需要叫她们过去安排一下具体工作。

周一，唐星然去了学校。

见面的地点就在谭芳的会议室，吴梦丽已经到了，正在跟谭芳聊天，两人好像很熟的样子。

唐星然过去很有礼貌地打了个招呼。

谭芳招呼她坐在旁边："小唐啊，梦丽说她已经跟你认识了。你刚回国，可能对北阳大学好多情况都不清楚，以后不明白的就多问问梦丽。"

唐星然笑了下："好啊。"

过了一会儿，师门的其他几个博士也都进了办公室。

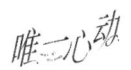

唐星然分到了一项工作，工作内容是整理编辑斯瓦希里语的词库。

这也是谭芳的一个横向课题，资方想给他们公司的电子词典里加上斯瓦希里语这个语种。

在办公室待了快一整个上午，唐星然和吴梦丽才一起出了科研楼。

吴梦丽拿出手机刷了刷，突然叫了声："完了完了，我今天彻底错过萧老师的课了！"

唐星然很蒙，侧头问她："我们不是还没开始上课吗？"

吴梦丽跺了跺脚："不是不是，是去蹭课啊！萧老师今天上午和下午各有一节课。这个点教室里肯定连窗台都被放上东西占座了。天哪！我早上还想着来办公室之前去 B405 先贴个条占座的！"

唐星然挠了挠头："什么课啊，这么火爆吗？是我们外院的课？"

吴梦丽摇头："不是不是，是法学院的课。"她拿着手机又翻了半天，翻出一张照片，举到唐星然眼前。

"你看！他是今年刚来我们学校的，现在还是讲师，但是据说他博士期间的学术成果就已经够评副教授了，估计评职称也就是今年之内的事。

"最最关键的是！你看他这张脸，啊啊啊！比我以前追过的'爱豆'还帅啊，就是那种清冷禁欲系大帅哥，你懂吗？"

唐星然凑过去看。

吴梦丽看她看到照片，还一点反应都没有，又道："不行，这个照片就是学生会那帮人随手拍的，不能百分之百展现他的颜值！我上周见过真人，天，保证帅到你连路都不会走！

"哎，你别不信我！算了，眼见为实，我带你去看！"

唐星然："哎？"

手机照片里那个人，唐星然一点也不陌生，不就是萧惟吗？

他跟高中时长得差不多，只是眉眼间多了几分成熟。照片里的他穿着白衬衫，在给学生讲课，神情还是一如既往的冷淡。但在这种情况下，毫无心理准备地被萧惟的照片"贴脸"，唐星然实在不知道应该作何反应……

她不是没想过回国之后会遇到萧惟，但没想到他就在北阳大学任教。

还没等她反应过来，就被吴梦丽拉进了教学楼，一路跑到了 B405 教室的门口。

北阳大学的下课时间是十二点十分，吴梦丽拉着唐星然到达 B405 教室门口时，正好是十二点整。

B405 是一个大教室，讲台在门的旁边。

从门上的窗口只能看到里面乌泱泱的学生，完全看不到讲课的老师。教室里的学生真的坐得很满，没有一个空位不说，连走廊、窗台、后排垃圾桶边的各个角落都被占得满满当当。

但因为教室很大，他讲课用了麦克风。隔着一道门，唐星然听到了已经十年未曾听过的熟悉声音。

他讲课的声音语调都很平淡，没有任何起伏和温度，跟她记忆中差不多，低沉但不沙哑，很好听，乍一听会给人一种冷冰冰的感觉。就像他这个人一样。

吴梦丽把唐星然拉到了门边的走廊上，在她耳边激动道："刚好来个偶遇，我们在这儿等他下课！还有十分钟下课。唉，光听到声音我就已经沦陷了！"

唐星然咬了咬唇，想到马上要看见萧惟，竟然莫名还有些紧张。

她看向吴梦丽，小声道："要不……我们还是回去吧……"

吴梦丽急得快要跳脚："回去干吗？你绝对不会后悔看到那张脸！还有不到十分钟就下课了，就当陪我看看好不好？"

半晌后，唐星然点了下头。

好吧，她承认，虽然有点紧张，但还是有那么点想看他一眼的。毕竟是从小一起长大的……好朋友。

这几分钟过得很快。十二点十分，下课铃响起，里面的学生陆陆续续背着包、拿着书开门出教室。

吴梦丽已经凑到了门口。

她转了转头，看向唐星然："萧老师在给人答疑，我们直接坐进去！"说完，她拉着唐星然进了教室，找了个前排的位置坐下。

吴梦丽凑到唐星然耳边："你看到了吗？帅不帅帅不帅！"

唐星然抬眸看去，还是那张熟悉的脸。跟高中时最大的不同，就是他戴着一副银丝边的眼镜。

镜片把他和外面的世界分隔开，衬得整个人更加冷漠。

五官和长相基本还是没变化，薄薄的内双，高挺的鼻梁，唇色跟冷白的肤色相比显得红润，下颌线利落清晰。

他这会儿低着头看一个学生递给他的资料，有几缕碎发垂在额前，发尾落在镜框上，感觉稍微有些挡视线。

吴梦丽又压低声音在她耳边道："问你呢，帅不帅？你都看半天了，给点反应啊！"

唐星然嘴唇动了动，很小声地说了句："挺……帅的。"

吴梦丽一脸花痴，笑了声："是吧！我追星那么多年，眼光很挑剔的！

没有任何滤镜也会觉得萧老师很帅！"

萧惟的声音不大，唐星然大概能听到。他在给一个学生看创新项目的申报书，提了几句修改意见。他身后还排了长队等着问问题，唐星然瞅了一眼，粗略估计有十几个。

吴梦丽也顺着她的视线往队尾看，说："今天排队的人不是很多哎。估计是今天中午有一个食堂检查卫生不开门，下午有课的人怕吃不上饭。"

唐星然撇撇嘴，问她："这还叫不多？"

吴梦丽点点头，很自然道："是啊，我来蹭过四五节课了，每次下课队都能排到楼道里。有时候萧老师都没时间吃午饭，答疑完就紧接着上下午的课。"

唐星然脱口而出："这么拼？"

吴梦丽："对啊，有上下午课的学生会给他带小零食，面包什么的……不过他都没要过。"

眼看着萧惟快给那学生的申报书提完意见，吴梦丽抓着唐星然站起身："走，我们也去提个问！"

唐星然："嗯？"

除了她们，教室里还有其他学生，看着队伍不长，又有两个已经排了过去，还有几个也跃跃欲试。吴梦丽怕被插队，没等唐星然说话，拉着她就冲向了队尾，抢先占到了一个位置。

站好后，吴梦丽笑着说："太好了！等会儿将是我此生第一次这么近距离看萧老师，我真的太激动了！"

唐星然："队有点长，我好像饿了。要不，你排着，我先去吃饭？"

吴梦丽从包里掏出两条巧克力威化递给她："饿了？给，你先垫垫！"

…………

排队的过程中，唐星然心里一直就像有两个小人在打架，一个让她走，一个让她别走。

让她别走的小人还会劝她，没什么大不了的，高中那些事都是多少年前的了，说不定人家早都忘了，而且他们每年还互道生日快乐，萧惟还经常给她的朋友圈点赞，算是把她当朋友。

那就见一面呗，而且在这种情形下见面，也挺有意思的，不知道萧惟会是什么反应……

这么纠结着，就已经过了很久，眼看着前面就只剩四五个学生。

吴梦丽戳了戳唐星然的胳膊："完了完了，我搜了好久，都不知道提什么问题。我也不是法学专业的啊，问得太基础了，他一句话不就能给我讲完？

"要不你也搜搜,看有没有什么有价值、有难度的问题?"

唐星然想了想,问:"他教什么的啊?"

吴梦丽答:"刑法。"

"噢,那我看看。"唐星然掏出手机,去网上查了下最近法学核心期刊上刚发表的论文,随便找了个能当作问题的。

前面就剩两个人,吴梦丽又戳戳她,压低声音问:"你找到了吗?"

唐星然"嗯"了声:"找到了。"

吴梦丽:"太好了,你太靠谱了,那你问,我在旁边看!"

前面还有一个人的时候,萧惟抬头,就看到了低着头看手机的唐星然。

第一反应,他以为自己看错了。

以为可能是哪个长得像唐星然的本科生。

前面正在提问的学生看着他:"萧老师?"

他这才回过神来,淡淡地问:"抱歉,能再说一遍吗?刚才我没听清。"

学生:"啊……好。"

这时,唐星然也抬起头,和萧惟视线对上。两人对视了三秒,萧惟的脸上没任何表情,完全看不出情绪。

唐星然摸了下鼻子,感觉被看得浑身不自在,先把头低下。

答完前一个学生的问题,就轮到了唐星然。

她抬头看着萧惟,竟一时语塞,脑袋也空白了。萧惟也看着她,半晌都没说话,眼神逐渐变得复杂。

唐星然离他很近,能闻到他身上若有似无的柚子洗衣液味。跟高中时一样的味道,淡淡的,给人一种很干净的感觉。

吴梦丽看她不说话,推了推她,又看向萧惟:"萧老师,我室友有问题想问您!"

唐星然摸了下鼻子,放下手,又摸了下鼻子,断断续续地张口道:"那个……那个,老师……"

她回忆了一下:"我有个问题,就是……老师您觉得我国刑法的制裁观从工具主义过渡到目的主义还需要做出哪些努力?"

萧惟没说话。

片刻后,他看向她,嗓音低哑:"唐星然。"

话音一落,两人同时怔住。这个名字,他太多年没叫过了,她也太多年没从他的口中听到。

高中的时候,萧惟经常这么叫她的名字。现在听到,就好像当年的记忆也跟着这声名字一起复苏了许多。

旁边的吴梦丽瞬间就蒙了,完全搞不清楚状况。

唐星然"嗯"了一声,表情里写满了"尴尬"二字。

她强行解释:"就是,我最近对这个……刑法问题比较感兴趣,所以……嗯,对,就是感兴趣。"

萧惟看着她,修长的手慢慢抬起,推了下眼镜。

半晌后,他说:"这个问题三言两语说不清楚。如果感兴趣,你可以下午六点之后到我的办公室探讨一下。

"办公室位置我发你微信里。"

唐星然:"好……"

唐星然不知道是怎么从 B405 那间教室出来的,太尴尬了!

她之前就该直接走的!

回过神来,吴梦丽已经在旁边扯着袖子问她:"萧老师怎么知道你名字的啊,你跟他之前一个大学?"

"不对啊,你不是在 M 国读的吗?"

唐星然心不在焉地说:"噢,我跟他是……高中同学。"

吴梦丽激动道:"你怎么不早说!"

唐星然摸了下鼻子:"你也没告诉我他的名字,就说是萧老师,我不知道是他。"

吴梦丽狐疑:"我不是给你看了照片吗?"

唐星然心虚地又撒了个谎:"照片没看清,而且都过了这么多年了……"

吴梦丽也没深究。

两人一起下楼,她拉着唐星然问:"你们一个高中的啊,那他高中时是不是就很受欢迎!好多女生追他吧!哎,现在也是,听说还有几个女学生大着胆子跟他表白呢,本科生啊,都快差了十岁!

"我还听说,法学院的老师也给萧老师介绍过几个对象,但是他都拒绝了,听说连面都不见。"

唐星然看向她,问:"他没对象?"

吴梦丽:"没啊,我有个学妹本科、研究生都跟他一个学校,说他从上大学起就一直单身,单到现在,'寡王'一个。"

吴梦丽叹了声气:"这种人没对象才最好,希望他一直是个男菩萨。

"萧老师吧,帅是帅,那脸长得没话说,但看着就挺性冷淡的,我也想象不到他这种人谈恋爱是啥样。

"他就是那种,只可远观不可亵玩的类型。"

一路上，吴梦丽都拉着唐星然讨论萧惟，顺便八卦萧惟高中的事，她也如实回答。

但唐星然一直在想一个问题，他怎么会一直没对象？他不是大学就有喜欢的人吗？

难道表白被拒绝了？原来真的有人会拒绝萧惟啊……

那可能是因为他性格太冷淡了吧。

刚到家，唐星然收到了一条微信。

X：行政楼1605。六点之后我都在办公室。

唐星然看着这条微信消息发了一会儿愣。

她在心里默默算着，在M国上高中比萧惟晚了两级毕业，研究生之后她又gap（间隔）了快一年帮导师做研究。

明明两个人年纪一模一样大，现在她才刚准备读博士，萧惟都已经毕业留校任教了。

算来算去，她估计萧惟本科或者研究生还提前了一年毕业。

行政楼1605，下午六点之后，去还是不去，这是个很大的问题。

唐星然好久都没有这么纠结过了。

正抠着手指想着，她手机上又收到了吴梦丽发来的微信。

吴梦丽：下午也没什么安排，我能跟你一起去萧老师的办公室吗？

吴梦丽：等结束了，刚好咱俩可以一起吃个晚饭！[可怜][可怜]

唐星然又想了一会儿，觉得要不她还是不去了，她对那个刑法问题并没有什么兴趣。过了这么一会儿的工夫，她连刚才提了什么问题都忘了。

中午跟萧惟见面都这么尴尬了，去他办公室……估计得尴尬加倍。

她给吴梦丽回了条消息：行政楼1605，下午六点之后。你去吧，我就先不去了。

吴梦丽马上回复：啊？

吴梦丽：你还是陪我一起去吧，呜呜呜，我单独跟他说话肯定很紧张啊！

吴梦丽：而且那个问题是你提的……光我自己去，感觉不太合适啊……

吴梦丽：宝你是有事要忙吗？

唐星然揉了揉眉心。倒也没啥事，她放下手机没回复，先换了身衣服。

她打开衣柜，就看到那只白色的泰迪熊静静躺在最里面，心里又有个声音告诉她：要不还是去？反正就是问个问题而已。

不管听不听得懂，就当被普法了……

她换了衣服，打开手机回复了吴梦丽：好，那我也去吧，我们六点在行政楼见。

吴梦丽秒回了几个开心的表情包。

吴梦丽：太好了！完事之后我请你吃饭！

吴梦丽：突然就追星成功了，吼吼吼！你可真是我的福星！

唐星然看着自己刚才回复的那条消息，心里暗骂了一句：唐星然，你可真没出息！

马上，心里又有另一个声音反驳她：这怎么叫没出息呢？陪同学去看帅哥而已，如果这帅哥不是萧惟，她应该不会怎么纠结就陪着人家去的。

唉。算了，不想了。反正都已经答应要去了。

为了避免给萧惟造成什么不必要的误会，比如误以为她这么多年还对他念念不忘，故意接近他，唐星然打开和萧惟的聊天框，很高冷地回复他：OK，谢谢。

放下手机，唐星然拿出笔记本电脑架在书桌上，准备看一下谭芳发在她邮箱里的项目资料。

她的房间这么多年都一直没人住，那台高中时期用过的台式电脑还在桌上放着，还不知道能不能开机。

看到这台电脑，唐星然不由得想起了在北阳一中读高中的那段日子。她跟萧惟并排坐在这里玩游戏、看动漫、养QQ宠物。

前几年好像看到过消息，说QQ宠物已经停服了。想起当年她让那两只小猪结婚，还定了个结婚纪念日，她觉得有点好笑。

她去了M国之后，就没再登录过QQ宠物猪猪，萧惟应该也没再帮他们养了吧。

下载了邮箱里的资料，唐星然才发现谭芳给她安排的这个工作量真的巨大。

不仅如此，离项目的截止期限也只剩几个月，意味着她要在几个月里完成如此艰巨的工作。

她摇了摇头，谭芳真是比她在M国的导师心还狠啊。

对于读书和做研究这事，唐星然其实挺有兴趣的，她本身在语言学习方面就很有天赋。

大学时除了斯瓦希里语，她还选修了日语，学了几年，水平也还不错。

大学临毕业时，曾去跨国公司做过一段时间翻译的实习，结束之后，她还是觉得学校的环境和读书做研究的状态比较适合她。

虽然也很忙，但相对来说可以自己安排时间，人际关系也没有那么复杂。

看了半个下午资料，做了张日程表，就已经到了五点半。唐星然换了身衣服，又补了下口红，就出门往北阳大学走。

在行政楼门口等了两分钟，吴梦丽就来了。

吴梦丽小跑着过来挽住唐星然的胳膊，笑容很灿烂："走吧走吧，我们上电梯！"

她侧头看了下，吴梦丽跟上午还是不大一样的，特地化了妆。

两人上了电梯，一路上到十六楼。行政楼的结构复杂，唐星然就只上午去见谭芳的时候来过一次。

吴梦丽在这儿上了几年的学，轻车熟路地带着她，很快就到了1605办公室的门口。

唐星然抬头看到门牌，不由得深吸了一口气，还下意识地理了下头发。

还没等她伸手，吴梦丽就先敲了两下门。

两秒后，门内传出一声没有什么温度的声音："进。"

吴梦丽把唐星然往前推了推，她扭动把手，推开了门。

门正对着萧惟的办公桌，他偏过头，和唐星然的视线对上。

她深吸一口气，缓步走进门，扫了眼办公室的环境。

应该是两人一间的办公室，萧惟对面的位置空着，里面只有他一个人。

除去两套桌椅，办公室贴着墙的一圈都是书柜，里面放着满满当当的书。

他办公桌上也整齐地摆放着很多书。

所以一进门，就能闻到纸张和油墨的味道，还夹杂着淡淡的茶香。

他手边放着一杯茶，正冒着热气。

唐星然和吴梦丽走到了他桌前。

萧惟看着唐星然，伸手推了一摞印着字的A4纸过去。

他开口，声音低沉清淡："上午的那个问题，很多学者都有研究过，帮你整理了一些有价值的文章。"

唐星然低头看着，完全心不在焉。

萧惟一份一份地翻着那些资料，给她讲了一遍哪个学者持哪个观点，过去是怎样怎样，现在是怎样怎样。

讲得很细，不由得让她想起了高中时他给自己讲题的样子。

萧惟讲了大概有五分钟，唐星然一个字都没听进去，吴梦丽估计也听不太懂。

讲完之后，他拿起杯子喝了口茶。

唐星然看过去，忽然注意到他杯子上的那颗星星……

好像是十年前和她一起去陶艺坊时他做的那一只。

他放下茶杯，抬眸看向她："还有什么不懂的吗？"

……嗯，她其实什么都不懂。

唐星然看着萧惟那张过分好看的脸，又想起记忆中的感觉，心跳莫名漏了一拍。

吴梦丽站在旁边，戳了戳她："萧老师问你呢，你还有什么不懂的吗？"

唐星然摸了下鼻子，装模作样道："啊，没什么不懂的了！小……萧老师您讲得太清楚了，我能把这些资料带走吗，回去再好好研究一下！"

萧惟："可以。"

他看向她，半晌后，轻声问："什么时候回来的？"

唐星然弯了弯唇，保持礼貌的微笑："上上个月吧。"

"嗯。"萧惟沉吟片刻，低声吐出四个字，"好久不见。"

萧惟："一会儿有什么安排吗？"

唐星然顺着说了句："确实挺久哈……一会儿啊……"

她看向吴梦丽："一会儿我们准备去吃晚饭。"

小半晌后，萧惟看着她点了下头："好。"

再次陷入安静，办公室里鸦雀无声。

两个人站着，萧惟坐在椅子上，连一心只想欣赏萧惟美貌的吴梦丽都觉得这么僵着不说话有点尴尬了。

她拉了拉唐星然的胳膊，看向萧惟，藏住花痴的笑容："萧老师，那没啥别的问题，我们就先出去了？不打扰您办公。"

闻言，萧惟颔首，轻轻"嗯"了一声。

两个女生转过身，萧惟抬起了头，默默看着唐星然出门的背影。

出去之后，吴梦丽拽着唐星然问："你们高中是不是还挺熟的啊？

"对了，上次我太激动，都忘了问你。你们高中是同级吗？你怎么比萧老师低这么多级了？"

唐星然敷衍地说："还行吧，算是同班同学。"然后简单解释了一下她为什么低了萧惟这么多级。

"噢，这样啊。"吴梦丽看向她，"啊，妈呀！我突然想到，萧老师刚问你一会儿有什么安排，不会是想约你吧！

"天哪！好像真有这种可能啊！我也是'母胎单身'一个……现在想想，感觉是这个意思？"

唐星然："……应该，不是吧。可能就是随便问问？"

吴梦丽想了想："我觉得不是！天哪！要不你给他发个信息问问！你有他微信吗？"

唐星然皱眉，小声道："算了吧……不然误会了，怪尴尬的。"

两人一路出了校门，去了学校门口的餐厅吃饭。

吴梦丽聊着聊着就能把话题引到萧惟身上，一直在说萧惟在学校名声有多大，据说他博士毕业之后，好几个学校想挖他过去，但是他最后选了北阳大学。

唐星然一直企图转移话题，问一些谭芳项目上的事。

晚上回家之后，唐星然打开电脑，准备再看会儿资料。

那沓法学资料被她随手放在了一边。

临睡觉时，手机上收到一条消息。她打开微信，看到是萧惟发来的。

X：手链，没见你戴。

莫名其妙的一句，唐星然看了半天，觉得他问的应该是十七岁生日时他送的那条红色手链。

唐星然回了他：噢，我放起来了。

X：好。

X：听姜阿姨说，你是准备在外院读博？

唐星然咬了下唇，打字回复道：对，录取结果刚出。明年九月才正式入学。

X：嗯。

唐星然一直停在与他的聊天界面，看着聊天框顶上一直在反复显示"对方正在输入中"。

结果等了半天，萧惟啥也没发。

那句"嗯"就成了两人今晚聊天的结束语。

唐星然放下手机，想了好久那条手链被她收拾到哪里去了。

她翻箱倒柜找了半天，最后在一个寄回来还没收拾的纸箱里找到了。

相同的环境，看着那条红色的串珠。

唐星然似乎还能想起那天他送这条手链的场景。他还骗她说要送的是手办，虽然后来确实也给她送过一次手办。

唐星然看了那条手链好久，鬼使神差般，又把它戴回了手腕上。

洗完澡躺在床上，她又翻来覆去睡不着觉。

萧惟这人真的好奇怪啊，当年不回复她的信，后来还跟萧俊说了他有喜欢的人。

可那只水杯他一直在用，今天还莫名其妙地问她怎么没戴手链，看她的眼神也好像有点……怪怪的？

她真有点搞不懂了……

最后，唐星然只能这么解释，萧惟是懒得换水杯，没坏就一直用。今天

· 302

也就是顺口问她一句手链的事，说不定这手链挺贵的，他以为她弄丢了。

她承认，还是有点牵强。算了，管他萧惟什么意思呢，什么意思都跟她没关系！

虽然离正式开学还有好几个月，但是录取结果已经出了，谭芳也安排了工作。

唐星然过上了每天宅家对着电脑打字的生活。

回国已经有三个多月，唐星然也没刻意去调整时差，依旧是醒了就吃饭、打字，困了就睡。

如此一来，她的作息十分"阴间"，基本是天亮了才睡觉，天将黑时起床。

唐慕说，她这就叫"难见天日"的生活，又这样过了一周，姜静之实在看不下去了。

主要是姜静之现在年纪上来了，晚上睡眠更浅，连唐慕都被她赶去了客房睡觉。

唐星然虽然夜间活动时动静会小些，但还是吵到了姜静之。母女相见的新鲜期已经过去，姜静之忍无可忍了。

这天下午四点半，唐星然起床，洗漱之后去门口拿外卖，被姜静之揪去了沙发上。

"然然，要不你收拾收拾搬到旁边的公寓吧，你这作息时间不太适合跟我们住一块儿。而且年轻人现在不都喜欢自己住吗，得有点自己的生活和空间。"

唐慕在旁边刷手机，一言不敢发。

唐星然撇撇嘴："我跟你们住着也挺好啊，我觉得没啥影响的……"

姜静之无情道："你是没影响，我有影响啊。我都两个多月晚上没睡好觉了，再这么下去我都要神经衰弱了。

"这样吧，要不你把时差倒回来，要不就让你爸帮你搬家。你要是想我们就白天过来，晚上到了时间回那儿去，反正就在隔壁小区。"

她有点懒得搬："我先试试调时差吧……"

于是，唐星然开始强行倒时差。

可这作息时间都维持十年了，第一天晚上，她早早上床，却在床上刷了一晚上手机。

她白天顶着两个黑眼圈被闹钟叫醒，强行坐在电脑前，感觉脑子都不转了。

两天后，她宣告倒时差失败，开始在卧室收拾东西让唐慕帮她搬家。

搬家工作进行得很快，主要是因为唐星然从M国寄回来的很多箱子都没来得及拆，原封不动搬去了公寓。

新家是间一居室，大概六十多平方米。

搬过来之后，唐星然觉得自己住也挺好的，突然就圆了小时候的梦想，可以把房子布置成自己喜欢的样子。

这么多年过去，她的爱好还是没太大变化，在网上下单了一堆软装的材料和摆设，把房子装饰得粉粉嫩嫩，像公主的房间。

这天她刚忙完准备睡觉，已是凌晨五点。

唐星然收到条微信，导师召唤她去学校，当面聊一下她现在负责的项目进度，时间是上午十点。

她睡了不到四个小时，就匆匆起床往学校赶。

这天是周一，她到的时候，校园里到处是人。北阳大学很大，从正门进去之后，还要走很久才能到行政楼。

跟谭芳聊了一个多小时，她被告知有好几处都需要修改，资方还新增了添加例句的要求。

聊完之后，唐星然揉揉眼睛，痛苦地从行政楼出来，往校门走的路上，路过了几栋教学楼。

正是午休时间，教学楼旁边的步道上排着一条长队，长到她一眼都没看见队尾在哪儿。

她有点好奇，往前走了一点，走到了队首。

看到队首那张桌子旁边摆的东西，唐星然没忍住直接笑出了声。

桌子右边摆了个易拉宝，上面写着一个讲座预告。

是这周五晚上萧惟的讲座，是法学院的学委会主办的，主题跟危险驾驶罪有关。

让她觉得搞笑的是，桌子左边居然摆了个萧惟的人形立牌。

她大概看了一眼，那立牌还是等身的。她除了在超市或者什么线下的促销店铺见过演员的人形立牌，也没在别处见过。

没想到现在的大学生这么会宣传，直接将萧惟做成了一张人形立牌。要是萧惟路过这里，看到自己的人形立牌，会不会也觉得很搞笑。

唐星然还忍不住拿出手机给人形立牌拍了张照。

旁边学委会的女生正坐在桌前发门票，拿到的学生都表情激动。

还有人打开相机，把门票放在人形立牌前面，给两者合个影。

学委会的工作人员看到唐星然也拍了照，过来友善地提醒她："同学，咱们这儿领票要去后面排队。"

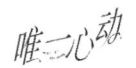

工作人员往队尾瞅了一眼,又遗憾道:"唉,现在排估计来不及了,票不够发。不过还有别的门票获取方式。"

"同学,你可以关注我们法学院学委会的公众号,转发讲座链接到朋友圈,再在讲座链接下面发布五十字以上的评论,我们也会随机抽取三个人发放门票。"

唐星然礼貌性地点了点头,笑道:"好,谢谢你啊同学。"

与她说话的工作人员是个男生,长得挺斯文,大概一米七几的身高。

他主要负责引导和维持秩序,可现场排队的人十分有序,没什么需要他做的。

唐星然说完,他又看了看她的脸,眼睛大大的,笑起来还有两个梨涡,十分可爱。

他又跟唐星然搭话:"哎同学,你也是法学院的吗?之前没见过你,你是大一的学妹吗?"

唐星然轻咳了一声,想想觉得还是不暴露年龄了吧:"我不是,我是外院的。"

男生点头:"哇,怪不得,外院女生都长得好看。那你也是萧老师的粉丝吗?"

"对了,那可能也没法拿票。想听萧老师的讲座的人太多了,我们这次在报告厅办,座位也不多,门票就只提供给法学院的学生。"

唐星然:"噢,这样啊。"

她有点惊讶于这个工作人员的热情程度,但出于礼貌又不得不听着,她现在准备说句告辞的话回家。

还没开口,那工作人员又压低声音道:"不过,也不是没办法。要不你加我微信吧,我是法学院学委会办公室的部长,我可以回去看能不能帮你留张内部票。"

唐星然赶忙摆手:"不用,不用麻烦了,那我就不去了……那个,我一会儿还有事,谢谢你哈!"

男生笑了下:"那行,学妹先去忙。"

"……好。"唐星然被这一声学妹叫得有点不好意思。

她也就是长得显小,估计年龄得比这个"学长"大了快十岁吧。

回家吃了午饭,唐星然准备躺床上补个觉,睡前刷了下朋友圈,看到吴梦丽一分钟前转发了一个萧惟那个危险驾驶罪讲座的链接。

刚要放下手机睡觉,吴梦丽发了条消息过来。

吴梦丽：宝，帮我也转发一下那个讲座链接呗，我室友想去，她没领到票。

　　吴梦丽：对了，还要五十字的评论。

　　吴梦丽：[可怜]帮帮忙。

　　唐星然想到那个工作人员的话，回复她：好像这个讲座只有法学院的学生可以去哎。

　　吴梦丽：她可以借张法学院朋友的校园卡。

　　吴梦丽：都是北阳大学混了七年的老油条了，随便就能借到，哈哈哈。

　　吴梦丽：她听说我上次去了萧老师的办公室都快羡慕死了！还说下次有这种好事一定要叫上她一起。[坏笑]

　　举手之劳，唐星然回复了消息，随手转发了那个讲座链接。

　　她点进去之后，拉到最下面的评论区，已经有几百条评论，内容都差不多。

　　唐星然也懒得自己写，随便复制了一条评论发上去：萧老师真的好帅好帅啊啊啊我好爱他！危险驾驶罪我也太感兴趣了！冷风瑟瑟中排了一个小时，结果没领到门票，呜呜呜，求求了，一定要抽到我，抽到我！各路神仙保佑我！

　　复制发送之后，唐星然困得都睁不开眼睛了，把手机直接调成勿扰模式，倒头就睡着了。

　　............

　　再醒来时，外面天已经完全黑了。唐星然揉揉眼睛，垫了个抱枕靠坐在床上。拿起手机，发现收到了几条微信消息。

　　萧惟发来的。

　　X：[截图]

　　X：你想来吗？

　　X：怎么不直接跟我说？帮你要了张票，有空过来拿？

　　第一条消息里的截图，就是她复制发送的那条评论。

　　唐星然无语，真是尴尬得她脚趾抠地。

　　她睡前太困了，神志不清了，怎么都忘了转发的时候把他屏蔽了！哦，不对，屏蔽了也没用。

　　朋友圈屏蔽了他也能看到这条评论，只要点开这条推送。

　　唐星然想了一会儿，逐渐冷静下来。

　　这门票都要来了，那不要白不要，不如让吴梦丽那个室友去找萧惟拿就好了。

・306・

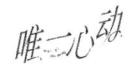

她打字回复：那我让同学去拿吧，你什么时间方便？

唐星然从床上起来，坐在桌前。

点了个外卖的工夫，萧惟就回了消息：现在可以，我在办公室。

X：现在没空的话，后天上午我也在。

X：还没空的话，我拿给你。

唐星然看到最后一句，愣了一会儿。他这么好的吗？也是，毕竟从出生认识到现在。

这交情，应该顶得上麻烦他老人家送张讲座门票。

不过他应该也不知道法学院学委会那边对讲座的具体安排，比如仅限本院学生参加的这条。

唐星然没及时回他，先跟吴梦丽说了声。

吴梦丽：哇！你们这高中同学感情可真好啊，能近水楼台先得月啊！

吴梦丽：有空有空，我和我室友现在立刻过去拿！

吴梦丽：呜呜呜，早知道让你帮忙要两张了，我也挺想去的呢。

唐星然不好意思再开口要了。

她回复吴梦丽：好，下次吧。记得去拿票。

讲座的事，唐星然本来以为到那天拿票为止就结束了。

周五她起得还算早，对着电脑忙活到快晚上九点，准备奖励自己一下。

她打开外卖软件，点了一堆烧烤。

外卖送来之后，唐星然坐在沙发上，一边看搞笑番，一边吃烧烤，感觉生活美滋滋。吃到一半，手机响了声微信消息的提示音。

打开一看，发现是萧惟。

X：你在哪儿？怎么没看到你？

X：我在报告厅隔壁的休息室，想去吃点东西吗？

她在哪儿？她在自己家沙发上吃烧烤！

唐星然看着最后半句话，有点蒙。

这是在，约她吃夜宵？

也是，两个多小时的讲座，讲饿了挺正常，但是她这会儿有吃的，外面好像还在下雨，她懒得出门。

唐星然擦了擦手，委婉地回复他：啊，我今天有点事。我把讲座的票给我同学去听了。

消息发出，她就看到聊天框顶部又像之前一样，闪了好一会儿"对方正在输入中"。

每次都是这样，唐星然甚至有点怀疑萧惟的手机微信是不是有什么bug（故障）。

又过了一会儿，他回了个：好。

此时，报告厅隔壁的休息室。萧惟端正地坐在沙发上，看着手机出了一会儿神。

他退出聊天界面，又打开了唐星然的朋友圈。最新的那一条，还是转发的他讲座链接。他点开链接，往下一直拉到了评论区。

其他评论他上次都直接选择忽略，只看唐星然那条评论。这次，划拉到一半，他就看到了一条一模一样的评论。发布评论的微信名是他完全不认识的，内容却和唐星然那条一模一样。

他好像反应过来了什么。

关掉那条推送，萧惟站起身，表情比刚才更冷了。

门口站着学委会的工作人员，他看着萧惟，轻声提醒："萧老师……您落东西了。"

"哦，谢谢。"

萧惟又转身走回去，拎起桌上的粉色蛋糕盒。

出门时，那个工作人员没忍住，偷偷瞅了眼，看到里面好像是个Hello Kitty造型的粉色小蛋糕。

又过了一周，周末，唐星然看到谭芳在朋友圈转发了一条链接。

有个她在M国时就听说过的Y国翻译界大佬Samuel在北阳大学开设了一门国际课程。

Samuel的专业是西班牙语，但这次课程是用英文授课。虽然他的专业语言不同，但他翻译的技巧和方法也是很值得学习的。

唐星然激动地把链接转发给了吴梦丽，跟她打听这种国际课程是否能去旁听。

吴梦丽回答可以，但是一般这种大佬的课都需要去占座。

而且Samuel的课是在小教室，本来位置就少，估计占座难度比萧惟的课还高。

吴梦丽还说了自己本科阶段的占座经历。

早上六点宿舍门一开，占座的学生就会像百米冲刺一样冲出门去到教室，帮亲朋好友成排贴好占座条。

她有次去占座，到了之后发现一个位置都没了。

她拉唐星然进了一个付费的占座群。

唐星然进去之后，不禁感叹现在的大学生真是"生财有道"，这都能用来赚钱。

群里就是有占座需求的学生按市场价发布消息，能占的人就加好友私聊接单，帮忙早起贴条。

价格根据占座难易程度，从两块起不等。

当天晚上，她就看到有人发了一条萧老师刑法分论课的占座消息。

标注：上午和下午的课都行，最好是前5排，实在不行后排也行。前5排有偿30r，后排有偿15r。

唐星然呆了。

没想到他课的座位还挺值钱。

早上六点，唐星然估计了一下，这个时间她大概率刚睡觉，就在群里仿照别人的信息发了一条占座要求：周二下午Samuel的翻译国际课，位置不限，有偿35r。

发出之后，一直等到周一晚上，群里都没人加她微信私聊。

没办法，她只能自力更生。

一直熬到快清晨六点，她穿上衣服出门去北阳大学。

北阳昼夜温差大，风沙也大，路上狂风呼啸，吹得她鼻子都快掉了。

六点出头，她走到了教学楼门口。

天还没亮，门口就站了有一群人等着大爷过来开门。

等了大概五分钟，看门的大爷拎着钥匙开了门。

说时迟，那时快，还没等唐星然反应过来，刚才门口的一群人就冲了进去。

她也小跑着上楼，找到教室进去，发现里面的座位已经被贴满了条。

窗台都被贴上了条。

唐星然叹了声气，垂头丧气地出了教学楼。

来都来了，她打算去图书馆借本书。

大概是时间太早，头脑不清醒，到了图书馆门口的闸机前，她才反应过来她还没有校园卡，压根进不去图书馆。

这会儿天还没亮，又没到期末复习季，图书馆人不多。

她刚一转头，就看到一个熟悉的身影从门口往闸机走来。

萧惟穿着一身全黑的长款大衣，没扣扣子，脖子上系了条黑色暗格纹的围巾。

他也看到了唐星然，脚下的步子加快了些，走到了她面前。

两人对视了三秒。

萧惟看着她，轻声道："唐星然？"

她摸了下鼻子，抬头看他："啊，萧……老师，早上好！"

听到"萧老师"三个字，他嘴角稍弯了些，又马上敛回去。

"嗯，早上好。你来借书吗？"

唐星然挠了挠头，蹙眉道："打算是这么打算的。"

她顿了顿："到了才想起来，我还没入学，没卡，所以进不去。"

萧惟面无表情，递给她一张卡："那先用我的吧。"

唐星然眨眨眼，小声问："没有人脸识别吧？"

萧惟："没有。"

"噢，那我先借一下你的……"唐星然看着他，有点不好意思道，"不过我要借好几本，可能找书时间会比较久，你在这儿等着的话……感觉有点麻烦你了。"

萧惟听到最后半句，表情不太好。

思忖片刻后，他没太客气，淡淡道："那你先用吧，我回办公室等，用完可以过去还我。"

唐星然"噢"了声，笑道："那行，我借完书去办公室还你。"

萧惟轻"嗯"了声，转身又出了图书馆的门。

唐星然刷卡进去之后，又看了看那张卡。

是一张教职工卡，上面还有萧惟的照片，很模糊，他穿着浅蓝色的衬衫，脸上没有任何表情。

她看着就突然想，拍照的时候摄影师不会让他笑一笑的吗？

唐星然在手机上打开图书馆系统，看着导览索引一共借了五本书。

在自动借书机上刷卡借阅的时候，她发现要输密码，打开微信给萧惟发了条消息：萧老师，密码是多少？借书机上要输。

对面秒回。

X：8位生日号。

星星糖：好的，谢谢！

这数字她太熟了，输入之后，主页弹出了萧惟的借书信息。

她扫了一眼，看到满满八页。

萧惟好像才来北阳大学不久吧……

唐星然把她的五本书录入，抱着转身正准备走，后面的一个男生叫住了她。

"哎，学妹，真巧，又见面了。"

唐星然回忆了一会儿，想起他是上次讲座排队领票时法学院学委会的那个人。

她笑了下:"嗯,我来借书。"

男生:"这么巧,要不咱俩加个微信吧,有空可以一块儿上自习。"

唐星然抿了下唇,道:"还是算了吧,我不在学校上自习。"

男生:"啊,你在校外住啊?"

唐星然"嗯"了声:"我还约了人,先走了。"

男生:"好,对了,方便告诉我你的名字吗?见了两次还不知道名字。"

唐星然虽然觉得没什么必要,但出于礼貌还是告诉了他:"唐星然。"

男生:"好,我叫方子轩。"

唐星然点点头表示知道了:"那我先走了。"

出了图书馆,唐星然就抱着书一路去了行政楼。

本以为只是过来占个座,她也没背包,抱着书的手露在外面,吹得通红。

到了办公室门口,还不到七点,唐星然腾出一只手敲了敲门。

"进。"

萧惟坐在上次的位置上,桌上摆着个电脑,好像正在看什么资料。

唐星然走过去,把卡放在他手边:"谢谢萧老师。我先回家了,还书的时候我再联系你借卡。"

萧惟抬头,盯了她一会儿,没说话。他脸上一点表情都没有,跟小时候一样,让她看不出他在想什么。

半晌后,她正准备离开,萧惟看着她的手背,叫住了她:"唐星然。"

"啊?"

"吃早饭了吗?"

这个点儿是她的睡觉时间,她抿了下唇,说:"我没吃早饭,但……"

但是之后的话还没说出口,就被萧惟打断。

他合上电脑,将其推到一边,站起身:"那一起吧,我买得有点多。"

他打开了身边的柜子,在里面翻着什么,语气平淡:"喝咖啡还是喝茶?"

唐星然正准备拒绝,就看到他从柜子里拿出了一个盒子,又从里面取出一个水杯。

是陶瓷的水杯,跟他桌上的那只一模一样,除了星星的颜色不同。

他那只水杯上的星星是蓝色的,新拿出来的这只是黄色。

唐星然心中微动,坐在了他桌旁的椅子上。

她想了想,说:"热水就行。"

萧惟轻"嗯"了声,去门边的饮水机上给她接了一杯热水。

他把杯子放在她面前,也坐了回去,说:"杯子是新的。"

"噢好,谢谢。"

唐星然手被风吹了一路,也没急着喝水,双手握着杯子焐着。

萧惟把几个食堂打包用的袋子递到她面前,有奶黄包、鸡蛋饼、红糖馒头、卤蛋,还有用小盒子装的四个小菜。

他低头,从抽屉里拿餐具。

唐星然睁大了眼,看着桌上的早餐,感叹道:"确实……买得有点多啊。"

"嗯。"萧惟把袋子里的东西腾到盘子里,又给她递了双筷子。

他看向唐星然。

她今天穿了件浅粉色的羽绒服,连帽的,帽子一圈是毛茸茸的粉色绒毛,这会儿贴在她脸颊两侧。

过去了十年,她的长相也没怎么变,还是脸小小的,眼睛大大的,自来卷的头发松松扎在脑后,乍一看还像个中学生。

唐星然举起杯子喝了口热水,弯唇道:"那……我先吃啦。"

萧惟:"嗯,吃吧。"

唐星然先夹起了一个奶黄包,咬了一口。松松软软,馅料很足,奶香浓郁。感觉好多年都没吃过食堂的这种奶黄包了。

她一边吃着,一边不由得想起了高一时萧惟给她带到宿舍楼下的那两只奶黄包,好像也是差不多的味道。

她又看向手边的杯子,忍不住问:"萧老师,这个杯子是……你买的吗?"

两人对视,唐星然感觉不太自在,马上移开了目光。

萧惟放下筷子,看着她道:"不是,是我做的。"

"噢。"唐星然点点头,问了一个,就忍不住想问另一个。

萧惟桌上的那个杯子,不知道是不是当年跟她一起做的那个。她问:"那你自己的这个呢?"

这次,萧惟沉默了一会儿,眼神中多了些道不明的情愫。

"嗯。"他顿了顿,"这个,你忘了吗?"

他嗓音低哑,说话的时候直直看着唐星然的眼睛,问得她心猛跳了两下。

她刚咬了一口奶黄包,还没等完全咽下去,就开口说话:"噢,我……"果不其然,被奶黄包给呛到了,"咳咳咳……咳……"她捂着脸直咳嗽,眼泪都咳出来了。

·312·

见状，萧惟给她递纸巾。

她接过纸巾，好一会儿才缓过来。

"还好吗？"

"还好还好……"

萧惟看了她一眼，欲言又止。

这一呛，过了大概两分钟，刚才那个问题她还没答，但萧惟已经低着头吃东西，好像没有很想知道答案的意思。

她现在再说没忘，好像显得有点刻意……怪尴尬的。算了，闭嘴吃饭吧。

剩下时间，两人全程无话。

唐星然默默吃完了两个奶黄包和一张鸡蛋饼，帮他收拾了一下桌子，她忍不住打了个哈欠。

"那个……我有点困，就先回家了。"她没多想，顺嘴客气道，"谢谢萧老师的早餐，改天有空也请你吃饭。"

萧惟正拿着一次性抹布擦着桌面。

闻言，他手上动作一顿，抬头看了唐星然一眼："好，什么时候？"

这个问题，让她想到了在网上看到的段子：改天是哪天，下次是什么时候，以后是多久？

唐星然弯了弯唇："有空的时候，我发消息给你。"

半晌后，萧惟"嗯"了声，眸中的光也黯淡下去："好。"

吹了一路冷风回到家，唐星然反而不困了。

想到刚才那只杯子，她越想越觉得不太对劲，又怕是自己想多了，自作多情。

后来萧惟居然又去做了一个一模一样的杯子，而且他说是新的，也就是做完之后一直没有用。

这是什么情况呢？

难不成是他跟之前喜欢的人一起去做的？还做了个跟和她一起做的那个一模一样的？

后来表白失败，就放起来了没用，今天正好她过去，就拿出来给她用？

脑补之后，唐星然觉得这剧情有点不对劲了，也许他就是随便做了一个吧……

好不容易把萧惟从她脑中清出去，她刷了会儿手机，看到通讯录有个新的小红点。

验证消息是：*法学院20级，方子轩。*

这名字好像在哪儿听过，结合"法学院"的这个备注，她回忆了一会儿，想起是那天讲座排队领票和今天在图书馆遇到的那个男生。

验证消息都发来了，唐星然就顺手点了通过。通过之后，对面也没发消息过来，她就放下手机睡觉了。

下午睡醒时，她看到手机上多出的几条消息。

方子轩：Hello！

方子轩：你朋友圈的照片都好好看啊！哎，你好像不是学妹，是学姐哎！

她敷衍地回了句：对，开学博一了。

方子轩：哇！学姐好厉害！

另几条是师门里比唐星然大一级的师姐发来的消息，问唐星然下周一有没有空，替她去当一节课助教，他们几个都要出差参加会议。

她自然是有空的，马上回复了可以。

师姐简单介绍了一下助教的工作，是大二斯瓦希里语的专业课，也没什么需要做的，过去之后看老师有没有需要帮忙的就行。接着，把上课时间和地点发给了她。

周一下午一点半到五点，××楼 B406 教室。

接下来的几天也过得平平无奇，唐星然每天在电脑上打字帮导师做项目。除此，她网购的一些健身用品到了，恢复了在 M 国每天健身的习惯。

到了周一，唐星然起床收拾了一下，就带着电脑出门去北阳大学。

下午一点二十分左右，她到了教室门口。

正准备进去，身后一个熟悉的声音叫住她："唐星然。"

她转头，看到了萧惟。

他穿了一件浅色的连帽外套，显得整个人很干净，冷冰冰的模样，和这个季节很搭。

唐星然摸了下鼻子，主动说："我来当助教，你是……"

她想起来了，那次和吴梦丽来排队问他问题就是在对面这间教室。

"你来上课？"

萧惟点了下头："嗯。"

唐星然点亮手机看了眼时间："快到时间了，那我先……"

"嗯，去吧。"

正是快上课的时间，走廊里人很多。

刚才两人说了两句话的工夫，就有很多人往唐星然这边看。

她又想起了高中时和他一起在楼道里说话的情景,也是引来很多目光。

她深吸一口气,进教室找了个空位坐下。

谭芳一整节课都没什么事需要她帮忙,就第二小节课快上课时让她帮着点了个名。

唐星然全程开着电脑做自己的事。到了下课时间,学生收拾完东西出了教室。

谭芳招招手把唐星然叫到讲台旁边,问了最近她手上工作的进度。说完之后,已经过去快二十分钟。

唐星然穿了外套背上包出门,她都不知道怎么会这么巧,一出门,就看到萧惟从对面教室里走出来。

他很自然地走到唐星然身边:"下课了?"

唐星然点点头:"对。你也下课了?"

两个人问的都是废话。

萧惟:"嗯,下课了。"

他们并肩往楼梯口走去,走廊里人已经不多,但遇到的学生还是会一直盯着萧惟看,有的还会跟他打个招呼。

萧惟就微微颔首表示听到了。

唐星然抿了下唇,侧头看他:"你回办公室吗?"

萧惟没回答,反问:"你呢?"

唐星然挠挠头:"我回家。"

"嗯。"萧惟说,"我也回家,那一起出校吧。"

"噢,好。"

北阳大学有四个门,教学楼离四个门都有好长一段距离。

出了教学楼,外面天已经全黑了,还开始飘毛毛雨。

唐星然把外套的帽子戴上。

她看向萧惟,问:"你从哪个门出校啊?"

萧惟沉默了两秒,说:"你呢?"

唐星然笑了下:"北门。"

萧惟:"我也是。"

两人朝着北门走。

有雨滴落在了萧惟头上,他也没戴帽子。

唐星然看了眼,但没说什么。她想起了高中有次晚自习后跟他一起回宿舍,那天下了雪,她还帮他戴帽子。

萧惟走了一会儿,不知是不是想起了同一件事,抬手抓了抓帽檐,又把手放下。

萧惟问:"回来之后还习惯吗?"

唐星然点点头,随口道:"没什么不习惯的,就是比我想象中要忙很多。导师有个项目还挺着急的,我每天就蹲在家里帮她做项目。"

"注意休息。"萧惟问,"什么时候结束?"

唐星然想了想:"得到8月了。"

她解释道:"但是工作很多,感觉三个多月也不一定能做完。"

萧惟没说话。

空气陷入安静。

唐星然觉得有点尴尬,又问:"那你平时忙吗?"

"还好。"萧惟淡淡地应道,"可以不忙。"

"噢,这样啊。"

两人一路尬聊,走到了图书馆的后面。

是一条小道,两边都是浅绿色的草地和灌木丛,路灯的灯光很暗,再往后就是一排不知道做什么用的平房。附近没什么人。

唐星然好像听到了哪里传来类似小孩的哭声,声音不大。

她看向萧惟:"你听到了吗?"

萧惟沉默了一会儿,道:"好像有哭声?"

唐星然仔细听了听:"有点像小孩在哭?"

萧惟点头:"有点。"

又走了一会儿,哭声越来越小,但还一直持续。

唐星然开始觉得不对劲,就算是有家长带着小孩在学校里,又怎么会让孩子一直哭。

而且哭声很尖锐,听着感觉还有点凄惨。

唐星然侧头看萧惟,提议:"要不还是去看看吧……万一是谁把孩子丢了,这么冷的天,还挺危险的。"

萧惟没犹豫,点头道:"走吧,顺着声音找一下。"

萧惟带着她一路走,到了那排平房后面。从窗口看,里面都是黑的,不像是有人住的样子。

这片没有路灯,唐星然下意识地想去拽萧惟的袖子,但忍住了,她打开手机的手电筒,照着前面的路。

越往里走,声音越大。听得清楚了,倒感觉不太像哭声,比哭声要尖细很多,一声接着一声的。

唐星然咬了咬牙,继续往前走。

316

萧惟侧头看了她一眼，轻声问："害怕吗？"

她硬着头皮摇头："不怕。"

平房后面基本都是草坪和灌木丛，再往后就是学校的围栏。

又走了一会儿，她感觉声源处已经很近了。

萧惟也听出来，想了想说："不然我们分头找？"

唐星然环视了四周一眼，到处都是黑漆漆的，扯了扯嘴角："要不我们还是一块儿吧。"

萧惟淡笑了下："好。"

两人都打着手电，好一会儿后，终于在一丛刚抽出新芽的灌木下找到了声音的来源。

是一窝小奶猫。

唐星然蹲下身，眼睛都亮了："哇，一二三四五，有五只哎。"

唐星然："好可怜啊，最近还挺冷的。有两只都不动了。我们先把它们送去宠物医院看看吧，我想养它们。"

萧惟点头："好。"

唐星然想也没想，就把身上的羽绒服脱下来。

萧惟看着她："你干吗？"

唐星然："把它们包进衣服里啊，外面太冷了，感觉再冻一会儿就要冻死了。"

萧惟语气平淡道："你穿上，我来吧。"说着，就把他的羽绒服脱下来，然后小心翼翼地把五只小猫拿起来。

唐星然愣了下，问："你不冷吗？"

……那肯定冷，最近有寒潮，今天才十度左右，她又问了句废话。

没等萧惟说话，她就瞄了一眼他外套上的帽子，说："你这个帽子好像可以拆，要不把它们放到帽子里吧。"

萧惟想了想，点头道："好。"

将小猫们放进帽子之后，其中三只小猫还在一直叫，眼睛都睁不开。

萧惟双手托着五只小猫，唐星然全程低头看着它们。

她问："哪儿有宠物医院啊？我搜一下。"

唐星然拿起手机，用软件查了下，发现最近的宠物医院也在三公里外。

"我们出了校门打车去吧，有点远。三公里，走过去我都要冻死了。"

萧惟："开车去吧。我的车停在汇知楼的地下车库，不远。"

唐星然点头："好。"

去地下车库要先进汇知楼，然后乘电梯下去。

萧惟手里托着的猫一直在叫,从快进汇知楼到进电梯,一路上的学生都在看他,其中还有认识他的跟他打招呼。

萧惟听到就"嗯"一声。

进了地下车库之后,唐星然主动接过了他手里的猫,习惯性开了后座的门上车。

萧惟转头看了她一眼,没说什么,随后打开手机导航,开车去了宠物医院。

进去之后,医生看了几只小猫,确认有一只没活下来,还有一只有点危险。

剩下三只,做了简单的消毒和检查之后,叮嘱了两人带回家之后要怎么照顾,包括喂羊奶、帮助排泄、注意保暖、打疫苗和检查时间等。

又买了一些宠物用品,付了钱之后,唐星然抱着四只猫出来,萧惟主动帮她拉开了副驾驶的车门。

她坐了上去。

唐星然左看看,右看看,说:"四只哎,你想不想养啊?我怕我一个人照顾不过来。"

萧惟:"嗯,那我养两只吧。"

唐星然笑了下:"好啊。"

唐星然:"哎,那你也得买一套宠物用品,我去帮你买吧。"

萧惟侧头看着她:"你坐这儿等着吧,我去买。"说完,又拉开车门回了宠物医院。

唐星然等了一会儿,萧惟把买好的东西放进后备箱,坐回了驾驶座。

"那你挑吧,你想要哪两只啊?"

萧惟弯了下唇,低头看着她手里的猫:"都可以。"

他安静片刻,抿唇说:"我送你回去吧,你住哪儿?"

唐星然:"清江苑,就是我原来所住小区马路对面的那个小区。"

萧惟发动车子:"好。"

很快,萧惟开车把她送进了小区。

她随便挑了两只小猫,和刚才买的宠物用品一起抱着,准备下车。

唐星然转头看向萧惟,笑着说:"那我先回去了,没想到今天还能捡到猫,我小时候一直想养的,我爸妈都不让。"

萧惟看着她,稍弯了下唇:"嗯,回去吧。有什么事就给我发消息。"

唐星然回去之后,喂了两只猫,又用毯子给它们搭了个窝,看了好一会儿后,才去换了衣服。

刚才一直没看手机，她换好衣服靠在椅子上，发现吴梦丽给她发了好几条消息。

点开拉到最上面的一条，她看到一张照片。

照片里，萧惟用帽子包着几只猫，她走在他身边低头看着，地点应该是在汇知楼。

吴梦丽：啊啊啊！这是你吧，宝？

吴梦丽：我朋友圈已经被萧老师刷屏了，学校论坛也被萧老师刷屏了！

下面是一个论坛的链接，和几张朋友圈的截图。

唐星然点进去看了下。

> 在汇知楼偶遇萧老师！太帅了，他手里还抱了五只小奶猫！
>
> 太反差了！萧老师看着冷冰冰的，没想到还这么有爱心，这一看就是在哪里刚捡的那种流浪小奶猫！
>
> 萧老师旁边这个女生是谁啊？有人知道吗！八卦之心熊熊燃烧！
>
> 回复1：从来没见过哎，可能是大一的新生吧？
> 回复2：五分钟之内，我要这个女生的全部资料！
> 回复3：羡慕死了，呜呜！第一次见萧老师和女生走在一起哎！不会真是师生恋吧，好刺激！
> 回复4：如果楼上的猜测正确，那我宣布我失恋了，请给我一瓶酒再给我一支烟。
> 回复5：歪楼，这猫看着真的好可爱。
> ············

唐星然深吸一口气，关掉了论坛。

她想了想，回了吴梦丽的消息：情况就是我们下课刚好遇到，一起出校门，然后在路上捡了一窝小奶猫。

吴梦丽马上回了消息：太牛了宝。猫呢？在你那儿还是在萧老师那儿啊？

唐星然如实回复：一人两只。

吴梦丽：[感叹号]

吴梦丽：啥都不说了，我好像也要失恋了，呜呜呜。

吴梦丽：祝你们幸福。[大哭]

吴梦丽：算了，我其实也可以转CP粉！

这都什么乱七八糟的。

唐星然又敷衍地回了几条消息，把手机关上。

一整晚，她也没怎么想萧惟的事，全部注意力都集中在两个只有巴掌大点的小东西身上。

等长大点，再给它们取名字。

想想就很快乐！

睡觉时，她还梦到了那两只小猫。

梦里，她给一只猫取名叫萧萧，另一只猫叫惟惟……

之后的一周，萧惟几乎每天都会给唐星然发消息。

问的都是跟养猫相关的事。

唐星然都很热情地回复着，还会推很多宠物博主的链接给他。

因为这几只猫，两人这一周互发的微信消息数量抵得上过去十年的总数。而且，唐星然隐约感觉到，他们之间的距离好像也被这同一窝生的四只猫被拉近了。

几天之后，小猫已经能睁眼了，但还不会走路。在她的悉心照料之下，两只猫幸运地活了下来，而且目前看着还很健康。

唐星然每天对着电脑打字之余，还能看着两只猫在地上爬，看起来一副蠢得很可爱的样子。

她拿手机给它们拍了个视频，随手给萧惟发了过去。

晚上，她也收到了萧惟发来的视频，他那两只猫的状态也差不多。

已经能睁开眼，漫无目的地伸着小爪子在地上爬。

唐星然看着视频，就想到萧惟跟小猫相处的样子，感觉有点违和。她能想象到那个画面，萧惟冷眼看着两只小猫，面无表情地用小奶瓶给它们喂奶。

这么想着，她一个人在沙发上笑出了声。

某天早上，唐星然收到了姚青悦的微信，她出差结束，今天已经回北阳了，问什么时候有空出去玩。

唐星然回复随时，反正她的时间可以自由安排。

因为姚青悦和付楚平时上班，就约好了这周六一起吃火锅，吃完去打斗地主，打完去唱歌。

周五傍晚，付楚约了萧惟去打羽毛球。

中场休息时，两人坐在旁边的椅子上。

付楚瞅了一眼萧惟："哎，听我老婆说，唐星然从M国回来了啊？"

萧惟仰头喝了口水，淡淡道："嗯，就准备在北阳大学读博士。"

付楚睁大眼："那你们离得也太近了。不对，你本硕博都在北阳政法读的，我之前一直以为你就算留校也会在北阳政法。"

"我的天，你不会是提前知道她要去北阳大学你才去那儿的吧？"

萧惟没说话，脸上一点表情也没有。

认识这么多年，萧惟不说话是什么意思，付楚也能猜到了。

就像之前付楚开玩笑问他："萧惟你到底喜不喜欢唐星然？"

或者问他："你这么多年都单身，不会是一直等着唐星然吧？"

萧惟都不说话。

看他又不说话，付楚激动得跺了下脚："那她现在有对象吗？"

萧惟摇头："不知道。"

付楚扯了扯嘴角："大哥，你不知道不会问她吗！屁大个问题！"

萧惟想了想，说："应该没有。"

付楚一脸的恨铁不成钢："本来看你这张脸，我高中的时候以为你肯定是我们班最早结婚的，没想到我孩子都快生了，你连个恋爱都没谈过！

"要不我给你帮帮忙？照你这速度，估计我孩子都生三个了，你人都没追到手。

"追女孩我有经验啊！谈恋爱我也有经验！我和我老婆认识十几年了，感情还是相当好的！"

萧惟扫了他一眼，听得实在心烦，言简意赅道："不用。最近几个月她特别忙，我想等她有空再说。"

付楚笑了下："这就是你不懂了吧，女孩子的时间都是留给想留的人。我老婆明天就约了唐星然出去聚呢，哦对，还有我也一起。"

他继续补刀："我们要去吃火锅，吃完打扑克，打完扑克再去唱歌。"

萧惟没出声。

付楚坏笑着看向他："萧老师，你想不想跟我们一起去啊？"

Chapter 9
结了个婚婚

周六下午,唐星然起床收拾了之后,就打车去了跟姚青悦约好的火锅店。为了方便说话,他们提前订了个小包间。

唐星然提前了十分多钟到,付楚和姚青悦都还没来。

她先进了包间,坐下刷手机。没过一会儿,就听到门把手扭动的声音。以为是姚青悦他们到了,唐星然站起来,快步走到门口去迎接,露出了大大的笑脸。

门开了,来人却不是付楚和姚青悦,而是萧惟。

他穿了件长风衣,衬衫外搭毛衣,牛仔裤,跟他平时的穿衣风格不太一样。

她和萧惟面对面,视线撞上。

唐星然睁大眼,脸上的笑容消失了一半。

她侧头确认了一下门上的包间名字,看向萧惟:"萧老师……好巧啊,你也来这儿吃饭?"

"不过……你是不是走错包间了?"

"没有走错。"他面不改色,看着她,"付楚叫我一块儿来的。"

"……噢噢。"唐星然有点尴尬,侧身让道,"那进来坐。"

萧惟"嗯"了一声,看着其中一个椅背上挂了她的外套,走过去坐在了旁边的位置。

唐星然也回去坐下,拿起手机给姚青悦发消息:付楚叫萧惟了?你怎么没跟我说啊?

星星糖:呜呜,我刚看到他还以为他走错包间了,尴尬死了。

星星糖:你们还有多久到?

位置相邻,整个包间又只有他们两人,空气有些安静,不说点什么好像挺尴尬……

唐星然把手机放下，清了清嗓子，看向萧惟，找了个话题："小猫怎么样了？"

与此同时，萧惟也开口，两人声音重合："你有对象了吗？"

唐星然："哎？"

她以为自己听错了，眨眨眼："你刚说什么？"

萧惟沉默了一瞬，又重复了一遍，声音比刚才小些："我刚才说，你现在有对象了吗？"

"还没有。"唐星然摸了下鼻子，"怎么了？"

两人挨着坐，她也看不到萧惟的表情，站起来，伸手去拿桌上的水壶。她余光似乎看到萧惟的嘴角弯了下。

"嗯，没怎么。"他接过她手里的水壶帮她添水，一会儿后，悠悠道，"我也没有。"

啊？

这什么意思？他也没有，所以呢？

她又喝了口水，等着萧惟说下文，却发现他没下文了。

他开口，直接换了个话题："小猫挺好的，就是有一只昨天好像吃多了，有点吐奶。今天看着没什么问题了。"

唐星然"噢"了一声，满脸黑线道："那就好。"

她手机响了一下，看到姚青悦发来消息。

姚青悦：啊呀，唐唐，不好意思啊，付楚也是刚刚才跟我说。

姚青悦：一会儿你直接骂他！

姚青悦：我们路上有点堵车，可能要晚个十分钟。

姚青悦：你们饿了就先点菜先吃！

唐星然回了个"好"，侧头看萧惟："他们说还得十分钟后到，让我们饿了就先点先吃，你饿吗？"

萧惟问："你呢？"

唐星然歪着头道："我还不饿，那等等他们吧？"

"好。"

又聊了几句养猫的话题，萧惟看向她，问："你下周什么安排？"

"啊？"唐星然想了想，"下周啊……估计在家帮导师做项目吧，周三可能去蹭一节国际课，如果能占到座位。"

萧惟沉默了小半晌，说："周四、周五有空吗？想不想出去玩？"

这是在约她吗？

唐星然愣了下，向他确认："你想跟我一起出去玩？"

萧惟这次没犹豫，点了点头："嗯。"

侧头看着那张脸，唐星然心跳漏了一拍，小声道："噢……去哪里玩啊？"

萧惟思忖片刻，说："去鬼屋吗？"

他记得高一的时候唐星然就叫他陪她去玩鬼屋，然后一直没去成。唐星然也想到，有种不可思议的想法在心底逐渐蔓延。他难道是记得？

她咬了下唇，做出决定："不去鬼屋了。"

萧惟眼中的光芒就要黯淡下去，又听到她说："要不去密室逃脱吧，纯鬼屋不好玩。"

闻言，他弯了下嘴角："好。"

唐星然低着头没再说话，掰着手指猜测他这是什么意思。

还没想出个所以然，门被推开，姚青悦和付楚出现在门口。

唐星然马上站起来。

"啊啊！唐唐！"姚青悦激动地冲过来跟她拥抱，"太久没见你了，十年了啊！"

唐星然也很激动，刚才的那点情绪暂时抛到脑后："对啊，对啊！我要哭了，青悦，终于见面了！"

付楚和萧惟看着两个抱在一起的女生，对视一眼。

付楚为了融入气氛，突然学着姚青悦的样子冲到萧惟面前，一把抱住他："萧惟！好久不见！想死你了！"

……明明昨天才见过。

萧惟嫌弃地把他推开，冷声道："你有毛病？"

付楚挑眉："这不是被气氛影响了嘛，我又不能去抱唐星然。"

萧惟瞥他一眼。

四人都坐好后，服务员进来点菜。

付楚抬眼，问："我记得唐星然好像也能吃辣的吧？那我们就点全辣锅底了？"

唐星然下意识说："萧惟好像不能……"

付楚打断她，笑道："不用管他，他现在能吃辣。"

她愣了愣，看向萧惟，小声问："你可以吗？"

萧惟嘴角挂着很淡的笑意，点了下头："嗯，可以。"

"……噢好，那就……微辣吧。"

服务员出去之后，姚青悦开始拉着唐星然说话，两个男人完全插不上话。

"唐唐,你一点儿都没变哎,和高中一模一样。你有没有发现我有什么变化!"

"你好像,染头发了?"

"对!亚麻棕,怎么样怎么样?我还在想要不要去把发顶烫一下。"

"你在M国怎么样啊?是不是特别忙,都没怎么联系过。"

旁边,付楚正好坐在萧惟正对面,不停地给他使眼色。

萧惟知道付楚啥意思,但觉得他多管闲事。

好一会儿后,付楚还在对他挤眉弄眼,萧惟忍不住说对方:"你的眼睛有问题?"

付楚白了萧惟一眼:"不懂就算了。"

随即,看着他用口型道:"活该你单身。"

一顿火锅吃完,萧惟都没怎么说话。

唐星然偶尔往他那儿瞟一眼,发现他是真的可以吃辣了,不像高中的时候吃川菜还要用清水涮一遍。

关于火,姚青悦想起之后的安排是打斗地主,她看了眼萧惟:"现在四个人了哎,要不我们去打麻将?"

姚青悦:"唐唐和萧惟你们会打麻将吗?"

唐星然摇摇头:"我不会哎。"

萧惟:"不会。"

两个新手,姚青悦放弃了:"那我们直接去唱歌算了。"

"好。"

萧惟很主动地把火锅的账结了,付楚拍了下他肩膀,也没跟他客气。四人坐电梯直接去了楼上的KTV。

唐星然唱歌其实有点五音不全,但她自己从不这么觉得。唐慕和姜静之一直这么说,但她觉得她唱的每句都在调上。

进去之后,她点了几首歌。

第一首唱了两句,付楚和姚青悦表情就不对劲了,都憋着笑。萧惟则还是那副面无表情的样子,靠在一边看着她。

唐星然一首歌唱完,姚青悦实在忍不住笑出了声,付楚也跟着笑。

"你们笑什么啊?"她挑眉,看向两人,"我跑调了吗?"

姚青悦笑着,重重点头:"跑得我都听不出来是哪首歌了。不过没事,唱得开心就行!"

唐星然还是没觉得自己跑调,又看向萧惟:"我跑调了吗?"

付楚和姚青悦都一脸吃瓜相看着萧惟。

325

他沉默了两秒,摇头:"没有。"

付楚忍不住笑了声:"萧惟,你这睁着眼睛说瞎话啊。"

萧惟扫了他一眼,没理他。

唐星然嘴角扬起,露出两个小梨涡:"我也觉得我没跑调。"

她看向付楚和姚青悦:"肯定是你俩耳朵有问题。"

....

萧惟全程就在旁边坐着,一首歌都没点。

唱到后半场,付楚开始说他:"你好歹点一首吧,就光听着我们唱?"

萧惟"嗯"了声,懒散地在角落坐着。

又唱了一个小时,大家都累了。临走时,付楚点了一首火了至少十几年的情歌,把话筒直接塞到萧惟手里。

他蹙了下眉,看着歌词的内容,想了一会儿,低头唱了一句。

他一开口,姚青悦和付楚就愣住了,随后大笑出声。

付楚拍着大腿,边笑边大声说:"萧惟,你这跑调更夸张啊,也太搞笑了!"

萧惟下意识地看了一眼唐星然,把麦克风放到了桌上,声音没一点温度:"不唱了,走吧。"

一直到下电梯,付楚和姚青悦还一直在笑。他们都以为萧惟这人从小到大十项全能,没想到砸在了唱歌上。

萧惟直接无视他们。

四人出了门,外边天已经黑透了,萧惟看向唐星然:"我送你回去吧。"

唐星然摸了下鼻子:"啊……好。"

姚青悦看见她的小动作,和付楚对视了一眼,然后露出意味深长的笑容。

把唐星然送回小区,临下车时,萧惟问:"周四还是周五?"

"啊?"

"密室逃脱。"

唐星然坐在副驾驶,两人离得很近,能闻到他身上淡淡的香味,感觉很熟悉,很好闻。

不知为何,她有点不太敢看他,就目视前方,余光里他修长的手轻搭在方向盘上。

唐星然想了一会儿,抿唇道:"周五?"

萧惟淡笑了下:"好,那周五我来接你。"

"好……那我提前看看去哪家店玩……"

"嗯，可以发给我也看看。"

到了家，唐星然感觉憋了一天的情绪像小火山一样。

她先给小猫喂了吃的，换了衣服之后又去跳了快一个小时的健身操，还是觉得心里像是有一团火一样难受。

坐在桌前，她打开了手机上的搜索引擎，输入：男生约你出去玩是不是代表他喜欢你？

结果出来后，她看到最高点赞的一条回答：不一定，但肯定代表他不讨厌你，也许是把你当好朋友。

唐星然仔细想了想，觉得挺有道理的。

某种意义上，她和萧惟本来就是朋友，是从小到大的好朋友。

又去洗了个澡，从浴室出来，胸中的闷火灭得差不多，她放弃思考，管他什么意思呢，不想了，怪累的。

第二天下午起床，唐星然同时收到了唐慕和谭芳的微信。

谭芳叫她一起去跟资方的人开个会，唐慕说萧俊回北阳了，想叫两家人一块儿吃个饭。

时间恰好撞上。

她就回了唐慕说她不去了，要跟导师一起开会。

晚上，她出门去了隔壁小区，和姜静之、唐慕一块儿吃晚饭。

吃过饭，唐慕和姜静之坐在沙发上看电视。唐星然瞅了一眼，发现他们在看一档相亲节目，还看得津津有味。

她坐到两人旁边，说："你们怎么开始看这种节目了？"

姜静之和唐慕想让她回国主要有两方面原因：第一，离家近。这一点已经实现了，打个电话就能叫她回家吃饭。

第二，让她早点找个对象成家。现在读博的事也确定下来，可以着手安排找对象的事了。

两人对视一眼，本就是挖好坑等着她往里跳。

姜静之顺着她的问题说："你看啊然然，这个女生刚读硕士，就上节目来找对象了。"

这暗示意味太足，唐星然撇了撇嘴，反驳道："她可能是个博主，上节目吸一拨粉。"

姜静之当没听见，又道："你自己也不着急。我们又不能陪你一辈子，总得找个人陪你一起过吧。"

唐星然看她一眼："我觉得自己过也挺好。"

姜静之叹了声气，苦口婆心地说："那再过几十年呢，我们都不在了你就不这么觉得了。"

说着，她拿出了手机，当面给唐星然发了一堆资料。

"你看看这几个男孩子怎么样？我们都帮你筛了一遍，这几个家庭条件都跟我们家差不多，学历也好，你看有合适的就先约了见一面。也不一定要怎样，就当认识认识，交个朋友。"

唐星然拿来手机，皱眉看着几份简历上大大的相亲网站水印，心想，有上这儿交朋友的吗？

她扯了扯嘴角，敷衍道："我先看看吧……"

"行，你好好看看啊。"

姜静之也低头看着，时不时还把手机递到唐慕眼前："你看这个是不是挺好？"

唐慕点头："确实，长得也挺好。"

姜静之："北科大博士刚毕业。"

唐星然揉了揉眉心，说："那个，我还有点事要忙，先回去了啊。"

姜静之看她一眼："行，路上小心点。"

"发你的资料记得看啊。"

"……噢。"

回去之后，唐星然一打开手机，就是姜静之发给她的资料那个页面。

她想了想，随手划拉了几张就关掉了。

想到要跟一个完全陌生的人认识，然后谈恋爱，结婚，用短暂的几个月或是一两年决定之后的一辈子，她就觉得很难接受。

而且，知人知面不知心，有了 M 国大学室友 Elaine 的事，她还觉得隐隐有些害怕。

一个人过一辈子，不找对象，好像也没什么不行的。

她看到资料上的那些人，完全没有想跟他们一起生活的兴趣。

很久之前，好像有过这么一个人……她特别喜欢他，想跟他一直都在一起，还会幻想未来跟他一起生活的样子。

可她又不禁觉得，也许只有年少时才会有这种冲动，长大之后，世界好像变得越来越复杂，一切都不会那么纯粹了。

她也在无数个复杂的瞬间，在她没有做好准备的时候，长成一个大人。

唐星然深吸一口气，想到姜静之刚才说的话。如果以后唐慕和姜静之都

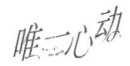

不在了怎么办?

到了那时,感觉世界上就只剩下她一个人了,想想也觉得很害怕。

找对象也很可怕,不找对象也很可怕。

唉,做人真难。

唐星然逼迫自己不去想这些,拿出电脑开始忙导师的工作,写明天开会汇报时需要的文稿。

让她没有想到的是,这一切的纠结和进退两难,都将在明天被解决。

周一的会议在下午三点,唐星然稍微调了下时差,起床后就赶往那家互联网科技公司。

她汇报之后,对方还算满意。负责人又看了一遍她已经做好的那部分内容,从公司出来时,已经是晚上七点多。

谭芳的老公过来接她回家吃饭,今天的任务算是全部结束。

唐星然没着急回去,在附近找了一家川菜馆,准备吃了饭再回。这家川菜馆在住宅区门口,虽然过了饭点,里面人却不少。

她一进门,门口的服务员扬声道:"欢迎光临,您几位啊?"

唐星然比了一根手指:"一位。"

服务员:"啊,好嘞,那您坐这边小桌。"

店里烟火气很重,挨着小区,基本都是一家人来吃饭的。四周的人吵吵嚷嚷,有说有笑,唐星然突然就感觉到了孤独。

这家川菜馆也许是学习某家网红店,点完菜之后,服务员还拿了只泰迪熊放在她对面的座位陪她吃。

还不如不放,一人一熊,显得更凄凉了。

上学的时候,去哪儿都是一群朋友同学一起,现在身边的人都好像有了自己的生活,不能像以前一样热闹,但让生活稳定下来,其实也是一件好事。

唐星然揉揉太阳穴,觉得这两天她想得有点多了,好像小时候从来都不会去想这些问题。

不知道是因为她年纪上来了,还是读文科之后,文学作品看多了,变得多愁善感。

快吃完饭,她手机响了,姜静之给她打了个电话。

"然然,你开完会了吗?"

唐星然:"开完了,我在外面吃了个饭,准备打车回去。"

姜静之:"你在哪儿啊?我们去接你,一会儿告诉你一件大事!"

唐星然挠挠头:"啊?什么大事啊?"

姜静之:"等到了跟你说,你把地址发过来。"

"……噢。"

挂了电话之后,唐星然感觉有点摸不着头脑。

能有什么大事?整得还挺神秘,还得当面跟她说。

在店里等了一会儿,姜静之发来消息,说他们到门口了。

唐星然上车坐到后排。

唐慕和姜静之一起转头看向她,眼神都怪怪的。

唐星然看看唐慕,又看看姜静之,问:"到底出啥事了啊?要不你们先告诉我好事坏事,让我有个心理准备?"

"好事,当然是好事!"姜静之清了下嗓子,"然然,你觉得萧惟怎么样啊?"

她有点蒙了:"他什么怎么样啊?"

姜静之:"当然是他人怎么样?你俩结婚怎么样?你还记得不,你小时候就天天追着人家说长大要跟他结婚。你们高中不是关系也挺好的吗?

"之前都忘了,刚好你俩都单身,又知根知底的,还从小一起长大,多好啊。

"萧惟这条件比资料里那些人都好太多了。"

姜静之看向唐慕:"你说是吧?"

唐慕笑了下:"确实是。"

唐星然愣了会儿,皱眉道:"不是。你们怎么突然又看上萧惟了,不是昨天还在看那堆相亲资料吗?"

唐慕和姜静之对视一眼,姜静之问:"要不直接跟然然说?"

唐慕耸了耸肩,淡笑道:"你决定。"

姜静之笑了下:"长话短说。就是下午我们一块儿吃饭,萧惟说他想跟你结婚。"

"啊?"唐星然直接惊呆。

第一反应,她以为自己听错了:"啥玩意儿?他这么说的吗?"

唐慕看了眼姜静之,忍不住道:"这长话短说得有点太短了啊……你还不如把下午我们几个的原话给然然复述一遍,毕竟这是然然自己的事。"

姜静之点点头,大概说了一遍下午聚餐的情形。

萧俊一家三口都去了,加上唐慕和姜静之,几个人就一起聊天。

萧惟还是像平时一样,坐在旁边不说话,默默吃饭。

吃到一半,萧俊和覃雅宁就开启了催婚模式。

姜静之和唐慕也着急这事，就说，现在年轻人怎么都不爱找对象，唐星然也一点都不着急。

于是，萧俊一拍大腿，看向萧惟："哎萧惟，你和然然都没结婚，也都没谈对象，要不你俩凑一对过日子得了。"

唐慕和姜静之本以为萧俊是开玩笑提了一句，看萧惟不说话，准备给孩子找个台阶下。

毕竟两家人这么熟，开这种玩笑容易伤感情。

结果还没等唐慕开口，萧惟就抬起头，一脸认真地说："我觉得可以。"

话一出口，在场的人都愣了一瞬。萧俊笑了声，正准备说话，被覃雅宁打断。

覃雅宁看向萧惟，问："萧惟，你是认真的？"

萧惟点点头，看了眼姜静之和唐慕，有些紧张。

他抿了下唇，郑重道："就是不知道唐星然愿不愿意。如果她愿意，我会一直对她很好的。"

萧俊忍不住大声道："萧惟你可以啊，我之前咋没发现你还有这本事。人家追女孩都劳心劳力的，你这倒好，直接越过然然跟人家父母聊上结婚的事了。"

萧惟攥了下拳，没说话。

萧俊又看他一眼，笑着说："这下好了。老唐，你们觉得咋样？行的话今天这顿我请，就直接当双方父母见面了。"

唐慕瞟了他一眼，碍于萧惟的面子没说他。

姜静之想了一小会儿，看着萧惟："我觉得挺好，萧惟是我们看着长大的，把然然交给你也放心。"

唐慕："我也这么想，等回去之后问问然然的意思。"

姜静之笑了下："等啥啊！现在就问她。"

唐慕："然然她开会呢。"

姜静之："对对对，我高兴得忘了，那一会儿问。"

剩下的时间，四位家长就津津有味地探讨起两个人的婚后生活。

萧惟作为当事人，却被晾在一边成了透明人。

四位家长甚至开始在手机上查皇历，看哪个日子适合去领证，再后来，选婚礼场地，就差给他俩把孩子名字都取了。

姜静之大概说完，看向汽车后座的唐星然。她笑着问："就是这么个情况，你觉得怎么样？

"你也觉得萧惟挺好的吧？你俩关系一直这么好，现在又在一个学校。"

这也太突然了，她还没反应过来情况。好半晌后，唐星然深吸一口气，小声道："我……先想想吧。"

姜静之这两年处于更年期，听到她说还得想想，有点着急："还有什么想的？要不你说说，我们帮你一块儿想？"

唐慕在一旁道："让然然想想吧，毕竟，结婚是件大事。至少得让她跟萧惟商量商量吧。咱们这是新时代，又不整包办婚姻那一套。"

姜静之瞪他一眼："怎么就包办婚姻了？亲闺女，然然要不愿意我还能强迫她啊？"

她看向唐星然："你不愿意？"

唐星然揉了揉眉心："我也不是不愿意，得稍微考虑一下。"

被姜静之念叨了一路，回家后，唐星然心里乱七八糟的。

萧惟怎么突然就想跟她结婚了？

唐星然在心里想了几种可能性，觉得最大的可能性就是现在到了该结婚的年纪，他也觉得跟她凑合着过挺好。反正两人从小一起长大，以前关系还挺好，省了相亲的不少麻烦事。

除此之外呢，她性格还算不错，长得也还行。

萧惟……好像也还凑合吧。家里条件挺好，长得好看。看着他那张脸，同在一个屋檐下生活，饭都能多吃两口。

至于感情，现在没有，之后可以慢慢培养，就算培养不出来，就把他当成合住室友。

至于他以前喜欢的那个人……唐星然觉得以他的人品，跟她结婚之后应该不会再跟那个人有什么，但她在这个月之前，都从来没考虑过结婚的事，还是觉得太突然了。

正想着，手机响了一声，萧惟给她发了条消息。

X：有空聊聊吗？

唐星然看着，深呼吸了一下，先把聊天界面关掉了。

她去洗了个澡平复心情，又打开电脑浏览了一会儿网页。

刚一打开，就看到一条新闻：单身独居女子在家中猝死，两月后查水表时尸体才被发现。

标题下面还有打了马赛克的图片。

唐星然把网页关掉，深吸一口气，拿出手机点开了和萧惟的聊天框：听说你想跟我结婚？

对面秒回：嗯。

收到这条消息之后，唐星然看到聊天框顶部又一直显示"对方正在输入中"。

她想了想，发消息问他：要是跟你结婚，你会一直都跟我在一起吗？

萧惟又是秒回：会的。

唐星然咬了下唇，在心里默数三个数后，做了决定：好，那就结婚吧。

这条消息发出之后，她觉得心跳快得离谱。

她又问：结婚……是先去领结婚证吗？

星星糖：那明天下午去？

萧惟这次没有马上回复，她等了大概有两分钟。

X：是要先领证，但是最好挑一下日子。

X：这周五就可以。

唐星然想到周五两人约了密室逃脱，打字回复：那刚好，我们玩密室逃脱之前先去领证。

X：好，那我早点去接你。

X：那周五见，我先去忙了！

X：嗯，早点休息。

唐星然把手机摁灭，站起身伸了个懒腰。

她突然觉得结婚好像也挺简单的……尤其是跟萧惟结婚，三言两语就把这事敲定了。

至于以后怎么办……就以后再说吧。

天快亮时，唐星然把手里的工作做完，小猫也处理好，洗漱后躺在床上。这一天过得就像做梦一样。

莫名其妙她就要跟萧惟结婚了，年少时得不到的人，现在却毫无预兆地出现在她面前，还即将成为跟她共度一生的人。

她想了又想，觉得在这件事里她一点亏都没吃。

之前想到要跟资料里那些人结婚，她就觉得特别排斥，但跟萧惟结婚，好像就没什么不能接受的。

这事来得突然，可她这会儿看着天花板，竟觉得突然得还挺自然，好像她和他之间，本来就应该是这么个结果。

就像小时候说好的一样，就像年少时她幻想过的一样。

第二天还没睡醒，唐星然就被姜静之的微信消息和电话一起轰炸了。

她揉着眼睛接起电话，就听到姜静之提高了音调问："你跟萧惟商量好周五去领证？"

唐星然困乏地"嗯"了一声："对啊，准备今天跟你说的。"

姜静之沉默了一会儿："是不是有点太快了？"

唐星然打了个哈欠，从床上坐起来些："还好吧。都商量好了，迟早的事，早晚也没啥区别。"

姜静之："……那你记得提前回家来拿户口本。"

又说了一会儿，唐星然看了眼时间，发现她才睡了三个小时。

姜静之在电话里说着两家人什么时候一块儿吃个饭，什么时候把萧惟带回家看看，然后让她也去萧惟他们家一趟。

还问结婚之后他们打算住哪儿，萧惟好像有两套房子，不知道离北阳大学近不近。

唐星然一个哈欠接着一个哈欠，感觉头都有点晕了："等之后再说吧。我太困了，我们下次再说啊。"

她挂了电话，接着睡觉。

下午醒来时，看到手机上萧惟也发来了几条微信。

X：你想住哪儿？

这条消息下面是两个定位，显示了两个小区的名字。

有一套唐星然大概记得，是他爷爷家那套别墅；还有一个小区离这里不远，应该是套公寓。

别墅太远了，住在那儿她开学之后上课不方便。

唐星然回复：后面那个吧。

她起床，洗漱的时候，听到手机在响，发现是萧惟的号码。

这么多年，他居然没换电话号码。

她接起来，听到了熟悉的声音。

萧惟语气清淡，但听起来给她一种心情不错的感觉："在忙吗？"

唐星然还在刷牙，含含糊糊道："没有，我刚起床。"

萧惟："午睡？"

她把嘴里的泡沫吐出去："不是，我还没倒过来时差。"

萧惟"嗯"了一声，切入正题："后面那套公寓装修还差一点，要不要一起看看？"

唐星然把牙刷牙膏放好，举着手机出了浴室："你看着弄吧，不用太复杂，看着舒服就行。不过，我住的那间可以把墙刷成浅粉色吗？"

听到"我住的那间"五个字，萧惟沉默了一会儿："行。"

萧惟："我让装修公司快点，装完可能还需要放一段时间。"

· 334 ·

唐星然很善解人意地说:"没事不急,慢慢来,我也不着急搬。"

电话那边又沉默了一会儿,才道了一声:"好。"

唐星然坐在桌前,听他不说话了,便问:"还有别的事吗?"

萧惟:"我下周开始可能会忙一阵子,有个课题快结项了。"

唐星然笑了下:"没事,你忙你的,我忙我的。要是来不及的话,周五我们领了证就先不去玩密室逃脱了,你先忙完再说。"

萧惟语气比刚才差了些,淡淡道:"没事,没那么忙。"

挂了电话之后,唐星然就打开电脑开始工作。

中途休息的时候,她随手在 APP 上搜了几张房间装修模板,粉粉嫩嫩的那种,发给萧惟。

过了一会儿,对方回了个"好"。

她便摁灭手机,继续忙项目的工作。

周四一起床,唐星然就收到谭芳的消息,叫她去学校开个会。

本来昨天跟姜静之商量好了,今天要回家去拿户口本,萧惟也一起去家里吃饭,结果现在没空了。

唐星然怕姜静之念叨她,就直接给萧惟发了条消息:我导师有事找我,你先自己去我家吧,顺便帮我把户口本带出来,今天我就不过去了。

好久之后,才收到萧惟回复:好。

于是萧惟提着大包小包的礼物只身去了唐家吃饭。

第二天,唐星然没忘了要去领证,比平时稍微起早了些,但起床时还是已经下午两点了。

她看到手机上有两个萧惟的未接来电,还有几条微信消息,是他十点多发来的。

X:还没醒?

X:那我在楼下等你。

X:醒了记得发条消息给我。

唐星然算着时间,心里"咯噔"一下,他在楼下等了快四个小时了。

内疚之余,唐星然还有点不解,等她起床再去呗……这么着急过来……

她先回了消息:醒了醒了。

星星糖:抱歉,久等了!我马上收拾一下就下楼!

X:嗯,没事,不急。

唐星然看到后两个字,撇了撇嘴,她确实不急,急的是他。

火速洗漱、化妆、换衣服下楼，她看到萧惟的车就停在楼前。

唐星然想了想，坐到了副驾驶的位置。

上车之后，她侧过头，发现他今天穿得很正式，黑色长款的大衣，里面是衬衫和西装。

和她身上这件卡通连帽卫衣相比，显得格格不入。

萧惟看了她一会儿，拿出一个很小的盒子。

他声音比平时温柔了很多："戒指。"

唐星然眨眨眼："哇，还有戒指。"

萧惟淡笑了下，看了眼后面："嗯，应该的。我还带了花给你，在后座。"

唐星然弯唇，顺着他的视线看过去，一小束粉色的玫瑰放在后排座椅上。很精致，可以看出插花的人品位很好。

她笑了下，随即接过他手里的戒指盒打开。

她取出戒指，看向他："这算是结婚戒指吧？应该戴在哪根手指头上啊？"

"左手无名指。"

萧惟："我帮你戴吧。"说着，他从她手中接过戒指，握着她的手轻轻戴上。

他一手轻托着她的手掌，两人接触，唐星然能感受到他手背上微凉的温度，还有指尖的动作。

她心跳似乎漏了一拍，垂眸看到他无名指上也戴了一枚戒指，跟她这枚是一对的。

唐星然咬了下唇，偷偷抬眼看他。

萧惟嘴角微微上扬，神色柔和，完全没有平时那副拒人千里之外的样子。

他肤色很白，没戴上课时那副银丝框的眼镜，下颌线精致流畅，配上这身衣服，显得那张脸更好看了。

萧惟已经帮她戴好，松开她的手看向她，两人视线恰好对上。

唐星然立刻别开头。

萧惟也没在意，看着她问："那现在去领证了？"

唐星然目视前方，点点头："好。"

车子发动，唐星然又低头看了眼手上的戒指。

车内空间本就很小，加上两人离得近，她能闻到萧惟身上淡淡的香味。她突然就有了结婚的真实感，不像前两天，她总觉得像是做梦一样。

现在，婚戒戴在手上。

而身边的人，马上就要成为她老公。

萧惟开着车,问:"选好店了吗?"

"啊?"唐星然刚在发呆,以为漏掉了他什么话,"什么店?"

萧惟语气平淡:"密室逃脱。"

"噢噢,选好了,一会儿我用我手机导航。"

"嗯。"

"前天我跟装修公司商量了工期,一个月之后我们就可以搬过去。"萧惟说。

"噢,好。"

又随意聊了几句,萧惟问:"婚礼想什么时候办?"

唐星然想了想,说:"不着急,以后再说吧。"

萧惟"嗯"了一声:"行。"

快到民政局门口,刚路上积攒起来的那点儿结婚的真实感更盛了。

唐星然脑子里乱七八糟的,想着身边这个西装革履的人。

她跟萧惟认识实在太久了,他不仅是她年少时喜欢过的人,还是那个小学抢她零食骗她背书包的竹马。

准老公、暗恋对象、竹马。

这三个形象叠在一起,让唐星然觉得有点怪怪的。

直到进了民政局,她还是心不在焉的,小时候、高中、现在的画面一个一个从脑中闪过。

拍照的工作人员:"两位能坐近点吗?"

"噢。"唐星然往萧惟身边挪了挪。

同时,萧惟也往她这边挪了挪,两人瞬间就胳膊贴着胳膊,离得特别近。

工作人员:"这就对了嘛,笑一下——好嘞。"

等了一会儿之后,唐星然和萧惟拿到了两个小本本。

她翻开结婚证,看了里面的照片,萧惟根本就没有笑,反倒是她弯着嘴角,笑出两个小梨涡。

走出门的路上,唐星然侧头看他:"你怎么不笑?"

萧惟愣了下,说:"我觉得我是笑了的,可能没拍到吧。"

上车之后,唐星然又打开结婚证看了看。

她有点犹豫要不要拍照发个朋友圈。

如果发了,吴梦丽看到她跟萧惟结婚肯定是极度震惊,那些高中同学估计反应也不会小。

不发的话,她又觉得不太好。

她朋友圈向来丰富，大到硕士博士被录取，小到一餐好吃的饭都会发。
结婚这么大的事，也应该在她朋友圈出现一下。
思来想去，唐星然给结婚证拍了张照。
萧惟看向她："发给姜阿姨？"
唐星然正在手机上处理图片，心不在焉道："不是，我发个朋友圈。"
萧惟不由得弯了下嘴角，也拿出手机给结婚证拍了张照。
他正准备也发一条，就看到朋友圈有一个显示着唐星然头像的小红点。
先点了进去，萧惟看到图片，眉头蹙了下。
她发的确实是结婚证，但是，把他的名字和照片都打码了。他的照片被一个熊猫头的表情包盖住，盖得严严实实。
那张熊猫头一副很贱的表情，下面还配了三个字"真要命"。
再看到唐星然配的文案：结了个婚婚。
萧惟黑着脸又看了看，沉默片刻后，看向唐星然："我很见不得人吗？"
"没有呀。"唐星然眨眨眼，看着他，"我就是怕……"
萧惟："怕什么？"
还没等唐星然说话，两人的手机就陆续开始响，一声接着一声的微信提示音。
萧惟低头，看到手机上付楚发来一堆消息。
付楚：[截图]
付楚：我说什么来着！我说什么来着！
付楚：让你早点下手你不听，现在好了吧！
付楚：她跟谁结婚了啊，长得很丑吗？我看她连结婚证照片都p掉了？
付楚：没事没事，这都不是重点。今晚兄弟陪你喝酒去。
萧惟蹙了下眉，回复他：她是跟我结婚。
付楚：萧惟，你是失恋，不是失智。
付楚：据说受刺激太大确实容易引发臆想症啊。
付楚：得了，不陪你喝酒了，陪你去看精神科吧。
萧惟懒得理他了，直接把刚才拍的那张结婚证照片甩给他。
对面的人安静了五秒，连着发来十个"牛"。
付楚：她真跟你结婚啊？
付楚：这啥情况啊！萧惟你是怎么做到的？
萧惟揉了揉眉心，懒得给他说，直接把手机摁灭。
旁边，唐星然手机上也收到了无数条消息，从小到大的各种朋友、同学、亲戚都发消息来问她。

那条朋友圈瞬间就炸了,点赞和评论没停过。

她回了几条之后,看了眼时间。

"哎呀,我们先去密室逃脱店里吧,我订的拼场,迟到了会影响别人的。"

萧惟点点头,应了声"好"。

他脸上没什么表情,扫了一眼手上的戒指,稍弯了下嘴角,发动车子。

结婚证照片打了码没事,结婚对象是他就行。

正值春天,万物复苏,也是两人的第 0 个结婚纪念日。

距离萧惟答应她这个"礼物"已经十年有余,唐星然终于和他一起玩上了鬼屋的替代升级版,恐怖密室逃脱。

密室逃脱的店在一家商场里,两人一起上楼去了前台。

工作人员看向唐星然,笑着问:"请问有预约吗?是玩哪一场的?"

唐星然打开手机翻了下,抬眼道:"预约了。午夜女校,四点那场,我和我朋友两个人。"

听到"朋友"两个字,萧惟扫了她一眼。

唐星然丝毫没意识到有什么问题,也没往他那儿看,问工作人员:"还有十分钟开场吗?其他人来了吗?"

工作人员:"除了您二位之外,到了两位,还有两位没到。可以先坐一下。"

"好。"

两人去了旁边的休息区。

唐星然看了眼萧惟,说:"不知道恐不恐怖?"

她想到了高中时两人一起看鬼片那次,她被画面里突然出现的女鬼吓了一跳,吓得往他怀里钻。好像就是那次之后,她对萧惟的感情有了明显的变化。

萧惟淡淡道:"应该还好。"

唐星然想了想说:"这个有真人 NPC(角色扮演者)哎,就是会有人躲在旁边突然出来吓你。"

她看向萧惟,又道:"不过这种 NPC 一般都吓走在最前面和最后面的,到时候我走中间,应该就不会被吓到。"

萧惟点点头:"好。"

又等了一会儿,剩下两人也到了。

工作人员带着六人去了一扇门前,介绍故事背景。

唐星然大致看了一眼,除了他们之外有两男两女,是两对情侣。

故事背景没什么特别的,大概就是一个女生宿舍晚上经常闹鬼,还有一个学生失踪了。

他们六个人是小镇的警探,今晚过来调查。

进门之前,他们都被要求戴上了眼罩,后一个人扶着前一个人的肩膀进去。

其他四个人看起来胆子都不大的样子,推推搡搡,萧惟就被安排着走在最前面。唐星然抬手搭着他的肩膀跟在后面。

进去走了一截之后,对讲机里提示可以摘眼罩,六个人摘下。

第一个房间一般都不难,但是光线很暗,配上恐怖的背景音乐气氛感还是很足的。

萧惟环视一圈,就默默站在唐星然旁边。

其他两对情侣都手牵着手,只有他俩,婚戒都戴在手上,中间还隔了半臂的距离。

唐星然很积极地和其他人一起解密,东找找西找找。

一会儿后,她还是没什么头绪,看向萧惟:"你怎么不一起找线索?"

萧惟看了她一眼,淡淡说道:"墙上几个血字各缺了一块,把缺的拼在一起。"

"真的吗?"唐星然顺着他的话抬头看,把缺的笔画拼在了一起,果然发现了密码。

她给其他人说了之后,去密码锁上试了下,第二扇门开了。

唐星然扬起嘴角,正准备转头夸他两句,一个披头散发的"女鬼"突然就从门里冲了出来,给她来了个"贴脸杀"。

"啊!"

唐星然转身就往萧惟身后躲,其他四个人也尖叫着上蹿下跳。

"女鬼"看到任务完成,就又退回了门后的房间。

但这样一来,就没人敢再进那扇门。

五个人齐齐看向萧惟,一个男生脸色苍白,看着他道:"兄弟,要不你先进?"

萧惟点点头,没说什么,径直拉开门进了房间。

一会儿后,其他人看无事发生,才跟在他身后进去。

第二个房间的灯忽明忽暗,里面有两张高低床,是宿舍的场景。

唐星然挪到萧惟旁边,抬眸看他:"你好勇敢啊……"

萧惟看着她,轻轻"嗯"了一声:"刚才那个人应该没在里面,找线索吧。"

唐星然点头:"好。"

好久之后，有个女生在一个下铺的枕头下面找到了一个日记本，根据日记本里的提示顺利找到了下一扇门的钥匙。

有了刚才那扇门的经历，大家还是不敢先去开。

重任再次落到萧惟头上。

他犹豫了一下，拉住身边唐星然的胳膊，说："跟在我旁边。"

"好……"

唐星然低头看了眼。微弱的灯光下，萧惟的手握住她的胳膊。她感觉胳膊那一圈的温度在上升，又有种说不出的安全感。

他开了门，里面并没有出来什么NPC。但门后是一条又长又窄的走廊，仅供单人通行的那种。

唐星然有不好的预感，这种情况，走在最前和最后的人估计会比较倒霉。

萧惟走在第一个，唐星然自然是跟在他身后。

后面两对情侣商量了半天准备猜拳来决定，输的那组男生就走在最后。

猜完拳，胆子最小的那个男生瑟瑟发抖地走在队尾。萧惟打头，六个人开始过那条长长的走廊。灯光特别暗，萧惟一直把手伸向身后，拉着唐星然的胳膊。

走了一段之后，她好像看见一个拐角。

临到拐角时，就出来一个穿着白衣服、披头散发的NPC，慢慢靠近萧惟。

可萧惟一点反应都没有，就停在原地，跟她对视。他跟平时一样面无表情，冷眼瞅着那个NPC。

NPC估计是觉得场面有点尴尬，又冲着他惨叫了一声，捏着嗓子细声说："还我命来。"

听到声音，后面的几个人都吓得鬼哭狼嚎。

萧惟站在她眼前很近的地方，还是一副气定神闲的样子。

于是NPC小跑两步从拐角离开。

萧惟转头看向一脸惊慌的唐星然，说："走吧，没人了。"

……牛。

唐星然看到了刚才萧惟跟NPC对视的场面，脑子里只剩下一个词：牛。

他居然能把人NPC都整尴尬了。

过了拐角，快到走廊尽头的门时，后面的男生和女生开始鬼哭狼嚎，然后飞速往前冲。

一列人一个挤一个，唐星然被后面的女生挤到，整个人扑到了萧惟背上。

萧惟转头，下巴正好抵到她头顶。恐怖的气氛加上现在两人的姿势，唐星然感觉自己心跳快得像是要起飞了。

她摸了下鼻子，伸手戳戳他胳膊，咬唇道："快去开门，别站这儿。"

萧惟弯了下唇，轻声道："好。"

终于进到下一个房间，后面的NPC也离开了。

但一进门，走在最后的那对情侣就开始吵架。

唐星然听了一会儿，弄明白了情况。好像是刚才队尾男生的身后突然出现了一个NPC吓他，然后男生一个反手就把女朋友往后推，女朋友直接被他推到了NPC脸上。

于是，后半程的游戏，那对情侣一直都在吵架，气氛全无。

萧惟解密很快，提示着唐星然，没过多久就从最后一扇门出来了。

工作人员一直在看监控，游戏结束后，一脸尴尬地过来给大家复盘。

随后，他又当了和事佬劝架，但那对情侣还一直在吵架，越吵越凶。

唐星然和萧惟就出了门。到门口，还碰到了刚才在那条走廊吓萧惟的NPC。扮的是个女鬼，发出的也是尖细的女声，这会儿摘了假发，唐星然发现他是个男的。

男人看到萧惟，冲着他比了个大拇指："兄弟，太秀了。"

萧惟也没太大反应，微颔了颔首表示自己听到了。

两人出了商场，上车之后，唐星然在心里暗暗对比了一下，感觉萧惟跟那个男生相比简直太好了——一直拉着她胳膊，有什么情况都挡在她前面，胆子也大，NPC都拿他没辙。

她忍不住问："你刚才在里面，真的一点都不害怕吗？"

萧惟"嗯"了声，说："已经知道都是假的了。"

……也是。

她看向萧惟："去吃饭吗？"

萧惟点点头："好。"

唐星然挑了家湘菜馆。

刚才有一个多小时没看手机，她的消息这会儿已经多到看不过来了，开车去饭店的一路上，她都在回微信。

其中还有吴梦丽的消息。

吴梦丽：宝，你真的结婚了啊？

吴梦丽：呜呜呜，原本我们整个师门都是单身狗，现在居然有个已婚人士了。

吴梦丽：下次师门聚餐你记得带上你老公啊。

唐星然咬了下唇，敷衍地回了个"好"。

聚餐带上萧惟，还是算了吧……想想就觉得场面会很尴尬。

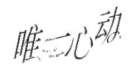

都是一个学校的，萧惟还是老师，在北阳大学还这么出名……

吃完饭，萧惟就把唐星然送了回去。
临下车时，她看了眼萧惟，总觉得结婚第一天，分别时应该说点什么。
但她想了一会儿，都不知道能说什么。
萧惟看她迟迟不下车，淡笑了下："怎么了？"
唐星然舔舔唇，说："没……你……"
唐星然："开车注意安全，有事就给我发微信。"
萧惟："嗯，好。"
他也犹豫着要不要抱抱唐星然。两人又对视了一会儿，唐星然脸颊有些微红。
她拉开车门："那我先上去了，拜拜。"
萧惟："……好。"
萧惟看着车窗外，一直看到唐星然进了单元门，背影消失在门内。
他开车回家，下车时，转头看到后座上那束粉色的花。
她忘了拿走，他也忘了。

之后的一周，萧惟都特别忙。有个课题着急结项，除了去学校上课的时间，他都在家或者在办公室写研究报告和论文。
周五，结项的报告和论文都写得差不多了。
他坐在桌前，抬眸看到台灯下摆着的两只小陶猪。十年过去，两只小陶猪都有些褪色。
因为头两年他经常拿起来看，小猪肚子上的"萧萧"和"惟惟"四个字已经有些模糊。
他想起了大概五年前，QQ宠物停服。
唐星然走之后，他一直还每天登录两人的QQ宠物，养那两只小猪。
直到五年前，QQ宠物停服了，在最后一天，他打开页面，看到上面显示的字：主人，永远拜拜了。
他截了好多张图存在手机里，想到当时唐星然刚养这两只小猪，给它们起名字的样子。
她还让两只小猪结婚，给它们定了个结婚纪念日，让他记住那个日子。
他现在都记得，但唐星然应该早就忘了。
停服那天晚上，他给唐星然发了条微信，但是等了很多天，她都没有回。
他当时就在M国参加交流项目，本想过去见她一面的。

思绪收回，微信开始一直不停地弹消息，他点开，看到是大学宿舍四人群里的消息。

三个室友约着明晚去酒吧聚会。

萧惟看了一眼就把手机放下了。

因为没见他在群里说话，过了一会儿，三个室友就轮番发微信轰炸他，还给他打语音电话。

他想了想，结项的事明早就能弄完，大学室友也确实被他放了很多次鸽子。他在群里回了条消息说可以去。

周六，唐星然下午醒了之后照顾了小猫，就打开电脑开始工作。

晚上十一点多，她刚吃完外卖，手机就响了。她低头看了一眼，萧惟给她打了个语音。

接起来之后，她听到是个陌生男人的声音："抱歉打扰了，请问你是萧惟的爱人吗？"

听到"爱人"两个字，她先愣了一下，才进入角色。

"啊，我是。怎么了？"

电话里："是这样的，我是萧惟的大学室友。我们今晚出来聚会，萧惟他喝多了，我们想送他回家，但是不知道他住哪儿。看到他手机上给您的备注，就打电话过来问个地址。"

唐星然想了想，说："啊……我也不知道他住哪儿。"

电话那端的人沉默了。唐星然挠挠头，两个人结婚了，她都不知道萧惟住哪儿。

听起来好像确实不大对劲……

她说："那要不您发我个地址，我过去接他吧。"

电话里："方便吗？"

唐星然："方便方便。"

挂了电话之后，唐星然收到了一个地址。

她随便套了几件衣服下楼，打车去一个叫"渡梦"的酒吧。

路上，她想到萧惟这人会喝多，还觉得挺奇怪。

他难道最近有什么烦心的事吗？就算有，萧惟也不像是那种会借酒消愁的人，而且，他不是最近忙着结项吗？

连着一周他都没怎么给她发过消息，怎么就突然出去跟大学室友聚会喝酒了。

到了酒吧门口，她推门进去。

看到酒吧里只剩一男一女，还有趴在桌子上不省人事的萧惟。

男人应该就是刚才给她发语音的那个，长得挺好看。

他走过来，弯了弯唇说："你是来接萧惟的吧。介绍一下，我是尹玺纬，萧惟的大学室友。"

他又指了指旁边的女生："这是温芯，我女朋友。"

尹玺纬："这么晚，麻烦你过来一趟了。"

唐星然介绍了自己的名字，好奇道："他怎么喝这么多酒啊？"

尹玺纬面露尴尬。

唐星然又问："他喝了多少？"

尹玺纬笑了下，比了一根手指："一小杯。"

唐星然顿住。

尹玺纬说："实在不好意思啊，我们也不知道这个情况，他估计是一点都喝不了酒。"

"噢……没事没事。"

唐星然打了辆车，尹玺纬帮着她把萧惟架上了车。

三人又客套了几句，唐星然便也上了车。

她和萧惟都在后座，萧惟整个人是晕倒的状态，怕他靠得难受，唐星然往他旁边挪了挪，让他脑袋靠在自己肩膀上。

她歪头看向他。

车在路上行驶着，路灯一盏一盏往后移，映得萧惟侧脸也忽明忽暗。

他现在样子很安静，也许是因为喝得太少，身上也没什么酒气。

这个角度，唐星然能看见他长长的睫毛，在灯光下形成一道道浅浅的阴影。

她转过头，深呼吸了一次。

这个姿势，萧惟的头发就蹭着她的下巴，有点痒痒的。

她眼珠转了转，随即低头看他，大着胆子伸手在他头发上揉了一把。

喝多了不省人事＝好欺负。

看着平时那个冷得像冰山一样的人这会儿靠在她肩膀上，头发被她揉得有些凌乱，一副像是刚被踩躏过的病弱模样，唐星然心底就突然产生了一种奇异的满足感。

这么想着，她觉得自己好像有点变态。

司机把两人送到楼下。

还好唐星然平时有健身，她架着比她高出一个头的萧惟上了电梯，进了屋。

她把人扔在沙发上，进洗手间换了衣服。

随后,她又走到沙发旁边,在他面前蹲下身,看了一会儿。他五官长得很精致,皮肤也很好的样子。

趁人醉着,唐星然忍不住抬起手,摸了摸他眼睛,又轻捏了捏他鼻子。

正当她准备再去碰碰萧惟嘴唇,他轻轻蹙了下眉,然后半睁开眼。

唐星然手指正要碰在他唇上,被吓得猛地往后退了一步,尴尬地笑了笑:"啊!那个……你醒了?你什么时候醒的?"

萧惟头晕得厉害,刚才迷迷糊糊间感觉脸上很痒,一睁眼,就看到唐星然在他眼前,离他很近。

他蹙了下眉,稍坐起来些,捋了一下今晚的情况。最后的记忆,就是被室友劝着喝了一小杯酒,而且那酒好像度数很低,他几个室友一杯接着一杯地喝,看着也就只有微醺。

他看了一圈四周环境,是一个不大的房子,贴着淡粉色的墙纸,沙发、旁边的床单被子枕头什么的全都是粉红色。

应该是在唐星然家里。

他靠在沙发上,身边堆着好些毛茸茸的玩偶。

萧惟抬手揉了下额角,虽然头晕,但神志基本清醒了。他看向唐星然:"我怎么过来的?"

唐星然观察着他的表情,暗松了一口气,他应该不知道她刚才偷偷摸他脸的事。

她站起身,说:"你室友用你手机给我打电话,说你喝多了,我就过去接你。我也不知道你现在住哪儿……就只能先你接到我这儿来了。"

萧惟沉默了一会儿,看着她道:"麻烦你了。"

唐星然:"嗯……还好,不太麻烦。"

她给他倒了一杯水,递给他:"以后别喝酒了,男孩子在外面也要注意安全。"

尤其是你这种长相的。

萧惟点点头。

他头还晕着,接过她手里的水杯喝了一口水。

唐星然在他旁边坐下,侧头看着他表情蒙蒙的,感觉有点好笑。

两人都不说话,安静了没一会儿,气氛就变得有些奇怪。这还是结婚之后第一次,跟他孤男寡女,共处一室。

她清了清嗓子,小声道:"你今晚……还能回去吗?"

萧惟看了她一眼,没说话。

半晌后,他开口,语气跟往日一样清淡:"回不去,头晕。"

"噢……没事。"唐星然往床的方向看了一眼，摸了下鼻子，"可是我这儿就一张床……要不你睡我床上？"

萧惟又喝了一口水，淡淡道："我睡沙发吧。"

唐星然咬了下唇，说："不用。我晚上不睡觉，白天才睡……"

萧惟看了她一会儿，说："好。"

唐星然挠挠头："希望我不会吵到你。"

萧惟又坐在沙发上醒了一会儿神。

唐星然蹲在旁边逗猫。家里突然多了个人，她觉得有点不自在。

虽然这个人名义上已经是她老公，但这一时半会儿的，她还完全无法进入角色。

忽然想到什么，她看向萧惟，眨了眨眼："你给我微信备注的是什么呀？"

应该是个挺特别的备注，不然他室友不会打给她。

萧惟沉默了半响，薄唇微张，吐出两个字："老婆。"

说这两个字时，他语气里一点情绪都没有。唐星然听着，完全感受不到这个称呼和她的关系。

她"噢"了一声，没再多言，转头继续去跟小猫玩。

一会儿后，唐星然听到身边的人开口问："你呢？"

"我什么？"

萧惟看着她，道："你给我的备注是什么？"

她能说她压根就没给他打备注吗？就是默认的微信昵称，那个大写的"X"。

茶几上摆着她买来的香薰，散发出甜甜的浆果味。

唐星然眼珠一转，把问题抛了回去："你想要什么备注，我现在改。"

萧惟看了她好一会儿，也没好意思把那两个字说出来。

他站起身，平淡道："都可以。"

萧惟："洗手间在？"

唐星然给他指了个方向，说："洗手台旁边的柜子里有新的洗漱用品和浴巾。"

唐星然："睡衣的话……好像我这儿没有男士的。"

她想了想，问："你介意穿我的短袖和运动短裤吗？有几件oversize（加大版）的你可以试试。"

萧惟点头："好，谢谢。"

唐星然从衣柜里找了一身纯白的宽松短袖T恤和系带的短裤给他。

她转过身,看到萧惟刚走到洗手间门口就踉跄了一步。

她走过去,下意识地问:"啊,需要帮忙吗?"

萧惟没说话,转头看她。

唐星然意识到什么,挠了挠头。也是……怎么帮忙?帮他洗澡吗?

没等萧惟开口,她就说:"噢,你自己可以是吧,小心点别摔了。"

萧惟"嗯"了一声,接过她手里的衣服进了洗手间。

唐星然在桌前坐下,本打算开始忙项目的事。

可打开电脑,听着洗手间传来窸窸窣窣的水声,她注意力完全无法集中。

她戴上耳机放了首音乐,才强迫自己进入工作状态。

大概过了二十多分钟,隔着耳机听到洗手间的门响了一声。

她转过头,看到萧惟穿着她的衣服。对她来说oversize的尺码穿在他身上正合适。他头发湿着垂在额前,手里拿着浴巾擦着。

发梢滴着水珠,顺着下颌线往下淌。白色的短袖T恤,肩膀那块儿被浸得有些透明。

隔得不远,她能闻到浴室里散出来的味道,是跟她身上一样的洗发水和沐浴液味。

同样的味道从他身上飘过来,让唐星然有些脸热,心跳也"扑通扑通"地逐渐加快。

萧惟神情懒散地看向她,语气轻飘飘的:"有吹风机吗?"

唐星然站起身:"啊,有的。我拿给你。"

她去到卫生间,里面到处都是水雾,飘散着浓浓的香味。

唐星然闻着,咬了下唇。她从抽屉里拿出自己的粉色吹风机,出去递给萧惟,又回了桌前看文档。

身后传来吹风机"嗡嗡"的响声,还有空气里一阵阵的洗发水香味。

这套房子是一居室的开间,虽然不算小,但就只有这一个空间。

唐星然听到吹风机的声音停下,转头看了眼床,问:"需要给你换一套新的床单和被子吗?如果你不介意的话……床上这套也是周末刚换的。"

萧惟拿着吹风机看向她,一时也觉得两人的关系很微妙。明明结婚证都领了,已经是合法关系,她还要问他介不介意睡她睡过的床单。

也是。好像他们结婚的流程跟别人不太一样,缺了个谈恋爱的过程。

他脸上没什么表情,语气平淡道:"不用,没事。

"如果需要的话,明早我帮你换。"

唐星然摸了下鼻子:"没事,我也不用。"

闻言,萧惟弯了弯唇,把吹风机放回洗手间,再回来时,已经有些睁不开眼。

看了眼时间,现在已凌晨两点。他早上六点就起床了,加上喝了杯酒,这会儿困意上头。

萧惟说:"我先睡了。"

唐星然看向他,抿了下唇:"好……晚安。有什么需要的就叫我。"

"嗯。"

萧惟其实有点认床,他刚准备睡时还有点拘谨,但躺下后,唐星然身上熟悉的味道就把他包围住,他闭上眼,没一会儿就睡着了。

夜里,唐星然戴着耳机在桌前打字,萧惟和两只小猫都在她身后睡着了。

到了凌晨五点多,她的生物钟运转到了睡觉时间,坐在桌前的她哈欠一个接着一个。

洗漱之后,她想了想,从衣柜里拿了个枕头和毯子,关了灯去沙发上躺着。

唐星然习惯了睡软床,躺在沙发上翻来覆去都觉得硌得慌,怎么也睡不着,无奈之下她又从沙发上爬起来,走到床边。

这张床挺大的……睡在旁边也碰不到他,而且他们现在证都领了,睡一张床也没什么。

这也是事出有因,她这里只有一张床。

做了一阵心理建设,唐星然把枕头放在萧惟旁边,轻手轻脚地上了床。

她侧躺着,面朝着萧惟的方向。窗帘留着一条缝,有微弱的光线钻进来。萧惟睡着的样子很安静,呼吸声很轻,躺在旁边像个睡美人一样。

唐星然看了一会儿,感觉心里痒痒的。

她闭上眼,又翻身仰躺着,渐渐睡着。也许是萧惟就躺在旁边,她梦里都是他。

她梦到两人一起上高中的时候,梦到他们在她的小房间里一起看动漫,是她快要出国的前一周周末。

看着看着,她就没忍住过去抱住了萧惟的腰,问他:"长大之后你会跟我结婚吗?"

梦里,萧惟还是高中那副教导主任的样子,冷冰冰地甩开她:"以后的事以后再说,现在先好好学习。"

唐星然感觉特别委屈,眼泪"吧嗒吧嗒"就往下掉。

萧惟起身出了房间,她从抽屉里拿出那盒卡片,在最后一张上写:他好像拒绝我了。

早上九点多,唐星然就被吓醒了。

她最后做的梦是她去M国之后找了新的男朋友，谈了没多久就发现那个男朋友是个变态，把她关在地下室里不让她出门。

萧惟不知怎的去了M国，她在地下室里听到了他的声音。

虽隔着一扇门，但她怎么呼救萧惟都听不到。

醒来时，她看到天已经亮了。一缕柔和的光线透过窗帘照在床上，看得到光束中细密的尘埃。

空气里是她沐浴液的味道，混杂着浆果香氛味和小猫身上的奶香味。

一切都很熟悉。

迷迷糊糊间，她准备抬手揉揉眼睛，才感觉自己的手好像被另一只有温度的手盖住了。

她猛地反应过来，萧惟还睡在她旁边。

唐星然低头看了一眼，看见自己的手放在被子外面，萧惟的手居然就搭在她的手上。他手指修长，右手腕上戴着那串黑色的手链，正好和她手上那串红色的交叠在一起。

她感觉心都要跳到被子外面去了。

她侧头偷偷瞅了一眼，看到萧惟眼睛还闭着，朝着她这边侧躺着。

他半张脸陷在她的枕头里，另外半张侧脸露在外面，鼻梁和下巴的线条利落好看，被那束光线照得更为清晰。

这场面来得太突然，唐星然轻轻把手抽了出来。

她刚一动，萧惟就缓缓睁开了眼。他看向唐星然，眼神中有一瞬的迷茫。

"嗯？"早上刚醒，他嗓音低低的，还有些哑，带着几分倦意。

唐星然轻咳了一声，心虚地解释："那个……我困了就……就睡你旁边了。我没对你做什么，也没别的意思。"

闻言，萧惟嘴角稍弯了下，低声说："没事。"

两人躺在一张床上，大眼对小眼地互相看着。

唐星然感觉气氛不太对劲，抿了抿唇："你还睡吗？"

萧惟看着她，心情不错的样子："不睡了。"

唐星然摸了下鼻子："噢，我还要睡……那你……"

"嗯。"萧惟温声说，"你睡吧。"

现在他刚醒，唐星然又躺在他身边。萧惟担心再躺下去会出事，翻身起床。

唐星然松了一口气，"对了，你头还晕吗？"

萧惟："不晕了。"

"噢，那就好。"

等萧惟洗漱完换了衣服从洗手间出来，看到唐星然又睡着了。

唯一心动

他走过去，低头看了会儿，她睫毛长长的，随着呼吸的节奏微微颤动，脸有点红，嘴巴微张着，睡相娇憨可爱。

萧惟弯了弯唇，走去窗边把窗帘拉严。

唐星然下午醒来时，屋里只剩下她一个人。

她从床上坐起来，看到身边空着的位置，提醒着她昨晚萧惟跟她同床共枕睡了一晚。

明明萧惟昨天用的是她的沐浴液和洗发水，穿的也是她的衣服，她这会儿却总觉得房间里有独属于萧惟的味道，那种淡淡的香味，有点像某种洗衣液的柠檬味，又不完全像。

她深呼吸了一下，平复心情，随后坐起来，拿起手机，看到萧惟给她发了几条微信。

X：衣服我带走了，洗好了拿给你。

X：下周有空的话跟我说，我下周除了上课都不忙。

唐星然看着消息，嘴角不自觉地上扬，回了个：好。

她想了想，又多发了一句：以后别喝酒了。

唐星然本想着下周有空就找萧惟出去，结果第二天就被谭芳多安排了一项工作。

原本负责一个跨文化交流相关课题的师姐家里出了点事，剩下一篇研究报告还没完成。

其他人手里的工作都不比唐星然的少，于是，那半篇报告的工作就落在她头上，需要在周五之前发给老师。

因为这个项目她没有参与过，所有资料都得从头看一遍。

唐星然每天忙得眼睛几乎不离电脑。周中，萧惟发过几条消息问她，她回复了这周确实工作比较多，没时间出门。

到了周五，她把完成的研究报告交给谭芳，谭芳看过之后很满意。

去办公室时，吴梦丽也恰好在汇报工作。

出门时，她看向唐星然："你今晚有安排吗？"

唐星然摇摇头："没有哎，这周忙死了，今晚准备休息休息了。"

吴梦丽笑道："那正好啊，我室友中午给我送了两张话剧票，她被导师召唤了，没时间去看，那咱俩去吧。"

唐星然："好啊！"

两人一拍即合，出了校门就打车去剧场。路上，吴梦丽还不忘八卦她结婚的事。

她看向唐星然:"你老公是干吗的啊?"

唐星然想了想,如实道:"他是老师。"

吴梦丽:"噢噢,这工作挺好的,时间多,可以陪你。"

她往唐星然旁边凑了凑,小声问:"婚后生活怎么样啊?有没有觉得不习惯?"

唐星然有点尴尬,说:"也没啥不习惯的……感觉,跟以前区别不大。"

吴梦丽:"那还好,就怕结婚之后觉得不自由了。你怎么突然就结婚了啊?你和你老公谈了几年了?"

唐星然摸了下鼻子,心虚道:"……我们,没谈过。"

吴梦丽震惊:"没谈过?相亲认识的?"

唐星然:"……算是吧。家里人介绍的。"

吴梦丽点点头:"原来如此啊,我身边还没人结婚呢。有几个从大学一直就谈的,毕业了也都分手了,要不就是研究生时候分手了。"

两人有一句没一句聊着,路上有点堵车。

吴梦丽就开始刷手机,突然大叫了一声:"啊啊啊!"

唐星然看向她,以为发生了什么大事:"怎么了?"

吴梦丽:"萧老师好像结婚了!"

唐星然默然。

吴梦丽一脸惊诧:"我的天哪!我上周都没上论坛,也没在宿舍住,才知道这事!

"周三上刑法课的人说萧老师上课的时候手上戴了个婚戒!你看你看!"

说着,她把论坛里学生拍的照片递到唐星然眼前。

放大之后已经是高糊了。

唐星然扫了一下,不知道她应该作何反应,这婚戒她挺熟的。

吴梦丽继续在旁边絮叨:"天哪,也没听说萧老师谈恋爱啊,怎么突然就结婚了,呜呜!"

"我之前还有点嗑你和萧老师的CP呢,没想到你俩双双结婚了。不愧是我,嗑的CP都是嗑一对塌一对。"

唐星然很想告诉吴梦丽,这次没塌,但她完全没往这个方向想,又看到她脸上震惊的表情,决定还是先闭嘴。

剩下的半程,吴梦丽就没停过,一直在刷着论坛跟唐星然八卦:"有好多人猜萧老师可能是形婚!有可能是不想结婚找个挡箭牌……

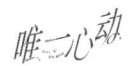

"哇,还有人猜萧老师可能被富婆包养了!这不可能,一听就不可能!之前我听说萧老师家里挺有钱的。"

……………

终于,进了剧场,唐星然耳边清静了。

这场话剧是喜剧,开场之前,有工作人员让大家关注他们剧场的微信公众号,然后发送这场演出的名字和时间,结束后会随机抽一个观众送门票。

唐星然跟风关注之后发了一条,但没抱什么期望。毕竟,从小到大她刮发票连五块钱都没中过。

演出开始后,唐星然很快沉浸进去。前半场确实是纯喜剧,她和吴梦丽都笑得很大声,没想到演到快结尾的地方,突然画风一转,变成了悲剧。

前半场出现过的人都一个接一个死去,只留下最后一个,在纪念她曾经的那些朋友。

有了之前的气氛渲染,唐星然哭得一把鼻涕一把泪。她和吴梦丽还都没带纸巾,哭得脸上的妆乱七八糟。

话剧结束时,最后活下来的那个人也死了。

唐星然哭得更凶了,甚至一时间都无法从悲伤中抽离出来,直到谢幕时,工作人员上台,她还在哭。

正哭着,就听到台上的工作人员拿着麦克风说:"今天中奖的幸运观众,微信名是,星星糖。"

惊呆。

吴梦丽拍了下唐星然肩膀:"牛啊,这真能中奖。你中奖了!"

工作人员:"星星糖在吗?在的话可以举一下手。"

她们的座位在剧场正中央,唐星然红着眼睛,举了举手。

全场的人都看向她。

旁边的陌生女孩还说:"恭喜啊,第一次中奖的人离我这么近。"

唐星然扯了扯嘴角:"我也是第一次中奖……"

女孩笑了下:"听你前面笑得好大声,后来哭得也好凶。"

"呵呵……"

出了剧场,唐星然去找工作人员领了演出的赠票。

就是明天的相同演出时间,不同的话剧。

唐星然拿着赠票拍了张照,还是觉得很不可思议。

全场就抽一个人,她居然能中奖。

她想了想,拍了张赠票的照片发了条朋友圈,配文:人生第一次中奖!从来没真的'欧'过!看话剧居然中了话剧票!

打车回去的路上,她问吴梦丽明天有没有空一起看这场。

吴梦丽说:"明天不行哎,我有个讲座要去帮忙。"

唐星然点点头:"那你忙吧,没事,我自己去。"

回到家时,唐星然看到那条朋友圈下面几条评论,都是"吸吸欧气"。

萧惟像之前一样,没有评论,但给她点了个赞。

第二天下午,唐星然做了一会儿之前项目的工作,快到话剧开场时间时,打车去了剧场。

因为昨天这个时间路上堵车,她担心会迟到,就早了半个多小时出门。

结果今天没堵车,她提前很久就到了。

进去的时候,剧场还是空着的,没几个人。

唐星然就低头刷手机,过了一会儿之后,人陆续多了起来。她看到一篇搞笑的段子,专注地低头看手机。

赠票的位置是确定了的,在靠走廊的前排。感觉旁边有人,她头也没抬就让了让腿,那人侧身过去,坐在她旁边的位置。

看完那篇段子,演出也快开始了,她弯着嘴角摁灭手机。

唐星然抬眼往舞台上看了一眼,余光瞥到邻座的人。

她脑子还没反应过来,就下意识侧过头。

看到人之后,唐星然愣了下:"萧惟?"

萧惟一如既往没有表情:"嗯。"

她想了想,问:"你自己来的?"

萧惟看着她,平淡道:"跟你一起。"

唐星然又问:"你、你、你是……"

昨晚,萧惟在家看文献的空当看到她发的朋友圈。

一周约了唐星然好几次都被拒绝,都说忙着没空,现在有空了也不约他,自己去看话剧了。

萧惟点开那张赠票的照片放大看了看。

是明天晚上的场次,票上印着座位号。

思忖片刻,他在手机上找到这个剧场的购票小程序,买了她旁边的空位。既然约不出来,她也不主动约他,那他就自己过去吧。

半个月前领的证,满打满算他跟她就见过两面。

剧场里。

萧惟听唐星然说话结结巴巴，嘴角稍弯了弯，直言道："是。我查了一下你朋友圈发的话剧场次，旁边正好有空位，就过来了。"

唐星然有种说不出的开心。萧惟这人看着像木头，没想到还会给她制造这种偶遇的小惊喜。

她昨天还犹豫过要不要叫他，但查了下今天这场是爱情主题的，记得高中的时候萧惟看电影都不看爱情片，还叫她也少看。

原话好像是说，这种片子没营养，所以她就没喊他，自己过来了。

唐星然坐在他旁边，忍不住嘴角上扬。她跟萧惟不同，向来心情就挂在脸上，藏都藏不住。

萧惟正看着她，把她的表情变化尽收眼底。

"你一个人来的？"他问。

"对。"唐星然眨眨眼，诚实道，"……本来想叫你的，但是你好像不喜欢这个类型的。"

"没事。"萧惟看着她，半晌后说，"下次记得叫我。"

题材喜不喜欢，他都无所谓，主要是想跟唐星然一起看。

唐星然都怀疑这个剧场是不是就喜欢排悲剧。这场话剧讲的是一段校园恋情。

男女主角从小就认识，然后上了同一所高中。女主角一直偷偷喜欢男主角，又不敢跟他说。

后来打仗了，男主角去参军，却死在了战场上。

最后那天，女主角正在家里整理东西，看到了男主角留在她那里的课本，上面写满了她的名字。

又通过同学，她才知道男主角也一直喜欢她。

正准备收拾东西去找男主角，结果收到了他的死讯。

几年之后，女主角跟另一个人结了婚，但往后的几十年都会经常想到他，一个人看着月亮流泪。

也许是今天来看话剧的年轻人比较多，这种狗血"be"结局杀伤力更大。

话剧结束时，全场一半以上的人都在哭。

演到一半的时候唐星然就开始哭了，这会儿手里攥着萧惟给她递的纸巾，哭得上气不接下气。

散场之后，她还坐在位置上，好一会儿才缓过来，但由于哭的时间太久，止住之后，还是一抽一抽的。

萧惟也不催她，又递过去一张纸巾："还好吗？"

唐星然看了他一眼，刚哭完，眼睛和鼻子全都哭得红彤彤的，眼神也显得委屈巴巴。

看到萧惟表情跟平时没多大区别，她问："你不觉得很感人、很悲伤吗？"声音还带着些哽咽。

萧惟看着她，心里软得不像话。

他犹豫了一会儿，抬手轻轻摸了下她头顶，温声说："嗯，是有点。"

……有点。

唐星然瞥了他一眼，站起身，哽声道："我们……回去吧。"

萧惟"嗯"了一声，提醒道："把外套穿好。"

"噢。"

回去的路上，唐星然一句话都没说，还沉浸在刚才的剧情里无法自拔。

萧惟开着车，偶尔跟她说句话，她就心不在焉地应一声。

天已经全黑了，这个时间也不堵车。很快，萧惟就把她送到了小区里，车停在楼下。

唐星然侧头看了他一眼。

他今天戴了眼镜，暖黄的路灯光照在银丝边的镜框上。

不知是不是受话剧的影响，唐星然这会儿看着他，突然感觉，真好。

长大之后，小时候那些朋友都有了自己的生活，无意间和她渐行渐远，但萧惟像个奇迹一样，她本以为萧惟是最先抛开她的人，现在却突然出现在她身边。

不管他们是朋友还是夫妻，或者是塑料夫妻，都挺好。

萧惟已经停了车有一会儿，见唐星然没有要下车的意思，还一直侧着头看他，眼神无比复杂。

"唐星然？"他张了张口，温声问，"怎么了？"

唐星然吸了吸鼻子。

他不问还好，这一出声叫她，她就又有点想哭了，顺带还想起了刚才话剧的剧情。男主角见女主角最后一面时，也叫了她名字，然后没多久男主角就死了。

受到现实和剧情的悲伤感双重夹击，她鼻子一酸。

这种情绪下，她就有些渴望能靠他近点。他们已经结婚了，稍微抱一下……应该也没什么问题吧……

唐星然低头解开安全带，然后上半身飞快地越到他那边，抱了他一下。

萧惟完全没心理准备，被突然抱住，身子一僵。

甜香的气息扑面而来,然后,他听到唐星然在他耳边低低说了句:"萧惟,你可千万别死了。"

萧惟哑然。

车内刚积攒起的一点点旖旎气氛马上被这句话打破。

唐星然还抱着萧惟没松手,萧惟身上还系着安全带,稍往前倾了倾,一只手轻搭在她背上。

他猜到,唐星然应该是想到了刚才话剧的剧情,低声安慰道:"放心,不会。"

唐星然松开他,坐了回去,眼眸低垂着,脸颊微微泛红,她撇撇嘴:"你别立 flag(誓言)!"

没等萧惟开口,唐星然就拉开了车门,说:"我先回去了,到家给我发个消息。"

萧惟转过头,就看到人已经下了车,小跑着进了单元门。

他弯了下唇,感觉胸前还有她的体温,四周也还有她身上的味道。

回去路上,想到唐星然刚才抱着他说的那句话,他开车看路真的仔细了些。

Chapter 10
你来追我

周末休息了两天，周一，唐星然又恢复了不见天日的工作状态。

只不过联系萧惟的频率比之前高了一点，起床睡觉时都会给他发条微信。

周二，意想不到的事情发生了。

唐星然下午一起床，就收到了吴梦丽疯狂的微信轰炸。

吴梦丽：唐星然！你老公是萧老师吗？

吴梦丽：你跟萧老师结的婚啊？

吴梦丽：第一次"吃瓜"吃到同门头上！你快告诉我这是不是真的？

唐星然看着消息，揉着眼睛从床上坐起来。

这是什么情况？

她没回消息，先打开了学校论坛的网站，一点进去，就发现前几条帖子都是跟萧惟有关的。

逛了一圈，她大概明白发生了什么。

论坛里一个自称是地质学院的学生透露，萧惟的结婚对象是外院刚通过考核明年入学的博士，跟萧惟从小一起长大。

帖子下面有很多人问他消息来源。他说，他导师就是萧老师的亲爹，是师门聚餐的时候导师跟他说的。

唐星然提取了一下这些信息，明白过来，是萧俊说的。

也是，萧俊也是北阳大学的教授，而且是个大喇叭。他过了两周才把消息传出去，已经是个奇迹了。

她又往下翻着，看到有好多人跟帖打听她的情况，还有要她照片的。

除此之外，还有很多人猜他们是形婚。

⋯⋯⋯⋯⋯⋯

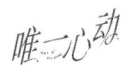

8楼：大胆发言，这种最有可能是形婚走个过场。从小到大都认识，要结婚早结了，还用拖到现在？估计就是快三十了，领个证应付家里人。

9楼：同意楼上观点。其他人我还会觉得有别的可能，但萧老师，啧啧，一看就是性冷淡。

10楼：我不允许有人说萧老师坏话！

11楼：楼上别激动啊，我也是萧老师的粉丝。性冷淡放他身上是褒义词。顺便，同意8楼观点。

唐星然默默关掉了论坛……冷不冷淡的，她暂时还不清楚。萧惟是不是想形婚，她也不太清楚。毕竟领证半个多月了，两人都没见过几面，而且他们没有谈恋爱的过程，他也没跟她说喜欢她或者类似的话。

不过，上次在车里抱他，他也没拒绝，有点搞不懂他了。

她打开微信，回了吴梦丽的消息：还真是。

星星糖：上次没找到机会跟你说。

吴梦丽秒回了无数个感叹号。

吴梦丽：[截图]

吴梦丽：你看到论坛了吗？所以你们到底是不是形婚啊！

唐星然本来准备说有可能是，但又怕吴梦丽直接在论坛里说，消息再通过学生传到萧俊或者唐慕他们那儿去。

她想了想，糊弄着回复：我也还不知道……

吴梦丽：啊？

吴梦丽：什么叫你也不知道！你不是当事人吗？

唐星然不知道怎么说了。

好一会儿后，她决定把锅甩到萧惟头上。

星星糖：其实吧，是萧老师不让我说。这也算是他的私事，我不太好说的。

星星糖：[嘘]

吴梦丽：……天，我好像懂了。他原来是因为这个才找你形婚啊。

吴梦丽：上帝给他开了无数扇门，关上一扇窗也是能理解的。

吴梦丽：行，我不会说出去的。

吴梦丽：不过也没事，虽然那方面不行，但他脸长得是真帅啊！

吴梦丽：实在不行……以后还能看医生试试。

唐星然看消息看得目瞪口呆，完全没想往这个方向引导的。

她本意是想说，形不形婚这是私事，萧惟比较注重隐私，不想跟外人透露。

但现在，好像不大对劲。

唐星然纠结着要不要再补充解释一下，但打了好多字又删掉，总觉得她说什么好像都挺奇怪，还容易越描越黑。

算了。别人怎么想……萧惟这种人，应该也不会在意这些。

周五，姜静之打电话叫唐星然明天带着萧惟来家里吃饭。

唐星然挂了电话，给萧惟发了一条微信：我妈叫我们明天过去吃饭，你有空吗？

过了一会儿，萧惟回了消息。

X：有空，什么时候去？

星星糖：那晚饭吧，午饭我起不来，下午五点你直接过去吧。

X：好。

唐星然低头看着他的微信，决定还是给他改个备注。

跟他给她的备注对应，唐星然点开头像，把备注改成了"老公"。

改完之后，她看着这两个字感觉不太适应，正好萧惟又发了条消息。

老公：我接你一起过去？

"呃……"

唐星然又点开萧惟的微信头像，决定还是再重新改个备注。

"老公"这个称呼对她来说实在太陌生了，乍一看都反应不过来。她想了想，改成了"小惟"。

这样看着就顺眼多了，而且是她高中时给他起的外号，感觉还更亲切点。

唐星然笑了下，回复消息：不用，我离得近，过个马路就到了。

小惟：好。

第二天起床之后，唐星然简单收拾了一下就出门去了隔壁小区。

她输密码进去，看到客厅没人，厨房传来了炒菜的声音。

唐慕和姜静之正在做饭。

过了一会儿，姜静之端着一盘清蒸鱼出来，看向她道："哎，然然回来了。萧惟呢？"

唐星然脱了外套往沙发上一倒，懒懒道："他一会儿就过来了吧，跟他说了时间的。"

姜静之走过来，瞥了她一眼："还是坐没个坐相。"

"你俩怎么没一块儿过来，他上午有事吗？"

唐星然耸耸肩："不知道啊。我俩又没在一个地方，没一块儿过来不是很正常吗？"

姜静之问:"你俩还没一块儿住吗,结婚了还准备各住各的?这不太对啊然然,你这结婚证不会是领给我们看的吧?"

姜静之和唐慕其实也不太爱管这么多,毕竟孩子婚都结了,只是姜静之到了更年期,变得喜欢唠叨。平时看不到就算了,现在看到她了,就忍不住想多说两句。

唐星然打了个哈欠,解释道:"房子在装修,估计下个月搬吧。"

姜静之蹙蹙眉:"上次听你萧叔叔,哦不对,听你公公说,萧惟现在住家里的。你过去跟他一块儿住呗。要不就把他先叫到你那儿住?"

公公婆婆的称呼,她听着也挺陌生。

唐星然看她一眼,说:"着啥急啊,婚都结了,又不差这几天。"

好像也是。姜静之没再说什么,回了厨房给唐慕帮忙做饭。

她前脚刚进去,后脚就响起敲门声。

唐星然从沙发上爬起来,去开门。

萧惟穿了件白色毛衣和灰色大衣,手里提着水果和礼盒。

姜静之听到声音,又转身折返回来。

她看到萧惟,嘴角扬了起来,热情道:"萧惟啊,快进来,拖鞋给你放门口了。"

"上次就让你别带东西了,这次又带这么多。以后来爸妈这儿不许再带了啊,不然我们都不好意思叫你了。"

唐慕闻声,也拎着锅铲从厨房出来,笑道:"萧惟来了啊。一会儿吃完饭爸给你看本书,上次跟你说的那本《中国上古史》绝版,被我给淘到了!"

萧惟应了一声,跟唐星然打了个招呼,跟着两人进了厨房想帮忙。

唐星然撇撇嘴,怎么感觉他更像这家里的亲儿子,她进来的时候都没人来迎接。

客厅瞬间又空了,她回沙发上窝着,接着刷手机。

没过两分钟,萧惟就被两人从厨房赶了出来。他端着一盘小番茄,放在唐星然面前的茶几上。

唐星然身子往前倾,正要伸手去拿一颗,就听到萧惟在旁边问:"洗手了吗?"

她"噢"了一声,站起身:"我现在去。"

去卧室的洗手间洗了个手,回去之后,看到萧惟坐在沙发上,随手拿了本唐慕的书翻着。

她坐回原位,一边吃小番茄,一边刷手机。

过了一会儿,姜静之和唐慕端着菜从厨房出来。

姜静之往沙发这边扫了一眼，皱眉道："然然，你别老看手机，学学人家萧惟。小心你眼睛。"

唐星然挑眉，回嘴道："我眼睛挺好的，长这么大都没近视。"

她又补了句："萧惟就近视了。"

萧惟默然。

姜静之瞅着她："萧惟那是做研究太用功了才近视的。"

唐星然不服气，在心里翻了个白眼，决定不跟更年期的女人斗嘴。她站起来伸了个懒腰，慢悠悠地晃到餐桌旁边，伸手捏了块鸡块吃。

姜静之："别人都没吃呢，就你动作快。"

四个人的座位还是跟从前一样，萧惟坐在唐星然对面，唐慕旁边。

看着这场景，唐星然忽然有种恍若隔世的感觉。上次四个人一起，像这样坐在家里吃饭，好像还是十年前。

家里新买了洗碗机，吃过饭之后，姜静之和唐慕把碗筷收拾着放到洗碗机里，就出了厨房。

唐慕笑呵呵地拉着萧惟去了书房，炫耀他淘到的绝版书。

姜静之坐在沙发上看书。

没人搭理唐星然，好一会儿后，也不见两个男人从书房出来。唐星然觉得无聊，就放下手机去了书房。一进门，看到唐慕居然在桌上摊着一张宣纸，让萧惟指导他练书法。

唐星然过去瞅了一眼，说："爸，你这字写得也太丑了。"

唐慕抬眸看她："写得不好才要练啊，刚好让女婿教我。"

……突然感觉这个家已经没有她的容身之所了。

唐星然拿着手机回了自己卧室，靠在床头摆弄没带走的几个手办。

一会儿，有人过来敲了敲她的门。

唐星然："进。"

门把手被扭动，进来的人是萧惟。

她抬眸看了一眼，问："你怎么不陪我爸练字了？"

萧惟走进来，坐在她桌前，语气平静道："练字不用陪。"

他顿了顿："看你好像有点无聊。"

唐星然控制不住地弯了弯唇："确实有点。"

她想了想，又愤愤道："你来之后，我爸妈都不爱搭理我了！"

萧惟有点想笑，但看着唐星然眼睛睁得圆圆的，一副气鼓鼓的样子，他把笑意压了下去。

"没事，"他语气平静道，"我来搭理你。"

唐星然盘腿坐在床上,眼底带着笑意:"你想怎么搭理我?"

这个房间,两人都很熟悉。十年前,每个周末他们都会待在这里,有时一起写作业,萧惟给她讲题,有时一起看动漫、养 QQ 宠物、玩小游戏。

在熟悉的环境中,时间带来的距离感无形中被淡化了些。

萧惟没多想,随意道:"陪你玩吧,想玩什么?"

唐星然想了想,从床上跳下去,翻箱倒柜地找出她十年前买的大富翁桌游版。

她笑着看向萧惟:"你会玩这个吗?"

萧惟摇摇头:"没玩过。"

唐星然打开盒子,把里面的规则介绍递给他。

萧惟看了一会儿,嗓音低沉道:"嗯,会了。"

唐星然把地图铺在桌上,两人并排坐着开始玩"大富翁"。她发现萧惟运气还挺好的,半个小时的工夫,地图上盖满了他的房子。她走到哪儿都要交过路费,手里的"钱"越来越少,眼看着就要破产。

这时,姜静之敲门进来,手里端了碟水果。

"这是玩啥呢?"她笑了声,"你俩多大了,还玩这种小朋友的游戏?"

萧惟转过头,应了姜静之一句,又一来一回说了会儿话。

唐星然脑筋一转,鬼主意就来了。

趁着他转头说话的工夫,她把地图上好几个属于他的高级房子全部换成她的。

姜静之出去之后,萧惟转过头,盯着地图看了一会儿。

唐星然有点心虚。

她眨了眨眼,一脸无辜地看向他:"怎么啦?你怎么不掷骰子?"

萧惟抬眸看到她的表情,忍不住笑了下。他连她换了哪几个房子都能立刻说出来,但也没戳穿,就按着她换过的局势继续陪她玩。

又过了半个多小时,萧惟毫无悬念地"破产"了,手里的"钱"全都输给了唐星然。

她拿着一沓"钱",笑得很开心:"下次得加点赌注,不然我赢了都没成就感。"

"嗯。"萧惟淡笑了下,语气略散漫:"那你下次别换我房子。"

唐星然心虚地瞅了他一眼:"你发现了啊?"

"你就差把我全部的房子都换了。"萧惟看着她,有些许无奈。

已经被抓包,她反倒不觉得尴尬了,一脸无赖地看着他笑。

唐星然感觉心里涌起一阵甜意,像小时候吃了麦丽素一样,但好像不是因为赢了游戏,是因为萧惟。

北阳大学期末考试结束,放了暑假。

但放假与否都和唐星然这个准博士生无关,她全年都是导师的打工人。放了假,她手头的活儿反而更多了。

本科生期末考试结束,谭芳本人没那么多时间批改试卷,这工作就落到了她带的几个博士生头上,其中还包括其他学院本科生的英语必修课试卷。

几个博士师兄师姐也都很忙,很不客气地把改卷子的活交给了吴梦丽和唐星然。

除此,暑假里,北阳大学还有不少国际课程,有线上的,也有线下的。助教的工作也主要由外院的硕士、博士来负责,唐星然被分配去给三门国际课当助教。

谭芳是院长,外院的暑期夏令营工作也需要她的几个学生轮流去帮忙,处理一些日常事务。

放假的头一个月,唐星然忙得团团转,几乎没一点空闲时间。

萧惟发来的微信消息她有时候都忙得忘了回。

暑假的第二个月,她需要去当助教的国际课程仅剩下一门,期末考试的卷子也批完了,夏令营工作也圆满结束,终于能缓一口气。

这天,那门线上的国际课刚下课,她边吃着外卖,边坐在沙发上看动漫,收到了萧惟发来的微信。

她随手点开。

小惟:那边房子可以住了,最近有空搬吗?

唐星然点开聊天框,才发现三天前萧惟发来的消息她都没回:今晚我在学校,要不要一起吃饭?

……她没回。记得当时好像在开工作会,准备结束了再回他的,然后就忘了。

唐星然想了想,先把三天前那条消息引用了,回复道:对不起啊,我才看到。

她又引用了刚才那条,回复:最近几天我都有空了!

想到马上要搬家跟萧惟一起住,她心里还有点紧张,这阵子太忙,又有一个多月没见过他了。

过了一会儿,对面就发来了消息。

小惟:没事。

小惟:那明天?

唐星然愣了下。明天,是不是有点太快了?但转念一想,迟早要搬过去。明天正好她也有空,再拖几天,说不定院里又有什么活。

她回复:好,你发个地址给我。

小惟:我去帮你搬吧。

唐星然看了一圈,回复道:不用,我东西不太多,我让我爸来帮忙。

星星糖:你搬你的就行,不用管我。

消息发出,她又看到聊天框上不断显示着"对方正在输入中"。

过了大概两分钟,收到他的消息。

小惟:行。有要帮忙的就叫我。

星星糖:嗯嗯。

唐星然从萧惟的聊天框切出去,去问了唐慕,他明天也闲着,可以帮她搬家。

于是,第二天上午,她还在熟睡中,就被唐慕和姜静之敲门吵醒了。她打了个哈欠,穿着睡衣迷迷糊糊地去开门。

姜静之进门看着她:"然然?还睡觉呢?"

唐星然揉了揉太阳穴,眯着眼睛道:"你们又不是不知道我几点起……"

唐慕笑了下:"我想着也差不多了,搬完东西你们还得收拾房子吧,太晚的话也来不及。"

唐星然又打了个哈欠,坐在沙发上,就看着唐慕和姜静之已经动手帮她收拾东西了。

她去洗手间洗漱完,冲了一杯咖啡喝,又咬了两口小面包,也跟着一起收拾。

唐慕拉了个小拖车,拖着打包好的箱子下楼。

屋里只剩下姜静之和唐星然两人,姜静之走到她身边,神秘兮兮地在她耳边说:"你俩商量什么时候要孩子了吗?"

……他们的关系离商量这事还有十万八千里远呢。

唐星然摸了下鼻子,应道:"没有。"

姜静之低声道:"那你们平时注意安全措施,我也想着尽量等你博士读完再要孩子。"

她"噢"了一声。

唐慕开车把东西搬过去时,萧惟正在家里收拾房子。

唐星然是第一次来这儿。

她进门之后先转了一圈,看到是个三室两厅的平层公寓,空间很大,其中两个卧室都有单独的卫生间。屋子整体色调偏明亮，家具以白色和米色为主，客厅和主卧都有大大的阳台和落地窗。客厅的阳台还摆了一套桌椅，坐在那里视野很好。

主卧的墙被刷成了浅粉色，里面的家具和摆设风格跟她之前发给萧惟的图片挺像。

她很满意。

走回客厅，看到萧惟正在玄关处跟唐慕说话，脚边放着成箱成箱的书和资料。

四只小猫终于齐聚一堂，看起来都很开心的样子。

姜静之看向唐星然，问："用不用我们帮忙收拾房子？"

她摆摆手："不用不用，我们自己收拾就行。"

又说了会儿话，唐慕和姜静之就先走了。

屋里只剩下萧惟和唐星然两人。

萧惟打开鞋柜，给她拿了双拖鞋。

拖鞋是毛茸茸的那种，上面还有两个粉色的兔子头。

她换上，看着萧惟笑了下："这个好可爱啊，你买的吗？"

萧惟："嗯，想着你应该喜欢这种。"

唐星然笑着点了点头，穿着拖鞋"嗒嗒"回屋收拾东西。

正准备把衣服收进衣柜，一打开柜门，看到里面摆了一盒一盒成排的芭比娃娃。

唐星然顿时目瞪口呆，她估计得有二十几年都没玩过芭比娃娃这种东西了。

她随手拿了一只出来，忽然心头一动。

她想起小学的时候，萧惟骗她背书包，说每多帮他背一星期，等她长大嫁给他，就多给她买一个芭比娃娃。

看着柜子里芭比娃娃的数量，他好像真的兑现了这个承诺，他居然还记得。

唐星然看着柜子里的娃娃，心中异样的感觉渐渐升起。萧惟好像，还挺用心的。

虽然很多年没玩过，唐星然还是随手拆了几盒，坐在床上玩了会儿。

唐星然拿着一只开门出去，看到萧惟正在往书房搬书。

她有点不好意思抬眼看他，举了举手里的芭比娃娃，小声问："衣柜里那些，都是你买的？"

"嗯。"萧惟看了她一眼，表情也有些不自然，"以前我答应过你的。"

他顿了顿,说:"你可能不记得,小时候的事了。"

唐星然摸了下鼻子,声音很小:"记得的。"

两人目光相对。

萧惟穿了身浅灰色睡衣,戴着那副银丝框眼镜,眼神跟平时不大一样。

她感觉心跳莫名加速,咬了下唇:"那个,谢谢你啊,我好多年都没玩过这些了……"

没等萧惟开口,她就落荒而逃:"我先去收拾了!"

萧惟一直看着她的背影,随后听到主卧的门发出清脆的一声响,嘴角稍弯了弯。

卧室的床,萧惟已经提前铺好,唐星然把东西收好之后,就换了衣服靠在床上半躺着。

床垫很软,比她自己那张还舒服。

一闲下来,才感觉饥肠辘辘,从起床到现在她还没正经吃过饭。她从微信里复制了萧惟发过来的地址,打开外卖软件点了份外卖。一会儿之后,接到外卖的电话,她出卧室去拿。

路过厨房,听到里面有炒菜的声音。她瞟了一眼,萧惟自己做饭啊?还挺健康。

拿到外卖准备回卧室吃,萧惟正好端着一盘菜从厨房出来。

他看了一眼唐星然手里提着的外卖包装,表情微变。

唐星然看向他:"你什么时候学的做饭啊?"

萧惟:"前几年。"

唐星然点点头:"噢,那我下次有机会尝尝!"

她举了举外卖包装,笑道:"我先回屋吃饭了。"

萧惟满脸黑线,看她拎着外卖回了屋,随后,冷着脸从厨房端出来四菜一汤。

一个人在餐厅,孤独地吃饭。

同在一个屋檐下生活的第一天,萧惟就感觉自己不像是唐星然的老公,更像她的合租室友。

不仅如此,两个人的生活还有"时差"。

唐星然早上五六点睡觉,下午两三点起床;他早上六七点起床,晚上十一点左右睡觉。

一整天,两人学校里都没事,在家待着,居然连面都很少见。

唐星然一直在卧室里待着，关着门。

他简单回忆了下。

从昨天傍晚到今天傍晚，他满打满算见了唐星然两面。

第一次是昨天他刚做好饭，唐星然出来拿外卖。

第二次是今天下午，唐星然应该是刚起床，出门扔垃圾，接水，顺便拿外卖、看小猫。

萧惟本来在客厅沙发上坐着看文献，看着看着居然走神了，开始想这件事。

有三只小猫在客厅狂奔，追来追去跑着玩。

萧惟放下平板电脑，回了书房，从抽屉里拿出一张粉红色的信纸。

纸上的内容他看了无数次，已经能背下来，是唐星然写给他，夹在他英语书里的。

高中时，他英语课基本都在写其他科目的作业，复习英语的方式就是背单词和做卷子。

从开学到期末，英语书基本就没翻开过。

那封信他高中时期没有发现，而且差点永远发现不了。大三暑假的时候，萧俊回了家，在家收拾着要卖的旧书和废品。

萧惟就回房间收拾，准备把高中的课本和辅导书也一起卖了。

收拾了高高一摞旧书放在门口，那本英语书正好在最上面。

萧俊正在门口等收废品的过来，随手就抓起了那本书，翻了一下。

"萧惟，感觉你读高中时也不是很用功啊，这英语书跟新的一样。所以吧，能考状元完全是遗传了我的超高智商。"

萧惟无语。

"哇，这里面还有小女生给你写的情书呢。"

生怕不小心掉出来似的，薄薄一张纸，紧紧夹在书缝里。不这么翻还真发现不了。

萧俊还没看两眼，就被萧惟拿过去。

他回屋仔细看了一遍这封信，才想起来唐星然临走那天跟他说的，让他好好学英语。当时她还觉得莫名其妙，现在才知道，那原来是让他看英语书的意思。

时隔数年，他才看到唐星然走之前留给他的这封信，也许也能叫作"情书"。

但他和唐星然现在已经很少联系了，好像是从高二覃雅宁生病，他过去照顾了一段时间之后，唐星然就很少给他发消息了。

高中时，他就已经对唐星然有了不一样的感情。她离开那天，他在宿舍，第一次觉得坐立难安。

他没告诉她，在她起飞之前去了机场，就在很远的地方默默看着她。看着她过了闸机，进了安检，他当时感觉心里有一大块好像突然空了，有种说不出的难受。

那时他就开始意识到，他对唐星然的感情不仅限于普通同学，也不仅限于好朋友。

但是，太早了，她离得也太远，剩下的选择只有等待。多年后，看到那封信，他才知道唐星然那时对他也有相同的感情。

她也喜欢过他，但过去这么多年，不知道她现在还喜不喜欢。

那封信的第二段，萧惟刚看到时还有些想笑，写得很像他大学室友平时看的狗血剧里的台词。

最后一句还写着，"等我回来，定许你一世深情"。

虽然这句话看着挺奇怪，但他还是想相信，想等等她。

又过了五年，他博士毕业那年，两家人吃饭的时候听姜静之说起想叫唐星然回北阳大学来读博，M国离家太远了，他就去了北阳大学任教。

现在，他的确等到了唐星然，但似乎又没有完全等到。

他又看了一遍那封信，一直看到最后一句，他转头，瞅了一眼她紧闭着的房门。

一会儿后，他把那封信收回去，站起身，去主卧敲了敲门。

里面传出唐星然的声音："啊，进！"

萧惟开门，看到她正在桌前看电脑。

看到她头上绑着一个带兔耳朵的发带，显得有点呆呆的可爱。

萧惟盯着她看了一会儿，欲言又止。

思忖片刻后，他问："你下一顿饭是什么时间？"

唐星然看向他，应道："大概，晚上九点吧。怎么啦？"

"行。"萧惟说，"晚上我来做吧，做好了过来叫你。"

他又补了句："每天吃外卖不健康。"

"好啊，好啊。"唐星然点了点头，弯唇问，"你准备做什么呀？能点菜吗？"

萧惟淡笑了下："嗯，想吃什么？"

唐星然舔舔唇："想吃水煮肉片，还有……鱼香肉丝、麻婆豆腐。"

萧惟看着她："好。九点来叫你。"

过了几个小时,唐星然还在屋里对着电脑打字。

正感觉有些饿,响起两声敲门声,她站起身伸了伸懒腰,走过去开门。

前阵子事情多,项目的进度太慢,这个月就要完成,她不得不加班加点做。

萧惟身上系了条围裙,跟他这个人高冷的形象显得格格不入。

唐星然笑了下:"你做好饭了?"

萧惟点头:"嗯,洗手吃饭吧。"

两人坐在餐桌前。

唐星然看到桌上摆着她点的三个菜,还有一小碗排骨汤。

"哇,看着都蛮好吃的。你居然真的会做!"

唐星然一边拿起筷子吃,一边夸:"好吃哎!

"我在M国的时候有个室友也很会做饭,本来想让她教我的。我看着觉得会了,结果试着做了下,差点把厨房炸了。"

萧惟看向她,心情不错的样子:"以后都我来做。"

唐星然点点头,又觉得有些不好意思,说:"那我可以洗碗!"

萧惟:"厨房装了洗碗机。"

唐星然想了想,又道:"那我扫地拖地。"

萧惟:"家里有扫地机器人。"

那好像没啥活她能干的了。

她抬眸看向萧惟,眨巴着眼睛说:"要不再买个炒菜机?这样你就不用做饭了。"

萧惟看了她一眼,淡淡道:"没事,不用。"

萧惟跟以前的习惯一样,吃东西的时候不说话。

两人吃得差不多,萧惟把桌上的盘子碗筷收进厨房,倒掉残渣后,都放进洗碗机。

唐星然也在帮忙收着。

萧惟侧头看了她一眼,半晌后道:"唐星然。"

"怎么啦?"

他又沉默了会儿,缓缓开口:"为什么答应跟我结婚?"

唐星然手中动作一顿,心跳有点快。她决定实话实说:"说来话长,本来我也不太想结婚的。"

萧惟在一边静静听着,洗碗机开始运转,两人从厨房走去了客厅。

唐星然继续道:"我大学的时候有个室友,她当时谈了个男朋友,结果那个男的精神有问题,把她……杀了。

"我跟她关系还挺好的,后来想到谈恋爱就会觉得害怕,可能多少有点心理阴影。

"这事我没给我爸妈说过,他们不知道。回来之后,他们给我找了好多相亲对象让我去见,我都没去过。

"然后之前又看到了一条新闻,好像说一个单身独居的人死了之后好久才被人发现尸体,我就怕我如果一直自己过,老了之后会不会也这样。

"既然想找个人一起,那跟你结婚就挺好。

"你肯定不会是坏人。"

萧惟默然。

听完这个理由,他心情很复杂。那封信她估计不太记得了……

唯一庆幸的是,不论原因是什么,人已经在他身边了,其他都可以慢慢来。

半晌后,他抬手摸了下唐星然的头:"嗯,我不是坏人。"

唐星然抬眸看向他,眨了眨眼:"那你呢……为什么想跟我结婚啊?"

萧惟正准备开口,就听到唐星然手机响了。她低头看了眼,是谭芳打的微信语音电话。

她接起。

"唐星然,还没睡吧?"

"还没还没,怎么了老师?"

"你上个月改的两份本科生的卷子好像成绩有问题,那两个学生申请去教务处查分了。教务处这阵子也不是天天上班,学生就投诉到校长信箱了。"

"啊?"

谭芳说:"教务处的老师知道,就刚给我打了个电话,让我再核对一遍,还挺着急的。我现在也没空,你再看看吧。我把他们卷子的扫描件发你。"

唐星然:"好的好的,我这就核对一下,老师。"

谭芳又安慰她两句:"没事,卷子太多,之前也出过错。你核对之后把结果告诉我,我跟教务处的老师说。"

唐星然:"好的好的,麻烦老师了。"

挂了电话,萧惟侧头看她:"怎么了?"

唐星然眉头皱着,说:"我上个月改的卷子好像有两份有问题,被学生投诉到校长信箱了……"

她站起身:"我回屋去看看。"

萧惟:"好。别担心,问题不大的,批错了就改回来。"

唐星然回屋,发现两张卷子果然都有道题被她不小心批错了。她重新看了两遍,给谭芳发了微信。谭芳回了消息,又问了她项目的进度。

唐星然心虚地回复快做完了,其实还有好多没做完。她深吸一口气,打开文档继续开始做项目。

躺在床上准备睡觉时,她才想起今晚问萧惟的问题他好像还没答,不过来日方长,以后还有机会再问他。

第二天唐星然醒来,大概是下午两点,拿起手机正准备点外卖,看到微信里萧惟给她发了消息。

小惟:醒了出来吃早餐,不用点外卖。

唐星然愣了一瞬,洗漱之后出了卧室。

萧惟穿着藏青色的睡衣,坐在沙发上,坐姿优雅,手里翻着一本法学的专著。阳光透过那扇落地窗照在他脸上,神色清淡。

吴梦丽说得果然没错,每天看到他这张脸就很养眼。

听到声音,萧惟抬眸:"醒了?"

唐星然表情还有些困,点了下头:"嗯。

"好饿啊。"

萧惟把书盖在旁边,站起身去了厨房。

一会儿后,他端出一盘热腾腾的烧卖和两个凉拌的小菜,还冲了两杯咖啡。

"过来吃饭吧。"

唐星然走过去,坐在桌前笑了下:"感觉……跟你结婚还有点幸福。"

萧惟弯了弯唇,没说话。

紧接着,听到唐星然下一句话:"终于能吃上饱饭了!"

听着她之前生活好像很凄惨一样。

吃完饭,唐星然就端着水杯回屋继续工作。

奋战了一周多,总算在截止日期之前把项目完成了。这一周多的时间,萧惟每天都陪她吃三餐。

让她惊讶的是,印象里萧惟这人饮食和作息时间都十分规律,生活习惯健康,像个老年人,但这一周多,也改成了跟她一样的"阴间"作息,按她的时间陪她吃饭。

把项目文件全部发给谭芳之后,唐星然决心把时差倒回来了。

总不能一直这样。她自己就算了,把萧惟也折腾成"阴间"作息,她有点不好意思。

不过,话说回来,萧惟真的对她挺好的。

晚饭之后,她在厨房帮着萧惟收拾餐具。

唐星然说:"你以后还是按正常时间早睡早起吧,我也把作息调整一下。"

萧惟看她一眼，温声说："没事，按你的习惯来就行。"

唐星然摇摇头："过两天就开学了，早上说不定会有课，还是调整一下吧，不然起不来。"

萧惟"嗯"了声，没再多说。

唐星然看向他，随口问："你下学期课多吗？"

萧惟平淡道："不多，一周三节。周一两节，周三一节。"

"噢，那确实不多。我课表好像明天就出了，等明天看看。"

从厨房出去，唐星然难得的手里一点工作都没有，一身轻松。她去了客厅，坐在沙发上，总感觉这个客厅好像缺了点什么。

她看着萧惟，脱口而出："小惟。"

萧惟："嗯？"

唐星然叫出口那一瞬间，才意识到，这个外号她好多年都没叫过了，没想到叫起来还是这么自然。

半晌后，她问："怎么没买电视啊？"

萧惟扬了扬下巴道："上面有个投影。"

"哇！"唐星然睁大眼，"在哪儿？"

萧惟起身，去架子上拿了个遥控器，按了一下，有块幕布缓缓落下。

他把电视盒子的遥控器递给唐星然，她兴致勃勃地翻着，找了个偶像剧。

萧惟放下手里的书，靠在沙发上陪她，耐着性子一起看。

中途，他又去冰箱里拿了水果，切好放在她面前。

看到第二集，唐星然已经露出"姨母笑"。

没想到她一把年纪了，还是能被偶像剧里的情节打动。

看着看着，她又莫名有点惆怅，长叹了声气。

萧惟看向她："怎么了？"

唐星然撇撇嘴，小声道："感觉我好像有点亏了。"

萧惟："嗯？"

唐星然戳着手指说："我连恋爱都没谈过，就突然结婚了，少了个人生体验。"

萧惟面无表情，嘴唇动了动："你想跟谁谈？"

难道刚才剧里那种一看就很假的什么总裁吗？

唐星然挑了下眉，看向他："我还能跟别人谈吗？"

萧惟穿着睡衣，靠在沙发上。

领口微松，锁骨若隐若现。昏暗的灯光下，银色的镜框有点反光，整张脸也显得冷冰冰的。

萧惟淡淡道:"不太能。"

两人对视,唐星然看他表情有点冷,赶忙把视线移开。

唐星然插了一块水果,小声嘀咕:"那我确实挺惨的,你又不跟我谈恋爱,我这都结婚了,也没机会再跟别人谈。"

她就随口一说,其实也没想跟别人谈。

萧惟看着她,小半晌后,悠悠地开口:"我陪你谈。"

唐星然当场愣住,随后睁大眼看向他:"怎、怎么谈?"

萧惟淡笑了下。

两人离得不远,他朝唐星然伸出一只手,手心朝上悬在半空,意思很明显。

唐星然犹豫了一瞬,把手往他那边挪了挪。

她想起了高中时跟萧惟一起去看电影那次,她也是这样把手慢慢挪过去,就快要碰到时,他悄无声息地收走了。

想到这事,唐星然心理不太平衡。她没去牵住他的手,在他掌心上打了一下。

萧惟看向她。

唐星然挑了挑眉:"还是不对!"

萧惟语气里带着些笑意,问:"哪儿不对?"

唐星然看着他,愤愤道:"你得先追我,我才能跟你谈恋爱!你现在都没追过我!"

他收回手,平静道:"好。那我先追你。"

唐星然眼睛一亮:"真的?"

萧惟笑:"真的。"

他顿了顿,说:"那从现在开始追。"

唐星然就快忍不住嘴角上扬,她站起身,眼中却是藏不住的笑意:"你……明天再追吧,我现在……要去睡觉了。"

没等萧惟再说话,她就头也不回小跑着回了屋,把门也关上。

洗完澡,她把头蒙在被子里闷闷地笑。

笑了好一会儿都停不下来,她在心里暗骂了句:"唐星然,瞧瞧你没出息的样儿。"

不到三秒钟,她又心道:这可不叫没出息,出息大着呢!现在是萧惟追你呀!

这么想着,她又觉得自己有点幼稚,像小孩子在玩过家家。明明他们都已经结婚了。

调整时差的第一天,她意料之内的睡不着,在床上躺了好久,脑子都飞速运转着。

她在想萧惟怎么就要追她了?难道是真的爱上她了?是什么时候开始的呢?唐星然有点想不明白,当初明明被婉拒了的。

估计是兜兜转转十年过去,萧惟才想起她的好,而且已经结婚了,不爱她难道去爱别人吗?

一直闭眼琢磨着,完全睡不着觉。

她摁亮了手机屏幕,发现现在已经十二点多了。

唐星然打开微信,点开了和萧惟的聊天框,问:你睡着了吗?

对面秒回。

小惟:没呢。

小惟:是不是睡不着?

唐星然弯着嘴角回复:对,有点睡不着。

星星糖:你看现在时间!

小惟:十二点零三分,怎么了?

星星糖:已经第二天了哦。

星星糖:你可以开始追我了。

小惟:好。

小惟:那现在,哄你睡觉?

唐星然嘴角扬得老高,已经完全失去了表情管理能力。这种明明在一个房子却用微信聊天的感觉,让她觉得还挺新奇。

星星糖:好,开始吧。

过了一会儿,手机开始一下接着一下的振动。

小惟:一只羊。

小惟:两只羊。

…………

小惟:六只羊。

…………

唐星然笑了声,打断他的文字版数羊:你用中文数羊没用。

星星糖:我给你科普,数羊在英语国家是有用的,因为 sheep 和 sleep 发音相似,可以给人心理暗示,用中文数羊没有这个效果。

过了一会儿,萧惟换了方式。

小惟:摔了一跤。

小惟：摔了两跤。

唐星然看得一愣，忍不住大笑了一声。

小惟：我好像听见你笑了。

她看着消息，忽然有点想看见萧惟，想听他的声音。

唐星然才有些意识到，她对萧惟的喜欢好像不是消失了，而是被她强行压住了。

就像仙侠剧里说的，"封印"一样。

现在知道了萧惟的心意，她的喜欢就像是被解了封。

而且压抑太多年，突然就像小火山爆发一样，让她完全控制不住，一股脑儿喷涌而出。

她翻了个身，给萧惟发：摔跤好像也没用。

星星糖：要不我们去客厅吧，你给我念书好不好？

小惟：好。

小惟：等我穿个衣服。

唐星然心跳停了一拍，问：你没穿衣服？

小惟：没。

小惟：刚本来准备睡了，也有点睡不着。

想到刚才萧惟没穿衣服跟她聊天，唐星然就想到晚上好像看到他的锁骨，忍不住脑补再往下的样子。她脸颊开始泛红，赶紧把脑子里这些乱七八糟的想法清理出去，翻身下床。

打开门时，旁边次卧的门也正好打开。

唐星然看了过去，甚至怀疑萧惟是故意诱惑她。

跟晚上相比，他睡衣的扣子还少扣了一颗。松松垮垮的衣领，配上那张过分清俊的脸，活脱脱的是引人犯罪。

唐星然往沙发那边走，撇撇嘴："小惟，你追人得用正经的方法。"

萧惟听得莫名其妙，坐在她身侧，问："现在我哪儿不正经了？"

她瞅了一眼他的衣领，说："你，企图色诱我！"

"不是。"他低头看了眼，抬手把扣子扣上，"出来有点着急。"

"噢。"

他身子往后靠了靠，看向唐星然："想听我念什么书？"

"那种听了就犯困的。"她想了想，"就念刑法的吧。"

"行。"

萧惟站起身，去书房随便拿了一本刑法的教科书，从第一页开始念。

唐星然没听困，甚至还听进去了。

"从中间开始吧,开头太简单了,都是介绍性的,我听着感觉还怪有意思,越听越精神。"

她伸手,随意翻到了中间的一页。

萧惟低头看了一眼,语气平淡地开始念:"我国强奸罪的既遂条件采插入说,即男子的生殖器……"

唐星然轻咳了一声打断他:"算了算了,再换一页。"

萧惟很听话地又往后翻,翻了几页,他看向唐星然:"我觉得这些听了都不容易犯困,刑法学很有意思的。"

唐星然眨眨眼:"可是我睡不着怎么办?"

他淡笑了下:"陪你看会儿电视?"

唐星然想了想:"看新闻吧。"

"行。"

萧惟打开投影,找了个新闻回放,把声音调小。

唐星然盯着屏幕,大概看了半个小时,就开始打哈欠。

又过了一会儿,她靠在沙发上睡着了。

萧惟侧头看了她一会儿,弯了弯唇,轻手轻脚地把人抱回了她卧室。

第二天是周日,也是北阳大学新生报到的日子。

唐星然昨晚睡得比平时早,没到中午就醒了。醒来时她还有一瞬的迷茫。她记得昨晚在客厅跟萧惟一起看电视来着,好像完全没有回房间的记忆。

她又想起昨晚萧惟说陪她谈恋爱,还说要追她,一切都像做梦一样。

唐星然洗漱之后出了房间。上午天气晴好,一开门,看见旁边书房的门开着,萧惟背对门坐在桌前,开着电脑看资料。

她扬起嘴角,轻手轻脚地走过去。

书房里的人专注于电脑上的文献,完全没注意到身后传来的脚步声。

唐星然走到他身后,戳了戳他肩膀。

萧惟身子一怔,随即转过头看她:"今天挺早。"

她点点头,抿了下唇问:"昨晚,我怎么回的卧室?"

萧惟看着她,半晌后,很淡定地说:"我抱你回去的。"

脑补那场景,她脸颊不由得染上了一抹红晕。

萧惟稍弯了下唇,抬手摸了下她脑袋:"走吧,去吃饭。"

饭后,唐星然收拾了报到的东西,塞进一个印着卡通图案的粉色双肩包里,准备去北阳大学。

萧惟想陪她过去,被她拒绝了。

唐星然还没做好心理准备和他一起出现在北阳大学,而且一想到可能会碰到吴梦丽,她还有点尴尬。吴梦丽因为她含糊的措辞误会萧惟身体某方面有问题……

九月,北阳的天气还是热得不像话。

唐星然在家吹着空调宅久了,不太适应这种暑热。

本科的新生也是这天报到,校园里密密麻麻到处都是人。有拖着行李箱的家长、假借帮忙想推销电话卡的高年级学生,还有东想西想的新生。

唐星然从人群中穿行而过,因为穿着打扮和长相都很显小,没想到也被当成了大一新生。

刚进校园没走两步,便有"学长"热情地凑到她旁边。

"同学,你是新生吗?"

她还真是。

唐星然点点头:"对,我是……"

"博士新生"四个字还没说出口,"学长"就笑嘻嘻地说:"那我带你去报到吧?学妹你是哪个院的?"

"……我是外院的,不过我认得路,不用麻烦了。"

那"学长"摇摇头,毫不掩饰道:"没事,我带你去!"

又拒绝了两次,这人还是执意跟着。

盛情难却,唐星然也不想在校园主干道上跟他继续浪费时间,就随着他跟在旁边。

开学的这一天,校园里很是热闹,路上还有很多社团,赶在开学开始拉人。

民乐团搭了个棚子在路边当众表演古筝和二胡合奏;摇滚社的架子鼓都摆好了,旁边站着背电吉他的乐手,甚至有点像卖唱的。

吸引到唐星然注意的是他们旁边的一群人,打扮成动漫里的各种形象,扎成一堆。

看见唐星然频频转头往那边看,"学长"笑着跟她介绍:"那是cosplay(角色扮演)社,学妹感兴趣的话可以去看看?感觉你挺适合的。"

唐星然有点心动了。看动漫这么多年,她还没尝试过cosplay。

报到流程结束,唐星然打发走刚才的"学长",纠结了一会儿之后,走向cosplay社成员聚集的地方。

刚一靠近,她就被那些穿着各种衣服的人围了起来。

"哇,小学妹长得好萌啊!你想来cosplay社吗!"

唐星然笑了下:"有点想,但是我是今年博士新生……不知道能不能来。"

一个扮成"蝴蝶忍"的漂亮女生开口:"当然可以呀!我们社有个男生就是数科院的博士,也是老二次元了!

"那过来填个信息吧!一会儿我拉你进群,有社团活动就在群里通知!"

唐星然张了张口,问:"这么简单?"

"蝴蝶忍"眨巴眨巴眼睛,粉紫色的纤长假睫毛扑闪两下:"是啊,一般人还要交社费。"

她凑到唐星然耳边:"长得好看的免社费!"

唐星然被推着去了桌前,在一张表格里填了些基本信息,就算加入了。

回家路上,就有cosplay社的人加她微信。

唐星然通过之后,就被拉到了一个两百多人的微信群里。

群里开始刷着欢迎新社员的消息,随后有不少人从群里添加她微信好友。

回到家时,萧惟不在。

唐星然坐在沙发上,回复了群消息,然后一一通过好友申请。

加她的十个人里有九个是男生。

她回消息回得手酸,甚至有人约她今晚出去,说要请她吃烧烤,还有个说要约她看新上映的动画电影。

传来一声门响,萧惟回来了。

唐星然抬眸看他一眼,随口道:"你出去了啊?"

"嗯,院里突然有事。"

唐星然继续回消息,头也不抬:"噢,那你去学校了啊?"

"今天学校里人好多。对了,我参加了一个社团。"

萧惟在她旁边的位置坐下,看她手指一直在手机屏幕上戳着,好像很忙的样子。

他问:"什么社团?"

唐星然:"cosplay社。你大学的时候有参加过社团吗?"

萧惟摇头:"没有。"

意料之内。

她在M国上学的时候,从高中到研究生都参加了很多社团。

手机上,几个邀约都被她拒绝,那个约看电影的却越挫越勇。

今天没空约明天,明天没空约后天,有点死皮赖脸的意思。

唐星然皱了皱眉。

萧惟注意到,问:"怎么了?"

唐星然抬眸看他，如实道："社团里有个男生约我去看电影，他说票都买好了。"

萧惟扫了唐星然一眼，声音里没什么温度："你想去？"

她摇摇头："不去，我在想还能怎么拒绝……"

萧惟淡淡道："就说你已婚，想看电影可以和老公一起。"

唐星然思索一瞬，还真就这么回了，当然，稍微改了改措辞，回复：不好意思啊，你约别人吧，我已经结婚了，可能不太方便。

萧惟偏头看了一眼她手机屏幕，嘴角扬了下。

下一秒，对面的人就又发来了消息：妹妹，编理由也得编个可信度高点的吧？你满二十了吗就已经结婚了？

唐星然哑然。

看着那句"妹妹"的称呼，唐星然眉头皱起来了，感觉手机屏幕都好像糊上了一层油。

年纪轻轻的，怎么就这么油腻了。身边这位跟他相比，简直清爽到爆炸。

她也懒得多说了，回了六个点：你看我朋友圈。

对面的人：……那不是你 PS 的吗？

对面的人：妹妹，你想跟熊猫头结婚？品位不一般啊。

神经病。

唐星然彻底懒得理这人了，直接拉黑。

唐星然手里的活已经干完，这两天谭芳估计忙着新生的工作，也没顾得上安排她。

晚饭之后，萧惟抬眸看她一眼："今天不忙？"

唐星然点点头："不忙。"

萧惟："出去看电影吗？"

唐星然忍不住笑了声，觉得他可能还想着那男生约她看电影的事。

"好啊！现在去？"

"嗯，走吧。"

萧惟开车载唐星然去了附近的电影院，她挑了那部新上映的动画电影。

进了影院，他让唐星然在椅子上坐着等他去买票。

排队的时候，唐星然往那边看，就看到周围的女生目光集中在萧惟身上。因为那张脸，他走到哪儿都是这个画风，从高中到现在都没变过。

买了票之后，萧惟又去给她买了桶爆米花和一杯汽水，她抱着爆米花进了电影院。

看着身边坐着的都是情侣，又看了看萧惟，唐星然好像有点已经正在谈恋爱的感觉了。

电影放到一半，她低头，看到萧惟的手像很久之前那次一样，搭在扶手上，离她很近。

戴着戒指的那只手。

她做了十分钟的心理建设，把手往那边挪了挪，缓缓靠近他。但临要碰到时，她又没直接握上去，留了不到五毫米的距离。

萧惟侧头看了她一眼，嘴角稍弯，然后又把头转回去。

唐星然看他半天没动作，正有点不爽时，萧惟一只手指勾住了她的手心，像是在试探一样，手心被他挠得有些痒，那阵痒意从手掌一路传到了心里。

下一秒，萧惟从下面握住了她的手，止住了痒，唐星然的心开始"扑通扑通"狂跳。

这是他们第一次真正意义上的牵手。她控制不住地扬起嘴角，感受到他手掌的温度，也用力握了握他的手。

旁边的人除了手上的动作，没有别的任何动作，还是身子坐得笔挺，目视着前方的银幕。

过了几分钟，她想了想，凑到萧惟耳边，低声说："我还没有答应你的追求哦，就是……让你提前体验一下。"

说话时，唐星然的唇几乎挨到他的耳朵，温热的气息洒在耳边。

萧惟看向她，轻轻"嗯"了一声，捏了捏她的手："能体验多久？"

唐星然语气里带着笑意，挑眉道："就，到电影结束吧。"

片尾曲响起，屏幕上开始播放滚动字幕。

萧惟完全没有要松手的意思，牵着唐星然站起来，径直出了影厅。

第一次在公共场所这样牵着手走，周围很多人的目光都频频落在他们身上。

唐星然有点享受这种感觉，但还是死要面子，抬头瞅他一眼："小惟。"

"嗯？"

"你的体验期结束了。"

萧惟听到，过了大半晌，牵着她的那只手松了力道。唐星然感觉手一空，竟莫名有些失落。

她咬了下唇，看向他说："不过，可以再给你延长一段时间……延长到我们上车吧！"

说着，她主动把手伸过去，牵住他刚刚松开的手。

萧惟弯唇看她："那可以再延长一些吗？"

唐星然挑眉："你想延长多久？"

萧惟看着像是在认真思考，一会儿后，轻飘飘地说："先延长个两年。"

唐星然重重捏了他手一下："你想得美！"

回家之后，她正在沙发上边看着动漫，边吃着萧惟给她切好的水果，享受来之不易的悠闲时光，谭芳的消息就发来了。

说是周末有个学术研讨会，需要唐星然帮忙负责一些会务工作。与此同时，外院博士新生群里发来了课表。

她的课居然还挺多，大约是毕业有课程学分要求，把要上的课都集中排在了前面一两个学期。

她周一、三、五都有课，周一甚至还是早上八点的课。周一早上八点的课还是马克思主义原理，她从来都没上过。

晚上，唐星然不得不早早上床，可还是将近凌晨才睡着。

第二天早上被闹钟吵醒，她揉着昏昏沉沉的脑袋爬起来洗漱、穿衣服。

萧惟周一的课也是早上八点。只不过，她是去听课，他是去讲课。

小区离北阳大学不远，两人吃了早饭，一起步行过去。

快到门口，唐星然望了一眼学校里熙熙攘攘的人群，看向萧惟："要不我们进校门之后就别一起走了吧？"

萧惟觉得莫名其妙："跟我走一起有什么问题吗？"

结婚证被打码不说，进了学校还要分开走。合法夫妻，活脱脱被唐星然整得像是偷情。

她抿了下唇，狂做一番心理建设，最后深呼吸了一下："算了，没问题，一起吧！"

说最后三个字的语气，颇有种壮士断腕的感觉。

果然，走进学校之后，唐星然感觉自己就像是个电影明星似的。他们遇上的好几个学生，都一步三回头盯着他俩看。

好巧不巧，路上还碰到法学院学委会的方子轩。

方子轩好像也给她结婚证那条朋友圈点过赞，此刻看到萧惟唐星然走一起，再联想到前段时间学校论坛里关于萧惟结婚的热帖，惊得下巴都快掉了。

三人擦肩，萧惟比他高了半个头。

他抬头，还在蒙圈状态，打了声招呼："萧老师好，师师……师娘好！"

"呃……"这改口改得。

听到这个称呼，唐星然头顶好像有带着省略号的乌鸦飞过。

萧惟则好像心情不错的样子，微颔了颔首，就继续往前走。

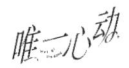

两人不在同一个教学楼上课，在一个岔路口分开，萧惟看向她："下课了发消息给我。"

"噢，好。"

马原课是在一个大教室里，好几个院新入学的硕士和博士一起上。

这种课，后排的位置早早就被占光了，留下前面的三排。

唐星然挑了个第三排的位置坐下。过了一会儿，吴梦丽端着杯豆浆进教室，跟着几个室友坐到她旁边的位置。

寒暄几句之后，一个穿着大红衣服的中年女老师就进了教室，打开PPT，上课铃也响起。

唐星然第一次上马原课，就运气爆棚地被点名叫起来回答问题。

虽然昨天她睡得不算晚，但生物钟使然，加上这课程内容实属催眠，听了十分钟就开始打瞌睡。

迷迷糊糊，就听到女老师的声音："第三排左边靠过道的女生。"

吴梦丽在旁边戳了戳唐星然："老师叫你回答问题呢。"

唐星然被吓醒，"噌"一下站起来。

她抬头看PPT上的内容：人与世界的关系是怎样的？

……她知道就有鬼了。

她慌里慌张地翻着课本，女老师有些不耐烦："同学，说你的理解就可以，不是抽背知识点。"

吴梦丽在旁边小声提醒："改造与被改造。"

唐星然听到，松了一口气，大声重复："是改造与被改造的关系。"

女老师点点头："展开说说呢？"

唐星然想了想，莫名想到了不知什么时候看过的电视剧台词，答道："这就要从人和宇宙的关系开始说起。"

女老师听到，身子前倾，有些感兴趣的样子。

唐星然继续道："人是宇宙里的人，生活在地球上，不断被环境改造，变得适应这个世界。"

到此为止了，她编不下去了。

女老师又问："那你觉得人只能被动接受世界的改造吗？"

唐星然想了想，点点头："对，比如人类从猿进化成人，就没法回去。"

女老师蹙了下眉，摆摆手示意她坐下，开始讲人们既改造着客观世界，也提升着自己的认识能力。

吴梦丽在旁边低笑了声："没事，她没问你名字，应该不计分。计了也没事，都读到博士了，公共课能及格就行。"

唐星然皱着眉头，点了点头。术业有专攻，从来没学过的东西，也不能怪她不知道。

下课前，老师留了用来算平时分的课堂作业，一篇五千字的小论文，还要用教学系统查重。

铃声响起，教室里的人开始收拾东西离开。

吴梦丽看向唐星然："跟我们一块儿去食堂吃饭吗？"

唐星然："不了不了。"

吴梦丽凑近她，开始八卦："你去找萧老师吃饭？"

唐星然犹豫了半响，点了点头。

吴梦丽"啧"了两声，打趣道："可以，已婚果然不一样。你们会不会弄假成真啊？对了，你想的话，可以带他去看看医生，我听说……"

旁边的室友拉她："梦丽，吃饭啦，再晚过去要排长队了。"

"好好好，走了。"她最后看了一眼唐星然，"我下次再跟你说啊。"

"……嗯。"

唐星然在心里默默给萧惟道了个歉，他的完美形象就这么被她毁了，毁的方式还这么损。

教室里的人已经走得差不多，她正想着，手机响了一声。

小惟：下课了吗？

唐星然回复"下课了"，萧惟叫她直接去食堂一起吃饭，两人在食堂门口会合。

开学第一周，本科新生还没有开始上课，在进行为期一周的新生教育。

似乎是也刚结束，他们到食堂门口时，一群充满朝气的年轻人乌泱泱地拥进食堂，瞬间人就多了起来。

跟着萧惟进食堂，就像带着大熊猫去动物园。就没几个人是完全不往他这儿看的，看了他，就顺带看几眼她这个"熊猫保育员"。

她不想一会儿吃饭也全程被围观，戳了戳萧惟的胳膊："要不我们打包去你办公室吃？"

萧惟之前也是这样，人太多，他嫌吵。

"行。"

在不知多少人的目光中，两人随便找了个窗口买饭，然后迅速离开食堂前往行政楼。

路上，唐星然撇了撇嘴："你要不以后戴口罩和帽子出门吧，也太多人看你了。"

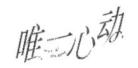

她又问:"大学里一直都有这么多人看你吗?"

萧惟想了想,淡淡道:"我也没太注意过。"

开了办公室的门,发现里面有人。

本就是两人一间的办公室,另一个法学院的老师这会儿也在。

唐星然一进门,就看到他位置对面一位看着年纪比他稍大些的男老师,长相普通,个子不高,留着平头,头顶的毛发已经很稀少,一看就是被科研学术摧残得未老先衰。

这稀疏的头发配上寸头发型,让她想到《神偷奶爸》里的小黄人,或者说是老黄人。

两人一对比,她就有点明白萧惟为啥是学校里的大熊猫了。

萧惟和男老师互相打了个招呼,她听到萧惟叫那人"王老师"。

王老师看了眼跟着进来的唐星然,忍不住多问一句:"你的学生啊,萧老师?"

"不是。"萧惟抬眸,自然道,"是我太太。"

对面王老师听到"太太"这个词时,眼睛瞪得比铜铃还大。

他愣了一会儿,才反应过来:"哟,还没恭喜萧老师,什么时候的事?"

唐星然朝他颔了颔首,就坐在椅子上摆餐具。

萧惟:"前两个月。"

王老师这人话有点多,两人在吃饭时,他就在对面喋喋不休:"萧老师跟太太感情可真好,我家里那位从来不陪我来学校,她在律所工作,忙起来连个人影都见不到。"

"我们这行科研压力也大,抽不开时间顾家里。我们这都三十好几了,孩子的事也……"

萧惟好像习惯了,一言不发地听着,和唐星然并肩坐着吃饭,姿态一如既往的优雅端正。

唐星然倒觉得别人说话,她不搭理不太礼貌,尤其这人还是萧惟的同事,便时不时应他一句。

饭后,两人收拾了餐具,王老师换了个话题,开始跟萧惟讨论申报课题的事。

萧惟明显兴趣比刚才大得多,跟他有一句没一句地说着。

唐星然下午没课,但萧惟有。

她完全找不到空当说要先回家,加上刚刚被王老师说了他们"感情好",她也不太好意思这就抛下他自己走。

她坐在旁边看手机上谭芳发的会务要求,听着萧惟他们讨论什么未成年人刑事司法的项目。

一直到快上课,她才跟着萧惟一起出办公室。

她看向萧惟:"那我就先回家了啊,我下午没课。"

萧惟淡笑了下:"嗯,到家给我发个消息。"

回去后,唐星然看了一会儿会议资料,准备早点把马原课的小论文写了。

可看了一个多小时,她都没半点想法。

一门全新的科目,憋五千字论文出来还是有一定难度,加上老师上的是硕士、博士的课程,留的题目也不容易。

周末就要开会,要准备的资料还有不少,她不太想在这门公共课作业上费太多时间。

直到听到客厅传来一声门响,萧惟下课回家。

她眼珠一转,抱着笔记本电脑出了卧室。她写不出来,有人肯定分分钟写得出来。

萧惟一进门就看到人跑出来迎接,嘴角弯了弯。

唐星然:"你回来啦?"

"嗯。"其实一个小时前就下课了,萧惟随口解释,"下周开学典礼,院领导想让我上去致辞,叫我过去说了会儿话。"

唐星然眨眨眼,眼神中的谄媚藏不住:"哇!小惟,你好优秀啊,刚开始任教就能在开学典礼上致辞了!"

萧惟扫了她一眼,有点搞不清楚状况。从小到大,她好像都没这么跟他说过几次话。

他换了鞋,往屋里走:"就是代表青年教师讲话。"

唐星然手里还抱着电脑,一路跟着他进了厨房:"哇!那我到时候也要去看,给你拍照,然后设成屏保!"

萧惟把养生壶里加上水,转头看向她:"是有什么事需要我帮忙吗?"

唐星然准备来个欲抑先扬,不能这么直接。毕竟人家现在是出了名的优秀人才,吴梦丽已经吹了好几次他学术多牛,她想让他帮她写五千字马原小论文,还得再多拍拍马屁把人哄开心点。

她无辜地摇摇头:"没有没有呀,就是突然开始崇拜你。"

萧惟无奈地笑了下,没再多问,转头往房间走。

唐星然还是抱着电脑,像个小尾巴一样跟了进去。下一秒,她看到萧惟从衣柜里拿睡衣,摊在床上。

唐星然轻咳一声："啊，那你先换衣服。"然后"啪嗒"一声帮他把门关上。

直到两人吃完晚饭，唐星然又一路跟着萧惟进了书房。

她打开电脑，说："小惟，我有个不情之请。"

萧惟等了一下午了，从电脑屏幕移开视线，好整以暇地看向她："嗯，说。"

唐星然双手托着下巴，一副可怜兮兮的表情："我马原课有五千字论文的作业，我实在写不出来……"

闻言，萧惟敛住笑意，看着她："有报酬吗？"

唐星然愣了一瞬，试探道："一百块？"

萧惟无语。

她看到萧惟的表情，知道下午拍的马屁没用。

唐星然小声嘟囔："你不是在追我吗……你没空帮我写，给我稍微讲讲也行……"

萧惟听到，半晌后点点头："帮你写，题目发我。"

唐星然尖叫："小惟！你也太好了！"

本以为他不会帮忙，现在突然就答应了。幸福来得太突然，她这声尖叫话音一落，脑袋有一瞬的空白。在这一瞬的空白时间，她歪头，快速在萧惟侧脸上亲了一下。

只一瞬，萧惟感受到脸颊上带着温度的柔软触感。然后，书房里，两个人都直接蒙了。

蒙了不到三秒，唐星然反应过来自己做了什么，脸"唰"地就红透了。

三秒后，她脑子里只剩下一个字：溜！

她转身，迈腿。刚迈出去一步，手就被身后的人拉住。耳边传来某人低沉的声音："跑什么？"

唐星然转头，一只手被拉着，另一只手摸了摸鼻子。

是哦，她跑什么？

现在是萧惟在追她，她亲了他一下，明明是他占便宜更多。

她应该理直气壮才对！

唐星然顶着一张红彤彤的脸，清了清嗓子，摆出一副领导要开始讲话的样子。

"那个，就当是我预支给你的。"

萧惟看着她，耳朵也泛红。

半晌后，他弯了下唇，声音轻轻的："预支？"

唐星然重重点头：“对！以后如果你追到我，还要再扣掉一个。”

萧惟："那如果追不到呢？"

"追不到……如果追不到……"唐星然顺着他的话想，支支吾吾一会儿后，睁大眼看着他。

"那你不能再认真点追吗！"

闻言，萧惟淡笑了下，似是诚恳地给了她一个提议："追不到的话，我也可以还你。"

还？怎么还？

唐星然意识到这能怎么还，愤愤地甩开他的手："小惟！你你你！"

她就要控制不住表情了，抛下一句"算了"，小跑着就从书房里离开，回到卧室，"砰"的一声把门关上。

坐在桌前，她嘴角扬得老高，用抱枕捂住脸，闷闷地笑。

一会儿后，手机响了一声。唐星然拿起来，看到某个刚才被她亲了的男人发来的微信消息。

小惟：题目记得发我。

唐星然弯着唇，把论文题目发了过去。

末了，配上一个"谢谢"的表情包。

周四萧惟就把论文发给了唐星然，她扫了一眼就发到了马原课助教的邮箱。

这几天，她忙得团团转。本以为周末的学术会议规模不大，结果真正开始准备，才发现虽然规模小，但要求很高。

会议由北阳大学外院主办，参会的老师都是国内各个高校的大佬，一切准备工作都要很充分，很精细。

她是帮忙筹办会议的唯一一个博士生，其他几个帮忙的人都是谭芳带的硕士。

谭芳让她把具体工作安排下去，她这边再进行把关。工作都不难，主要是琐碎和麻烦。

好在她读研的时候也干过不少次，做起来还算是得心应手。

前几天，把所有文件的电子版准备好、检查好。周四和周五，去会议场地检查设备、确认参会老师住宿等问题。周六一早，唐星然背着电脑出门，去会议场地。

萧惟正在书房看书，听到声音回头问了句："几点结束？"

唐星然看着手机上的会务工作群，心不在焉地答："下午五点半。"

萧惟："行，我五点半去接你。"

她提前一个小时就到了会议室，安排着几个师弟师妹负责签到和引导之类的工作。过了一会儿，负责打印的师弟给每张桌子放了会议日程和资料。

忙忙活活了半个多小时，大佬们陆续到场。结果会议开始没多久，就出问题了。一个参会老师听了一会儿，就跟谭芳说会议日程好像有问题。

谭芳一看，发现桌上放的都是去年会议的资料。她走到他们几个会务这里，问打印是谁负责的。

唐星然看向师弟，师弟立刻站起来，一脸无辜："谭老师，会议资料有问题吗？不会吧……唐星然师姐检查过的啊。"

唐星然没想到他甩锅甩得这么快。

谭芳看了唐星然一眼，皱着眉头让她赶紧重新准备。她就自己跑去了学校打印店，等着打印的时间想明白了是什么情况。负责打印的师弟也负责这次会议资料的编辑排版。

文件发给唐星然的时候，各种格式字体都不对。唐星然就给他发了去年会议的文件资料电子版，让他参考修改。

改了好几遍，终于改好了。估计他打印的时候又选错了文件，不小心选成去年的了。

两份资料的第一页内容差不多，只有"第 ×× 届"的数字不一样。

一直到下午五点半，会议结束。

谭芳还把唐星然单独叫过去，严肃地告诉她做事情要认真点，上次本科生期末试卷批错就没说她，结果这次会议资料又能弄错。

唐星然默默听完，出门后把师弟叫到了旁边空着的休息室说了一通。

师弟委屈巴巴地说道："师姐，实在对不起啊。我早上太怕谭老师会发火了……"

唐星然简直见不得他这样，心想，你委屈，我还委屈呢！

但她实在不是能教训人的那个类型，而且这师弟长得比她还老成。最后她随便复述了几句谭芳的话，就打发人走了。

眼不见心不烦，大不了她以后自己再细心点把啥都检查一遍。

训完人，她从休息室出门，一抬头就看到了萧惟。

唐星然愣了一瞬，表情还没切换过来，一脸嫌弃："你怎么来了？"语气也有点冲。

萧惟愣了一瞬，看着她："我不能来吗……"感觉听着也有点委屈。

唐星然揉揉太阳穴，走到他面前："不是不是。"

萧惟说："早上说了过来接你，看你没回微信，我就直接过来了。"

这层都是会议室,人已经走完了。"

他说话声音不大,但走廊里空空荡荡,唐星然听着他低沉好听的声音,憋了一天的火瞬间就没了。

她眨眨眼,抬眸看他:"我盯了一天会,手机调勿扰模式了。那我们回家吧。"

萧惟看到她表情好了些,"嗯"了声,很自然地牵过她的手往电梯间走。

"吃个饭再回吧。"

会议室空调温度低,唐星然待了一整天,手凉凉的,被他牵着,手也暖了起来。

两人下了电梯,一会儿后,唐星然捏了捏他:"也是体验期哦。"

萧惟稍弯了下唇:"好。"

两人牵着手出校园,一如既往的回头率高。唐星然觉得再有几次,她应该就能适应了。

到了餐厅,点完菜,萧惟看着她,像是随意地问了句:"刚在你之前从休息室出来的男生是谁?"

唐星然想到这个师弟,眉头又皱了皱,把今早资料弄错的事给萧惟说了一遍。

"真是气死我了!"

萧惟看着她,半晌后道:"没事,别影响心情。"

唐星然撇撇嘴:"已经不影响了,我把他说了一顿!"

想到这儿,她又叹了声气:"小惟。"

"嗯?"

"你教教我怎么骂人吧,我感觉我训他的时候一点气势都没有。"

萧惟好笑地看着她,问:"我看着像会骂人的吗?"

唐星然:"你以前像教导主任。"

她顿了顿:"现在又当了老师,应该多少会点……"

萧惟摇摇头,淡笑道:"不会。"

唐星然挑眉:"这可不行,那你也得练练。"

下一秒,她把脑袋往前探了探:"来,小惟,你骂我一句试试。"

萧惟无语。

今年开学典礼的时间是下周二,本科生必须到场,研究生则随意。

周一晚饭时,萧惟就提了一句:"明早九点举办开学典礼。"

唐星然正啃着一块糖醋排骨,含含糊糊道:"哦,我可以不用去。"

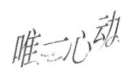

过了一会儿，萧惟又放下筷子，温声问："马原那篇论文交了？"

唐星然点点头："嗯，交了，应该没问题。你写的，我放心！"

他看着唐星然，半晌后，悠悠道："你还记得让我帮你写论文那天你说了什么？"

唐星然喝了口汤，抬眸问："啊？哪句啊？"

她问出口那一瞬间，其实就已经想起来了。她拍马屁的时候好像说过，要去听他开学典礼的致辞，还要拍照设成屏保。

看萧惟不说话，垂着眸，眼中还有点小惆怅，唐星然忽然觉得很好玩。

她眨巴眨巴眼："小惟，你说啊。我那天说了好多话哎，不太记得了。"

萧惟抬眸看她一眼，淡淡道："没事，不记得就算了。"

唐星然忍住笑，继续吃饭。

吃完，她跟着萧惟一起去厨房收碗，感觉他一直情绪不太高。

出门的时候，唐星然终于大发善心，扯了扯他的睡衣袖子。

萧惟侧过头，用询问的眼神看着她。

唐星然得意一笑："我记得的啦，明早我去开学典礼，好不好？"

两人一起往外走。

闻言，萧惟也笑了下，嗓音低低的："嗯，还有呢？"

"还有——"唐星然把尾音拖得很长，"就没啦。"

萧惟看着人消失在主卧的门后，无奈地笑了下。

第二天，唐星然信守承诺去了学校礼堂参加开学典礼，其实也不光是为了信守承诺，她确实也挺想来看他的。

礼堂里，本科生都按班级被安排了位置，剩下的空位不多。唐星然只能找个犄角旮旯的位置坐。

前半段就是在 LED 屏上播放各种视频，什么校史，什么宣传片，什么新生录像。一个多小时之后，终于到了讲话环节。

她抬起头，开始等待萧惟上台。但是，要讲话的人太多，校长、副校长、各学院院长、各学院终生教授……

上去可能有七八个之后，唐星然开始低头玩手机。

与她坐一排的本科生跟她差不多的状态。因为刚上大学的新鲜劲，可能比她坚持的时间稍微久点，但过不了多久，也开始低头看手机，或者说，边看手机边听讲话。

台上每换一个人，大家就齐刷刷抬头看一下，然后继续低头看手机。

直到主持人介绍下一个致辞的是我校青年教师代表，所有人抬头看了一眼,就不低头玩手机了。

唐星然也随着声音抬起头。

她跟萧惟今早不是一起出的门,他要早很多。她看到台上的男人穿了件白色衬衫,黑色西裤,戴着那副银丝边的眼镜,在聚光灯下,好看得就像是在发光。

旁边的本科生开始窃窃私语。

"我的天,这是老师?"

"对,你不知道吗?法学院的,我师姐跟我说过,我们学校最帅的男老师。"

"这也太帅了吧,完全可以混演艺圈了……"

"呜呜呜,我报志愿的时候怎么没报法学啊!"

唐星然也看得目瞪口呆,在台上讲话的萧惟太有气质了。虽然他平时也挺有气质,但至少是人类的气质。这会儿看着,唐星然觉得台上这个萧惟,气质已经超凡脱俗了。

他说话语气跟平时区别不大,清淡到没什么情绪,嗓音通过麦克风和音响传到她耳中,更低沉好听。讲的内容逻辑清晰,虽然唐星然大多没听进去,光顾着看人。

五六分钟的时间,她跟旁边的本科生一样,满脸花痴。

快结束的时候,她才想起来举起手机给萧惟拍了张照。

开学典礼结束,唐星然给他发了微信,两人一块儿回家。

路上,她侧头看着萧惟,感觉心情都跟平时不一样了。

好得意!好满意啊!

萧惟看了眼唐星然,她嘴角扬得高高的,好像特别开心的样子。

他问:"在笑什么?"

唐星然尴尬地咳了一声,强行控制表情:"噢,没有。你看错了吧?"

半晌后,他好像猜到了什么,也弯了弯唇。

晚上,唐星然在屋里坐着,翻着相册里的照片。

她纠结了一会儿,还是没将萧惟的照片设成屏保。但看着这照片,越看越想出去再看看居家版的萧惟。

她又不太好意思表现得太明显,毕竟她现在是被追的那个,得稍微矜持点吧。于是,思考了一会儿之后,她出了房间去客厅逗了会儿猫。

萧惟正在书房看文献,听到声音,端起杯子去厨房接了一杯水,然后坐在沙发上看她逗猫。

顺便跟她说两句话。

这样的日子持续了大概一周。直到周五晚上,萧惟再次被付楚叫出去打羽毛球。

中场休息的时候,两人坐在凳子上,付楚问他婚后生活有何感想,是不是幸福到爆炸。

萧惟想了想,觉得还没到那程度。

虽然比刚开始的几天稍微好些,但跟唐星然见面的时间还是很少。大部分时间,她都窝在房间里忙自己的事情。除了中途可能会出来看几次猫。

对,看几次猫,但不会特地出来看看他。

萧惟没回答问题,看向付楚:"你们刚谈恋爱,或者谈恋爱之前,是怎么相处的?"

付楚回忆了一会儿,喋喋不休地开始分享自己的完美爱情故事。

大部分内容都可以略过,萧惟抓住了一些"重点"。

"刚开始上大学那会儿,天天都想见面,但我们的课又不一样。后来大三我们俩就出去租房子了,然后感情突飞猛进。

"不过一开始就是合租,我们两个人住两间。

"然后有天,对了,夏天啊。她那屋空调坏了,大晚上的又找不到师傅修,没办法啊,就来我这间住。

"嘿嘿,然后嘛,有一次就有无数次,之后我俩就直接住一屋了。同居还是快乐啊,一睁眼就能看见我老婆,晚上还能抱着睡。"

打完羽毛球回去,天还没完全黑。

九月,北阳天气还是闷闷的燥热。

萧惟回到家,唐星然跟平时一样,关着门在自己卧室。

他回屋冲了个澡,然后拿起了手机。某个人文社科专业的研究者,在手机上专注地看起空调电路板的结构以及空调拆装方式。

快到晚上十一点,唐星然正看着一篇文献,卧室的门被轻轻敲了两下。

"进。"

她回头,看到萧惟穿着藏青色的睡衣,身上是沐浴液的香味,刚洗过的头发很随意地垂在额前。

有点诱人。

唐星然摸了下鼻子:"怎么啦?"

萧惟张了张口,语气里听不出情绪:"我房间的空调坏了。"

唐星然看着他,挑了下眉:"空调坏了?"

她想了想,站起身:"是不是遥控器的电池没电了,你试试用我这个?是一个牌子的空调吧?"

萧惟抿了下唇："遥控器有电的。"

"噢。"唐星然合上电脑，往他那间卧室走。

萧惟的房间很整洁，床、桌面和床头柜上都没有一件多余的东西。

她从桌上拿起遥控器，对着空调摁了几下，确实没反应。

遥控器上的显示屏亮着，也不像是没电的样子。

唐星然看向身后的人，眨眨眼说："好像真的坏了，要不找人来修？"

萧惟语气平静，简短道："十一点多了。"

她准备回屋拿手机，边走边说："说不定物业那边有二十四小时的维修工。唉，北阳这天气也真是的，都九月了连场雨都没下过，热得要命。"

坐在沙发上，她正准备给物业打电话。客厅落地窗一道白光突然闪过。

紧接着，响起一声惊雷，快赶上鞭炮声音大。

唐星然愣了愣，抬眸看他："小惟，你说我是不是雨神下凡啊。刚抱怨两句就下雨了？"

萧惟哑然。

她放下手机，往窗边走的工夫，就听到淅淅沥沥下起了小雨。

打开窗户，一阵带着土腥味的气息钻进屋子，伴随着微微的凉意。

唐星然转头，弯了弯唇："那你今晚开窗睡吧，明天再叫人来修空调。估计再下会儿雨就不热了。"

"……嗯。"

唐星然伸了个懒腰，逗了会儿猫，又往卧室方向走。

快进屋的时候，萧惟又叫住她："唐星然。"

她回头："怎么啦？"

萧惟沉吟三秒，淡淡地问："你怕打雷吗？"

唐星然笑着摇头："不怕呀，又劈不到我。"

萧惟哑然。

晚上，窗外的雨越下越大，大得像洒水车在云上洒水一样。

萧惟站在卧室窗边，飘进屋里的雨水打湿了窗台，幽黑的夜空阴云密布，他心情复杂。

第二天，唐星然出门去了学校上课。

萧惟在家里，面无表情地看着维修工踩在他桌子上修空调。

维修工："这根线一般也不会断啊，真是奇了怪了，是不是装空调的人不小心给您弄断了啊？"

萧惟冷着脸："嗯，可能吧。"

· 394 ·

今天这节是谭芳的课，唐星然坐在第一排。

课间，她趴在桌上想补觉，可就这么十分钟，也实在睡不着。

于是就演变成趴着发呆。

想着想着，她脑子里就出现了萧惟那张脸。自从那天萧惟说要追她开始，他们的关系好像就不太一样了。

除了一日三餐，他还经常给她买些小蛋糕、小甜品什么的。她有课的时候，也是萧惟送她来学校，她下课再接她回家。虽然都是些平淡的小事，但唐星然觉得他这个人也就这样了，平时就冷冰冰的，大概率缺乏浪漫细胞。

对比他对别人的态度，再对比小时候或是说前十年他俩的相处方式，萧惟现在对她热情的程度已经爆表了。

唐星然确实觉得自己得矜持点，但又怕拖太久了萧惟会没耐心，两个人明明都结婚了……

好吧，萧惟也不像是会没耐心的样子。

主要是她也忍很久了！每天人就在眼前晃悠，她还得忍住冲动，不能表现得太明显！很痛苦。

正琢磨着，谭芳从讲台走下来，敲了敲她桌子。

唐星然马上抬头："谭老师。"

谭芳点点头："下周末我要出差去江宁开个会，本来是打算带你孙琳师姐一块儿去。她家里突然有事，梦丽下周末还得对接一个项目的审计，你下周末有空吗？"

她点点头："有空有空。"

谭芳笑了笑："行，那你跟我一块儿去吧。下周五过去，一共五天。下下周的课我给你开请假条，到时候让梦丽给你交过去。"

谭芳交代完开会的事，就继续上课。

唐星然计算了一下时间，萧惟那边，就正好等她开会回来再说。

下课铃响起，她走出教室。意料之内，萧惟站在门口等她。

她弯弯唇，走过去，牵住他的手："你什么时候来的呀？我们……"

还没说完，就看到谭芳也出了教室。

唐星然有点不好意思，把手松开。都长这么大了，她当着老师的面还是有种在偷偷摸摸做什么的感觉……

谭芳也看到过她朋友圈的结婚证，看着她笑了下："这是你老公？"

她脸色微红，点了点头："嗯。"

谭芳点点头："看着就很般配。"

一句普通的客套话，唐星然听着却觉得很开心，舔了舔唇。

萧惟也打了个招呼,三个人说了几句话,谭芳离开,唐星然和萧惟下楼。

她重新拉住萧惟的手,侧头看他:"我下周末要出差去开个会,周五去,周三回。"

萧惟:"去哪儿?"

唐星然:"江宁。"

昨晚下了一整夜的雨,今天晴空万里,天气也不像前段时间那样闷热。

两人一起吃了饭,回到家,萧惟就去书房写一个课题的申报书。

唐星然在卧室里,看谭芳发过来的资料。

又过了两天。

晚上,唐星然洗完澡准备睡觉时,门响了两下。

"进。"

唐星然转头,看到萧惟穿着睡衣站在门口,总觉得这场面似曾相识。

他脸上没什么表情,语气也很平淡:"我把水洒在床上了。"

"哈?"唐星然有点蒙,"那你把床单换了啊。"

学习好的人生活能力都这么低下吗?弄湿了不知道自己换床单。

也不对啊,他连饭都会做,屋子也收拾得很整洁。

萧惟看着她,又道:"已经换了,但是床垫也湿了一大片,换了新的还是会浸湿。"

唐星然挠挠头,想了一会儿,最后进卫生间里拿了自己的吹风机。

她递到萧惟手里:"你用热风吹吹?估计多吹一会儿就能干。"

不知道是不是错觉,唐星然觉得萧惟接过吹风机,关上她卧室门的那一瞬间,眼神格外复杂。

另一边,萧惟把吹风机插电,面无表情地对着床垫。

吹风机发出"轰轰"的响声,吹得他脑袋也乱乱的。

快吹干的时候,他摇头笑了下。真不知道最近是怎么了,急什么,慢慢来呗,来日方长。

Chapter 11
我答应你！

出差前的一段时间，唐星然又忙了起来，谭芳安排了一些研究成果让她在开会时汇报，参会的还有坦桑尼亚和肯尼亚的研究者。

这种和其他学校交流的研讨会，她硕士阶段也参加过几次，但基本是去打杂。要讲话还是第一次，她挺紧张的。

她把汇报稿和PPT改了一遍又一遍，又自己在屋里自言自语练了几遍，还是觉得差点意思。

她出门，走向书房。

萧惟手边堆着很多书，好像还在忙着写项目申报的材料。听到声音，他转过头。

唐星然眼巴巴地看着他："你有空吗？"

明天就是申报的截止日期，他想了想，还是点头："嗯，可以有空。"

唐星然舔舔唇，笑着说："我下周那个会要在好多人面前汇报，我怕说不好，要不你听我讲一遍？"

她挠了挠头："我自己也练了，但是怕到时候一当着人讲就怯场。"

萧惟站起身："行。"

两人往客厅走，唐星然站在茶几后面，萧惟坐在沙发上。

她看着电脑上的PPT，深吸一口气，开始汇报。

差不多半个小时的时间，萧惟一直沉默地盯着她，看她声情并茂地讲着他完全听不懂的语言。

讲完之后，唐星然下意识地问："怎么样？"

萧惟还是保持着刚才的坐姿，很诚实地说："听不懂。"

她讲的是斯瓦希里语。

"噢，对。"唐星然讲迷糊了，摆了摆手，"没事，不重要。我就是想对着活人说一遍，不磕巴就行。"

忽然想到了什么，她走过去坐到萧惟旁边。

有两只小猫在旁边趴着睡觉，唐星然一边摸着，一边说："我教你一句斯瓦希里语吧。"

萧惟弯弯唇："嗯，好。"

唐星然张了张口，发出几个音节。

萧惟跟着学了一遍，问："什么意思？"

唐星然笑了声："就是，'你好'的意思。"

看到她的表情，萧惟有点不相信，但也没再问她。

唐星然弯着唇，心情很好的样子："小惟，你得记住了哦，我开会回来要考你。到时候你如果说对了，我有奖励给你。"

萧惟淡笑了下："行。"

很快，就到了周五。萧惟开车把唐星然送去了机场，跟谭芳会合。江宁离北阳很远，一南一北，三个多小时的航程。

两人下了飞机就去到开会的酒店。

本来是周六到周二四天的会议，周六又通知有一家研究机构的参会者临时来不了，将会议时间缩短成了三天。

谭芳学院里还有一堆事，两人就把返程的机票改签到了下周三中午。

周六的会议结束，晚上，唐星然在酒店房间给萧惟打视频，对面很快就接了起来。

萧惟像是刚洗过澡，没戴眼镜，头发还湿漉漉地滴着水珠。

他靠在床上，薄薄一层睡衣贴在身上。唐星然能在屏幕里隐隐约约看到他身上的肌肉线条。

她咬了下唇，问："你在干吗？"

萧惟看着屏幕，懒散道："等你找我。"

闻言，唐星然笑了下："你哪儿学的？"

萧惟："什么？"

唐星然挑眉："这不是哄女孩的经典回答吗？女生问，在干吗？男生就会答，'在等你''在想你'之类的。"

"不是。"萧惟淡笑了下，身子往后靠，"我确实是在等你找我。"

唐星然又盯着看了一会儿，嘴角扬起，开始絮絮叨叨说着今天开会的事。

正准备说会议时间缩短，她会提前一天回去，最后却打住了。她想，先不告诉萧惟，到时候给他个惊喜。

周三，萧惟一个人在家。

申报书已经提交，他就坐在书房里修改准备投稿发表的论文。中途，看到唐星然发了条朋友圈，是她在会上展示汇报的照片。他点进去看了看，然后点了个赞。

又往下拉，看到自己的脸和名字被打码的结婚证照片，还有那张中奖的话剧票。

他想起，那次自己买了唐星然旁边位置的票陪她看话剧，没提前告诉她，她好像还挺开心的。

于是，思忖片刻后，萧惟拿起手机，买了周三中午去江宁的机票。

去接她回来。

另一边，唐星然和谭芳吃了个午饭，就去了机场。回去的一路上，她都在想萧惟看到她提前回家会是什么表情。

萧惟这人平时没什么表情，偶尔笑一笑，唐星然看到就觉得心情很好。

她在机场等飞机无聊时，给萧惟随便发了条消息，一直到她上飞机，他都没回复。

到了北阳，大概是下午五点，唐星然马上打车回了家。

她笑嘻嘻地开门，结果家里空无一人，只有四只猫在地上跑来跑去。

突然感觉有点失落。

正准备给萧惟打电话问，他的电话就先打过来了。

接通之后，唐星然先问："小惟，你在哪儿啊？"

没等对方回答，她就笑着说："你猜猜我在哪儿？"

萧惟沉默了一瞬："酒店？"

唐星然笑了声："哈哈，我到家啦！你在哪儿啊，什么时候回家？"

萧惟哑然。

他在江宁。

三秒后，萧惟在电话里说："我晚点回去。"

"噢……"唐星然语气里带着些失落，"那好吧。"

挂了电话，他又返回了机场，在手机上买了最近的一趟航班回北阳。

江宁秋天雨水多，去机场的路上就开始下雨，没过多久，收到了航班延误的信息。

唐星然在家里洗了澡换了衣服，坐在沙发上等着萧惟回家。一直等到夜里十一点多，人还是没回来。

她忍不住发了条信息过去：你大概几点回来啊？

唐星然本来都计划好了的。

临走前她教他的那句斯瓦希里语不是"你好"的意思，而是"我爱你"。以萧惟的脑子，肯定能记住。

她原本计划的是，今天提前回来，给他个惊喜，然后问他还记不记得那句斯瓦希里语是怎么说的。等他说出来，她也说一遍，然后开开心心告诉他，恭喜你，你表白成功啦。

她心里一直琢磨着这个流程，想象着她说出最后一句话时萧惟的表情，越等越心焦。

唐星然在客厅坐立难安，听到门口有点动静就眼巴巴地看过去，来回几次，都没等到萧惟回家。

手机响起一声提示音，他回复了消息：可能要很晚了，你早点休息。

唐星然看着手机，脸瞬间就垮了。

她皱了皱眉，发消息问：你去干吗了呀，这么晚？

小惟：临时有点事。

这么官方又敷衍的回答吗？

她突然就觉得没意思了，期待了几天的小惊喜完全没达到效果，甚至连人都见不到。

有点失望。

唐星然撇撇嘴，直接回了房间躺在床上。

她翻来覆去到深夜，还一直注意着门外的动静。结果等她困得不行睡着了，也没听到有人进门的声音。

第二天起床出门。唐星然看到萧惟跟之前一样，姿势端正地坐在书房看文献。

萧惟听到声音，合上电脑出来弄早饭。她跟着去了厨房帮忙。

萧惟煎着吐司："怎么提前一天回来了？"

唐星然："有个机构的人来不了了。"

他把吐司翻了个面，点点头。

其实也没有什么需要帮忙的，唐星然便抄着手靠在墙上看他。她还挺喜欢看他做家务的样子，跟当时在开学典礼上闪闪发光的感觉不太一样，但这种对比让她觉得很有满足感。

但今天就不一样。看着萧惟跟平时状态一模一样，该干吗干吗，好像完全没有因为她提前回来而开心的样子，唐星然的失望又多了一点点。

一整天，她还是没有找到合适的机会和气氛问他还记不记得那句斯瓦希里语，感觉计划要泡汤了。

到了傍晚，唐星然闷闷不乐地缩在卧室的椅子上看文献，却一个字都看不进去。正好，师门的微信群里有师兄发来了信息，问大家今晚有没有空出去聚餐喝酒。

已经陆续问了两次，唐星然都回复没时间。

第一次是真的没时间，第二次是她懒得去，但是今天她还挺想去的，窝在家里也看不进去东西，只会琢磨萧惟的事。

她第一个回复了能去。

群里陆陆续续也有人开始回复，大家今晚都有空，组局成功。

唐星然跟萧惟打了个招呼，就换衣服化妆去了学校附近的一家音乐酒吧。这家酒吧是北阳大学附近最大的，台上有乐队在演出。

师门硕士和博士加起来一共十多人，坐在一个靠舞台位置的大桌。大部分人唐星然都见过好几次。一群人点了些烧烤之类的吃的，又点了各种调制的鸡尾酒。

吴梦丽在这儿上了七年学，经常来这家酒吧，坐在唐星然旁边，一直在给她推荐哪个酒好喝。

唐星然对酒本来没太大感觉，但喝了一杯，就发现这家店的调酒师水平真的很高。

吴梦丽帮她点了杯粉红色的酒，隔着玻璃杯看里面的液体，就像粉色的液体银河，在昏暗的灯光下闪着梦幻的光。

唐星然尝了一口之后就爱上了，是桃子味的，果味和酒味中和得刚刚好。

一桌人边吃边聊，后来又开始玩一些谁是卧底之类的团建小游戏。

唐星然喝了粉色的桃子味酒，又喝了紫色的葡萄味酒，后来又喝了几杯五颜六色的。

过了大概两个小时，她已经不记得自己喝了多少杯了，只觉得头隐隐发昏。

再后来，好像晕得有点难受。

快十一点的时候，萧惟的手机响了，唐星然打来的。他正在书房看文献，接起来之后，听到声音不是唐星然的。

"啊，您好，是萧老师吗？"

"是,唐星然呢?"他站起身。

电话里的女生:"萧老师,我是唐星然的同学,今天我们师门出来聚会。她喝得有点多,不知道……"

萧惟眉头微蹙,打断她:"地址。"

女生:"Mico音乐餐吧,在学校东边的那条街。"

嘱咐了几句之后,萧惟换衣服出门,开车过去。

进了酒吧,看到正中央的一个大桌,唐星然正抱着一个女生哭。萧惟冷着脸走过去,一桌十多个人齐刷刷抬头看过来,瞬间安静。

唐星然抱着的女生是吴梦丽,刚才打电话的也是她。

吴梦丽抬头看萧惟,几秒后脑子仿佛才通上电:"萧……萧老师。"

萧惟点点头:"我接她回去吧,刚才麻烦你了。"

唐星然还抱着吴梦丽的腰不松手,吴梦丽艰难地站起身,把她往萧惟那边拽。

唐星然泪眼汪汪地看着吴梦丽:"呜呜呜宝贝,你是不是不要我了?"

吴梦丽一根一根地掰开她扒在身上的手指,好声好气地哄着:"我没有不要你,你老公来接你了呀。"

唐星然眼神迷蒙地扫了眼萧惟:"什么老公?我不认识他,他肯定是人贩子!"

萧惟无语。

"呜呜呜,你要把我卖给人贩子,他给了你多少钱,我给你双倍行不行?我还是个孩子啊——"

吴梦丽好不容易把她一只手掰下来,萧惟皱着眉接过她。

唐星然醉得太厉害,转头就像刚才抱吴梦丽一样抱着萧惟的腰。

吴梦丽终于松了口气,把唐星然的手机递了过去。

萧惟接过,道了声谢,然后,唐星然死死抱着他的腰,整个人的重量压过来,腿也站不直。

萧惟低头看了眼,感觉她这程度应该没法自己走了。两秒后,他抱着唐星然把她往上挪了挪,她顺势勾住他的脖子。她整个人就这样斜挂在萧惟身上,被他抱出了酒吧。

身后,没喝醉的几个人面面相觑,最后都看向吴梦丽。

"天啊,她老公真是萧老师?"

"没亲眼看到我一直都不相信。"

吴梦丽揉着腰,点点头。

旁边的师妹说:"唐星然师姐喝多了一直在抱怨她老公不爱她,看着不像啊。"

另一个师姐:"我觉得挺像的,你没看刚才萧老师脸比锅底还黑?"

师妹:"我没敢看啊。第一次离他这么近,我怕眼睛被帅瞎了。"

旁边的师弟:"……有这么夸张吗?"

出了酒吧门,萧惟抱着唐星然往路边走。

唐星然嘴里开始念叨:"我老公不爱我怎么办,好难过,好无助……"

"嗯?"

萧惟听着皱了皱眉,走到车边,腾出一只手拉开后座的门。

唐星然死死抱着他的腰不上车,差点在马路边上把他衣服扯下来。

萧惟低头看她,声音沉沉的:"唐星然,松手。"

她抬头看了眼,眼眶红红的,哽咽道:"你凶我,你凶我干吗!"

萧惟快被气笑了。

半晌后,他控制好语气,低声道:"我没凶你,先上车好不好?"

唐星然听到,迷茫了一瞬间。萧惟感觉到她手上力气一松,马上把她塞进车里。

唐星然感觉手里空了,含含糊糊道:"我被扔了,呜呜……我是可回收垃圾,要记得做好垃圾分类,呜呜呜……"

萧惟上了车,冷着脸往家里开。

到了地下车库,拉开后座的门,唐星然蜷着腿躺在后座上,他又费了好大功夫才把人拽出来,直接横抱着上了电梯。

上楼的路上,唐星然不知道脑子又开启了哪个剧本,一直说他是人贩子,问他要把她卖到哪儿去。

进屋之后,帮唐星然换了鞋,她终于安静了一会儿,眼睛眯着,一副没精打采的样子。

萧惟抱着她进了卧室,放在床上,坐在旁边安静地看她。看唐星然没什么动作,他出门,去厨房冲了杯温的蜂蜜水。

唐星然靠在靠枕上,睁眼看他,眼神十分迷茫。萧惟坐到旁边,把水杯递过去。

唐星然撇了撇嘴,仰头:"你喂我。"

沉默了两秒,萧惟把水杯送到她唇边,一点点倾斜。

喝了几口之后,唐星然抬手把杯子推开,愣愣地看着他。

萧惟准备出去放杯子。他刚站起身,唐星然就突然拉住他另一只胳膊使劲一拽。

"别走……"

水洒了一床，还有小半杯洒在她身上，这回是真洒了。他叹了声气，把杯子放在床头，去卫生间拿毛巾帮她擦。

唐星然似乎是感觉有点痒，抓住他手。

萧惟停下，看向她，轻声道："帮你擦下水。"

唐星然大幅度地摇摇头："不要！"

萧惟无视她的反对，强行帮她把腿上的水擦干。

他放下毛巾，虽然知道问了也白问，但还是问道："帮你换床单？还是你先睡我那儿？"

唐星然的大脑现在显然处理不了这么"复杂"的问题，垂着脑袋不说话。

半晌后，萧惟自问自答："帮你换床单吧，不然怕你明早起来会打我。"

他伸手，把人抱起来，准备放在旁边的椅子上。

唐星然再次死死抓着他不放手："萧惟……"

萧惟低头看她，无奈地笑了下，轻声道："认识我了？"

唐星然点点头，用可怜兮兮的眼神看着他："你是不是不爱我？"

萧惟无语。

他感觉现在说了也白说，反正她明早都不记得了。

他上次喝醉，好像就直接晕了，然后醒了就恢复意识，没想到唐星然喝多是这么个状态，还好她同学打电话给他了。

唐星然看他不说话，还站起来往另一个方向走，眼眶又红了。

等萧惟找到床单转身，她"哇"的一声就哭了，边哭边说："你果然是不爱我——"

萧惟彻底无奈了。

他放下床单，到椅子旁边，蹲下身子，和她视线平齐。

也许是因为她这会儿神志不清，萧惟挺轻易就说出口了，他声线柔和道："爱你。"

本以为唐星然该消停了，结果事与愿违，她哭得更凶了。

"呜呜呜，那你也没有我爱你这么爱我——"

萧惟："嗯？"

唐星然想往前挪挪身子，结果直接从椅子上滑下来，坐到了地上。萧惟正准备把人扶起来，她就抱住了他的腰，把头埋在他怀里。

此时，卧室的画面十分诡异。

萧惟单膝跪地，唐星然坐在地上，她脑袋扎在他怀里。他动也没法动，只能无奈地低头看着她。

紧接着,他听到唐星然闷闷的声音:"你还不够爱我,我都不想答应你了,呜呜呜。"

"本来打算早点回来给你个惊喜,结果等你等到好晚你都不回来——"

唐星然吸了吸鼻子,嘀嘀咕咕:"高中的时候你也是这样,我为了给你惊喜差点摔死——命都快没了——好不容易轮到你追我一次,表白还得让我给你找机会——"

萧惟听得一愣。

地上凉,他把唐星然抱起来,从椅子上挪到没有洒到水的那一侧床上。唐星然嘴里还在絮絮叨叨地控诉着,手却还是紧紧地抱着他。

"我都跟你结婚了,你一天到晚还像个闷葫芦一样,就知道在书房看东西。

"以前我是怎么对你的!天天找你玩,恨不得从早到晚都能看到你。你现在追我就这态度!

"还有小学的时候!我帮你背了三年书包,你最喜欢的也不是我。背了三年书包的我,却比不上你爷爷家的狗!"

唐星然喝得太多,说话一点逻辑都没有,想到什么就说什么,带着哭腔。过了好一会儿,她好像是说累了,终于安静下来,眼眸低垂着,一副没精打采的样子。

萧惟侧头看她,一言不发地听了好一阵,随后弯了弯唇。她整个人倒在他身上,脑袋一直在他胸口蹭着,头发有些乱,眼神蒙蒙的。

萧惟忍不住伸手轻捏了捏她的脸,提出一个问题:"你是什么时候想给我惊喜的?"

唐星然张了张口:"我不告诉你!哼!"

萧惟没忍住,轻笑了声。

他低下头,看她的眼神温柔,声音轻轻的:"是你摔骨折那次?"

唐星然听到了,没过一会儿,眼眶又红了,声音发哽:"呜呜,我都摔骨折了,我真的好惨啊。

"我本来准备让你看到星星从天而降,然后给你惊喜,结果摔骨折了……"

说了个开头,唐星然就像倒豆子一样把当年那个幼稚又离谱的惊喜计划一股脑全都说出来了。

包括她怎么想出来的、怎么准备的,最后她又是怎么摔下去的。

萧惟平时几乎没什么情绪波动,但听到她这段话,还是大为震惊。当时他就觉得唐星然那次摔得很奇怪,却怎么也想不到会是这个原因。

半晌后，他轻叹了声气："唐星然，你傻不傻？"

"你还说我！"

她红着眼睛看他，眼神可怜又委屈，看得萧惟心里一阵软痛。

"不说你。"萧惟揉了揉她的头，随后也反手抱住她。

唐星然像是被他抱得有点舒服，也不吭声了，往他怀里钻了钻。两人认识了这么多年，结婚也有段时间了，但第一次这么亲密。

唐星然身上酒气很重，夹杂着她平时喜欢用的香水味，是甜甜的浆果味。萧惟抱着她，没动也没说话，回忆着小时候、高中和她回国之后的事。

虽然有些事已经很久远，但他也能清晰地想起来。就好像那些画面都在眼前一样，他还能看到唐星然的表情、动作，记得她说过的每一句话。

最后，他无奈地笑了声，好像真的错过太多了。

想着想着，就感觉怀里的人呼吸越发沉重，还逐渐均匀。唐星然闭着眼睛，好像睡着了。他松了松手，站起身准备继续帮她换床单。

结果刚一动，唐星然就把他拽了下来，眼皮耷拉着："别走……"

"嗯。"他又坐回去。

她又抱着他靠了一会儿，突然眉头紧锁："萧惟……"

"怎么了？"

"难受，我好想吐。"

第二天，唐星然醒来的时候，整个人都傻了。

她头疼得要炸开，口干舌燥，像是几天几夜没喝过水，眼睛也睁不太开，肿痛肿痛的。

这都不是最要命的。最要命的是，她现在为什么……为什么躺在萧惟房间的床上？

为什么睡在他怀里，枕在他胳膊上？她一定、一定是在做梦。但这个梦……有点太过真实了吧！

她闭上眼，大概回忆了一下。

想起自己昨晚好像是出去参加师门的聚会，想起那家酒吧的酒都很好喝。最后的记忆就停留在几个师弟师妹教她玩骰子，她一直输。

然后，然后喝了更多酒，再后来的事，她就一点记忆都没有了。

而此时，她被萧惟身上的味道包裹着，头枕在他胳膊上。跟他盖着同一张被子，被子里，她的手还搭在他另一只手上。

她衣服呢？噢，衣服还在，好像还是昨天出门穿的那件短袖。

还好。

· 406 ·

唐星然深吸一口气，脑子太乱了，她想挪挪手，悄无声息地起来，出去喝杯水，然后回自己房间捋捋情况。

当然，这个想法没有实现。她刚准备把手挪开，被子里，手就被萧惟反握住。

随后，耳侧传来熟悉的声音，带着刚睡醒时的低哑："醒了？"

唐星然张张口，一出声，发现自己的声音比他更哑："没醒。"

听到身后的人一声低笑。

唐星然现在背对着他，她没准备翻身，脑袋先从他胳膊上挪开。

但两人还在同一个枕头上。

"……那个，我怎么在这儿？"她背对着他问了句。

萧惟没回答这个问题。

"唐星然，"半晌后，他说："你以后别再喝酒了。"

她抬手揉了揉太阳穴，就这个动作，扯得她浑身酸痛。

"昨天喝得确实有点多，我之前都没怎么喝过的。"

背对着实在不方便说话。反正已经是这么个情况了，她破罐破摔，翻了个身。看到萧惟带着倦意，头发有点凌乱。

他也看着她，眼神的复杂程度完全超出她能解读的范围。

她咬了下唇，小声问："我……到底是为什么会在这儿睡啊？"

萧惟一时都不知道从何说起。

昨晚刚回来的那些事暂且先不说，唐星然吐完之后，他又帮她卸妆洗脸漱口。

本来准备帮她换床单让她睡觉，但她被死死抱着。

唐星然眼巴巴地看着他说："我不要自己睡，我要你陪我睡。"

萧惟当时好言哄着，说得先帮她换床单。

唐星然使劲摇头："不要，不要！我要睡你的床，你人是我的人，床也是我的床！"

萧惟犹豫了好久，把她抱去了自己房间。

虽然听她说了好多话，又已经是夫妻的关系，但出于自身修养，他还是觉得在这种情况下跟她一起睡不太好，就算什么都不做，也总有种乘人之危的意思。

可是当他看着人睡着了，准备出去时，唐星然就像诈尸一样突然睁大眼睛，又把他一把拉回来。

如此循环了三次，已经到半夜三点多。前一天晚上在机场，回北阳也是三点多。

连着熬了两天，萧惟最后实在折腾不动了，就这么被她抱着睡着了。

他房间的窗帘没拉严，缝隙里照进来一小束白亮的光。

唐星然想坐起来，但浑身没力气，干脆就先这么躺着了。

她看萧惟不说话，戳了戳他的胳膊："你说啊，我昨晚……干什么了？"

"算了，等会儿再说……好渴啊，能先帮我倒杯水吗……"

"嗯。"

萧惟从床上起来，过了一会儿，拿了杯温水进来。他坐到她身侧的位置，一只手很自然地扶着她的背让她坐起来了些。

他自然，唐星然身子却僵了下，还是就着他的力道坐起来。

一杯水喝完，萧惟把杯子放在床头柜。

他轻声叫："唐星然。"

闻声，她转了转头，看向他。

两人对视了一小会儿，萧惟握住了她的手："可能时机不太合适，但我不想再等了。"

唐星然脑子还没转过来："啊？"

紧接着，萧惟缓缓靠近她。她看到那张好看的脸离她越来越近，最后，额头上感受到一点温热柔软的触感，他轻轻印上一吻。

"爱你。"

唐星然睁大眼睛。这一早上对她的冲击力太大了，她完全没料到事情会是这个发展方向，一切都在她的计划之外，却好像来得又很是时候。

"你你你……小惟，你在跟我表白吗？"

"嗯。"萧惟看着她，认真地又说了一遍，"很爱你。"

幸福来得太突然，加上昨晚酒喝得太多，唐星然这会儿感觉头晕目眩。她都不知道该作何反应，心跳得像敲小鼓一样，垂着眼睛不太敢看萧惟。

感觉萧惟握着她的那只手暖暖的，眼神也暖暖的，跟平时那个冰冷的形象差得很远。

好一会儿后，她才抬眸看他，努力稳定住情绪，把嘴角压下去。

"那我答应你的表白……"

萧惟弯了弯唇，看她现在样子呆呆的，又装得一本正经，很想再亲她一下。

身子前倾，唐星然忽然道："我昨晚不会真对你干吗了吧？"

这可能性很大啊……不过虽然不知道为啥就睡在一张床上了，但两个人衣服都完完整整，也不像是干了什么少儿不宜的事情。

萧惟淡笑了下："倒也没干吗。"

她脑袋晕晕乎乎，却总觉得有什么地方不太对劲，戳戳萧惟的肩膀：

"那我是说什么了吗？"

萧惟低头，嘴角弯着不说话。

算是已经确定了关系，唐星然胆子大了起来，往他那边挪了挪身子，声音软软的："可以抱抱吗？"

"你昨晚没问，"萧惟眉梢微抬，顿了顿，继续道，"也抱了一晚上了。"

唐星然脸红了些。

没等她说话，她就被人轻轻抱住。

萧惟靠在床头，唐星然靠在他怀里，两人都沉默着，像是在思考什么，也像是在用心感受这一刻。

好一会儿后，唐星然抬头看他，忍不住开口："不行，你还是告诉我，我昨晚到底干吗了，我真的很好奇啊，完全想不起来了……"

萧惟揉了揉她的头顶："你一直抱着我不让我走。"

唐星然深呼吸："还有呢？"

萧惟："让我陪你睡觉。"

她再次深呼吸："还有吗？"

萧惟："还说我不够爱你，说我像个闷葫芦，觉得我爱你没有你爱我多。"

"……还有吗？"

"还有，你说你高中从楼上摔骨折那次，是想给我惊喜，想在繁星满天的夜空里，让星星轻柔地落在我头上。"

"啊？我这都跟你说了？"唐星然直接从他怀里弹出来了。

萧惟轻"嗯"了一声："太危险了，以后别这样了。"

这不用他提醒。

唐星然深呼吸，再深呼吸。她小时候干过的糗事不少，被萧惟知道得也不少，但其中最糗的就是这件。她原本想着这辈子都不可能把这事说出去，尤其不能让萧惟知道。

没想到，喝多的她，嘴上居然没个把门的。

她抬眸看向萧惟，皱着眉头："小惟，我们商量个事吧。"

萧惟一副心情不错的样子，抬手摸了摸她的头，漫不经心道："你说。"

唐星然一脸严肃，认真道："你把这件事忘了行不行？"

萧惟低头，看着她的表情，有点想笑。半晌后，他缓缓问："忘不掉了怎么办？"

唐星然捏了捏他的手指，语气诚恳："忘不掉……你就别提了。"

她撇撇嘴："我小时候好傻。"

萧惟眼角弯了弯,低头,又在她额上亲了下:"好,我不提。"

唐星然靠在萧惟怀里,两人坐在床上,她脸颊上的红晕就没褪下来过,难得安静地待着。萧惟也不说话,就这么轻轻抱着她。

唐星然看着窗帘缝隙里照进来的那缕阳光,有种岁月静好的感觉。

她很喜欢萧惟安静的性格。她自己就是个爱笑爱闹很热闹的人,虽然长大之后有所收敛,但性格就是如此。萧惟跟她在一起,两个人的性格就正好互补。

不至于太闹腾,也不至于太闷,一切都刚刚好。

正享受着他怀里的温度和好闻的气息,萧惟的呼吸落在她的颈侧,撩得她酥酥痒痒。

卧室里安静得就只剩下两个人浅浅的呼吸声。

萧惟声音低低的:"对了,想起来一件事。"

"什么?"她靠在他身上,能感受到他说话时胸腔微微的震动。

他抬手,撩着她一绺头发,慢悠悠地说:"我前天晚上是在江宁,航班延误,所以回家晚了。"

唐星然看向他,眨眨眼:"啊?你去江宁干什么?"

萧惟淡淡道:"我本来准备去接你的,结果你提前回来了。"

这……

她觉得有点好笑,正准备说点什么,"咕噜噜"一声,肚子叫了。

"饿了?"萧惟低下头,若有似无的气息洒在她耳边,"想吃什么?"

唐星然本来想多被他抱一会儿的,可听他这一问,不争气的肚子叫得更厉害。

感觉胃里确实空空的,有些难受,她舔舔唇:"想吃热热的汤面。"

萧惟淡笑着,嗓音低低的:"好,先去洗漱。"

回了自己卧室,唐星然本来抿着唇在偷笑,结果站在洗手间的镜子前,看到自己头发乱糟糟的,脸上睡出一大道红印子,眼睛肿得像灯泡,不由得皱起眉头。

她又扯起自己的短袖和一小撮头发闻了闻,全是酒味混着菜味。

唉……

被萧惟表白的第一天,她居然是这么个形象。唐星然心里不太舒服。

她进浴室洗完澡之后,特地换了一身最喜欢的睡裙,又涂了厚厚一层消肿的眼霜。

虽然昨天那顿酒喝得还算值,但她决定以后都不喝了。

她喝醉后居然会完全断片！保不齐下次又会对着萧惟说什么乱七八糟的话，说不定，还会做什么乱七八糟的事！简直毁了她一世英名。

　　收拾得差不多，萧惟敲敲门叫她出去吃饭。

　　餐桌上，摆了两碗红彤彤的番茄汤面。她坐过去，吃完一整碗，感觉浑身暖洋洋的，胃也舒服了不少。

　　她抬眸，弯着唇说："小惟，你这个面做得好好吃啊。"

　　萧惟放下筷子，淡笑道："是你饿了。"

　　收完碗之后，她又黏了萧惟一小会儿，跟他一起喂了猫，然后依依不舍地回了房间。

　　外院博士的学制是三年。

　　按照唐星然的计划，她准备博士之后最后也能留校当老师。

　　那发论文就是必不可少的条件。谭芳手里的工作太多，能留给她自己写论文发表的时间就很少，得在有空的时候赶紧看文献、做些研究，然后写论文投稿发表。

　　盯着电脑看了一会儿之后，她总觉得心里空落落的。

　　又过了许久，唐星然站起身，开门去了书房。

　　萧惟也正在看文献，闻声，他转过头。

　　唐星然走过去，牵着他的手摇了两下："我坐在你旁边好不好？"

　　萧惟笑了下："好，我去搬个椅子给你。"

　　很好，终于不用"异地恋"了。唐星然开开心心地回卧室，把电脑和资料全都搬到了书房。

　　书房的桌子很大，萧惟把椅子放在了他对面。

　　唐星然坐下之后，发现她更看不进去东西了。从这个角度，萧惟的脸就在她电脑屏幕上方的位置，稍一抬头就能看到。

　　他的脸比文献好看不止一点半点，这诱惑太难抵挡了。

　　唐星然深吸一口气，抬头道："我想跟你坐在一边。"说着，就自己搬着椅子"吧嗒吧嗒"挪了过去。

　　萧惟侧头看了眼，嘴角稍弯："想离我近点？"

　　"不是。"唐星然诚实道，"我不想一直看到你的脸。"

　　"嗯？"

　　她侧过头，就看到萧惟的眼神沉了下去。

　　唐星然忙道："不是不是，就是……一直看到你，会影响我学习……"

　　萧惟看了她一会儿，似是无奈地抬手摸了摸她脑袋："那先学习吧。"

　　"嗯……"

411

一整天的时间，两个人几乎都窝在书房各看各的电脑。

吃完晚饭，唐星然就有点犯困。

在厨房看着萧惟收碗的时候，她一个哈欠接着一个哈欠。

他转头问："要早点睡吗？"

唐星然揉着眼睛，点点头："早点睡吧，感觉头还有点晕。"

等两人出了厨房，唐星然犹豫着是回书房再看会儿论文，还是现在就回卧室睡觉。

身边，萧惟语气轻飘飘的："今天，还要我陪你睡吗？"

她的脸一瞬间就红了。

刚才吃饭走神的时候，她就在想昨晚自己到底是怎么拉着他，让他陪睡的。

那画面肯定很诡异。

这会儿听到这个问题，唐星然想也不想就摇头，超大声地喊出两个字："不用！"

萧惟盯着她看了一会儿："……好。"

她挠了挠头，也觉得刚才拒绝得有点太……强硬了？不过总得给她点时间吧。

昨天喝多了就算了，现在他们俩这种关系，一起睡应该多少会发生点什么……应该吧。

好像有点太快了。虽然已经结婚，但她昨天之前考虑的都还是怎么引导萧惟表白。

今天就突然……

进卧室之前，唐星然总觉得萧惟回书房的背影看上去无比落寞可怜。

她停住脚步，转身，又小跑着过去。

萧惟刚回头，腰就被唐星然抱住。

她抬头看着他，脸红红的，眸中被顶灯映得星光点点。

"嗯？"

没等他说话，唐星然抱着他，踮起脚，在他嘴角飞快地亲了一下。

随后，她又马上低下头，咬了咬唇："这是，晚安吻。"

萧惟弯唇，眉梢微动，悠悠开口："以后每天都有？"

唐星然紧抿着唇，松开手："看我心情。"

她顿了顿，声音很小地说："不过，应该吧。跟你在一起，每天都……都挺开心的。"

最后几个字已经声如蚊蚋。说完,唐星然觉得已经彻底无法控制住表情了,头也不回地进了卧室,关上门。

萧惟站在原地,看了看卧室那扇门,淡笑着自言自语:"确实,每天都挺开心的。"

晚上,唐星然躺在床上,像裹卷饼一样把自己裹在被子里,在床上偷笑着滚了好几圈才睡着。

第二天是周一,她和萧惟早上八点都有课。到了学校之后,两人一如既往的引人注目。

唐星然跟他在岔路口分别,去教室上马原课。

大概提前了五分钟左右到教室,吴梦丽坐在她旁边的座位,一看到她就忍不住笑出声。

"你前天喝多简直太绝了,以后我再也不敢让你多喝酒了。"

唐星然抱着脑袋,生无可恋:"我也不敢喝了。对了,是你叫萧惟过去接我的吗?"

吴梦丽笑着说:"对啊,他来的时候你还抱着我不愿意跟他走。"

唐星然张大嘴:"啊?"

吴梦丽继续补刀:"你说你不认识他,说他是人贩子。哈哈,你应该不记得了,萧老师当时脸比鞋底还黑。"

唐星然默默无语。

吴梦丽又忍不住八卦道:"你们真的是形婚吗?"

这次,唐星然已经确定了。她摇摇头,大方道:"不是,我们是……真结婚。"

"哇。"吴梦丽惊叹一声,随后压低声音,"我就说吧,天天看着那张脸肯定忍不住。那你们现在怎么解决的?"

唐星然有点蒙:"解决什么?"

吴梦丽小声道:"他不是不行吗?你带他去看医生了?哎,我上次还想给你推荐我上网刷到的男科医生来着,后来给忘了。"

唐星然尴尬地沉默了几秒:"他……他没有不行。"

不是,她也不知道行不行啊!

果然,一步错步步错,这个事情只会越描越黑,越解释越尴尬。还好,上课铃及时响起,把她从尴尬中解救出来。

下课时,唐星然看吴梦丽好像还想跟她讨论这个,马上先开口:"我先去吃饭了啊!"

"……噢行,我下次再好好跟你说。"

唐星然一边往教室外走,一边心道:没有下次了!

刚出教学楼,手机上收到萧惟发来的消息:今天问问题的人有点多,你先去吃饭吧。

唐星然看着消息,想起了她刚回来时,被吴梦丽拉着去教室问萧惟问题那天的事。

记得吴梦丽当时好像说,有时候找萧老师答疑的学生特别多,他午饭都没空吃,就直接上下午的课。

她琢磨着这事,去食堂简单吃了饭之后,就去便利店买了一盒寿司和酸奶,去了萧惟上课的教室。

到了门口,就发现萧惟在讲台后面站着。排队的学生跟她之前来的那次一样多,甚至更多,从讲台一路排到了楼道里。

唐星然进去,找了个前排的位置坐下。

萧老师回答完一个人的问题,抬了抬头,恰好看到她。两人视线对上,唐星然本来以为他要继续转回头给下一个学生答疑。

没想到,下一刻,萧惟叫她了:"唐星然。"

一列学生齐刷刷地看向她。

她愣了下,站起身走向讲台,小声说:"怎么了?"

"你先回家吧。"

萧惟声音不大,但前排的几个人听得很清楚,开始窃窃私语,有意无意地瞄她一眼。

唐星然深吸一口气,说:"你没吃饭吧?我给你买了寿司和酸奶。"

闻言,萧惟弯弯唇:"好,我一会儿就吃。"

唐星然把纸袋放在桌上,然后在好几个学生的注视下,又坐回了刚才的位置。

萧惟继续给后面的学生答疑。

唐星然准备低头看会儿手机,余光看到桌子上密密麻麻贴着占座用的便利贴,便利贴上写着的都是"下午三大,刑法总论"。

看到萧惟的课这么火爆,唐星然还从来没听过他讲课。心血来潮,又正好下午没课,她想要不今天听一节……

她站起身,一排排溜达巡视着,想看有没有没贴条的位置能让她捡个漏。走了两大圈,还真被她找到了一个后排的空座。唐星然开开心心地把包放在了位置上先占好。

离下午的上课时间还有十分钟,忙碌的萧老师终于结束了答疑。

他从讲台走到唐星然旁边，手里拎着那个纸袋。

唐星然正低头玩手机，抬眸的一瞬间，在心里暗暗赞叹萧惟这张脸。从小看到大，每天在家也能看到，但还是百看不厌，越看越好看。

她弯弯唇："你结束啦？"又看了眼时间，"啊，马上就上课了，你快去吃东西。"

萧惟点点头，轻声说："嗯，走吧，去休息室吃。"

两人并肩去了旁边的休息室。

唐星然坐在沙发上，看着萧惟一言不发地吃她买的寿司和酸奶。

她舔了舔唇，说："以后周一中午答疑的人多的话，我都给你买了带过来。"

萧惟吃得差不多，把餐盒收了，摸摸她的头："好。"

他站起身，唐星然跟着他一起回了教室。

萧惟问："你不回家？"

唐星然："我听你上课啊，等下课跟你一块儿回。"

"你要听啊。"半响后，萧惟笑了下，"那我紧张了怎么办？"

唐星然挑眉："那你就紧张吧。"

很快就上课，她进了教室，里面已经乌泱泱坐满了人。等她挤到她占好的那个后排位置时，上课铃也响了。

唐星然原本猜测萧惟上课会挺无聊的，毕竟他这个人平时说话就没什么语气上的起伏，十分清淡，用这种说话方式讲课，怕是会让人觉得昏昏欲睡。

看着这教室里满满当当的人，唐星然又猜，估计大多是被美色诱惑来的，但听他讲了十多分钟之后，唐星然的看法改观了。

萧惟虽然说话语气很平淡，表情也没有任何变化，但讲的内容很吸引人，深入浅出，逻辑条理清晰，让她这个非法学专业的人都听得津津有味，甚至被他引导着开始思考一些专业问题。

课间，唐星然拿出手机，看到吴梦丽给她发了张截图。

下面打了两个字：牛！秀！

她点开截图，发现又是学校论坛的页面。

标题是：找萧老师答疑，结果被喂了一嘴的狗粮！

主帖详细描述了被喂狗粮的过程，大概就是说她去给萧惟送东西吃的事，但还有点添油加醋。

比如，发帖人形容"萧老师看他老婆的眼神简直太温柔了，看得我小心脏'扑通扑通'，没想到萧老师居然会有这种眼神"。

唐星然仔细回忆了一下，有很温柔吗？但好像确实跟看别人的时候不太一样……

这么想着，她突然觉得有点——暗爽。

帖子下面的回复不知道有多少，吴梦丽的截图里只有前几条。

△啊啊啊！真的吗？楼主应该拍照的！无图无真相啊！

△我断网了？上次我记得有看到谁分析说萧老师是形婚的？

△我也记得好像是这么说的，现在什么情况啊？假戏真做了？

又是老话题。唐星然揉了揉太阳穴，把手机摁灭。

下课之后，萧惟又给几个学生答了疑，跟唐星然一起出教室。刚出门，她就很主动地挽住萧惟的胳膊。

他侧头看向她，漫不经心地问："讲得还行吗？"

唐星然挑眉："凑合吧，勉强能听。"

萧惟笑了下，没说话。回家之前，两人先去餐厅吃晚饭。

等餐时，唐星然低头刷朋友圈，看到她认识的一个男生结婚了，把结婚证晒在了朋友圈里。

她忽然想到一件事。

她抬眸看萧惟，暗示道："我把结婚证的照片发朋友圈了。"

"嗯，我点赞了。"

唐星然犹豫了一瞬，直言道："你怎么没发？"

萧惟眉梢微抬："你想我发？"

她点点头。

萧惟淡笑着拿起手机，点进朋友圈，又抬头看她一眼，悠悠开口："我发的话，也需要把自己打码吗？"

唐星然抓抓头发，抿唇道："那倒不用。"

萧惟没再说话，低头在手机屏幕上点了几下。

她探着脑袋瞄了一眼，看到他手机上好像是朋友圈的编辑界面。唐星然弯弯唇，点开朋友圈刷了一下，马上看到萧惟新发了两人的结婚证照片上去，配文：老婆让发的。

行吧，也没毛病。

吃饭的这家餐厅是做云南菜的，店内布置得很好看，整体是木质感的装修，摆着很多鲜花绿植，还有从顶上垂下来的各种花花绿绿的挂饰。

唐星然撑着头看了萧惟一会儿，站起身，绕到他身边的位置坐下。

萧惟："怎么了？"

她拿出手机，打开了相机："我们拍张合照吧。"

说着,她就调成前置摄像头,举起。屏幕里,萧惟没看镜头,而是侧头看着她。

唐星然看到他的眼神,感觉确实有那么点温柔,跟他讲课时冷冰冰毫无情绪的眼神完全不同。

她心中微动,也没提醒他看镜头,就这么先拍了几张。

放下手机,唐星然开始捣鼓着给照片调调色,然后挑了一张角度最好的,设成了屏保。

弄完之后,唐星然把手机熄屏放在桌上,然后笑着将其推到萧惟面前。

"你点开看看。"

萧惟抬手,漫不经心地点了下屏幕。

这家店的色调很适合拍照。照片里,唐星然看着镜头在笑,露出两个可爱的小梨涡。

他脸上有淡淡的笑意,正侧着头看她。

唐星然戳戳他,带着些期待地问:"怎么样?"

萧惟抬眸:"发我一张。"

她眨眨眼:"你也要设成锁屏吗?"

萧惟:"嗯。"

唐星然扬起嘴角,兴致勃勃道:"我帮你,我帮你。那我再挑一张,我这张笑得好像有点僵。"

萧惟没说话,淡笑着把手机推给她。

她又低头在手机上捣鼓了半天,嘀咕道:"那就这张吧,这张我更好看一点。"

然后她拿起萧惟的手机,把照片直接传到他相册里。

萧惟手机相册里照片特别少,估计是清理很及时,就像他的房间和办公桌一样,整齐得没有任何多余的东西。

唐星然刚帮他设置好,随手按了返回,余光就看到了他相册里的一张照片。她脑子还没反应过来,手指就先一步点开了。是一张电脑屏幕的截图,上面有两只QQ宠物猪,她非常熟悉。

一男一女,是她高一的时候养的。只不过,两只猪的脚下都有个气泡框,写着"主人,永远拜拜了"。

再看到照片保存的时间,2018年9月15日。

萧惟看到她盯着手机突然不动了,低头扫了一眼。唐星然回过神,转过头,和他视线对上。

"啊,我……不该翻你相册的,顺手点开了……"

萧惟摸摸她的头,不在意道:"没事,你都可以看。"

唐星然咬唇,指了指手机里的那张截图,低声问:"这个是……你截的图吗?"

"嗯。"

半响后,唐星然调整了一下心情,又问:"我看时间是2018年……你2018年还上线看过吗?"

萧惟看着她,沉默了一会儿,缓缓说:"你出国之后,我一直在帮你养的。2018年是停服了。"

"啊?"唐星然张了张口。她突然不知道说什么,眉头渐渐皱起,想哭又想笑。

当时心血来潮养的两只宠物,让萧惟帮忙的时候,他好像也是不情不愿的。到后来她自己都忘了这事,他还一直养了很多年。

他会是出于什么心理呢?应该不至于是真的从这个游戏里找到了乐趣……

萧惟看向她:"你这是什么表情?"

四目相对,唐星然咬了咬唇,往他那边挪了些。

她抬起手,突然抱住他的腰:"小惟,你好好啊。"

萧惟低头看了她一会儿,也反手抱她。

想起QQ宠物停服那天,他人就在M国,本来想见她一面,但没有联系到。不过现在,这些事都不重要了,也不是什么大事。

他碰了碰唐星然的鼻尖,随意道:"有奖励吗?"

唐星然抬头,思索着问:"你想要什么奖励?"

萧惟抬手,虚指了指自己的嘴角,声音低低的:"亲这里可以吗?"

唐星然看着他,表情一如既往的清淡,给人一种冷冰冰不可触犯的感觉。因为今天要上课,他戴了眼镜。镜片在灯光下有些反光,看不清眼神,更能给人一种距离感,顶着这张脸和这个表情,让她心跳渐渐加速。

唐星然缓缓抬头,他淡定地看着她,没有任何表情和动作,像是在耐心等着她过去。距离越来越近,面前的人逐渐模糊,扑面而来都是他的气息,就快要碰到时,身后的珠帘窸窸窣窣响了声。

带着云南口音的服务员一手端着托盘,扬声道:"久等了啊,今天厨房少人。"

唐星然立即从他怀里弹出去,脸颊微红,垂着头坐在旁边。

萧惟冷眼警向服务员,把服务员也吓得一怔,放下几盘菜就马上出去了。

唐星然掩面轻咳了一声,装作若无其事地站起身,回了对面的位子。

· 418 ·

半晌后，她抬头，朝着桌上的菜扬了扬下巴："吃饭吧。"

萧惟没马上动筷子，盯着她看了一会儿，悠悠道："先欠着。"

饭吃到一半，萧惟手机响了。点开之后，发现是萧俊打来的视频通话，萧惟直接切成语音接听。

唐星然一边吃着东西一边听，听不到对面说了什么，只听到萧惟的声音。

"嗯。"

"哦。"

"我问问。"

他看向唐星然："我爸妈回北阳了，想让我们一会儿回家一趟，去吗？"

唐星然点点头。

萧惟对着电话："我们一会儿过去。"

那边又说了几句话之后，电话挂断。

唐星然想了想，咬着筷子说："那我一会儿去给萧叔叔和覃阿姨买点礼物吧，我们结婚之后他们又出差了，一直没见过。"

萧惟没点头也没摇头，过了一会儿后，提醒："已经不是叔叔阿姨了。"

唐星然挠挠头。她还是转换不过来身份啊！

饭后，两人在商场里逛了一圈。

萧惟说没什么必要买，他俩什么都不缺，但唐星然坚持买了一堆东西。最后，萧惟拎着大包小包出了商场。

萧惟家里条件很好，除去理工专业的项目经费比人文社科高，萧俊还有个堂哥房地产生意做得很大，公司里，他和覃雅宁也有一点股份。

萧惟开车载着唐星然进了一个市中心的高档住宅区。

唐星然看着窗外，问："你家什么时候搬到这儿的啊？"

萧惟淡淡道："前几年。"

"噢，萧叔叔他们也经常不在北阳，怎么想起来搬家了？"

车子停到楼下，萧惟扫了她一眼，也没再纠正称呼。

"不知道。"他随意应道，"可能是钱多没地儿花了吧。"

"呃……"

唐星然执意要自己拎着那些大包小包的礼物上楼，不让萧惟帮忙。

果然，一进门，就达到了想要的效果。

覃雅宁站在门口迎接她，笑着接过她手里的东西："然然，怎么带这么多东西来啊？我们这儿又不缺啥，真是的，萧惟你也不拦着点儿。"

萧俊从沙发上站起来，接话道："萧惟能懂个啥啊，这么多东西也不知道帮然然拎着点儿。"

覃雅宁："就是，然然在家是不是特别嫌弃你？"

萧俊："猜也能猜到是。还是然然懂事啊，萧惟从小到大的，回家哪次想起来给我们带过东西。"

萧惟换了鞋进屋，完全不想搭理一唱一和的两个人。

唐星然笑着说："没有没有，萧惟他挺好的。"

萧俊："萧惟，你听到没，然然还帮你说话呢。"

进了屋，四个人坐在沙发上。

两家人太熟，覃雅宁热情地拉着唐星然聊天，给她拿零食，问她回国之后在学校里怎么样。

萧俊在旁边充当气氛组，时不时附和一句，气氛融洽。萧惟被当成了透明人，坐在一边无聊，就在手机上看文献。

一打开手机，萧俊的视线马上转移到他身上："你看看你，就知道看手机，这是看啥呢？看论文？快别看了吧，又不差这会儿时间，都看成书呆子了还看！"

萧惟极为无奈地瞥了萧俊一眼。

他在唐星然家完全不是这待遇。他也开始怀疑两家孩子到底是不是抱错了，萧俊和覃雅宁看他哪儿哪儿都不顺眼，跟唐星然聊得就很开心。

他默默把手机关了，靠在沙发上听他们聊天。

唐星然问："爸妈这次回来多久啊？"

这"爸妈"叫得两个人心花怒放。

覃雅宁笑弯了眼角："也就一个多礼拜。"

萧俊："然然周末有空吗？我们周末准备去水北古镇玩，有空的话就一起去啊，把老唐他们也叫上。"

唐星然想了想："应该有空！"

覃雅宁一拍手："那太好了。我们开车去，在古镇住一晚上，周日再回来。听说晚上那边到处挂着灯笼，特别好看。"

萧俊："那就这么说定了啊。我都跟朋友打听好了，有家店鱼做得特别好，听说厨师的太太太爷爷是在皇宫里当御厨的，祖传的手艺。"

唐星然搓搓手："这么厉害？太好了，好久都没吃鱼了！"

三人热火朝天地计划了二十多分钟，终于有人想到萧惟了。

唐星然歪了歪脑袋，问："哎，对了，小惟你有空去吗？"

萧惟："……有空。"

覃雅宁："哎哟，差点把他给忘了。"

· 420 ·

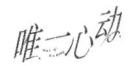

萧俊:"忘了就忘了,他去不去都一样,主要是带着然然一块儿玩,顺便跟老唐聚聚。"

萧惟默然无语。

聊到了晚上十点多,萧惟和唐星然终于出了门。

临走时,覃雅宁又给她塞了一堆东西,吃的喝的穿的戴的,萧惟两只手都快不够拿,拎着下了楼。

把东西放进车后备箱,唐星然坐进副驾驶:"我又有点怀疑我俩可能抱错了。"

萧惟侧头看她一眼,说:"是挺像。"

不过现在,抱错了也没所谓了,怎么都是一家人。

一晚上,他被吵得有点头疼,面无表情地开车回家。

唐星然低头在家庭群里问唐慕和姜静之周末有没有空,很快,两人就都回复了一起过去。

她又给萧俊发了条微信。没过一会儿,萧俊居然拉了个家庭群,两家,或者说三家,一共六个人。

等车停到地下车库,萧惟看了眼手机,群里已经一百多条消息,大部分是萧俊发的。他扫了一眼,就摁灭屏幕,牵着唐星然的手上电梯。

一进家门,唐星然打了个哈欠,准备回屋洗漱。

她刚走到卧室门口,就被萧惟拉住胳膊拦了下来。

萧惟看着她,语气懒散:"唐星然,你是不是忘了什么事?"

唐星然转身,大眼睛眨巴眨巴:"什么事啊?"

四只小猫正玩得起劲,一只追着一只在地上跑来跑去。

萧惟手上用力,把人往他这边带了带,看着她,暗示的意味很足。

"噢对……"唐星然瞅了一眼餐桌上的大包小包,"里面好像有两袋虾仁,是不是要冻起来啊?"

萧惟眉梢微抬,顺着她的视线扫了一眼。

"不是。"

随后,唐星然眼前突然落下一片阴影,随即,嘴角传来一点柔软的触感。

她抬眸,正对上萧惟的视线,他又附到她耳边,低低道:"还上了。"

"现在,"他顿了顿,慢悠悠地说,"还欠个晚安吻。"

唐星然拳头紧攥着,咬了下唇,飞快地踮起脚在他脸颊上亲一下。

她深呼吸,故作镇定地和萧惟对视:"可以了吧?"

萧惟笑了下,松开她的手,"嗯"了一声:"去睡吧。"

唐星然重新转身回屋,正要进门,又听到身后低沉慵懒的嗓音:"如果想要我陪你,随时来叫我。"

一周的时间过得很快,周五下午萧惟要开学院里的工作会,唐星然下课之后,就自己回了家。

明天两家人要一起出去短途旅游,萧俊已经把一切都安排好了。

他包了古镇上的一家民宿,唐星然点开链接看了下,是一个独栋的三层小楼。

六个人,一共三间房。

回家路上,唐星然去便利店买酸奶,在收银台下面看到一堆各种品牌的小盒子。她没来得及思考太多,就飞速拿了一盒跟酸奶一起结账。

出门之后,她又左看右看,像做贼一样把小盒子从袖子转移到口袋里。她在心里安慰自己,她现在已婚,买这个东西很正常,不是她想做什么,只是为了以防万一。

萧惟那人,平时一副清心寡欲的样子,肯定不会主动去买这个的。

晚上,两人各自在卧室里收拾明天出行要带的东西。

如果不知道萧俊是大学教授,唐星然会以为他以前干过旅游行业,比如导游之类的。萧俊提前查好了天气发在群里,就两天一夜的旅行,他还列了份必带用品清单。

唐星然收拾着防晒霜、衣服、化妆品、洗漱用品等各种东西,怕晚上在民宿无聊,还把电脑也装在了包里。

最后,她偷偷摸摸地往双肩包的夹层里装了今天下午刚买的小盒子。

几人约的是到了时间就出发,直接在古镇会合。反正都是各自开车,也省得在北阳市里先集合。

第二天早上,唐星然哼着歌洗澡化妆,挑了身舒服又好看的衣服。九点,吃过早饭,萧惟拎着两人的行李下电梯,去地下车库开车。

路上,唐星然连了手机蓝牙,放了自己喜欢的歌单。

她侧头看了眼萧惟,修长的手指搭在方向盘上,面无表情,神色清冷如常。

"小惟,你是不是不喜欢出去玩啊?"

"还好。"正在等一个红灯,萧惟看了她一眼,眼神柔和了些,"喜欢跟你一起。"

听着他用无比清淡的语气说这种话,唐星然心跳漏了一拍。

她抿抿唇,说:"那等假期有空了我们可以去远点的地方旅游。"

"嗯。"萧惟问,"有想去的地方吗?"

唐星然笑了下："还没想好。"

萧惟："那你先想。"

开了三个小时的车，中午，几人在订好的民宿会合，是一栋古色古香的小楼，整栋楼就只有他们订的这三间客房。

一楼是客厅和厨房，还有民宿主人的卧室。二楼有两间客房，门对门，三楼只有一间。

萧俊随手扔了把钥匙给萧惟，他看了一眼，带着唐星然上了三楼。

进门之后，发现三楼这间客房空间不大。

正中央放着一张木床，旁边一张桌子和衣架，再旁边就是洗手间。

唐星然看到那张大床，偷偷瞅了眼萧惟。他神色如常，径直走到旁边把两人的行李放在桌上，好像完全没有因为今晚两人会睡同一张床这件事有任何情绪变化。

放好东西，他看向唐星然："走吧，去吃饭。"

"……噢，好。"

古镇不大，六个人从民宿步行去吃饭的地方，就是萧俊说的那家御厨的后代做鱼的店。

路上，萧俊和唐慕走一起，覃雅宁和姜静之走一起，都有说有笑。

萧惟沉默地走在唐星然身边，帮她撑着伞。

唐星然想了想，挽住他撑伞的那只胳膊。萧惟偏头看了眼，嘴角稍弯。

走着走着，她突然觉得这景象似曾相识，看向萧惟："我们小时候好像经常一块儿出来玩。"

萧惟点点头："嗯，很小的时候。"

他回忆了一会儿，大概是小学三年级之前，萧俊他们项目没那么多的时候。唐星然每次都很开心，跟在他身后蹦蹦跳跳的，总有说不完的话。

果然，走了一小段，唐星然就憋不住了，再次开启小话痨模式。

"哎，你看那边是不是卖馅饼的，十块钱可以买两张哎，晚上饿了可以过来买，闻着还挺香的。"

"小惟小惟，那边是不是算命的小摊？不过看着有点像江湖骗子哎，而且我在网上看到网友说不要随便把生辰八字给别人。"

"天啊，那只黑狗长得好凶。"

萧惟侧头看她，眼神中带了些笑意。

唐星然拉着他站住，又指了指，说："那只那只，拴在门边的，你看到了吗？"

萧惟没往那边看，突然俯身在她侧脸上亲了一下。

唐星然原地愣住，下意识地看向走在前面的家长，随后用力拍了下萧惟肩膀，小声嘟囔："哎呀，你、你注意场合！"

萧惟笑了下，很敷衍地"嗯"了一声，伸手把她的手重新放回自己胳膊上，继续往前走。

吃鱼的餐厅店面不大，人却坐得满满当当，还好萧俊提前订了位置。服务员领着六人去了临窗的包间。

坐在一起，萧俊闲得无聊，又想到了两个孩子小时候的事。

萧惟正在帮唐星然剥橘子，萧俊就笑眯眯地看过来："你还记得你小时候啥德行不？"

萧惟头也不抬。

唐星然本以为能听到他什么黑历史，兴致勃勃地接话："啥德行啊？"

萧俊笑了两声："然然应该记得吧。以前带你俩出来玩，萧惟走到哪儿你就跟到哪儿，他也不怎么理你。我们回家之后问他，他说嫌你太吵了。"

唐星然一个眼神就朝萧惟瞪过去。

萧惟眼神里闪过一丝无辜，半晌后说："我不记得了。"

"亲爹"唐慕赶紧帮忙解围，笑着说："那都是他们几岁的事了，而且然然确实话挺多，小时候逮着萧惟就说个没完。别说萧惟了，哪个男孩子受得了？"

唐星然不服气，愤愤道："我这叫活泼！都说活泼的孩子长大了聪明！"

"亲爹"萧俊立刻点头附和："对对对，我也这么想，萧惟从小就跟个小老头似的。"

一顿饭就这么愉快地吃完了。

唐星然仔细品了品，也觉得这"御厨后代"水平很一般，估计就是开在古镇里，卖个噱头。

饭后，萧俊和唐慕约了去钓鱼，姜静之和覃雅宁想去古镇边上的鲜花市场。

唐星然对这两项活动都不感兴趣，就拉着萧惟在古镇上到处逛。

"听说，"她瞥了一眼萧惟，"你小时候嫌我吵？"

萧惟没忍住，笑了一声："我不记得了。"

唐星然撇撇嘴："那你现在还嫌我吵吗？"

萧惟："没有。"

唐星然挑眉："真的？"

"嗯，真的。"

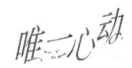

正说着,就又听到来的路上看到的那个算命的在吆喝。

也许正好看到一对年轻男女走过来,算命的吆喝的内容就变成:"算姻缘咯,八字合婚,卦卦都灵——"

这吆喝成功吸引了唐星然的注意,她摸着下巴,看向萧惟:"要不我们去算算?"

萧惟淡淡道:"不需要。"

唐星然问:"为什么?说不定我俩其实八字不合呢……"

萧惟拉着她径直走过,语气没什么温度:"都已经结婚了。"

吆喝声渐远,唐星然其实也没有很想算,听他这话,挑眉问:"那万一真不合怎么办?"

半晌后,萧惟淡笑了下,握紧她的手:"那也只能跟我凑合过了。"

合不合的,也都只能是跟他。

两人下午也没干什么,就在古镇里转了一大圈,又找了一家甜品铺子喝糖水。

快到傍晚,萧俊在群里发消息,叫大家一起去古镇中心那条街看灯笼。

到了之后,天色已经黑下来,头顶挂着一大片火红的灯笼,一条街也来了各种摆摊的小贩,有卖烧烤的,还有各种打沙包、射气球之类的游戏。

几个人顺着街道一路走着,先是在路边的小摊吃了碗馄饨,走到街尽头,又看到了一个写数字赢奖品的小摊。

唐星然和萧惟对视一眼:"你还记得吗?"

高中的时候,他帮她赢了个白色泰迪熊,现在还躺在她家衣柜里。

萧惟弯弯唇:"嗯,记得。"

在这里摆摊的都是附近的村民,奖品不像当年一样是什么玩偶,而是很接地气的两对活蹦乱跳的小鸡崽。

唐星然没什么兴趣,正要拉着萧惟往前走。

前头的萧俊却停了下来:"哎,这不是白送吗?"

几人也跟着停下来看,看到一个人失败之后,萧俊就跃跃欲试。

覃雅宁一开始还想拦他:"你要四只鸡回去干吗?还这么小,咱们家又不养鸡。"

萧俊和唐慕钧完鱼,还喝了点小酒,这会儿有点上头,非要试一次,说奖品不重要,就是想玩玩。

结果——

他写了一次,写到100后就出了错。

又写一次,又出错。

萧俊彻底上头了,付了一百多块钱,坐在那儿霸占位置写了六次。

五个人就这么站在旁边等了他四十多分钟。

第六次萧俊写到了300以后,又出错了。

他站起身,揉了揉腰:"哎哟,年纪大了就是不行,算了算了。"

唐星然长舒一口气,正以为终于弄走了,萧俊看向萧惟:"你去试试。"

萧惟:"……不去。"

萧俊絮絮叨叨地在原地拉着萧惟劝了好久,最后实在没办法,萧惟皱着眉头坐到了他刚才的位置。

唐星然在身后看着,萧惟低头开始写数字。一时间,高中的画面和现在的重合在一起,让她感觉有些恍惚。

头顶红彤彤的灯笼照在萧惟身上,轮廓清晰,白皙的肤色被映成了淡红色,原本清俊的脸突然显得很妖孽。

等了好一会儿之后,萧惟终于站起身。

他完全没失误,直接一口气从1写到了500。在围观人群的赞叹声中,老板把那一笼四只小鸡崽递给萧惟。

萧惟接过,面无表情地直接递给萧俊。

萧俊拎着笼子,咧嘴笑:"可以啊萧惟,有点我年轻时候的风范啊。"

覃雅宁拧着眉头,看那笼小鸡:"你回去想办法处理,我们下周就走了,你带回去也没人养。"

走了大半天,又在写数字小摊旁边罚站了一个多小时,唐星然回到民宿,一进屋就躺在床上。

"累死我了。"

萧惟看她一眼:"早点睡吧,先去洗澡。"

唐星然仰躺在床尾:"你先洗吧,我得歇会儿。"

萧惟"嗯"了声:"我没带沐浴液。"

"噢,那你用我的吧。"

大概十分钟,萧惟就从浴室出来,头发湿漉漉的,发梢的水滴在刚换好的睡衣上。

唐星然看了两秒,赶忙挪开视线:"我去洗。"

唐星然拿着洗漱包进了浴室,里面雾气蒙蒙,全都是水珠和沐浴液的味道,引人遐想。

洗澡的时候,她想到晚上两个人要睡一张床,又开始紧张。

她仔仔细细地洗了快半个小时,换好睡衣出去时,看到萧惟已经吹干了头发,正坐在桌前看电脑。

浴室门一开,萧惟就闻到了特别浓的沐浴液香味,喉结滚了滚。

唐星然摸了下鼻子,轻手轻脚地走到萧惟旁边,看到他正在用翻译软件看一个日语的文献。

她探头,评价道:"这种翻译可能会不准确吧。"

萧惟抬眸,看到唐星然穿了件粉红色的吊带裙,长度到大腿。

他眉头微动,朝她伸了伸手。

唐星然走过去,在他旁边坐下,握住他的手。

萧惟:"只能这么看,我不会日语。"

唐星然笑着眨眨眼:"我会啊,要不我给你讲一遍?"

"不是累了吗?"说着,萧惟就有一下没一下地摸她半干的发顶,还微微湿着。

唐星然感觉他这手法就跟在家摸小猫一样,怪不得小猫每次都被摸得很舒服。

她心里发痒,又往旁边挪了挪,抱住他说:"洗完澡感觉不累了。"

离得很近,唐星然能闻到萧惟身上的味道跟她几乎完全一样,都是沐浴液的浆果香味。

其中还隐隐约约混杂着一种属于男孩子,很干净的味道。

萧惟轻笑了下,低头看着怀里的人:"好。"

房间里只有一把椅子,唐星然现在是坐在床上,高度比他矮了半截。

萧惟揽着她问:"坐这里能看清吗?"

唐星然看过去,感觉字有点小:"要不我俩换一下位置?"

"不用。"

"啊?"

萧惟弯唇,指了指自己的腿,在她耳边低低地说:"坐这儿看。"

他耳朵微微发红,声音却还平稳淡定。唐星然感觉自己心跳快到起飞了,空气里都是她沐浴液的味道。有没有撩到萧惟,她不知道,她自己闻着就心乱如麻了。

她咬了下唇,站起身,横坐在萧惟腿上。她光腿穿着睡裙,两人之间的距离霎时只剩下萧惟身上那条薄薄的睡裤。

她能很清楚地感受到他大腿的肌肉线条,还有那层布料下面的温度。

唐星然深吸一口气,保持镇定:"那我开始讲了哦。"

萧惟顺势揽住她的腰,吻了吻她头发:"嗯。"

"保护观察所是实施保护处分之一的保护观察国立机关,也是负责对未成年犯进行社会内处遇的核心官厅……"

唐星然的心思也大半都不在电脑屏幕的文档上,半个多小时,磕磕巴巴地把剩下的内容边看边讲完。

第一次坐在他腿上,唐星然感觉自己脸发烫,周身被他的气息包裹着。

他一只手握着唐星然的手,另一只手还一下下地轻摸着她的头发,摸得她身子发软,声音也发软。

直到翻译完最后一句话,唐星然讲话的声音停下,萧惟也一句话都没说。

她转过头,和他视线对上:"没了。"

萧惟声音很轻,眸色比平时深些,看着怪怪的:"嗯。"

"就'嗯'?"唐星然捏了捏他的手,小声嘀咕,"你到底有没有在听啊?"

"在听,"萧惟一脸坦然,嗓音略有些哑,"但没听进去。"

唐星然愣了一瞬,佯装生气地往他胸口捶了一下:"我讲了这么久,讲得口干舌燥,你居然没听进去,那我不白讲了?"

窗帘没拉,洁白的月光把窗外树枝的影子斜映在墙上。屋里的灯光是暖黄的,并不明亮,添上了若有似无的暧昧氛围。

幽幽的黄光照在萧惟眼中,唐星然看着他,觉得他的眼眸深得像一汪水,透着平时没有的温柔情意,像是要把她吸进去。

除此之外,他耳朵好像特别红。

下一刻,唐星然感觉下巴被人捏住,低沉好听的声音徘徊在右耳:"那怎么办?"

唐星然深呼吸,看着他的眼睛,正准备开口:"反正我……"不会再给你讲一遍了。

后几个字还没说出口,就感到唇上覆上一点柔软,后半句话就这么咽了回去。

两人近得鼻息可闻。萧惟碰了一下她的唇,但没有要离开的意思。

他几乎贴着她的唇,用很低很低的声音说:"那我道个歉吧。"语气没有半点歉意。

离得太近,感官全部被他占据。他垂在额前的发丝有点扎,蹭着她的额头。他的气息是淡淡的薄荷味,鼻尖轻贴着她的鼻尖,痒痒的。

唐星然呆呆地看着他,感觉面前的人变得陌生起来。脸明明还是那张脸,声音也是那个熟悉的声音,但总觉得这种状态下的萧惟,跟平时完全不一样。

还没等她反应过来萧惟说他道什么歉,他的唇又贴了上来,刚才摸着她头发的那只手抚上她的后脑。

她还坐在他的腿上,这个姿势,她完全动不了。

萧惟轻咬了咬她的下唇。

唐星然就感觉浑身一哆嗦,心跳"扑通扑通",好像浑身的细胞都收紧了。紧接着,唇上一片湿软的感觉。

不知过了多久,他挪开,又吻了吻她的侧脸,在她耳边低低道:"张嘴。"

唐星然觉得她肯定是被萧惟下了蛊,不然她怎么这么听话。

等她回过神,唇齿已经被他侵入。

他的吻像他这个人一样,带着克制。一开始很生涩,到后来就像是某种本能被唤醒,下意识地想获得更多,逐渐深入,逐渐变得有侵略性。

唐星然被亲得有点晕头转向,一只无处安放的手垂了下来,然后不知道碰到了什么奇怪的地方。

他喉中发出一声闷哼。

唐星然在两秒内判断出她刚才手搭的位置是哪里,眼睛越睁越大,突然清醒,赶忙把手抽开。

萧惟依依不舍地离开她的唇,看着她的眼睛:"我没带,所以……"他侧过头,鼻尖蹭了蹭她脸颊,声音充满蛊惑,"你别乱摸。"

唐星然把头埋在他胸口,每一次呼吸,他身上的味道都从鼻腔一路钻进心里。

两个人都没动,她暗暗做了一个世纪的心理建设,那句"我带了"就在嘴边。

她正要说出口,门"砰"的一声就开了,萧俊手上提着一篮李子:"刚房东送……"

只说了四个字,他看到屋里的场景,额角一抽。

唐星然穿着吊带睡裙,满脸通红地坐在萧惟腿上,唇色艳红,还有些湿润。萧惟下巴抵着她额头,看过来的眼神冷得像冰。

"儿子对不起!"门"砰"的一声又关上,萧俊在门外补了句,"李子放门口了啊,门记得锁好。"

随着那道关门声,唐星然已经从萧惟身上跳了下来,尴尬地扯了扯裙摆。

被打了个岔,刚才酝酿了半天的话怎么也说不出口了。

萧惟摸了摸她的头,轻声说了句:"我去洗澡。"

唐星然愣了下,不是刚洗过吗?

发愣的工夫,人就已经去了浴室,不多时,里面"哗啦啦"地传来水声。

唉。

唐星然穿着拖鞋"嗒嗒"地走到门口,开门把那篮李子拎了进来,锁了门,随手放在桌上,然后翻身躺上床。

现在的心情,怎么说呢,不太好形容。

萧惟这次的澡洗得有点慢,她乱七八糟的想法都快从脑子里清空,有点昏昏欲睡的时候,浴室的门才打开。

唐星然已经盖好被子躺在床上,低头看着手机。听到动静,她故作镇定地抬眸,随口说句话:"你怎么又洗澡?"

萧惟没说话,看了她一眼。那眼神好像有点复杂,唐星然没参透,索性也不问了。

萧惟去拉上窗帘,然后绕回来。另一侧床往下陷了陷。

他扯过被角,躺在她身边的位置。

正当唐星然想着会不会再发生些什么的时候,他伸手熄灭了屋里的灯。

"睡吧。"

唐星然:"……噢。"

黑暗中,唐星然本来还有所期待。

她一开始仰躺着,后来背对他侧躺着,心理活动已经能排个小剧场。

关灯是准备做点什么吗?这次我锁门了,我锁门了!

就准备这么睡了?撩完就真的睡觉?

萧惟,给你个机会,你过来亲我一下,我就提我带了"小雨伞"的事。

算了,过来抱我一下也勉强可以。

她又换成正面躺着的姿势,不知过了多久,竟然听到身边传来均匀的呼吸声。

居然睡着了?

这也能睡得着?

该不会真是性冷淡吧啊!

萧惟,你牛,我记住了。这么爱睡觉,你以后天天都自己睡觉去吧!

"萧惟,然然,醒了没啊?"

唐星然不知道昨晚几点才睡着,早上被萧俊敲门吵醒的时候,感觉头都要裂开了。

昨晚她暗暗跟萧惟赌气,睡前背对着他,离得老远。这一觉睡醒,怎么就又跑到他怀里去了,手还抱在他腰上。

萧惟显然也是刚睡醒,有些迷茫地睁开眼,低头看着怀里的人。

唐星然揉着眼睛,正准备挪开,就被拉了回去。

她伸出一只胳膊,指了指门。

萧惟皱眉,朝着门外不轻不重地道:"醒了。"

萧俊扬声道:"收拾收拾出去吃早饭了,我看到旁边有家包子铺闻着挺香。"

萧惟:"知道了。"

他没说话,似乎还在醒神,就这么抱着唐星然。

唐星然也差不多清醒了,想到昨晚的事,又是一股无名火。

她用了些力,把萧惟直接推开:"别睡了!起床,吃早饭。"

"嗯?"

刚起床,她声音还有些哑,配合这语气,奶凶奶凶的。

萧惟稍弯了弯嘴角。之前都不知道唐星然还有起床气,以后他得注意点。

现在是早上,又抱着她醒来,萧惟感觉有点难受,翻身下床,又去冲了个澡。

上午,萧俊按着计划中的行程,带一行人去附近的水库徒步。

吃了午饭之后,几人就各自开车回了北阳市。

刚到家,唐星然就收到谭芳的消息,叫他们几个一块儿开个视频会,安排一下工作。

她拎着包就进了卧室,打开了会议软件。

谭芳先是把每个人都问候了一遍,比如新来的几个人上课顺不顺利,快毕业的实习怎么样,毕业论文准备得怎么样,手里有工作的最近进度怎么样。

说了半个多小时,开始安排新的工作。

唐星然接了两个项目,其中一个跟外语教学有关,另一个是一本斯瓦希里语书籍的翻译。

于是,会议结束后,唐星然按照两个项目的截止日期给自己排了一张日程表。

快到十点,她伸了伸懒腰,去书房找萧惟。

到了门口,看见萧惟正低头翻看一本书。

她眼珠一转,准备去报了昨晚的"仇"。她小步走进书房,萧惟转头看向她。

唐星然咬了下唇,问:"你在忙吗?"

萧惟伸手把她牵住,摇摇头:"不太忙,你开完会了?"

唐星然一个侧身,顺势坐到他腿上:"刚开完,又有工作了。"

萧惟淡笑着抬手抱住她,在她嘴角亲了一下。

唐星然一咬牙，学着他昨晚的样子，吻上他的唇。她先是轻咬了咬他的下唇，然后缓缓探入他唇齿间。

萧惟身子僵了一瞬，随后扶着她的后脑加深了这个吻。

一回生二回熟，而且这次是唐星然主动，有了充足的心理准备，她也不像昨晚一样处于完全蒙圈的状态。

亲了一会儿，她手也不老实起来，从他衣摆后面伸进去，轻轻摸他的背和侧腰。

萧惟看着很瘦，身上有薄薄一层肌肉，皮肤光滑，摸着很舒服。

越吻越深，呼吸也逐渐粗重起来。

唐星然手没停下来，能感觉到他身体的温度缓缓上升，好看的眼睛微眯，眸中逐渐染上了欲念。

离开他的唇时，唐星然又贴着他的身体，紧紧抱着他不松手。

"摸都摸了。"萧惟嗓音有些低哑，低头看着她，暗示着问，"要一起睡吗？"

唐星然脑袋扬起来，一脸单纯地看着他，眨巴眨巴眼睛："不要，我自己睡。"

她从萧惟身上跳下来，弯弯唇："我回房间啦，你早点休息呀，别看太晚啦。"

萧惟眉头微蹙，看着人快步走回了卧室。紧接着，听到熟悉的"砰"的一声门响。

他深吸一口气，回了卧室，冲了个冷水澡。

另一边，唐星然哼着歌去卫生间洗漱，看着镜子里的自己，不知是想到了什么事，一脸坏笑。

接下来的一周过得很快。

他们白天有课就去学校上课，没课两人就并肩坐在书房各忙各的。

萧惟投稿的一篇核心期刊又中了，上次的课题也成功申到，开始忙着自己课题的事。唐星然就按照日程表做谭芳安排下来的活，空出时间看看文献写准备投稿的论文大纲。

周六一早，萧惟去院里有事，唐星然手机上收到了报到那天加的cosplay社团群里的通知。

群里说下午有个漫展，有空的可以组团一起去，那天跟她说过话的女生还来私聊她，问她要不要一起去。

忙了一周，唐星然也确实很久没有大范围的社交活动。

天天宅在家也憋得慌，她就答应了。但她没有cosplay的衣服和假发，也不太会化妆。

"蝴蝶忍"马上约她一起去逛街，说知道一家实体店有卖，还可以请店里的人帮忙弄妆造，都很专业。

两人就约了一会儿出门，在商场见面。

吃过早饭，唐星然回屋穿衣服化妆，给萧惟发了个消息就出门了。

女生叫李瑶，是北阳大学大二的学生，大一一来就加入cosplay社，帮着组织社团的各种活动，活力满满。两人会合，李瑶就带着唐星然直奔一家店铺。

店里挂着各种衣服裙子，琳琅满目。cosplay的在少数，大部分都是jk制服和Lolita小裙子，中间的货架上还有很多手办。

唐星然一进门，眼睛都看花了，觉得这地方简直就是她的大本营。

李瑶指了指墙上挂着的一套衣服，笑着说："你要不试试这套吧，穿着还方便。"

唐星然点点头，试了之后发现果然很合适。

她把衣服买了下来，又买了假发和头饰，让化妆师帮她化妆。

收拾好造型之后，又在附近随便吃了午饭，两人就打车去了漫展现场。

人特别多。唐星然个子矮，长得又可爱，跟身上这套角色匹配度很高。她一到现场，刚走几步就有人过来求合影。

过了一会儿，李瑶带着她和社团里其他人会合。刚过去，就有个男生叫了唐星然名字。

唐星然顺着看了过去，想了半天也没想起这人是谁。

男生个子不高，最多一米七，穿了一身朴素的格子衬衫，长相很路人，脸上一大片痘坑痘印。

男生："你怎么把我拉黑了？"

这句一问，唐星然就知道这男生是谁了。

好像叫王天翔？还是王宇航？

就是前阵子非要约她出去看电影，然后被她无情拉黑的那个。

"你不记得我了吗？我是王天翔啊。"

哦好的，王天翔。

尴尬了两秒，唐星然看着他说："噢，我老公让我拉黑的。"

王天翔不在意地笑笑："你老公今天来了吗？"

唐星然："没有，他忙。"

王天翔："那肯定是你们感情不好，不然就算再忙也会陪你来的。"

这一句话,她至少能找出三个槽点。

唐星然也不想跟这人多说话,随口道:"我去那边看看。"

"我陪你去啊!"

王天翔就这么跟在她旁边走,边走边问:"你真结婚了啊?"

唐星然不耐烦地应:"对啊,我今年博一,结婚了很奇怪吗?"

王天翔很油腻地"啧啧"两声:"原来是学霸啊。"

唐星然自动开启屏蔽模式,王天翔在旁边说啥,她都一概不理。

遇到路上有找她合影的,她就停下来与人合影,把王天翔当空气。

可唐星然还是低估了这人死皮赖脸的程度,她停下,他就停下。

有人找她拍照,他就安静一会儿,没人的时候,继续在她耳边"吧啦吧啦"。

王天翔:"你老公是干吗的啊?"

唐星然不搭理。

王天翔:"他长得有我帅没?你发个结婚照还要把他打码?"

哪儿来的自信?他脚趾头都比你帅啊!

唐星然忍不住了,停下来,用极不耐烦的眼神盯着他:"你能别跟着我了吗?你烦不烦啊?"

王天翔摆出一副无辜的表情,但搭配他的脸和行为,显得更油腻:"我没跟着你啊,我刚好跟你同路。"

唐星然深吸一口气,出来玩的好心情彻底被这人搅没了。

她找了个休息区坐下,准备在软件上打个车回家。

王天翔也在她附近的位置坐下,撑着头看她:"学霸姐姐,累了啊?"

唐星然正调着定位,萧惟发来了一条消息:晚饭回家吃吗?

她切到跟萧惟的聊天界面,回复:回家吃。

来漫展的人太多。

回到打车软件,开始叫车之后,发现要排一百多个人,预计一个小时。

要是平时,她等就等了,但旁边还有个讨厌的人喋喋不休地吵着,她不想再多待,就又打开与萧惟的聊天界面。

星星糖:小惟,你还在学校吗,有没有空来接我?

星星糖:我准备回去,但是打不到车……

星星糖:[委屈]

对面秒回:好。

小惟:位置发我。

唐星然看了下导航,附近有点堵车,虽然离家不算远,但萧惟过来也得半个多小时。

她坐着刷手机,过了二十多分钟,王天翔还在旁边看着她。

"学霸姐姐,你是准备回去了吗?"

"你回学校吗?要不我跟你一起吧?"

"理理我呗,学霸姐姐好高冷,我要哭哭了。"

唐星然在心里劝自己,这人大概率是脑子有病,不要跟他一般见识。

"学霸姐姐,你这是'英年早婚'啊?"

"你老公都不喜欢二次元,怎么也得找个有相同兴趣爱好的人结婚吧?"

"不过没事,现在离婚也挺方便。"

忍无可忍。唐星然抬眸看他,翻了个大白眼:"你到底要不要脸?"

这话一出,王天翔还一脸激动:"哇,学霸姐姐你生气了,好可爱啊!"

无语!

唐星然站起来,准备去找保安了。

就在这时,萧惟打了个电话过来:"我到了。"

唐星然:"在哪儿啊?"

萧惟:"这边车太多了,找不到地方停。你给我发个定位,我过去找你。"

"好。"

又过了一会儿,人群中出现了熟悉的身影。漫展现场,明明到处都是穿着亮眼的人。萧惟就穿着一件简单的衬衫和裤子,硬是单凭长相和气质让她在密密麻麻的人群中一眼就看到。

唐星然朝着萧惟走去。王天翔也跟着站起来。

萧惟看到唐星然这身打扮时,明显愣了一下。粉头发,黑裙子,头上还戴了两个尖尖角。

为了闪瞎某个神经病的"狗眼",唐星然抬头看向萧惟,眨巴眨巴眼:"老公,我都等你好久啦。"

萧惟还没反应过来什么情况,唐星然就走到他身侧,牵住他的手,十指相扣。

虽然这段时间唐星然也时不时主动牵他,但第一次这么牵。

萧惟有点搞不清楚状况,正准备问,看到她身后的男生,正目瞪口呆地盯着自己。

"你朋友吗?"他问唐星然。

王天翔这种人也就敢在女孩儿一个人的时候不要脸,看到她老公来了,马上转身撤。

看到人走了,唐星然也松开手,脸色微红,换成平时的牵手方式。

萧惟低头看了眼,带着她往停车的地方走。

路上,萧惟弯了弯唇:"你刚叫我什么?"

唐星然轻咳了一声,装傻道:"小惟呀。"

萧惟淡笑了下:"好像不是。"

唐星然:"那你可能听错了。"

她突然叹了一声气,咬牙切齿道:"不行。我最近运气太差了,得去烧个香!"

萧惟看向她:"怎么了?"

唐星然:"你记不记得上次约我看电影的那个男生?刚才我后面那个就是他,跟个神经病一样,我走到哪儿他跟到哪儿!我不理他,他还一直说话!"

萧惟皱皱眉:"刚怎么没跟我说?"

唐星然揉了揉太阳穴,她是觉得这么直接告状不太合适来着。而且王天翔溜得也挺快,没给她留告状的时间。

她侧头看了眼萧惟,坏心情马上没了大半,随口道:"我怕你打不过他。"

萧惟冷眼扫过来。

唐星然笑了下:"我开玩笑的,他跑太快了,我没来得及说呢。"

萧惟蹙着眉看她,思忖片刻道:"下次再要来这种活动,我陪你一起。"

唐星然眼睛一亮:"真的?"

"嗯,以后不要自己去。"

上了车,唐星然的心情已经完全恢复了。

她顶着粉头发和两个尖尖角,看向萧惟:"我们直接回家吧。"

萧惟脸色却还是不太好,还想着刚才唐星然被小男生一直跟着的事。

他"嗯"了一声,开车往家里走。

等红灯的时候,萧惟看了眼旁边在照镜子的唐星然:"那个男生是哪个学院的,还能找到联系方式吗?"

"啊?"唐星然说,"不知道哎。没事啦,以后我不来参加这个社团的活动了,要来也叫你一起。"

"好。"萧惟又不说话了。

唐星然侧头看着他,感觉他脸色还阴着。

萧惟眼睛是内双,下颌线条利落分明,薄唇。他没有表情的时候就给人感觉特别冷淡,这会儿阴沉着脸,她感觉车里温度都低了。

但知道他是因为什么事冷脸,唐星然心里又有股暗暗的甜意。

唐星然想逗逗他让他开心点。本来她就被神经病烦了好久,不想萧惟再烦这事。她做了好久的心理建设，又酝酿了一路的情绪，到了小区，车停进地下车库，两人下车上电梯。

唐星然戳戳他的胳膊，装作随意的语气："老公，我们晚上吃什么？"

萧惟马上看了过来。听着唐星然的语气没什么特别，但脸特别红。

他眉眼舒展开，缓缓问："我这次又听错了？"

唐星然脸颊逐渐染上红色，低着头，话锋一转："我问你吃什么呢？"

萧惟抿着唇，半晌后轻声道："再叫一声，我就告诉你。"

"喊。"唐星然抬头看着萧惟，努力让自己显得云淡风轻，"那我不想知道了。"

电梯门已经开了，她快步走出去，拿钥匙开了门。

刚进门，还没来得及开灯，就听到门被重重关上。

黑暗中，熟悉的气息扑面而来。

唐星然肩膀被抓住，整个人被一道力量推在了门板上。

紧接着，她感受到他的呼吸越来越近，唇畔一点湿润。她就这么靠在门上，被某个外表清冷的男人吻得七荤八素。

他短暂离开，贴住她的嘴角，几乎用气音说："一点都不听话。"

啊啊啊啊，犯规了啊！这还是萧惟吗？

"我……"她刚说出一个字，他的唇再次覆上来。

不知过了多久，唐星然感觉身子发软，黑暗的环境将一切感官放大。仿佛全世界只剩下萧惟一个人，全部注意力都集中在唇齿间。

终于，一吻结束。

他抬手，随着清脆的一声响，客厅和玄关的灯被打开。

唐星然看到眼前的萧惟眸色深沉，唇色因为长久的亲吻变得艳红，嘴角都是她的口红印，还带着些水渍。

顶着这张清冷的脸，显得好色情……

"你你你你你……"半天说不出个后文，她重重咬了下唇，用了些力把萧惟直接推开。

她连包都顾不上拿，就小跑着回了卧室，把门关上。

唐星然深呼吸几次，进了卫生间。镜子前，她一头粉毛，口红被他亲得乱七八糟，脸也红得要命。

她抬手，碰了碰自己的嘴唇。啊啊啊啊，怎么能脸红成这样，又不是第一次亲了。

丢人，太丢人了。她看着自己红透的脸，能想象到刚才"你你你你你"时候的表情。

萧惟为什么能这么淡定啊！

唐星然在卧室里待了很久平复心情，手机响了一声，她点亮屏幕，看到是萧惟发来的消息。

小惟：想喝粥还是吃面？

唐星然翻了翻自己的表情包，选了个孙悟空双手合十的表情发过去。

她回复道：吃面吧。

小惟：嗯，煮好了叫你。

她换了身睡衣，卸了妆洗了澡，在床上躺着看手机。

大概过了半小时，她卧室的门被敲了两下。

萧惟的语气一如既往的清淡，他隔着门说："可以吃饭了。"

唐星然清清嗓子："噢。"

餐桌上摆好了两碗榨菜肉丝面，加了荷包蛋和青菜。

吃完之后，唐星然像平时一样跟着萧惟进厨房去收碗。

两人同时开口——

唐星然："你一会儿还看论文吗？"

萧惟："我明天下课之后要出差两天。"

"啊？"唐星然抓抓头发，"去哪儿出差啊？"

萧惟把碗放进洗碗机，平淡道："苏市，有个研讨会。"

唐星然："噢。去多久啊？"

萧惟："两天，周三晚上就回来了。"

"噢，好。"

他走到旁边水池前洗手："一会儿不看论文，有别的安排吗？"

别的安排……唐星然不知道他是不是那个意思。但光从他没有情绪的声音来分析，她觉得自己大概是想歪了。

她拖长音"嗯"了一声，提议："有点累了，我也不想看电脑。要不一起看电影吧？"

洗完手，萧惟转头看了她一眼，应道："好。"

嗯，果然是她想歪了。

她想，多么正常的问题啊，唐星然，你脑子里现在都装了些什么不纯洁的东西？

快退退退！

萧惟擦干手，自然地拉着唐星然往客厅走。刚用冷水洗过的手凉凉的，没多久就被她掌心的温度暖回来。两人坐在沙发上，唐星然顺手拿了一袋薯片拆开吃。

· 438 ·

打开投影,她找来找去,看到一部前不久朋友圈有人推荐过的惊悚悬疑片。

开头还很正常,但真相一层层被揭开,看到后来,唐星然整个人就蜷在沙发里,虽然被萧惟抱着,但还是浑身发冷。

长大之后,她不太怕看惊悚片了,但这个电影讲的是一个记者在调查的过程中,发现被调查的少女一直在被前男友追杀。随着真相被记者发现,少女也被前男友找到,最后被砍下胳膊杀害。

唐星然看着电影里的少女,就想起她的室友 Elaine 的事。

电影结束时,唐星然脸色惨白,出了一头冷汗。

萧惟低头看她,温声问:"怎么了?"

"没事。"她摇摇头,声音有些发颤,"有点困了,我先回去睡了。"

她站起身,恍恍惚惚地走回了卧室。

萧惟过来敲门:"你不舒服吗?"

隔着门,唐星然扬声道:"没有,你快睡吧。"

门外的人沉默了一会儿,应了句:"好。"

Chapter 12
共度一生

在床上刷了很久的搞笑视频，感觉刚才电影给她造成的阴影差不多要散了，唐星然打了个哈欠，去洗手间洗漱。

回到床上，再打开微信，她才发现二十分钟前萧惟发了消息过来：不舒服的话就跟我说。

她弯弯唇，回复：嗯嗯。

明天是周一，早上八点还有马原课要上。回了消息，唐星然就把灯关了，但一熄灯，闭上眼，刚才电影里的画面就又重新回了脑袋里。

她深呼吸了几次，打开手机里和萧惟的聊天框。

星星糖：小惟，你睡了吗？

对面几乎是秒回：没有。

她咬咬牙，硬着头发：你能不能陪我睡？

星星糖：我看完那个电影，其实有点害怕。

没等到回复，过了一会儿，听到门外传来脚步声。

隔着门，萧惟说："我进来了？"

唐星然："嗯。"

她裹着被子躺在床上，听到萧惟的声音，就莫名觉得心安。除了父母，萧惟好像是这个世界上跟她认识最久的人了。

随后，传来门把手扭动的声音。黑暗中，他缓缓走到她的床边。

他应该也是刚洗完澡，散发着熟悉的沐浴液香味，有点像阳光和雪松的味道。

唐星然感觉床侧面往下陷了一块。

萧惟伸手，摸了摸她的头发。黑暗中，他的声音好像特别温柔："刚才问你怎么不说害怕?"

唐星然从被子里伸出手,摸索着握住他的手,小声嘀咕:"我都二十八岁……看个悬疑片就害怕,多丢人……"

萧惟俯身,唇轻轻碰了碰她的额头,嗓音低低的:"不丢人,二十八岁也可以害怕。

"如果你想,我可以一直当你没有长大。"

闻言,唐星然心跳忽然就停了一拍。

"当我没有长大,那你长大了吗?"

萧惟:"嗯,我长大了。"

"为什么啊?我俩一样大,我没长大,那你应该也没长大才对。"

空气安静了一会儿,萧惟的声音很轻,在她耳边说:"我长大了,就可以照顾你。"

几句话的工夫,唐星然刚才那点害怕就完全消失不见。

她掀了掀被角,拉着萧惟的手让他躺进来。

几秒之后,被子里多了个人,她也落入一个温暖的怀抱。

唐星然反手抱着他的腰,摸黑在他脸颊上亲了一下。

蜻蜓点水般的一个吻,萧惟就像是被激活了一样,一个翻身就压在了她上面。

"还怕吗?"他哑声问。

"……不害怕了。"

他身上雪松的香味瞬间就把她包裹住,紧接着,是一个绵长又深入的吻。

这个吻,跟以往的,以及进门的那个都不一样,或者说跟萧惟这个人的风格就不一样。

丝毫不带克制,热烈又有侵略性,而且越吻越重,像是要抢走她口中的所有空气。

萧惟气息很乱,也很重。

迷迷糊糊中,她听到一个沉沉的声音在耳边说:"这次,终于知道叫我过来了?"

听着像是个问句,但没等唐星然回答,他的吻又重新落下。

她感觉整个身体都软软的没力气,有点燥热不安,好像潜意识想要拥有更多。

正难受着,就看到萧惟缓缓离开她的唇,随后坐直身子下床。

唐星然彻底蒙了,还有点生气,他该不会又要去洗澡吧!

果然,听到他的脚步声朝门口远去。

"小惟……"唐星然直接坐了起来,这次她脑子被他完全亲晕了。

她心里迅速闪过了几种明示或者暗示他的方式,大脑就像随机数软件一样不管三七二十一随便抽了一种。

萧惟站在门前,闻声转头。

唐星然湿润着双眼看向他,脱口而出:"你觉不觉得你应该履行一下夫妻义务再走。"

话一出口,唐星然自己先傻了。

啊啊啊,我刚才说了些什么?这是我说的吗?

没等她改口,就听到萧惟轻笑了一声:"嗯,我也有这个想法。"

唐星然只想挖个洞把自己埋起来。

不过,埋起来之前,她想知道,萧惟为什么还是出去了。他不是说有这个想法吗,难道就只是个想法,不想付诸实际?

离谱,离大谱。

唐星然深吸一口气,拉起被子蒙住自己的头。要不要出去找他,这是个问题。出去找,会不会显得她很急这件事。

不出去找,她今晚可能得失眠。又或者,是不是真的需要带他去看医生啊,那太尴尬了吧。

正琢磨着,就听到脚步声又回来了。

唐星然从被子里探出头,看到萧惟伸手,把她床头柜上的小夜灯打开了。

暖黄的光映在他脸上,下颌线流畅清晰。他的睡衣领子松松的,露出好看的锁骨。

视线移到他手边,唐星然看到了一个小盒子,原来他刚才出去是去拿……

未经大脑的一句话从她嘴边溜了出来:"你怎么也买了?"

萧惟转头看她,缓缓走到床边。唐星然没见过他这种眼神,总觉得看着很危险的样子。

他抓住了话里的重点,声音低哑,带着几丝笑意:"也?"

萧惟侧躺上床,眼睛微眯着:"你什么时候买的?"

唐星然又把被子拉到头顶,拒绝和他这种眼神对视。她声音闷闷的,在被子里如实道:"去古镇之前。"

"那天你带了?"听到萧惟轻笑了声,然后,她的被子被拉开,"不早说。"

夜色和暖黄的夜灯灯光将每一分每一秒都拉得很长。

一片阴影笼罩过来,他躺在床上,轻轻一带,唐星然就被翻过来,压在了他身上。

哎？怎么回事？

没等她反应过来，细密的吻就落在她唇上，陷入唇齿间，然后落在每一处。

唐星然抓着他的背，听到撕包装的声音。

她咬咬唇，看着他，声音小得像蚊子："能把灯关了吗？"

萧惟眸色深沉，碰了碰她艳红的唇："不能。"

唐星然声音小小的，脸颊绯红。在最后一刻，她仅剩下一点理智："那……我们能不能换个位置？"

萧惟停下动作，嘴角微勾。

他没说话，轻轻一带，两人互换了位置。

她的记忆逐渐模糊，夜灯幽黄的灯光映在两人身上。

屋里很暖，但他身体的温度更高，被他碰到的每一处都好像在发烫。

然后，不知过了多久。

唐星然一开始还想着要早点结束，因为她得稍微早点睡，明天还有早八的课。

再后来，她脑子里什么都不剩了，全是他的样子，他的呼吸，他的吻。

结束的时候，她扯过被子躺在床上，感觉卧室里的一切熟悉又陌生。比如卧室里甜甜的浆果香熏蜡烛味里，还混杂了其他暧昧的味道。

等萧惟重新躺回她身边，她只想睡前把明早的闹钟关了，再让吴梦丽帮她答个到。

这状态，她感觉明早她肯定起不来了。

唐星然很无力地瞪了一眼旁边的人。

萧惟看到，摸摸她半湿的头发："洗个澡再睡？"

"不。"她只有说这一个字的力气了。

萧惟声音已经恢复了平时的清淡，沉稳道："还要换下床单和枕头。"

下一刻，她整个人从床上腾空而起。

萧惟一言不发，抱着她去了浴室。

算了，都已经这样了。

等她洗干净，萧惟又抱着回来，垫了条浴巾把她放在桌上坐着，换好床单和枕头之后，把她挪回床上，然后自己又进了洗手间。

唐星然浑身酸软，脑子里都是刚才的画面，还有他的声音。

"叫我。"

"小惟……"

"不对，重新叫。"

"萧惟……"

443

"还是不对。"

"……老公。"

"嗯。"

……

唐星然把头埋在枕头里,心跳还是很快。

萧惟洗完澡,只穿了一件睡衣,去厨房给倒了杯温水端进来。

唐星然拒绝说话。

他弯弯唇,揽着她的腰把人扶起来,喂她喝了小半杯。

唐星然特意把被子往上拉了拉。

等她喝完,萧惟把水杯放在自己唇边,挨着她刚才喝过的位置喝剩下的。

唐星然歪着脑袋偷偷看他。

萧惟喝水的时候,喉结一滚一滚的,半杯喝完,嘴角挂着几滴水。

她想起了高中军训时萧惟的样子,跟现在差不多,只是现在眉眼显得更成熟些。

虽然有点累,但她觉得,还是挺值的。

跟她从小一起长大的人,年少时喜欢过的人,在今晚,用另一种方式,真正属于她了。

她心中一动,仰起头,在他嘴角亲了一下。

萧惟看向她,眼睛微眯,那种危险的眼神又出现了。

他把水杯放在床头柜,缓缓靠近她。

唐星然刚躺下去,感觉眼前又是一片阴影,她眼睛越睁越大。

"啊?不是结束了吗?"她嗓音还有点哑。

萧惟:"没有。"

"哎?"

又过了不知多久,唐星然又困又累,觉得好像不太值了,她后悔让他履行什么夫妻义务了……

第二天早上,唐星然没被自己的闹钟吵醒,但被身边萧惟的闹钟吵醒了。

她从萧惟怀里醒来的时候,才早上七点。

昨晚太困了,最后一次洗完澡,她没再看时间。

揉着昏昏沉沉的脑袋,她严重怀疑两个人的睡眠时间有没有四个小时。

腰酸腿痛,她拿过手机,眯着眼给吴梦丽发了条消息:我有点事。马原课帮我答个到。

发完消息,唐星然把手机扔到了一边,重新闭上眼睛。

紧接着,萧惟就捏了捏她的手,低低地说:"起床上课。"

唐星然眼睛都不想再睁开,一肘子把人推开,含含糊糊地说:"我翘课。"

萧惟皱了皱眉,又问:"有点名吗?"

唐星然敷衍地说了声"别管",马上又睡着了。

再次醒来时,已经是中午。唐星然揉揉眼睛,拖着酸软的腿靠在枕头上半坐起来。

她摸过手机,看到萧惟和吴梦丽都发来了消息。

小惟:早餐在厨房,醒了热一下吃。

发消息的时间不到八点,应该是他出门之前发的。

又切到另一个聊天框。

吴梦丽:七点?你有啥事啊?

吴梦丽:天哪天哪,不会是昨晚……[坏笑.JPG]

唐星然无语。

她的腰和腿都发软,她轻轻敲着自己的大腿,想到论坛里之前说萧老师性冷淡的事。

还有吴梦丽,甚至想给他推荐男科医生。

呵呵,果然,这些传言和八卦都不能相信。

萧惟这种快三十岁才有性生活的男人,一次之后,就像是点亮了什么新技能。

不仅不冷淡,而且……似乎有点过分上头了。

看了一会儿手机,唐星然觉得饿了,费劲地从床上爬起来。

简单洗漱之后,她去厨房把他留的早餐吃了,就又回床上躺着。

抱着电脑做了一会儿谭芳安排的工作,手机上,萧惟又发了条消息:还在睡?

唐星然撇撇嘴,回复:醒了。

小惟:晚饭想出去吃还是在家吃?

她完全不想动,只想在床上瘫一整天。

星星糖:在家吃。

小惟:好,那我下课之后直接回家。

星星糖:噢。

正准备关掉聊天框,他又发来一条消息。

小惟:有不舒服吗?

唐星然忍不住想翻个白眼。

星星糖:还好。

她想了想，去某乎搜了一条链接发过去：最好的性生活频率，究竟多久一次？

她大概扫了一眼链接里的内容，没仔细看，但反正肯定不是一晚上三次。

小惟：收到。

小惟：晚点看，我先上课了。

下午五点多，唐星然正躺在床上抱着电脑喝奶茶。

听到开门的声音，萧惟回家了。

只听脚步越来越近，然后他直接进了卧室。

今天要讲课，萧惟穿了件白色衬衫和黑色西裤，端正又清冷。

唐星然抬头一看，就想到昨晚他在床上的样子，还有好多乱七八糟的画面。

萧惟抬手解开上面的扣子，站在床边低头看她："然然。"

"啊？"怎么称呼也改了啊。

之前萧惟都是叫她全名，昨晚某些特殊时候叫过一两次小名，现在也这么叫了？

萧惟缓缓说："一天都躺着吗？"

唐星然摇头，淡定道："没有，我起来洗漱了。还吃了早饭，拿了奶茶外卖。"

萧惟弯弯唇，伸手摸摸她的头发："我去换衣服。"

"噢，好。"

他临走到门口，又转身，抿了下唇："我觉得，那四只猫需要一个娱乐室。"

唐星然："哎？"

萧惟张了张口，耳朵微微泛红："不然，把我住的那间，给它们改成娱乐室？"

唐星然听明白了。

她咬着唇憋笑，点点头："好，那你把东西都搬到这间房吧。"

萧惟眉眼舒展开，嘴角稍弯："好。"

门没关，一会儿后，他屋里好像传来窸窸窣窣的响声。

大概过了二十多分钟，萧惟穿着睡衣，抱着大大小小几个收纳箱进来了。

唐星然没动，躺在床上看着他收拾。

她这间主卧有一个内嵌式的衣帽间，空间很大，她的衣服只占了一半多。

萧惟的衣服都是性冷淡的风格，与她的衣服挂在一起。

唐星然侧头看到两个人的衣服挂在同一个空间,后面摆着他搬家那天买来的一堆芭比娃娃。

她不由得扬起嘴角。

真好。

如果时间倒退个几年,她一定想不到小时候萧惟的承诺还真不是画大饼。他们居然真的结婚了,萧惟居然真的给她买了好多芭比娃娃。

如果小时候的她知道这些,会不会很开心,不论如何,现在她感觉很开心。

萧惟东西不多,没一会儿就收拾完了。

他走过来,在她身边坐下,看起来心情不错的样子。

唐星然抬头,用询问的眼神看着他。

萧惟俯下身,在她额头上轻碰了碰:"爱你。"

晚饭做好,萧惟回屋来叫她。

唐星然挪着身子下床,脚沾地的一瞬间,腿软了一下,一个踉跄。

萧惟赶忙扶住她,在她耳边轻声问:"还不舒服吗?"

唐星然咬咬牙:"没有。"

萧惟看了她一会儿,声音清淡:"那个链接我刚看了。"

唐星然挽住他的胳膊往餐厅走,有点拒绝讨论这个话题。

"先吃饭啦,好饿。"

萧惟笑了下:"嗯,行。"

吃过饭之后,萧惟看时间差不多,简单收拾行李就去了机场。

晚上,唐星然躺在床上,总觉得身边空空的。

明明跟他一起睡的时间不超过三晚,现在自己一个人睡,居然有点不习惯了。

睡前,她收到了萧惟发来的消息。

小惟:我到酒店了。

小惟:你睡了吗?

星星糖:还没,准备睡了。

消息刚发出去没多久,他一个视频电话就打过来了。

唐星然调整了一下角度,点了接听。

萧惟还没换衣服,看样子是刚到酒店。

她清清嗓子:"你还不睡吗?明天开会要早起吧。"

萧惟把手机立到桌上,眼睛看着屏幕。

画面里,唐星然半躺在床上,卧室灯光幽暗,应该只开了床头柜上那盏小夜灯。

"一会儿就睡。"他抿抿唇，说，"有点想你。"

唐星然心跳又开始加速，摸了下鼻子。

"你才刚走几个小时，就开始想我啦？"

萧惟点点头，轻轻"嗯"了一声："你呢？"

唐星然抱着手机，笑了笑，开始装傻："我什么？我也准备睡了呀，不是刚说了吗？"

萧惟盯了她一会儿，好半晌没说一句话。

唐星然在心里偷笑，话题一转："你这次开的什么会呀？"

萧惟顿了顿，平静道："关于未成年人司法的，主要是针对《预防未成年人犯罪法》的讨论。我新发的那篇论文就是做的这方面研究，所以过来一起交流一下。"

唐星然点点头："开两天会吗？"

萧惟："嗯，周二、周三两天。周三下午结束我就回来。"

两人又随便聊了几句，唐星然看萧惟有点困了，主动让他挂电话睡觉。

萧惟一副欲言又止的样子，一会儿后说："然然。"

"怎么啦？"

萧惟："有想我吗？"

可能是还不习惯问这种话，萧惟耳朵有些发红，语气也一点都没有年轻男女互说情话时的那种暧昧，面无表情，语调平淡。

唐星然对着镜头弯弯唇，露出两个小梨涡："我——"

"嗯？"萧惟眼神中有几分藏不住的期待。

唐星然笑着，小声说："超级想你。等你回来。"

萧惟嘴角渐渐扬起，清俊的脸像雪山一样融化。唐星然觉得他没有表情的时候就特别好看，有点高贵冷艳的感觉。但他笑起来更好看，让人感觉心一下就软了。

她眨眨眼，语气甜甜的："你快去睡啦，我挂了哦。"

萧惟："嗯，晚安。"

周二，唐星然也没有课，起床之后就点了个早餐外卖。刚回国的那几个月，她也基本上是天天点外卖，当时还没觉得什么。如今已经吃惯了萧惟做的饭，突然又开始点外卖，总觉得不太适应。

于是，早餐点了外卖之后，唐星然产生了一个危险的想法。

她要学做饭。

如果萧惟有一天做饭做累了，她也可以帮忙，不至于显得她太废物。

在手机上刷了一会儿做菜视频，唐星然觉得她已经完全掌握了要领。

互联网时代想学个什么简直太方便了，视频讲得都很清楚，她觉得分分钟就能做出来一桌满汉全席。

唐星然去了楼下的超市，对着做菜视频里需要的东西，一样一样地买肉和菜。

她又看到需要的调料：生抽、老抽、番茄酱……

她挠了挠头，觉得这些调料厨房可能本来就有，便给萧惟发了条信息过去问。

星星糖：家里有没有生抽、老抽、番茄酱、八角和香叶啊？

萧惟没有马上回复，唐星然就推着小车去零食和奶制品区扫荡了一圈。

手机响了两声。

小惟：有。

小惟：你要干吗？

星星糖：我学做饭。

对面秒回：不要一个人在家自己学，想学的话我回去可以教你。

唐星然撇撇嘴，已经推着车去结账：我可以学会。我看视频里教的，感觉挺简单的。

扫码结账后，她就把手机放进口袋，一手一个购物袋拎着回家了。

进门放下东西，她看到手机上萧惟发来了好几条信息。

小惟：危险。

小惟：不想吃外卖你先回爸妈家吃饭。

小惟：听话。

小惟：看到消息了吗？

小惟：看到回复我。

唐星然眉毛一挑，回了句：哦。

她都快二十八岁了，总觉得萧惟还把她当小孩子，她自己做个饭都不行。

可能是两个人最后一次见面是十七岁，所以他对她的记忆也停留在了十七岁。

唐星然把肉和菜收拾进厨房，开着视频一步步操作。

她把肉放到菜板上，随便抽了一把刀去切，才发现她看完视频只是脑子会了，手还一点都不会。

这把刀好重，她切菜切得胳膊都酸了，最后切出来一堆乱七八糟的东西。

虽然没做过饭，但她吃过饭。

看起来,这堆东西,和肉丝还有一定差距。好像比肉丝粗了点?

她想了想,准备在现在的基础上再加工一下,切得更细点。

结果没想到肉越小越不好下手,一小条一小条的肉滑溜溜的,她一刀下去,差点就切到手。

唐星然先放下那把重重的刀,在就这么凑合吃,和冒着受伤危险继续切之间纠结着。

这时,外面响起门铃声。

她洗了手,到外面去开门。

原来以为是什么快递到了,一开门,发现是姜静之和唐慕。

唐星然愣了愣:"你们怎么来了?"

她低头从鞋柜里给两人找拖鞋。

唐慕一边换鞋,一边笑着说:"萧惟刚给我发消息,说你好像要自己在家学做饭,怕你把家给点了。"

唐星然有些无语,揉揉眉心,小声嘟囔:"怎么这么大了还玩告家长这一套。他不是都给我发过信息了吗,典型的不相信我。"

姜静之敲了敲她的脑袋:"人家那是担心你。换别人谁管你啊?"

说着,姜静之就往厨房里走:"啧啧,萧惟果然了解你啊。他说不让你做,怕你自己偷偷做,你还真在偷偷做。"

现场被抓包,证据确凿,唐星然无话可说。

姜静之这么看着,居然还拿出手机对着菜板拍了张照片。

唐星然睁大眼:"妈,你拍照干吗?"

姜静之:"我发给萧惟看看啊。"

唐星然额角跳了跳:"别啊!你别发!"

姜静之笑了笑:"我已经发过去了。"

"唉……"

"哎哟,然然,你切肉用砍骨刀啊?这切的是肉片还是啥啊,奇形怪状的。"

唐星然不想说话。

唐慕也进了厨房:"行了然然,你该干吗干吗去吧,我们做好了叫你。"

"……好吧。"

唐星然抱着手机回了卧室。

她有点忐忑地点开微信,萧惟还没发消息过来。

她心想,要掌握主动权。

星星糖:我没准备自己做饭,哎呀,不用叫我爸妈过来,我可以点

·450·

外卖呀。

星星糖：我妈是不是发给你我切菜的照片了？

星星糖：我就是想试试咱家的刀好不好用，看看要不要买套新的啦。[憨笑.JPG]

过了十多分钟，萧惟回复了。

小惟：是吗？

小惟：晚上给你打视频说。

唐星然看着这句话，眉头一皱，有种高中时老师叫她下课去趟办公室的感觉。

午饭的时候，唐慕和姜静之轮流数落唐星然。

"然然，你自己在家不要动刀动火。"

"就是，爸爸妈妈家离得那么近，你骑个共享单车没多久就到了。一会儿接你回去，明天下午再送你回来。"

"你们平时在家都是萧惟做饭啊？本来以为你们会请个阿姨的。"

"之前都没想到萧惟会做饭，还以为他跟你一样，十指不沾阳春水，我们还有点担心呢。"

于是，饭后收拾了碗筷，唐星然就带上电脑，跟着父母回家了。

一直在卧室看着电脑做项目，快到傍晚的时候，萧惟打来了视频。

唐星然抿着唇接上，心情也像犯了错的小学生一样。

萧惟在屏幕里看了她一眼，问："你在爸妈家？"

唐星然点点头："对，今天住一晚上，明天下午就回去。"

萧惟已经在酒店房间，灯光很亮，照得他眼镜有点反光。

他语气里没什么情绪，一会儿后，切入正题："家里的刀，还好用吗？"

唐星然咬咬唇，硬着头皮道："不太好用，我觉得可以换一下。"

萧惟眉头一蹙，开启了说教模式。

说了没两句，唐星然就打断他："哎呀，我爸妈刚说过一遍，你就别再说了。"

萧惟停下来，静静看着她，眼神里没什么情绪，表情淡淡的，看得她心里直发毛。

那个教导主任，他又回来了！

唐星然也知道他是出于关心，好声好气地给他顺毛："小惟，我今天特别想你。"

屏幕里的男人听到这话，眉梢微抬。

唐星然继续道:"晚上自己睡觉都不太习惯了,想跟你一起睡。"说完,大眼睛眨了眨。

半晌后,萧惟眉眼舒展开,语气也缓和了不少:"嗯,我也是。"

唐星然笑了笑,眼角弯着:"你明天几点回北阳啊?我去机场接你吧,想早点见到你。"

萧惟想了想,说:"不用接。我自己回来,大概,晚上七八点吧。"

本来只是转移话题,聊着聊着,唐星然确实开始想他了。隔着屏幕,看得到摸不着,总觉得缺点什么。

后来,谭芳发来了消息让她现在翻译一篇稿子。唐星然也不想挂断,就把手机架在桌上,两个人开着视频各做各的事。

到了睡觉的点,她才依依不舍地挂断视频跟他道晚安。

第二天,唐星然醒来洗漱之后,先打开了她的抽屉。

里面有一沓卡片,清晰地记着她和萧惟一起做过的每一件事,还有她每一次心动的瞬间。

1月15日,萧惟期末考试又考了年级第一,竞赛也拿了全市第二!
1月28日,萧惟给我赢了一个泰迪熊的奖品。
2月3日,萧惟给我补物理,看着他就感觉学物理都很开心!
…………

唐星然一张一张地看着,眼角弯了起来。

还剩最后一张空白卡片,她有点想把这一张也填上,想了半天,没想到应该写些什么。

"然然,醒了没?出来吃早饭。"唐慕边敲着门边问。

"哦,来啦。"唐星然把卡片收回抽屉里,出门去吃饭。

饭后,唐慕和姜静之打开电视,开始看一档相亲节目。

她本来坐在沙发上玩手机,听了一会儿,也开始看这个节目。

没想到现在的相亲节目越做越离谱,电视上正放的这一期,叫"第二次春天"。

就是个离婚男女找对象的专场。

每个男嘉宾的视频介绍里,都讲了上一段婚姻是怎么结束的。

正在播的这个男嘉宾,连二婚都结束了,这次上节目是来找三婚的对象。

"我的第一段婚姻,结束得有些突然。先来说说我和她的婚姻。我们从

·452·

小就认识，一开始结婚，过得很幸福。但是两年后，我遇到了大学时喜欢的女生，也就是我曾经的白月光。"

一排女嘉宾"啪啪啪"把灯都灭了。

唐星然笑了一声，继续看。

"跟她重逢之后，我才知道跟当时的妻子只是将就，跟她才是真爱。离婚之后，我就跟她闪婚了。"

唐星然心里一百个问号。这不就是大型劈腿现场，这种人也能来上节目了？

"只是好景不长，去年，她出车祸去世了。我已经有过两段婚姻，对爱情、对婚姻的理解很深刻，现在终于从阴影中走出来，迎接我的第三段婚姻。"

…………

本来这狗血剧情唐星然看得津津有味，虽然离谱但是好笑，笑着笑着，唐星然突然笑不出来了，她想起了一件事。

萧惟大学的时候，好像也有过喜欢的女生。他还因为那个女生拒绝了覃雅宁给他安排的相亲，但最后也没跟那个女生在一起。

唐星然跟萧惟也是从小就认识，然后结婚了，现在过得也……挺幸福。

不过，如果未来某一天，他再遇到了那个大学时喜欢的女生，会不会也跟这个男嘉宾一样，觉得跟自己只是将就着过日子，跟那个女生才是真爱。

唐星然越想越害怕，刚刚看完那一沓卡片，回忆着以前对萧惟的感情。

最近一段时间跟他感情算是突飞猛进，昨晚还打着视频到睡前，但越是这样，唐星然就越害怕。

她清楚萧惟跟电视里这个人不一样，如果萧惟真的遇到曾经喜欢过的那个女生，也肯定不会和自己离婚，甚至都不会告诉自己。

按他的性格，肯定会把那个女生默默藏在心里。

天哪！默默藏在心里！

但是她心里，从小到大都只有萧惟一个人，没藏着别人。

旁边的姜静之看到唐星然脸色一阵绿一阵黑，侧头问："怎么了，然然？"

唐星然："啊，没事，我回房间了。"

她心不在焉地做了一上午项目，打字都经常出错，效率比平时低了不少。唐星然更心烦了，在键盘上胡敲一通，把电脑合上。

午饭之后，唐慕就开车把唐星然送回了家。

四只猫在客厅里玩，空气里隐隐约约还有萧惟的味道。

唐星然长叹了声气，闷闷不乐地坐在沙发上，抱着电脑做些不用动脑子的工作。

直到晚上八点，门口传来声音，萧惟回家了。

唐星然抬眸看到那张清俊好看的脸，但重逢的喜悦少了得有百分之八十。她也觉得自己是不是想太多，太矫情了，可是怎么都控制不住。

这段时间，她好像更喜欢萧惟了，比年少懵懵懂懂的时候还要喜欢他。

萧惟也没说话，换鞋放下行李，弯唇走进来。

他坐在她旁边，把她手里的电脑放在一边，揽过她的肩膀，从身后抱住她。

熟悉的声音从耳畔传来，低低的，每一个字都挠着她的心："想你。"

唐星然表情木木地看着他。她其实很想问，但又不敢问。现在跟萧惟感情还不错，她总觉得，有些东西一旦点破，就回不去了。

不提这件事，两人还能好好相处；一旦提了，问出的话，或是他的回答，就会像一根刺一样横在他们中间。

萧惟把她抱在怀里，让她背对着坐在他腿上。

他轻轻在她耳垂上吻了一下。

唐星然这个位置很敏感，他这一碰，浑身就像是过了一道微小的电流，又痒又酥。

她没说话，手也被他握住，十指相扣，他掌心的温度一点点传来。

他侧着头，越过她的肩膀，又吻了下她的脸颊，然后是嘴角。

最后，他的舌头轻轻勾了下她的嘴唇，慢条斯理地探入。

唐星然也侧头回应着他的吻，唇齿间全是他的气息，但她内心复杂。

突然，她鼻子一酸，憋了一天的难过伴随着这个吻倾泻而出，就像控制不住一样，大颗大颗的眼泪从眼角夺眶而出。

萧惟突然尝到淡淡的咸味，眉头微动，离开她的唇。

就看见唐星然眼睛水汪汪、红彤彤的，鼻尖也红红的，脸颊上有湿湿的泪痕。

萧惟心中一怔，声音轻轻的："怎么了？"

说着，他抽了两张纸巾给她。

唐星然接过纸巾擦拭，用擦完眼泪的纸捂住眼睛，哽声道："没事。我就是……就是，可能太想你了。"

萧惟微蹙了下眉，抱住她没说话。

半晌后，他徐徐道："才两天没见。"

唐星然听到他的声音，越想越停不下来，哭声也越来越伤心。

萧惟把她手里攥着的纸团拿走，看着她的眼睛，认真地问道："到底怎么了？"

唐星然抱住他的腰，把头埋进他怀里，闷闷地说："小惟，你……"

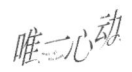

"嗯？"

她的声音断断续续的："你以后如果……遇到其他喜欢的人，你会……怎么办？"

闻言，萧惟皱着眉，有点搞不清楚状况："我不会有其他喜欢的人。"

唐星然撇撇嘴，声音哽咽地嘟囔："你骗人。"

他往后挪了挪身子，轻轻把她头抬起来。四目相对，唐星然能看见萧惟眼睛里小小的自己。

他说："我没骗你。"

唐星然想了想，吸吸鼻子，又换了种问法："那你……如果碰到以前喜欢过的人呢？"

他胸前的衣料被泪水浸湿，看着她的眼睛，他诚恳道："不存在这种如果，我没有喜欢过其他人。"

唐星然不说话了。

脑子里就好像有两个小人在打架。好一会儿后，她做出决定。就算不问，这根刺也会一直扎在她心里。

抱着万分之一的期待，她在想，说不定萧惟之前真的没有过喜欢的人，当时只是不想相亲，所以随便编了个理由敷衍萧俊，才那么说的。

唐星然抬眸看他，因为刚刚哭过，眼神显得委屈巴巴的，声音也还带着哽咽。

"我刚上大学的时候……你当时应该上大三。暑假我回国见到你爸，他说你妈想给你介绍对象。"

萧惟静静听着，握着她的手，轻轻"嗯"了一声："我没让她介绍。"

"我知道。"唐星然声音越来越小，带着几分患得患失的不自信，继续道，"我记得你爸当时是说，你有喜欢的人了，所以才没让……"

她停下来，观察着萧惟的眼神。

萧惟听到这里，居然弯了弯嘴角，眼中闪过一丝笑意。

这怎么笑得出来的？

唐星然心想，当时她因为这事伤心了好久，今天看了那个狗血相亲节目又想起来，闷闷不乐了一整天。

要是萧惟现在直男到笑她吃醋，她肯定一拳砸他脸上。

"嗯，这不是假话。"他说得云淡风轻，说完，还把人往怀里又带了带。

唐星然不淡定了，用力推他，哭红的双眼气鼓鼓地看着他，没一点威慑力。

"你刚才不是跟我说，没有喜欢过其他人吗！那你刚才就是在骗我。"

"没有其他人。"萧惟摸着她的头发，又亲了一下她耳朵，然后在她耳侧低声说，"我喜欢的一直都是你，当时说的也是你。"

"啊？"唐星然蒙了。

她迅速把过往的事在脑中捋了一遍，咬着唇说："不对。"

萧惟淡淡笑了下："又哪儿不对？"

一只小猫从阳台跑过来，跳到唐星然腿上，舔了她一下。

她看向萧惟，小声说："我出国之前……给你留了一封信，你要是早就喜欢我，你看到之后怎么会什么都不说？"

"我很久之后才看到的，你当时已经不太理我了。我怕，你那会儿已经不喜欢我了，提了会让你尴尬，所以看到就没跟你提。"萧惟诚实道。

唐星然皱着眉头，开始嘀咕："你怎么可能没看到，我就夹在你英语书里。高中的英语课每天都有，你翻开书就能看到。"

萧惟一副无奈的表情，牵住她的手，带她一起离开沙发："来。"

他牵着唐星然往书房走，边走边说："我高中不看英语书，只背单词书，写卷子。"

唐星然哑然。

进了书房，萧惟走到他平时坐的位置，拉开一个抽屉。

抽屉里放着两只丑丑的小陶猪，还有一张折叠起来的粉色印花信纸。唐星然眼睛越睁越大，看到那张纸，沉睡的记忆苏醒了。十年过去，她都不太记得当时写那封信用的是什么纸了。

看到的那一瞬间，她才想起，就是这种粉色印着卡通图案的纸，她在文具店特地挑的。

萧惟从抽屉里拿出那张纸，在书桌上展开。

"你记得你最后写了什么吗？"他问。

唐星然其实不太记得了，低头看了几眼，她看到十几岁时写得无比尴尬的文字，马上皱着眉把纸重新折起来。

碰到的时候，她觉得这纸张好像触感很柔软，像图书馆里那种被来回翻阅了无数遍的书。

难道，这张纸，萧惟翻过很多遍？

她正琢磨着，萧惟就从身后抱住她，贴在她耳边说："然然，我等你很久了。"

他的语气轻轻的，但带着一种很悠远、很深刻的情意。唐星然眼睛又红了，转身紧紧抱住他，一时什么话也说不出来。

当年，她以为自己一直都是单方面的暗恋，鼓起勇气说出的心里话，却被他婉拒。

·456·

今天又胡思乱想了一整天，甚至有一瞬间，她都在想长痛不如短痛，要不然早点跟他分开算了。

她怎么也没想到，当年那个冰冰冷冷，看起来对她不太耐烦的男孩，原来心里也有她，还等了她这么多年。

萧惟的体温和气息包裹着她，好久之后，她听到耳边响起熟悉的声音。

"还是有点后悔。如果早点发现，我就早点去找你了。"

"你去机场那天也不让我送，只能过去远远看着。"

唐星然又忍不住哭了："那天你去机场了？"

萧惟："嗯。"

唐星然边哭边说："我好像看见你了，但是离得很远，我也没看清，就以为是个很像你的人。"

萧惟紧抿着唇，抬手轻轻帮她擦眼泪。

"对不起。"第一次，她听到萧惟的声音也有些不稳，"我应该早点找你的。"

唐星然一整天心里有事，回来之后一直没觉得饿。萧惟不习惯在飞机上吃东西，下午的会结束，也一直没吃饭。

两人从书房出来，唐星然回卧室换了衣服，就跟萧惟一起出去吃饭。

一点心事都没了，还知道萧惟喜欢了她这么久。

那些多年前的记忆慢慢复苏，她想起萧惟每天晚自习后都留下来给她讲题，只给她讲，不给别人讲。

在家的时候，萧惟会陪她一起看动漫到很晚，给她买喜欢的手办，和她出去玩。她受伤的时候，萧惟请假照顾她……

下电梯的时候，唐星然侧头偷瞄了他一眼，觉得心情甚好。

她握住萧惟的手摇了摇："我还是有点后悔了。"

闻声，萧惟看过来。

唐星然："后悔没跟你早恋，要是那时候就跟你谈恋爱，我们都在一起十年了！"

萧惟轻笑一声，煞风景地来了句："我不会跟你早恋的。"

"呃……"忘了他教导主任的这个属性。

唐星然："对了，我刚去 M 国的时候，有段时间你突然不回我消息了。你还记得吗？我当时以为你是看到那封……信，不想理我了。"

萧惟回忆了一会儿，缓缓说："那段时间，应该是我妈在西北那边受伤了，伤得挺严重的，我爸也走不开，我去照顾了她一段时间。当时特别忙，我就没怎么看手机。"

"噢……"

到了地下车库,两人上车,萧惟俯身过来帮她扣上安全带。

他悠悠开口:"以后有什么事你就直接问我,或者直接跟我说,别自己瞎想。"

唐星然不服气,在心里翻了个白眼:"我那不是害怕嘛。"

萧惟:"你怕什么?"

"怕你真有什么大学时期喜欢的'白月光'。我不提你还想不起来,一旦我提了说不定你心里就死灰复燃呢。"

车开到小区门口,等着横杆升起。

萧惟听了没说话,屈指在她脑袋上轻敲了一下。

"哎!"唐星然瞪他一眼,想反击回去,但奈何他在开车,不敢现在闹他,就在心里记上一笔。

两人找了家粤菜餐厅,在小包间里。等菜上了桌,开始吃饭时,唐星然灵光一闪。

她夹起一只虾饺,笑眯眯地送到萧惟唇边。等他张嘴,她再把虾饺夹回来自己吃,逗逗他。

结果,萧惟看到唇边的那只虾饺,眉头微蹙了蹙。

他坐得很端正,放下筷子,说:"唐星然,吃饭就好好吃。"

她"噢"了一声,撇撇嘴把虾饺夹回自己碗里。

萧惟抬眸,看到她眼睛还肿着,又因为他没吃那只虾饺一脸丧气,突然就心软了。

他轻咳一声,说:"那……就这一次,下不为例。"说完,抬起手,指指自己的唇,示意她可以喂他吃一个。

"好!"

唐星然心里一甜,嘴角扬起,夹着那只虾饺送了过去。

萧惟微微张口,优雅地咬住。等她把筷子拿回来,才想起,刚才是准备逗他的啊!没想真喂他吃!

唉……美色误事了。

回家之后,萧惟拿着睡衣准备去主卧的浴室洗澡。

唐星然的目光一直跟随着他,从门口到衣柜,再到浴室门口。

之前都是她一个人住这间卧室,用这个浴室,萧惟今天要在她这儿洗澡,看着还有点不适应。

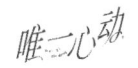

注意到她的目光，萧惟在浴室门口回头看她："怎么了？"

唐星然摇摇头。

萧惟嘴角稍弯，清淡道："想一起？"

他像是思索了一瞬，说："也可以。"

唐星然："哎？"

她不明白，萧惟是怎么顶着这张脸，面不改色，用这种平平淡淡的语气问这种问题的！

她翻了个白眼："呸，谁想跟你一起洗。"

萧惟淡笑了下，没再调侃她，转身进了浴室。

他洗完澡，唐星然也进去洗了澡。

大概知道今晚会发生点什么，她洗完之后，又涂上新买的身体乳。

吹干头发之后，她穿着新换的睡衣出了浴室。

萧惟正半靠在床上，闲适地翻着一本书。

唐星然走过去，感觉一路都是她身体乳的味道。

她躺在萧惟旁边，拉上被子，装模作样地瞅了眼他手里的书："《国王的两个身体》，讲什么的啊？"

萧惟看她过来，合上书放在床头。

唐星然被子拉得不高，从他这个角度，看得到她白皙的脖颈和锁骨。

他喉结滚了滚，心不在焉道："中世纪政治神学研究，随便看看的。"

"噢……"唐星然其实心跳得很快，但装着一副端庄的样子，坐在他旁边看手机。

"然然。"

她侧头，笑着问："怎么啦？"

萧惟伸手，戳了戳她嘴角的两个梨涡："你那天发我的链接不太科学，我又查了些资料。"

"嗯？"

他顿了一下，平静道："平均十天八次，我们这个年纪，超过了问题也不大。"

"……噢。"这语气，像是在跟她探讨什么正经学术问题。

萧惟伸手，把顶灯关了，又开了那盏小夜灯。

唐星然看到这个灯光，就想，她以后估计无法直视这个夜灯了。

正琢磨着，萧惟就下了床。

他先扯了张毯子垫在桌上，然后，把唐星然横抱起来，放在桌上。

唐星然："哎哎，你干吗？"

萧惟弯唇，先在她嘴角象征性地亲了一下，然后低低道："欺负你。"

唐星然觉得她以后都没法直视房间里这张桌子了。

一次结束，她感觉比上回稍微好些，能自己去浴室洗澡。

小别胜新婚，她站在镜前，看着身上一块又一块红色的印记，想起刚才种种不堪入目的画面。

萧惟就像变了个人一样，很强势，很有压迫感，眼神就像是大灰狼看到了小绵羊一样。不像对着外人时那种清冷疏离的样子，也不像是平时在她面前温柔有礼的样子。

出了浴室，她躺在床上闭目养神，等着萧惟洗澡。

十分钟之后，萧惟就从浴室出来。

有了上次的教训，唐星然碰也不碰他一下，睡在最靠床边的位置。

萧惟侧身朝她躺下："你躺那么远做什么？"

唐星然信口胡诌道："睡在床边不容易做噩梦。"

萧惟嘴角微勾，长臂一伸，把人揽进怀里，在她耳边低声说："抱着你睡，也不会做噩梦。"

唐星然翻了个身看着他，从被子里伸出手来，比了个"1"。

"今天就这一次哦……"她弱弱地说。

萧惟弯唇，抱着她说："嗯。我也怕你明天又起不来。"

他顿了顿，亲了她一下："等明晚。"

第二天，唐星然挺早就醒了。萧惟从身后抱着她，手越过她的腰，搭在她的手上。

唐星然翻了个身，仔细地看着他的睡颜。

他睫毛很长，肤色冷白，鼻梁高高的，五官像是精细雕刻出来的。

她没忍住，仰头在他唇瓣上碰了一下。

萧惟缓缓睁开眼，一副还没睡醒的样子，嗓音哑哑的："嗯？"

四目相对。

她眨眨眼，开启此地无银三百两模式："我没有偷亲你。"

萧惟没说话，看了她一会儿，好像清醒了些，揽着她的腰，在她侧脸上亲了下。随后，他又吻住她的唇。

唐星然刚醒就被亲得七荤八素，她皱着眉，小声道："你不是今天要去学校吗？"

萧惟短暂地停下来，摁亮手机看了眼时间，懒散道："还早。"

…………

等两人洗完澡在餐桌前吃早饭的时候，唐星然脸上写满了"幽怨"两个字。

她在心里暗暗地想，以后早上醒来也不能碰他，太危险了。

萧惟吃完吐司，抬眸时，发现唐星然正恶狠狠地盯着他。

他愣了下，淡笑着问："怎么了？"

唐星然不说话，又瞪了他一眼，随后低头从碗里捡蓝莓吃。

萧惟摇摇头，起身去收碗。

她今天没课，但正好可以跟他一起去图书馆把上次借的几本书还了，便跟着他去了学校。

快到秋天，学校里的叶子渐渐变黄，零零散散落了一路。走过几条路，都听到扫落叶的声音。

萧惟先陪唐星然一起去了图书馆还书，随后带她去办公室。

在路过公告栏的时候，唐星然似乎看到一张萧惟的照片，她停下脚步，仔细看了看。

北阳大学2022年最受欢迎的老师评选

路过的学生有法学院的，看到萧惟，恭恭敬敬地打了个招呼。萧惟点头应了一下，看向她正在看的那个公告栏。

他扫了一眼，不太在意的样子："好像是学生组织在评吧，投票评选？我没太关注。"

唐星然眼睛一亮，笑着说："那我去找找链接，给你投一票。"

两人挽着手继续往行政楼走，萧惟勾勾唇："随你。"

萧惟今天没课，去办公室是为了给两个本科的学生指导学年论文。

两个学生的选题正好是他最近一段时间研究的领域，就在他的课后去教室找了他指导。找的人太多，萧惟指导不过来，就只挑了两个选题最合适的。

周末两人把初稿发到了他邮箱，通过邮件沟通了今天在办公室谈修改意见。

到了办公室之后，离约好的时间还有十多分钟。

萧惟桌上的两个星星水杯都有些落灰，唐星然怕学生提前来了找不到他，就主动拿去洗手间洗。

出门前，唐星然看着手里的水杯，突然想到了什么："哎，后来你是专门去做了个一模一样的杯子吗？"

萧惟"嗯"了声，诚实道："做了之后一直没用，想着等再见到你的时候送给你。"

唐星然弯弯唇，拿着杯子出门去洗手间。

她在外面的水池冲洗杯子，就听到里面传来两个女生的说话声，声音不小，不刻意听也能听得很清楚。

"萧老师真的约我面谈修改意见了哎！我有几个认识的同学都去找过他，他连指导都拒绝了！"

"我也听说，找萧老师的人特别多，我室友选的刑法选题，也找他了。"

"啊啊啊，我好激动，我特意提前两个小时起床化妆了！"

"哈？你化妆干吗，萧老师都是已婚人士了。"

"已婚就已婚呗。萧老师也是个男人，是男人就抵不住诱惑的。你想，这么多人，他为啥选了我指导，没选别人？"

"因为你长得好看？"

"那不然呢？还有别的可能吗？我真不是自恋，昨天舞团的专场表演完，有五个男生都来给我送花，其中有三个给我发微信表白了。唉，可是我心有所属，我只爱萧老师。"

唐星然皱着眉，两个女生也从里面出来，到她旁边的洗手台洗手。

她注意到其中一个，长得确实很好看，小尖脸，一头卷卷的长发，妆容精致，穿了件低胸的浅紫色连衣裙，低头洗手的时候，白色的蕾丝内衣都看得一清二楚。

唐星然想着她一会儿得这样站在萧惟办公桌前，俯身低头看论文，心里马上不舒服了。

她洗好杯子，出了洗手间，正好跟那个紫色裙子的女生一起走进办公室。

萧惟看到唐星然进来，起身接过她手里的杯子，先去饮水机前帮她接了杯热水。

唐星然坐在一旁的沙发上，抱着杯子看向两人。

紫裙子女生先打量了一眼唐星然，随后看向萧惟："萧老师好，我是余童童，跟您发邮件联系过。"

说完，余童童露出露八颗牙齿的标准笑容，递给萧惟一份打印好的论文。萧惟抬眸看了眼，坐回椅子上。

他表情疏离，语气冷淡："嗯，我看过了。直接说问题吧，结构得修改一下，第一章建议删除，都是介绍性的文字。第二章背景和第三章历史发展讲的是同一个东西，可以合并成一章。"

"噢，好的好的。"余童童低头俯身，看着放在桌上的论文。

哐！

唐星然看过去。

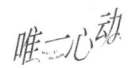

那个余童童凑得很近,几乎贴在萧惟的胳膊上,而且现在低着头弯着腰,唐星然从这个角度都能看见她的内衣。

她还没说话,就听到萧惟先开口了:"你坐对面的位置吧。"

余童童将手放在胸口上,用极慢的速度扯了下领口,声音细细的:"啊,好,谢谢萧老师。"

讲了二十多分钟,萧惟把勾画过的几张打印纸递给她:"就这么多了,修改稿按学院要求的时间,提前发我邮箱。"

余童童站起来,笑了笑:"好,辛苦萧老师了。对了,方便加您微信吗?有什么问题我也好及时跟您联系。"

萧惟头也不抬,淡淡道:"不用。有事发邮件就可以,我定期会看邮箱。"

余童童明显失落了些:"好的好的,谢谢老师,那就先不打扰您了。"

人走了之后,唐星然站起身,走到萧惟旁边,一副欲言又止的样子。

萧惟侧头,用询问的眼神看着她。

唐星然咬咬唇,说:"这个女生好像对你有意思。"

萧惟挑眉:"什么?"

她本来不太想说,但又想到萧惟昨天才跟她说过,有什么事都可以直接告诉他,就把刚才在洗手间听到的话粗略给萧惟讲了。

他听完之后,想了想说:"开题的时候指导老师已经报到院里了,不能改。那下次修改意见我跟她邮件联系吧。"

唐星然挑眉,顺势坐在他腿上,在他唇上重重亲了一下,半撒娇地小声说:"学校里那么多女学生,说不定还有别人喜欢你。要不你别当老师了,我以后多多赚钱,把你藏在家里只给我一个人看。"

萧惟淡笑着抱住她,亲了亲她耳朵,低声道:"对我这么有控制欲?"

唐星然眉头一挑,正准备说点什么,就听到门口传来敲门声。她迅速从萧惟腿上跳下来,管理了一下表情,坐回沙发上。

怎么说这里也是办公室,被学生或者其他老师看到,影响不好。

"请进。"

唐星然看了眼萧惟,表情骤变。

她出门的时候涂了层唇釉,虽然颜色不是很红,但刚亲了萧惟一下,现在他嘴唇上很明显有唇釉的颜色。

她刚想提醒萧惟,学生已经开门进来,拿着打印好的论文走到他办公桌前了。

是个理着平头、戴黑框眼镜的男生,穿着简单的T恤和运动裤。

男生看向萧惟,眼神明显停滞了一下。

呃……

唐星然犹豫了半晌，还是决定提醒他："萧惟。"

他转头："嗯？"

唐星然指指自己的嘴唇，一脸尴尬，小声道："你这儿有东西。"

男生怎么也没想到过来讨论论文也能被塞一嘴狗粮。

萧惟随手抽了张纸巾，轻轻擦了下。

看到纸上的口红痕迹，他神色如常，不在意地把纸扔到了垃圾桶。

男生张了张口："……萧老师好，我是程帆。"说完，把论文递过去。

这个程帆显然比刚才的余童童学术水平强得多，跟萧惟有来有回地讨论，还顺带讨论了几个有争议的学术问题。

唐星然等得无聊，坐在沙发上给吴梦丽发了条微信，问她有没有"最受欢迎老师"评选的链接。

吴梦丽秒甩了一个推送链接过来。

吴梦丽：要给萧老师投票？［怪笑.JPG］

吴梦丽：那我也给他投一票。

星星糖：好呀好呀！

点开链接，唐星然才发现根本就不需要她帮忙投票。

整个学校，各学院加起来一共选二十个老师，萧惟的票数妥妥排在前五名。

跟他票数差不多的，看照片都是那种年纪很大的老学究。

她刷了一遍，最后还是把票投给了萧惟。推送里放的是证件照，但萧惟还是给人一种鹤立鸡群的感觉，好看到有点格格不入。

唐星然刷着手机，等两人讨论修改意见。

程帆好像是对萧惟的研究方向特别感兴趣，聊完论文之后，还问了萧惟手里有没有项目需要帮忙做，问他毕业的时候萧惟有没有硕士的招生名额。

萧惟没让他帮忙，后一个问题也很官方地回答了暂时不清楚。

等程帆走了之后，唐星然和萧惟也准备离开。

唐星然特地把那两个星星水杯带上，想拿回家用。

萧惟看了一眼，弯唇道："你喜欢的话，我们可以再去做两个。"

出了行政楼，唐星然挽着他的胳膊往校外走。

她侧头："萧老师。"

两秒后，萧惟看了过来，眼中有淡淡的笑意："你刚回来那段时间，每次见到我都这么叫。"

"这么叫也没错。"唐星然笑了笑，说，"下个月是我们的生日，你想

· 464 ·

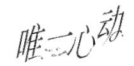

要什么礼物啊？"

　　沉默半响后，萧惟悠悠开口："前十年的生日我都没过。"

　　唐星然挠挠头，觉得这话听着还挺可怜的。

　　她看四周没人，踮起脚在他侧脸亲了一下，小声道："以后每年的生日我们都可以一起过了。"

　　唐星然挽着他继续走着，路上遇到一对头发花白的老人牵着手过马路，两人目光都在他们身上停留了一会儿。

　　萧惟弯弯唇，就听她又开口道："不过你好像还是有点亏。"

　　"哪里亏？"

　　"你比我少过十个生日。"她顿了顿，说，"不过也有办法让你不亏。"

　　萧惟问："什么办法？"

　　唐星然眨了眨眼，认真地说："你比我多活十年，然后，那十年你自己过一下生日。"

　　萧惟冷眼扫过来。

　　瞎扯了一路，话题越来越偏，等两人到家了也没有回到生日礼物的问题上。

　　不过唐星然心里已经有了打算。

　　她还记得前天看到书桌的抽屉里不只有那封信，还有她当年给萧惟做的那两只小陶猪，好像都有点褪色了。

　　于是，在几周后的周一，唐星然上完课之后，没有等萧惟下课，去了学校附近的一家陶艺馆。

　　理想是宏大的，她甚至画出来一张歪七扭八的立体草图，准备再做一件陶制的艺术品摆件。

　　把他们的家用陶土做出来，里面再做四只猫和他们两个人。

　　陶艺馆的老师看到图之后，眉头皱着，让她打消这个念头。唐星然不信邪，自己鼓弄了一个多小时，才发现确实难度很大。

　　退而求其次，她决定只做四只猫和两个人，不要为难自己。

　　虽年纪上来了，但"手残"依旧。快到傍晚，唐星然做出来的成品只勉强能看出来个人形，四只猫也做得猫不像猫，狗不像狗。

　　烤制之后，她给小人上色。唯一有辨识度，能看出她做的这个人是萧惟的，可能就是眼睛上那副银框的眼镜。

　　回家之后，唐星然在厨房给萧惟打下手。

　　他一边切菜，一边问："你下午去哪儿了？"

她舔舔唇，趾高气扬道："我不告诉你！"

萧惟笑了下，没再追问。

过了几分钟，唐星然自己先忍不住，问他："对了，你准备给我送什么生日礼物啊？"

萧惟侧头看向她："你下午是去准备给我的生日礼物了？"

被套话了。

唐星然把洗好的土豆扔到菜板上，愤愤道："我先问你的！"

萧惟弯弯唇，说："手办。"

唐星然："喊，我才不信。高中的时候你就是这么骗我的！"

萧惟笑："那你还问我。"

半个月后，和生日一起到来的，还有2022年北阳的第一场雪。

萧俊他们跟从前一样，在外面出差，连个电话都没顾得上打，唐星然突然就觉得萧惟真有点可怜了。

她离开的这十年，萧惟自己都没有过生日。但每一年，他都会主动给她发一句生日快乐。

她躺在床上，拿着手机正准备检查闹钟，就看到时间刚好到了零点。

唐星然想了想，点开萧惟的聊天框，给他发了条"生日快乐"。

同时，萧惟的手机也响了声消息提示音。

我老婆是仙女：生日快乐

他看到消息，嘴角微勾，备注是唐星然上周自己拿着他手机改的。

萧惟放下手机，把她抱在怀里，鼻尖蹭着她脸颊："生日快乐。"

"我就在这儿，怎么还发微信？"

唐星然把头埋在他怀里，闻着他身上的香味，轻声道："以后每年我都主动给你发，还要赶在你之前发。"

她抬眸看他："这样你就没那么亏了。"

萧惟笑了下："还是有点亏。"

唐星然撇撇嘴，看着他说："那你还想怎样？"

萧惟低头去吻她的脖子，一下接着一下。

早上醒来时，窗帘缝隙里透进来的光分外白亮。唐星然揉着眼睛起床，穿好衣服之后，去阳台拉开窗帘。

窗外飘着鹅毛般的大雪，纷纷扬扬，染白了整个世界。没有风，雪花就飘飘荡荡从天上落下，挂在枝头，落在地面。

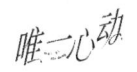

窗外一片洁白，屋里岁月静好。

吃完早饭，唐星然把藏在衣柜隔层里的礼物盒拿出来，献宝似的递给萧惟。

"生日礼物！"

萧惟勾着唇接过，坐在沙发上，慢慢掀开礼物盒的盖子。

唐星然睁着星星眼，满脸期待地看向他。盒子里还放了很多拉菲草填充，他先看见的就是放在顶层的两个小人。

萧惟拿出小人来，仔细端详了一会儿，缓缓开口："这是……穿了衣服的两只宠物猪？"

唐星然十分无语。

她一把抢过萧惟手里的一个小人，指了指："这是你！"又指指他手上的另一个，"这是我。"

萧惟沉默了几秒后，笑了一声："嗯。挺……特别的。"

唐星然瞅他一眼，像泄了气的气球："你不喜欢吗？你看下面，还有我们的四只小猫……"

萧惟又拿出四只小猫，看了一会儿。

他把唐星然手里的"自己"也拿回来，倾身在她唇瓣上亲了下："喜欢。"

他站起身，拿着六个小东西去了书房，摆在他桌上。

想了想，他又从抽屉里把两只褪了色的小猪也拿出来，摆在旁边。

准备出门时，他突然停住脚步，给桌上的一众摆件拍了张合影，发了条朋友圈：老婆送的。

唐星然一直跟在他身后没发表什么评论，直到看见他发了那条朋友圈。

她笑了下，提醒道："萧老师，你这么秀，会没有朋友的。"

萧惟转身抱住她，贴着她耳边说："有你就够了。"

唐星然抿唇敛住笑容，板着脸，朝他伸手："我的礼物呢？"

萧惟弯唇，牵着她往卧室走，从床头柜的抽屉里拿出一个精致的小盒子。

唐星然接过，打开之后，看到里面有一条项链。挂坠是个很小的白脂色长方体，看着像是玉质的。

她拿起来，翻来覆去看了一遍，发现有一面刻着她名字拼音的首字母。

唐星然看向萧惟，他又递过来一块长方体："之前说过，要给你再刻个印章。挂坠这个我自己做不了，是找人做的，大的是我自己刻的。"

她接过，一边看一边说："哇，这你都记得。你不提我都忘了……"

萧惟从后面抱住她，轻轻说："跟你说过的每句话，我都记得。"

晚上，两人一起回了姜静之那里过生日。唐慕给他们提前买好了生日蛋糕,关上灯,蜡烛点燃,唐星然想起了一件事。

十七岁那年的生日,他们也是在这个餐桌前一起过的。

唐星然想起了当时她许下的愿望,希望萧惟会喜欢她,然后,一直喜欢她。这个愿望,居然真的实现了。

她闭上眼,对着蜡烛又许了个愿望:希望我可以和萧惟一直在一起。

睁开眼之后,唐星然弯弯唇,暖黄的烛光照在萧惟清俊的脸上,两人对视一眼,他的眼神格外温柔。

她想,这个愿望,也一定会实现的。

吃完蛋糕之后,萧惟又去书房跟唐慕说了会儿话,陪他练字。已经快十点,两人打算今晚就先不回去了。

唐星然牵着萧惟回了卧室,她坐在床上,萧惟坐在椅子上。

她笑着看向他,问:"你记不记得我们十七岁生日也是一起过的。"

萧惟:"嗯,记得。"

唐星然身子前倾,看着他的眼睛问:"那你记得当时你许的愿望是什么吗?我当时问你来着,你也没告诉我。"

半晌后,萧惟朝唐星然抬抬手,唐星然站起身,过去坐在他腿上。

"希望你一切顺利。"

唐星然挑眉:"就这?"

萧惟点点头:"对。那你呢?"

"我不告诉你!"

萧惟笑了下,抬手摸着她的头发:"那你的愿望实现了吗?"

唐星然得意道:"那确实实现了。"

她没忍住,主动交代了自己许的愿望:"我当时许愿你会喜欢我,一直喜欢我。"

说着,她又抬眸看他:"你说,是不是因为我许了愿望,有超自然的力量相助,你就真的喜欢我了。"

萧惟低头看了眼她手腕上的红色串珠,说:"说不定,我也有。"

"啊?"唐星然愣了下,"什么意思?"

萧惟笑了笑,没再说话。

洗完澡之后,两人没有马上睡觉,唐星然打开平板电脑,下载了一个双人解密类小游戏。

进游戏的时候,界面里先弹出了一个 logo(标识),同时还播放游戏的音效"X SOUTH"。

萧惟听到，随口道："这个游戏公司，好像是我堂哥的。"

唐星然："啊？你有堂哥？"

萧惟清淡道："远房的堂哥。我堂伯的孩子，我初中时在我爷爷家见过几次。"

唐星然脑中捋了一下这段关系。这个远房堂哥，应该是萧惟他爷爷的兄弟的儿子的儿子。

她想了想，问："你堂伯家不是做房地产生意的吗？怎么还有人开游戏公司？"

萧惟摇摇头："我也不清楚，就听我爸之前提过几次。好像他们家里也不太赞成。"

唐星然点点头，觉得这关系太远了，就没再问。

萧惟在她侧脸上亲了一下，弯唇说："叔祖父家每年元旦都有家庭聚会，很热闹，之前叫我我一直没去过。今年叫我的话，可以带你一起去。"

唐星然笑着说："好啊。"

萧惟喜欢安静，向来不爱参加这种聚会。她想，大概是因为今年结婚了，想带她去见见。

游戏难度很高，世界观宏大，两个人玩了一个多小时，才玩了个开头。

唐星然打了个哈欠，把游戏退了。

萧惟看向她："睡吧。"

"嗯，有点困了。"唐星然不知道想到什么，忽然笑了一声。

她说："你在这儿，我就总有一种奇怪的感觉。"

萧惟："什么感觉？"

唐星然："感觉你应该去客房睡。"

萧惟扫了她一眼，语气平静："你想去客房睡吗？"

唐星然咬咬唇，懂了他的意思。不管睡客房还是睡她的卧室，反正萧惟要跟她睡一起。

两人躺到床上，临睡前，唐星然又想到他今天发的那条朋友圈，就把他手机要了过来。

他微信好友很少，除了少数几个大学同学，加的基本都是法学院的其他老师。

唐星然点开他的朋友圈，看到挺多人点赞评论了。

△祝百年好合，早生贵子。[祈福.JPG]

△祝幸福。[微笑][微笑]

呃……话是好话，就是配上这表情，她看着感觉怪怪的。

萧惟从后面抱住她,语气慢悠悠的,带着某种暗示意味:"不困了?"
唐星然赶忙熄了屏,把手机还给他。
"困了困了。"

圣诞节前夕,唐星然去学校上课。课间,吴梦丽跟她说有个能赚外快的翻译工作。

吴梦丽本科时做志愿者认识的几个外国友人在朋友圈找翻译。

他们公司的翻译因老婆生孩子请假了,圣诞节想邀请几个合作伙伴一起开聚会,合作伙伴英语不好,就在朋友圈问有没有人能接活儿。

唐星然本来不太感兴趣,但听了报酬之后,也有点心动了。她前几天就在看准备送给萧惟的新年礼物。

她还在上学,虽然家里开销不用她负担,萧惟的银行卡也在她这儿,平时还有唐慕和姜静之时不时的转账支援。加上帮谭芳做项目的劳务费,她买东西也没缺过钱。

但送给萧惟的礼物,她想用自己赚的钱买,况且看上的是一件挺贵的大衣,正好还差点钱。

她想了想,就让吴梦丽把联系方式给她。沟通的过程很顺利,线下翻译,英语即可,时间是24号下午一直到25号凌晨,地点是北阳东边的一家酒吧。

回家之后,她给萧惟提了一下,只说是去帮忙翻译,顺便过圣诞节,没提想赚外快买礼物的事。

萧惟眉头轻蹙,沉默了几秒后说:"好。我陪你一起去,英语的话,我也可以帮忙。"

唐星然本来不同意,可萧惟坚持要去,觉得她自己跟一群陌生人在酒吧待到凌晨太危险。

她无奈地妥协了,跟那边沟通了一下能不能带个人帮忙,报酬不变,劳动力+1,对方欣然同意。

于是,24号中午,萧惟忙完学校的事,就开车载着唐星然去了那家酒吧。整个酒吧都被包场了,布置得很有圣诞的节日氛围。

唐星然心血来潮,还用酒吧里闪闪发光的圣诞树做背景,让人帮忙给他和萧惟拍了几张合照。

一共有十多个外国人,两个中国人,一男一女。萧惟来了正好减轻唐星然的工作量,她负责给女的翻译,萧惟负责给男的翻译。

虽然是工作,但唐星然很快就跟一群人玩到了一起,边玩边赚外快;萧惟就是面对外人时的标准表情,只做好分内之事,跟欢乐的气氛有点格格不入。

　　凌晨离开前,有好几个人加了唐星然的联系方式,表示以后有空可以约着一起玩。

　　活动结束,萧惟开车载着唐星然回家,一路上,他薄唇紧抿着。

　　唐星然时不时跟他说句话,他就淡淡应两句。很快,她就发现萧惟似乎心情不太好。

　　虽然萧惟这人,脸上的表情一直少得可怜,说话语气也大多如此,但唐星然跟他太熟了,没能第一时间从这些语气和微小的表情里判断出他的心情。

　　进了小区的地下停车场,两人下车后上电梯。

　　唐星然戳戳他,问:"小惟,你是不是不开心啊?"

　　萧惟看了她一眼,淡声道:"没有。"

　　唐星然握住他的手晃了晃,坚定自己的看法:"你就是不开心了。"

　　她仔细想了想晚上发生的事,好像也没什么特别的,大家玩得挺嗨,翻译得都到位,两个不懂英语的中国人也玩得很开心。

　　萧惟一直喜欢安静,可能觉得吵,但应该不至于吵到活动结束都不开心吧。难道是她跟几个外国男生多说了几句话,留了联系方式?

　　可那几个人都带着女朋友,后来加联系方式也是一群人扫码互相加的,他们对她明显就没那种意思,萧惟也看得出来吧?而且她中途也说过,萧惟跟她是夫妻关系。

　　猜来猜去,唐星然有点烦躁了:"你说啊你,到底为啥不开心!"

　　这句话声音有点大,萧惟正在开门,手上动作一僵。

　　进门之后,唐星然跟着他径直走到沙发上坐下。她抱住他的腰,换了个柔和点的语气:"你之前还跟我说,有什么要直接跟我说的。"

　　她顿了顿,委屈道:"你怎么这么'双标',轮到你不开心,你就可以不跟我说了。"

　　萧惟反手抱她,下巴搭在她肩上。

　　好一会儿后,他缓缓开口:"我在想,你跟我在一起,会不会觉得很无聊。现在可能还不会,但以后说不定会。我……怕你会不喜欢。"

　　唐星然愣了下,没弄懂他的脑回路,问:"为什么会无聊啊?我跟你在一起,每天都很开心哎。"

　　萧惟耳朵发红,显然不太适应这么直接地说出自己的想法。

　　"你和他们一起玩的时候,要更开心一点。但是……"他顿了顿,继续道,"我好像不太能融入。"

　　萧惟没有再说下去,安静地抱着她。唐星然能感觉到他温热的呼吸洒在后颈，她第一次听萧惟跟她说这些，心里一阵柔软。

在她眼里，萧惟为人处世一直有自己坚定的标准，他做自己觉得应该做的事，不会刻意融入群体，不在意别人的看法。

但他的标准只约束和针对自己，不要求别人为他改变，也理解包容别人的行为和想法。

从小到大，她没听他用自己的标准评价过任何人。也许，这些就是他最吸引她的地方。

唐星然虽然总说他像教导主任，但也只是她一个人的教导主任，面对她的时候偶尔多说几句。

她知道，那是出于关心，只对她，不对别人，而且，他也没真的想管过她什么。但刚才，他说那几句话时，语气里带着些不自信。

他怕自己融入不了，不爱热闹，怕她会无聊，会不喜欢这样的他。

唐星然咬咬唇，从他怀里出来，看着他的眼睛说："萧惟，我真的，好爱好爱你啊。"

唐星然想起了小学时候的一件事。当时她家和萧惟家住在同一个小区，小区里有一大片草坪。到了夏天，萧俊和很多关系好的邻居在那片草坪上架炉子烧烤。

萧俊带上了萧惟一起，还叫了唐慕，唐慕又把她也带上。

一起去烧烤的大人几乎都带着小孩，跟他们俩年纪差不多大。一群孩子在草坪上又跑又闹，玩木头人和打沙包的游戏。

萧惟小时候就不喜欢跟一群不认识的人玩这些游戏，他拿了本儿童读物坐在旁边的椅子上看。

唐星然小时候有点人来疯，自然是和那群小朋友一起玩。打沙包的游戏需要分成两个队，但他们人数是单数，叫上萧惟一起，就刚刚好。

一个孩子王模样的高年级男生就带着几个"小弟"去叫萧惟，萧惟眼睛都不抬一下，冷冷地说了句："不玩。"

高年级男生可能是感觉萧惟太不给他面子，又语气强硬地叫了萧惟好多遍，萧惟理都不带理他的，等唐星然听到动静跑过去，那边已经吵起来了。

当然是高年级男生带着几个"小弟"单方面吵萧惟，说他是个死书呆子，就知道在家长面前装好学生，他们最讨厌他这种人。

萧惟也不在意，继续坐着看书。

但唐星然当时作为他的"未来老婆"，又从小与他一起长大，把他当自己人。她就感觉萧惟被人欺负了，而且受到了极大的侮辱。

她初生牛犊不怕虎，一米三不到的个头，冲过去就直接往高年级男生胸口推了一把。

唐星然当时眼睛瞪得圆圆的，边推边吼："你们就是嫉妒他！爱看书还不行了？以为谁都跟你们似的，一天到晚就知道玩玩玩！"

家长都在旁边，高年级男生也算有点修养，秉持着好男不跟女斗的原则，被她推了也没还手。

但他最后气不过，甩了句："你不也就知道玩，那你跟他一起装去吧，以后都没人带你俩玩！"

于是，那次小风波之后，唐星然就和萧惟一起，被小区里的一众小孩"孤立"了。

但她也没后悔帮萧惟出头，当时年龄太小，小脑瓜想的东西不复杂，就是觉得萧惟比那些孩子都好。

思绪收回，唐星然在萧惟唇上亲了一下，然后又紧紧抱住他。

"我不会觉得无聊的，也不会不喜欢。小惟，我们都认识二十多年了，我早就知道你是什么样的人。所以，我喜欢的也是这样的你。"

因为两人太过相熟，从小一起长大，唐星然想，时间的积累让他们的感情比任何人都坚固。不管是交朋友，还是谈恋爱，再或是结婚，都是逐渐认识，逐渐了解，逐渐磨合的过程。

两个互不相识的人，从零开始，有可能在互相了解的过程中因为一件不合意的小事就对对方失望，也可能因为一时冲动忽略了对方的缺点，再随着时间推移，觉得对方并不是自己想象中的那样。

但她和萧惟不会。他们认识太久了，也太了解了。他们对对方的喜欢，或许也是源自冲动，但早已不仅是冲动，而是以了解为基础。

他们喜欢的，都是最真实的彼此。

她又在他脸颊上亲了亲，小声说："而且，这二十八年，遇见过那么多人……我也只对你一个人心动过。

"所以，你别瞎担心啦，不管是现在还是以后，我都会一直喜欢你的。"

萧惟看着她，眼神已经不似先前的黯淡。唐星然脸颊红红的，眼眸低垂，像是有些不好意思。

他嘴角稍弯，轻捏着她下巴让她抬头："可是有些事，前二十八年你都没了解过。"

唐星然挑眉，疑惑道："什么事啊？"

萧惟把她抱在怀里，低声说："比如，我现在看到你，就只想……"

他头稍偏了偏,在她耳边说了几个字。唐星然脸马上就红了,她心跳"扑通扑通"的。

小半晌后,她突然就觉得不甘心了,她和萧惟明明是同时接触学习这件事,他为什么现在说这种话已经能脸不红心不跳。

难道他的学习和领会能力还体现在这种事上?

她不服。

元旦那天,学校放假。

早上六点多,唐星然醒了。她迷迷糊糊地睁开眼,忽然想起了什么,"噌"地从床上坐起来。

萧惟被这一下惊醒,眯着眼看向她,嗓音还有些哑:"做噩梦了?"

"不是不是。"唐星然从床上跳下去,走到衣柜前,从抽屉里抱着个礼盒,兴奋地走到床边。

她头发睡得乱糟糟的,笑出两个小梨涡:"新年快乐!"

萧惟缓缓坐起来,勾唇接过她手里的礼盒。他掀开盖子,看到里面是件驼色的大衣。

唐星然满眼期待:"我第一次给你买衣服。你快试试,你快试试!"

萧惟笑了下,看着她问:"直接试?"

唐星然上下扫了一眼,捶他胳膊:"你肯定得穿件衣服再试啊!"

萧惟略带倦意地从床上起来,随手抽了件毛衣和裤子套上。唐星然迫不及待地走过去,帮他穿上风衣。

她围着萧惟转了一圈,撑着下巴仔细端详:"还挺好看的。"

萧惟往前迈一步,揽住她的腰:"你挑的,当然好看。"

他心情不错,脱下风衣之后,小心翼翼地挂进衣柜里。

随后,他走去书房,回来时也拿着一个盒子,递给唐星然。她打开,看到是一条缀满小星星的手链。

萧惟在她额头上亲了一下:"新年快乐。"

然后两人又睡了个回笼觉,起床后收拾好,吃了早饭,萧惟就开车带着唐星然去参加叔祖父那边的家庭聚会。

聚会在北阳市郊一栋巨大的花园别墅,就是他叔祖父家。

她和萧惟今天穿得比较正式。萧惟穿了西装,唐星然棉衣里穿的是姜静之很久之前给她买的一套红色礼服长裙。

唐星然家庭条件算是挺好,但进了花园之后,她心里就一句话——原来这就是土豪的世界。

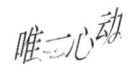

就跟看电视剧一样，院子里还有喷泉和亭子，占地面积目测……她目测不出来。

因为是冬天，聚会场所在别墅室内，一进去，看到里面金碧辉煌，视野开阔，到处都是端着托盘走来走去的侍者。

另一个震惊之处，就是他叔祖父家人真的太多了。

进门的时候遇到几个亲戚跟萧惟打招呼，唐星然偷偷问他，他说他也记不得是什么亲戚。

他难得来一趟，进门之后，就先带着唐星然去找叔祖父。

叔祖父是一个身子骨很健朗的小老头，唐星然甜甜地叫了声"爷爷好"。萧惟话比较少，叔祖父问起萧俊、覃雅宁和萧惟的事，主要都是唐星然在回答。聊到一半，叔祖父还笑眯眯地给她塞了个巨厚的红包，说是一点祝福的心意。

叔祖父也喜欢字画，聊到后来，就带着萧惟他们去他收藏室品鉴几幅字画。唐星然对这一窍不通，去了之后，站在萧惟旁边全程当木头人。

萧惟看她一眼，温声说："你无聊的话可以去外面玩，吃点甜品什么的。"

唐星然犹豫了一会儿，笑着点头："好，那一会儿你找不到我就给我发消息。"

她先去了大厅，大家都很友好，有几个跟她年纪相仿的女孩子主动拉着她聊天吃蛋糕，都是萧惟的远房堂姐妹。

好久之后，唐星然想上厕所，就先离开了。准备回大厅，她路过小餐厅，看见一群小孩围着一个穿黑色卫衣的男人。

唐星然顺路过去瞅了一眼。

男人架着一台看起来死沉的游戏本，在餐桌上玩一款解密游戏。他眉眼跟萧惟有几分相似，但气质完全不同。

怎么说呢，这种场合，大家穿得都挺正式，他却穿了一件卫衣，还是带点嘻哈风格的。

楼下的人都在社交，就他在这儿自己玩游戏，用的笔记本电脑，桌上还放了个电脑包，看样子是特意带来的。

除此，这人的眼神，也给人一种散漫不羁的叛逆感。

唐星然扫了一眼他的电脑屏幕，上面是个恐怖类型的游戏，正在加载下一个关卡。加载的时间，周围的小孩就走光了。

唐星然正准备走，游戏就加载好了，一开局，一个红裙子的"女鬼"来了个贴脸杀。

男人戴着耳机，里面估计还有惊悚音效，被吓得连人带椅子往后撤。

他感觉身后有人，一转头，正好看见唐星然。

她今天也穿着红裙子。

男人表情一僵，眉头拧起："吓人呢？"

唐星然："……那个，我不是故意的，你继续。"

正准备走，就看到萧惟过来找她了。

男人和萧惟对视，半晌后，萧惟打了个招呼："堂哥。"

打完招呼，简短的互相介绍："我堂哥，萧以南。我太太，唐星然。"

萧以南惊魂未定，反应了一会儿，挑眉："萧惟？"

"嗯。"萧以南点点头，好像也没什么聊天的想法，敷衍地应两句，"好久没见了啊，你都结婚了。噢，那你俩去忙吧，我还有事。"说完，戴上耳机，转头继续看电脑屏幕。

唐星然心想：这人跟萧惟的社交水平有得一拼。

萧惟也毫不在意，牵着唐星然往大厅走。

走远了些，她忍不住说："你这堂哥性格好像不太好，来参加聚会了，就自己在这儿打游戏……不过长得挺好看的，跟你还有点像。"

萧惟扫她一眼，淡淡道："上次跟你提过，他开了家游戏公司。"

唐星然回忆了一下："噢噢，想起来了，那个什么X……X SOUTH？萧以南，哎，怪不得起这名字。"

她想了想，又道："那还挺厉害的，我还以为他是什么沉迷游戏的富二代网瘾少年。不过，公司也是家里投资给开的吧……"

萧惟简单道："不是，启动资金是他自己赚的。叔祖父刚才跟我提了几句。"

唐星然："哇，他这么厉害啊？"

萧惟瞥她一眼，眼神有点冷。

唐星然收到讯号，挽住他的胳膊，笑着抬头看他："你也厉害。哎呀，他不是你堂哥嘛，我礼貌性夸两句。我又不喜欢他那样儿的，性格这么差，就剩张脸还能看。"

萧惟挑眉，捏了捏她的脸："觉得他好看？"

两人已经走回大厅，找了个角落的位置坐下，唐星然在桌上插了块小蛋糕吃。

"我觉得他好看那也是因为他长得跟你有点像。"

她吃了蛋糕，好笑地看向萧惟："小惟你怎么回事，连你堂哥的醋都吃。"

· 476 ·

萧惟揽住她的腰，也淡笑了下："长得有点像？那你直接看我就行了。"

唐星然嘴里有蛋糕，含含糊糊地弯唇应了一声。

萧惟侧头看着她，抬了抬手，指腹在她唇上轻轻蹭了下。

唐星然睁大眼："你干吗？"

萧惟抽了张纸巾擦手："有奶油。"

期末，唐星然几门课的结课方式都是 presentation（展示）或者论文。最后一门课的 presentation 做完，也就正式迎来了寒假。

博士生没有完全的寒假，不上课了，谭芳分配给她的活还是很多，但好在不用每周在固定时间去学校。萧惟来接唐星然下课，唐星然牵着他的手，在路上就聊起了寒假的安排。

姜静之已经有意无意跟她提过很多次，两人结婚也有半年了，趁着寒假时间稍微多点，就把婚礼办了。

唐星然对婚礼唯一的期待点，就是可以穿婚纱。

她和萧惟提了之后，萧惟发消息问了萧俊和覃雅宁，他们说这个冬天项目忙，都没空回北阳。

如果办婚礼，总不能只有唐星然他们一家人到场。

萧惟家里同在北阳的亲戚就是叔祖父那一家。但他们那家人实在是太多了，请了一个就得请其他人，而且看样子，他们跟萧惟也都不熟。请这么多人，操办起来又是个麻烦事，太浪费精力。

思来想去，唐星然说："要不我们旅行结婚吧，正好可以出门旅游一趟，一次性完成两件事。"

北阳现在天气冷，她想在室外拍婚纱照，怕是得冻出毛病来。

正说着，天上开始飘雪。

唐星然给自己戴上羽绒服的帽子，然后侧头，踮脚，帮萧惟也戴上。正好，他们可以去南半球旅游，拍婚纱照，过个夏天。

两人商量后，把旅行地点定在了 D 国的一座小城市。唐星然在 M 国上学时有同学是 D 国的，提前发了信息让她帮忙约摄影师。

办好签证后，把机票订在了 1 月底。

临行前，还有一件无比重要的事，就是选婚纱。

从放寒假那天开始，唐星然一有空就在各种 APP 里看婚纱，现在一刷手机，大数据也全都给她推送婚纱。

看到好看的款式，她就把手机递给萧惟让他一起看。萧惟一直没什么反应，她让看就凑过来看一眼，也不做评价，好像对挑婚纱这件事不太感兴趣的样子。

　　唐星然最开始还有点小失落，后来也想开了，萧惟这人，确实不像是有耐心和她一起挑衣服的人。

　　虽然是婚纱，意义不太一样，但本质来说也就是件衣服。

　　唐星然自己问了几家婚纱店，得知定制需要提前很久预约，他们出国之前肯定是来不及了，只能买现成的婚纱。

　　挑来挑去，她最终选定了一家不错的店。

　　当时，她和萧惟都坐在书房，萧惟在写准备投稿的论文，唐星然在旁边摸鱼。

　　她侧头戳了戳萧惟："我们明天去买婚纱吧！"

　　萧惟停下打字的手，思忖片刻后说："再过两天吧。"

　　唐星然："啊？你明天有事吗？"

　　萧惟沉默几秒，说："我想先把论文写完。"

　　唐星然挠挠头，他这又不是十万火急的事，出去买个婚纱能占多长时间。

　　"好吧……那等你写完再去。"她撇着嘴嘟囔。

　　萧惟看了她一眼，抬手摸摸她脑袋，就又进入写作模式。

　　过了两天，吃早饭的时候，萧惟主动说："今天去看婚纱？"

　　唐星然张张口："你论文写完了？"

　　萧惟起身收碗，淡淡道："没有，不差这一会儿。"

　　唐星然撇撇嘴，心想，啥话都被他说了。

　　上次就差那一会儿，今天又不差了。

　　不过，买婚纱也算是件高兴的事，收拾完碗筷，唐星然化了个妆，换好衣服，开开心心地和萧惟出门。

　　她提前把挑好的那家婚纱店地址发到了萧惟手机上。

　　开着车到了之后，唐星然抬头看了一眼婚纱店的招牌，又低头看了眼手机上发过去的地址。

　　"不是这家啊，你导航错了吧？"

　　萧惟牵着她，稍弯弯唇："没导航错，走吧。"

　　"嗯？"

　　唐星然一脸蒙地被他牵着带进去，看到周围挂着的婚纱之后，她觉得这家好像也不错，要不将错就错吧，就买这家的。

　　还没等她说话，萧惟就拉着她走向前台："您好，定制的，名字是'唐星然'。"

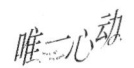

唐星然："啊？"

前台在电脑上查找之后，抬头笑道："先生您好，您二位稍坐一下。"

"好。"

萧惟牵着她坐在旁边的沙发等。

唐星然已经明白过来是怎么回事，弯唇看向萧惟："你什么时候找的定制啊？"

萧惟捏捏她的手，轻声道："半年前，昨天刚做好送来。"

"哇！"唐星然眨眨眼，兴奋道，"刚结婚的时候？"

萧惟也弯着唇："嗯。"

唐星然抿住笑容，佯作生气，但语气里还是藏不住的笑意："那我看了那么久你也不跟我说！你过分了！"

萧惟摸摸她脑袋，没等他说话，就有两个店员举着条裙子过来了。

白色的婚纱，缀满银色的装饰物，裙摆超级大，一层叠着一层，梦幻得不像话。

唐星然注意力马上就被转移了，这简直跟她想象中公主的婚纱一模一样！比她最近看的那些好看了至少有一百倍！

她兴高采烈地站起身，跃跃欲试："我能试试吗？"

店员笑道："当然，就是您先生给您定做的。"

试了之后，她照着镜子转了一圈又一圈，无比满意。

一周之后，唐星然和萧惟出发去了T国，因为要带那件婚纱，萧惟拉了个巨大的行李箱。

摄影师约在两人到T国之后的第三天拍照，在布宜诺斯艾利斯，当地的建筑风格跟这条婚纱很搭。

拍到一半，她正专注地冲着镜头咧嘴笑，就看到摄影师的表情变了。她侧过头，看到萧惟穿着西装，手里拿着戒指盒。

他耳朵有些泛红，表情认真，用中文轻声说："然然，我还没正式跟你求过婚。你愿意，一直跟我在一起吗？"

他们已经结婚了，问愿不愿意嫁给他显得怪怪的，萧惟就改成了这种问法。

摄影师嘴角扬得老高，萧惟没提前跟他沟通过，但这个画面太美好了，她马上开始疯狂按快门抓拍。

唐星然低头看着萧惟，激动得快要哭出来了，但又不能哭，妆会花。

这个场面，这件衣服，眼前这个人，简直满足了她少女时期的所有幻想。

她真的像个小公主一样,萧惟就像是她的王子!

她强忍住泪意,重重点头:"愿意愿意,我下辈子也跟你结婚!"

奈何手指上已经有一枚婚戒,萧惟弯唇,又往她左手无名指上戴上一枚。

等萧惟起身,摄影师冲着两人激动地说了句:"I think I saw a reallife fairy tale(我好像看到了真实的童话故事)!"

当天晚上,摄影师就提前把原图给唐星然传了过来。她靠在床上,翻到求婚那一堆抓拍的照片时,表情僵住了,也就前几张还能看,后面她那个忍哭的表情也太丑了。

这还不如直接哭出来呢!

萧惟洗完澡从浴室出来,看到她的表情,问:"怎么了?"

唐星然轻叹一声,把平板电脑递到他眼前:"你看我这表情,也太奇怪了……"

萧惟低头划拉了好几下,轻笑道:"很可爱啊。"

他坐到她身边,把人揽进怀里,下巴蹭了蹭她发顶。唐星然忍不住翻个白眼,拍婚纱照哎,她要的是可爱吗?

是好看!是好看!

她眼珠一转,猛地转头——额头磕到他下巴了。

萧惟:"没事吧?"说着,凑近了些帮她揉脑袋。

唐星然摆摆手:"没事没事。那个摄影师明天还在布宜诺斯艾利斯,要不你明天再跟我求一次婚吧,我们重新拍几张!"

萧惟:"……好。"

带着一相册满意的婚纱照回国,照片洗出来之后,唐星然装了一堆相框,大大小小摆在家里各处。

最后她还嫌不够,在萧惟的办公室也摆了两张,又回了趟唐慕和姜静之那儿,在客厅、卧室都摆上几张。

对此,唐慕评价:"要不你去市中心买个广告位,把你俩的婚纱照挂上十天半个月算了。"

唐星然挑眉:"要是不差钱,这还真是个好主意。"

唐慕无语至极。

摆好之后,唐星然又回了卧室。

唐星然特地洗了一张很小的照片,萧惟向她求婚的那张。她打开抽屉,拿出那盒卡片,抽出最后一张空白的,把照片贴了上去。

她咬了会儿笔，抿唇笑着往上写：原来，那些年不只是我对他心动，他也只对我一个人心动过。他居然真的等了我十年。萧惟跟我求婚啦！

冬去春来，万物复苏。

萧惟爷爷的忌日这天，萧惟带着唐星然去了墓地。这次，萧惟的话比十年前她陪他来那次多了很多。

"爷爷，我跟唐星然结婚了。

"之前跟您说过的，我一直在等她，已经等到了。

"也要谢谢您和奶奶。奶奶留的手链我也送给她了，我们会像你们一样，过得很幸福，您安心。"

唐星然心中一怔，侧头看向他。

从墓园出来，她就忍不住扯扯萧惟的袖子："我戴着的这条红色手链，是爷爷奶奶留给你的？"

萧惟点点头，没回避这个问题："是奶奶还在的时候，和爷爷一起做的。两条都给了我，黑色这条我一直戴着。"

他低头，碰了一下她手腕上那条红色手链，继续道："红色这条，是爷爷让我留着，以后送给妻子的。"

唐星然睁大眼睛，看着他说："啊？那年生日你就把它送给我了，你当时就这么肯定我以后会嫁给你？"

她顿了顿，又狐疑道："而且，你当时就已经喜欢我了？"

萧惟淡笑了下，牵着她往停车场走。

"当然没那么肯定。可能，当时我青春期，一时冲动，没想那么多就送给你了。"

唐星然好笑道："青春期？你也会有青春期啊？"

两人没有马上回家，而是开车去了北阳一中。

门口的保安不知道已经换过几批，唐星然使出浑身解数跟他掰扯好久，保安都没放人进去。

最后，还是萧惟找付楚要到了高中班主任的电话，班主任出来把两人接了进去。

寒暄之后，他们就牵着手自己在校园里逛。

北阳一中和十年前比有很多不同，多盖了几栋楼，原先的楼也装修过。

最先路过的，是他们上过课的教学楼。

萧惟抬眼看向一扇窗户，悠悠开口："你当时就是从那儿摔下来的。"

她怒目瞪过去："你说了你不提的！"

萧惟轻飘飘道:"噢,抱歉,忘了。"

沿着路一直走,两人又去食堂、宿舍楼转了一圈。

还路过一栋唐星然离开时没盖好的实验楼,她回忆了一会儿,想起她当时在这附近帮忙抓到个变态。

走在路上的时候,正好是大课间。这么多年过去,学生和老师换了一批又一批,但跑操的传统还是没变。等两人逛了大半圈,跑操也结束了。

又回到教学楼侧面,唐星然看向萧惟:"你记不记得我们高一刚开学的时候被教导主任罚跑?"

萧惟回忆了一会儿,淡笑着说:"记得。你逃跑操被抓了,我好像……我是为什么?有点忘了。"

唐星然咬牙提醒:"你和一个女生站在路边说话!要不是你俩,我也不会被发现。哎,那个女生叫啥来着……我想不起来了。"

她顿了顿,看着旁边那条路,继续道:"你当时一个人跑在前面,那个女生跟我一起跑,说了一路你的好话。"

萧惟轻笑一声,懒散道:"这我倒不记得。你好像没跟我说过。"

唐星然不满地看他一眼:"你当时都不知道陪我跑!"

萧惟坦诚地说:"当时跟你还没那么熟。而且,我跑得比较快。"

"喊。"唐星然翻了个白眼,"腿长了不起啊。"

她紧抓住萧惟的手,笑了一下:"那你现在陪我跑一圈!"说着,就拉着萧惟往操场走。

萧惟愣了一瞬,随即失笑道:"真要跑?"

两边的树枝抽出嫩绿的新芽,明黄的迎春花开了满地。

教学楼里响起"叮叮叮"的上课铃声,一楼教室的窗户开着,里面的学生面容有些稚嫩,但朝气蓬勃。

已经拉着萧惟到了跑道,唐星然笑着说:"对啊,快跑啦!"

唯一心动

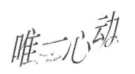

番外一
如果十年我们都不曾缺席

第一节：高中篇

六月，天气转热。

午休时间，宿舍里其他三个人都在午睡，唐星然辗转难眠，索性直接从床上爬起来，轻手轻脚地出了宿舍去往教学楼。

时间过得很快，转眼间就到了高二的尾巴。离期末考试还有最后三天。周一班会时，杨老师宣布这次将是他们高中生涯的最后一次分班考试。

按照北阳一中的传统，为了保证高三生的学习环境稳定，高三整个学年都不再分班，而唐星然在这学期的期中考试时又不幸考了第四十二名，被分到了三班。

一年前，姜静之和唐慕计划了很久出国进修的事。最后，两人联系好的博导身体出了问题，要休假两年。

正好，他们可以在国内陪唐星然到高考结束，等顺利把她送上大学再出国。

从高一到现在的分班考试，唐星然一直在年级四十名的分界线上下反复横跳。考一次，她就换一次班。但三天后就是最后一次分班，如果她没考进一班，高三一年都不会再有机会跟萧惟同班了。

唐星然走进教学楼，路过一班时，习惯性往里瞅了一眼。一班教室空空荡荡，里面只有林瑾一个人趴在桌子上午休。

刚准备继续往前走，她听到身后响起熟悉的清淡声音。

"唐星然。"

她已经听出这声音的主人，转身看到人，忍不住嘴角往上弯了弯。萧惟站在她身后半臂远的位置,校服外套拿在手里,脸色和他的语气一样,清清淡淡。

唐星然抬头看向他:"小惟,你怎么没在宿舍?"

"不困。"萧惟顿了顿,"你呢,没午睡?"

"我睡不着啊。"她轻叹了声气,咬唇道,"不是马上就要考试了嘛,这是最后一次分班了……"

萧惟看着她,沉默一会儿后,温声说:"别太紧张。你把物理考好点,前四十名就没问题了。"

唐星然每一次考试成绩,萧惟记得比他自己的成绩还清楚。她除了高一下半学期有次考砸是因为作文跑题,其他几次全是因为物理分实在太低。

唐星然听到"物理"两个字,眉头皱了起来。

"这还用你说嘛……我物理练习册上还有一堆题都不会。我昨天晚上做梦,还梦见期末考试物理卷子发下来,结果我一道题都不会写,最后交了白卷。"

萧惟眉梢微抬,随口说:"也不至于交白卷,选择题就算不会也能蒙个ABCD。"

唐星然忍不住翻了个白眼,没好气道:"都说了那是做梦!"

楼道里窗户开着,阵阵暖风吹在两人脸上。唐星然额前的几绺碎发一飘一飘,萧惟看见,很想帮她挽到耳后。半晌后,他垂眸:"不会的题我给你讲吧,走,去你教室。"

"好啊。"唐星然应完,和萧惟并肩往三班走去。

这一年,两人的关系没有什么进展和变化。唐星然偶尔心里痒痒,想给萧惟表个白,但每每看到他这张冷淡的脸,到嘴边的话就咽了回去。

转眼,距离高考仅剩一年时间。

和萧惟在一起时,她偶尔会想,一年之后,他们还能继续像现在这样吗?

三班教室是空的,唐星然让萧惟坐在了她同桌的位置上。

她找出物理练习册,把圈出来的题一一指给他看。

萧惟低头扫了一眼,问:"这题你哪儿不会?"

她撇撇嘴:"我哪儿都不会。"

萧惟沉默一瞬,耐心道:"唐星然,我周末才给你讲过跟这道题类似的题。你不能会了一道就只会那一道,方法就那么几种,要触类旁通。"

唐星然吞吞口水,像犯了错的小学生一样点点头。

萧惟没立刻给她讲这道题,而是在练习册上找出了上周末讲过的那道类似的,让她看看那道题,再重新想想这道题。

讲了很久之后，已经快到下午上课时间。

三班陆续有同学进来。一进门，都先看向萧惟，他坐在那儿实在是太惹眼了。

他面无表情，头微微偏着，垂眸看着唐星然在草稿纸上算题，时不时开口说两句话。

后桌的两个女生拿着水杯一起去水房接水，楼道里，长头发的女生说："一班那个萧惟这是……转来我们班啦？"

短头发的女生笑了笑："你这脑回路。他来给唐星然讲题的啊，你没看见吗？"

长发女生拖长音"噢"了一声："睡蒙了睡蒙了。唉，我爸妈朋友家怎么就没这种长得又帅学习又好的孩子呢，真羡慕啊……"

短发女生："羡慕啥啊，我爸妈朋友家还真有个学习好的孩子。也是男生，从小就跟我比来比去，他只要成绩比我好点，尾巴能翘到天上。"

之后的三天，午休时间加上晚自习结束之后那段时间，萧惟都来三班给唐星然讲物理题，有时候是他主动过来的，有时候是唐星然过去叫的。

周五，期末考试如期到来。

发物理卷子之前，唐星然还忐忑了一下，生怕像她梦里那样——卷子一发，两眼抓瞎。

可看到题的时候，她悬着的一颗心就放下来了。好像大部分题都会做，最后几道比较难的题，也跟萧惟前几天跟她讲过的是同一类型。

周六下午考试一结束，唐星然就去了隔壁考场找萧惟。她进门时，萧惟正好出门，两个人迎面遇到。唐星然感觉这次考得不错，心情也很不错，拉着萧惟的衣袖把他拽了出来。

两人同时开口。

萧惟："物理考得怎么样？"

唐星然："我物理好像考得挺好哎。"

她抿抿唇，低下头。

两人又同时沉默了几秒。

唐星然先开口："那个……我爸应该来接我们了，我先回宿舍收拾下东西！"

"嗯。"萧惟嘴角微勾，"我也去。"

唐星然眨眨眼，抬头："你也去我宿舍？你进不去啊……"

萧惟看她一眼："我去我宿舍。"

"噢噢……那走吧。"

一路上，唐星然都在跟萧惟讨论今天的物理卷子。这次大部分题都会写，她甚至大着胆子跟萧惟对起了答案。

期末考试之后就是寒假，下学期就是高三，这次寒假只有短短十五天。元宵节都没过完，就得回学校上课。

宿舍里要收拾的东西不多，唐星然快速收好，去男生宿舍楼下等萧惟。

没过一会儿，萧惟也出来了。他很自然地伸手，接过唐星然手里的包，和她并肩往校门口走去。

唐星然："对了，马上过年了，萧叔叔他们今年回来吗？"

萧惟摇摇头："不回。"

她眼睛一亮，期待地问："哎？那你今年也在我家过年吧。"

萧惟："嗯。"

唐星然一拍手："太好了，我们今年去郊区放烟花吧！小时候在楼下就能放的，现在市里都不让放了。"

萧惟听到她提放烟花，就想起两人小时候一起放烟花的场景。唐星然又害怕又想玩，让唐慕他们买了一堆烟花，最后她只敢放仙女棒。

剩下的唐星然都不敢自己点，就让他去帮忙点，她躲在老远看着。放完之后，她还一本正经地跟他说："你今晚最好别睡了。"

他问为什么，唐星然说："玩火的小孩，晚上是会尿床的。你都这么大了还尿床，很丢人的。"

思绪收回，萧惟弯唇笑了下。

唐星然看他没答应，问："好不好啊？我们过年去郊区放烟花。你发什么呆呢，小惟？"

萧惟侧头看她，淡笑道："好。不过，你现在敢自己点火了吗？"

唐星然扬起下巴："那有什么不敢的，到时候我负责点，你就只用站在后面欣赏！"

萧惟笑："行。"

上车之后，唐慕和姜静之也没问两人期末考试的情况，开车拉着两人一路去了超市采购年货。大后天就要过年，超市里人山人海，到处摆着红彤彤的礼盒。

四人本来一起行动，但经历了在蔬菜区挤了将近二十分钟才抢到几样菜的惨况之后，姜静之把三个人叫到一边，开始分配任务："这样，我们分头去买。我去买肉,唐慕去买海鲜水产,然然去买零食和糖,萧惟去买水果。"

任务分配完,四人分散开。

唐星然只身杀向零食糖果区,一路"披荆斩棘",没花太长时间,她就拎着一篮胜利的果实从零食区"杀出重围"。

她拎着购物篮,去水果区找萧惟。

水果区的人比零食区多了近一倍,一堆大爷大妈挤在最前面,仔仔细细地挑选着水果,后面的人完全挤不进去。

还好萧惟长得高,她望了一眼就找到了。

看到萧惟站在一众大爷大妈中间,离货架还有一大段距离,但寸步难行。他被挤得满脸生无可恋。根本不像是来买年货的,倒像是超市欠了他千八百万块钱。场面实在好笑,萧惟这脸和神情,和周围的人太格格不入了。唐星然笑出了声,好不容易挤到了他身边。

她侧头看向萧惟,扬声道:"你这样估计超市下班了都买不到。"

周围人太多,说话几乎得靠吼,萧惟无奈地看她一眼,连话都不想说。

唐星然笑着把手里的篮子递过去:"你帮我拎一下,我去买。"

萧惟如蒙大赦,接过她的篮子往外走,终于松了口气。

唐星然个子小,人也长得瘦,在人堆里窜了一会儿到了前排。她也懒得像大妈那样一个个挑选,各样装了一大袋去称重的地方排队了。

萧惟视线一直跟着她,看她挤出来之后就过去找她。

他站到唐星然旁边,无声地帮她拿过手里的几个大袋子,陪她一起排队。唐星然抬头,看到他眉头一直微蹙着,全程一句话也不想说,不禁又笑了笑。

她没经大脑,边笑边说:"以后过年我们还是提前买东西,要不等到过年前两天,哪儿都是这么多人。"

说完,过了半晌,唐星然才意识到这句话不对,心猛跳了几下。怎么就"以后过年"了?

以后过年,谁知道萧惟还会不会跟她一起……

她抿着唇,偷偷瞟了萧惟一眼。

他表情也没什么变化,可能是被吵得头疼,居然真的点了点头。看他的口型,好像还应了个"好"字。

唐星然攥了攥拳,顿时又心乱如麻。难道萧惟是默认了以后也会跟她一起过年?那不就是默认了以后也会跟她在一起吗?

"小姑娘,称不称啊!后面还那么多人排着呢,别磨叽啊!"超市人太多,称水果的大妈也十分暴躁。

唐星然回过神:"噢,称称称。"

在唐星然的帮助下,萧惟也顺利完成了采购任务,最后,四人一起在收银台前会合。

买完东西回家,唐星然累得够呛,进屋就换了衣服往床上一躺。

吃过晚饭,唐慕和姜静之去厨房收拾碗筷。唐星然觉得无聊,从餐桌上站起身,朝萧惟勾勾手指。

萧惟眉头轻蹙,低声道:"这个动作,不礼貌。"

唐星然"噢"了一声,抿唇说:"那我礼貌地问你,能陪我回屋看会儿动漫吗?"

萧惟失笑,站起身:"走吧。"

等待电脑开机的时间,唐星然脑筋一转,又想起这次考试考得不错,往后一整年应该都能和萧惟在一个班,朝夕相处。这么想着,她不自觉地嘴角上扬。

萧惟正好在看她,问:"你笑什么?"

唐星然笑着,如实道:"开心啊,考试考好了,估计高三都能在一班。"

电脑响起开机的声音,唐星然抬手放在鼠标上,打开了看动漫的网站。

身边,萧惟声音轻轻的,听不出什么情绪:"为什么去一班你会这么开心?"

空气安静了几秒。

唐星然心狂跳,看向他,小声道:"可能因为……能跟你在一个班吧。"

空气再次陷入沉寂。

萧惟表情有了细微的变化,唐星然马上改口,极不自然地笑了两声:"我开玩笑的,怎么可能是因为这个啊。"

萧惟眼神黯淡下去,听她继续道:"因为你们班学习氛围好,这不高三了嘛,学习环境很重要啊……"

说完,唐星然就点开了一部动漫。

电脑音响不停地响着,两个人盯着字幕,谁也没看进去。

除夕当天,吃完年夜饭,唐星然兴致勃勃地让唐慕带他们去郊区放烟花。

昨天跟唐慕说过,他出门买了一大堆烟花爆竹。于是,四人坐上车,一路开向北阳郊区。

春节一向如此,各家各户都是热热闹闹,路上的行人和车却很少。一路疾驰,车子快开到郊区时,就远远听见有鞭炮的声音。

唐慕找了一处空地,把车停好,去后备箱拎出两大袋烟花。

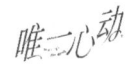

唐星然从里面取出几个小的,问唐慕要了打火机,蹲在地上准备点火。她也记得小时候自己不敢点火的事,这次机会正好,能在萧惟面前证明自己。

可唐星然刚蹲下,正准备点,萧惟就走到身后制止了她:"还是我点吧,你去后面点看看就行。"

她转过头,满脸问号:"为啥啊?我又不是不敢。"

萧惟已经从她手里拿过打火机,淡淡道:"还是有点危险的,你离远点。"

闻言,唐星然心底泛起一股甜意,乖乖起身往后走了。

萧惟点燃之后就离开,小小一枚烟花,在地上旋转着,发出金黄夺目的光。

姜静之和唐慕在后面偷偷议论:"萧惟长大了啊,知道保护女孩子了。"

一大袋的烟花,放了一个多小时。跟小时候一样,唐星然只点了几根仙女棒,其他全是萧惟点燃之后她站在后面看着。

晚上回到家,唐星然打开QQ喂了一下宠物,还收到了姚青悦的消息:寒假萧惟在你家吗?

星星糖:在啊,我们刚一块儿放了烟花回来。

姚青悦:啧啧,羡慕啊。初六你俩有空吗?我和付楚出去吃饭,你们来不来?

正好,萧惟敲门,拿了一盘水果进来。

唐星然转头看向他:"姚青悦和付楚问我们初六要不要一起出去吃饭。"

萧惟放下水果也没出去,习惯性地坐在她旁边的椅子上。

他扫了一眼屏幕:"你决定。"

唐星然笑道:"那就去,不然天天闷家里也没意思。"

萧惟:"嗯,行。"

回复了消息,两人说好了时间和地点,唐星然就把聊天框关掉了。

她趴在桌上,歪着头看萧惟。

"看我做什么?"

"我看你衣服呢,还挺好看。"

他今天穿了套她没见过的睡衣,纯白色的,松松垮垮,配着他这张脸,显得整个人仙气飘飘的。

萧惟淡笑一声,无情地拆穿:"你看的是我的脸,没在看我衣服。"

"喊,谁爱看你的脸⋯⋯"唐星然扭过头,脸色微微泛红。

到了初六那天,唐星然穿了红毛衣和带毛领的红棉衣,打扮得像个洋娃娃。他们没让唐慕开车送,自己打车去了跟姚青悦约好的商场。

付楚和姚青悦已经到了，几人见面后随意寒暄了几句，叫服务员进来点菜。这是一家做粤菜的餐厅，传着点菜用的平板电脑，每人挨个点了几样菜。

唐星然喜欢吃虾饺，点了两笼。

萧惟没仔细看前面人点的菜，记得唐星然爱吃虾饺，也给她点了两笼。

上菜之后，服务员端上来高高一摞装着虾饺的蒸笼，一共六笼。

付楚傻眼："上错了吧？"

服务员对了下单子："没错啊，你们这桌点了六笼虾饺。"

付楚笑了声："得，今天咱们主要吃虾饺。"

三人一边吃饭，一边聊天。他们也都习惯了萧惟吃饭时不说话的习惯，直接把他当空气。

聊着聊着，就说到了大学志愿的问题。

姚青悦先道："唐唐想去北阳大学吧？你爸妈都是那儿的老师，去了也方便。"

唐星然轻叹一声气："想是想，估计考不上。北阳大学分好高，我现在这名次有点悬。"

姚青悦："还有高三一年呢，怕啥。我认识的一个师姐，高二才能考五百来分，高三一年提了一百五十多分去的北阳科技大学。"

说完，姚青悦又看了萧惟一眼，意有所指地问："萧惟呢？你跟唐唐考一个学校不？"

闻言，萧惟放下筷子，看向唐星然，语气平淡："你想去北阳大学？"

唐星然愣了一瞬，点点头："能考上就去。"

萧惟没多言："好。"

好。

好？

唐星然有点蒙，"好"是什么意思，是会跟她去同一个大学的意思吗？

她和姚青悦对视一眼。姚青悦跟萧惟没那么熟，也没再追问，反而是付楚开口了："噢，我俩想去北阳科技大学，离北阳大学挺近的，那以后上大学了我们也能经常聚。"

萧惟："嗯。"

有了这段对话，唐星然这顿饭吃得心不在焉。好不容易结束，两人打车回家。路上，唐星然侧头看了萧惟一眼。萧惟坐在后座，她旁边的位置，看着窗外，脸上没任何表情。

她清清嗓子："那个……"

萧惟转回头看向她:"怎么了?"

半晌后,唐星然小声问:"如果我能考上北阳大学,那你也去北阳大学?"

萧惟耳朵有些泛红,沉默几秒之后,轻轻点头:"嗯。"

唐星然心里喜忧参半,以她现在的成绩,考北阳大学确实挺费劲。但如果考不上,她没理由,也不想要求萧惟陪她去一个分数更低的学校。

但她还是忍不住想问问。

"那万一……我是说万一啊,万一我考不上北阳大学怎么办?"

萧惟看着她,缓缓说:"不会,你能考上的。"

唐星然眉头一挑,问:"你对我这么有信心啊?"

萧惟:"除了物理,你其他科目成绩都很稳定。还有高三一整年,只要把物理成绩提上来,考北阳大学没问题。"

正是午后,车窗外的日光照在萧惟侧脸上,明亮又温暖。

唐星然点点头,试探着看向他:"物理……你会帮我吗?"

她顿了顿,小声补充:"期末之前你给我讲的方法就挺有用的,下学期开始可以每天都给我讲物理题吗?"

萧惟嘴角稍弯,摇了摇头。

唐星然顿时有些生气,捶他一拳:"你不给我讲,我就打电话去给萧叔叔告状!"

他淡笑道:"不是不给你讲。也别等下学期了,明天就开始吧。"

唐星然心里暗叹了口气,假期没过几天,就要结束了。但也没办法,为了考北阳大学,牺牲区区几天假期算什么!

回到家,唐星然斗志昂扬,还朝唐慕和姜静之宣布了她要从明天开始努力奋斗,考北阳大学。

姜静之非常支持,并且以实际行动来支持。虽然支持的方式是唐星然始料未及的。

第二天一早,姜静之就进了她卧室,给电脑设了密码。往后的几天,唐星然过上了高压的学习生活。

姜静之和唐慕去了邻市拜访朋友,家里只有唐星然和萧惟两个人。

萧惟盯着她学物理,一盯就几乎是一整天,晚上好不容易能休息一会儿,她想玩会儿游戏或是看会儿动漫,但电脑打不开。

终于,三天后,唐星然完成萧惟给她布置的练习题,憋不住了。

她可怜兮兮地戳了戳他的胳膊:"小惟,你是不是有台笔记本电脑啊……你从宿舍带回来了吧？"

萧惟看着她的眼神，敛住笑意："带了。"

唐星然睁大眼："能不能……"

没等她把话说完，就被萧惟打断："不能。姜阿姨不让你玩电脑。"

唐星然一脸丧气地看着他："都学了一整天了……怎么也得劳逸结合吧，我就玩一会儿游戏，一小会儿……一个小时可以吗？"

萧惟看着她不说话。

唐星然咬咬唇，又道："四十五分钟？"

萧惟还是没说话。

唐星然长叹一声气："那就半个小时，半个小时总行吧？小惟……你就让我玩会儿吧……"

萧惟眉梢微动，想了想说："那再写几道题，都对了就给你玩半个小时。"

唐星然欢呼雀跃："好啊好啊，成交！都做对了你陪我一起玩？"

萧惟："好，可以。"

萧惟翻开辅导书给她找题，唐星然在一边补充："对了，你不能故意找那种死难的题刁难我。"

萧惟轻轻"嗯"了一声，圈出来几道和今天给她讲过的题一个类型的，然后把辅导书递给她。

唐星然低头，认真开始写题。

半个多小时之后，她笑眯眯地把书往萧惟那边推了推："对答案吧。"

萧惟接过，垂眸看了一会儿。

"第三题错了。"

唐星然："啊！怎么会！"

她扯过书，重新算了一遍，发现是自己粗心算错了答案。

唐星然扯扯嘴角，讨好地说："要不你再圈几道题给我写。"

萧惟站起身："不用了。"说完，朝屋外走去。

她赶忙叫住他："哎，你别走啊，那……不玩电脑，你陪我玩会儿别的也行……"

萧惟弯弯唇，语气温和："我去拿电脑给你。"

唐星然立马转悲为喜："好耶，那我去拿包薯片！"

…………

不想浪费时间，插上网线之后，唐星然就随便在小游戏网站的推荐主页打开了一个游戏。

加载出来之后,她才发现是个恐怖类密室逃脱的游戏,需要寻找线索解密逃脱。

配合着恐怖音效,游戏沉浸感很足。

唐星然操纵着小人,走进一个灰蒙蒙的古堡。古堡像是很多年没人住过,到处都是蜘蛛网。

大部分门都上了锁,"她"好不容易找到一个没上锁的,刚打开门,恐怖音效突然炸响。

门内,一个上吊的女人披头散发,眼睛凸出来直勾勾地看着"她"。

唐星然被吓得丢了鼠标,连人带着椅子,猛地往后仰。萧惟怕她直接栽倒过去,赶忙帮她把椅子拉回来。地面有些打滑,萧惟一只手没太使上劲,只能倾身两只手并用去把她的椅子拽回来。

唐星然余惊未平,坐正之后,就看到萧惟两手抓在她椅子的两角,面对着面把她环住,两人离得很近。

本就被游戏吓到,现在心跳更快了。唐星然垂着眸不敢再看他,她严重怀疑再这样下去她心脏会出问题。

萧惟也没马上松开,维持着姿势没动,静静看着她。

两秒之后,他才转身回去,淡淡道:"小心一点。"

唐星然深吸一口气,抿唇道:"这游戏……还挺吓人的,要不你来操作吧,我看着你玩。"

萧惟挪了下椅子:"好。"

玩了半个小时之后,萧惟看到时间,关机把电脑合上。

"到时间了。"

唐星然点点头,"噢"了一声:"那……准备睡吧。"

萧惟:"嗯。"

累了一整天,唐星然很快就睡着了。

梦里,她出现在了今晚恐怖游戏的古堡,发现大门打不开,她怎么也出不去,好不容易撬开了一扇门,发现里面有个上吊的人。

她忍住恐惧看了一眼,发现那人居然是萧惟。他眼睛闭着,脸上一点血色都没有,吊在老旧的房梁上……

唐星然一声尖叫,把自己吓醒了。

她从床上坐起来,用了几分钟平复心情。平静下来之后,她却怎么也睡不着了。

没过一会儿,"咚咚"两声,卧室的门被敲响。她赶忙裹紧被子,也不太敢去开门。

门外传来熟悉的声音,有些低哑:"唐星然?"

她裹在被子里应了一声。

萧惟:"我开门了?"

唐星然:"嗯。"

门被推开,走廊的灯光照进来。微弱的光线下,唐星然看见萧惟穿着睡衣,眼中透着没睡醒的疲惫。

他看了眼唐星然,问:"怎么了吗?我刚好像听到你在叫。"

唐星然扯扯被角,小声道:"做噩梦了。"

萧惟站在门口没进来,语气平静:"梦到什么了?"

沉默小半晌,她如实道:"梦见你上吊死了。"

萧惟默然。

他也不知道该怎么安慰,一会儿后,轻声说:"没事,你继续睡吧,梦都是假的。"

唐星然眼神迷蒙,看到他转身,又叫住他:"萧惟。"

"嗯?"

她咬咬唇,声音小小的:"我害怕……一个人睡不着。"

萧惟犹豫片刻,走进来,坐在她桌前的椅子上。

唐星然把被角拉到脖颈的位置,看向他:"你能不能陪我一会儿……"

"嗯。"萧惟清淡道,"你睡着了我再回去。"

两人都没说话,屋里光线很暗。这个角度,唐星然侧躺着,正好能看见他好看的侧脸。

他低着头静静坐在桌前,也没看她,不知在想些什么。

几分钟过去,唐星然还是没睡意,轻声叫:"小惟?"

"怎么了?还睡不着?"

"有点。你困了吗?"问完,她意识到,这大半夜的,能不困吗……

于是没等萧惟开口,她又道:"你要是困了……要不要躺我旁边睡?"

昏暗的灯光下,她看到萧惟眉头轻蹙,她也是神志不清了……怎么好意思问的……

"我们小时候好像也睡过一张床。"她强行道。

其实她记得也不太清楚了,大概是幼儿园的时候,两家人一起出去玩,把他俩放一张床上午睡。

小学之后两人好像就没有睡同一张床的经历了。

萧惟摇头,淡淡道:"不用,你睡你的,我还不太困。"

"噢……好。"

唐星然最后也不知道自己是怎么睡着的。

翌日清晨,她一睁眼,看到萧惟正趴在她桌上睡觉,看这情形,估计昨晚一夜都是这么睡的。

她赶忙坐起身,准备下床叫他。

听到窸窸窣窣的响动,萧惟也正好醒了。他坐直身子,看到周围的环境,又感觉自己肩背酸痛,迷茫了一瞬。

唐星然走到他身边,张了张口:"你昨晚没回去?"

萧惟站起身,嗓音有些哑,平淡道:"嗯,后来不知道你睡没睡着,又不敢叫你。"

这个清晨,唐星然还没吃早饭,却感觉自己血糖含量已经超标了。

萧惟侧脸被压出了一道红印,看着不像平时那么冷。他活动活动胳膊,往屋外走。

"洗漱完出来吃早饭吧。"

唐慕走之前给家里买了汤圆和面包之类可以当早餐的食物,午饭和晚饭两人就出去吃或者打电话让门口的餐馆送餐上来。

这几天早上,都是萧惟起床之后把早餐准备好,她起床直接去餐厅吃。唐星然洗漱之后出了卧室,餐桌上已经摆好两碗黑芝麻汤圆。她想,如果以后能跟萧惟在一起,跟他一起生活,或许每天应该就是这种状态吧。

假期很快过去,唐星然以期末考试年级二十三名的成绩被分到了一班。

进入高三,班里学习气氛更加浓厚。为了让大家尽快进入状态,每周都会安排一次测验。原本理化生三门单独的试卷也在测验中合并成了一整张的理综卷。

跟高一一样,唐星然的座位离萧惟很近。

测验一般安排在周一晚上。老师加班加点,周二就能批改出来。

第一轮复习都还没结束,加上大家都不适应做理综试卷,前几次测验的成绩都是惨不忍睹。

但萧惟每次都能稳定在720分以上。唐星然更紧张了,她第二次测验成绩甚至只有600分出头,和北阳大学的最低分数线都相距甚远。

班主任也怕学生被这成绩打击到,安慰大家要好好复习,成绩会慢慢提上去,每届都是这样。

小测验大家需要用心对待,但也不用太过在意成绩。重要的是来年3

月的一模。以他这么多年带毕业班的经验，一模成绩和高考成绩一般不会差太多。

于是，唐星然给自己做了两个倒计时，一个是一模倒计时，一个是高考倒计时。

每周二晚自习结束，萧惟都会陪她一起留在教室，一道题一道题地给她分析试卷，给她讲错题。

冬去春来，一模考试如期到来。

一模前的几次周测，唐星然的成绩基本都能达到北阳大学的录取分数线，最高的一次甚至超出了二十多分，名次排到班里前十。

她最不擅长的物理，也在萧惟的辅导下，分数越来越高，并逐渐趋于稳定。

但一模考试前，唐星然还是紧张得睡不着觉。她怕这次考试如果没考好，那高考估计也够呛。

后两天考试时，她脑袋都昏昏沉沉，做题的速度比平时慢了很多。

一方面是没睡好导致脑子转得慢，另一方面，她做完每道题都恨不得返回来再检查两遍，生怕做错。

第二天考理综，偏偏物理卷子还很难。她速度太慢，最后两道大题居然都没做完。

理综考完，她就已经能预估这次的成绩了。

物理空了两道大题，最后的分数可想而知，就算其他几门都发挥正常，也够不上北阳大学的分数线。

晚上，唐星然没心情吃饭，在学校晃了一圈之后就回了教室。

一模刚刚考完，班里人难免心浮气躁。晚自习前，她坐在位子上，就听到斜后桌的两个男生在对物理大题的答案。那两道大题她都没写，听着更难受了，索性又出了教室，漫无目的地在学校里晃悠。

3月，北阳天黑得还是很早。

唐星然在学校里走了好几圈，听到晚自习的上课铃声响起也没回教室。

最后，她走去了操场，上到看台，随便找了个高处坐下。

天还没有黑透，头顶是一片深蓝。一轮圆月高悬，旁边没有一颗星星。

唐星然抬头看天，想到了军训时和萧惟看过的满天繁星。她一模考成这样，北阳大学可能去不了了，不知道以后还有没有机会跟萧惟一起看星星。

萧惟辅导了她一个多学期的物理，结果一模还是物理没考好。他知道成绩之后，会不会对她失望，会不会觉得她脑袋笨不喜欢她。

话说回来，她到现在都不知道萧惟到底喜不喜欢她，她怕得到不想要的

· 496 ·

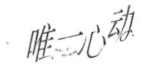

答案，也不敢问。

唐星然两天晚上都没睡好，现在脑袋更是乱七八糟，一个人坐在空荡荡的操场，想着想着，眼泪就掉下来了。

晚上风有些凉，唐星然只在校服外套里面穿了件薄T恤。她把外套拉紧了些，双手抱着小小的身子坐在那儿。

又过了一会儿，泪眼蒙眬中，她模模糊糊看到操场门口有个人影走进来。

唐星然用衣袖擦了擦眼泪，朝着人影的方向看去。离得远，她看不清那人的面容，但身形和走路姿势都是她熟悉的。身形颀长，姿势端正优雅。那人进了操场，环视四周，像是在寻找什么。

很快，他看到看台上有个女孩儿。他快步走上楼梯，一会儿后，就出现在唐星然身边。

唐星然抬头，一阵风吹过，扑面而来都是她熟悉的气息。

萧惟突然出现在她身边，她哭得更凶了。她声音哽咽，断断续续地说："你……你怎么知道我在这儿？"

萧惟晚自习没见到她人，先麻烦姚青悦去宿舍找了一圈，又自己在学校各处找了一遍。

不过他没说，静静在她身边坐下。夜色渐沉，萧惟看她哭得眼睛通红，满脸泪痕，冷得整个身子都缩成一团。

他心中一阵酸痛，强忍住想抱抱她的冲动，把外套脱下来披在她身后。

唐星然侧头，瞅他一眼，继续哭。

半晌后，萧惟温声问："这是怎么了？谁欺负你了吗？"

唐星然咬着唇，摇摇头，哽声道："没有。"

萧惟想了想，又问："考试没考好？"

唐星然不说话了，豆大的泪珠一颗颗滚落，无声地回答了他的问题。

萧惟坐在她身边，声音轻轻的："考不好也没事，又不是高考。就算是高考，没考好也没关系的。"

他越说，唐星然越想哭，偏偏他这会儿说话的语气比平时都要温柔，她想忍都忍不住。

偌大的操场只有他们两人，空气十分安静。

萧惟平复心情之后，缓缓开口："不用那么在意，只是一次考试。"

他琢磨着唐星然的心理，继续道："你不用想那么多，一模成绩不一定就代表高考成绩。之后还有三个多月，别急。等这次考试成绩出来，哪门考差了我们就重点学哪门。我教你，好不好？"

唐星然红着眼眶点点头。

她侧头看向萧惟,没想到他会翘了晚自习出来找自己。

萧惟没再说话,陪她一起安静坐着,看着悬在天边的圆月,和夜色下空寂无人的操场。

许久之后,唐星然止住了哭,声音却还是发哽:"那万一、万一我高考也考差了,去不了北阳大学,怎么办?"

萧惟看着她,平静道:"那也没关系,又不是只有这一所大学。"

"可是……可是……"她的眼泪又夺眶而出,断断续续地说,"那我就……就不能跟你在……同一个学校了……"

犹豫了半晌后,萧惟轻声问:"唐星然,为什么想跟我上同一个大学?"

问题一出,唐星然又哭得很凶。

萧惟也没等她回答,改口安慰:"比北阳大学分数线低一些的,还有北阳外国语大学、北阳交通大学。你不是想学小语种吗?这两所学校的外语专业都不比北阳大学差的。除了北阳的学校,还有苏市大学……"

唐星然打断他,眼睛红红地看向他:"萧惟,你想跟我去同一个大学吗?"

安静了片刻,萧惟微点了点头:"嗯。"

话已经说到这份上,悲伤加剧了胆量。这一瞬间,唐星然想,就算得到不想要的答案也没事了,正好一次性哭完,明天就又是新的一天。

她攥了攥拳,鼓起勇气,可话到嘴边,却变得很小声。

"那大学之后,我们还会每天都在一起吗……"

夜晚操场很安静,这一刻,唐星然只能听到自己沉重的呼吸声,还有晚风吹过的声音。

萧惟看向她,眸色跟他们头顶的夜色一样深。

他声音也不如以往那样平静:"大学之后,是什么时候?"

唐星然拳头还紧紧攥着,紧张得眼泪都忘了流。

"当然就是……所有时候……"

她忐忑地等待一个结果,等待一个判决。

这几秒,久得像是已经过了好几年,直到身边的人垂着眼眸,轻轻"嗯"了一声。

唐星然猛地抬起头,第一反应,她以为自己出现幻听了。

她偏了偏脑袋,睁大眼看着萧惟:"你刚出声了?"

萧惟默然。

光线昏暗,她看不到萧惟的耳朵跟她的脸一样红。

听他没说话,唐星然又把头转回去,小声嘀咕:"噢……那没事,我可

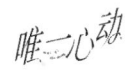

能是听错了。"

片刻后，萧惟开口，轻声道："你没听错，我确实是说……"

他顿了顿，像是非常不习惯，也没做好准备说这样的话。

"会在一起的。"

听到这几个字，最后两道物理大题带来的悲伤至少消退了百分之八十。

此刻，唐星然脸上的表情十分精彩，似笑非笑，似哭非哭。

她嘴角上扬，像是在笑，可眼眶红红的，还盈着泪水。

萧惟本来也想问她，可抬头看了眼她的表情，就基本已经明白了。

唐星然平复了一会儿，看向他说："你能再说一遍吗？"

萧惟淡笑了下，没顺着她的意："就算没去同一个大学，我也会经常去找你。别想太多，这都是以后的事，现在最重要的就是放平心态，好好复习。"

他想了想，又道："这次物理卷子确实有难度，以后带你复习的时候，可以拔高难度。你是没做完，还是跟别人对答案发现做错了？"

唐星然完全心不在焉，想了想，问："你怎么不问我的意思，大学之后……"

萧惟无奈得有些想笑，打断她说："我在问你物理考试呢，你在说什么？"

"噢……"唐星然吸吸鼻子，叹气，"太紧张了，做题太慢，最后两道大题一笔都没写。"

萧惟思索着说："等成绩出来看看前面的题正确率。如果正确率高，那以后重点就是把速度提上去；正确率低的话，就难度、速度挨个提。"

唐星然："……噢。"

萧惟看她："别光'噢'，你觉得还有什么别的问题吗？比如其他科目。"

她觉得……她只觉得萧惟的脑回路跟她不太一样。

不过，跟萧惟说了这一会儿话，唐星然的坏心情无形中就消失了。

她心里一块大石头终于落地，带起一阵甜滋滋的涟漪，与此同时，对未来又充满期待。

离高考还剩三个多月，萧惟会帮她一起复习，就算最后不幸没考上北阳大学，也还有别的期待。

萧惟看唐星然情绪好了些，站起身，低头道："走吧，不想上自习就回宿舍。晚上凉，别在这儿吹风了。"

"好。"唐星然想了想说，"回教室吧，我看会儿辅导书。"

她站起来，才感觉到背上还披着萧惟的校服外套。

唐星然把衣服取下来递给他,萧惟看了一眼,没接,淡道:"先穿着吧。"

"噢,好。"

从操场看台下去之后,她隐隐觉得很多事都变了。

回教学楼的路上,春夜的风吹得两旁的树叶"沙沙"作响。

唐星然眨眨眼,小声道:"小惟。"

"嗯?"

唐星然:"高考之后我们要一起出去玩吗,去哪里玩啊?"

萧惟看向她,平静道:"唐星然,现在高三,你要好好学习,三个月之后就高考了,别把心思放在这些事上。"

不愧是教导主任。

她闷闷地"哦"了一声,低着头说:"知道了。"

一模成绩出来,唐星然排在年级三十八名,其他科目都没有大问题,就物理拖了后腿。

不过,听了萧惟的话,她也没过分在意成绩。发卷子当天晚自习结束,萧惟就给她把所有错题都讲了一遍,又帮她制订了往后三个多月详细的复习计划。

成绩总结会结束之后,没过几天就是高考百日誓师大会。趁热打铁,充分调动学生的积极性。

大会开始前两天,教导主任老张去一班找了萧惟,让他作为高三的优秀学生代表在主席台上致辞。

萧惟一开始拒绝了,老张又拉着班主任找了他两次,说每届的传统都是一模的年级第一在百日誓师大会上台讲话。

最后实在没办法,萧惟答应了,准备写份既规矩又官方的发言稿。

写发言稿的时候正好是周末,唐星然在他旁边写题。写累了,她凑过去看一眼,评价道:"你这写得也太没意思了。"

萧惟侧头看她一眼,嘴角微勾:"那你帮我写?"

唐星然摆摆手:"才不要,你自己的事情自己做,别想让我帮你写!不过,我倒是可以帮你提提意见。"

萧惟笑:"行。"

她又刷了一会儿题,他的发言稿也写完了。

唐星然从头到尾仔细看了一遍,提出了第一个意见:"你最后怎么只感谢了老师同学,没感谢父母啊?"

萧惟:"感谢父母的陪伴和鼓励?"

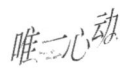

唐星然撑着下巴，想了想说："也是哦，萧叔叔和覃阿姨确实没怎么陪过你。"

萧惟又考虑了一会儿，决定还是把感谢父母的话加上去，不然看着确实感觉少了点什么。

唐星然在旁边自己琢磨，半晌后，她突然一拍桌子！

萧惟被吓得笔尖在纸上划了一道："怎么了？"

她朝着萧惟眨眨眼，意有所指道："你可以感谢其他一直陪着你的人啊。"

怕萧惟听不明白，她继续暗示："比如高中一直在你身边的，每天都能见到的、每天都会说话的人。"

萧惟看到她一脸鬼精鬼精的表情，想逗她。他敛住笑意，似是思考了一会儿，说："你是说付楚？"

唐星然皱眉："除了付楚！"

萧惟闲闲地看向她："那还有谁啊？"

唐星然恼羞成怒，一拳砸在他肩上："我啊！还有我啊！

"你应该写，感谢高一（1）班的唐星然同学高中三年的陪伴。如果没有唐星然同学，我的高中生活会非常孤独无趣。如果高中生活孤独无趣，我也没心思好好学习。"

萧惟没忍住，笑了一声："你确定要这么写？"说完，一本正经地拿起笔，像是真要往上加这一段的样子。

在萧惟面前，她可以不要脸。但当着那么多人的面，而且是正式场合，她脸皮还没那么厚。况且，他是个很内敛的人，不可能真这么发言。

唐星然忙摁住他的手："还是算了，我开玩笑的。"

萧惟抿了抿唇，轻声道："感谢同学，就是感谢你。"

他性子清冷，跟班里大多数同学都没说过几句话。跟所有人说的话加起来，也许都没跟唐星然一天说得多。

高中三年，萧俊和覃雅宁都没在他身边，一直陪着他的人，只有唐星然。

他喜欢安静，不爱社交，但唐星然在他身边，再怎么吵他，他也从来没觉得不舒服。反倒是有几次假期回家，几天没见到她，就总觉得少了点什么。

时间久了，他甚至无法想象，如果没有唐星然在，高中这三年会是怎样。

他知道自己不该在这个年纪对她有什么感情上的想法，可还是忍不住，也骗不了自己。他想有更多时间跟她待在一起，想每天都能看到她，而一看到她，就会心动。

许多个晚上,他也会睡不着觉,把这些心思翻来覆去地想,但最后,他都会克制住自己的感情,因为现在还太早了。

直到一模结束的那天晚上,好像心里最深处被一盏灯照亮,埋下了好久的种子发出了新芽。

萧惟一向不外露任何情绪,但那天晚上,付楚看了他一眼,就问他怎么今天心情这么好。

百日誓师的讲话稿里,他要感谢的不是其他同学。他心里知道,"同学"那两个字,是特指唐星然。

思绪收回,萧惟看见唐星然在旁边偷笑着问:"你不感谢付楚?"

"感谢他做什么?"

唐星然挑眉:"他才是跟你朝夕相处陪着你的。你俩从早到晚都能见到,我只有白天陪你。"

一时无言。

片刻后,萧惟幽幽道:"总有一天……"晚上也能跟她在一起。

唐星然眨眨眼:"总有一天怎么了?"

萧惟收起发言稿:"没什么。"

很快就到了百日誓师大会。天公作美,那天上午艳阳高照,高三整个年级的人排队聚集在学校操场。几个校领导、年级组长、教导主任轮流上台发言。

轮到萧惟上台,所有人都抬起头看向主席台。他穿着蓝白的校服,表情一如既往的清冷淡漠,语气平平地念完了发言稿。跟没有任何遮挡物的操场相比,主席台的光线其实要暗一些,但萧惟站在那里,就像是在发光。

唐星然也抬头看着,在心里暗暗感叹了无数次:萧惟真的太好看、太有气质了。讲到后面的部分,她听到萧惟也感谢了父母的支持,最后感谢同学的陪伴。说到"同学"两个字的时候,不知是不是她的错觉,萧惟朝主席台下望了一眼,他们好像隔空对视了半秒。

听到身后的女生窃窃私语:"萧惟刚好像朝我们这儿看了哎。"

旁边的女生:"废话,他不是感谢同学的陪伴嘛,那不就是说我们班的同学,他又没在别的班待过。"

唐星然听到,心里涌起一股淡淡的甜意。她总觉得萧惟那一眼不是看一班其他同学,就是在看她。

讲话结束,他从台阶上下来,站到了班级后排的位置。

本来以为百日誓师大会差不多就结束了。在太阳底下站了快一个小时,所有人都被晒得够呛。

结果没想到,"誓师"才刚刚开始。

老张不知道从哪里找来一个中年男性,看着像专业做演讲工作的,口才很好,声音雄浑,活力四射。不得不说,还真挺能调动大家情绪的。

他先举了各种例子说高考的重要性,讲了各种感人至深的故事,最后带领大家一句一句、一遍一遍地喊口号。

这种洗脑式的加油法,对其他班学生或许有效,但一班的学生都不太吃这一套,觉得与其花这时间喊口号,不如回教室多刷几套题来得实际。

一班排在最前面,大家喊得很敷衍。后排的普通班情绪倒是越来越高昂,口号声响彻云霄。

唐星然个子小,在一班最前排,主席台上的人看着,她又不得不动动嘴。她站得腰疼,晒得头晕,台上那人喊一句,她就象征性地张口重复一句。

不知过了多久,她实在累得不行,就偷偷窜到后排去,方便浑水摸鱼。

唐星然一路往后,顺利窜到了最后排。她抬头看了眼萧惟,直接在他脚边蹲下。

萧惟也明显不是会跟着喊口号的人,一直沉默地站着,因为周围太吵,他眉眼间略有些不耐烦。

"唐星然?你干吗呢?"他稍弯了弯腰,趁着众人喊口号的空隙,低头问她。

唐星然抬起头来,说:"帮我挡挡太阳,太晒了。"

萧惟没说话,但调整了下站的位置。现在的角度,他的影子正好能帮她挡住阳光。

又过了一会儿,唐星然抬头看他:"你说这还得说多久结束啊……"

她蹲在萧惟脚边,跟他说话要把脑袋完全抬起来。

萧惟低头看着她,她仰着头,眼睛大大的,因为刚才被晒了太久,脸颊微微泛红,显得特别可爱。看得他心里一阵痒意,特别想弯下腰揉揉她脑袋,可周围人太多,他没法这么做。

萧惟:"应该快点吧,再等等。"

唐星然长叹了一声气,又低下头。

又过了十多分钟,终于,在满操场的人异口同声喊完无数遍"我要上大学""我要上好大学""我要更努力"的口号声中,百日誓师大会结束。

四月,草长莺飞,万物复苏。

离高考仅剩两个多月,高三各班学生压力都很大,每天恨不得把自己钉在椅子上复习。

这天晚自习时，唐星然听到窗外传来救护车的警报声。警报声越来越近，隔着窗户能看到红蓝交错的灯光闪烁。救护车最后停到了教学楼门口，楼道里传来脚步声。

晚上回到宿舍，唐星然从室友那里得知，今天晚自习的时候七班的一个同学晕倒了，值班老师叫了救护车。

消息传来传去，也不知道最后有几分真实。

唐星然听到的版本是，今晚晕倒的是一个男生。他最近一个月都在熬夜复习，每天晚上只睡两三个小时，白天也没精打采，全靠咖啡续命。最近几天他一直觉得胸闷头晕，呼吸困难，被送到医院好不容易抢救过来，医生说再晚点送到情况就很危险了。

宿舍熄灯之后，唐星然躺在床上，拿出手机，给萧惟发消息说了这件事。

星星糖：小惟，你应该不会偷偷在宿舍熬夜学习吧？

过了没几分钟，萧惟就回了信息：不会，你也别熬夜学习，身体最重要。

星星糖：我也觉得，而且我晚上学习效率本来就低……

又聊了几句，萧惟就让她关掉手机睡觉。

第二天早上的大课间，跑完操回到教室，班主任过来宣布了一个消息。

为了减轻学生高考压力，提高身体素质，校领导和高三各班班主任昨天连夜开了会，决定给学生增加锻炼时间，并让班主任们关注学生心理健康问题。

领导们开过会，一致认为七班学生身体出现问题，一方面是心理压力太大，一方面是身体素质不够硬。

到了高三，每周的体育课基本都被各科老师占了，但从今天开始，各班统一每周加三节体育课，运动项目不做规定，由班主任自行决定。

唯一的要求就是，所有学生不能在教室待着，也不能在体育场继续看书，要活动起来。

一班班主任是个羽毛球狂热爱好者。他跟大家"商量"，三节体育课的项目就定羽毛球，时间定成每周一、三、五的最后一节课。

这件事敲定下来之后，就继续上课。

午休的时候，唐星然没去食堂，叫上萧惟一块儿去校门口。

今早，她收到姜静之的消息，姜静之和唐慕中午过来给他俩送营养餐。上高三之后，姜静之就偶尔来给他们送送饭，还有各种蛋糕点心，生怕两人复习太辛苦，营养跟不上。

拿到饭盒之后，她和萧惟就并肩走回教室。路上，唐星然侧头看向他：

"小惟,你好像会打羽毛球吧?"

她记得小学的时候,萧俊好像就送他去学羽毛球了,本来想叫上她一起,可她嫌太累不愿意去。

萧惟点头:"嗯,会。不过这几年没怎么打了,水平应该不高。"

唐星然:"噢,可是我不太会哎。班主任也真是……他自己喜欢打羽毛球,也不问问班里同学会不会打……"

萧惟安慰道:"体育课就是让大家活动活动,也不是要打出什么成绩。不会也没事,随便挥挥拍子,球打过来,你拍回去就行。"

唐星然笑了一声:"那行,班里应该也有其他人不会打,到时候我去跟他们组队。"

拎着饭盒进了教室,唐星然坐到萧惟旁边的位置。她打开自己的饭盒,看到第一层是虾仁蒸蛋和香煎龙利鱼,第二层有糖醋排骨和青菜,第三层是紫米饭。

萧惟那份也是一样的。

她吃完之后,又把姜静之买给她的小蛋糕吃了。一个吃完,她习惯性地把萧惟那份蛋糕也吃了。萧惟不爱吃甜食,每次姜静之给他的小蛋糕和点心都进了她的肚子。

吃完饭,唐星然站起来,萧惟帮着她把饭盒收了洗了,垃圾扔到垃圾桶。

等萧惟回来,唐星然揉着自己的腰,小声嘀咕:"小惟,我感觉我最近好像吃胖了点,你觉得呢?"

他抬头看了眼,应了一声:"嗯,好像是有点。"脸看着确实圆了些。

唐星然撇撇嘴:"那我从今天开始减肥。"

她想了想,说:"以后蛋糕我都不吃了,午餐和晚餐只吃以前的一半!"

萧惟笑了下:"不用,你小心别饿晕了。"

唐星然和他一起往宿舍走,不满道:"你说我胖了的,那我现在不减肥,会越来越胖的!"

萧惟:"你之前太瘦了,现在刚刚好。真想减肥,也等高考完,现在别瞎折腾自己。"

唐星然转了个身看着他,在他面前倒着走路:"那现在我有变丑吗?"

萧惟偏头帮她看身后的路:"没有。"

唐星然笑:"那我好看吗?"

他抿抿唇:"嗯,好看。"

唐星然"嘿嘿"一笑:"你也好看。"

萧惟弯弯唇,笑而不语。正午的风吹在两人身上,暖意融融。

上了一周多的羽毛球课。班里不会打羽毛球的几个同学，也逐一接受了班主任的指导，学会了一点。

到了第三周，几个新手也开始琢磨着练习杀球和高远球，但唐星然实在是没有打羽毛球的天赋，只能接住那种打到她附近的、四平八稳的球。

于是，第三周周五的体育课上，连姚青悦都不愿意跟她一起打了。姚青悦说，跟她打球太没挑战性，都快打睡着了，就像是七老八十的人的健身运动。

班主任规定了体育课所有人都不能坐着休息，得动起来。

姚青悦走了之后，唐星然就拿着拍子在场馆里游荡，最后停到了萧惟旁边。

付楚小时候也练过羽毛球，和萧惟打了两周，两人都找到了感觉，打得十分精彩。

观战的不止唐星然一个人，还有班主任和其他几个打累了的同学。

萧惟杀了付楚一个球之后，看到站在球网旁边的唐星然，放下拍子去找她。

唐星然抬头看他，穿着短袖T恤，锁骨、脖子和鼻尖上都有细细的汗珠，头发随意垂在额前，双臂肌肉线条流畅好看。

他这人平时比较好静，运动的时候反而显得格外有魅力，很有青春的少年感。

萧惟薄唇微启，低声问她："找我吗？"

唐星然咬咬唇，摇头道："没有没有，你接着打，我随便看看。"

他看了一圈，看到她前两周的搭档姚青悦在不远处跟别的女生打球。

"你怎么没跟姚青悦她们一起？"

唐星然摊手，实话实说："她们嫌我打得菜，像老太太……"

萧惟笑了下，回去拿球拍："走吧，我陪你打。"

刚才观战的人都散了。付楚还在等萧惟回来，看到他拿起球拍准备走人，叫住他："哎哎哎，萧惟，你干吗去？"

萧惟转头看着付楚，平淡道："陪唐星然打羽毛球。"

付楚一脸难以置信，手指指向自己："那我呢，我跟谁打？"

萧惟扫他一眼："你随便。"

付楚骂人的话就在嘴边，奈何班主任还在附近，他敢怒不敢言，把话咽了回去，千言万语，化成一个幽怨的眼神。

唐星然这下开心了，拿着拍子蹦蹦跳跳地和萧惟找了个空地。

一开始，萧惟是想好好教她打的，但打了几个来回，他放弃了。因为看

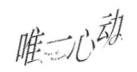

出来唐星然实在是四肢不太协调,不适合这项活动。

他嘴角稍弯,想起军训的时候。唐星然当时好像就体现出了四肢不协调这个特征,正步比别人多练了好长时间,最后还被教官拉出来单练。

他回忆了一下,唐星然踢正步的样子居然清晰地烙在他脑海里。

羽毛球课的后二十分钟,萧惟也变身七老八十的健身小老头。

他四平八稳地把球打到唐星然手边,她再开开心心地打回来。萧惟保证她每个球能接到,不然她还得去捡球。

大半节课,萧惟并没觉得无聊,就一直这么陪她打。唐星然也很开心,在她看来,和萧惟打了一会儿之后,她的"球技"进步飞快,每一个球都能完美接到!

下课铃响,付楚、姚青悦和他俩,四人一起还了球拍回教室。

唐星然还沉浸在"球技"提高的喜悦中,兴致勃勃地看向萧惟:"以后我都跟你一起打吧,你打得好!"

萧惟淡笑:"嗯,行。"

"哎?"付楚重重地拍他一下,"那我呢?萧惟,你以后都不跟我一起打了?"

萧惟丝毫没觉得理亏,瞥了付楚一眼:"嗯,你去找别人。实在没人,你可以去找班主任。"

付楚无语至极。

快走到教学楼,姚青悦跟付楚两个人说起了高考结束后毕业旅行的事。

姚青悦:"我想去海边玩。我从小到大都还没看过海。"

付楚:"我看过啊,没啥好看的,你看照片一样的。我们还是去桂市吧,那边的山特别好看,随手拍几张就能当电脑桌面的程度。"

姚青悦:"大夏天的,桂市那边热死了。"

付楚:"海边就不热?你不是想去南海镇吗,那都到热带了。"

姚青悦:"热的时候下海游泳呗,你……"

唐星然听到两人的对话,侧头看了眼萧惟:"你毕业想出去旅游吗?"

萧惟平淡道:"没想过。"

"噢……"唐星然想了想,问,"那我们跟他们一起去呗。"

萧惟:"都行,你想去?"

唐星然重重点头。主要是想跟萧惟一起出去玩,而且等高考结束,她和萧惟的关系就不一样了吧。

唐星然:"想去啊,考完正好出去放松放松。"

"嗯,行。"萧惟看她一眼,又道,"不过你现在别想着出去玩的事,先好好复习。"

"……噢。"

虽然这么答应了,但晚上回到宿舍,唐星然又开始琢磨毕业旅行的事。

当时姚青悦正靠在床上看辅导书,唐星然过去坐在她床边,问:"你和付楚说好毕业旅行去哪儿了?"

姚青悦放下书道:"还没呢。付楚一会儿一个想法,晚自习前还说想去桂市看山,晚自习之后又说想去大西北吃西瓜。"

唐星然笑了下,说:"要不我们四个组团一起吧,人多还好玩点。"

姚青悦:"行啊,你想去哪儿?"

唐星然抿抿唇:"我也还没想好,不急,等高考完再决定也来得及。"

姚青悦倾身拍了拍她的肩膀:"哎,你想去海边吗?我太想去海边了!要是你也想去,萧惟肯定也同意。到时候咱们三对一,让付楚直接少数服从多数!"

唐星然想了想,觉得去海边也不错:"行啊,那就去海边。"

姚青悦激动道:"太好了!"

又说了一会儿旅行的事,宿舍就熄灯了。两人没再聊,各自睡觉。

第二天醒来,又是紧张的高考冲刺复习,这些乱七八糟的事,被她暂时抛在了脑后。

最后几个月过得很快,二模和三模考试都如期而至,但跟一模相比,老师没再强调过这两次模考的重要性,只让大家好好发挥,熟悉考试氛围,心态放平。

越到后期,心态越重要。这两次考试,唐星然没像一模时那样紧张,都是正常发挥。

萧惟一直帮着她复习,物理成绩已经提了上来。除此之外,他的态度就像是给她吃了一颗定心丸。唐星然想,就算高考真的没考上北阳大学,也没那么可怕。以她现在的成绩,考北阳外国语大学是肯定没问题的。这所学校离北阳大学很近,跟萧惟见面也方便。

二模考完,唐星然排到了年级第十,分数也在往年北阳大学外语专业的录取分数线之上。到了五月的三模,唐星然更争气,直接考到了年级第七。

高考前的两周,各班安排了最后两次考试。目的也是让大家适应考试状态,避免在高考考场上过度紧张。

考完之后,就是高考前的三天假期。

唐慕把两人接回家之后,吃过晚饭,唐星然就进了屋去看书。

没过一会儿,萧惟过来敲门。

"进。"

萧惟拿着一本辅导书走进来,坐到唐星然身边的位置。他低头看了一眼,她正在翻之前总结的错题本:"别看太晚了,这几天早点休息。"

唐星然正在咬笔,萧惟伸手,把那支笔拿下来放桌上。

"小惟。"

"怎么了?"

唐星然看着他,眨眨眼:"你紧张吗?"

萧惟一脸淡然,摇头道:"不紧张。你呢?"

唐星然:"有一点点。"

萧惟看着她:"没事,别想那么多,就当是普通考试。"

两人对视着,她看得到萧惟眼中小小的自己。唐星然咬咬唇:"那你鼓励我一下,我就不紧张了。"

"好。"萧惟语气十分平淡,吐出两个字,"加油。"

唐星然在心里翻了一个白眼,没好气道:"你这也太敷衍了。"

萧惟笑了下,没说话。

她想了想,试探着问:"能不能用实际行动鼓励我一下?"

萧惟弯唇问:"什么行动?"

"比如,"她睁大眼睛看他,"拥抱一下。"

闻言,他眉梢微动,静静地看着唐星然,正考虑要不要抱一下时,旁边的门把手被转动。

萧惟蹙眉,赶忙坐正身子,耳朵泛红,低头看着桌上的辅导书。

姜静之端着切好的水果进来,放在他俩中间:"还在复习啊?再看一会儿就休息,这两天最重要的就是把身体养好。"

姜静之又问:"萧惟,你有什么想吃的吗?叔叔阿姨明天给你做。"

萧惟抬起头,表情难得的有些不自然:"都可以,谢谢阿姨。"

姜静之笑了下:"行,那你俩接着学习吧,困了就赶紧睡觉啊。"

听到关门的声音,唐星然憋了好半天,终于笑出声。萧惟幽幽地看过来,面无表情。

"……继续复习。"

本应最紧张的高考前三天,唐星然过得很轻松。萧惟每天陪她一块儿吃饭,一块儿复习,休息的时候,有一句没一句聊几句。无形中,那些压力都消失不见。

· 509 ·

6月7日早上，唐星然一家三口与萧惟一起坐在桌前吃早饭。

姜静之想叮嘱几句，又怕话说多了让他们有负担，千言万语都化作一句话——

"萧惟，然然，你俩考试别紧张，正常发挥就行。"

唐慕思来想去，在旁边补充一句："对，考差了也没事。咱家东边还有个学校，我跟他们校长吃过几次饭，去那儿上学也挺好。"

姜静之瞪了他一眼，忍不住道："大清早的，你说点吉利的行吗？"

考场上，唐星然本来还有点紧张，但卷子一发下来，开考铃声响起，什么感觉都没有了。日后回忆起来，唐星然觉得只能用"放空"来形容自己的状态。

她脑子里什么多的想法都没有，没想萧惟，也没想北阳大学和北阳外国语大学，只把注意力集中在题目上，一道一道往下做，做完再按平时的习惯检查，直到考试结束的铃声响起，起立交卷。

最后一门考试结束，走出教学楼那一刻，她抬头看了看天。蔚蓝的天空中飘着朵朵白云，六月的风很柔和，是个好天气。

四面八方传来各种各样的声音，有讨论题目的，有计划一会儿去哪里玩的……

这时，身后传来一个熟悉的声音："唐星然。"

她笑着转过头："你怎么知道我在这儿啊？"

萧惟淡笑了下，应道："我不知道，一出来就看到你了。"

唐星然："走吧，我爸妈应该在外面等我们了。"

"嗯。"

第二节：在一起啦！

姜静之和唐慕提前订了餐厅，接上人之后，就拉着他们过去。

吃饭的时候，唐慕接到萧俊的电话。

唐慕对着手机干笑两声："哟，您还记得您有个儿子呢……"

过了一会儿，唐慕把手机递给萧惟。

萧惟接过来，简短地应着："嗯，考完了。"

"不知道。"

"没有，等成绩出来就知道了。"

"到时候再说吧。"

"嗯，好。"

五句话说完，萧惟挂了电话。

唐星然戳戳他胳膊，好奇道："你爸说什么了啊？"

萧惟平淡道："问我考试怎么样。还说，他暑假也不回来了，让我想去哪儿就去哪儿待着。"

唐星然忍不住笑了声："那你想去哪儿？"

对面唐慕和姜静之还在，萧惟没说话。

姜静之先开口："那就跟然然在家待着呗，你回家也是一个人。"

唐慕补充："对啊，老萧他们也真是，孩子高考完也不回来看看。然然之前不是说毕了业想和同学一起旅游吗，刚好萧惟也一起去，有你在我们也放心。"

萧惟点点头："好，谢谢叔叔阿姨。"

晚上回到家，唐星然第一件事就是让姜静之把她房间电脑的密码去掉。

她叫上萧惟，两人并肩坐在桌前的椅子上。电脑开着，但唐星然也没着急找游戏或者动漫。

高考结束，还有件更重要的事情要做，跟身边这人有关。

她偷偷地看了眼萧惟，决定先说点别的调节气氛："我觉我这次考得挺好的。"

萧惟"嗯"了一声。

唐星然皱皱眉，质问道："你怎么一点都不激动？难道……你没考好？"

萧惟淡笑道："你如果没考好，出考场就哭了。"

今天出考场的时候，他就看到唐星然心情还不错，45度角仰望天空。

"喊……怎么可能……"唐星然撇撇嘴，"就算没考好，我也不会哭的。"

她想了想，挑眉道："我爸说北阳大学东边不是有个职校嘛，我考去那里，离你也挺近的。"

萧惟弯弯唇："也可以。"

屋里安静下来，唐星然酝酿了几秒，暗示他："小惟，高考结束了哦。"

"嗯。"

唐星然深吸一口气，一字一顿地重复了一遍："高、考、结、束、了！"

最后一个"了"字一出，突然，头顶的灯灭了，电脑屏幕也灭了，屋里顿时一片黑暗。

屋外传来姜静之的声音："停电了吗？出去看看是不是跳闸了。"

唐慕："我去看吧。"

511

屋内，黑暗中，唐星然什么都看不见了。

没了视觉，其他感官变得清晰起来，她好像能听到萧惟轻轻的呼吸声，他身上的香味也越加明显。

随后，听到他的声音，低低沉沉的："高考结束，怎么了？"

停电之前，萧惟就知道她说的是什么意思，可看到她涨红着脸，想直说又不好意思的表情，就忍不住想逗她。

黑暗中，他嘴角勾起。

唐星然记得停电之前他的位置，想着这会儿反正看不见，一咬牙，脑袋凑了过去。

她也不知道会亲到哪个位置，反正就摸黑迅速亲了萧惟一下。时间太短，没顾得上仔细感受，只觉得亲到了一个软软的部位。

萧惟的眼睛已经基本适应了黑暗，感受到唇上的柔软，他喉结滚了滚，眸色渐深。随后，他抬手放在唐星然的后脑勺上，稍仰起下巴，在她额头轻轻碰了一下。

电还没恢复，一片漆黑中，唐星然感觉到他温热的气息洒在自己鼻尖上，酥酥痒痒的。

紧接着，耳边传来低低的声音："知道你在想什么，不过……"

唐星然赶紧打断他，怕门外的父母听到，她声音也很小。

"不过什么？先说好，你不许反悔啊！"

耳边传来一声低笑，他轻轻道："不会。"

"我是想说，也没正式追过你，这么快就跟我谈恋爱……"他拖着尾音，顿了顿，声音低到几乎是用气音在说话，"你不觉得亏？"

"不觉得。"唐星然脱口而出这三个字。

怎么会觉得亏呢，她已经期待很久了！

话一出口，屋顶的灯亮了，电脑也自己启动。

唐星然眯眼适应灯光，睁开眼睛后，看到萧惟清俊的脸在自己面前，还是没什么表情。

她呢？

感觉脸发烧似的滚烫，不用照镜子，就知道肯定很红。看到萧惟一脸淡定，她突然就觉得心理不平衡了。

唐星然挑挑眉，补充道："我现在觉得亏了。"

不过她实在不想再多等了，而且萧惟已经知道她喜欢他，再追也没必要，何必给自己找罪受。

她想了想，语气正经地说："那你以后得对我好点，不然……"

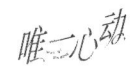

萧惟弯唇:"不然什么?"

唐星然装作一副凶巴巴的样子,威胁道:"不然我就跟你分手去找别人!"

闻言,萧惟神色微变。

正欲开口,门外传来姜静之的声音:"萧惟,然然,刚跳闸了,现在有电了。"

唐星然朝着门外应:"知道啦。"

她一只手搭在桌子上,话音刚落,萧惟的手覆了上来。

唐星然能清晰感觉到他掌心的温热。

半晌后,萧惟看着她的眼睛,神情认真:"唐星然,现在还早,我也不急。如果你想再考虑考虑要不要跟我在一起,我可以等你。"

他顿了顿,继续道:"但是如果你考虑好了,就别想着分手去找别人。"

萧惟说得很认真。

也许是唐星然对他来说太重要了,就算不能在一起,也可以继续像朋友一样相处。虽然他不知道,已经到现在这一步,还能不能退回去。

但他更不想在一起之后再分手,那就没有任何余地了。

唐星然看到萧惟的表情,有点紧张,但还是忍不住问:"万一分手了呢?"

萧惟眉头轻蹙,半晌后说:"你觉得,为什么会分手?"

她想了想,抬眸看着他,撇撇嘴:"那只能是因为,你对我始乱终弃。"

萧惟表情缓和了些,轻轻道:"不会。"

唐星然挑眉:"你确定?"

萧惟:"嗯,确定。"

唐星然嘴角逐渐上扬,笑出两个可爱的小梨涡:"那我考虑好了,从现在开始,你就是我男朋友啦!"

她补充:"男朋友,你得对我好点!"

"嗯。"萧惟弯着唇,看她唇边的梨涡,低声说:"别动。"

"啊?"

萧惟抬起手,戳了戳她的梨涡,又捏着她下巴,用修长的指尖摩挲几下。

他早就想这么做了。

唐星然也没说话,沉浸在甜甜的喜悦中,由着他戳。

萧惟难得看到她乖巧地坐在那里的样子,想起小时候,每次戳她的梨涡她都会奓毛。

他心中一动,俯下身,唇又在她梨涡上碰了下。

就在这时响起了两下敲门声，随后就是门把手拧动的声音。

唐星然吓得直接从椅子上弹起来！

已经高中毕业，现在谈恋爱也不算是早恋，可她一时半会儿状态还切换不过来。在家里和萧惟做这些亲密的动作，总有种背着家长干坏事的感觉。

姜静之端着盘水果进来放桌上，看了眼唐星然："你脸怎么这么红？过敏了？"

"……红……吗？"唐星然下意识地摸了下自己发烫的脸颊。

姜静之凑近她看了会儿："红啊，你感觉痒吗？"

说完，姜静之又看向萧惟："萧惟，你看然然的脸是不是特别红？"

啊啊啊，她想找个地缝钻进去！

萧惟象征性地扫了眼，十分平静地应道："嗯，确实挺红的，我刚都没注意。"

唐星然无语。

姜静之："对吧，然然你感觉脸上痒吗？"

唐星然深吸一口气，受不了这份尴尬了，推着姜静之出去："不痒不痒，我就是热的，空调开低点就没事了！我俩准备玩电脑游戏呢，妈你快回去收拾收拾睡觉吧！"

说着，姜静之就已经被推到了门口。

她狐疑地看了两人一眼，又看到萧惟神色如常，觉得自己可能是想多了。

"早点睡啊，别玩太晚。"

屋里，唐星然听着姜静之脚步声渐远，长舒了一口气。她一转头，就看到萧惟唇边若有似无的笑意。她顿时气不打一处来，明明他才是始作俑者，坐在这里却跟没事人一样！

"你站起来一下。"

闻言，萧惟听话地站起来，和她对视："怎么……"

下一刻，唐星然一咬牙，踮起脚朝他嘴角亲了过去。她脑子里想的是给他一个缠绵的长吻，然后静静欣赏他脸红心跳的样子。

可刚贴上他的唇，唐星然就发现了一个巨大的问题——自己不会接吻。

而且碰到的一瞬间，她脑袋里就一片空白，在他唇上贴了一会儿，不知道下一步应该做什么。

片刻后，唐星然低下头，羞愤欲死。

她声音小得像蚊子叫："那个……你会吗？"

萧惟挑眉，嘴角弯着，淡声道："我也不会。"

下一秒，唐星然感觉自己的唇被覆上一片湿软。

萧惟紧贴着她唇畔，低低道："试试，说不定就会了。"

"哎？"

还没反应过来，他就吻了过来。他一开始很是生涩，手环住她的腰，先用舌尖轻勾她唇畔。

嘴唇湿湿软软，扑面而来全是他的气息，她的鼻尖蹭着他的鼻尖，痒意一路钻入心里。紧接着，他试探着缓缓探入她唇齿间，去勾她的舌头，一下接着一下。渐渐地，他越吻越深，唐星然闭着眼，觉得有些喘不过气。

他的呼吸也变得粗重起来，气息一下下地洒在她脸上，温热中带着一点湿意。

过了许久，萧惟才离开她的唇，但还是抱着她。

他眸色比平时深沉了些，像一汪深不见底的潭水，嗓音也有些低哑："我好像，学会了。"

唐星然攥着拳，心跳快得厉害："哦。"

等唐星然平复下来之后，她挪了挪手，去勾了勾他的掌心。

"小惟，你觉得，要不要告诉爸妈？"

萧惟侧头看她，表情和声音都恢复了往日的淡定："你怎么想？"

唐星然咬咬唇，说："要不等晚点就告诉他们吧。"

她对萧惟和自己都挺有信心的，对这段感情也挺有信心，只是觉得现在太早，怕两家的家长以为他们只是小年轻之间玩玩闹闹的感情。

萧惟点头："嗯，那就晚点吧，还不急。"

这一晚上，两人腻腻歪歪到了凌晨，萧惟才回了客房睡觉。

今天起得本来就早，一点多的时候，两人就已经很困了，但谁也没提要睡觉的事。

后来，唐星然拉着萧惟，两人用平板电脑看动漫，看到唐星然都快睡着了，萧惟跟她道了晚安，起身回客房。

第二天，高三一年以来的生物钟使然，唐星然七点准时醒来。

迷迷糊糊，想起昨天完成了两件人生大事——高考结束、和萧惟谈恋爱，她还觉得有点不真实，翻来覆去在被子里滚了几圈，又睡着了。

还做了一个不可言说的梦。

唐星然醒来时，发现她整个人是趴在床上的。她伸手拿过手机，看到姚青悦给她发了几条微信。

姚青悦：唐唐，你今天有安排了吗？要不要一起出去吃饭看电影？

姚青悦：付楚也一起，你可以叫上萧惟？

唐星然答应下来，商量好时间，洗漱之后出了房间。客房的门开着，萧惟没在。厨房和客厅都没有人，姜静之和唐慕也没在。

找了一圈之后，唐星然在洗衣房找到了萧惟。他正在往洗衣机里倒洗衣液，唐星然低头看了眼，里面好像是他房间的床单。

"你怎么大早上洗床单？"

萧惟回头看了她一眼，表情没太大变化，但她总觉得他有些不自然。

片刻后，他平淡道："脏了。"

"啊？"唐星然挠挠头，"你尿床了？"

萧惟启动洗衣机，显然不想再聊床单的问题，说："叔叔阿姨去学校了，厨房留了早餐，我帮你热热？"

唐星然："噢，行。"她跟着去了厨房。

厨房里，萧惟把小笼包放进蒸锅，然后开火，又去冰箱里拿了牛奶和鸡蛋，牛奶放进微波炉里加热，鸡蛋打进平底锅开小火煎。空气里，只有灶火的声音和微波炉转动的声音。

唐星然看萧惟认真忙活的样子，忍不住从身后抱住他。姜静之和唐慕都不在，正是亲亲抱抱的好时机。

萧惟手中的动作停住，偏头在她脸颊亲了下："我先煎鸡蛋，一会儿给你抱。"

唐星然又用额头蹭了蹭他的肩，松开他，靠在一边看着他煎鸡蛋："小惟，你昨晚睡得好吗？"

他昨晚睡得还行，就是早上做了个梦，不过不打算告诉她。

他平淡道："还可以，你呢？"

唐星然舔舔唇："我也还可以。就是早起习惯了，早上七点醒了一次，然后又睡着了，做了个梦。"她顺着说下去，没注意就说到了那场梦。

萧惟"嗯"了声，把煎好的鸡蛋盛出来，随口问："梦到什么了？"

她摸了下鼻子："噢，没什么。"

"对了，刚刚青悦叫我们中午出去吃饭看电影，还有付楚。"

萧惟端着盘子走出厨房："好。"

吃了早饭，两人坐在沙发上看电视聊天，快到约定的时间，就换衣服出门。夏天提前到来，萧惟穿了件轻薄的浅蓝色衬衫，衬得整个人很斯文。

下车之后，离商场还有段距离。

唐星然看到路边几对情侣牵着手走路，开始纠结要不要主动去牵萧惟。虽然昨晚已经做了比牵手更亲密些的事，但那是在家里，只有他们两个人。

现在光天化日、大庭广众，她有点不好意思。正犹豫着，萧惟就很自然地牵过她的手。

唐星然偏头看他，眨了眨眼："小惟。"

他耳朵有些泛红，转头过来和她对视："怎么了？"

唐星然："感觉你谈恋爱……还挺有经验的。"

萧惟牵着她过马路，等到了马路对面，扫了她一眼："我之前谈没谈过恋爱，你不知道？"

唐星然笑了下，故意道："我不知道呀。你小学四五六年级，还有初一初二初三，都没跟我在一块儿。"

她想了想，继续道："说不定你早恋过。"

萧惟无奈道："可能吗？"

唐星然笑着捏捏他的手，和他一起走进商场。

跟姚青悦他们约的是先吃饭再看电影，付楚已经提前订好了一个小包间。唐星然和萧惟进去之后，他们还没到。

她拿出手机，给姚青悦发消息：你们还有多久啊？

对面马上回复：我这儿有点堵车，付楚出门晚了，稍等等我们啊。

星星糖：好。

收了手机之后，唐星然先在桌旁翻菜谱，萧惟低头跟她一起看。离得太近，他侧脸时不时就蹭到唐星然耳朵，痒痒的。

唐星然侧头看他。

包间的灯光很亮，照在他脸上，下颌线流畅，鼻梁高挺，肤色很白。她没忍住，亲了下他脸颊。

萧惟想到她昨晚的话，淡笑着指了指自己的唇，幽幽道："为什么不亲这里？"

唐星然心猛地一跳，小声说："在饭店哎，外面都是人。"

萧惟闲适地看着她："人都在外面，里面就我一个。"

唐星然又抬头扫了一圈，没看到包间里有监控。她看到萧惟那张清冷好看的脸，一咬牙，合上菜单，抬头亲了过去。

他就好像是故意的，她贴过去之后，也没任何动作，意思很明显。

要她主动。

正闭着眼睛摸索感受，包间的门"嘭"地开了。

唐星然一惊，赶忙弹开，唇上还湿漉漉的，脸上刻着"尴尬"两个大字。

只见付楚站在门口，顶着新染的一头红毛，一脸震惊，嘴张得老大，场面异常富有戏剧性。

下一秒，门又"嘭"的一声被他关上。

"不好意思！无意打扰！你们好了叫我！"

唐星然觉得自己一定是被下了什么"诅咒"！每次想对萧惟做点什么，总会有人来打扰！

萧惟冷冷看了眼门口，又看向唐星然。她满脸通红，坐在旁边，低着头，像是犯了错的小孩子。

他看着觉得有些好笑，敛住笑意问："让他进来？"

唐星然清清嗓子，很不自然地"嗯"了一声。

萧惟站起身去开门。

付楚看见萧惟，一脸坏笑地拍他肩膀，在他耳边小声道："可以啊兄弟，没想到你还是个闷骚型的。"

萧惟蹙眉，扫了眼付楚那头扎眼的红毛："什么意思？"

付楚："……算了，不重要！走走走，快进去让我吹会儿空调，热死了。"

说着，他和萧惟进了包间。

唐星然脸上还写着"尴尬"二字，好一会儿后，注意力才转移到付楚的发色上。一头像动漫角色一样的红毛，还烫了个锡纸烫。这发色，显得他整个人黑了一个度。

她眉毛挑了挑："付楚，你啥时候染的头发啊？"

付楚得意地笑笑："昨天考完就去染了，漂了三次才能有这绝美的颜色！帅不？"

唐星然吞吞口水，不想说违心话，也不好意思打击他。

沉默了两秒，萧惟就把她想说的话轻飘飘地说出来："丑。"

付楚白他一眼："你个土老帽懂什么！我早就想染了，好不容易等到高中毕业终于能染了！"

唐星然又看了几眼。

她想了想，问："青悦陪你染的？她怎么说啊？"

姚青悦也不像是会放任他染这种丑头的人。

付楚笑着说："不是啊，昨天跟她吃完饭我自己去染的！趁着刚染完，今天赶紧又约她出来吃饭，一会儿给她一个惊喜！"

唐星然："呃……"估计是惊吓。

等姚青悦的工夫，几人边看着菜单，边开始闲聊。

唐星然随口问："你不是出门晚了吗？这也没晚几分钟。"

付楚："确实出门晚了啊，但是我家就住马路对面。"

他看向唐星然，笑了下："咋，打扰你俩了？哎呀，我这不是没想到嘛，你们也不提前打个招呼。不过没事，你俩住一块儿，回家继续，想怎么亲怎么亲！"

唐星然埋头不作声。

萧惟淡淡看他一眼："不用你提醒。"

付楚愣了一瞬，甚至想原地鼓掌："啧啧啧，牛！"

几人又说了一会儿话，本来以为刚才那部分已经过去，包间的门就开了。姚青悦穿了一条黑色的露肩小短裙，背着闪闪发光的包，甚至还踩了一双高跟鞋，也是一副高考之后要放飞自我的状态。

付楚原地站起，忍不住分享："你知道吗！我刚进来撞见他俩在亲哎，法式长吻！"

唐星然抚额低头，降低自己的存在感。没想到付楚这人坦然到能当面议论他们。

不过，姚青悦还没顾得上关注这件八卦，就被付楚那头红毛闪瞎了。

她睁大眼，表情僵硬地愣了一瞬："你这啥造型？假发？"说着，就走到付楚面前。

付楚扯了扯自己的头发，炫耀道："这肯定不是假发啊！我染的，漂了三次呢，怎么样怎么样？"

他人长得也算清秀，但配上这个发型，颜值下降至少一半，虽然说不上丑到哪儿去，但很奇怪、很搞笑。

姚青悦沉默地看着他，眉心直跳："你打算啥时候染回去？"

付楚："哎？"

姚青悦坐下，深呼吸："我劝你在旅游之前染回去，不然我就跟唐唐和萧惟他们俩去三人游。"

付楚看着姚青悦，眼神委屈巴巴的："不好看吗？"

姚青悦："你自己觉得好看吗？"

付楚："可是发型师说帅炸了！"

姚青悦："噢，发型师给你染的头，他染完能说自己染得丑？"

付楚："不止他一个人说帅啊！"

姚青悦："还有谁说帅？"

付楚撇撇嘴："店里其他发型师……"

姚青悦无话可说。

唐星然十分感谢他这头红毛转移了姚青悦的注意力，在旁边头也不抬地听着两人吵架，跟萧惟一起看菜单。

姚青悦和付楚也没啥心情点菜了，只顾着斗嘴。

萧惟按铃叫了服务员进来。唐星然指着菜单，服务员拿着个小机器点点按按。

点到一半，付楚叫服务员："姐姐。"

服务员看向他："您要加菜吗？"

付楚咬着牙问："你觉得我这发型好看不？"

服务员处变不惊，沉默了一秒后，点点头："好看。"

付楚马上转向姚青悦："你看吧！就你觉得丑，噢，还有萧惟。你俩审美有问题！"

姚青悦无语。

上菜之后，姚青悦懒得跟他再吵下去，下了最后通牒——想一起旅游，就把头发染回来。

她说完，这才把目光移向唐星然。

两人座位挨着，姚青悦戳戳唐星然的肩膀，在她耳边问："你俩谈了？"

唐星然乖巧地点头："对。"

姚青悦抿唇笑："亲了？"

唐星然："……嗯。"

姚青悦："感觉怎么样？"

"……感觉，萧惟能听到我们说话。"

包间就这么大，又挺安静。萧惟就坐唐星然另一侧，隔着一个人，怎么也能听到。

闻言，萧惟放下筷子，淡声道："嗯，我能听到。"

唐星然抿嘴。

姚青悦倒没觉得尴尬，笑了笑跟她说："没事，那等回去我再问你。"

一顿饭快吃完，四个人开始讨论毕业旅游的事。其实是三个人，哦不，两个人。

萧惟没什么意见，听唐星然的。付楚因为这头红毛，基本被剥夺了发言权。

最后，唐星然和姚青悦两个女生敲定，等成绩出来，报完志愿，一起去海边旅游。可以看海、可以游泳、可以潜水，还能吃热带水果。

商定好地点，两个人兴致勃勃地开始看酒店。

高中前也出去旅游过，但每次都是跟大人一起。她们都很期待第一次单独出行，自己计划全程。

小时候总盼望着长大，父母总说要珍惜年少时光，长大了没什么好。可唐星然觉得，长大了哪儿都好。

付楚和萧惟都吃完了，坐在旁边听着两个女生叽叽喳喳。看了半个多小时的旅游 APP 和攻略，两人终于选定了一家海景酒店。

离海很近，有露天的阳台，阳台还有个小游泳池。于是，讨论的重点就转移到四个人该订几间房的问题上。

姚青悦没做决定，把问题抛给了唐星然。

唐星然眨眨眼，又原封不动把问题抛给了萧惟："我们订几个房间啊？"

她想了想，补充道："我算了下，套房不划算。定标准间的话，一个房间能住两个人。"

萧惟没多想，顺着她的话往下说："四个人，那就订两个房间。"

小学除法题。

唐星然张张嘴，暗示道："付楚和姚青悦不住一间。"

没等萧惟说话，付楚在一旁打岔："悦悦，我们真不住一间啊？"

姚青悦很坚定："不住，而且去之前你得把头发染回来。"

"……好。"

萧惟想了想，一脸淡定地问："你想跟我住一间？"

唐星然的脸瞬间红了！

旁边还有两个人呢！他就算想问，能不能稍微隐晦点啊！

在姚青悦的偷笑声中，唐星然矜持地摇了摇头，说："那我们直接订四间吧，互不打扰。"

虽然这提议不太省钱，但一人一间，干什么都方便。想和萧惟单独相处，她随时过去就行。

天才！

萧惟"嗯"了声，平淡道："可以。"

商议完订房间的"大事"，四个人终于结账出了餐厅。

姚青悦出门之前打扮了一番，拉着唐星然逛街。两个男生跟在后面，萧惟也很嫌弃付楚这红毛，跟他保持距离。

没走多久，姚青悦穿着高跟鞋，脚痛到不行，扶着唐星然，走得一瘸一拐。

付楚屁颠屁颠地跑到她旁边："姚娘娘，小唐子个儿矮，搀不住您，让身长八尺有余的小楚子来搀您吧！"

姚青悦听了直笑，决定暂时忍受付楚的红毛，挽着他走。

萧惟面不改色地走到唐星然身边，也牵住她的手，陪她一起逛。她低着头，嘴角渐渐扬起。

打车回去的路上，唐星然微信一直弹消息。

她打开手机看了眼，发现是付楚拉了个四人的微信群，群名改成"甜蜜恋爱小分队"。

刚看见，群名就被姚青悦改了，改成"督促付楚染头小分队"。

唐星然看见，笑出声来。

萧惟凑过来，低头扫了眼，没说话。

唐星然眼珠一转，侧头问："你给我的微信备注是什么啊？"

他俩高二的时候一起注册的微信。准确地说，是唐星然拿着他手机注册的，注册好就帮他添加了第一个好友，她自己。

过了一年，唐星然加了班里好几个同学，还顺便加了一群初中同学的好友。

萧惟微信好友却还是少得可怜，几个亲戚，外加三个室友，再然后就是唐星然。

萧惟语气平淡地念出了她当时拿着他手机，自己给自己改的那个备注："唐星然是最可爱的小公主小仙女。"

她笑了一声，戳戳他胳膊："是不是应该改一下了？你看我给你的备注。"

说着，她递过手机。

萧惟低头，看到自己头像旁边"男朋友"三个大字，嘴角稍弯。

"改成什么？"他问。

唐星然想了想，直接从他手里把手机拿过来，给自己改成"我女朋友是最可爱的小公主小仙女"。

萧惟看了眼，又用刚才那种十分平淡的语气念一遍："我女朋友是最可爱的小公主小仙女。"

唐星然听到，心猛地跳了一下，看着他说："萧惟，你再说一遍！"

萧惟："我女朋友是最可爱的小公主小仙女。"

唐星然抿住笑意："带点感情行吗？带点感情，最好声情并茂，再说一遍！"

…………

一转眼到了六月末，高考出成绩查分的日子。

这天下午网特别卡，唐星然电脑手机并用，刷新了好几次都卡在最后的界面。

萧惟第一次感受到出成绩之前的紧张，不是紧张自己，是紧张唐星然。

虽然她一直说她考得挺好，但萧惟还是有点担心。毕竟，作文跑题这种事也在她身上发生过。万一高考作文她又跑题了而不自知，那报北阳大学肯定悬了。

萧惟就坐在她旁边，桌上摆着平板电脑，手里拿着手机，也是两个设备并用帮她查分。

半个小时之后，是萧惟先刷到了她的成绩。

看到成绩的那一瞬间，他松了一口气，平静地看向唐星然："查到了。"

唐星然："别说，你先别说！"

"哦。"萧惟真就不说了，静静看着她。

两人对视，唐星然观察了半天，也没从他表情里读出自己这成绩究竟是好是坏。

她深吸一口气，紧张道："你先告诉我最后一位！"

萧惟薄唇微启："0。"

"呃。"唐星然又问，"中间那位呢？"

萧惟："也是0。"

唐星然正要开口，萧惟弯唇直接告诉了她："700分整，名次也挺靠前的，报北阳大学肯定没问题。"

高兴了一小会儿，唐星然就坐回去，帮萧惟查成绩。网站又开始卡，没等查到，两人就以另一种方式知道了萧惟的分数。

唐慕和姜静之回家了，身后还跟着北阳大学招生办的两个老师。招生办的老师上午就知道了萧惟是北阳今年的高考状元。

一上午，那两个老师先是去了北阳一中要萧惟的家庭住址，去了之后发现家里没人，又经过好一番"调查"，终于找到了唐慕这儿。

除了北阳大学的老师，还有北阳政法、北阳科技、南城大学几个学校招生办的老师找到了唐慕，打电话过来抢人。

萧惟听到外面的人叫他，出去跟唐慕说："叔叔，我报北阳大学，已经决定好了。"

身后那两个招生办的老师喜上眉梢："好！太好了！我们北阳大学是国内顶尖名校，我们培养学生……"

都是一个学校的教职工，唐慕和姜静之留两人在家里吃了晚饭。

唐星然查到成绩之后，心情一直很好。一年的努力终于看到了成果，一模的阴影也终于散去。之后的四年，她都能跟萧惟在同一个大学了。

晚饭后，打发了招生办的老师，唐星然又跟亲朋好友报了一圈喜，回到房间。

折腾了一个下午，两人终于有独处的时间。

唐星然一关门,就笑着原地转了个圈,然后猛地往萧惟怀里扑过去。他脚下没站稳,就被唐星然直接扑倒在床上。

"好开心。"她小声说,"我们可以在一起四年了哎。"

萧惟淡笑着看她,嗓音低沉:"就四年?"

唐星然笑:"我是说,保底四年。"

这个姿势久了,萧惟身体有了些反应。他只克制地吻了吻她嘴角,手臂用力,抱着她站起来。站起来之后,他也不想松手,下巴抵在她肩上,又多抱了她一会儿。

这天晚上,两人都有点睡不着,看动漫看到很晚。

日有所思,夜有所梦。梦和现实是相反的。按照这两条规律,晚上,唐星然又做了个梦。

她梦到今天下午萧惟帮她查成绩的场景。跟现实不同的是,在梦里,她成绩的第一位变成了"6",她考了600分,去不了北阳大学。

这个梦很长,从高考结束一直做到了大学。

她去北阳大学找萧惟,结果在男生宿舍楼下,发现萧惟跟另一个女生手挽着手。女生长得很好看,温温柔柔,满脸洋溢着幸福的笑意。

唐星然抓到萧惟出轨,在梦里被气炸,冲上去就给了萧惟一巴掌,然后又给了那女生一巴掌。

结果萧惟一点反应都没有,看着她的表情就像看陌生人,要多冷有多冷。

最后他给她扔下一句:"打也打过了,以后就别来找我了。"

唐星然看着两人搂搂抱抱远去的背影,眼泪夺眶而出,蹲在地上一直哭。

哭着哭着,她就醒了。

从床上睁开眼睛,黑暗中,她模模糊糊看到床头柜上那只白色泰迪熊。她还沉浸在梦里出不来,看到泰迪熊,又哭了一会儿。好不容易止住眼泪,她也睡不着了。她从床上起来,穿着拖鞋,轻手轻脚地走向客房。

萧惟睡觉没锁门,她开着手机上的手电筒,轻轻扭动门把手,走了进去。唐星然也没想好她要做什么,就是被那个梦气得不行,难过得要死,很想过来看他一眼。

于是,她就站在他床前,低头静静看着他的睡颜。

他的碎发垂在额前,眼睛轻闭着,很安静,很好看,呼吸声也轻轻的。唐星然感觉自己心情稍微好点了。

也许是睡梦中也有感觉,萧惟突然就醒了。

他缓缓睁开眼,眼睛微眯着,就看到一个女生眼睛睁得大大的,穿着白色的睡裙,手电筒的白光从上往下照在下巴上。

她一动不动，静静在床边看着他。

要是萧惟心理素质差点，估计能被吓出心脏病。

半晌后，他大概是醒过神，嗓音带着从睡梦中刚醒来的沙哑。

"……唐星然？"

萧惟花了些时间确认自己不是在做梦。静默五秒后，他缓缓坐起来，伸手打开床头柜上那盏小夜灯。

屋中亮起昏黄的光，映在两人脸上。萧惟看向唐星然，适应了光线之后，他看到唐星然双眼和鼻尖红彤彤的，脸上也依稀有泪痕。

他心中微怔，掀开被子，坐在床边，声音既哑又温柔："怎么哭了？"

唐星然吸吸鼻子，灭了手电筒，在他身侧坐下。

安静半晌后，她抱着萧惟的腰，把头埋进他怀里，声音闷闷的："我刚才做梦……梦到你劈腿了。"

萧惟反手抱住唐星然，听着她叙述了整个梦境。

听完之后，他淡笑了一声。

唐星然抬眼瞪他："你还笑！吓死我了，呜呜呜。"

萧惟安抚着把她揽进怀里："梦是假的，别信，不可能发生这种事。"

他顿了顿，又道："而且，在梦里你不是打了我？也算是报仇了。"

唐星然冷哼一声，抱着他低声说："这怎么够报仇的！我都被你气哭了！"

她补充："梦里的你。"

"那怎么办？"萧惟弯唇看她，"再给你打一下？"

"不要。"唐星然探探脑袋，在他侧脸亲了亲。

房间里全都是他的气息，跟白天他身上的有些不同，她闻着感觉很舒服，带着些夜晚特有的温柔。

隔着一层睡衣，唐星然脑袋在他胸口蹭了蹭，小声道："我可以跟你一起睡吗？"

萧惟犹豫半晌，摇头："不太好。"

她咬咬唇，又亲他一下："我自己睡不着……而且就一起睡觉，不做别的什么。我睡一小会儿就回去，这么晚了，我爸妈也不会知道的。"

萧惟垂眸沉思，还是没说话。

唐星然蹭着他继续撒娇："就躺一小会儿。"

说着，她抬眸看向他，大眼睛眨巴两下。

萧惟心里一软，终于点头。

他床上只有一个枕头，柜子里也没多余的。唐星然也不想再摸黑回去拿枕头，怕吵醒姜静之他们。
　　她脱下拖鞋，躺上了他的床。被子和枕头上全是他的味道，让她很安心。萧惟也躺下，这辈子第一次睡觉时怀里多了个人，困意全无，低头看着她，有些难受。
　　偏偏唐星然还紧紧抱着他的腰，在他怀里动来动去。
　　他语气里带了些警告，在她耳边低声道："你别乱动。"
　　唐星然只是在找一个舒服的位置，找好之后，自然也就没动了。
　　她枕在萧惟胳膊上，打了个哈欠，没过多久就舒舒服服睡着了。
　　旁边，萧惟就没那么舒服了，睡不着，又不敢动，加上身下燥热，快到早上才迷迷糊糊睡着。

　　两人就这么睡了一夜。
　　生物钟使然，萧惟六点准时醒来，看了眼怀里的人，脑袋发晕。
　　紧接着，就听到屋外唐慕和姜静之走动的声音。
　　他蹙眉。昨晚看唐星然睡得太香，模样很乖巧，一直没忍心叫醒她。结果最后，他也睡着了。
　　萧惟拍拍唐星然，她翻了个身，继续睡。
　　又过了一会儿，唐星然反应过来不对劲。
　　她猛地睁开眼，感觉到身后坚硬的胸膛，和不同于往日的环境……
　　怎么办……
　　唐星然转过身看他，嗓音有些哑，小声道："已经早上了，怎么办啊？这要是让我爸妈发现，感觉要完……"
　　萧惟思忖片刻，轻声道："没事。"
　　今天是周二，唐慕和姜静之有夏季小学期的课要上。这么早，他们大概率不会去她卧室叫她，也不会来客房。
　　唐星然："没事？"
　　萧惟："嗯，等等吧。困吗？再睡会儿。"
　　唐星然心都快跳出来了，哪还睡得着觉啊。
　　萧惟看她紧张兮兮的样子，忍不住逗她，在她耳边低声问："一会儿唐叔叔和姜阿姨进来看到怎么办？"
　　唐星然心跳更快了，眉头紧皱着："他们会进来吗？"
　　萧惟很自然地"嗯"了一声，说："姜阿姨会叫我吃早饭。"
　　其实不会，每次都是等他出去。唐星然一个鲤鱼打挺就从床上弹起来！

她左看看右看看，搓着手，焦急地嘀咕："他们不会叫我起床。那、那、那，我先找个地方藏一下，那个衣柜应该能藏下……"说着，就打算下床把自己关衣柜里躲着。

"刚逗你的。"萧惟淡笑着把她扯回来，低声道，"他们不会叫我。今天唐叔叔和姜阿姨都有早课，等他们出门就好。"

唐星然转头，一脸愤恨地瞪他，又不敢太大声："你、你、你敢骗我！"

之前以为萧惟长大转了性，现在看来，和小时候一个德行！

唐星然又躺回去，闭上眼表示不想看见他，愤愤道："你昨晚劈腿，今早又骗我，现在新账旧账一起算！我今天一天都不会理你了！"

萧惟轻笑一声，在她旁边躺下。

他抱抱唐星然，唐星然闭着眼不看他，把头扭到另外一边。

他又轻碰了碰唐星然的脸颊，唐星然还是闭着眼不看他，更大幅度地扭了一下头。

萧惟笑，轻声说："你小心扭到脖子。"

"真不理我了？要怎么样才理我？"

他声音很好听，离得近，温热的气息就洒在她耳畔，酥痒酥痒的。

唐星然为了避免被诱惑到，索性直接翻了个身背对着他。

下一刻，门外脚步声渐近，唐星然重新慌起来，也顾不上自己还在生气。

她直接往下滑，把整个人埋进被子里，竖着耳朵听外面的声音。

萧惟其实也紧张了一瞬。

但马上，屋外的脚步渐远，随后就听到了大门一开一关的声音。

唐星然又自己滑上来，身子和萧惟紧贴着，又露出乱糟糟的头发和两只大眼睛。

"他们走啦？"

萧惟"嗯"了声："应该出门了。"

她长舒一口气，才意识到自己还在生气。算了……这账以后再算吧。

唐星然在被子里晃晃他的胳膊："你出去看看。"

萧惟："嗯，行。"

说着，他起身出门。

一会儿后，他回来，坐在床边低头看她："叔叔阿姨都出门了。"

唐星然"噢"了声，往里躺了点："那你别吵了，我再睡会儿。"

报完志愿之后，毕业旅行的事终于提上日程。

四个人再次聚餐，顺便开个小会，把机票和酒店订了，商量了行程安排。

付楚的红毛提前下岗,染回了黑色,但锡纸烫还保留着。

七月一日,阳光明媚,四人在机场会合,踏上了前往海边的旅途。

一下飞机,唐星然就感觉自己被热化了。果然是热带,这温度跟北阳夏天不是一个等级。

萧惟帮她撑着伞,几人一起打车去酒店放行李。

路上,姚青悦和付楚又吵起来了。

姚青悦戴了一副黑色的太阳镜,高考结束之后就开始研究化妆,今天涂了个姨妈色口红,配上一头黑长直,显得整个人很有气场。

萧惟坐在前排副驾驶,低头看手机上的新闻。

唐星然坐后排,夹在两人中间,被吵得耳朵"嗡嗡"响。

姚青悦:"你刚在飞机上跟邻座那女生聊得还挺好啊,怎么没叫她来跟我们一起玩?"

付楚:"人家跟闺蜜一块儿来三亚的,我叫她干吗?"

刚才在飞机上,付楚单独坐一个座位,在其他三人的前面一排。萧惟也单独坐过道另一侧,姚青悦和唐星然是坐一起的。

付楚一路都在跟邻座的女生聊天,最后还加了微信。姚青悦一直听着,默默在心里记小账,就等着下飞机来跟他算总账。

姚青悦:"哟,知道这么清楚了啊,那你叫上她闺蜜一起呗!"

付楚:"我叫她们干啥,又不熟。"

姚青悦:"你也知道不熟啊!那你跟她聊了一路,微信都加上了吧!"

付楚:"她找我聊天我总不能不搭理她吧,加微信那是因为她也刚高考结束,也报的北科大,大学说不定还会见面。"

姚青悦气得牙痒痒:"她找你聊天你就聊啊!那萧惟旁边的女生还找他聊天呢,他就没跟人聊!"

付楚深呼吸给自己降火:"那是萧惟性格孤僻,我性格开朗!你第一天认识我?"

要不是唐星然隔在中间,姚青悦简直想给他一拳了:"那你性格可真开朗,来者不拒啊!才刚高考完,你坐个飞机都能拈花惹草,上了大学还指不定成啥样呢!"

付楚也是气得不行:"你能别上纲上线吗!我又不是古代小媳妇,跟其他女生话都不能说了?"

姚青悦爹毛:"你那是普通说话吗!有说有笑聊了一路!"

付楚:"那就是不能跟别的女生聊天呗?"

....

唯一心动

快到酒店,两个人还在吵。姚青悦是唐星然的朋友,萧惟不好意思说,把降噪耳机戴上。唐星然开始劝架,却怎么也劝不住。

下了车,两人又一路从前台吵到电梯,从电梯吵到酒店房间。唐星然和萧惟的房间是挨着的,放下行李之后,她就直接进了萧惟那间。

姚青悦和付楚越吵越有劲,也进了同一个房间继续"战斗"。

今天下午的计划本来是放下行李后去附近的海滩散步拍照,照现在的局势,计划应该是取消了。取消也好,早上起得早,唐星然正好在酒店休息一下。

酒店房间很大。进门之后有一处玄关,再往里就是一张两米的大床、月牙形的长沙发、电视、餐桌和茶几。一整面全视野的落地窗,拉开之后可以进到阳台。阳台有一套餐桌椅、秋千、躺椅和泳池。

唐星然一进门,就先瘫在沙发上:"这酒店还行哎。"

萧惟"嗯"了声,把行李箱摆好,过去坐她旁边。

"想出去转转吗?"他问。

唐星然挪了挪位置,靠在他怀里:"歇会儿再出去吧,被吵得有点头疼。"

她叹了声气,嘀咕道:"他们也太能吵了,路上吵了大半个小时,现在又回去接着吵。"

萧惟弯弯唇,没应话,把人往怀里揽了揽。

两人说了一会儿话,唐星然体力恢复得差不多,起身开始"视察"房间。

她先在屋里转了一圈,看到浴室里有个浴缸,紧接着,又拉开玻璃门去了阳台。阳台外是个泳池,泳池不大,但打扫得很干净,旁边有蓄水的开关。

正低头看着,萧惟缓缓靠近,从身后抱住她,偏头在她耳边问:"晚上自己睡一间,害怕吗?"

唐星然转过身,点头如捣蒜:"害怕啊,要不我把行李拖来你这间?"说完,她抬眸偷看萧惟一眼。

"嗯。"他弯弯唇,"那为什么要订四个房间?"

唐星然的心急跳几下,脸颊泛红:"让青悦和付楚知道……多不好意思!"

萧惟没说话,牵着她往外走:"出去吃饭吧。"

"噢,好。"

出去之前,唐星然礼貌性地给姚青悦打了个语音问她要不要一起。

电话刚接通,她就听到了付楚"吧啦吧啦"说话的声音。看来还没吵完。

姚青悦扔下一句:"你们去,不用管我们。"就把电话挂断了。

唐星然挽着萧惟,打车去了一家商场里的自助餐厅。餐厅消费不低,环境很好，食物种类也多。跟往常一样，唐星然一进餐厅就先去了甜品区，各种小蛋糕拿了几样。

她绕了一圈，发现另一个区域还有更多种类的小蛋糕。

正准备拿，她手腕就被萧惟捉住："太多了，别光吃蛋糕。"

唐星然撇撇嘴，最后趁他不注意，还是偷拿了两个。

萧惟盘子里的东西还是很清淡，除此之外，另拿了一盘海鲜给唐星然。

桌上有一管芥末膏，她看到，眼珠一转，来了主意。

"小惟，你帮我去拿杯椰子水吧。"

"好。"

唐星然抻着脖子，看到萧惟离开自己的视线，低头开始操作。

盘子里有个抹茶小蛋糕，她拧开芥末膏，往上挤了一大坨，然后再用勺子铺平。

毫无破绽！看起来就像是抹茶味奶油。

没过一会儿，萧惟回来，把椰子水放到她面前，坐回对面的位置。

唐星然抿唇，强忍住笑，用叉子把加料版的小蛋糕递给他："小惟，这个好好吃，你尝尝。"

萧惟正戴上手套帮她剥虾，清淡道："你吃吧，我不太爱吃甜的。"

唐星然眨眨眼："我拿太多了，你帮我吃一个嘛，就一个。"

萧惟抬眸，摘了手套接过她手里的叉子。

蛋糕很小，他没多想，咬了一小口到口中。

半晌后，他抬起头，面不改色地看着唐星然，语气如常地评价："嗯，挺好吃的，不太甜。"

"嗯？"不应该啊。

唐星然一脸疑惑，心想这芥末膏是不是假的，其实就是恶作剧用的奶油。难道被谁掉包了？

她身子前倾，伸手把萧惟手上的叉子拿回来，上面还叉着大半块蛋糕。

唐星然想也没想，把那蛋糕一口吃下，然后——眼泪都出来了！

等她喝了好几大口橙汁，满脸通红，被呛得眼眶里盈满了泪水，这才看向萧惟："你味觉失灵了吧！"

这一抬头，她就看到萧惟弯唇笑看着她，也拿起杯子灌水。

"呵！"唐星然怒道，"原来你想骗我吃！"

萧惟喝下半杯水，闲闲地看向她，语气十分无辜："高一的时候……"他顿了顿，继续道，"你也是这么骗我喝藿香正气水的。"

"你忘了？"

说完，他还很"体贴"地给她递纸巾擦眼泪。

唐星然一边擦眼泪，一边吸鼻子，含含糊糊道："高一的仇你记到现在！我就说你是典型的天蝎座，记仇！"

萧惟看着她，把剥好的一碟虾递到她面前，温声说："什么都记，不光记仇的。"

跟她有关的，他都记得很清楚。

唐星然拿起筷子准备吃虾，刚夹起一个，就斜眼看他："你不会往里加了什么东西吧？"

"没有。"萧惟想了想，"不信我可以先吃一个给你看。"

唐星然白他一眼："现在就算你吃完一碟我也还是不信！"

话虽如此，但她还是吃了那碟虾。事实证明，确实没有恶作剧。

饭后，两人在街边买了些水果。路过卖抱罗粉的小摊，她还给姚青悦打包了一份。

回到酒店，唐星然去到前台，直接把她住的那个房间退了。萧惟去帮她把行李箱拖去了自己房间。

房间的事安排好，唐星然去送水果和抱罗粉给姚青悦。姚青悦和付楚终于休战，也不知最后到底有没有吵出个结果。

唐星然过去时，两人正在餐桌旁吃着外卖看电视。

姚青悦笑着接过："唐唐你真好，出门还给我带吃的。"夸完，不忘损付楚两句，"不像某些锡纸烫男性，就知道窝房间里看电视点外卖！"

付楚皱眉，不服气道："你先说你累了不想出门的！"

姚青悦："我后来又想出门了，你不陪我出门的。"

眼看着两人又要吵起来，唐星然赶紧逃离战场。

高中的时候都没发现这两人这么能吵的，也许是高考完终于有时间了，吵起来就没完没了。而且他们吵架好像都不会影响感情，都快吵成习惯了……

一路想着，她已经回了房间。

萧惟正从行李箱里拿睡衣和毛巾："我先去洗澡。"

唐星然："噢好，那你洗完我再去洗。"

萧惟进了浴室不久，里面传出水声和浴室自带的轻音乐声。

浴室玻璃是磨砂的，唐星然忍不住往那边看了一眼，只能看到非常模糊的影子。

听着"哗啦哗啦"的水声，她脑子里又冒出来乱七八糟的想法。

那天早上在她梦里，萧惟身材特别好，不知道现实是怎样……

唐星然拉开床头柜的抽屉，看到里面有几盒不同品牌的成人用品，她红着脸把抽屉合上。

她思索半晌，又决定把抽屉拉开，给某人一个暗示。

她坐在沙发上心猿意马地看了会儿手机，浴室的门开了。她抬起头，装作不在意地看过去，小心脏"扑通扑通"地跳。

却发现萧惟穿戴很整齐，长袖长裤的睡衣，整个人包得严严实实。他头发还没干，半湿地垂在额前，白皙的肤色因为刚洗完澡微微泛红。

"你洗好了？"唐星然身边的抽屉开着，有点心虚道。

萧惟一边擦头发，一边清淡道："嗯，浴室地板有点滑，小心点。"

她应了一声，抱着要换洗的睡裙和毛巾进了浴室。

里面水汽氤氲，镜子被蒙上了一层雾，空气里全是沐浴液的香味。

唐星然眼皮狂跳，拉开玻璃门进去洗澡。

这间酒店的浴室设计得不太科学，"伪干湿分离"，虽然单独隔开了淋浴间，但淋浴间的地板和外面是通的，水仍然会流出去。

洗完澡，唐星然身上染上了和萧惟相同的沐浴液味，头发湿着披在肩侧，心不在焉地走出隔间去穿衣服。

淋浴间外面的瓷砖地上全是带有沐浴液的洗澡水，她脚下一滑，摔倒在地："哎哟！"

几秒后，萧惟闻声来到浴室门口，敲敲门："唐星然？"

"啊，我刚摔了一跤。"

萧惟："严重吗？"

不严重。她已经站起来了，就膝盖在地上磕了下，其他没啥问题。

唐星然没穿衣服，酝酿了很久，想卖个惨把萧惟骗进来，然后顺理成章地发生点什么。

"唐星然？"萧惟又叫她一声。

她终究还是没好意思……毕竟之前也没这方面经验。

"噢，不严重，没事。"

萧惟放下心，这才离开。

唐星然吹完头发从浴室出去时，萧惟没在屋里，在阳台外站着看风景。他穿着灰蓝色的睡衣，背影看着很瘦，孤零零的。从这个角度看去，背景是夜晚的海景，天边挂着一轮莹白的月。

听到身后的声音，萧惟缓缓转头。清俊的半侧脸映在幽蓝的夜色中，像是一幅画。

唐星然嘴角弯着，快步走去阳台找他。经过那张大床时，她装作不经意地偏偏头，看到拉开的抽屉被合上了。

· 532

夏日海边的夜晚，温度正好，空气里有潮潮的海腥味。

萧惟揽过她，带着她坐在旁边的椅子上。

安静地坐了一会儿，唐星然感觉气氛很不错："以后每个假期我们都出来旅游吧！"

萧惟弯唇，在她耳畔亲了一下，轻声道："好。"

唐星然抬头看看天，感叹："真的感觉像做梦一样。"

"嗯？"萧惟问，"为什么？"

"你居然是我男朋友了。"她想了想，"你说，如果高二那次我出国了，我们还会在一起吗？"

萧惟把她抱进怀里，轻轻道："会。"

"那可不一定。"唐星然挑眉，"当时我如果出国了，肯定要很多年之后才回来，到时候说不定都把你忘了。"

湿热的海风吹来，唐星然肩侧的几绺头发飘起来，扫在萧惟脸上。

他眉头轻蹙，轻轻拨开发丝，低头吻在她嘴角。

吻逐渐深入，许久后，萧惟贴着她的唇，嗓音带着几分暧昧："真会把我忘了？"

唐星然脸颊红着，跨坐在他腿上，手也攀上他的后颈，小声道："说不定你先把我忘了。"

"不会。"话音刚落，萧惟重新吻上去。

天边那轮上弦月，掩在了薄薄的云层后面，月色更加温柔。

次日，两人在附近吃了顿饭，到达海滨浴场的时候，已经是下午。热门景区，海里全都是人，要换泳衣才方便下海。

唐星然包里带了泳衣，两人找了一大圈才找到更衣室。更衣室和淋浴间都十分简陋，看起来很不安全。

她打消了下海游泳的念头，准备自己做旅游攻略，明天找个人少的海滩。

打着伞转了一大圈，唐星然又拉着萧惟租了一顶固定的遮阳伞和躺椅，在沙滩上拍照片、堆城堡。

付楚和姚青悦也没有游泳，等他们找过来，人未到，吵架声先到。

姚青悦在疯狂吐槽他做攻略的水平，说这海滩太商业了，没一点观赏性，人多得像在下饺子。

待到了傍晚，人才渐渐变少。

四个人一起去海边，顶着金灿灿的夕阳散了会儿步。

往后的几天，四人找到一个人少的海水浴场，还按计划尝试了潜水、参观了海洋馆和森林公园,吃了好多种热带水果。

这趟旅程很圆满。

最后一天晚上,在酒店时,萧惟接到了萧俊的电话。

"萧惟,干吗呢?"

"在南海镇,怎么了?"

萧俊:"啊?你啥时候去哪儿了?"

萧惟眉头轻蹙,淡声道:"我之前不是跟你说过吗?"

萧俊:"噢,我可能忘了,你们哪天回北阳?"

萧惟:"明天。"

"那啥,你妈今天生病了,身边也没个人照顾。我这边走不开,你……"

萧惟打断他:"那我明天直接去她那边。"

两人又说了两句,就挂掉电话。

唐星然听到,抬眸看他:"要不我陪你过去吧?"

萧惟摸摸她的头:"没事,你回家吧,等我妈好了我就回北阳。"

第二天,唐星然和付楚、姚青悦回了北阳,萧惟改签机票去了西北。

开始的几天,萧惟每天晚上都跟唐星然视频,后来,覃雅宁的病情反复,还得做手术,他抽不出时间每天跟唐星然视频了。但每天,萧惟都会跟她发几条消息,有时是拍一张他在医院吃的盒饭,有时聊几句新闻。

萧惟不在,唐星然感觉生活变得无聊。她去报了个绘画班,准备在生日的时候给萧惟送一个新手画的画册。家附近就有个培训机构,唐星然去报了名。

讲课的老师是暑假兼职的,叫于书,在北阳美院读油画系的研究生,长头发,扎着辫子,很有艺术家的气质。

跟唐星然一起学画的都是年龄很小的小朋友,坐不住,有时候上着上着课就开始打闹。

于是,唐星然除了听课,还顺便帮着于书管小孩。

两人也算同龄人,上过几次课就熟了起来。

于书加了唐星然的微信,好几次都说想请她吃饭感谢她帮忙。她一直懒得去,直到绘画课程结束,于书又提起,她才答应下来。

再过几天就是去北阳大学报到的日子,萧惟的录取通知书也一起寄到了唐星然家。

萧惟前几天打来了视频电话,说覃雅宁身体差不多已经好转,他报到之前会回北阳,但一直没告诉唐星然确切的日期。

这天,于书提前跟唐星然说好了时间和地点,她收拾好之后就出发去小区门口打车。

八月末，日头很毒，天上一片云都没有。

唐星然正打着伞等车，忽一抬头，就看到一个熟悉的身影朝她走来。

萧惟穿着轻薄的衬衫和宽松的长裤，拉着行李箱，目光也正落在她身上。她嘴角逐渐上扬，一个多月没见，感觉萧惟更好看了。

唐星然激动地迎了过去，忍不住直接冲到他怀里："你怎么没跟我说你今天回来！"

萧惟弯唇抱住她："给你个惊喜。"

两人在路边抱了一小会儿，他问："你准备去哪儿？"

唐星然牵着他的手，应道："我去吃个饭。我不是在学画画嘛，那个老师请我吃饭。我班上都是小孩，每次上课我也帮他管管，他说想感谢我。"

萧惟眉梢微动："就你们俩？"

唐星然点点头："对。"

她顿了顿，捏捏他的手，小声道："他知道我有男朋友的。"

萧惟思忖片刻，牵着她进小区，平淡道："等我放下行李，跟你一起去。"

"……好。"

唐慕和姜静之今天不在家，萧惟行李也不多，放进客房之后，就又和唐星然一起出门了。

路上，唐星然跟他十指相扣，戳戳他的胳膊，抿唇笑。

萧惟侧头看她，温声问："怎么了？"

她摇摇头，笑着说："没事，就是觉得，你更好看了！"

萧惟弯弯唇。

下车之后，去餐厅的路上，萧惟问："吃完饭之后，下午有什么安排？"

唐星然想了想说："没安排，准备在家待着。"

萧惟握着她的手，清淡道："吃了饭再说。"

一路上，唐星然都因为萧惟突然回来而激动，拉着他问东问西，压根忘记了给于书发消息说一声。

想起来时，他们已经进了商场，她觉得到都到了，也没必要发消息说了。

吃饭的地方在一家意式餐厅，于书没订包间，位置就在大厅。看到唐星然牵一个好看到发光的男生进来时，他神情微怔。

他站起身，礼貌道："然然，这是你男朋友吧？"

萧惟盯了于书两眼，听到这个称呼，眉头轻蹙。他还没叫过她"然然"呢。

唐星然点点头，笑着给两人介绍："对，这是我男朋友萧惟，他刚刚回北阳还没吃饭，我就带他一块儿来了。"

她又看向萧惟:"这是我跟你提过的于老师。"

于书:"啊,没事没事,刚好认识一下,你们坐!"

萧惟没有想寒暄的意思,微微颔首,和唐星然坐到了同一侧。

服务员拿着平板过来点菜,唐星然点了一盘通心粉,然后看向萧惟:"你吃什么?"

"你帮我点吧,都行。"

唐星然翻了翻菜单,开始念叨:"给你点个套餐吧,你在飞机上应该没吃东西。这个怎么样?西冷牛排和小食套餐,哦,这个小食是油炸的,那还是这个吧,T骨牛排配罗宋汤。"

于书朝着两人笑笑:"你们随便点,今天这顿我请。"

萧惟扫了他一眼,懒散道:"不用。"又看向唐星然,"就你说的那个就行。"

等上菜期间,于书一直在找话题聊天,跟唐星然有来有回地说着。

萧惟一如既往的不怎么说话,问到他,他就简单应两句。但是在桌下,萧惟一直握着唐星然的手。

她手心都有些出汗了,想把手抽开,萧惟用了些力,握着不放手。

唐星然瞪了他一眼,用膝盖踢了他小腿一下。

萧惟淡笑着偏头看她。

于书一脸蒙地看向二人:"怎么了?"

"没事……"

上菜之后,唐星然盘子里有几块西蓝花配菜,萧惟看到,不动声色地夹到自己盘子里,然后拿过唐星然的叉子,把切好的牛排叉给她。于书看了一会儿,默默低下头吃饭。

没想到期待已久的这顿饭会变成一顿狗粮。不过,他心里还打着小算盘,总觉得这两人看着性格就不合适。唐星然明显是那种开朗活泼的女孩,她这男朋友虽然长得好看,但性格实在太闷了,话都不说两句。

等这姑娘上了大学,他估计还有机会。

中途,萧惟去洗手间,顺带把账结了。

于书趁着他不在,看向唐星然开始打探:"你们在一起多久了啊?"

唐星然笑着道:"没多久,差不多两个月吧。"

于书心里暗喜,那确实不久,感情还远没稳定。

他又问:"你们是怎么认识的啊?"

唐星然:"我们很小就认识了。"

于书:"哦,青梅竹马啊。你们感情好吗?从小到大都认识,谈起恋爱会不会没激情啊？"

话音刚落，萧惟从他身后回来，悠悠道："我们感情很好。"说完，坐回唐星然旁边，抬手摸了摸她的头发。

见萧惟回来，于书没再多问，故意找了些绘画课上的事跟唐星然聊，让萧惟插不上话。萧惟也不甚在意的样子，吃好了就放下餐具，在旁边安静坐着。

三人吃完饭，一起下了电梯到商场一楼。

分别时，于书在门口看着唐星然笑道："说是我请客，结果被你男朋友抢先了。美院离北阳大学很近，等开学之后有机会我再请你。"

唐星然也没多想，客气道："没事，谁请谁都一样。"

于书打的车到了，他一边往路边走，一边转头笑："行。然然，那有事咱们微信联系，你到家了记得跟我说一声。"

萧惟听着，眉头微微一蹙。

他看向唐星然，揽过唐星然的肩膀，轻飘飘道："他叫你什么？"

唐星然抬眸："叫我小名啊。我们画画班上都是小孩儿，他叫其他小孩儿也是叫小名。"

萧惟深深盯了她一眼，没再说话，揽着她肩膀的手紧了紧。

唐星然没觉得有什么问题，等车的时间，继续跟他闲聊。

"对了，小惟，你开学要用的东西都买好了吗？"

"没买。"

"后天就开学了哎，我前几天就去超市买好了！要买的东西还挺多的，对了，你要住校的吧？"

萧惟看她一眼："你不想住校？"

他家在北阳大学附近有一套公寓，是萧俊前些年投资买的，空了很久没人住。

正准备提，唐星然开口道："我当然想啊，可以跟室友搞好关系，还能多认识些朋友。不然住家里多没意思，跟上高中没区别！"

"……好。"

"你呢？"

"我也住校。"

唐星然握住他的手，晃了晃："那你还有好多东西得买，我查过了，北阳大学宿舍的床也都是一米二的。得买床上四件套，还有蚊帐、衣架、收纳盒什么的。"

萧惟"嗯"了一声，牵着唐星然走向路边："现在去买。"

唐星然笑："好，我陪你去超市！"

天色渐晚,两人在外面吃了晚餐。快吃完的时候,姜静之打来了电话。

"然然,你什么时候回来啊?天黑了。"

"马上就回去了。"

姜静之:"你跟谁在一起啊,这么晚了安不安全,要不我让你爸去接你?"

"啊,不用!"她摸摸鼻子,"我跟萧惟出来玩了,他中午刚到北阳。"

姜静之:"萧惟回来了啊,那你带他一起回家。"

唐星然:"好。"

两人打车回家。车上,萧惟也一直握着她的手。

车子停到小区门口,唐星然一下车就把他的手甩开:"小心我爸妈看到!"

"……嗯。"

报到当天,北阳大学里人山人海。

唐慕把车开了进来,带着两人办完报到手续之后,把车停到了女生宿舍楼下。

萧惟的东西不多,从后备箱搬下来一个行李箱,对唐慕道:"叔叔阿姨,我先去宿舍放行李,一会儿回来帮然然搬。"

唐星然听到他对着父母叫了她小名,小心脏一阵狂跳,偷偷瞥唐慕和姜静之。

结果两人神色如常,完全没发现称呼有什么问题。

唐慕笑着摆摆手:"不用,我帮然然搬就行。你只有一个行李箱,叔叔就不帮你搬了。你到宿舍之后自己收拾收拾,有啥要帮忙的就打电话!"

又说了两句话,萧惟拖着行李箱去了男生宿舍。

唐星然顺着他的背影看过去,看见他刚走出几步,就被几个学长学姐围住了。

唐慕一边从后备箱里拿行李出来,一边感叹:"过得可真快啊,转眼你和萧惟都上大学了。"

"是啊,挺快的。"唐星然随口应着,把小件的背包自己背上。

唐慕继续道:"你小时候还说想让我们再给你生个哥哥。"

说着,他笑了一声:"现在还挺好的,你跟萧惟关系那么好,跟亲兄妹似的。"

"亲……兄妹?"唐星然睁大眼,试探道,"爸,你不会已经把他当儿子了吧?"

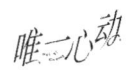

唐慕:"那肯定的啊,干儿子。"

说着,他瞅了一眼姜静之:"要不直接让萧惟改口叫我干爹吧?还能占占老萧的便宜,白捡他一儿子。"

姜静之还没说话,唐星然立刻拒绝:"不行!"

唐慕把她的"大箱子""二箱子"全都搬到车边,笑着道:"怎么不行?萧惟比你大几个小时,刚好给你当哥哥。"

唐星然语塞,心虚地转移话题:"谁要他当哥哥啊,我给他当姐姐还差不多!进宿舍吧,一会儿人就更多了。"

唐慕分批次把她的几个箱子搬上了楼。

北阳大学宿舍楼很多,有新有旧。新的几栋楼盖得高,有电梯。唐星然运气差点,被分到了旧楼,没电梯不说,她还被分到了顶楼六楼。

一家人气喘吁吁地把东西搬上楼。

宿舍是四人间,她是第一个到的。姜静之拆了箱子准备帮她铺床,唐慕洗了块抹布帮着擦桌椅、柜子。

姜静之:"然然,你怎么把这个熊也带过来了?宿舍的床就那么大点儿,熊放床上了,你睡哪儿?"

三年了,唐星然睡觉习惯了旁边有这只泰迪熊,而且是萧惟送的,有特殊意义。

她不在意道:"噢,没事,我比较瘦,可以跟熊挤一挤。"

正收着东西,又有一个女生进来,个子高挑,眉清目秀,身后也跟着帮忙搬宿舍的父母。

床位上提前贴好了名字,女生径直找到自己的床位,往上放东西。

经过靠门位置的唐星然,她打了个招呼:"嗨……我是叶梦灵……"

叶梦灵说话很小声,说完就低下头,不太敢和唐星然对视。

她身后的两个家长倒是性格很自来熟,进门就和唐慕他们寒暄上了。

"哎呀,今天人可真多啊,外面天也热。我们早上刚到高铁站,等接站的等了半天没等到,打车过来了,结果路上又堵车。我们家是宁城的,你们是哪儿的啊?到得好早哇!"

叶梦灵妈妈说话带着当地口音,开始时说着普通话,说到后边就自动转成了方言。

姜静之和唐慕两人一边收拾一边寒暄。几句话的工夫,两家的底细就聊清楚了。叶梦灵是家里的独生女,第一次住校,父母都在国企工作。

叶梦灵妈妈:"哎哟,那我家梦灵得跟你家然然好好学学生活上的事了,这孩子从小到大都没离开过我们!"

聊着聊着,又进来一家人。

四人寝里一下挤了九个人,显得格外拥挤,温度也随着人数上升。

开空调需要先充值电卡,唐星然热得不行,主动叫上叶梦灵去找宿管拿电卡。

出了宿舍,她感觉叶梦灵长舒一口气。

基本情况刚才都被家长透露得差不多,下楼的时候,叶梦灵先小心翼翼地起了个话题:"那个……我可以叫你然然吗?"

唐星然笑:"可以啊!家里人都这么叫我!"

到了自动充值大厅,机器前面有好些人排队。

她转头看了看叶梦灵,叶梦灵正低着头用手机聊天,嘴角带着笑。

唐星然:"梦灵,咱俩加个微信吧。"

"啊好,我扫你。"

唐星然扫码,添加了大学第一个好友。叶梦灵的微信名是"不甘"。

感觉挺文艺的……

中午在楼下食堂随便吃了顿饭,又接着上楼收拾。到了下午,先到宿舍的三个人都收拾得差不多,家长也就先撤了。

另一个室友叫胡玲玲,苏城人,性格比较安静,父母走了之后,就坐在椅子上看一本诗集。

叶梦灵还在拿着手机打字聊天,唐星然坐在她旁边,也给萧惟发消息:我爸妈刚走,你宿舍收拾好了吗?

等消息期间,唐星然看向叶梦灵,找了个话题:"你平时喜欢做什么啊?"

叶梦灵在手机上打了一会儿字,才看向她:"打游戏。不过我爸妈管我管得严……高考之后才开始打的。"

唐星然听到"游戏"二字,有点兴趣:"你打什么游戏啊?"

叶梦灵:"MOBA 类游戏,你也打吗?"

唐星然摇了摇头:"不打,好玩吗?我可以学学!"

叶梦灵弯了弯唇,笑了下:"挺好玩的,那你有空下载了,我先带你一起玩。等段位上来了我带你和我男朋友一起玩!"

唐星然睁大眼:"你有男朋友了啊?"

"嗯,上个月打游戏认识的,他过几天来找我。"叶梦灵把手机摁亮,点开一个微信头像,"这是我男朋友,等他来了我们可以一起出去吃饭。"

唐星然低头看了一眼,微信名"心有不甘"……

"不甘""心有不甘",这就是传说中的情侣名吗?头像好像也是情侣的。

唐星然手机亮了下,是萧惟回了消息:我收拾好了,出去走走吗?

她有点想吃烧烤,约了萧惟晚点在学校东门门口见面,那边有条小吃街。

傍晚,西边天上有一层层紫色的云霞,给学校也蒙上了一层紫红色。学校里人还是很多,唐星然穿了粉色短袖和牛仔短裤,一路去了东门。

东门附近有个快递点,学生很多。

萧惟站在门边一处人少的位置,穿着宽松白色衬衫和米灰色休闲裤,身形笔挺,影子被夕阳映成长长一条斜线。

不少人的目光频频往萧惟身上看,唐星然甚至还看到一个女生拿出手机对着他,好像在偷偷拍照。

唐星然越走近,反而越有点不好意思看他了。明明认识这么久,看到他却还是会脸红心跳。

到了眼前,她才抿着笑抬头:"你等了多久啊?"

萧惟嘴角稍弯:"一会儿。走吧。"

两人并肩走出校门,唐星然本来下意识想去挽他胳膊,刚抬起手就又收了回去。附近实在是太多人在看他们了。

东门外边一整条街的招牌都亮了灯,沿街一路走,烟火气十足。

大部分都是火锅和烧烤店,唐星然兴致勃勃地拉着他聊天,随便挑了一家进去。

唐星然坐下,本以为萧惟会坐在自己对面,结果他坐到了旁边。

大厅里人很多,开学时的团聚格外热闹喧嚣。

萧惟被吵到,眉头微蹙,握住了唐星然放在膝上的一只手。他低了低头,在她耳边道:"你路上没有牵我。"

语调没什么起伏,配上这个表情,唐星然还以为他不高兴了。

她咬了咬唇,低声道:"人太多了,说不定哪个就是同学,我有点不好意思。"

周围实在太吵,她声音小,萧惟没听清。

"什么?"

唐星然又贴着他耳朵重新说了一遍:"人太多,我不好意思!"说完,她嘴唇恰好在他耳郭上碰了下。

"不好意思?"萧惟捏了捏她的手,眉梢微抬,"那以后多习惯习惯。"

唐星然吃烧烤有个习惯,要把烤串上的东西全部撸下来放到盘子里夹着吃。她总觉得直接吃会被划伤嘴角。

萧惟一直很讲究吃相,也是把烤串上的肉菜全部弄下来。

他戴上一只手套,慢条斯理地把一串串的肉夹下来,一半给唐星然,一半放进自己盘子里。

他一边"处理"着烤串,一边问她:"你的课表出来了吗?"

唐星然想了想,应道:"哦哦,应该出来了!我看一下教务系统!"

第一学期不用选课,所有课程都是置入的。

萧惟扫了一眼,清淡道:"发我一份。"

"噢,好。"她一边吃着萧惟替她处理好的烤串,一边道,"那你的也发我一份。"

"嗯。"

等他一发过来,唐星然就迫不及待打开了。萧惟的课表排得很满,她的课倒不多。

她划着两张课表,一边对比一边道:"我们有两节课是一样的哎,周一的思修和周三的……篮球?"

看到"篮球"两个字,唐星然简直想仰天长啸,她完全不会打篮球啊,而且她个子这么矮!

大一的体育课是学校直接安排好的。

她侧头看了眼萧惟:"小惟,你会打篮球吗?好像没见你打过。"

萧惟平静地吐出两个字:"不会。"

唐星然眨眨眼:"那太好了,我也不会!"

"哎,你为什么不会啊?男生不是都挺喜欢打篮球的吗?"

萧惟看她杯子空了,给她添满饮料,简短道:"不太喜欢对抗性强的运动。"

唐星然"噢"了声,问:"那篮球课怎么办?"

"那只能去学了。"

两人吃完烧烤,天已经完全黑了。小吃街上还很热闹,尤其是火锅和烧烤店,热度只增不减。

萧惟把唐星然送回宿舍,看着她进门之后才离开。

唐星然回到宿舍,最后一个室友应该也到了。几个行李箱摆在床边,床铺刚收拾了一半。

她刚坐在椅子上,人就气喘吁吁地进来了,手里拎着一个外卖袋子。

看到唐星然,她笑了下:"你是唐星然吗?我叫沈佳怡,就剩你没见过啦!"

·542·

唐星然笑着点点头，打了个招呼。

沈佳怡把几个箱子挪到一边，空出桌椅的位置，坐过去说："我给你们讲！我上楼之前看到一个巨帅的大帅哥，原来大学里真的会有帅哥！"

唐星然想着她和自己上楼的时间应该差不多，那她看到的应该是萧惟吧。

叶梦灵在床上，正在两局游戏的间隔，问了句："多帅啊？"

沈佳怡继续道："超级帅，挺白的，高高瘦瘦的。他穿了件白衬衫，那种松松的日系风格。"

确实是萧惟的穿搭和长相，唐星然心里基本确定。她不好意思说话，但暗暗觉得开心。

叶梦灵随口道："有照片吗？"

沈佳怡拍了下脑袋："对噢，我应该拍张照片的！对了，那个帅哥在楼下抽烟，我第一次觉得男生抽烟也挺帅的！"

唐星然："抽烟？"

沈佳怡："对啊对啊，那种细细长长的烟！"

唐星然没说话，拿出手机来找萧惟兴师问罪：坦白交代！你什么时候学的抽烟！

五分钟之后，萧惟回了个问号过来。

想蒙混过关？不可能！

唐星然又发了条消息：我室友看到你在我宿舍楼下抽烟了！

萧惟发了条语音过来，语气没什么起伏："你室友看到的应该不是我。"

紧接着，他又发来一条语音："不然我现在去找你，你自己闻。"

唐星然眼珠转了转，觉得他这语气不像是在骗人。

她正想着怎么给自己找台阶下，萧惟又发来一条："我在往回走了，五分钟后下楼。"

她抿着唇笑，等了三分钟，就又从六楼下去了。

小路两旁亮着昏沉沉的灯，不少家长还在楼下跟新入学的孩子说话。

唐星然往后面走，发现宿舍楼后面是一片草地，周围种了一圈树。

正准备再往里走走，就看到一个身穿白衬衣的男人，在树旁背对着她看手机。

唐星然弯弯唇，轻手轻脚地走到男人旁边，突然在他肩上拍了一下："你怎么这么快就到了！"

男人缓缓转头，迷茫地看着唐星然，是一张陌生的脸。

"……不好意思，认错人了！"

男人上下打量了她几眼，笑了声："大一的小学妹？加个微信？"

唐星然赶忙摆手："不用了不用了！"

说完，她一脸尴尬地往宿舍正面走回去。正巧萧惟从另一边过来，缓步走到她面前，离得很近。

九月初的夜晚，周围全是聒噪的蝉鸣声。

萧惟垂眸看着她，往前凑了凑："闻闻？"

"有烟味吗？"

"……不用了。"

他弯弯唇，牵着唐星然往宿舍楼后面走，刚才那个被她认错的人已经不在树旁。

草地中间有几张木质的椅子。萧惟从口袋里抽出纸巾，细细擦了一遍，指了指让她坐下。

两人挨在一起，他侧过头。

萧惟低声道："熄灯前再回去吧。"

"嗯。"

夏夜的风暖融融的，带来青草和树叶的气味。草地中间这片没有路灯，只有淡淡的月光带来微弱的光亮。

唐星然往萧惟肩上靠过去，被他握住手，两人有一句没一句地聊着。

她忽然想到了什么，看向萧惟："我有个室友，她也有男朋友。我看她和男朋友微信用的情侣名和情侣头像哎。"

萧惟摸了下她耳朵，淡声问："你也想用？"

唐星然点点头："有点想，但是没想好用什么。"

萧惟："他们用的什么？"

唐星然回忆片刻，说："头像就是动漫里的截图，那两个角色是CP。微信名……我室友叫'不甘'，她男朋友叫……'心有不甘'。还挺浪漫的吧？"

萧惟默然。

唐星然说完，静默半晌后，突然一拍大腿："不行不行，我们不能用！不然我爸妈和你爸妈一看到就发现了！还是以后再说吧。"

萧惟揉揉眉心："……嗯，好。"

第三节：大学篇

报到之后的三周都不用上课，第一周是开学典礼、新生教育、班级见面

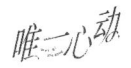

会、社团招新等一系列乱七八糟的事,后两周是军训。

新生教育是分院系进行的,唐星然所在的外院被安排在了第二天。

下午结束后,她跟几个室友商量着去校外聚餐。给萧惟发了条消息之后,唐星然就跟着室友打车去到最近的商场。

在餐厅吃饭时,四个女生聊着聊着,不可避免地聊到了感情话题。

沈佳怡提议干聊天没意思,张罗着点了一打果啤,大家边喝酒边玩真心话大冒险。四个人在小群里掷骰子,点数最小的选择惩罚,点数最大的设定惩罚。

第一轮,点数最小的是叶梦灵,最大的是唐星然。

她先前已经知道了叶梦灵有男朋友,就随口问道:"你男朋友最吸引你的地方是哪里?"

叶梦灵想也不想就说:"游戏打得好。"

唐星然今天运气很好,几轮骰子扔下来,她都不是点数最小的。

宿舍其他三个人的底细被她探得一清二楚了。除了叶梦灵有个网恋没见过面的男朋友,其他两人从来没谈过恋爱,但有过暗恋对象。

于是,游戏后半程,没被提问过的唐星然就成了重点关注对象,其他三人致力于要从她身上套出八卦。

又是几轮之后,终于轮到了唐星然点数最小。

选择惩罚时,她内心无比忐忑,生怕被问到诸如"如果你有男朋友,你们发展到哪一步"这种问题。

她一咬牙,索性选择了大冒险!

作为今晚的第一个大冒险选手,三个女生兴致勃勃地一起讨论要让她做点什么。

——让她给暗恋过的男神表白!

——让她去隔壁包间随便找一个男生要电话!

——让她打开窗户对着外面大声喊出"我是大美女"!

唐星然听着大家的讨论,头上直冒汗。

五分钟之后,大家做出决定。

——给微信列表里第一个无亲戚关系的异性打语音,说土味情话。

愿赌服输,唐星然一脸生无可恋地打开微信列表,毫无悬念,这个受害者是她出门前刚报备过行程的萧惟。

她打开萧惟的聊天框,拨了个语音过去。

其他三人都凑了过来,"热心"地给唐星然选了句土味情话,让她把扬声器打开。

沈佳怡："然然，这个男生是谁啊？"

唐星然："我……男朋友。"

"哇！你也有男朋友啊！"

"深藏不露哎，你选真心话多好！"

"你也是网恋认识的吗？还是高中同学啊？你们在一起多久！呜呜，你一会儿能选真心话让我八卦一下吗？"

三个室友正吵着，手机屏幕上显示了语音接通的画面，包间瞬间安静。

扬声器里传出萧惟清冷低沉的声音："怎么了，然然？"

旁边三个人不能出声，一脸激动地用口型说："声音好好听啊！"

"太好听了！"

唐星然面前递来另一部手机，上面是一段土味情话。她皱着眉，清清嗓子："那个，我有话想跟你说，你一会儿不要打断我啊。"

萧惟："嗯，你说。"

"……我腿疼了一周，今天去医院检查。

"医生说我骨头里有东西，拍片子看了一下，才发现，原来是我喜欢你喜欢到了骨子里。"

沉默。

几秒之后，萧惟缓缓开口："说完了？"

唐星然："……嗯，说完了。那个，我先跟室友吃饭了，挂了啊。"

萧惟这反应，就是毫无反应，不过这也确实在她的意料之内。

她正要挂断，扬声器里响起他的声音："等等。"

唐星然："怎么啦？"

萧惟顿了顿，问："你腿疼怎么没跟我说？"

三个室友在旁边捂着嘴狂笑，就快绷不住了！

唐星然额角直跳，扔下一句："我……那啥，我回去再跟你说！"马上把电话挂了。

挂断的下一秒，包间里三个女生此起彼伏地大笑起来！

沈佳怡笑得眼泪都出来了："你男朋友好有意思啊！"

叶梦灵："他好正经，平时是不是不太上网啊？"

唐星然点了点头："……他可能确实不太上网，不管了……继续玩吧。"

四个人在餐厅包间一直玩到了快熄灯才回去。

唐星然又扔到了几次最小点数，但再也不敢选大冒险了，被几人抓着问了几个跟萧惟有关的真心话，好在尺度都不大。

回到宿舍之后，唐星然给萧惟发了条消息。没多久他就打来了一个视频，唐星然戴上耳机去楼道里接。

视频里，萧惟坐在椅子上，像是刚洗完澡，头发凌乱地垂着，身后拉了灰黑色的帘子。

唐星然没等他说话，就主动解释："之前给你打语音是我跟室友玩真心话大冒险输了，惩罚是跟你说土味情话……"

萧惟眉梢微动："真心话大冒险？"

唐星然挠挠头："就是一种游戏。哎，这个不重要！那段话是她们从网上找的，不是我真的腿疼。"

萧惟沉默片刻，"嗯"了一声。

明天是开学典礼，全校的学生都会在礼堂一起参加，两人聊了些别的，唐星然挂了电话回宿舍。

临熄灯前，沈佳怡突然尖叫："啊！我们这届有个巨帅的帅哥，好像是法学院的！"

叶梦灵在跟网恋男友聊天，随口问："有照片吗？"

沈佳怡拿着手机走过来："这次还真有！学校论坛里发他照片那楼都炸了，我都跟不了帖！"

叶梦灵歪头看了一眼，眼睛马上睁大，拿着她手机把图片一张一张地点开放大。

"这真的帅。居然真的有这么帅的活人，我震惊了。"

唐星然正在涂面霜，沈佳怡拿着手机走到她面前："然然你看！"

她低头，猝不及防地看到了萧惟的照片。应该是今天他参加新生教育被人拍到的。

他穿了件衬衫，扣子一丝不苟地扣到最上面一颗，上半身笔挺地坐在大报告厅的椅子上。

这张照片居然还很清晰，能看到他清俊的脸上毫无表情，应该是正在看讲台上的人，下巴微微扬起，下颌线清晰流畅。

唐星然又翻了几张，也是差不多角度的照片，萧惟有时候是抬着头，有时候低着头，最后一张他是站着的。瘦长的身形，比身边其他几个男生高出了一大截。

她看完，拖长音"嗯"了声。

沈佳怡诧异地看她："你不觉得帅吗？"

唐星然抿住笑意，控制不住有点小开心："还行吧。"

沈佳怡："哇，你眼光也太高了吧？这叫还行啊？你男朋友难道比他还帅吗？不过你长得这么好看……男朋友帅也是正常的……"

唐星然被夸得有点不好意思，摸了摸鼻子："差不多吧……"

熄灯以后，她上了床，找到了学校的论坛网址，想看看萧惟那条帖子。

她打开的时候，帖子还在最上方，标题是"参加新生教育，看到一个禁欲系帅哥，有图有真相"。

点进去之后，她先把那几张偷拍的照片存进手机里，然后慢慢往下划。

5L：这是真实存在的吗！大一的帅弟弟会喜欢姐姐吗！姐弟恋我不介意的啊！

6L：啊啊啊，我也是法学院大一的，今天也看到这个人了，他真人比照片还帅！整个人都在发光啊！

15L：有认识他的吗？他单身吗？哪里人？共享一下基本信息呗！

28L：知情人士来了！层主跟他一个高中的，他叫萧惟，是北阳今年的高考状元，高中三年都是年级第一。高中应该没谈恋爱，有个关系挺好的女生。

57L：请转告他！明晚九点操场见！

…………

翻了两页，唐星然就没力气翻下去了，跟帖数量已经有两千多条。

她本来以为萧惟在高中就已经够受欢迎了，没想到上大学之后会这么火爆，才第二天就刷爆了论坛。

唐星然正准备关掉浏览器把手机熄屏，微信弹出了一条消息。

萧惟：明天开学典礼只有半天，结束之后有安排吗？

星星糖：暂时没有哎。

萧惟：那明晚出去住吧。

是住萧惟在学校附近的公寓，两人决定周末去那边住，平时住学校。

今天一整天没见到面，开学典礼之后几天各种活动也排得很满。

唐星然想了想，答应下来：同意。

萧惟：嗯，那开学典礼结束之后我在礼堂门口等你。

第二天早上七点，唐星然准时起床收拾。她假期看了点美妆视频，照着博主的推荐买了几样化妆品，除此之外，还买了一双高跟鞋。

开学典礼是个具有纪念意义的活动，唐星然准备"盛装出席"。

一大早开始折腾，八点半之前，唐星然涂着惨白的粉底液，抹着艳红的口红，描着漆黑的长眼线，小心翼翼地穿上一条无袖碎花连衣裙。

买的高跟鞋是八厘米的细跟，穿上之后，唐星然颤颤悠悠地跟室友下楼。

叶梦灵挽着她的胳膊，走到半路后，终于忍不住给了一句中肯的评价：

"然然，我觉得你还是不化妆比较好看。"

唐星然默然。

虽然出门前照镜子时，她也是这么想的，但毕竟化了一个多小时的妆。

她嘴硬道："那是你还没看习惯我这个成熟的造型……"

叶梦灵沉默半晌，说："你真的不太适合走这个路线。"

北阳大学校园很大，学生上下课回宿舍基本都会选择骑车。但她们刚入学，还没来得及买自行车。走了半个小时，终于到了礼堂门口，唐星然感觉站都站不稳了。穿着高跟鞋走了一路，前脚掌和后脚跟都肿痛肿痛的，加上鞋子有些磨脚，她严重怀疑脚跟已经被磨破了。

各学院都安排在不同的区域，外院的位置比较靠后。

唐星然坐下之后，下意识在通知群里找法学院的位置，发现离她很远。

开学典礼一共半天，快到中午时才结束。从礼堂出去时，叶梦灵侧头看了眼唐星然。

她眼线有点晕妆，眼睛周围有一整圈的乌黑。

唐星然没想起来去照镜子，跟室友说了一声，就踩着高跟鞋"嗒嗒"地到了和萧惟约好的门口。

法学院的位置离门更近，她远远过去，就看到萧惟已经站在台阶下面的花坛边。

有个女生正站在他面前跟他说话。

离得远，她听不见说的什么，等走近些之后，又看到一个女生面色羞赧地靠近萧惟。

"你好，你是法学院的吗？"

萧惟面无表情地点头："是。"

女生脸色微微泛红，继续道："我也是法学院大一的，我在五班！能不能加你的微信啊，以后就是同学了……"

萧惟淡声道："不了。"

"哦……那打扰了。"女生有点尴尬，小跑着离开了。

萧惟正准备拿手机问唐星然怎么还没出来，一转头，就看到一张熟悉又陌生的脸出现在自己身侧——唐星然比平时高了些，脸色白得发灰，嘴唇鲜红，眼周一圈乌黑。

他愣了一瞬，眉梢微动："你怎么成这样了？"

唐星然瞥他一眼，跟他并肩往校门口走："好看吗？"

萧惟犹豫片刻，决定实话实说："不好看。"

唐星然拳头攥紧，顶着黑眼圈瞪他："我化了一个多小时！"

萧惟想去牵唐星然的手，被唐星然躲开。

半晌后，他又道："也不是不好看。你不化妆的时候更好看。"

唐星然眉毛一挑，心里稍微舒服点。

开学典礼刚结束，路上人很多。唐星然能明显感觉到周围人频频看向他们的目光。

虽然脚很疼，但她有点不敢在学校里跟萧惟明目张胆地牵手走了，不然今晚估计就会在论坛里正式出道。

她看向萧惟，说："我们保持点距离吧。"

萧惟："为什么？"

唐星然想了想，随口道："我化完妆不好看，不好意思跟你走一起。"

闻言，萧惟以为她还在因为刚才自己说她不好看生气。

他抬手，从身后揽过唐星然的肩，往她耳边贴过去："然然怎么样都好看。"

唐星然脸一红，又想到这会儿周围全是人！她做贼似的左看看右看看，瞬间从他身边弹开。

她不习惯穿高跟鞋，横着迈这一步，双脚交叠站不稳，一只脚就这么崴了一下。

"啊哟！"

萧惟赶紧过来，低头看了眼："脚崴到了？"

唐星然点点头，一时也顾不上周围的学生，单脚站立住，扶住他肩膀，试着活动另一只脚。

还好，崴得不严重，但挺疼的。

萧惟："要我背你吗？"

唐星然开始纠结。她的脚确实很疼，这儿离校门口还有好长一段路，但如果让他背……是不是有点太招摇、太高调了？

还没想好，萧惟就已经绕到她面前弯下腰："上来吧。"

唐星然磨磨蹭蹭攀上他的脖子，把头低低地埋下去。没错，只要她不露脸，即便被人看见，也不会知道她是谁。

萧惟背着她一路往校门口走，回头率更高了。

唐星然没抬头也看不见，思绪飞到了高一入学军训的时候。记得当时她假装晕倒，萧惟背她去医务室。中途被他发现她是装晕之后，他还扬言要把她直接摔下去。

想到这儿，她低着头，恨恨道："小惟，你高一的时候心好狠啊。"

萧惟："怎么心狠？"

唐星然："你记得高一军训的时候吗？让你多背我一会儿你都不愿意，还威胁要把我摔在地上！"

萧惟语气里带了些笑意："那不是没摔你吗？而且是我先被你骗到，以为你真中暑了，结果你是装的。"

唐星然眼珠转了转："说不定我现在也是装的呢？"

萧惟笑："现在，你是装的我也背你。"

原定计划是先去外面餐厅吃午饭，再回萧惟的公寓。

现在她脚也走不了路，出了校门之后，萧惟就一路背着她进了学校对面的小区。进门之后，他把唐星然放到门口的凳子上，从鞋柜里给她拿拖鞋。

她脱下高跟鞋后，两只脚后跟都被磨破了皮，其中一只脚还渗出血。

萧惟看到，眉头蹙起。

"疼吗？磨成这样还穿。"他一边说着，一边打开手机在外卖软件上给她买药。

唐星然撇撇嘴，换上拖鞋："公主都是要穿高跟鞋的，我得习惯习惯。"

萧惟买好药，弯腰把她打横抱起，往客厅走。

唐星然双腿上下乱动，嘴里嘀嘀咕咕："哎呀，你干吗，我脚没那么严重，都已经不太疼了！"

这套公寓一直没人居住，萧惟昨天过来收拾了一次。干净是干净了，但还是显得空空荡荡。客厅里除了电器和大件的家具，没有任何摆件，所有柜子也都是空的。

萧惟把人放在沙发上，饿了一上午，唐星然肚子"咕咕"叫了几声。

"想吃什么？"

唐星然歪头靠在他肩上，随口问："要不你学学做饭吧，不然我俩都不会做，得吃一辈子外卖。"

她话里的某个词触得他心里一软，侧头在她红艳艳的嘴唇上吻了一下。

"好，那今天开始学。"

"今天？"唐星然抱住他的腰，"也不是不行。"

萧惟拍拍她的手，起身道："楼下有家超市，我去买菜。"

走之前，他把电视打开，又将遥控器递到她手里。唐星然不由得弯弯唇，听到关门声之后，抱着两条腿坐在沙发上。

她觉得脸上糊得难受，让萧惟顺便帮她从超市买个卸妆膏。她听着电视剧的声音，低头在手机上打开了学校论坛。

果然，不出所料，跟萧惟有关的帖子又爆了一条：家人们，我看见大一法学院那个帅哥背着女朋友出学校！

　　8L：我也看见了！没看到女生的脸，但是瘦瘦小小的！老夫的少女心，呜呜呜！

　　12L：啊！发生了什么？我失恋了……帅哥果然早就被内定了。

　　48L：他女朋友也是我们学校的吗？哪个院的啊？

　　…………

　　回帖的数量没昨晚那个帖子多，唐星然从第一条一直拉到了最后一条。很好，果然没人发现她。

　　刚退出论坛，她们宿舍群里也开始一条一条弹消息，都在讨论萧惟的女朋友。

　　正看着，群里的沈佳怡就艾特了唐星然：然然家也是北阳的，你跟这个萧惟是不是一个高中啊？

　　唐星然眉心一跳，决定先装死。又看了一会儿电视，萧惟开门回来了，手里提着两大袋东西。

　　唐星然目瞪口呆："要买这么多东西的吗，我们就住一晚上啊……"

　　萧惟一边换鞋一边道："我查了一下，还得要油盐酱醋什么的，家里都没有，刚好一次性全买回来。"

　　"噢……"

　　送药的外卖也正好到了，萧惟拆着包装，走到沙发前面。

　　一瓶跌打损伤喷雾，一袋消毒酒精棉签，外加一盒创可贴。

　　他坐在另一侧，抓起唐星然的脚帮她处理伤口。

　　唐星然认真地看着萧惟，觉得萧惟这人表面看着冷，但其实挺会照顾人的。

　　这么想着，她脱口而出："小惟，我觉得你好像我妈啊。我小时候摔跤摔破皮，她也是这么帮我涂药的。"

　　萧惟手上动作一顿，满脸黑线地抬眸看她。沉默半晌后，他说："我是你男朋友。"

　　已经喷了药贴上创可贴，唐星然挪过去，钻进他怀里蹭了蹭："男朋友，你真好。"

　　萧惟弯弯唇，抱了她一会儿。

　　唐星然卸完妆，一瘸一拐地去厨房找萧惟。

　　他正拿着手机看菜谱，对着菜谱研究买来的几个瓶瓶罐罐。

　　"你学会了吗？"

萧惟："……差不多。"

他摆好那些瓶瓶罐罐之后，从袋子里拿出了肉和菜去洗。

唐星然："有什么我能帮忙的吗？"

萧惟非常不熟练地洗着菜，应道："不用，你去看电视吧。"

唐星然想了想，出门搬了张小凳子进来，坐在厨房看着他做饭。

萧惟一转头，就看到唐星然坐在矮凳上，仰着脖子看他，姿势又乖又可爱。

他擦干净手，忍不住走到她面前蹲下身，吻了下她的唇。

唐星然咬他一下："你干吗，做饭一点也不认真。"

萧惟站起身，淡笑着回去洗菜。

第一次洗菜，总担心洗不干净，他一片一片仔细洗了两遍才算完。

唐星然这个姿势坐着腿麻，等他洗好切完之后，就站在他身边看。

流理台上摆了一小筐切段的白菜，一碗切成块的西红柿，菜板上还有几样切好的配料。

萧惟拧开火，给锅里倒油。

他低头盯着油看了一会儿之后，又把火关了，拿出手机。

唐星然眨眨眼："怎么啦？"

萧惟一边在手机上戳戳点点，一边道："记得菜谱上说，油温八成热放蒜末、干辣椒……但我不知道八成热是多热。"

唐星然："就是十成热的百分之八十呗。"

"十成热是多热？"

"呃……"

搜到结果之后，萧惟重新开火，看到锅里开始冒烟，把配料放了进去。

锅里响起"噼里啪啦"的响声，油星直往上溅，把唐星然吓了一跳，萧惟也下意识往后退了一步。

唐星然家里从小到大没让她碰过火，她也没去厨房看过父母做饭。

她愣了愣，质疑道："这……是正常现象吗？"

"……应该吧。"

萧惟重新上前，用锅铲翻动几下，倒入白菜。刚洗好的白菜沾着水，这一倒进去，锅炸得更厉害了。

浓白的油烟往上蹿，萧惟也被油烟包围住，拿着锅铲毫无章法地搅着锅里的白菜。唐星然离得远，站在身后的角度看萧惟，就觉得他这人的气质和灶台、锅铲都很不搭，看着更像个冷面骑士拿着武器在跟锅打仗，掀起四周一片白雾。

萧惟提前搜了适合新手做的菜，今天一道是醋熘白菜，另一道是番茄炒蛋。

凌乱地完成两道菜之后，厨房已经是一片狼藉。

唐星然帮着把两盘菜端去外面的餐厅，低头看着，就感觉卖相不太好。

醋熘白菜的颜色似乎过于黑了。番茄炒蛋……这番茄块头有点大，整体颜色也不像是她从前见过的那种红彤彤的。

萧惟拿了碗筷，盛了两碗饭出来。

两人相对坐在餐桌上，唐星然先忍不住夹了片白菜送进嘴里，眉头立马皱起来——真的好酸啊。

萧惟看着她的表情，垂眸道："……要不我们今天还是出去吃吧。等我学会了再做给你吃。"

唐星然嘴角先是扯出一丝笑，然后笑出了声。这是萧惟第一次做饭，就算再难吃，也具有纪念意义。

"不要，我就要吃你做的。而且我们不能浪费食物。"说完，她还拿出手机拍照留念。

萧惟没再多言，拿起筷子跟她一起吃。

一整顿饭，两人的眉头就没舒展过，硬着头皮把两盘难吃的菜解决了。

本着一人做饭一人洗碗的原则，饭后，唐星然主动把碗收进厨房，坚持要洗碗。

萧惟抢不过她。可他去趟洗手间的工夫，回到厨房门口，就听到一阵碎裂的响声。

快步进去一看，今天这顿饭用到的所有餐具——两个盘子两个碗，全部摔在地上，变得粉碎。

萧惟没管地上的东西，上下扫视着唐星然："伤到了吗？"

"没有……"她尴尬地挠挠头，"我本来都洗好了，叠成一摞准备放到柜子里，然后就……嗯。"

萧惟过去摸摸她的脑袋，温声道："没事，你出去休息吧，我来收拾。"

唐星然靠到门口，长叹了一声气："我觉得我们俩都缺乏基本的生活技能。"

萧惟低头扫地上的碎瓷片："是。"

他顿了顿："所以我们应该经常过来住，让我有机会练习一下。"

夜幕降临，唐星然还不困，拒绝了萧惟出门散步的提议，靠在沙发上和他看电影。

微信里有好几条新消息。

宿舍群里几个人轮番艾特唐星然，问她怎么这么晚还没回来。

北阳大学宿舍没有门禁，所以不查寝。唐星然想了想，在群里回复：我今晚回家住啦，刚在跟爸妈看电视没看到消息，你们早点睡！

叶梦灵：我还以为你出去跟男朋友过夜了！［坏笑］

沈佳怡：我也以为！［坏笑］

胡玲玲：我也以为！［坏笑］［坏笑］

这个时刻唐星然的手机突然响起。

"啊！我妈打的视频！"她慌了，嘴里碎碎念，"完了，我跟室友说的我今晚回家住。我妈不会是去学校找我碰到我室友了吧！那不就露馅了，怎么办啊？"

视频通话的铃声还在响，萧惟思忖片刻道："应该不会，已经这么晚了。"

唐星然一脸求救的表情看着他，可怜巴巴地问："真的嘛……"

"你先接，"萧惟补充，"切语音。"

唐星然深吸一口气，点了切换语音接听："妈，怎么啦？"

姜静之："在宿舍吗？"

"……嗯。"

唐星然感觉心都要跳出来了，听到姜静之"噢"了一声，问："怎么这么久才接电话？宿舍住得习惯吗？缺不缺什么东西啊？"

她如释重负，长舒了一口气："挺习惯的，什么都不缺。"

姜静之："那就行，怎么不接视频啊？"

唐星然摸了摸鼻子："噢，我有个室友睡了，已经熄灯了，我出来阳台接的，这边光线也不好。"

萧惟捏了捏唐星然的手，唐星然瞪过去，用眼神告诉他：这谎也有你一半原因！

姜静之没多问，又聊了几句今天开学典礼的情况，还有学校后几天的安排。最后，她说："反正离得也近，你有空就直接回家。周末没安排吧？没事就回家里吃饭，把萧惟也叫上。"

萧惟这个当事人在她身边点了点头。

唐星然应了下来，又聊了几句，挂断电话之后，她侧头，就看到萧惟表情不太对。

"小惟，怎么了？"

萧惟沉默半晌后，说："我觉得好像有点对不起唐叔叔和姜阿姨。"说着，把她揽进怀里抱住。

唐星然白他一眼："你才觉得啊？他们那天还跟我说，想认你当干儿子。"

萧惟下巴贴在她肩上:"那不行。"

他搂在唐星然腰上的手轻轻摩挲着,在她耳旁道:"等唐叔叔成了我岳父,称呼也是一样的。"

唐星然拉住他逐渐上移的手,轻声问:"你想什么时候跟他们公开啊?我怕时间久了,我爸真把你当儿子了……"

萧惟眉心一跳,伸出手捂她的嘴。

唐星然还想说话,被他掌心闷得只能发出"唔唔嗯嗯"的声音。

第二天晚上,唐星然在宿舍看动漫,旁边的沈佳怡又刷起了学校论坛。唐星然白天也看过,论坛里关于萧惟的帖子长居顶部,楼盖得很高。只是楼里讨论的风向已经变了,重心转向对萧惟女朋友的八卦。

还有人专门发了一个帖,起了个很有营销号里桃色新闻的标题:法学院男神萧惟背神秘女子出校,举止亲密似女友! [附图]

沈佳怡正在爬楼,刷着刷着突然一声惊呼:"萧惟女朋友本人来回应了!"

唐星然一脸问号地看过去,心道:我回应了?我怎么不知道?

沈佳怡激动道:"天哪,没想到萧惟是这么深情的人,神仙爱情故事啊!

"他女朋友是隔壁职校的,中学时期萧惟父母工作忙没人照顾他,他女朋友就在学校附近租了个房子,每天给他洗衣做饭照顾他,所以耽误了自己的学习,就只能去职校。

"萧惟毕业之后就跟她订婚了,等到了年纪就娶她,说以后会照顾她一辈子。呜呜呜,我哭了,好感人啊!"

唐星然惊呆,脱口而出:"骗人的。"

沈佳怡看过来,问:"你怎么知道是骗人的?对了然然,你以前不是跟他一个学校的嘛,见过他女朋友吗?"

唐星然:"……这种故事一听就是骗人的啊,编得太老土了。"

沈佳怡反驳:"怎么老土了?天哪,如果我当时也遇到这么帅、学习又好的,说不定'恋爱脑'上头也愿意照顾他,呜呜呜。"

唐星然无话可说了。最近萧惟在论坛里热度太高,她还暂时不想公开关系,觉得有点招仇恨。

萧惟对她这个想法虽然有点小意见,但还是顺了她的意,没在学校里太招摇地谈恋爱。

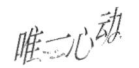

但是，这"地下恋情"持续的时间并不长，曝光的契机也在唐星然的意料之外……

事情要从军训结束说起。

军训结束后，大一新生回到学校，正式开始上课。

就在这一天，唐星然收到了美术老师于书的消息：然然，我刚从外地回来，你在学校吗？我去找你呀，给你带了点土特产。

百团大战那天，唐星然十分受欢迎，每路过一个展台都会有社团的学长学姐拉她入伙。

她挑来挑去，最后一口气加了五个社团，就导致她军训回来这周特别忙。每个社团都有欢迎会、开伙饭，还有学姐会跟她单独约饭，每天晚上都是临熄灯才回宿舍，周末也排得满满当当。

收到于书的消息，唐星然纠结了一小会儿。但毕竟人家都带了东西给她，出于礼貌也是有必要见一面的。

唐星然翻了手机里的日程表，抽出周日下午的时间，回复了于书可以一起吃饭。

与此同时，萧惟也发来了消息：明天也忙吗？

这一整周，她就和萧惟匆匆见了两次面，还是赶在宿舍熄灯前的十分钟，他来宿舍楼后面等她。

唐星然回了个小鸭子点头的表情包，安慰他：我就刚开学这两周忙，下周末一定空出时间陪你！

消息发出，和萧惟的聊天框顶上就一直显示"对方正在输入"，过了好一会儿，他就只回了：好。

周日中午是学校话剧社的聚餐，聚餐结束还安排了剧本杀局。唐星然从剧本杀店出来，赶紧打车去了和于书约好的餐厅。

他这次订了包间，唐星然过去时，他已经坐在里面了。跟上次见面时比，于书头发长了些，肤色黑了些。看到人进来，他赶忙起身招呼她。

唐星然放下包，笑笑："好像迟到了一会儿，于老师等很久了吧？"

"没多久。"于书上下打量唐星然两遍，"上大学之后更漂亮了啊。感觉怎么样，还习惯不，室友都好相处吗？"

唐星然坐在他对面的位置，笑道："都挺好的，就是有点忙，社团一不小心加多了。你最近怎么样？"

于书："老样子呗，接了个壁画的活，晒这么黑，都找不到对象了。"

话题转移到找对象问题，于书继续说下去："唉，我都单身三年多没找对象了,家里人都在催。"

唐星然翻着菜单,随口问:"那为什么不找啊?"

于书的视线没从她身上离开过:"之前一直没遇到喜欢的女孩儿。"

"噢,那你喜欢什么样的?"

于书看着她,说:"喜欢可爱的,个子小一点,瘦一点的。脸小眼睛大,头发是自来卷,最好是学外语专业的。喜欢看动漫就更好了,能有共同话题。"

唐星然本来没仔细听,现在越听越觉得,这描述怎么这么像她啊!

她翻菜单的动作一僵,抬眸看向于书:"你喜欢的类型好像是我这种?"

于书挑眉,很坦然地点了点头:"是啊,这不很明显吗?"

唐星然眉心直跳,感觉这天好像聊不下去了。

于书看着她低头不说话,眉头微微皱起,觉得更可爱了。他笑了声:"然然,如果我喜欢你怎么办啊?"

唐星然拧着眉,认真道:"我已经有男朋友了,于老师,你喜欢我这个类型没问题,但是不能喜欢我。"

于书不在意地笑笑:"只是男朋友而已啊,又还没结婚。而且,就算结婚了,也可以离婚呢,我怎么就不能喜欢?"

唐星然彻底凌乱了,脸上一阵红一阵白,都不知道应该用什么表情看他。

她深吸一口气,想着要不就直接走了吧……

她正要起身,于书叫住她:"我开玩笑的,别紧张,你看我像是挖墙脚的人吗?"

唐星然用审视的目光看了他一会儿,问:"你真没那意思?"

于书:"真没有!不过喜欢你这类型是真的,你要是有什么单身的小姐妹,可以介绍给我。"

唐星然沉默半晌,尴尬地点了点头:"……行。"

这家餐厅就在学校旁边的商场,到了晚饭饭点,外面逐渐热闹起来。

虽然于书已经说了他刚才是开玩笑,但唐星然总觉得有了刚才那几句话,包间里的气氛变得有些奇怪,而且他身上喷了一种烟草和皮革味混合的男士香水,味道充满整个包间,特别浓,闻得她头晕。

等上菜的时候,唐星然出门去洗手间,顺便透气。她拿着手机,犹豫着要不要把今天的事给萧惟报备一下。

与此同时,旁边稍大些的包间,萧惟正在跟室友聚餐。他的三个室友从小到大都没有任何感情经历,听说萧惟有女朋友之后,经常嚷嚷着叫他请吃家属饭。

可最近唐星然连跟他见面的时间都没有，更别说跟他室友一起吃饭了。

就算有时间了，萧惟也更倾向于和她回公寓过二人世界。

他们桌上已经上了菜，三个男生叽叽喳喳地聊天吹牛，萧惟坐在一边，安静地吃东西。

"萧惟，你女朋友到底是不是我们学校的啊？我前几天逛论坛，看到他们说是隔壁职校的。"

萧惟放下筷子，淡声道："不是隔壁职校的。"

室友："那就是我们学校的了？"

萧惟面无表情道："她不让说。"

三个室友听了直笑，其中一个身材微胖的说："这也太神秘了，怎么这都不让你说啊。萧惟，没想到你恋爱谈得这么没地位。"

他顿了顿，喝了口啤酒，继续道："你听我的，咱们男人，就要拿出气势来！想说就说，怕她作甚！"

萧惟冷眼看过去，眼神里写着：所以说你没女朋友。

旁边黑瘦的室友也慷慨发言："萧惟，你长成这样为啥女朋友还不愿意公开啊？要我是你女朋友，肯定恨不得拉着你到处溜达！"

萧惟变成话题中心，三个男生在耳边叽叽喳喳，吵得他头疼。

"我去趟洗手间。"

餐厅的洗手间是男女共用的，唐星然从隔间出来，一抬头，看到镜子里萧惟的脸，他正低着头洗手。

唐星然弯着嘴角，缓缓走到他旁边的位置："帅哥，加个微信？"

萧惟转头，看到她的一瞬间，眉头舒展开。

唐星然笑着问："你怎么也在这里呀？"

"宿舍聚餐。"他擦干手，摸摸她头发，温声问，"你社团聚餐在这儿？"

唐星然没跟萧惟说过她是跟于书吃饭，他也没主动问，默认她是参加社团的聚餐。

她拉拉萧惟的手："不是社团聚餐。我在跟朋友吃饭，你见过的。"

两人走出洗手间。

萧惟问："谁？"

唐星然："于书，就假期画画课那个老师。他刚才外地回来，给我带了特产。"

萧惟眉头微蹙，声音冷淡了很多，问："就你们两个人？"

"嗯……对。"

萧惟停住脚步，侧头看她，沉默半晌后说："我陪你一起。"

再次回到包间，于书一抬头，表情有点难看。出去的时候是一个人，回来就变成两个人了！

萧惟坐在唐星然旁边的位置，很冷淡地跟他寒暄了两句。

于书看着萧惟，扯扯嘴角："那还真是巧了，附近这么多餐厅，正好就遇上了。你该不会不放心，所以偷偷跟着然然的吧？"

萧惟瞥了他一眼，懒得理会。

唐星然赶忙道："怎么会，就是刚好遇到了。难道你以前干过这种事，偷偷跟着女朋友？"

于书笑了下："以前当然没有。"

他顿了顿，看着唐星然说："不过，如果有然然这种女朋友，走到哪儿我都得跟着，不然一不留神就会被人抢走的。"

萧惟冷着脸，抬眼看他："这种假设不存在。"

萧惟的手不自觉地揽在唐星然腰上，重重捏了一下。

于书："万事皆有可能啊。不是有一句话这么说来着，世上无难事，只怕有心人。"

唐星然皱着眉，觉得他话里有话，在暗示些什么。

"不对，总有些事是努力也没法办到的。"

于书还欲开口，服务员进来上菜，打断了三人的对话。

萧惟扫了眼于书，看他目光紧盯着唐星然，眼中像是能冒出桃心。

萧惟揉了揉太阳穴，觉得这顿饭没必要吃下去了。

"宝贝。"

唐星然侧头看萧惟，一脸疑惑，萧惟从没有这么叫过她。

她眨眨眼："怎么了？"

"陪我回家吧。"萧惟面无表情，声音低低的，"我胃疼。"

"啊？"唐星然看看萧惟，又看向于书，尴尬地咳了一声，"于老师，不好意思啊，我们买了单就走。"

出门时，于书拎着几个装特产的礼品袋跟了出来："然然，我给你带的，你忘了拿。"

唐星然停住脚步，犹豫要不要接，萧惟就抢先挡开了于书的手："不用了，她不喜欢吃这些。"说完，牵着唐星然径直出了餐厅。

九月，道路两边的树叶已经微微泛黄，零零星星落下来，空气还是燥热的。已经是傍晚，天色将黑，路灯还没亮，四周光线暗暗的。

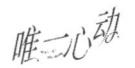

唐星然握着萧惟的手,关切道:"胃特别疼吗?是不是吃坏东西了啊?"

"不是。"萧惟坦诚道,"胃不疼,骗你的。如果一会儿疼了,那有可能是被气的。"

唐星然看着他的表情,抿着唇:"唉,我也不知道会是这个情况嘛……小惟,你觉得他是不是对我有意思啊?"

路上人很多,有很多都是北阳大学的学生。唐星然不想被看见,下意识地要抽开手。

这次萧惟没顺她的意,紧紧抓着不松开:"是。"

唐星然挠挠头:"那怎么办啊……不过他也没明确说,我就不好拒绝。我都给他说过我有男朋友了,他怎么还这样……"

萧惟:"你说你有男朋友,他怎么说?"

唐星然想了想,决定还是不告诉他。不然让他知道于书是怎么说的,估计真的气得胃疼。

"也没说什么。"她转移话题,"对了,明天我有早八课,我们今天真的要在外面住啊?"

"嗯,离得近,今晚早点睡,明天我叫你。"

萧惟想到如果今天他不是碰巧在这里,唐星然就会跟那个男的单独吃饭,心里有些烦躁。

"唐星然,"他顿了顿,思忖片刻道,"以后你如果单独跟男生吃饭,提前和我说一声。我跟你一起去。"

唐星然没吃晚饭,萧惟也没吃多少。回公寓之前,两人在楼下打包了几个菜带上楼。

进门拿出手机,她就看到于书发来的一堆消息。

于书:然然,你男朋友没生气吧?

于书:他要是介意的话,那些特产我偷偷带给你怎么样?

于书:有牛肉干、切糕、奶酪、葡萄干什么的,都挺好吃的。

于书:你明天在学校吗?我去找你吧!

于书:大一课应该不多吧?

于书:你在哪个宿舍楼?我可以去楼下找你!我去过你们学校好几次,路很熟的。

萧惟正在帮她拿拖鞋,直起身子扫了眼她的手机,眉头一蹙。

"呃。"唐星然撇撇嘴,"小惟……你说我要不要直接删了他啊?"

"删。"

开学第二周,唐星然逐渐适应了大学的生活。斯瓦希里语专业每年招生人数很少,她的专业课都是小班授课。

班里一个三十个人,男女比例严重失衡。全班二十三个是女生,只有七个男生。

周一晚课是英语视听说,老师布置了下节课的分组展示的主题,成绩计入期末考核。下课后,唐星然留在教室和小组的三个人一起讨论课堂展示的内容。

周日删了于书的微信之后,他又反复申请了几次添加好友,她没同意,后来索性把他直接拉黑了。本以为这件事就算结束了,以后也不会再和他有什么联系。

可唐星然正在听组长分配任务时,教学楼下突然传来此起彼伏的起哄声,还有音乐声。

全组四个人都坐在临窗的位置,她探头往下看,眼睛越睁越大。教室在二楼,楼下的场景能看得一清二楚。

窗下是教学楼后的一片空地,空地上摆了很大一圈蜡烛,和路灯灯光一起,照亮了中间的一大片地。地上用涂鸦喷漆画着一个大眼睛的鬈发小女孩,穿着粉红色的裙子,下面写着"唐星然,别拉黑我"七个大字。

旁边还放了两个音响,一个男人背着吉他,在弹唱情歌,身边还有人弹贝斯伴奏。她仔细看了眼,这个男人……好像是于书。

旁边三个同学也暂停了讨论,一脸吃瓜相往楼下张望。

同学A:"这画画得好像还挺有水平啊,下面写的是唐星然的名字吧,我没看错的话。"

同学B转头看向唐星然:"唐星然,楼下这人是在跟你道歉求和哎?"

同学C:"天哪,像在演电视剧一样。这人还挺有艺术家气质,长头发,扎辫子。你要不要下楼去看看啊,原谅他?"

唐星然眉心突突直跳。这于书年纪比她大,行为怎么能这么幼稚!删了他的第一天,他就憋出这个大招,太离谱了!

她看向三个同学,做好表情管理:"是谁啊?我不认识哎,可能是找跟我同名的哪个唐星然吧。"

唐星然:"我们接着讨论?"

三个同学一时间只顾着八卦,纷纷拿出手机来拍照。虽然这种认错场面在电影电视剧里都快拍烂了,可现实中他们谁都没见过。不止楼上,楼下围着的一圈人也都拿着手机拍视频拍照片。

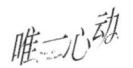

没看多久，歌声停止，有学校保安过来赶人。于书和几个朋友带着音响准备开溜，又被保安叫了回去。围观的一伙人散开，唐星然忍着烦躁继续跟同学讨论课堂展示。

此刻的学校论坛、朋友圈都已经被刚才的画面刷屏了，唐星然这个名字原地出道。

她的手机一直不停地振动，社团的朋友、同班同学、宿舍的室友接二连三发来消息吃瓜询问。

啊啊啊！真的烦死了！

等讨论结束，唐星然拿着手机，一边低头回复消息，一边往教室外面走。刚走出两步，她脑袋一痛，好像撞到一个人。

一瞬间，唐星然后背直发凉。半秒的时间，她大脑飞速转着。

不会是于书上来堵她了吧？给萧惟打电话来得及吗？不然再给辅导员打个电话？

她皱着眉头，抬头看到人，舒了超长的一口气。太好了，是萧惟，不是于书。

这个时间，教学楼里人还是很多，走廊上人来人往，许多路过的女生都频频往萧惟这边看，随即和同伴大声"私语"。

"你看到了吗？你看到了吗？刚那个男生好帅啊！我的天哪！"

"他是萧惟啊，法学院大一的，论坛里每天都有关于他的帖子。"

"啊！我好像看到过，真人比照片帅一万倍啊！我要不要过去问个联系方式，可是我今天没化妆！"

"别想了，他有女朋友了。"

萧惟披了件黑色的外套，看了唐星然一会儿，脸上没什么表情。

片刻后，他直接伸手帮唐星然拿过书包，然后牵住她的手，往楼梯口走，周围人的目光也随之转向两人十指相扣的手。

唐星然想抽开手，他却抓得特别紧。

她咬咬唇，低声道："人很多啊，萧惟！不是说好的吗，不在公开场合有亲密动作！"

萧惟淡淡瞥她一眼，不置一词，牵着她往楼下走。

二十分钟前，他刚下晚课，在教室里自习看书，就听到后排的几个女生低声说逸夫楼后面有个男生摆蜡烛唱歌求女朋友原谅。

他对这种八卦没什么兴趣，又翻了一页书，突然听到"唐星然"的名字。

"他女朋友叫唐星然？你们认识吗，大几的啊？"

"哎，我认识啊！好像是外院大一的，跟我同一个社团。"

萧惟听到，合上书，打开了学校论坛。

论坛里，"长发帅哥在逸夫楼后唱情歌画涂鸦求原谅"的帖子在最前面。他点进去，就看到了于书背着吉他唱歌的照片，还有地上的画和字。

他皱着眉，草草往下划拉，发现唐星然在论坛里的身份已经是长发男的女朋友。

萧惟迅速收拾书包去逸夫楼，在楼下看见了正在被保安监视着洗刷地面的于书。知道跟这种人讲道理也是无用，他从于书身边走过，径直去了唐星然上晚课的教室。

....

唐星然感觉下楼的一路，感觉周围的目光像火一样，看得她整个人都要燃烧起来。

萧惟侧头看她，清淡道："我现在反悔了。以后上课送你，下课接你，早午晚饭我来找你一起吃。"

"啊？"唐星然问，"为什么啊？"

萧惟捏捏她的手："因为，我想要个名分了。现在学校论坛里，都在说唐星然是别人的女朋友。"

站在萧惟的角度，这事确实挺让人不爽的。那公开就公开吧，反正有了今晚于书这一出，她的名字估计已经在论坛里出名了。

唐星然点点头，乖巧地应了声："好。"

"嗯。"萧惟心情好了一些。

晚课之后的校园，人最多的地方无外乎图书馆、超市和操场，但操场光线比较暗，看不清楚人。

萧惟思忖片刻，看向唐星然，说："陪我去超市买东西，然后去图书馆借本书？"

"噢，好。"

路上，她跟萧惟说起了刚才教学楼后面于书的事。

唐星然晃了晃他的手："你说他会不会再来学校找我啊？"

她撇嘴："认识的时候感觉他还挺正常的，没想到是这种人……好'社死'啊，他明明知道我有男朋友的。"

萧惟停下来，转身把她抱进怀里："我来解决。"

四周没什么人，挨着一片树丛，路灯的光也很暗。

唐星然低着头，在他怀里埋了一会儿，闷闷道："嗯。小惟，对不起啊，你是不是也因为这件事不开心了？"

萧惟轻轻抚着她后背，温声说："没有。不用道歉，不是你的问题。"

抱了一会儿后，两人继续往前走。

超市和图书馆一楼大厅人很多，萧惟牵着唐星然转了一大圈，最后才回到她宿舍楼门口。

唐星然："那我上楼了？"

"等等。"

宿舍楼前，被路灯照得最亮的区域，萧惟转到她面前，俯身再次抱住了她。

快到熄灯的点，周围全都是正准备回宿舍的女生，经过的每一个人几乎都是一步三回头。

萧惟抱了很久都没松手，唐星然脸烧红，在他耳边低声道："可以了吧……好多人看着我们呢……"

话音刚落，室友沈佳怡从身边走过，正好和唐星然的眼神对上。

沈佳怡看看唐星然，又"不经意"地绕到另一侧，看到萧惟的脸之后，她震惊的表情都藏不住。

她很刻意地咳嗽一声，先进了宿舍楼。

萧惟好不容易把唐星然松开，又低头在她额上轻轻碰了下。

"明早你是九点半的课，我提前十分钟在这里等你，陪你一起去上课。"

明早那个时间段他没课。

唐星然上楼的时候，感觉每一步都很沉重。

刚迈进宿舍，三个室友齐刷刷地看向她，眼睛直冒光。很显然，沈佳怡已经把楼下的场景告诉她们了。

叶梦灵敲敲桌子，问："然然，什么情况啊？你这大学生活，刚开始就这么精彩啊！"

沈佳怡："你先别说啊，让我猜一猜，论坛里的帖子我都看完了，我来推理！"

她手指摸着下巴说："逸夫楼后面那个长发男是你之前的男朋友吧，你俩吵架了，你把他微信删了！删了之后，你参加了一场高中同学聚会，遇到了现在大学同校的萧惟，然后你跟萧惟看对眼了，就跟长发男分手，跟萧惟在一起了！对不对？"

唐星然听得目瞪口呆，把包放椅子上："什么跟什么啊……"

她顿了顿，决定坦白："其实，我男朋友一直都是萧惟，我们高考完就在一起了。这不是他在论坛里太火了嘛……我就想着先别公开关系。那个长头发的，是我暑假认识的美术老师，想撬墙脚。

沈佳怡："我天！原来是这么个剧情！他能撬萧惟的墙脚？"

叶梦灵"啧"了声道："是啊，我看到他照片了，长得也就是中上水准，跟萧惟比差了十万八千里呢。"

宿舍一直聊到熄灯之后也没停，三个人集体帮着唐星然骂于书，骂得她心情十分舒爽。后来，三人又问起她跟萧惟的事，唐星然也如实说了。

在三个人此起彼伏的"哇""太幸福了"声音中，隔壁宿舍被吵得来敲她们的门。

安静了一会儿，沈佳怡又压低声音说："然然，你觉不觉得应该请姐妹们吃个家属饭。"

唐星然："好啊。我问问萧惟，然后咱们一起商量时间。"

三个室友："好！"

临睡前，唐星然忐忑不安地打开论坛准备瞄一眼。

不出所料，她的名字已经刷屏了，有讨论她和长发男的，有讨论她和萧惟的。

经此一晚，她在学校论坛里成为谜一样的人物。

男生宿舍。

萧惟记得萧俊有个发小是美院的老师，小时候见过几次，上次他回家时听萧俊说起过，那人现在已经做了副校长。

他去阳台，给萧俊打了个电话，省略他们俩的恋爱关系，大概讲了事情的经过。

萧俊一听说有人骚扰唐星然，激愤地爆了好几句粗口，让萧惟别管了，问了于书的名字和长相，说他去解决。

电话挂断前，萧俊又嘱咐萧惟好好照顾唐星然，说女孩子容易遇到危险，他们一起长大，又上了同一个大学，他应该多照顾点儿。

熄灯后，萧惟躺在床上，顺手点进学校论坛。

开头几个帖子里全是唐星然的名字，还有人猜测她是被萧惟的长相吸引，对于书始乱终弃。

萧惟揉揉眉心，思忖着给唐星然发了条消息：今天是我们在一起的第75天。

我女朋友是最可爱的小公主小仙女：[小猴子点头.JPG]

我女朋友是最可爱的小公主小仙女：75是什么特殊的数字吗？

萧惟回道：75是我的幸运数字，我觉得应该发个朋友圈纪念一下。

我女朋友是最可爱的小公主小仙女：有这种幸运数字吗？一般不都是个

位数……

萧惟：有的。

过了一会儿，唐星然发来一张两人的自拍合照，是她觉得自己最好看的一张。

她问：我也要发吗？

萧惟：你不想发？

我女朋友是最可爱的小公主小仙女：发发发，我现在就发！

萧惟弯弯唇，眉头舒展开，编辑了他的第一条朋友圈：75天快乐。［图片］

发送成功，他刷新了一下，就看到唐星然也已经发了出去：男朋友说75是他的幸运数字，所以纪念一下，在一起75天啦！［图片］

周二上午的课是商务英语，老师是一个戴着啤酒瓶底眼镜的中年男人，叫王立伟。这位王老师跟其他老师的风格不太一样，对学生很严厉，事情非常多。

每周的课程开始时，他会随机叫一个同学上讲台来一段freestyle（即兴发挥）的汇报，课中会随时点人提问，用英语回答，他还会在下课前小测，计入平时成绩。

不仅如此，他每节课还要求大家做笔记，课后五分钟内拍到课程群里供他检查，这也计入平时成绩。

经过第一周，王立伟就已经被班里同学称为"阿伟"，在班群里时不时发一个用他照片做的表情包来泄愤。学长学姐也私下跟他们说过，这位老师的课是外院全体学生的噩梦，只此一学期，熬过去就是春天了。

据说王立伟以前还开过大学英语的公选课，但是没有一个学生选他的课，被教务处取消了。

唐星然上周就跟萧惟吐槽过几次，吃早饭的时候，她再三问他："你确定要陪我去上'阿伟'的课？他真的很可怕！"

萧惟："嗯，没事。"

唐星然带着萧惟提前到了教室，找了个靠后的位置坐下。

班里同学陆陆续续地进来，都是满脸的苦大仇深，看见萧惟这位论坛"顶流"坐在后排，连八卦的心思都暂时收起。

上课铃响起，王立伟挺着啤酒肚，慢悠悠地进了教室。

他扫视一圈，在PPT上展示一份商务英语的案例材料，给大家十分钟时间阅读，之后点人上讲台做案例分析。

十分钟一到，整个教室的人都面如土色。今天，谁会是这个"幸运儿"呢？

王立伟给的案例材料里专业词汇多，读起来都很费劲，更别提freestyle现场分析了。这就是在用外企员工的标准要求他们这群大一新生菜鸟。

王立伟的目光就像是一把锤子，看到谁谁就惨兮兮地低下头，尽量降低自己的存在感。

他从左往右，从前往后，最后——看向唐星然的方向。

唐星然苦着脸，立刻低头，心里暗暗祈祷：别叫我，别叫我，求求了，千万别叫我。

王立伟："那个黑衣服的男生，你上来分析汇报，五分钟时间。"

唐星然重新抬起头。没叫她，叫了萧惟啊！萧惟来陪她上一节课就被点到，这是什么"狗屎运"！

萧惟在众人同情外加一点点崇敬的眼神中，缓步走上讲台，开始即兴汇报。

让大家意外的是，萧惟英语口语出奇的好，标准的英式发音，用词也很地道。

他们一个班虽然是外院的，但这也就开学第二周，大家吃的还是高中那点老底，水平比别人高不到哪里去。

但很明显，萧惟的老底比较厚。

他时不时低头看一眼案例材料，话语流利，逻辑清晰，巧妙地避开较专业的部分，着重讲了材料中几个偏日常的点。

五分钟结束，他说完最后一句，走回位置。

王立伟站回讲台，开始了他的找碴式点评："这位同学英语基础不错，但对材料分析的专业性还差了点。你讲的这几个问题，都是显而易见的，缺乏深层次的剖析。还有就是，你语速有点快，汇报的主要目的是要让人听清听懂。"

他扫视台下："你们能听清听懂吗？"

学生们很不捧场地点点头："Yes。"

"……行了，你叫什么名字？"

"萧惟。"

王立伟看了两遍名册，没找到这个名字。他推了推眼镜，抬起头："你是这个班的吗？"

萧惟沉默半响，面不改色道："不是。老师，我对商务英语感兴趣，过

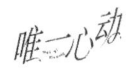

来蹭课。"

唐星然听到他这个解释,实在忍不住,抿着唇低头偷笑。

王立伟立刻捕捉到她的表情:"旁边的女生,你在笑什么?对商务英语感兴趣是一件很好笑的事吗?

"你上来,做五分钟案例分析。"

唐星然呆了。

下课铃响起,整个教室的学生都松了口气,皱了一节课的眉头终于舒展开。

王立伟走出教室之后,班上同学也有心思八卦了,有意无意地回头看萧惟。

唐星然中午想去吃食堂的麻辣香锅,那个窗口人一直很多,她很快收拾好东西,背着书包在门边等他。班上女生从她身边经过,都会"啧啧"两声,然后意味深长地拍拍她的肩膀。

两人走出教室,萧惟很自然地牵住她的手,从楼道涌动的人潮中一路出教学楼。

昨晚那条朋友圈发出之后,就有"热心人士"截图搬运到了论坛。

看到"75天"这个数字,有人发帖分析了一波,结论是——萧惟和唐星然高考结束就在一起了,开学典礼那天萧惟抱着出校门的女生也是唐星然。

食堂里人山人海,麻辣香锅窗口已经排了很长的队。两人分工,萧惟拿着唐星然的包去占座,唐星然先去排队。

也许是"做贼"心虚,唐星然拿手机刷着论坛,再抬头看看周围,总觉得有好多人在看她。

她重新低下头,后面的女生突然轻拍她的肩膀:"学妹,你是唐星然吗?"

唐星然愣愣地转头:"对,请问你是……"

女生笑着看她:"我谁都不是,昨天在论坛里看到你了,今天居然遇到真人了!"

唐星然一脸尴尬:"啊……嗯……哈哈。"

这时,萧惟已经占好了座,来她旁边和她一起排队。

后面的女生眼睛睁得更大:"哇!萧惟也在!"

萧惟询问的眼光看向唐星然。

女生说:"你们俩都好好看啊,比照片里好看!呜呜呜,你们要一直在一起啊,我要嗑你们CP!"

唐星然不知所措地应了句:"谢谢啊……好像快到我了,我先排队。"

吃饭的时候,唐星然又收到话剧社一个学姐的消息,问他们有没有兴趣拍情侣写真,她有个朋友准备创业做独立摄影师,想给他们拍照当样片。

唐星然想了想,礼貌拒绝了,感觉在学校里的热度突然一下超出了她的承受范围……

人的适应能力果然很强。一周多过去,唐星然已经能旁若无人地和萧惟在学校里手牵手走路、回宿舍前在楼下拥抱一会儿。

周五晚上,唐星然在室友的要求下带着萧惟请了一顿家属饭。她本来以为萧惟对聚餐没什么兴趣,勉强陪她去吃饭,大概率是静静坐在旁边当摆设。

出门前,唐星然提前给三个人打了预防针:"萧惟这个人吧……其实也就一张脸能看,他性格特别差,不爱说话。要是他等会儿一句话不说,就把他当哑巴好了。"

餐厅是萧惟订的,在大学城附近的商圈,他让唐星然问过室友的意见之后,选了一家人均消费挺高的江浙菜。

四个人进了包间,萧惟已经在里面等着了。

看见人来了,他站起身,神色和语气一如既往的清淡,但都一一打了招呼,记住了名字,招呼点菜。

沈佳怡坐下之后,笑着看唐星然:"你男朋友性格挺好的啊,不像你说的那样。"

萧惟淡淡瞥了眼唐星然,轻声问:"你觉得我性格不好?"

唐星然尴尬地摸摸鼻子:"没有啊,我就是说……你性格比较安静!我没说错吧?"

萧惟捏捏她的手,出门去叫服务员进来点单,三个人也没客气,点了一大桌子菜。

上菜之后,几人边吃边聊,话题重点就集中在唐星然和萧惟的感情故事上。上一次聚餐她没抽中几次真心话,这次不用抽,可以随便问。

叶梦灵喝了一口椰汁,撑着脖子看萧惟:"你是什么时候开始喜欢然然的啊?"

萧惟放下筷子:"高中。"

"那你们为什么毕业之后才谈恋爱啊?"

"早恋影响学习。"

不管问什么,萧惟都会一一回答,三个人胆子渐渐大起来。

沈佳怡:"听然然说,你们是一起长大的,你小学还让她帮你背了几个学期的书包,写了几个学期的假期作业。你当时怎么想的啊?"

唐星然发现她从没问过这个，饶有兴味地侧头看向他。

萧惟沉默半响，淡声道："当时年纪太小，不太记得了。"

…………

沈佳怡继续问："那你们感情好吗？你有考虑过什么时候结婚吗？"

萧惟："嗯，我们感情很好。大学毕业就结婚。"

唐星然拍他一下："我还没答应哦，得看你表现才行！"

整顿饭吃下来，萧惟的筷子就没拿起来几次，四个女人把一桌子菜全部扫空。

萧惟去结了账，和唐星然一起把人送到门口。

宿舍小群里，消息一条接着一条，都是在夸萧惟的，夸他长得帅，夸他性格好，夸他专一……什么好词都用在他身上了。

唐星然看完，发了个表情包，挽住萧惟的胳膊。

他弯弯唇，低头看她："今晚还回学校吗？"

唐星然笑出两个小梨涡，甜甜道："不回。"

深秋的夜风有些凉，树影在摇曳，商场门口的灯光照亮了半边天空。

萧惟心情不错的样子，拿出手机打开叫车软件，把目的地定位到公寓。

刚选好，唐星然在耳边悠悠来了句："我妈叫我今晚回家住。"

唐星然看着萧惟刚才眼中还有淡淡的笑意，她这话一出口，笑意就全然消失。她憋着笑，说："也叫你一起过去，走吧，跟我回家！"

"……好。"

进了门，两人跟姜静之和唐慕寒暄过后，陷入短暂的几秒安静。

就在这几秒，萧惟的肚子叫了两声。

姜静之转头看向两人："你们不是刚吃过晚饭吗？"

唐星然这才想起，萧惟刚刚全程都在接受询问。

她清清嗓子："家里有东西吃吗？刚才我们是跟我室友一起吃的，我室友一直拉着萧惟说话来着，他就没怎么吃。"

萧惟："没事阿姨，我也不是很饿。"

姜静之打开冰箱，叫唐慕去厨房煮了碗汤面给萧惟，顺便给唐星然热了几个辣卤鸡爪当零食。

两周没见，姜静之也坐在餐桌前，看着两个孩子吃东西。

"然然，你刚说你们俩跟你室友一起吃的饭，五个人吗？"

"对啊。"唐星然点点头，有些心虚。

姜静之又问："你室友跟萧惟也能玩到一块儿去啊，还一直在聊天？"

"是啊,我室友性格好。"

姜静之撑着下巴,半晌后说:"是不是你哪个室友对萧惟有意思,让你帮忙叫他过去?"

"哎?"

唐星然差点呛到,萧惟也不自觉地表情一僵。

萧惟吃完东西,去厨房把碗洗了,回了客房看书。

客厅里,唐星然和姜静之坐在沙发上看电视,姜静之随口问:"然然,你有室友在谈恋爱的吗?"

她想到叶梦灵有个网恋男友,应道:"有啊,怎么啦?"

姜静之摸摸她的头,说:"以前你年纪还小,没问过你这些。我和你爸,你萧叔叔和覃阿姨,都是上大学认识的。如果身边有男孩子追你,大学可以谈个恋爱,就是自己得注意分寸和安全。"

唐星然不知道该说啥,"噢"了一声。

她眼珠转了转,觉得话题聊到这里了,可以趁此机会试探一波。

"妈,你希望我找个什么样的男朋友啊?"

姜静之笑了声:"我希望有什么用,重点是你自己喜欢啊。"

唐星然:"你就说你希望的嘛!性格安静点还是热闹点?长得高还是长得矮?家里有钱还是没钱?"

她补充:"我看看周围有没有合适的。"

姜静之:"随便你,只要是对你好的就行。"

唐星然纠结了半天,小声说:"那萧惟就对我挺好的,我要不就找他算了。"说完,偷偷去瞄姜静之的表情。

姜静之笑了两声:"萧惟啊?不可能。"

"嗯?"唐星然眉心突突狂跳,压抑住情绪,用尽量平静的语气问,"为啥不能找他啊?"

姜静之还在笑:"不是不能,是你不会。

"你俩太熟了,小时候就盖过一床被子,睡过一张床。以过来人的经验讲啊,谈恋爱是需要冲动和激情的,你俩都熟成这样了,怎么会想谈恋爱?"

…………

半夜,唐星然在卧室等到了快一点,外面一点动静都没有时,她轻轻推开房门,蹑手蹑脚地去了客房。

萧惟也还没睡,她开门的时候,他正靠在床上翻着一本书。

"怎么了?"

唐星然过去坐在他身边，钻进他怀里："想你了。"

"嗯？"萧惟放下书，把人抱住，一只手轻轻摸她的头发，"才一会儿没见，就想我了？"

唐星然低着头，扑面而来全都是他身上的香味，他的一只手在她头上有一下没一下地抚着，感觉心里也痒痒的。

她抬头："小惟，我问你个问题啊，你得诚实地回答我！"

"嗯。"

唐星然严肃道："你对我有激情吗？"

"嗯？"

她眨眨眼，又问："你对我有冲动吗？"

萧惟看她板着小脸，忍不住笑了声："有。"

萧惟用了些力，把人抱得更紧，带着她一起往后靠，嗓音低沉好听："抱一会儿。"

唐星然静静靠在他怀里，感觉就这样什么都不做，只要碰到他，心跳就会比平时快上许多。

一会儿后，萧惟轻声问："为什么问这两个问题？"

唐星然犹豫了小半晌，把和姜静之的对话给他大致说了一遍。

听完，萧惟笑了下："阿姨说得有点道理。"

唐星然："哎？"

她正要发作，就听到萧惟悠悠道："但是，你小学不就已经喜欢我了吗？"

"我才没有！"

唐星然气鼓鼓地转头看他，想起了另一个问题："对了，今天吃饭的时候我室友问你的那个问题，就关于小时候的那个，你真不记得你当时怎么想的了？"

半晌后，她听到萧惟的声音，很平静。

"其实记得一点。

"你小时候长得很可爱，我看到就想欺负你。"

"啊？"唐星然满脸问号，"萧惟，你小时候是不是有点心理变态啊？"

他不在意地笑笑，喉结微动："说不定现在也有点？"

"每次看见你……"萧惟低头，在她耳边说了几个字，吻了下她耳垂。

啊啊啊！这房间待不下去了！她用力从萧惟怀里挣脱出来，头也不回地回到自己房间。

进了浴室，唐星然照了照镜子，看到自己脸红得不成样。萧惟怎么谈恋爱之后变得这么不正经啊！太犯规了！

用冷水又洗了一遍脸，唐星然才从浴室出来，关灯躺回床上。

漆黑中，手机屏幕亮了两下，她点开，看见萧惟发来了两条消息。

小惟：晚安。

小惟：爱你。

北阳大学裹上一层银白，空中雪花纷纷而落，行来走往的学生也将秋装换成了厚重的羽绒服。

秋去冬来，也意味着大一第一学期即将结束。紧锣密鼓的考试周之后，迎来了大学的第一个寒假。

今年过年很早，就在寒假的第二周。

萧惟正在宿舍楼下，等唐星然收拾好行李之后下楼。

萧俊和覃雅宁今年寒假难得有了短暂的假期，会在过年之前赶回北阳。这样一来，萧惟就得回自己家过年，跟唐星然谈一段短暂的"异地恋"。

等了好一会儿后，宿舍楼大门被推开，唐星然裹着粉色羽绒服，拖着拉杆箱出来。萧惟走了过去，接过她手里的拉杆箱，拎下台阶。

唐星然挽住他胳膊，晃了晃："你今天就直接回家吗？"

萧惟："如果不回，女朋友有什么安排吗？"

唐星然想了想，小声说："你回家了我们可能有好几天都见不到面了……我怕你会太想我，所以我们要不要先去公寓住几天再回家？"

萧惟偏头过来看她："怎么跟姜阿姨说？"

从宿舍楼到校门的一路上，唐星然开始想理由。她早就告诉过姜静之期末考试的安排，今天是最后一门。

"说社团有事？"她说出口，又否决，"我妈说不定也会来学校，很容易露馅。"

"我说我去室友家玩几天？"

"可我室友都是外地的啊……我过去玩肯定不止几天，而且我妈好像加过她们父母的微信。"

…………

到了校门口，唐星然前后编了七八个理由，都作废了。

她破罐破摔，说："要不我直接跟我妈说一半实话，就说我跟你在北阳周边玩两天再回家。"

萧惟："嗯。"

想好了理由，两人直接回了公寓。考试周加上之前一个月，他们都在学校复习,没出来住。

"我先给我妈打个电话啊……"

两人并排坐在沙发上,萧惟看着她。

电话接通,姜静之的声音传来:"然然,考完试了?"

唐星然:"对,那个,我……"

她话还没说出口,姜静之就打断她:"那你先回家吧。我和你爸临时有个会要开,在苏城。我们已经到机场了,五天之后回家。"

又叮嘱了几句,姜静之匆匆挂了电话。

安静下来,唐星然还有点蒙。这么简单?她千挑万选的理由都没用上呢。

唐星然把被角往上拉,靠在萧惟怀里说:"要一起住五天哎。明天开始你来做饭好不好,想吃你做的。"

萧惟:"好,吃什么你定,我来学。"

唐星然想了想,说:"我想吃辣的。小惟,要不你学着吃点辣吧?少量吃辣有益健康。"

有益健康是她瞎编的,但想让萧惟跟她一起感受吃辣的快乐。

他"嗯"了一声,吻吻她的额头:"我试试。"

这天晚上,时间还早,萧惟提议换衣服下楼去散步,但唐星然不想去。对这个夜晚,她心里还有别的打算。

关上阳台的门,回到屋里,唐星然看向他:"小惟,我们看会儿电影吧。"

"嗯,行。"

她研究了一会儿投屏,在手机上找出一个爱情片。

前两天刷视频软件的时候,她看到过这个电影的剪辑,尺度很大。

两人坐在床上,盖着同一床被子,唐星然把头靠在他怀里。

电视上的剧情走了快一个小时,终于,到了她期待的画面。

她心跳加快的同时,心里暗暗怀疑自己这样是不是有点变态。

不过这种念头没过几秒就被打消了。萧惟现在是她的男朋友,对自己男朋友想做的事,能叫变态吗?

伴随着电视里发出的暧昧声音,屋里的气氛也变得不对劲起来。

她抬头偷偷看了萧惟一眼,却发现他面不改色地看着屏幕,脸都不带红一下的。

被子里很温暖,两个人的体温交叠在一起。

唐星然想了想,一条腿挪了挪,搭在他腿上。她又伸手揽住萧惟的腰,脑袋在他怀里蹭了几下。

萧惟终于有了反应。

但这反应还是没表现在他的脸上，唐星然搭在他身上的那条腿挪了挪，感受到了他身体某处的异常。

她什么话都没说，不怀好意地乘胜追击，仰头去吻他。

本以为一切就这样顺理成章地发生了，可萧惟偏了偏头，居然躲掉了这个吻。

"干吗不让我亲？"唐星然眨了眨无辜的大眼睛，装作什么都不知道的样子。

萧惟低头看着她，眸色变得很深，嗓音也微哑："现在亲，可就不只是亲了。"

"噢……"唐星然沉默了。

萧惟以为她已经懂了他的意思，又往另一侧挪了挪身子，和她保持距离。

可下一秒，唐星然也挪过来了，又重新靠回他怀里，腿也重新放他身上。她声音软软的，咬唇道："不只是亲亲，还会是什么？"

萧惟在想，唐星然是真不知道还是装不知道。

他马上就有了结论：她应该是装不知道，毕竟高一的时候看见过她在房间里看那种成人的动漫。

他弯弯唇，警告性地轻咬她耳朵，在她耳边轻轻问："你觉得呢？"

唐星然把他抱得更紧，垂着眸，小声说道："其实，我觉得……也不是不行……"

萧惟眉心一跳，身体更加燥热，但还残存着理智："以后再说，你现在还小。"

唐星然委屈巴巴："不小了，再过几个月都二十岁了，二十岁都到法定结婚年龄了。"

话说得很明白，萧惟揉着眉心，还在犹豫。

半晌后，他温声说："唐星然，我不想让你吃亏。现在太早了，以后的路还很长，你还会遇到很多人……"

听到这话，她心里的小火苗被浇灭，一股怒火瞬间又燃起。她好生气，从萧惟怀里退出去，挪到离他很远的另一侧床角。

空气安静了几分钟，萧惟一句话都没说。

唐星然越坐越委屈，眼眶也红了，声音发哽："你之前还跟我说，确定以后不会跟我分手。这才几天，你就想让我以后去找别人！你根本就没想过要一直跟我在一起！"

她原本以为跟萧惟在一起不可能吵架，他们俩都不是爱吵架的性格。

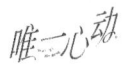

萧惟刚坐着是在平复心情，还纠结要不要去洗个冷水澡灭火。

他看向唐星然，冷静地跟她解释："我不是这个意思，也没有让你以后去找别人。"

唐星然听着他平静的声音，眼泪夺眶而出，看得萧惟心里一阵刺痛。

她哽咽道："那你是什么意思，你说我以后会遇到更多人，不就是这个意思吗？"

萧惟："我怕你以后可能会后悔。"

唐星然的手紧紧攥着被子："我不会。难道你会后悔吗？你都不愿意跟我……"

她说不出口，顿了顿，哭着说："我本来以为你很认真的，毕竟我们都认识这么久了。原来知人知面不知心，你根本就……"

萧惟听得莫名其妙，一把将她拉回来。

唐星然一边哭，一边挣扎着要躲开。

萧惟眉心直跳，理智一点点被侵蚀。

他一个翻身，直接把挣扎着的女孩压在身下，在她耳边认真说："别生气，我不是这个意思。"

"我不会后悔，也不可能跟你分手。"

唐星然停下动作，看着近在咫尺的这张脸，不说话了，眼眶红红的。

"行。"萧惟吻了下她的唇，轻轻说，"既然你已经想好了……"

他没说下去，封住了她的唇，用行动告诉她。

他抬手，按了床头的开关，窗帘自动合上。他又熄灭了几盏灯，只留下一盏最暗的。

房间里全是两人身上沐浴液的味道，夹杂着刚才从阳台钻进来的海腥味，气氛正好。

被吻得晕晕乎乎时，唐星然才觉得刚才那通脾气发得莫名其妙，肯定是被姚青悦她们带偏了。

其实也并不全是。

他们太年轻，未来有多长，就有多少不确定。

因为太在意对方，就急于证明对方的心意。因为缺乏安全感，就迫切地想让对方做出承诺。

当床单逐渐变得褶皱，一套睡衣和一条睡裙凌乱地堆在床角时，他们也隐约明白了。

同时，找到了另一种证明方式。

最后一刻，唐星然离开他的唇，声音软软地说："那个抽屉里有。"

577

"嗯。"萧惟长臂一伸，拿了一盒过来，一边吻她的脖子，一边拆开包装。

中途，他从身后抵着她，嗓音低哑："然然，是你故意拉开那个抽屉，想让我看见的吗？"

唐星然不说话，紧紧咬着唇。

在她沉默的半晌，他稍用了些力。

唐星然赶忙点头承认："是是……"

得到了答案，萧惟弯弯唇，俯身给她一个温柔的深吻。

…………

抱她去浴室洗澡之后，两人回到床上，盖着被子。

空气里除了沐浴液味和海腥味，又隐隐多了一种味道。

唐星然躺在他怀里，不想说话。

今晚有些事情在计划之内，比如和他亲密无间地相处过。可有些事情在计划之外，比如相处的次数。

夜已经深了，萧惟抬起一只手，摁灭了屋里所有的灯。

事后，两人没过多交流，主要是唐星然也不想交流。

她又困又累，枕在萧惟的胳膊上，一手环住他的腰，迷迷糊糊间，听到萧惟低声说："等大学毕业，我们就结婚，好不好？"

唐星然精神了些，脱口而出："二十岁我就能结婚了。"

"我还不能。"萧惟抱着她，笑道，"你得等等我。"

唐星然正要说"好"，突然反应过来："哪有你这么求婚的！一点都不正式！"

萧惟笑："确实。"

"那等毕业前再说。"

锻炼了一个学期，萧惟的厨艺突飞猛进，从刚开始的难以下咽，进步到现在做什么都有模有样的程度，还学着做了水煮肉片、辣子鸡丁这些唐星然喜欢的辣菜。

这五天，两人有时候出门转转，大部分时间窝在公寓里。唐星然靠在萧惟怀里看动漫，萧惟就拿着一本书随意翻着。

生活节奏慢下来，见面时间最多的人也是他。唐星然偶尔半夜醒来，看着把她揽在怀里的人，就有一种他们已经结婚了的错觉。

五天过去，唐星然卡在姜静之和唐慕的飞机落地北阳之前，拉着行李箱回到家。

看着空荡荡的屋子，她心里也变得空落落的。

唯一心动

一整个学期,她跟萧惟几乎每天都会见面,突然要分开一段时间,她总觉得生活少了点什么。

把行李箱里的东西收拾出来,她就坐在卧室给萧惟打了个视频过去。

对面很快就接了,看背景,他还在公寓没走,此刻就坐在卧室的床上。

视频画面里,他穿着刚才送她回家时那件白色毛衣,声线比平时温柔:"怎么了?"

唐星然盯着他的脸看了一会儿,委屈巴巴地说:"我特别想你。"

明明才分开不到半个小时。

萧惟眉头微动,看了她一会儿,声音轻轻的:"我也想你。"

他顿了顿,说:"屋子里到处都有你的味道。"

唐星然听他这么说,心里忽地一软,感觉鼻子都酸了。她抬头看了看天花板:"还好寒假时间短……"

两人都没挂断视频,有的没的聊了好一阵,直到唐星然听到外面门响,才挂断了视频。

姜静之提着几个纸袋进门,里面是给唐星然买的特产点心。

姜静之环视四周,笑着说:"哟,家里东西都这么整齐啊,跟我们走之前一样。"

唐星然默然。

她也是刚到家没多久,家里肯定是跟他们走之前一样。

唐星然摸鼻子,主动帮姜静之接东西:"那当然,我都收拾过了。"

她继续瞎扯:"我都上大学了,生活能力可强了现在,宿舍也被我收拾得整整齐齐、井井有条!"

姜静之和唐慕进门,东西也没顾上收拾,就拉着唐星然出去买年货。

姜静之记得去年还有萧惟跟他们一起买,今年就只有她一个人。

唉。

上了车,唐星然坐在后排座椅,手撑在前排的椅背上:"萧惟放假之前跟我说,萧叔叔和覃阿姨今年过年回北阳,他们跟你们联系了吗?"

唐慕发动车子,随口道:"没有啊,估计回不了几天吧。老萧回来过年应该是去他伯父那儿,一大家子人呢,忙得很。"

"噢……"唐星然忍不住继续问,"萧叔叔的伯父?是做什么的啊,我小时候好像没见过。"

唐慕开着车,回忆了一瞬:"好像是搞收藏的吧?年轻时候是干吗的,我就不知道了。他家里人后来做生意做挺大的,听老萧提过一两次。"

唐星然又问:"噢,这样啊。那他们家在哪里啊?"

也不知道离她近不近。

"那我哪儿知道,我又没去过。"唐慕从车内后视镜看她一眼,笑了一声,"然然怎么对萧惟家这么八卦?刨根问底的。"

唐星然耳根泛红,装作随意地说:"这不是无聊嘛,随便问问。"她补充,"不然跟你们也没什么话题了。"

姜静之转头瞥她一眼:"没话题也没见你话少过。我和你爸在家说的话加起来也没你一个人多。"

今年,他们跑了两家超市一个菜市场,才把过年要买的东西备齐了。

三个人都累得够呛,在外面餐厅吃完饭,回家之后还得打扫卫生。

唐星然抗议了好几次,都被姜静之无视,分了她两块抹布让她负责擦客房和自己卧室。

进了客房,熟悉的感觉又涌上心头。明明萧惟已经很久没来住过了,但她总觉得客房里还有他的味道。

唐星然拿着抹布擦床头的时候,总觉得只要她一回头,就能看见萧惟坐在桌前看书或是写字。

忙活到天黑,大扫除任务终于完成,唐星然交叉手臂揉着肩膀,回了卧室。

她拿出手机,给萧惟发消息:你回家了吗?

对面很快就回复了:嗯,回了。

唐星然在椅子上"葛优躺",仰着脖子打字:我爸说你过年应该会跟萧叔叔回亲戚家。

萧惟:可能吧,好几年没去过了。

唐星然问:你亲戚家在哪里啊?

萧惟:湖光苑。

唐星然复制了名字,去地图上搜了一下。是一片北阳城郊的别墅区,跟她家直线距离就有三十公里。

唐星然打字:那过年可能见不到你了。[哭]

她又发了一条:你回来记得找我!

过了几分钟,萧惟问:你过年都在家吗?

唐星然回复:对呀对呀。

萧惟:好,知道了。

很快到了除夕。自从北阳市区禁烟火,过年的气氛就淡了很多,到处都是静悄悄的。

唐星然一家三口坐在沙发上看春晚,唐慕和姜静之手机接连不断地响,全都是打电话来拜年的学生和朋友。

年轻人没那么多讲究,唐星然在手机上回复了一圈消息,就靠在沙发上边看春晚边吐槽。

唐慕刚接完一个学生的电话,手机又响了,他接起来一个视频。

唐星然随意扫了一眼,在视频里看见了萧俊的脸,她立刻悄无声息地往唐慕身边靠了靠。

萧俊穿着件大红色的卫衣,笑容很是灿烂:"老唐新年好啊!"

唐慕笑:"新年好新年好。今年学会打视频了?"

萧俊:"那是啊,打个视频给你看看,不让你都忘了我长啥样了。"

唐慕嗤笑道:"不至于,我又没老年痴呆,你那张老脸还是能记得的。"

萧俊笑骂了一句,说:"小姜和然然也在呢,让我看看。"

唐慕拿着手机转到姜静之那边,客套了两句,他又转到唐星然这边。

"然然,跟你萧叔叔说过年好。"

"萧叔叔新年快乐,祝您新的一年福寿安康。"

萧俊笑得更灿烂了:"然然长大了啊,现在比你爸会说话多了。"

唐星然隔着一段距离看唐慕的手机,又往前挪了挪身子,她隐约看见萧俊身后有张熟悉的脸,也正看着屏幕里的她。

唐慕把手机拿回去,两个老男人又聊了一会儿近况,才"嗯嗯哈哈"地挂断。

唐星然抿住笑,打开萧惟的聊天框:我刚才看见了,你在偷看我!

对面几乎是秒回。

萧惟:嗯,我偷看你了。

萧惟:这会儿家里人太多了,不困的话,我晚些给你打视频。

唐星然回了小鸭子点头的表情包。

快到零点,在电视里《难忘今宵》的歌声中,她收到了一堆长辈发来的压岁钱红包。

她挨个收了道谢,看到和萧惟的聊天框上居然也有一个小红点。

萧惟给她发来了一笔巨款,备注"给女朋友的压岁钱"。

唐星然也没跟他客气,笑着收了钱。

唐星然又笑了一会儿,玩心大起,给萧惟发:男朋友,请把你的压岁钱全部上交。

消息发出去,没多久,微信就弹出了消息,萧惟真的给她转了一笔巨巨巨款！

　　唐星然看着数字愣了一瞬，点了退回。

　　与此同时，萧惟也发了消息：小时候的需要一并上交吗？

　　她赶忙回复：我开玩笑的！压岁钱不用上交，不过，等以后你工作了，工资是必须要上交的！

　　萧惟：好。

　　萧惟：所以，你同意了？

　　唐星然没明白：啊？我同意什么？

　　萧惟：同意结婚。

　　萧惟：工资是要交给老婆的。

　　唐星然睁大眼，狠狠敲着手机打字，唇边的笑容却藏都藏不住，两个梨涡深深的：哪有那么容易！

　　这句话发出去，她又想起萧惟这个人过度文明的人设，把消息撤回，重新编辑了一条"文明版"：同意个臭臭！

　　萧惟哑然失笑。

　　旁边，姜静之和唐慕已经看了唐星然好一会儿。

　　唐星然的注意力全在手机上，完全没注意到两人的目光，对着屏幕笑得像个大傻子。

　　姜静之："然然，你在那儿美啥呢？"

　　唐星然吓得一个激灵，瞬间敛住笑容，清清嗓子："噢，压岁钱收得有点多，我在看用来买啥。"

　　年初二下午，唐星然正坐在沙发上边看着电视，边吃鸡爪、嗑瓜子。唐慕在书房里准备练书法，姜静之拿着笔记本电脑看文档。

　　上午家里来了五个拜年的学生，是唐慕带的在读硕士生。

　　和唐星然算是同龄人，吃完午饭，唐星然和他们用两副牌打了好久六人斗地主。

　　这会儿，刚把五个学生送走，电视打开，门铃又响了。

　　唐星然以为又是过来拜年的学生，一手拿着卤鸡爪，踩着拖鞋懒洋洋地过去开门。

　　门一开，唐星然在原地愣了三秒。

　　——萧惟穿了件暗红色的大衣，手里拎着几个礼品袋，弯唇看着她。

　　他过来也没提前跟她说！早上发消息他还说今天一整天都很忙，结果现在不声不响地过来了！

好几天没见着，唐星然强忍住想扑上去抱他的冲动，朝着屋里号了一嗓子："爸！妈！萧惟来了！"

两人闻声，从书房出来："萧惟来了？你爸妈没一起吗，你来还带啥东西啊，太见外了。"

萧惟换了鞋进屋，把东西搁桌上，礼貌道："他们走不开，我过来给叔叔阿姨拜年。"

四个人坐在沙发上说了一会儿话，唐星然时不时偷看萧惟一眼。

姜静之看着，就看向她："然然，你不是想去看新年档的电影吗？那你俩刚好出去看电影呗。萧惟想去吗？"

萧惟脸上没什么表情变化，但唐星然跟他太熟了，精准捕捉到他眼中闪过的一点笑意。

他说："好，我也想看的。"

唐星然火速回屋换了衣服，跟萧惟一起出门。

出了小区，她环视一周，确认安全之后，笑着挽住萧惟的胳膊。

"小惟，是萧叔叔和姜阿姨叫你过来的，还是你自己想来的呀？"

他侧头看向她，嘴角稍弯："他们有提，我自己也想过来。"

唐星然捏了捏他胳膊，明知故问道："那你为什么想过来？"

"你觉得呢？"

"我想听你说呀！"

萧惟抬手揉揉她的脑袋，轻声道："因为想见你。"

春节期间的电影院人山人海，唐星然牵着萧惟挤到取票机器后面排队。

取了票，她才发现萧惟买的是最后排最靠角落的两个位置。

她一脸疑惑地看过去："你买的时候没别的座位能选了吗？"

萧惟面不改色："没有。"

"⋯⋯哦。"唐星然挠挠头，小声嘀咕，"也不知道能不能看清。"

入座之后，她抬头，就看到斜前方坐着一个高个子大块头，一颗大脑袋把银幕挡得严严实实。

"我们要不等会儿看看前排有没有空位吧？我这里实在是看不见，都被挡住了。"唐星然贴在萧惟耳边小声说。

萧惟："我跟你换一下。"

唐星然眨眨眼："那你不就看不见了吗？"

"没事。"

电影是一部悬疑片，开始之后，影厅里的光线就一直很暗。

唐星然把座椅扶手拉了上去，整个人靠在萧惟身上，手被他紧握住。

快播到一半，紧张的背景音乐中，她耳垂突然被一阵湿软覆上。

唐星然小声道："你干吗！好好看电影！"

萧惟亲了亲她侧脸，在她耳边低低道："我看不见。"

唐星然看他一眼："你自己说没事的！"

他的吻从她的脸颊到她的唇边，嗓音蛊人："没事，我能看到你就行。"说完，他咬了下她的唇，然后侵入她齿间。

电影结束，唐星然根本就没看出个所以然，结尾的反转也看不懂。因为整场电影，她断断续续看了不到一半。

萧惟一直在旁边"打扰"她！

明明是来陪她看电影的，结果他自己不看就算了，还要影响她看。唐星然恨恨地下电梯，决定跟萧惟生一会儿气。

到了商场门口，萧惟第无数次叫唐星然，她还是没应。

他绕到她身前，俯身和她对视："真不理我了？

"我要回去了哦，下次大概要等开学才能见到了。"

"啊？"唐星然短暂地忘了生气，和他对视，"我还以为你会住一晚上再回去。"

萧惟抬手，轻轻摸她头发："家里人还等着，叔伯父最近身体不太好。我好几年才回去一次，不好一直待在外面。"

说着，他把唐星然揽进怀里抱着。周围四处张灯结彩，深蓝的天空上有几颗星星闪烁。

"然然，新年快乐。"

等以后结婚了，就每年都能一起过年。

大学的时间过得比想象中的快，转眼，又是一年九月。

像去年这个时候一样，校园里挤满了背着大包小包、拖家带口前来报到的学生。

唐星然在宿舍收拾完东西，跟三个室友坐在椅子上开茶话会。四个女生聊着聊着，话题就转移到了感情问题上。

一整年过去，叶梦灵换了两任网恋男友，余下两个人还是没谈恋爱，商量着要去参加对面北阳理工大学组织的联谊。

聊到晚饭的点，四人一起出了宿舍楼，去外面吃火锅。

她们住的这栋楼也有新生入住，楼道里到处都是人。

·584·

到了火锅店，胡玲玲也不点菜，两眼放光地看着手机。

"准备申报奖学金了哎，我们院人少，我听学长学姐说每年竞争都很激烈。去年有个学姐本来评上国奖了，结果公示期被人举报了。"

宿舍四个人，只有胡玲玲是一门心思扑在学习上的，大一就参加了两个能加综合分的比赛。唐星然期末成绩排名挺靠前的，但没有比赛加分，最多也就混个二等奖或者三等奖。

唐星然吃着桌上的虾片，问："玲玲，你就是我们宿舍的希望，要是评上国奖记得请我们吃饭！"

其他两人附和："对，我们要吃最贵的！"

胡玲玲马上压低声音，神秘道："这事就我们四个人知道啊，你们别告诉院里其他人，尤其是我的成绩和比赛加分什么的！"

沈佳怡："为啥啊？材料不是都要公示的吗？"

胡玲玲扫她一眼："公示那是后面的事了。现在知道的人越少越好，不然容易被人盯上。"

唐星然皱着眉思忖着。

怎么评个奖整得像谍战片一样，这么惊险。萧惟也要参评国奖，她拿出手机，给他发消息提醒：小惟，你别告诉其他人你要参评国奖哦，注意保密！

发出之后，她才觉得这提醒好像没必要。萧惟大一学年在法学院均分排名是第一，虽然没有参加比赛，但他有两篇论文发表在校内的学术刊物上，比参加比赛的加分要高很多。

估计也没人有办法抢到他的名额。

过了一会儿，萧惟回复了消息：为什么？

唐星然：没事了，你就当我啥都没说！

金秋十月，在一节体育课的课间，唐星然看到奖学金评定的结果出来了。她拿了二等奖，萧惟拿了国奖和一等奖。

这学期两人体育课选了轮滑，唐星然站起身，三两步滑到他身边。

"小惟，你请我吃饭！"说着，她笑出两个梨涡，把手机上的公示结果给他看。

萧惟低头扫了一眼，弯唇摸摸她的头："好，你想想吃什么。"

轮滑老师是个体校研究生刚毕业的小年轻，他瞅了两人一眼，站起身："行了，休息时间到了！继续练习！"

唐星然一脸疑惑地看了一眼时间。明明才刚休息了三分钟，上课铃还没响呢。

今天两人都没晚课，下了体育课之后，就牵着手往校门口走。

上个月开学，法学院大一的新生又在论坛里给萧惟刷了一波热度，带着照片打探他的信息，然后被无情告知萧惟非单身，不可撩。

走在路上，两人的回头率还是很高。唐星然已经免疫了，和萧惟十指相扣，走在主干道的路边。

"小惟，我想吃帝王蟹！我前几天在小蓝书上刷到一个餐厅，有Ｅ国空运来的帝王蟹！"

萧惟："好，那现在去。"

唐星然脚步一顿，侧头看他："你确定？那家帝王蟹两千三一只。其实吃别的也行，我还刷到一家牛排，看着也不错。"

萧惟淡笑了下，捏捏她的指尖："帝王蟹吧。"

"小惟你太好了！"唐星然停下脚步，笑着踮起脚，迅速地在他唇上亲了一下。

萧惟弯唇揉揉她脑袋。待两人转回身准备继续往前走，空气突然凝固了。姜静之手里拿着一沓文件，站在两人对面十多米远的地方……

路边的枫树落下一大片红叶，慢悠悠地往下飘，落在了唐星然头顶上。她恨不得现在能和这片叶子掉个个，然后找地方把自己埋起来。

两人其实才商量过这个问题，准备过几天找到机会就跟父母公开的。

空气凝固的两秒里，唐星然脑筋飞速运转。她要怎么办？现在去跟姜静之坦白吗？是不是有点太突然了？完全没铺垫啊！

正犹豫着，姜静之就突然改了方向，像是没看见他们一样，走向路的另一边。

好一会儿后，唐星然晃晃萧惟的胳膊："呃……你看到了吗？"

萧惟："……嗯。"

唐星然："现在怎么办啊？你觉得我妈有没有看到我们刚刚……"

萧惟："应该看到了。"

唐星然抱着最后一丝侥幸："也可能没看到吧，她都没跟我们打招呼。"

萧惟思忖片刻，说道："问问叔叔阿姨今晚在不在家吧，我们回去跟他们说。"

姜静之肯定看到了，没打招呼可能是怕他俩尴尬。

帝王蟹计划只能改天了，唐星然拿出手机，给姜静之发了条微信：你们一会儿在家不？我想回家吃饭。

两人找了张椅子坐下，唐星然紧张得指尖发凉，被萧惟握住。

大概五分钟之后，姜静之回了消息：在家，回来吧。

唐星然咬咬唇，又发了句：萧惟也跟我一起。

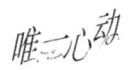

姜静之这次回得很快：好。

回家的一路上，唐星然都忐忑不安，萧惟也一言不发，唇线绷得老直，看上去也挺紧张。

到了门口，她敲了好一阵门都没人开，最后自己输密码进去。

家里空无一人，原来姜静之和唐慕还没回来。她深吸一口气，和萧惟两个人坐在沙发上，像两个犯了错误的孩子。

萧惟侧头看向她，温声说："然然，别紧张。"

"我看着很紧张吗？"

"嗯。"

她长叹了一声气："真是计划赶不上变化，学校这么大，都能被我妈撞见。大一一整年都没跟爸妈在学校遇到一次，真是常在河边走哪有不湿鞋。"

两人坐在沙发上等了好久，等到唐星然都不紧张了，拿着手机开始打斗地主。赢到欢乐豆翻了一倍，门外终于响起了按密码的声音。

唐星然迅速关掉手机，往身后看去。姜静之和唐慕手里提了几个购物袋，神色一如往常。

"你们等多久了啊？在网站上看到萧惟拿国奖了，然然也拿了二等奖，我们去买了点菜，给你们庆祝一下。"

唐星然愣了一瞬："啊？噢，好。"

下午在学校里，姜静之不会真的没看见他们吧！

等饭做好，四人一起去了餐厅。

唐慕还开了一瓶他珍藏的红酒，往每个人面前都摆了高脚杯。

吃饭的过程也和平时一样，姜静之只跟他们聊了些学校里的事，完全没提到其他。

唐星然先忍不住了，清清嗓子："那个……爸，妈，我跟你们说件事。"

姜静之和唐慕对视一眼，敛住笑意："说呗。"

唐星然沉默片刻，音量不自觉地减小："就是……那个……嗯。我们俩在谈恋爱。"

餐厅陷入沉寂，姜静之看看唐星然，再看看萧惟，最后看向唐慕，终于笑出了声。

"我还以为你要一直瞒着我们呢。"

唐星然看到她还能笑，应该对他们谈恋爱这事没什么意见，一颗悬着的心放下来些。

正准备说话，萧惟先开口了："叔叔阿姨，是我先追然然的，我很喜欢她,以后会一直对她很好……你们放心。"

萧惟这人,平时没表情的时候就显得很严肃,这会儿认真起来,完全就像是领导在给他们三个开会。

唐星然在旁边补充:"对,他喜欢我很久了,不过他是你们看着长大的,家里也知根知底。我们谈恋爱……你们不会介意吧?"

姜静之笑笑:"要介意早就介意了。"

唐星然从这句话里听出了不对劲,狐疑地看向她:"妈,你不是今天下午才看到我俩……嗯。"

姜静之:"今天下午是第三次。"

"啊?"

姜静之顿了顿,继续道:"第一次是你们在客厅看电视,我看见你抱了萧惟一下。第二次也是在学校,你俩在食堂楼梯上手牵手走。"

唐星然蒙了,她彻底蒙了。萧惟耳朵也发红,眼眸垂下来。

"那你们怎么不说啊!"

唐慕也在笑:"你们是不是觉得藏挺好的?网上有句话怎么说来着的,我们这是在,配合你们的表演。"

萧惟正想张口道歉,姜静之先打了圆场:"既然决定谈恋爱了就好好谈,你们也都不小了,我们作为家长,肯定是希望你俩以后能幸福的,而且萧惟各方面都这么优秀,肥水不流外人田。"

唐星然终于露出笑脸:"那必须!"

四个人碰了一下酒杯,慢慢把杯子里的红酒喝完。

萧惟这是第一次喝酒,刚入口没什么特别的感觉,把杯子放在旁边,拿起筷子。

唐星然本来还怕公开关系之后会尴尬,主动找了几个话题聊。

当然,为了帮萧惟再多刷刷好感度,话题重心就放在他身上。

"萧惟大一就在《北阳学刊》上发了两篇论文,这个刊物虽然是校内的,但听说以前都是至少大三大四才能发。"

"这学期好像还有个本科生的论文比赛,萧惟也报名参加了。"

……

她喋喋不休地说着,完全没注意到身边的人有些不对劲。

等她注意到,萧惟已经整个人趴倒在桌上了。

唐星然愣住,晃了晃他的胳膊,完全没反应。

"他怎么了?"

唐慕站起身,走到萧惟身边,看见他胳膊和脖子上都开始泛红。

"可能是酒精不耐受……你见过萧惟以前喝酒吗？"

唐星然摇摇头："没有。"

姜静之："那应该是了，他妈妈就酒精不耐受，估计是遗传。"

唐慕把萧惟扶到了客房的床上，唐星然坐在旁边盯着他，一直念念有词："用不用送他去医院啊？"

她又伸出手指探探萧惟的鼻息："还活着……那等等看吧，要是一会儿看着严重了，就送他去医院吧。"

唐慕看唐星然紧张的样子，说："好，那你看着他吧。以后不能让萧惟喝酒了。"

快到零点，萧惟终于醒了，好在喝得不多，脖子上的红色也差不多退了。

唐星然把人扶起来，将水杯递到他唇边："你酒精不耐受哎，你不知道吗？"

萧惟接过水杯，眼神还有些迷蒙，声音带着些醉意："我以前没喝过酒。"

喝完水，唐星然把杯子放在桌上，过去抱住他："我们跟爸妈公开了哎。"

萧惟头还晕着，没什么反应。

唐星然直起身子，戳戳他："你不会是忘了吧！"

萧惟弱弱地看她一眼，哑声道："我没有失忆，只是有点头晕。"

唐星然没着急回卧室，和萧惟一起在客房里待到很晚。

她记得自己最后困得睁不开眼，临走之前，迷迷糊糊地说："那你有空也跟萧叔叔和覃阿姨说一声。"

第二天是周六，唐星然睡到中午才醒。

她眯着眼睛，摸过手机，看见萧俊给她发来了几条消息。

第一条：然然！叫爸爸！

唐星然揉揉眼睛，确认自己没看错字，心想自己是不是做梦还没醒。

这是什么鬼。

往下看，她渐渐了然。

第二条是一笔转账，备注是"给儿媳妇的"。

第三条是一个语音，她点开，听到萧俊的声音："然然，你真是个好孩子啊，我一直担心萧惟这死样子以后娶不到媳妇。对了，他以后要是惹你生气了你也别着急跟他分手啊，先跟爸爸说，爸去帮你骂他！"

唐星然笑了笑，把转账收了，找了个"谢谢爸爸"的表情包发过去。

刚回复完，覃雅宁也发来了消息，比萧俊的就正常多了。

也是一笔转账，下一条是几行字，让唐星然照顾好自己，还说今年过年没来得及见面，她下次回来再补礼物。

最后一条是几颗红心，以及"祝然然和萧惟一直开心幸福"。

大四这年，唐星然过得格外清闲。

下半学期完全没课，毕业论文也写得很轻松。她成功保了研，不用为毕业后的日子担心。

萧惟也不出所料地和她一起保研本校，但他每天都泡在图书馆里看书写论文。

今年年初，萧惟就近视了，戴上一副银丝框的眼镜，整个人散发着浓浓的学术气息。

唐星然有闲心的时候就陪他去图书馆，偶尔找之前社团认识的朋友到处去玩。

轻松的日子总是过得很快，转眼就到了六月，毕业季。

她联系了一个做独立摄影师的学姐，准备拍两套毕业照，一套跟室友的，还有一套跟萧惟的。

除此之外，唐星然心里还藏着一件事。她记得萧惟之前说过毕业就结婚，可最近就快毕业了，他却没再提过这事。

他不提，唐星然也没主动提，不然显得她很着急似的。

其实她也不是第一次想到结婚的事，上一次是在和萧惟一起过二十二岁生日的时候。当时，她旁敲侧击跟他提起法定结婚年龄，可萧惟好像没接收到她的暗示。

拍毕业照这天，萧惟穿着学术服，和她走在学校的每一条路上，清俊的脸好看得像是在发光。

唐星然不禁在想，如果你今天跟我求婚，我肯定会答应的。

可一直到拍完照，萧惟也绝口没提结婚的事。结束时，他叫她晚上一起去公寓住，唐星然闷闷不乐地拒绝了。

回宿舍的路上，她一直低着头出神。

现在保研了，他们毕业之后还得上三年研究生，萧惟不会是改主意了，想等研究生毕业再结婚吧？

上了楼，宿舍的三个人都在，已经开始一点点收拾着行李。

沈佳怡转头看唐星然一眼，笑道："我刚看到你和萧惟了！你们俩真的太好看了，拍出来的照片到时候一定要发我一份！"

沈佳怡考了老家那边的公务员，毕业之后就不在北阳了。

· 590 ·

唐星然轻叹了声气:"我有一个朋友,最近遇到点感情上的问题,我也不知道怎么帮她。"

她实在是没法把这事憋在心里,只能祭出"朋友大法"。

沈佳怡:"什么问题啊?"

唐星然:"她有个男朋友,谈挺久了,感情也一直挺好,连架都没吵过。本来说的今年就结婚,但是今年都过了一半了,她男朋友突然不提这事了。"

沈佳怡没有恋爱经验,但有丰富的网上冲浪经验。

她说:"我前两天才看到一个这样的帖子。这种情况啊,就是男的不想结婚了,但一时半会儿没想好理由。劝分劝分。"

唐星然苦着脸:"啊?可他们感情挺好的哎。"

沈佳怡摆摆手,胸有成竹道:"这都是假象,男的不想结婚太正常了,有一万种不想结婚的理由,我上次还看到一个……"

下面的话,唐星然完全没听进去。

她其实挺相信萧惟的……而且,后天就是毕业典礼和学位授予仪式,还是等后天过了再说吧。

如果他还没提结婚的事,那就问问他好了。

毕业典礼在学校礼堂,从下午三点一直开到晚上七点多。

结束的时候,萧惟给她发了消息,两人在门口会合。

唐星然侧头,忍不住暗示:"小惟,你最近是不是忘了什么?"

萧惟牵过她的手:"什么?"

唐星然再次暗示:"我们今天毕业了!"

"嗯。"萧惟淡声说,"毕业快乐,我订了餐厅。走吧,我们去吃晚饭。"

唐星然兴致缺缺,跟他到了一个高空旋转餐厅。也许因为在工作日,进去之后,餐厅里却一桌客人都没有。

萧惟带着她坐到了临窗的位置,不远处有一架钢琴。点了菜之后,唐星然偏头看着窗外的景色,想着怎么措辞问他关于结婚的想法。

这间餐厅在CBD,窗外天色已黑,坐在顶层感觉能俯视整个北阳的夜景。

正看着,餐厅里突然响起了悠扬的钢琴声,随着第一个音节弹出,萧惟轻轻开口:"然然。"

声音好像离她很近。

唐星然转过头,就在此时,餐厅的顶灯突然灭了,只留下几盏小灯发出微弱的黄光。

萧惟不知什么时候来到了她身侧,桌上也多了一个粉色的三层蛋糕。

他的视线几乎和她平齐,手里拿着一个戒指盒。

"毕业了,你要嫁给我吗?"

钢琴曲的节奏渐渐快了起来,仿佛在催促她。桌上插着的玫瑰花瓣有几滴水珠,逐渐汇聚成一大滴,就快要滑落下来。

唐星然抿住唇,缓缓把手伸过去。

"好啊。

"那你给我戴上吧。"

番外二
婚后日常

博二的这一年,唐星然觉得她的生活有些单调。虽然学术压力很大,一年到头也没几天时间完全空闲,但她还是感觉得给自己找点新的事情做。

她和萧惟不一样,萧惟能全身心扎在学术研究上,有时候修改论文,在书房椅子上一钉就是一整天。

这天,萧惟去了学校上课,唐星然坐在沙发上,思来想去,准备做个自媒体账号试试。

这个想法一出,她开始掰着指头盘点自己的技能。

她会斯瓦希里语——呃,好像没什么用,不会有人想看斯瓦希里语的教学视频。

她会养猫——可是也没养出什么心得,甚至连猫粮、猫砂都是萧惟负责挑选购买,她连家里四只猫吃的什么牌子的猫粮都不知道。

她老公很帅——那当恋爱博主?估计萧惟不太有时间跟她一起拍视频。

于是,就只剩下最后一条——她会讲英语和日语。

唐星然打开某站,进行了一波"调研"。英语博主比日语博主的平均粉丝量要高,而且,她日语也没有很好,倒是英语水平挺高。

她想好了大方向,就蠢蠢欲动,准备编一些对话情境,拍英语教学类视频。

萧惟下课回到家,唐星然第一个视频已经拍好了,正在书房用电脑剪辑。

萧惟换了衣服走去书房,从身后抱住她:"这是什么?"

他看到了剪辑软件的界面。

唐星然目不转睛地看着电脑屏幕,连个眼神都不给他:"你等一下啊,我马上就好!"

萧惟也没再问,静静坐在旁边看书等她。结果,这一个"马上",就过

593

了半个多小时。

萧惟看她还在点着鼠标忙活,自觉地站起身,先去厨房做晚饭。

刚把菜切好,唐星然就拿着平板电脑一脸兴奋地来厨房找他。

"老公!你看你看!你快看!"

萧惟把手擦干,低头看她递过来的平板。

屏幕上,女孩站在玄关,一人分饰两角,扮演租客和房东,用英语进行了一段租房时的模拟情境对话。

唐星然第一次做视频,剪辑有些很小的瑕疵,但字幕打得都很认真,中英对照。演技也略显浮夸,扮演房东时把毛巾包在头上,造型有点搞笑。

萧惟从头看到尾,在她侧脸亲了一下,平静地问:"你准备发在网上吗?"

唐星然抱住他,重重点头,笑道:"对呀对呀!不知道会不会有人看,如果能火,说不定能拥有一众粉丝,以后还能接广告赚钱!"

萧惟低头看她,找错了重点:"不用你赚钱,还是你有什么想买的东西吗?我给过你一张卡,里面……"

唐星然打断他:"哎呀,重点不是赚钱!我就是想找点新鲜的事做。老公,你快关注我的账号,做我的第一个粉丝!"

萧惟用下巴蹭了蹭她的脑袋:"好。"

他从厨房出去,拿手机注册了她要发视频的平台账号,给她点了关注。

上个月,唐星然和萧惟一起回了趟家。她惊奇地发现唐慕这么瘦一个人,居然长了啤酒肚。

她提出之后,唐慕还不以为然,说:"年纪上来了,新陈代谢慢,加上长年久坐,肚子上肯定会堆点肉的。"

那天回家之后,唐星然就开始督促萧惟每天夜跑一小时。

虽然他现在身材很好,还有腹肌,每周末会打羽毛球,但她觉得还是不够。毕竟人快到三十,多锻炼维持身材总是没错的。

晚饭之后,两人在家休息了一会儿,就一起出门夜跑。

小区里绿化很好,正是夏天,到处都是蝉鸣鸟叫。跑了一个小时,唐星然挽着萧惟的胳膊往回走,路上,看见很多推着婴儿车散步的年轻夫妻。

唐星然扯了扯萧惟的胳膊,小声问:"萧惟,你想不想要小孩呀?"

萧惟侧头看她:"你想要了?"

唐星然认真地想了想:"要吧。我记得我小时候长得特别可爱,你小时候也挺好看的。我们的宝宝肯定也会很好看。"

"不过,还是等我博士毕业吧。"

萧惟弯弯唇:"好。"

唐星然想到小孩的事,一路上就都在琢磨这事了,孩子的名字、孩子的衣服、胎教、宝宝房。

快走到楼下时,她突然停住脚步,睁大眼看向萧惟:"我给未来宝宝取好名字了!男孩女孩都能用的那种!"

"嗯?"萧惟眼中闪过一丝期待,"叫什么?"

唐星然一字一顿道:"萧、潇、乐!"

萧惟静默半晌,委婉地说道:"嗯,挺好的。不过不着急,还有时间多想几个。"

希望她尽快把这个名字忘了。

最近北阳的天气比往年要热很多,唐星然每天睡前都要把家里空调再调低两度。睡到后半夜冷了,她就开始抢萧惟的被子,萧惟每天晚上都会被冻醒。

今晚,他有篇论文的修改稿要熬夜写,一直在书房待到了后半夜。

他在次卧的浴室里洗完澡,回到主卧,看到唐星然蜷成一团侧躺着,一头鬈发凌乱地散在枕头上,小脸睡得红红的,特别可爱。

萧惟弯弯唇,俯身在她额头上吻了一下,随后轻轻拉过被角,在她身边躺下。结果刚躺下五分钟,唐星然扯了扯被子,然后翻身一卷,他身上的被子就又没了。

萧惟尝试着想扯回来,但一半的被子都被她压在身下,用力抢会把她吵醒。

他揉揉眉心,轻手轻脚地去衣柜里又拿了一床被子盖。

第二天早上两人都没课,闹钟还是按时响起。

唐星然迷迷糊糊地睁开眼,就发现萧惟居然自己盖着一床被子。她看了一小会儿,马上清醒过来,起床气也"噌"地上了头。

他居然跟她分被子睡!

萧惟也醒了,他翻了个身,习惯性伸出手,准备把唐星然揽进怀里抱一会儿。

他刚摸到人,胳膊就被一掌拍开。

唐星然仰面躺着看天花板,气鼓鼓地说:"才结婚多久,你就不爱我了!"

萧惟嗓音有些哑,看向她:"我怎么不爱你了?"

唐星然愤愤道:"我爸妈结婚这么多年都没有分被子睡!"说着,伸出手扯了扯他身上那床新拿出来的被子。

"而你！你你你！"

萧惟被她说得有点想笑，用了些力把她揽过来。

唐星然被迫从自己的被子转移到另一床被子里，她被他紧紧抱住，两只胳膊也动不了。

萧惟在她侧脸吻了一下，低低道："是因为你抢被子。而且抢了好几天了，昨晚我抢不回来，只能重新拿一床。"

"不可能！"唐星然说，"我睡觉不会抢被子的。"

萧惟眉头微抬："你怎么知道？"

她确实不知道……可起床气还没过。唐星然手脚并用想从他怀里挣脱出来，最后被萧惟一个翻身彻底压住。

萧惟贴上她的唇，轻声道："听你的。以后你再抢被子，我也不拿新的。"

唐星然正要开口，唇就被他完全封住，声音呜呜咽咽全部堵在了喉咙里。

小半年过去，唐星然的某站账号积累了小几万的粉丝，她一直保持周更的频率，风雨无阻。从后台数据看，她的粉丝男女比例接近1比1，非常协调。

唐星然没有透露自己的真实信息，粉丝都猜测她是大一或者大二的学生。

她的ID叫小糖老师，因为粉丝觉得她长得太小太可爱，叫老师总觉得不太对劲，就在弹幕和评论里叫她"小糖宝贝"，时不时还会刷屏让"小糖宝贝"开一次直播。

她不知道萧惟有没有仔细看过视频弹幕，虽然每条视频他都会在第一时间给她三连，但确实没提过弹幕的事。

仔细想想，唐星然觉得萧惟就算看到了应该也不会介意，毕竟只是些网友，性别不明、年龄不明、取向不明。

圣诞节的这周，唐星然没有创作灵感了，因为有关圣诞节的内容她上一周就发过了。

她琢磨了一上午，在网上下单买了个大烤箱，改成圣诞节晚上直播烤火鸡，顺便教学这些烹饪方法和原材料的英文表达。

同城快递，当天下午烤箱就到了。

唐星然把萧惟从书房叫出来，跟她一起研究烤箱。两人把烤箱装好之后，她又拉着萧惟去超市买了两只火鸡，对着教程提前学习。

圣诞节当天，唐星然提前化好了妆，在厨房把直播设备架好。

萧惟在旁边，从冰箱里拿出准备好的食材，帮她整整齐齐摆在流理台上。

唐星然一边调试角度，一边问："你确定不跟我一起直播吗？"

她就是礼貌性一问,也没指望萧惟真的跟她一起。毕竟这人现实里对着陌生人就没话说,更别提对着摄像头说话了,让他当背景板估计也尴尬。

萧惟:"嗯,我一会儿去书房,你结束了叫我,我来收拾。"

"行。"

晚上八点,直播准时开始。

唐星然站在镜头前,用英语打了招呼。她拍视频已经小半年了,但直播还是第一次,对着镜头,说话有些不自然。

但粉丝热情很高,在弹幕里刷屏"小糖宝贝",问了好多问题。

毕竟是英语教学博主,唐星然挑了几个问题用英语回答。

"今天给大家直播烤火鸡,祝大家圣诞节快乐。

"我现在在家里。

"嗯,直播到火鸡烤好,烤的时间也挺久的,等火鸡进烤箱了我再跟大家聊天。"

唐星然站在流理台前,按前两天准备好的,介绍火鸡是怎么腌制的,用了哪些香料、肚子里塞了什么食材、表面还要刷什么香料。

把火鸡放到烤箱里,调好火候和时间之后,她把相机挪到餐厅,坐下来跟网友互动聊天。

"我现在不是留学生啦,以前是。"

"我是北阳人。"

"年龄啊……这个还是保密吧,大家当我十八岁就行。"

"男朋友,呃……"

她想了想,从手机里找出了自己和萧惟的婚纱照,对着镜头翻了几张。

她摸摸鼻子,装作淡定地说了一句:"糖老师已经结婚了哦。"

下一个瞬间,弹幕就炸了。

△这个是小糖宝贝的老公吗!

△也太帅了吧,这是人类?

△我宣布我失恋了,我的亲亲宝贝变成别人的亲亲老婆了。

△糖老师!能再看看照片吗,我还没来得及截图!

…………

满屏都是弹幕,刷得飞快,唐星然都有点看不清了。后来都是刷屏让她叫老公出镜的。

数量之多,唐星然没法直接无视了。她想了想,说:"那我去问问他。"

估计萧惟也不会愿意出镜,她过去走个流程,然后把锅甩头上就行。

书房里,萧惟也正在电脑上放着她的直播,看到弹幕,嘴角渐渐上扬。

· 597 ·

没等唐星然过去，他就自己走来了餐厅。

萧惟牵着唐星然一起出现在镜头前，表情僵硬地打了个招呼，然后摸摸她的头，消失在画面里。

弹幕再一次炸了。

△救命，我为什么要来吃这种狗粮！我明明是来学英语的！

△小糖宝贝平时会叫他宝贝老公吗？

△摸头杀，呜呜呜！是谁羡慕了！

△呜呜呜，我的亲亲宝贝被大魔王拐跑了！

唐星然觉得这互动进行不下去的时候，烤箱传来"叮叮"两声，火鸡终于烤好了。

虽然弹幕已经没人关注原定的直播目的了，但唐星然还是一边吃着，一边敬业地用英语介绍了西方食用火鸡的历史。

弹幕的内容也还停留在对萧惟的八卦，没几条跟火鸡有关的。

好不容易到时间，她关了直播，长舒一口气，把剩下半杯水喝完，去了书房。

萧惟合上电脑，转头看向她，心情不错的样子："结束了？"

唐星然走到他面前："萧惟，你刚居然自己过来了哎，我还准备去叫你的。哎，你是不是本来就有点想跟我一起直播啊？"

他嘴角稍弯，伸手一扯，把唐星然拉到他腿上坐着。

萧惟下巴放在她头顶，轻轻道："嗯，有一点。看到那么多人都叫你'宝贝'，我有点心理不平衡了。"

唐星然听着他有点委屈的语气，抿住笑意："那都是粉丝开玩笑叫的，这你也心理不平衡。我看他们叫别的博主都直接叫'老公老婆'。"

萧惟没说话，静静看了她一会儿。

她今天直播穿了件红色的圣诞风毛衣，鬓发蓬蓬地披在肩上，显得整个人格外明媚。

萧惟撩开她耳边的头发，俯身去吻她的耳垂，声音低低的："嗯，就一点点，没事。反正，你本来就是我一个人的宝贝。"

他又吻住她的唇，中途停下来，喉结滚了滚，眸色逐渐变深。最后，他直接把人抱着站起身，从书房去了浴室。

这天晚上，唐星然被他按着，在耳边低低地叫了一声又一声"宝贝"。

这年国庆假期，唐星然的导师谭芳难得没给她安排一点活，萧惟的科研项目和论文也没有着急的，他们难得同时拥有一个完整的假期。

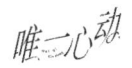

假期前一天晚上，两人盖在同一床被子里，商量着假期应该怎么过。

唐星然仰面躺着，把手机举起来，激动地查着国庆旅游攻略，可每查一个地方，都会被预计人流量劝退。

记得小学的时候，有年国庆假期，她跟萧惟两家一起组团去了吴市旅游。

去之前，她听唐慕和萧俊两个人兴致勃勃讲了一路南湖美景，结果到了之后，她失望透顶，只能看到满地背着包的游客。

这么想着，她问萧惟："你还记得我们小学一起去过南湖吗？"

"嗯。"萧惟侧身，帮她把被子往上拉了拉，"那次你走丢了，后来报了警才找到。"

唐星然嗤笑道："不止我走丢了吧，你不是也走丢了？"

萧惟也淡淡笑了下，说："我是去找你了。"

当时唐星然才上一年级，个子很小。南湖被游客挡得死死的，她踮起脚都看不到湖的影子，就左挤右挤想往湖边走点。没想到挤着挤着，就跟父母和萧惟他们走散，找不回去了。她记得当时还挺害怕的，想着不能被人看出她是走丢的，以免被拐卖。她就往大路上走，最后找了个公交车站坐下，假装是在等车的小朋友。

一直等到天都快黑了，才有警察找到了她。她被领回去跟父母团聚之后，得知萧惟也走丢了。

唐星然想到这里，忍不住笑出声："你当时也好蠢啊，找我把自己也找丢了。"

萧惟也笑："是有点蠢。"

他顿了顿，说："小时候看到电视上有那种小女孩被拐卖到深山里的纪录片，当时就怕你会被坏人拐走。"

唐星然还仰面刷着手机，想到萧惟当时个子那么小，在人群里穿梭着找她的样子，就觉得画面还挺温馨的。

她一走神，手机没拿稳，"咚"地砸到了脸上。

萧惟侧躺着，本来眼疾手快想帮她接住，结果不仅没接住手机，还不小心一掌撑在她侧脸上。

"啊哟——"

萧惟赶紧把她脸上的手机拿下来，从床上坐起来些，看她的脸。

"疼吗？"

唐星然揉着鼻子："废话……呜呜，我鼻子好酸啊！萧惟你帮我看看我鼻子是不是被砸塌了啊？"

"……没有。"

唐星然瞥他一眼："那脸呢，有没有被你打肿？"

萧惟："……也没有。"

说完，俯身在她侧脸上轻轻亲了一下。

唐星然又躺下去，愤愤道："萧惟，你今天居然打我脸。我记住这个日子了，以后如果你家暴我，施暴时间就从今天开始算起！"

萧惟思忖片刻："那，我让你也打一下？"

唐星然觉得有趣，翻身侧躺着看他："你确定吗？打脸哦。"

萧惟："……嗯。"

唐星然笑嘻嘻地凑过去，一只手抓住他的后颈，另一只手缓缓抬起来——

然后在他侧脸上亲了一下。

"可以啦。"

萧惟微蹙的眉头舒展开，嘴角逐渐扬起，伸手把她揽进了怀里。

深夜，唐星然枕在他胳膊上做了一个梦。

她梦到她跟萧惟又去了一趟南湖，湖边人很多，萧惟说要去买瓶水，然后人就不见了。唐星然给他打电话，发现他关机了，她一直到处走到处找，找到了天黑都没找到。

她实在累了，就坐在公交车站的凳子上休息。忽然路边就停下一辆面包车，从里面出来一个膀大腰圆的男人，拿黑色的麻布袋把她的头套住，然后塞进了车里。

车子发动，她眼前一片漆黑，手脚并用挣扎着，边哭边喊："你们放开我！我要找我老公！"

萧惟是被她的哭喊声吵醒的，醒来的时候，发现她整个头蒙在被子里，手舞足蹈地往他身上捶。

他掀开被子，把唐星然晃醒。

"做噩梦了？"

唐星然眼角还带着泪，迷迷糊糊地睁开眼睛，抬头看了眼萧惟，抱着他又哭了一会儿。

"我梦到我们一起去南湖，然后我找不到你了，后来被人用麻袋装起来绑走了。"

萧惟把她抱在怀里，一手轻拍着她的背："不会的，梦都是假的。"

唐星然红着眼看他："以后出门你都得牵着我！一步也不能离开！"

"嗯。"

"手机也永远不能关机，必须随身携带充电宝！"

"嗯。"

唐星然还觉得安全感不够，缩在他怀里一条一条列着以后出行的安全注意事项，说着说着睡着了。

次日。

假期第一天，两人还是一致决定在家待着，十月一日，哪里人都太多了。

上午，唐星然和他一起靠在沙发上看电影，萧惟手机响了一声，是付楚发消息来问他要不要去打羽毛球。

唐星然把手机抓过来，发了条语音过去："咦，你和青悦没出去玩吗？"

付楚回了条语音，点开来，听到是姚青悦的声音："没有啊，他后天就要回公司上班了。唉，打工人不配拥有完整的假期！"

姚青悦："你们居然也没出去玩哎，我们今天也都闲着，要不一起出去？"

唐星然打了个语音过去，跟姚青悦你一句我一句商量着能出去做什么。

最后，决定去打麻将。唐星然和萧惟都不会打，但反正今天时间多，可以先学。

四个人一起吃了午饭，就在附近找了个环境好的茶楼。

付楚简单介绍了规则，举了几个和牌的例子，唐星然和萧惟就差不多懂了玩法。

让唐星然没想到的是，萧惟学麻将的速度奇快，几圈过去，她刚能看出自己和什么牌的时候，萧惟已经会算牌了。

接下来的几个小时，完全就是虐菜局。萧惟不仅能摸清自己的牌，还大概能算出别人手里是什么牌。

他时不时给唐星然喂几张牌，一整个下午，付楚和姚青悦两个人就没赢过几局。

姚青悦的脸从白色打成绿色，再打成黑色。在萧惟第无数次大和之后，她把牌一推，站起身："不玩了，不玩了。"

付楚也马上站起身："对对，不玩了！"

他轻咳两声，解释道："新手运气普遍好，这是麻将圈的自然规律。我们下次再战！"

姚青悦白了他一眼，不想说话。

还下次再战呢？他连萧惟算牌喂牌都没看出来，说人家是运气好。他这水平，再约下次，估计能把裤子都输没。

同样不明真相的人还有唐星然，她真的没想到自己运气能这么好！一整个下午，缺啥来啥，要啥有啥。

临毕业还有半年，唐星然的生活异常忙碌。

"小糖老师"的自媒体账号在年底涨了一大拨粉丝，现在接近一百万。

因为十二月的时候，有正在准备考研的粉丝刷评论让她做一期教大家写考研英语作文的视频，很多人都没太多时间准备作文，只能在最后几天临时抱佛脚，背背句型和范文之类的。

唐星然没考过研，那段时间又正值博士毕业论文开题答辩。她百忙之中熬了几个大夜，把近几年考研英语作文题目和评分标准分析了一遍。

最后，她随机选了几个话题，拍了期视频教大家应该怎么用最短的时间准备。考研英语刚结束，她那条视频就火了，因为她居然歪打正着把大作文押中了。

很多考前看过视频的粉丝都来评论，说"小糖宝贝"太厉害了，看到题目那一瞬间差点就在考场笑出声。

唐星然也从每周一更改成了两更，除了日常会话，还会发有关各种英语考试的视频。

她偶尔也会接几条广告，赚的钱已经超过了预期。

最近，毕业论文的预答辩刚刚结束，她的论文需要大篇幅的修改。除此之外，还忙着毕业之后找工作的事。

萧惟写论文很有一套，但他和唐星然的专业是八竿子打不着，实在帮不上忙，只能帮她打听工作的事。此外，还承包了她最近几个月视频的剪辑工作。

唐星然首选的工作还是留在高校当老师。萧惟就帮着联系了在研讨会上认识的其他高校老师，把信息汇总成了一个文档。

这天晚上，唐星然刚拍完这周的视频素材，顶着两个黑眼圈坐在书房改论文。

萧惟在她身边坐下，把打印出来的文档放在手边，拿起一本书看。

唐星然修改完一段，低头看到了桌上的纸。

"这是你帮我整理的吗？"

"嗯。"萧惟放下书，"国内开设斯瓦希里语专业的学校不多，都列在这里了。其中北阳只有三所，北阳大学、北阳外国语大学和北阳商贸外语学院，最后这个是职校。"

唐星然拿起纸，重点看北阳大学和北阳外国语大学后面的备注。

只有北阳外国语大学今年有这个专业的招聘计划，而且不直接招讲师，而是招师资博士后。

她叹了声气："选专业的时候就该想到就业问题的。"

除了高校教师，她专业的同学有的考了教资当中小学英语老师，有的去了联合国驻非洲办事机构，有的去了企业。

萧惟摸摸她脑袋，温声说："没事，找工作不着急，优先改论文毕业。"

唐星然有点丧气，身子一歪往他怀里靠，双臂环住他的腰。

"小惟，你说我能不能不找工作了。"

萧惟吻她的额头，轻声道："当然可以，我养你。"

唐星然蹭蹭他胸口："我现在二十多岁，保守估计能活到七十，那你得养至少五十年。"

萧惟弯弯唇，说："你也可以试试活到一百二十多岁，我养你一百年。"

闻言，唐星然笑了一声，虽然没认真想让他养着，但焦虑莫名就少了很多。

毕业是需要做人生选择的关键节点之一，她不知道怎样的选择是正确的，也不知道错误的选择会带来怎样的后果，但身边一直有萧惟陪着，她突然觉得，好像无论怎么选都不会错。

"我就算不找工作也不用你养的啦。我可以做全职视频博主，现在粉丝这么多，一条广告报价都有这个数呢。"

说着，唐星然伸出手指在萧惟眼前比画一下。

萧惟笑着握住她抬起来的手，在她耳边说："现在北阳大学的老师是非升即走。然而现在能赚这么多钱，如果我哪天失业了，记得养我。"

唐星然在他怀里仰起头，笑着说："行啊，那我保证把你喂得白白胖胖。"

萧惟下巴贴着她头顶，低低道："不用，分我半张床就行。"

几天之后，视频发出，唐星然顺便看了一眼后台的私信。

有一家知名英语教育机构的官方号给她发了条信息，问她有没有意向去他们机构做老师。

唐星然加了联系方式详谈，发现待遇非常不错，工作也有自由度。

她又跟萧惟商量过，准备去这家机构看看。

如果今年北阳外国语大学那边没有面试成功，她可以先做这份机构老师的工作，以后再等机会进高校。决定之后，她跟那边约好了时间试讲。

唐星然还没有过备课讲课的经验，她提前写了一份教案，准备让萧惟扮演一下她的学生，先熟悉熟悉。

当天晚上，萧惟下课回家，唐星然拉着他去了书房。她还从附近超市买了一块小白板，找了个位置立起来。

萧惟坐好之后，唐星然清清嗓子，站到了他面前的位置。

"好了，萧惟同学，我们现在开始上课哦。"

"今天我们要讲的内容是被动语态,这个语法很重要。"

萧惟坐在椅子上,跟他高中上课时没什么区别,面无表情地盯着唐星然和她手边的白板。

二十分钟之后,唐星然突然停下。

"萧惟,你这样不行。"

他眉头微动,问:"为什么?"

唐星然:"我试讲那天是一对三的小班课,学生肯定会有问题问我的,不会像你这样完全不讲话。"

萧惟"嗯"了一声,说:"唐老师继续讲,我试试提问。"

唐星然又讲了十多分钟,萧惟还是没提问,她时不时就挤眉弄眼暗示他。

萧惟敛住笑意:"唐老师。"

唐星然喜上眉梢,赶忙道:"萧惟同学,你有什么问题要问我吗?"

萧惟:"嗯,我想问这个单词,为什么要双写 t 再加 ed?"

这也太没技术含量了!

唐星然瞥他一眼:"建议萧惟同学好好复习之前的内容。"

四十五分钟的课程讲完,唐星然嗓子发干,去厨房喝了一大杯热水。

她看向萧惟:"天哪,讲课原来这么累。你是怎么一连讲三节的?"

萧惟从身后抱住她:"习惯就好了。"

他想了想,说:"我明晚有个讲座,会晚点回家。"

唐星然今天早上刚把新的修改稿发给导师,在导师看完之前,她可以闲几天。

"那我也去听,结束了跟你一起回家。"

萧惟弯弯唇:"好。"

第二天萧惟也有课,下午的课上完之后,他没有回办公室,而是出去买了个粉色的小蛋糕。

记得唐星然刚回国的时候,他以为是她自己想听他的讲座,给她买过这个牌子的蛋糕,结果没成功送出去。

今晚终于有机会重新送。

买完蛋糕,他又看到附近有花店,给她一并买了束粉色的玫瑰。

讲座开始前,有组织办讲座的学生来办公室找他。萧惟站起身,拿着蛋糕和花往报告厅走。

学生是法学院的,这学期的刑法课选的就是萧惟的。

往报告厅走的路上,他忍不住道:"萧老师,你手里的花和蛋糕是我们院的同学送的吗？"

萧惟看他一眼："不是。"

他本来不想多说这些私事，但这次顿了两秒之后，还是开口道："是我准备送给我太太的，她一会儿也会来听讲座。"

学生"哇"了一声："没想到萧老师对太太这么用心！"

萧惟今天多说了一句话，看起来心情不错的样子，学生也不由得想多跟他聊几句。

"萧老师，我一直有个喜欢的女生，我们小时候玩得特别好，后来大学没在一块上，联系也少了。

"您说，我要不要跟她表白啊？我好怕她上大学遇到其他男生，然后跟别人谈恋爱了。"

萧惟跟学生的联系很少，这是他第一次听到有学生跟他咨询感情问题。

他思忖片刻，说："试试吧。"

学生挠挠头："啊？那万一她拒绝了，岂不是以后连朋友都没得做。"

萧惟："嗯，有道理。那还是算了。"

学生腹诽：果然，萧老师只擅长解答学术问题。

讲座开始前，萧惟把蛋糕和花放在休息室，时间到了，就进到报告厅。

他今天穿了一身西装，打着领带，走进门，下意识地看向第一排他提前给唐星然留的那个座位。唐星然已经坐好，还抱了台笔记本电脑，有模有样的，像是真的来听讲座做笔记的学生。

讲座的主题是性侵害未成年人犯罪中的性诱导行为，萧惟讲得深入浅出，从案例出发再到理论基础，唐星然也完全能听懂。

据她了解，萧惟这几年一直做的都是未成年人刑事司法相关的课题，发了很多文章，还用申请到的社科基金跟其他老师一起创了一个新的刊物。

中场休息的时候，萧惟去了旁边的休息室，唐星然坐在椅子上没动。

两边坐着的女生都是法学院的，压低声音在一旁聊天。

"萧老师现在是副教授了吗？"

"是啊，他才来这么短时间就是副教授了，听说他的学术成果马上就够评教授了，不过估计还得几年。我们学校评教授，好像要求评了副教授至少够五年。"

"说不定能破格评呢，五年哎，说不定萧老师到时候学术成果都够当博导了。"

"呜呜呜，太美好了，萧老师长得这么帅，学术能力还这么强，我好想嫁给他！"

"那你想着吧，萧老师已经结婚了，听说夫妻感情好得很，估计也离不了。"

"我知道啊，我就这么一说！我看过他老婆的照片，长得特别可爱，眼睛……"

女生正说着，突然侧头，看见了唐星然，又低头拿着手机翻了下相册存的照片，立刻尴尬地闭嘴。

旁边的女生还不明所以地问："眼睛怎么了？你怎么不说话了？"

…………

还好，休息时间到，萧惟重新走进报告厅，开始了下半场的讲座。

结束时已经晚上十点，唐星然旁边的两个女生迅速溜走。

萧惟还在台上，有几个学生过去找他问问题。答完之后，他走下来，站在唐星然面前。

唐星然抬头，笑着牵住他的手站起来："结束啦？回家。

"你今天讲得好好哦，我感觉这个问题还蛮有研究价值的，虽然我不太懂，但是……"

唐星然挽着萧惟准备往大门走，被他拉了回来，去旁边的休息室。

"哎？你还有东西在这儿吗？"

进去之后，萧惟把桌上的花给她，蛋糕替她拎着。

唐星然抱着花愣住："咦，今天是什么日子吗？"

她摁亮手机看了眼，自言自语道："不是结婚纪念日，也不是我回国的纪念日。"

萧惟一只手摸摸她的头，说："不用是什么日子。"

唐星然笑笑："没想到，萧老师还有点浪漫细胞。"

"你还记得你刚回国的时候，我也有过一次讲座，给了你票。"

唐星然尴尬地挠挠头。她记得那次，她把票送人了，自己在家里优哉游哉看电视吃烧烤。

想到这里，唐星然看四周无人，踮脚亲了他一下："以后萧老师有讲座，我都来听。"

唐星然通过了那家教育机构的试讲，但没着急签合同，准备等面试完北阳外国语大学再做决定。

次年五月，离毕业论文答辩仅剩一周，唐星然晚上开始失眠了。她听说去年的博士论文答辩，他们院有两个人没通过，需要延毕。

·606·

唐星然在网上反复查着答辩的经验贴、被迫延毕的感受。查了几次之后，大数据就只给她推送这类信息。

她每天一打开软件，满屏都是诸如"博士七年无法毕业,被学校劝退""博士答辩又没通过，今天去看了心理医生，真怕自己撑不下去"。

唐星然越看越焦虑，晚上做梦，甚至梦到她在答辩时当场失语，想说话却发不出声音，最后被老师一沓论文甩在脸上。

萧惟安慰过她好几次，但用处不大，这种压力似乎只能自己纾解。

临答辩前的第三天，唐星然实在情绪不太好，在家跟萧惟吵了一架。说吵架其实有点不准确，是她单方面找萧惟的麻烦。

这天，她想着反正睡不着，准备再熬一个通宵，多查点资料。

刚过十二点，萧惟进书房来叫她。

唐星然眼睛里布满血丝，回头看他一眼，摆摆手："我不睡，你自己睡吧。"

萧惟走到她身边，平静道："然然，你已经准备得很充分了。现在没必要再熬夜，马上就要答辩了，你这几天养好精神就可以。"

唐星然不理他，一句话没说，依然盯着电脑屏幕。

其实她什么都看不进去，盯着密密麻麻的文字，因为极度缺少睡眠，大脑一片空白。但因为焦虑，又总觉得不看点什么不行。

萧惟揉揉眉心，直接过来把她电脑合上。

唐星然当时就炸了，感觉脑子"嗡"一下，每个细胞都不受控制。

她站起身朝着萧惟吼："你当然理解不了我在紧张什么！博士论文答辩对你来说很轻松，但是我没你那么聪明，我现在不好好准备，答辩就过不了，过不了就得延毕！"

萧惟确实从小到大情绪都很稳定，没有过焦虑的体验。

他顺着唐星然的话说："最差的结果也就是延毕，真的没必要这么紧张。"

唐星然更激动了，觉得他站着说话不腰疼："你从来没想过会延毕，当然不觉得延毕值得我紧张！你就只会站在自己的角度想问题，不考虑我的感受，你……"

说着说着，她就觉得头晕目眩，眼前一黑。萧惟赶忙伸手扶住她，随后，抱着她放回卧室床上。

唐星然再醒来时，已经是第二天中午。睡了十多个小时，虽然头还有点昏，但感觉脑袋里的一团糨糊正在被稀释。

她睁开眼睛没动，想到昨晚在书房冲着萧惟吼，好像挺没道理的……

唐星然歪了歪头，环视四周，发现萧惟没在屋里。她坐起来了些，正准备下床出去找，卧室门就被推开了。

萧惟穿着睡衣，手里端了杯热水，走了进来。

唐星然偷偷瞄一眼，他脸上没什么表情，看不出有没有跟她生气。

"睡醒了？"萧惟走过来，给她身后加了个枕头垫着，水杯递到她唇边。

唐星然喝了一口，因为睡得太久，嗓音有些沙哑："老公……"

"嗯？"

唐星然咬着唇，把水杯放床头柜上，腾出手来抱他。

她把头埋在萧惟怀里，闷闷地说："我这几天情绪不太好。我昨天不该那样说……就是当时感觉控制不住……"

萧惟把她抱紧了些，平静道："没事，这几天好好休息。"

唐星然仰了仰脖子，探出脑袋看向他："你有生气吗？"

"没有。"

"真的一点都没有？"

萧惟想了想，摸着她的头发说："当时可能有一点，很快就没有了。"

他低头吻了吻她的唇，轻声问道："现在还紧张吗？我再帮你过一遍答辩稿？"

虽然是不同的专业，但萧惟听她讲了太多遍，几乎都能背下来了。

唐星然身子往下滑，躺在他腿上。

"唉，算了，明天再看吧。我决定躺平一天，延毕就延毕吧。"

她戳戳萧惟："老公，我好饿，想吃糖醋排骨。"

萧惟嘴角渐渐扬起，摸摸她的脑袋："好。"

毕业论文答辩这天，萧惟陪唐星然一起去了学校，在答辩的会议室外面等着。

他自己答辩时完全不紧张，但唐星然进了那间会议室之后，他莫名觉得心跳开始变快。

答辩是几个学生轮流介绍自己的论文，由导师提问，然后所有学生介绍完，再按顺序依次回答问题。

等了一个上午，唐星然从会议室出来，第一时间握住他的手。答辩结果今天就会出，现在在等导师组评议。

萧惟牵着她，去了隔壁的等候室："紧张吗？"

唐星然摇摇头，嘴角弯起："好像突然不紧张了。可能因为已经结束了，而且我感觉刚才表现得还可以，每一个问题都答上了。"

萧惟捏了捏她的手:"应该没问题的。"

二十多分钟之后,辅导员把几个学生叫进去,导师组公布了结果。

唐星然答辩通过了,意味着她可以顺利毕业,正式成为女博士。

她好不容易才压住嘴角的笑容,回到旁边的等候室找萧惟,也不顾旁边还有同学和老师在场,冲过去亲了他。

"通过啦!"

萧惟也长舒一口气,抱住她:"恭喜毕业。"

出了学校,唐星然一蹦一跳。正是五月,万物复苏,校园里到处生机勃勃。

"老公,你停一下。"

萧惟停下脚步,唐星然绕到他身后,跳到他背上勾住他脖子。

"我们去吃帝王蟹吧,我请客!"

番外三
一生相许的约定

顺利毕业之后，唐星然开始继续忙找工作的事。

辅导机构那边试讲通过了，待遇也给得不错，但她还是更想留在北阳大学。一来是更喜欢大学的环境，二来也能离萧惟近些。

问过谭芳之后，得知今年正好有招聘斯瓦希里语专业的讲师，但面试是公平竞争，然后择优招录。通过之后，也跟目前大部分高校教师一样，非升即走，科研学术上的压力会比较大。

交招聘申请材料截止日期的前三天，唐星然仍在纠结到底要不要去。

萧惟这天有节晚课，九点半才下课。傍晚时，唐星然没跟他打招呼，换了衣服去隔壁教室等。

萧惟这节课是大课，在阶梯教室上。下课铃一响，学生乌泱泱地从教室里拥出来，门口顿时一片吵闹声。

唐星然拎上包出门，进他上课的教室。

临近期末考试，找他答疑的学生更多，讲台前面又排了长队。

唐星然找了个前排靠门的座位，边看手机边等。

期间，萧惟抬头看见她，眼神中闪过一丝惊喜，示意她再等等。

唐星然点头。

终于，过了快一个小时，教室里的人走得差不多了，讲台前仅剩下两个学生。

她坐太久，想着正好起身活动活动，也去了讲台边。

刚过去站定，其中一个学生大概是在论坛看见过唐星然的照片，目光在她脸上停顿几秒，一脸抱歉地说："对不起师姐，我再占用萧老师几分钟时间可以嘛……"

唐星然愣了一瞬，随即笑："随便随便，想占用多久都行。"

萧惟看她一眼，眼神中没什么情绪。

那学生很快提出了两个问题，萧惟收回视线，一一认真解答。

"还有别的问题吗？"

学生马上道："没了没了，谢谢萧老师。"又看向唐星然，"谢谢师姐！抱歉抱歉！"

终于，唐星然挽过萧惟的胳膊，和他一起出了教学楼。

这季节晚上有些闷热，北阳大学绿化做得很好，出校门的路上，两边的草坪里持续不断传来低低的蝉鸣声。

萧惟手滑下来，牵住她的，问道："今天怎么过来接我了，也没提前说一声。"

唐星然叹气道："焦虑啊。"

"焦虑什么？"

"你说我到底要不要来北阳大学当老师……非升即走哎，万一没弄出学术成果，岂不是直接就失业了。"

"看你怎么想。"萧惟顿了顿，说，"你之前发论文也挺顺利的，应该不至于做不出成果。不过，就算以后失业也没关系，我可以养你。"

唐星然笑了："小惟，你总是这么说，会让我失去生活斗志的。"

萧惟静了片刻，一本正经地承诺："那我以后不说了。"

他解释："我只是想让你知道，不管学业事业发生任何问题，也还有我。"

唐星然钩钩他的手指，用力地点头："我知道的。"

"我最近老是跟你散播焦虑，唉，以后我尽量少说这些。还是小时候好，每天上学放学，玩开心就行，长大之后要担心的事太多了。"

萧惟偏过头看她，想说你也可以什么都不用担心，只要有他在。但想到唐星然刚才说的，他还是把话咽了下去。

正好走到一棵树边，快到宿舍熄灯的时间，四周都没有人。萧惟停下脚步，低头在她额上轻吻了一下，安慰说："没事的，别担心。"

唐星然推推他："哎……回家再亲。"

萧惟"嗯"了声，继续牵着她往前走，没说什么。

面试那天来了七八个人，除了唐星然，还有北阳外国语大学、苏城大学、苏城外国语大学的几个博士，有应届的，也有往届的，竞争可谓十分激烈。

过程倒是还算顺利，结束之后，唐星然发消息问了谭芳，得知还需要学院几个领导评议，结果得下个月才知道。

于是，唐星然拥有了完整一个月的假期。

萧惟那边还没结课，后续还有期末出题和改卷的工作，至少得三周后才结束。

两人就约了等改完卷，一起找个地方去度假。

最终选定的地方是西北的一条网红公路，唐星然在家闲着没事，录制视频之余，就在网上做了许多功课。

终于等到萧惟忙完，这天中午，他们收拾好东西，出发去机场。

唐星然昨天睡得很晚，上车不久后，就靠在萧惟肩上睡了过去。

不知过了多久，萧惟拍拍她胳膊："然然，到了。"

"啊……到哪儿了？"

她迷迷糊糊睁开眼，才反应过来，是到机场了。

目的地离北阳很远，飞机也要坐四个小时才到。

唐星然在车上已经补足了觉，上飞机之后，精神得不行。

萧惟从包里拿出一本书翻看，唐星然低头看了眼，握住他的手。

"好无聊啊，别看书了，小惟。"

"好。"萧惟把书又收回去，轻声问，"陪你玩？"

唐星然笑着点头："好啊，玩什么？"

萧惟："你想玩什么？"

唐星然想了想，点开手机上一款单机的益智游戏。

"一人一关。"

萧惟笑："好。"

通关了整个游戏，飞机也正好落地。

行程安排得不紧，主要是西北地区两个城市间距离很远，没通高铁，只能自驾或是包车前往。目的地城市离机场所在城市有大约三个小时的车程。两人先去汽车租赁公司取了提前预订好的车，就开回酒店。

吃过晚饭，两人本是在看电视。

躺在床上没多久，唐星然手脚就不安分起来，说要坐在他腿上看。

萧惟便把人抱到身上靠着。

这个姿势没多久，唐星然就感觉到他身体似乎有了些变化。

她转过头，看着萧惟清明的眼睛："你想吗？"

萧惟反问："不累？"

唐星然："有一点点……"她脸颊微红，小声说，"你快点还是可以的。"

萧惟看着她，缓缓说："快不了。"
唐星然咬了下唇，伸手按床边的按键，关了顶灯和窗帘，躺倒在他身上。
"那随便吧……"

次日，唐星然还是起晚了。
醒来时，看见萧惟像是已经洗漱好，穿着睡衣靠在床边看书。她翻了个身，抱了他一会儿，才彻底醒过神起床去洗漱。
今天要开三个多小时车，唐星然没驾照，帮不上忙，只能坐在副驾驶看着萧惟开。
路上，她给车连上蓝牙，放了一个电子音乐的歌单，窗户打开，声音也调到最大。
没多久，萧惟眉头就皱起来了。
他忍了忍，还是说："然然，你觉不觉得有点吵？"
唐星然正跟着音乐摇头晃脑："啊？没有啊。你觉得吵吗？"
萧惟："……嗯。"
唐星然笑着换了个舒缓的歌单，声音也调小些："现在这样呢？"
萧惟长舒一口气："可以了。"
唐星然其实有点困了，尤其听到这种慢节奏的音乐，催眠效果加倍。
但害怕萧惟开车困，她没睡觉，坐在副驾驶跟他聊天。
"小惟，你为什么这么怕吵啊？"
"也不是怕吵，就是喜欢安静。"
"那我改名叫安静？"
"……你不用改名。"
唐星然偏过头，撑着下巴看他："为什么不用改名？"
萧惟沉默一会儿，也淡淡笑了下："是想听我说什么吗？"
他低声："昨晚跟你说了很多遍。"
唐星然脸马上红了，想给他一拳，却又怕打扰他开车。
萧惟声音温柔，顺了她的意："因为我已经很喜欢你了。"
唐星然抿着唇笑，终于满意。
三个小时后，终于抵达目的地。两人没有再休息一晚，挑了家餐馆吃饭后，继续开车去了那条网红公路。
好看是真的。
路两边都是青绿的草，明黄和浅紫色的小花，远处的山若隐若现。虽是夏天，山顶上还盖着白白一层雪。

唐星然说:"好像雪顶咖啡的雪顶。"

萧惟笑:"确实像,但这形容不太高雅。"

唐星然不服气:"那你给我来个高雅的。"

萧惟思忖着,高雅的形容还没酝酿出来,就看见前面堵车了。

这条路其实很窄,前方好像是出了交通事故。等着交警和拖车过来,横在路中间,就把后面的车全都堵了。

很快,一辆跟着一辆车过来,全部堵在后面。

萧惟把车子熄了火,也只能等着。听到后面一声接一声的鸣笛,他深呼吸两次。

唐星然撇撇嘴:"好倒霉啊,掉头回去是不是也不行。"

萧惟:"……嗯。"

哪儿都去不了,两人等了一会儿,唐星然提议等着也是等着,不如下车看看。

萧惟点头。

去了路边,唐星然摘了两朵紫色的花,笑着放进萧惟衬衫的口袋里。

"小惟,送给你啦。"

萧惟弯唇看着她。

唐星然蹦蹦跳跳地去附近找别的有趣的事。

那天在路上堵了很久,快天黑才回到酒店。萧惟换衣服时,拿出口袋里两朵紫色的花,仔仔细细夹在书里。

很多年之后,唐星然才偶然看见。

在西北的最后一天,唐星然只想在酒店躺着。累倒不累,主要是地方太大,去哪儿都得开车。开车两小时,下车欣赏风景十分钟。一周的旅行时间,她感觉三分之二都是在车上度过的。

叫了附近特色餐厅的外卖,两人坐在桌前。

萧惟举止端庄地吃饭,唐星然则开了电视,吃一口东西,看一会儿电视。

一顿饭吃了很久,萧惟收拾餐盒时,唐星然的手机突然响了。

是来自北阳的陌生号码。

唐星然接起来,说了几句话之后,忽然重重拍拍萧惟的肩膀,眼中的惊喜就快要溢出来。

萧惟询问的目光看过去。

挂了电话,唐星然马上从原地跳起来抱住他,激动地说:"通过了!以后我们就在一个学校当老师了!"

萧惟也高兴，抱着她在椅子上坐下。

"小惟，你怎么不夸我几句！"

"然然真棒。"

像是不习惯说这种话，那语气怎么说呢……不虚假，但是也绝对算不上自然。

唐星然也知道萧惟这人的性格，让他表现得像自己一样，能喜形于色，怕是不可能。

一会儿后，萧惟贴在她耳边问："想要什么奖励，帮你庆祝一下。"

唐星然顺势在他侧脸亲了一下，小声："以身相许吧，萧老师。"

萧惟淡笑着，抬手在她脑袋上揉了揉。他低低地说："不是早就以身相许了吗，从小学开始。"

唐星然捶他一拳，眉毛挑了挑："那不算。"

萧惟看着她说："那现在肯定算了。"

后来，夜沉如水，卧室里充满了旖旎的气息。

唐星然枕在萧惟怀里，做了一个甜甜的梦，梦里的萧惟是小时候的样子，她也是。

一米四的萧惟穿着一身黑西装，打着领结，像个小大人。

放学路上，烈日炎炎，萧惟一人背了两个书包，唐星然在一边优哉游哉地吃着冰棍。

她说："萧惟啊，你再帮我背一个学期书包，我长大就会嫁给你哦——"

唯一心动

Wei yi
Xin dong